Brian McClellan

火药魔法师

卷 血之承诺 一

PROMISE
BLOOD

[美]布莱恩·麦克莱伦/著 OF露可小溪/译

Promise of Blood
Copyright © 2013 by Brian McClellan
Maps by Isaac Stewart
Published in agreement with Liza Dawson Associates LLC,
through The Grayhawk Agency.
Simplified Chinese edition copyright © 2020 by Chongqing Publishing House Co., Ltd.
All rights reserved.

版贸核渝字(2017)第094号

图书在版编目(CIP)数据

火药魔法师. 卷一, 血之承诺 /（美）布莱恩·麦克莱伦著; 露可小溪译. —重庆: 重庆出版社, 2020.8
ISBN 978-7-229-14341-1

Ⅰ.①火… Ⅱ.①布… ②露… Ⅲ.①长篇小说—美国—现代 Ⅳ.①I712.45

中国版本图书馆CIP数据核字(2020)第113799号

火药魔法师(卷一)血之承诺
HUOYAO MOFASHI(JUAN YI)XUE ZHI CHENGNUO

[美] 布莱恩·麦克莱伦 著　露可小溪 译
联合统筹:重庆史诗图书信息咨询有限公司
责任编辑:邹　禾　唐弋淄　陈　垦
装帧设计:谢颖设计工作室
封面图案设计:劳伦·帕内平托
责任校对:杨　婧

重庆出版集团　出版
重庆出版社

重庆市南岸区南滨路162号1幢　邮政编码:400061　http://www.cqph.com
重庆出版社艺术设计有限公司 制版
重庆市鹏程印务有限公司 印刷
重庆出版集团图书发行有限公司 发行
E-MAIL:fxchu@cqph.com　邮购电话:023-61520646
全国新华书店经销

开本:890mm×1230mm　1/32　印张:15.75　字数:420千
2020年8月第1版　2020年8月第1次印刷
ISBN 978-7-229-14341-1
定价:72.00元

如有印装质量问题,请向本集团图书发行有限公司调换:023-61520678

版权所有　侵权必究

献给爸爸

他从未怀疑我能取得今天的成绩

哪怕在最该怀疑的时候

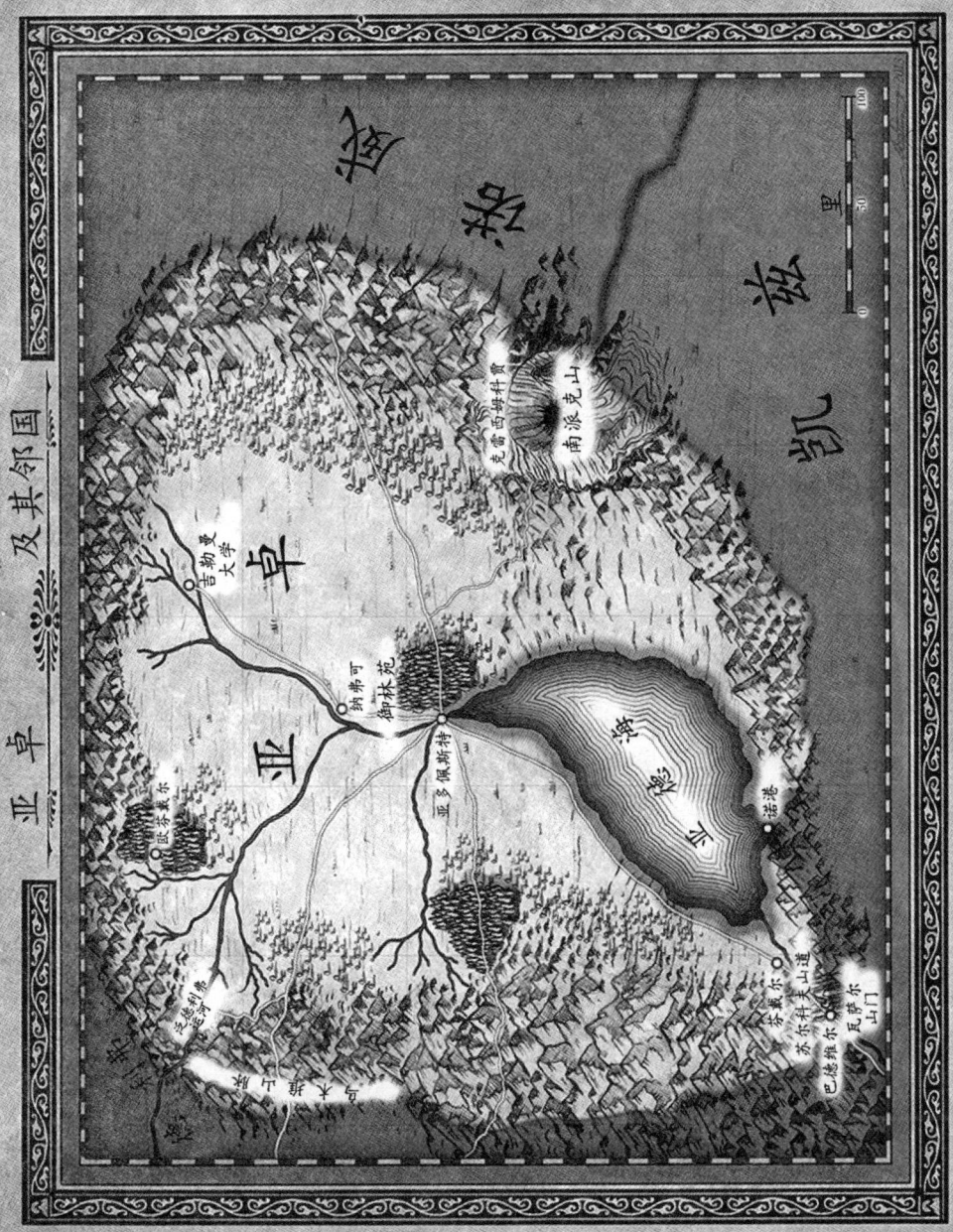

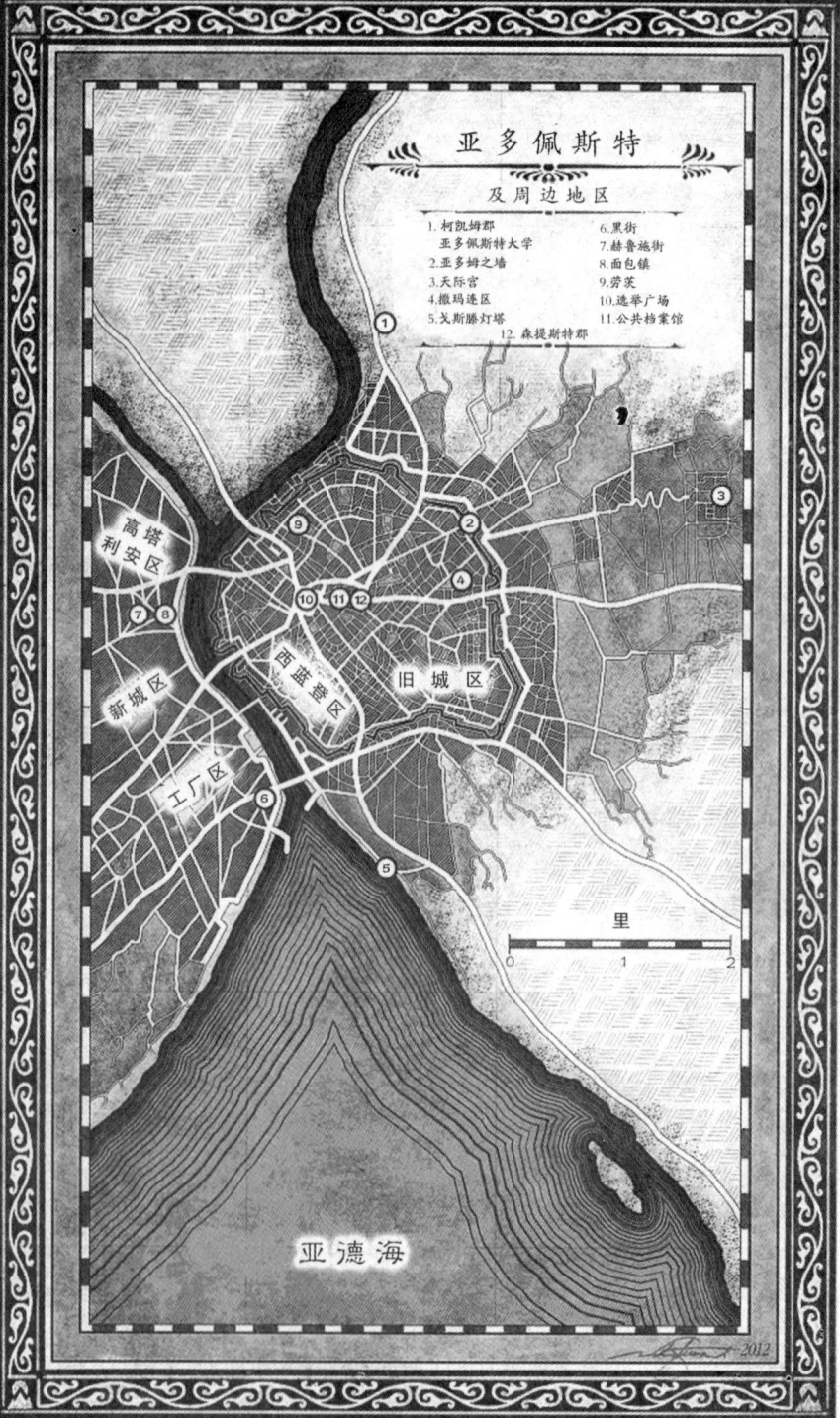

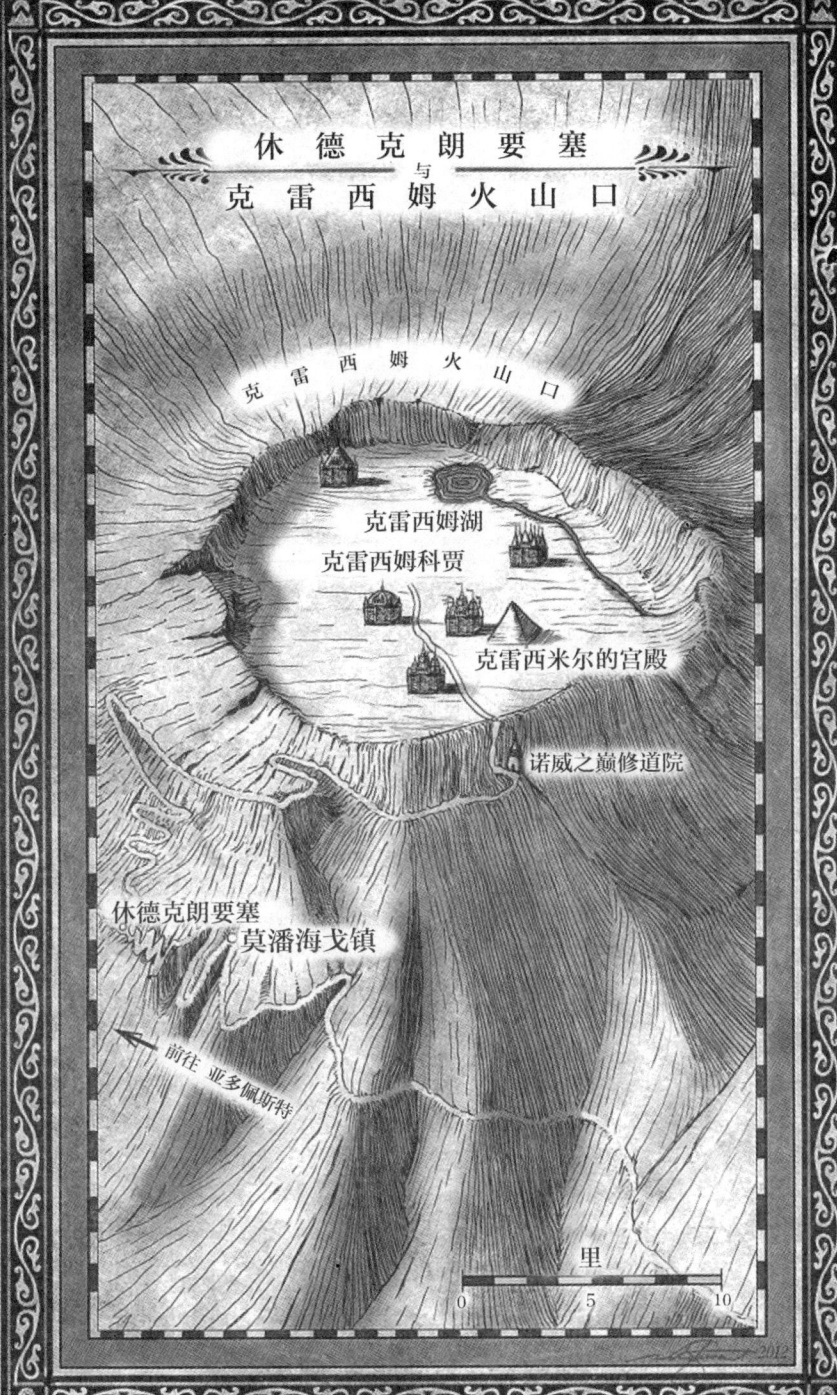

第 1 章

埃达迈把外套裹得严严实实，领口也扣上了，夜晚湿冷的潮气仿佛存心要淹死他。他扯了扯袖子，企图拉长一些，又揪了揪前襟，因为腰身实在太紧。差不多有五六年了，他都没正眼瞧过这件外套，但这个时辰接到国王的传召，根本来不及找裁缝取回那件体面衣服。无论如何，这件夏装外套无力抵御渗进马车的寒意。

天色即将破晓，然而雾气消散绝不是一时半会的事儿。埃达迈感觉得到，早春时节的亚多佩斯特的凌晨少有这般潮湿，即便在诺威也不至于如此冻手冻脚。诺曼巷的占卜师们视其为噩兆，不过现如今谁还听信占卜师的说法？埃达迈做好了着凉的准备，他不明白大半夜受到传召所为何事。

马车来到天际宫的前门，毫不停顿地驶了进去。埃达迈抓着裤腿，望向窗外。不见站岗的卫兵。更古怪的是，当马车驶上喷泉之间的宽阔车道，周围连一点灯光都没有。天际宫的路灯不计其数，即使在浓云密布的夜晚，从城里的任何地方也能看得清清楚楚，而今夜的花园漆黑一团。

埃达迈并不介意。为满足个人消遣，曼豪奇花掉了太多人缴的税。埃达迈盯着花园深黑的大嘴——树篱迷宫的入口——想象着各种奇形怪影在草地上飞掠而过。那是……啊，一尊雕像而已。埃达迈靠回座椅，深吸一口气。他能听见自己的心跳，咚咚作响，惊恐不安，肚子也绞痛难忍。要是他们点亮花园的路灯该多好……

火药魔法师

他内心不禁嘲笑起自己来，因为担任过警探一职，每每在这样的夜里他都在那些阴暗街巷里追捕盗匪和扒手。冷静，老头子，他提醒自己，当年躲在暗处盯梢的可是你呀。

马车戛然停止。埃达迈等着车夫开门，但看样子等上一整夜都不能如愿。马车夫敲敲车顶。"你到了。"对方粗鲁地喝道。

真无礼。

埃达迈走下马车，刚刚抓起帽子和手杖，车夫立刻一抖缰绳，驾着马车，嘚嘚地消失在夜色中。埃达迈冲着那人无声地骂了一句脏话，继而转身抬头，望向天际宫。

贵族们称天际宫为"亚卓的明珠"，它坐落在亚多佩斯特东边的高山上，每天清晨都会迎来灿烂的日出。一份胆大包天的报纸曾将其比作挨饿的叫花子手上戴着的钻戒。考虑到近来经济萧条，这个比喻再恰当不过了，国王的荣光填不饱百姓的肚子。

他站在宫殿前。白天，这儿可以见到宽敞的大理石步道，其间喷泉环绕，条条道路通向一对高耸的镀银大门，而大门与其卫护的亚卓最雄伟的独幢建筑相比，却又是小巫见大巫了。埃达迈侧耳捕捉希尔曼卫队巡逻时的轻柔脚步声。据说国王的御前侍卫遍布花园，荷枪实弹，刺刀霍霍，监视着每一处犄角旮旯，在这金碧辉煌的美景之中，他们的灰白色肩带显得格外冷峻。但眼下听不到脚步声，喷泉也偃息鼓。他有所耳闻，喷泉断流之时，乃国王驾崩之日。当然，要是曼豪奇死了，他也不可能受到传召。他抚平前襟的褶皱，只见不远处的宫殿附近亮着几盏灯。

黑暗中人影闪现。埃达迈握紧手杖，随时准备抽出藏在里头的利剑。

此人身着军服，但光线太过昏暗，面目模糊不清。他头戴平顶便帽，帽舌硬邦邦的，手持一把来复枪或滑膛枪，漫不经心地冲着埃达迈。有一点可以确定……他不是希尔曼卫兵，那些家伙头戴羽饰高帽，很容易辨认，而且从不摘掉。

"就你一个人？"有人问。

"是的。"埃达迈说。他举起双手，背过身去。

"好。过来。"

士兵缓步上前，拉拽其中一扇镀银大门。银门以重逾千钧之姿，缓缓向外开启，而那人用上了全身的力量。埃达迈走近了些，细细观察士兵的外衣。深蓝色，镶缀银线。亚卓常备军。理论上，这支军队直属国王，但实际上，豢养他们的另有其人：陆军元帅塔玛斯。

"退后，朋友。"当兵的说。他的语气有些急躁，流露出某种不形于色的紧张——但也可能是因为门板太沉。埃达迈照做了，等到士兵招手，他才再次上前，溜进门去。

"往前走，"士兵指示他，"到了大王冠，右转，穿过钻石厅，别停。走到觐见室为止。"大门一寸一寸地在他背后合拢，终于随着一声闷响关上了。

门廊里除了埃达迈别无他人。那人属于亚卓的正规陆军，他默想。为什么来了个当兵的，却不见希尔曼卫队的影子？最先冒出来的念头可怕至极。权力争斗。莫非军队奉命前来平叛？亚卓有好几股强大的势力：雇佣军团亚多姆之翼、宫中王党[①]、守山人以及各大贵族，任何一派都可能给曼豪奇惹乱子。但也说不通。如果真有权力争斗，王宫早就刀光剑影了，或者已被王党破坏殆尽。

埃达迈经过了大王冠——那是亚卓王冠的巨大复制品——发现它确如传闻所说的那般俗不可耐。他来到钻石厅，这里的墙壁和地板猩红如血，金叶子点缀其间，天花板上更有不计其数的小小宝石——厅名由此而来——在一盏大吊灯的照射下闪闪发亮。吊灯上的火苗摇曳明灭，似风中残烛，厅内寒凉彻骨。

[①]王党：在本作中指为国王效命的魔法师团体。

火药魔法师

埃达迈越是接近厅堂尽头,越是忐忑不安。此处毫无生气,唯一的响动便是他踩在大理石地板上的脚步声。一扇破裂的窗户,解开了寒风的源头之谜。国王的坏脾气臭名昭著,莫非是他干的好事?或者别的什么原因?心跳声在耳际轰轰作响。瞧,窗帘后面好像有双靴子?埃达迈抬手遮在眼前。光影憧憧。为了驱散心中疑云,他走过去拉开窗帘。

一具尸体躺在暗处。埃达迈弯腰摸了摸。还有体温,但这家伙绝对死透了。他身上的灰裤子一侧缀有白色条纹,上衣的样式也相同,一顶白羽高帽则搁在不远处的地板上。希尔曼卫兵。阴影中可见一张年轻的面孔,胡须剃得干干净净,神色平静,脑袋一边开了个洞,地上有一摊黑乎乎、湿漉漉的污迹。

他猜对了。宫里出了乱子。是希尔曼卫队造反,军队奉命来镇压他们?依然说不通。希尔曼卫队对国王死心塌地,而王党负责处理天际宫里发生的一切纠纷。

埃达迈暗自咒骂,情况越想越复杂。答案估计很快就要送上门来。

埃达迈离开了掩在窗帘后面的尸体。他提起手杖,用力一拧,抽出数寸长的利剑,走向一条高大的廊道,两尊手持权杖、头戴兜帽的雕像分守两侧。他止步于古老的雕像之间,深吸一口气,目光扫过刻写在门廊上的一串神秘字符。他进去了。

觐见室令钻石厅相形见绌,其两侧各有一段台阶,宽敞得足以并行三辆马车,通向高处那纵贯左右的楼台。除了国王及其王党的尊权巫师,很少有人来过这里。

觐见室中央有一把椅子,搁在距离地面一手高的台上,对面的跪垫专供王党成员服侍君主之用。室内灯火通明,却不知光源来自何方。

一个男人坐在埃达迈右边的台阶上。他比埃达迈年长,大约六十出头，发色银灰，髭须齐整，夹杂着少许黑丝。他的下巴相当厚实，但大小适中，颧骨如刀削斧刻，皮肤因日晒发黑，嘴角和眼角有深深的皱纹。他身着深蓝色军服，左胸处别着一枚火药桶图案的银质徽章，右胸处缝有九条金色军龄标，一条即代表在亚卓军中效力五年。他的军服上没有表示官阶的肩章，但棕色眸子里饱含沧桑，令人毫不怀疑他曾指挥过千军万马。一把手枪搁在他身边的台阶上，击锤已然竖起。他倚着一柄带鞘短剑，目送一股鲜血缓缓流下台阶，在黄白相间的大理石地板上画了一道黑线。

"塔玛斯元帅。"埃达迈说。他收剑回杖一拧，武器"咔嗒"一声锁上了。

那人抬起头。"我不记得我们见过。"

"见过。"埃达迈说，"十四年前，在奥曼大人的慈善舞会上。"

"我记不住别人的长相，"陆军元帅说，"抱歉。"

汩汩流淌的鲜血吸引了埃达迈的目光。"长官，我奉命而来。不知道传召我的是谁，也不知道所为何事。"

"没错，"塔玛斯说，"是我传召你。我的一个缚印者推荐你。森卡。他说你们曾在十二区的警察局共事。"

埃达迈回想起森卡的模样。矮个儿，胡须蓬乱，贪恋美酒佳肴。上一次见他还是在七年前。"我不知道他是火药魔法师。"

"对于有潜力的人，我们当然希望尽快发现，"塔玛斯说，"不过森卡实属大器晚成。总之，"他摆摆手，"我们遇到了麻烦。"

埃达迈眨眨眼。"您……需要我帮忙？"

陆军元帅扬起眉毛。"这个要求过分了吗？你当年可是一名优秀的警探，是亚卓的得力仆人，森卡说你的记忆力好得惊人。"

"现在也是，先生。"

"嗯？"

"我现在还是侦探，只是不为警察效力而已，长官，我自己接

火药魔法师

活儿。"

"很好。那么我请你帮忙不算过分吧?"

"话虽没错,"埃达迈说,"不过,长官,这儿可是天际宫。钻石厅里死了一名希尔曼卫兵,还有……"他指着台阶上的血迹。"国王在哪里?"

塔玛斯一歪脑袋。"他把自己锁在礼拜堂里。"

"您发动了一场政变。"埃达迈说。他的眼角察觉到什么动静,只见一名士兵现身于台阶尽头。那人来自德利弗,是个深色皮肤的北方佬,身着与塔玛斯同款的军服,右胸处缝有八条金标,左胸处为银质火药桶,缚印者的标志。所谓缚印者,即是火药魔法师。

"我们有不少尸体要搬。"德利弗人说。

塔玛斯瞟了自己的副官一眼。"我知道,萨伯恩。"

"这家伙是谁?"萨伯恩问。

"森卡推荐的警探。"

"我不想看见他出现在这儿,"萨伯恩说,"事情可能败露。"

"森卡相信他。"

"您发动了一场政变。"埃达迈言之凿凿地重复了一遍。

"我马上就去帮你们处理尸体,"塔玛斯说,"我老了,时不时地要歇口气儿。"德利弗人匆匆一点头,离开了。

"长官!"埃达迈说,"您到底做了什么?"他握紧了藏剑的手杖。

塔玛斯抿起嘴唇。"有人说亚卓的王党拥有九国之中最强大的尊权巫师,也许仅次于凯兹。"他淡淡地说,"不过,他们刚刚被我斩尽杀绝了,你觉得我还怕一个手握杖中剑的老警探不成?"

埃达迈松开手。他胃里直犯恶心。"应该不会。"

"森卡保证说你这人务实。如果真如他所说,我希望雇佣你。如果不是,我现在就杀了你,再想别的办法。"

"您发动了一场政变。"埃达迈又说。

塔玛斯叹了口气。"一定要探讨这件事吗？这件事有那么令人震惊吗？来，你随便数一数，亚卓上下，有心废黜国王的派系能少过一打？"

"我认为他们都没有这个能力，"埃达迈说，"以及胆量。"他的目光落回台阶上的污血，思绪飘向了仍在家中熟睡的妻儿。他望着陆军元帅，对方头发凌乱，外衣上血迹斑斑——仔细一看，血量真的不少。也许是敌人的血溅到了塔玛斯身上。元帅有黑眼圈，深沉的倦意导致他看起来比实际年龄更老。

"我不会盲目地接受工作，"埃达迈说，"告诉我您的目的。"

"我们趁他们睡觉时动手，"塔玛斯开门见山，"那已经是最好的办法了，对付尊权巫师绝非易事。但最终出了一点岔子，我们被迫大打出手。"塔玛斯的脸上掠过一丝悲痛，埃达迈据此推断，那场战斗不如他们料想的顺利。"我们赢了，但那些家伙死前说了一句话。"

埃达迈静候下文。

"'你无法打破克雷西米尔的誓言，'"塔玛斯说，"那是巫师们临死时对我说的。你有没有想到什么？"

埃达迈捋着外套前襟，搜肠刮肚地回忆。"想不起来。'克雷西米尔的誓言'……'打破'……'破碎'……等等——'克雷西米尔之破碎誓言'。"他抬起头，"这是一个街头帮派的名字。二十……二十二年前。森卡不记得了吗？"

塔玛斯应道："森卡觉得耳熟。他相信你记得。"

"我记性是比他好。"埃达迈说，"克雷西米尔之破碎誓言是一个街头帮派，有四十三个成员，全是年轻人，有些还没成年，最大的也就二十岁。我们当时正在抓捕他们的头头，以破获一起连环抢劫案。他们犯的事儿太离谱——竟然闯进教堂打劫祭司。"

"他们后来怎么了？"

埃达迈情不自禁地望向台阶上的血迹。"有一天他们消失了，所

火药魔法师

有人——包括我们的线人在内。几天后,我们找到了他们,四十三具尸体全被塞进了阴沟,活像腌渍的猪蹄。强大的巫术杀害了他们,手段极其残忍。他们身上有王党的标记,于是调查到此为止。"埃达迈差点打了个寒战。他从未见过那种事情,无论此前此后。他目睹过行刑、暴乱和谋杀现场,但都不至于令他胆战心惊到这种地步。

德利弗士兵再次现身于台阶尽头。"我们需要你。"他对塔玛斯说。

"查清那些魔法师为何选择这句话作为临终遗言。"塔玛斯说,"可能和你提到的黑帮有关,也可能无关,无论如何,给我一个交代。我不喜欢死人打的谜语。"他起身的速度极快,尾随德利弗人跳上台阶的行动之迅捷,仿佛年轻了二十岁。靴子踩得污血四溅,留下一串猩红的足印。"还有,"他扭头喊道,"不得泄露你所见的情况,直到行刑为止。那是明日正午时分。"

"可是……"埃达迈说,"我从哪里开始调查?我可以跟森卡谈谈吗?"

即将爬完台阶的塔玛斯闻言转身:"如果你有本事跟死人对话,那就去吧。"

埃达迈的牙齿咬得咯咯作响。"他们是怎么说的?"他说,"是命令句?陈述句?还是……?"

塔玛斯皱起眉头。"是祈求。仿佛他们最关心的不是自己即将流血而死。我得走了。"

"还有一个问题。"埃达迈说。

看样子塔玛斯的耐心快要耗尽了。

"既然您找我帮忙,那么告诉我,这到底是为了什么?"他指着台阶上的血迹问道。

"我还有事情要办。"塔玛斯提醒他。

埃达迈不由自主地咬紧牙关。"您这样做是为了权力吗?"

"为了自己，"塔玛斯说，"也为了亚卓。如此一来，曼豪奇就不能根据《协约》，把我们全都拱手送给凯兹奴役。我之所以这样做，是因为大学里那些怨声载道的学生们不懂得如何造反，只会耍嘴皮子。国王的时代到头了，埃达迈，我非终结它不可。"

埃达迈审视着塔玛斯的脸。《协约》是与凯兹国王签订的一纸协定，亚卓的所有债务一笔勾销，但要对亚卓征收苛捐杂税，施行严酷管制，使其与凯兹的附庸国无异。陆军元帅一直反对《协约》。这情有可原，毕竟凯兹处决了塔玛斯的妻子。

"看来的确如此。"埃达迈说。

"给我揭开该死的谜底。"陆军元帅一转身，消失不见。

埃达迈想起了黑帮成员们的尸体，从阴沟里捞出来时湿漉漉、脏兮兮的样子，想起了刻在他们苍白面孔上深深的恐惧。谜底说不定真的很该死。

第 2 章

"拉约什不行了。"萨伯恩说。

塔玛斯进入的寓所原属于一个尊权者,即担任执事一职的扎卡里。他横穿客厅,走进卧室——寻常商人的住宅都不及这个房间宽敞。靛蓝的四壁挂满色彩艳丽的画作,全是亚卓王党历史上列位执事的肖像。有几扇门连接着偏室,比如厕所和执事专用厨房,而通向执事私家妓馆的门已然破烂不堪,指头大小的碎片散落一地。

执事的床铺被扒得精光,其人的尸体也被扔在一边,以安放一个受伤的火药魔法师。

"你感觉如何?"塔玛斯问。

拉约什有气无力地咳了一声。缚印者的身心之强悍罕有匹敌,外加刚吸食的火药正在血管里奔涌,他理应感觉不到多少痛苦。这位朋友的状况实在惨不忍睹:右臂断了一截——以至于长度减半——腹部有个西瓜那么大的洞。他撑到现在还没死堪称奇迹。他们给了他半角火药,光是这个量就足以要命。

"好些了。"拉约什说。他又咳了一声,鲜血从嘴角渗出。

塔玛斯掏出自己的手帕,擦去血迹。"要不了多久。"他说。

"我知道。"拉约什说。

塔玛斯握着朋友的手。

拉约什无声地道了句:"谢谢。"

塔玛斯深吸一口气,视线一时间模糊不清。他眨了眨眼。拉约什的呼吸声撕心裂肺，随即慢慢停止了。塔玛斯正准备抽回手，拉约什突然用力攥紧，继而睁开双眼。

"没事，朋友，"拉约什说，"你做了你应该做的事。安心吧。"他的目光聚焦在别处，然后凝固不动。他死了。

塔玛斯替朋友阖上眼帘，扭头寻找萨伯恩。德利弗人正在卧室的另一头，检查着妓馆大门的残骸，那门仅剩一根铰链将其吊在门框上。塔玛斯来到他身边，朝里面张望。早在一个钟头前，他的手下已经把女人们赶到一起，连同其他尊权者的娼妓带到宫内的某处了。

"一个娘们的怒火。"萨伯恩咕哝道。

"是啊。"塔玛斯说。

"我们无论如何也料不到这一出。"

"去对他们说。"塔玛斯一歪脑袋，示意地板上的四具尸体，第五具很快就会与他们躺成一排。五个火药魔法师。五个朋友。悲剧缘于一个漏算的尊权者。当时塔玛斯刚把一颗子弹射进执事的脑袋——他常常与此人握手交谈——缚印者们环绕在他身边，以防那个老家伙垂死挣扎。他们没有做好对付另一个尊权者的准备，那人藏在妓馆里。她劈穿了房门，如同断头铡切开西瓜，她戴着尊权者的特制手套，十指飞舞，施放的巫术将塔玛斯的火药魔法师陡然撕成了碎片。

火药魔法师能让子弹飞越一里，且百发百中。他可以仅凭意念，操控子弹七弯八拐，也能通过吸食黑火药，使自己强壮非凡，动若闪电。但与尊权巫师近距离作战时，他几无招架之力。

反应过来的仅有塔玛斯、萨伯恩和拉约什，他们勉强击退了对方。她逃跑了，巫力肆虐的鸣响在宫中回荡，伴随她一路远去——或许只是虚张声势，以阻止他们追击。她逃跑前的最后一击造成了拉约什的致命伤，不过这纯属意外，受伤的也有可能是萨伯恩，甚至是塔玛斯本人，那样的话，刚才死在床上的就是他了。一念及此，塔玛斯的热血瞬间冷却。

火药魔法师

塔玛斯移开目光。"我们必须追上她，找到她，做个了断。要是放任不管，她对我们很危险。"

"给那个破魔者找点事做？"萨伯恩说，"当初我还不理解你为何留他在身边。"

"我并不想采用这种应急手段。"塔玛斯说，"最好能有个火药魔法师跟他一起去。"

"他的搭档是一个尊权者，"萨伯恩说，"破魔者加上尊权者，对付一个落单的王党尊权者应该绰绰有余。"他摆手示意那扇破烂的门板。

"事涉王党，我不想玩公平决斗，"塔玛斯说，"而且记住，王党成员和雇佣打手不一样。"

"她是什么人？"萨伯恩问，他的语气有些异样，似是有所责难。

"我怎么知道？"塔玛斯厉声回答，"我认识王党的每一个人，我跟他们会面、进餐，但她的面相陌生得很。"

萨伯恩对塔玛斯的怒火不置一词。"别的党派的探子？"

"不大可能。娼妓们都接受过检查，而她的样子不像娼妓，身强力壮，皮糙肉厚。兴许是执事的情妇。我没见过她。"

"执事会不会在暗地里训练人手？"

"收学徒从来不能秘密进行，"塔玛斯说，"尊权者们非常多疑，不会允许这种情况出现。"

"一般来说，他们的怀疑是有道理的。"萨伯恩说，"无论如何，她在这儿现身一定事出有因。"

"我知道。我们尽早解决她为好。"

"如果当时这儿还有别人……"萨伯恩说。

"那我们的损失更多，"塔玛斯说。他又清点了一遍尸体，仿佛数字有可能减少。五具。他总共只有十七个火药魔法师。"我们分成两组，正是为了减少损失。"他扭头问道，"有塔涅尔的消息吗？"

"他进城了。"萨伯恩说。

"很好。我就派他和破魔者同行。"

"真的?"萨伯恩说,"他刚从法崔思特回来,需要时间休息,见见未婚妻……"

"维罗拉跟他在一起吗?"

萨伯恩耸耸肩。

"但愿她快些过来。我们的工作远不止这些。"他抬起手来,不许对方抗议。"等政变结束了,塔涅尔有的是时间休息。"

"志在必得。"萨伯恩淡淡地说。

两人一时无言,默默地注视着牺牲的同伴。过了一会儿,塔玛斯看见萨伯恩皱巴巴的黑脸膛上漾起笑意。德利弗人疲倦而憔悴,但喜不自禁。"我们成功了。"

塔玛斯再一次望向他的朋友们——他的战士们。"是的,"他说,"我们成功了。"他勉强移开视线。

角落里搁着一张巨幅肖像,镀金画框,银质三脚架,与王党领袖的身份相得益彰。塔玛斯扫了一眼。画作上的扎卡里正值盛年,朝气蓬勃,肩宽体壮,眉头深锁,神色肃穆。

蜷缩在角落里的老家伙与这个形象相去甚远。子弹射进他的脑袋,死亡理应瞬间降临,可他毫无生气的喉咙居然吐出了与其他人一样的句子:"你们无法打破克雷西米尔的誓言。"

第一个尊权者临死前喊出这句话的时候,森卡煞白的面色如同哑剧艺人的脸谱,他请求塔玛斯将埃达迈直接传召到政变现场来。塔玛斯惟愿森卡判断错误,他希望那个侦探查不出任何名堂。

塔玛斯离开了王党所在的侧宫,萨伯恩紧随其后。

"我需要再找一名贴身护卫。"塔玛斯边走边说。拉约什尸骨未寒,这样说不免令人齿冷。

"缚印者?"萨伯恩问。

火药魔法师

"腾不出人手。尤其是现在。"

"我留意过一个赋能者①,"萨伯恩说,"他叫奥莱姆。"

"他是军中的士兵?"塔玛斯问。这名字听着耳熟。他把手抬到眼睛底下。"这么高?茶色头发?"

"是他。"

"他的能力是什么?"

"他不需要睡觉。从来不睡。"

"很有用。"塔玛斯说。

"的确。他还有目力敏锐的第三只眼,所以提防尊权者不在话下。我让他来报到,行刑期间跟着你。"

赋能者不如火药魔法师厉害,但比较常见,他们的能力是一种天赋,而非魔法力量。但如果他能用第三只眼侦知巫力,倒也有些价值。

塔玛斯走向礼拜堂。大门紧闭,他手下的两名士兵从墙边的阴影中现身,火枪在手。塔玛斯冲他们点点头,示意开门。

其中一名士兵从腰间拔出长刀,插进门板之间的缝隙。"他压上了主教的门闩,"操刀的士兵解释道,"但没敢堵门。要我说,胆儿终究不够肥。"他拨开门闩,和同伴一起推开门。

礼拜堂与王宫里的各间厅堂一样宽敞,但又有不同之处:它躲过了国王心血来潮而进行的反复翻修,依然维持着两百年前的模样。拱顶高得不可思议,国王以及各大贵族专用的包厢也高悬于立柱之间,宽度堪比牛车,地面则铺有尺寸和形状各异的大理石砖,拼接成复杂图案,天花板上镶嵌着描绘圣徒的画作——圣徒们在无上的神明克雷西米尔慈爱的目光中创建了九大王国。

---

①赋能者是本作世界观中拥有不同特异功能的普通人。与拥有魔法力量的尊权者(普通魔法师)、缚印者(火药魔法师)相比,能力较弱。

礼拜堂前端有两座祭坛，比长凳稍高，与乌木制成的布道坛相邻。第一座祭坛小一些，距离信众较近，供祭亚卓的创始圣徒——亚多姆；第二座祭坛大一些，周边镶贴大理石，覆以绸缎，供祭克雷西米尔。这座祭坛边蜷缩着亚卓的君主曼豪奇十二世，以及他的妻子、塔若尼的女公爵纳塔利娅。纳塔利娅仰头望着祭坛，嘴唇无声地翕动，向克雷西米尔的圣绳祈祷。曼豪奇脸色苍白，两眼通红，嘴唇抿成一条线。他绝望地冲着主教絮絮低语，但发现塔玛斯来了顿时闭口不言。

"等等。"主教抬手喊道，只见国王晃晃悠悠地跳下祭坛，直奔塔玛斯而去。主教那张老脸愁云密布，因为赶来时太过匆忙，长袍皱皱巴巴的。

塔玛斯望着曼豪奇。对方一只手藏在背后，怒火在年轻而贵气的脸庞上汹涌澎湃。曼豪奇已有三十来岁，但出于王党那些高阶巫师鼎力相助，他的外貌年龄还不到十七岁。这一举措原是为了表现君主长生不老，塔玛斯却觉得白面小生的形象反而折损了威仪。塔玛斯原地驻足，盯着跌跌撞撞的国王。

五步开外，曼豪奇的手枪映入眼帘。他举枪的动作很快，在这个距离打得也相当准——国王的射术是塔玛斯亲自教的。无论如何，曼豪奇选择动手实属可悲，是他不谙世事的一种表现。他扣动扳机。

塔玛斯发动意念，吸收了火药爆炸的力量。他感到能量在体内激涌，仿佛一口烈酒入喉，温暖着身躯。继而他将爆炸的力量毫发无损地转移到地板上，国王脚下的一块大理石砖应声碎裂。曼豪奇纵身跃开，弹丸从枪管里掉落在地，骨碌碌地滚向前，被塔玛斯一脚踩住。

塔玛斯迈步上前，一把抓住枪管，将其从国王手里夺走。他甚至不觉得烫手。

"你好大的胆子，"曼豪奇说。他脸上涂脂抹粉，两颊通红，丝绸睡衣凌乱不堪，汗水淋漓。"我们还寄望于你的保护。"他说话时

火药魔法师

微微颤抖。

塔玛斯的目光越过曼豪奇,投向仍在祭坛边的主教。老祭司靠着墙,那顶象征身份的绣花高帽虚戴在头上。"我猜,"塔玛斯摇着手枪说,"是你给他的?"

"不是用来干这个的。"主教气喘吁吁地说着,扬起下巴,"这是为国王准备的,好让他体面地离开人世,不被悖神的叛徒所害。"

塔玛斯催发意念,寻找火药包的踪迹,但一无所获。"你就带了一把手枪和一颗子弹,"塔玛斯说,"带两颗来会更周全。"他说着瞟了一眼王后,后者依然在对克雷西米尔的圣绳祈祷。

"你不会……?"主教说。

"当然不会!"曼豪奇的嗓音盖过了他,"他不会杀我们。他不能。朕乃神选之人。"他深吸一口气,声音尖锐刺耳。

塔玛斯对国王产生了一丝同情。他知道曼豪奇的真实年龄比面相要老,但其心智确实与孩童无异。错不全在他。贪得无厌的顾问,愚不可及的教师,我行我素的巫师,诸多因素导致他成为一位昏庸——不,糟糕透顶——的国王。但他终究是国王,必须由他负责。

塔玛斯用力打消了同情。曼豪奇这是自作自受。

"曼豪奇十二世,"塔玛斯说,"你因无视人民的利益而被捕。你将以叛国、欺骗和饥馑害命的罪名接受审判。"

"审判?"曼豪奇轻声念叨。

"现在就是对你的审判,"塔玛斯说,"我就是法官和陪审团。在人民和克雷西米尔的见证下,你的罪名早已成立。"

"勿要假借真神之名!"主教说,"曼豪奇是我们的国王!克雷西米尔神授的君权!"

塔玛斯冷冷地笑了。"事到临头你一下子就想起了克雷西米尔。当你躺在绫罗绸缎上左拥右抱时,当你吃着一顿足以养活五十个农民的美味佳肴时,你想过真神了吗?你不在神的右手边,主教,教会许可了此次政变。"

主教倏地瞪大眼睛。"那我应该知情才对。"

"大主教们对你知无不言吗？恐怕不是。"

曼豪奇鼓足勇气，迎上塔玛斯的目光。"你没有证据！没有证人！这不是公平审判。"

塔玛斯一摆手。"我的证据无处不在！老百姓没活儿干，没饭吃；你的贵族淫乱无度，狩猎取乐，大块吃肉，大杯喝酒，其他人却在茅屋里挨饿。证人？你打算下周签字画押，按照《协约》的规定，把整个国家拱手交给凯兹。仅仅为了勾销你的债务，你就要让我们全都成为外国的奴仆。"

"毫无根据的指控，叛徒的一派胡言。"曼豪奇有气无力地低声抗议。

塔玛斯摇摇头。"你将于正午问斩，连同你的顾问、王后以及几百位王亲国戚。"

"我的王党会消灭你！"

"他们已经被消灭了。"

国王的脸色愈发苍白，浑身抖如筛糠，瘫倒在地。主教缓步上前。塔玛斯低头凝视着曼豪奇，仿佛看见那个六七岁的年轻王子在他膝间嬉戏。他旋即驱散回忆。

主教在曼豪奇身边跪下，抬头望着塔玛斯。"这是为了你妻子吗？"

是的。塔玛斯高声应道："不。这是因为曼豪奇证明，全国人民的性命，不该交给一个近亲交配的白痴来支配。"

"你意欲废黜神选的王者，背负暴君之名，还敢自称热爱亚卓？"主教反问。

塔玛斯瞥了一眼曼豪奇。"神已不再承认此人的君权。如果缀金华袍和青春美妇没有蒙蔽你的眼睛，你也能看到真相。曼豪奇置亚卓

火药魔法师

于不顾,罪该发配无底深渊。"

"你一定会在那里和他重逢。"主教说。

"我不怀疑,主教,我相信有他作伴绝不无聊。"塔玛斯把空膛的手枪丢到曼豪奇脚边。"中午之前你还有时间向神祷告。"

第 3 章

塔涅尔驻足在通向上议院的台阶尽头。整座建筑黑暗而又寂静，犹如清晨时分的墓园。台阶上有卫兵站岗，街中、门前也守备森严。他们身着深蓝色军装，显然是陆军元帅塔玛斯的手下。很多人一打照面就认出了他，即使没看见他别在鹿皮短装上的银质火药桶。有人向他举手致意，塔涅尔以同样的姿势回礼，然后摸出一只鼻烟壶，在手背上撒了一道黑火药，吸了进去。

火药令他精神焕发，生气勃勃，神志和感知变得异常敏锐。他的心跳加速，疲倦的神经得以松弛。对于缚印者来说，火药即是生命。

塔涅尔感到有人拍他的肩膀，于是扭头看去。同伴的个子比他矮一头，身段纤细如少女，一件旅行罩衫裹在她身上，使她的身材稍许丰满了些，同时也能挡风保暖。她还有一顶宽檐帽遮掩了大半脸庞。空中弥漫着早春的寒意，而卡-珀儿的故乡暖和得多。

她疑惑地指着面前的建筑，小手上布满雀斑。塔涅尔这才想起来，她从未见过上议院这样的大房子。作为亚卓的统治中心，它有六层之高，宽敞得可以跑马射箭，能够轻易容纳全国的贵族及其随从在此地办公。

"我们到了。"周遭异常安静，塔涅尔的说话声显得突兀，"这就是他手下的士兵们提到的地方。他平时没资格在这儿开设办事处。事情是今晚发动吗？我该不该换个时间来……"他的声音越来越小。

冲着一个哑巴唠叨，他的紧张暴露无遗。待会儿等塔玛斯听说了

火药魔法师

维罗拉的事,肯定火冒三丈,当然了,一切又都会算到塔涅尔的头上。塔涅尔意识到自己仍未放下鼻烟壶,他的双手微微颤抖,便又在拇指背上磕了一些粉末。他吸了火药,仰起头,心脏咚咚作响。黑暗中的轮廓变得更加清晰,声音更加响亮,火药带来的迷醉感令他惬意地叹了口气。他抬手迎向街灯,发觉火光不再摇曳。

"棍儿,"他对女孩说,"我有段时间没见塔玛斯了。他待人很严厉,只有极少数人和他亲近。萨伯恩。拉约什。那些家伙是他的朋友。而我不过是另一个当兵的。"那对碧绿的眸子在宽檐帽底下盯着他。"明白了吗?"他问。

卡-珀儿略一点头。

"给,"塔涅尔说。他把手伸进外套,摸出了素描本。因为随身携带,而且经常使用,本子磨损严重,外包的牛皮已然褪色。他翻来翻去,找到了陆军元帅塔玛斯的肖像,递给卡-珀儿。肖像以炭笔绘就,磨得脏乱不堪,但陆军元帅那张冷峻的面孔依旧跃然于纸上。卡-珀儿端详了一阵子,还回素描本。

塔涅尔推开高耸的门板,带头走进大厅。里面一片漆黑,只有左边的楼梯附近亮着光。一盏提灯挂在墙上,底下有一把仆人用的椅子,一个疲惫的身影坐在其上昏睡。

"看来塔玛斯成功了。"

塔涅尔听到自己的声音在大厅里回荡,满意地看着萨伯恩一跃而起。萨伯恩那张黑脸上的皱纹格外惹眼——塔涅尔之所以看得这么清楚,全是火药的功劳——距离两人上次见面不过两年时间,萨伯恩看起来却老了十岁。

"我不喜欢这里,"塔涅尔一边说,一边从肩上取下枪和背包,搁在红绒地毯上。他摩挲着在马车里劳顿了二十个钟头的双腿。"冬天太冷,夏天又太寂寞。这种地方只适合暂住一夜。"

萨伯恩笑着走过来,一把抓住塔涅尔的手,拉过去来了个拥抱。

"法崔思特怎么样？"

"官方说法？还在跟凯兹打仗，"塔涅尔说，"私下里说，凯兹求和了，军队已经回师九国，只象征性地留下了几个团。法崔思特赢得了独立。"

"你有没有替我多杀一两个凯兹的尊权者？"萨伯恩说。

塔涅尔迎着灯光举起枪。萨伯恩抚摸着枪柄上的一排刻痕，赞许地打了声唿哨。"外加几个守护者。"塔涅尔说。

"杀他们可不容易。"萨伯恩说。

塔涅尔点点头。"一颗子弹干不掉守护者。"

"'双杀'塔涅尔，"萨伯恩说，"九国上下谈论你都有一年了。王党怕得要死，一直想让曼豪奇召你回来。缚印者杀了尊权者，而且是凯兹的尊权者，这个榜样树得不好。"

"我来迟了？"塔涅尔环顾昏暗的大厅问道。他来这儿不为别的，如果事情按计划发动，塔玛斯已经全歼了王党，软禁了曼豪奇。

"几个钟头前干完的。"萨伯恩说。

塔涅尔察觉到老兵眼神冷酷。"不顺利？"

"我们损失了五个。"萨伯恩沉声报出一串名字。

"愿克雷西米尔赐他们安息。"塔涅尔自己都觉得这句祷词苍白无力，他皱皱眉头，"塔玛斯呢？"

萨伯恩叹道："他……累了。推翻曼豪奇的统治只是第一步。我们还要行刑，建立新政府，应付凯兹、饥馑和穷困。工作多得很。"

"他有没有考虑到民众的意见？"

"塔玛斯几乎全考虑到了。一定会有保王派，城里人口多达百万，傻子才会以为大家都相安无事。我们不知道的是，保王派的人数有多少，组织是否成熟。塔玛斯需要你，需要你和维罗拉。她没跟你一起来？"塔涅尔瞧了一眼卡-珀儿。除了他们俩，大厅里就她一人。她把塔涅尔的装备堆在地上，慢悠悠地四处晃荡，抬头端详那些画作

火药魔法师

——尽管在微弱的灯光下根本看不清。她的布包挎在肩上。

塔涅尔情不自禁地咬紧牙关。"没来。"

萨伯恩退了一步，冲卡-珀儿一歪脑袋。

"我的随从，"塔涅尔说，"底奈兹人。"

"蛮子？"萨伯恩若有所思，"底奈兹的皇帝不再闭关锁国了？大新闻啊。"

"不，"塔涅尔说，"有些底奈兹部落生活在法崔思特西部。"

"看样子像个臭小子。"

"千万当心这种形容，"塔涅尔说，"她听不得别人这么说。"

"那么是女孩了，"萨伯恩意味深长地瞟了塔涅尔一眼，"信得过吗？"

"她救过我的命，我救她的次数则更多，"塔涅尔说，"蛮子特别看重生死之交。"

"那就算不上是蛮子了。"萨伯恩咕哝道，"塔玛斯会问起维罗拉没来的原因。"

"我自有说法。"塔玛斯肯定会先问起维罗拉的情况，然后才可能顾及法崔思特，塔涅尔不相信两年时间能改变一个人。两年。地狱般的日子。真的有那么久吗？两年前塔涅尔出国，原本是去凯兹的殖民地法崔思特进行一次短期旅行——给时间"让他冷静冷静"，塔玛斯如是说——不料抵达目的地一周后，当地人宣布独立，脱离凯兹，而他被迫选边站。

萨伯恩略一点头。"我带你去见他。"

趁着塔涅尔收拾装备的当儿，萨伯恩从钩子上取下提灯。他们在昏暗的廊道里行进，背后的卡-珀儿落在数步开外。上议院怪诞而庞大，厚实的地毯吞没了脚步声，他们犹如鬼魅一般悄无声息。塔涅尔不喜欢寂静，这让他容易联想到埋伏着敌人的树林。他们绕过一个转角，看见廊道尽头的一间房灯火煌煌。还有声音，愤怒而高亢的声音。

塔涅尔来到一间亮堂堂的会客室门前——某个贵族办事处的前厅，厅内有一座巨大的壁炉。两个人正在壁炉前对峙，彼此相距不足一尺，拳头紧握，剑拔弩张。还有一个人是贴身保镖，体貌形同拳手，尤为引人注目，但其人茫然无措地站在一边，不清楚该不该插手。

"你早算计好了！"个头较小的男人说道。他面红耳赤，踮脚站立，不愿在身高上落了下风。他推了推架在鼻梁上的眼镜，然而徒劳无用。"老实告诉我，你是不是蓄谋已久？你是不是故意提前日程？"

塔涅尔看见陆军元帅塔玛斯举起双手，掌心朝外。"当然不是，"他说，"我打算早上把一切都解释清楚。"

"等到行刑的时候！哪儿有这种政变……"矮个儿瞥见塔涅尔，立刻收声，"出去，"他说。"不许偷听。"

塔涅尔摘下帽子，倚住门框，漫不经心地扇着风。"可是越听越有趣啊。"他说。

"这小子是谁？"矮个儿问塔玛斯。

小子？塔涅尔瞟了一眼陆军元帅。塔玛斯肯定没料到儿子会三更半夜赶过来，但他丝毫不动声色。塔玛斯从不情绪外露，塔涅尔有时候怀疑塔玛斯根本就没有情绪。

塔玛斯叹了口气。"塔涅尔，很高兴见到你。"

是吗？塔玛斯的样子与"高兴"二字毫不沾边。两年过去，他的头发稀疏了，胡须的灰色多过了黑色，总而言之是老了。塔涅尔缓缓地朝陆军元帅点了点头。

"抱歉。"塔玛斯顿了顿，接着说，"塔涅尔，这位是昂德奥斯大司库。昂德奥斯，这位是缚印者塔涅尔，我手下的火药魔法师。"

"这不是小孩子该来的地方。"昂德奥斯注意到在塔涅尔背后转悠的卡-珀儿，眯起了眼睛，"……更别提蛮子。"他说完又眯眼细

火药魔法师

瞧，仿佛不大确定第一眼看得是否真切。他嘴里无声地咕哝着什么。

塔涅尔在塔玛斯嘴里的身份是火药魔法师。对于陆军元帅来说，他仅仅是火药魔法师？仅仅是一介士兵？

塔玛斯张嘴欲言，却被塔涅尔抢了先。

"大人，"他说，"我是法崔思特军的上尉，也是为亚卓效力的缚印者，我对政变的情况了如指掌。我能在一里外一枪毙掉两个尊权者，而且做到了好几次。我可不是什么小孩子。"

昂德奥斯哼了一声。"没错了，塔玛斯，看来这的确是你那个大名鼎鼎的儿子。"

塔涅尔望向父亲，舌头拨弄着牙齿。我是你儿子，不对吗？很高兴你提醒他，昂德奥斯，他都快忘了。

"塔涅尔有权留在这里。"塔玛斯说。

昂德奥斯端详了塔涅尔一会儿，脸上的怒火慢慢化为深沉的思虑。他长吸一口气。"我需要你的承诺，"他不温不火地对塔玛斯说，一副公事公办的口气，比起方才的暴怒，此时暗藏的威胁更为危险。"他们会和我一样气愤，但只要能在行刑前拿到王家账簿，我就支持你。"

"多么好心的提议。"塔玛斯干巴巴地说，"可你是国王的司库，你手里本就有王家账簿。"

"不，"昂德奥斯仿佛是在对不懂事的孩子讲道理，"我是都城大司库。我需要曼豪奇的私人账簿。十年来他就像进了珠宝店的名妓一样挥金如土，我需要做平账目。"

"我们承诺打开他的金库接济平民。"

"等我做平之后。"

塔玛斯思索片刻。"成交。行刑之前归你。直到正午。"

"很好。"昂德奥斯重重地倚着手杖，动身离开。他打了个手势，彪形大汉立刻跟上。两人推开塔涅尔，走进昏暗的廊道，脚步声在大理石地板上回荡。

"连一句'借过'都不说。"塔涅尔说。

"对昂德奥斯而言,整个世界都是数字和算术。"塔玛斯不屑地摆摆手,招呼塔涅尔进来,同时迈步上前。两人握了握手,塔涅尔留意着父亲的眼神,揣测对方有没有拥抱的意图,一如对待久别重逢的伙伴。但塔玛斯的目光投向墙壁,眉头深锁,心思显然在别处,于是塔涅尔打消了念头。

"维罗拉呢?"塔玛斯好奇地打量着卡-珀儿,"你没顺路去吉勒曼找她吗?"

"她坐另一辆马车来。"塔涅尔说,尽量不带感情色彩。这是塔玛斯的第一个问题,意料之中。

"坐下吧,"塔玛斯说,"有太多需要谈的了。先说这个。她是谁?"

卡-珀儿把塔涅尔的背包和步枪放在角落,饶有兴致地观察着四壁和窗帘。她没有时间在九国的各大城镇开开眼界,两人换了一辆又一辆马车,昼夜兼程,睡在马车厢里,一路赶到亚多佩斯特。

"她的名字叫卡-珀儿,"塔涅尔说,"底奈兹人,来自法崔思特西边的部落。棍儿,"塔涅尔吩咐她。"摘下帽子。"他抱歉地冲父亲笑笑,"我还在教她亚卓的礼仪,他们的风俗和我们的完全不一样。"

"底奈兹的皇帝不再闭关锁国了?"塔玛斯一脸疑虑。

"法崔思特荒原的一些土著和底奈兹有血缘关系,而底奈兹和法崔思特之间的海峡使得他们不像对岸的同胞一样与世孤立。"

"底奈兹关心法崔思特的情况吗?"

"关心?光是想一想就让他们难受。但底奈兹的内战毫无停止的迹象,他们无暇顾及外面的事情。"

"凯兹呢?"塔玛斯问。

"我离开时,他们已提出谈和。"

火药魔法师

"真可惜,我原本指望法崔思特多纠缠他们一阵子。"塔玛斯上下打量了塔涅尔一番,"你还是一身边境服装。"

"有问题吗?我所有的钱都做了路费。"塔涅尔扯了扯鹿皮外衣的前襟,"这可是边境地区最好的衣服,既保暖,又耐穿。我都忘了亚卓冷成什么鬼样子,幸好有这一身。"

"知道了。"塔玛斯走向卡-珀儿,审视着对方。她双手捧着帽子,毫无畏惧地迎接塔玛斯的目光。她头发火红,浅色皮肤布满灰扑扑的雀斑——这副模样在九国难得一见。她的外形娇小玲珑,完全不似九国人印象中那些孔武有力的底奈兹战士。

"小美人儿。"塔玛斯说,"你是怎么遇到她的?"

"她是我们团的斥候,"塔涅尔说,"帮助我们在法崔思特荒原追踪凯兹的尊权者。她成了我的观测手,我好几次救了她的命,从那之后她就留在我身边。"

"她会说亚卓语吗?"

"她是哑巴。不过,她能听懂。"

塔玛斯凑近了细看卡-珀儿的眼睛,观察她的脸颊和耳朵,仿佛在挑选良驹。塔涅尔想知道塔玛斯会不会检查她的牙口。那样的话,卡-珀儿非咬他一口不可,塔涅尔真有点求之不得。

塔涅尔说:"她是女巫,也叫骨眼,就是底奈兹的尊权者。不过据我所知,他们的魔法不大一样。"

"蛮子巫师,"塔玛斯说,"我有所耳闻。她好小。多大年龄?"

"十四岁,"塔涅尔说,"我估计的。他们身材矮小,但上了战场简直就是恶魔。枪法也不错。啊,"他突然想起了什么,"我有东西给您看。"

他指着自己的步枪。卡-珀儿解开背包的绳结,送上前来。塔涅尔粲然一笑,端起步枪,递给父亲。

"这是……这就是那把一击双杀的枪?"塔玛斯问。

"可不。"

塔玛斯抓着枪管,将其翻转过来,细细端详。"真长。重量恰到好处。还有膛线和燧发器上的护盖。做工完美。"

"看看刻在枪管底下的落款。"

"赫鲁施造。棒极了。"

"不仅仅是设计,"塔涅尔说,"乃是由他本尊亲手打造。我在法崔思特和他相处了一个月,而这枪他原本设计了很久,最后将其作为礼物送给了我。"

塔玛斯双眼圆睁。"真的?我从来没见过这么精致的步枪。我们一年前买下他的设计,进行量产以供军队使用,但他亲手打造的武器,我这辈子仅见过一把。"

父亲的惊叹令塔涅尔深感慰藉。终于有变化了,塔玛斯也许会引以为荣。"凯兹也想买。"塔涅尔说。

"是吗?他们还在和法崔思特交战啊!"

"千真万确。赫鲁施造的步枪在边境地区打得他们七零八落,这枪极少哑火,即便在最恶劣的天气里。不过,赫鲁施不愿卖给他们,一箱金子外加伯爵身份都不行,而凯兹的军械师无法复制他的作品。"

"谁也复制不来,除非那人手把手地教。"塔玛斯又仔细地把玩了一会儿,然后还了回来。

"您喜欢?"塔涅尔说。

"惊世之作。"但他好像突然丧失了兴趣,神思发散到别的地方。

塔涅尔略一犹豫。"那么您应该也会喜欢这个。"他伸手示意卡-珀儿。她递来一个木头盒子,比寻常男子的前臂略长,以抛光的桃心花木制成。

"送您的礼物。"塔涅尔说。

塔玛斯把盒子搁在桌上,掀开盖子。"不可思议。"他轻声叹道。

"锯柄决斗手枪,"塔涅尔说,"赫鲁施长子的手艺——有人说他

火药魔法师

青出于蓝胜于蓝。精巧的燧发器加装了防雨盖,钢簧上安了滚轮,虽是滑膛式,但相当有准头。"看见父亲两眼发亮,塔涅尔又是一阵激动。

塔玛斯取出其中一把手枪——它们是成对的——来回抚摸着八边形的枪管。镶嵌在枪身上的象牙光亮可鉴,在灯光下熠熠生辉。"太不可思议了。为了有机会使用它们,我非得找人寻衅不可。"

塔涅尔吃吃一笑。说得好像塔玛斯真会做这种事情。

"真是……太好了。"塔玛斯说。

塔涅尔似乎在父亲眼里看到了光彩。骄傲?感激?不,他断定塔玛斯不懂这些词的意思。

"真希望我们还能多聊聊。"塔玛斯说。

"说正事?"当然了。没时间闲聊,没时间了解久未谋面的儿子。

"很遗憾,"塔玛斯听不出他的讽刺,抑或是置若罔闻,"萨伯恩,"他喊道,德利弗人立刻在门口现身。"带雇佣兵进来。"萨伯恩又消失了。"维罗拉在哪里?我需要你们俩。萨伯恩有没有汇报我们的伤亡情况?"

"萨伯恩说了。太惨痛了。我认为维罗拉迟早会来,"他耸耸肩,"我根本没跟她说话。"

塔玛斯面色一沉。"我以为——"

"我发现她和别的男人有染。"塔涅尔看见塔玛斯一脸震惊,不禁感到些许满足。震惊化作愤怒,继而徒留悲伤。

"怎么回事?什么时候?有多久了?"塔玛斯脱口而出,如假包换的困惑在他脸上稍纵即逝。塔涅尔怀疑从未有人见过塔玛斯这样,以后也不会再有。

塔涅尔倚着自己的步枪,强忍冷笑。塔玛斯有什么好在乎的?那又不是他的未婚妻。"听说有几个月了。那人收了钱去勾引她。某个贵族的儿子,既为了刺激,也为了钱。"

"收钱?"塔玛斯眯起眼睛。

"蓄意谋划。"塔涅尔说,"以报私仇。毫无疑问是某位有钱的贵族老爷干的。"塔涅尔没时间找出幕后黑手,但他心里有数。贵族们讨厌塔玛斯,因为塔玛斯出身平民,还利用自己对国王的影响力,阻止富人花钱购买军职,晋升与否全凭实力。此举有悖于传统,却也使得亚卓常备军跻身九国最强军队之列。贵族们畏惧塔玛斯,不敢攻击他本人,但也不会善罢甘休,转而对付他儿子便是可行的报复手段。

塔玛斯咬牙切齿地吼了一声。"今晚半数贵族都在我手里,他们即将陪国王一起上断头铡。我要找出是谁付的钱,然后……"

塔涅尔忽然感到疲惫不堪。一年又一年打着与自己无关的仗,接下来是一月又一月憋闷难挨的旅行,回家时迎接他的却是背叛和政变。他的怒火已经燃烧殆尽。他在手上撒了一道黑火药,吸进鼻子。"断头铡已足够。别浪费人手。"别浪费你的愤怒,尽管克雷西米尔知道你多的是愤怒,少的是怜悯。即便对你的儿子,惨遭背叛的可怜人。

塔玛斯揉揉眼睛。"我早该派人盯着她。"

"她有自由行事的权利。"塔涅尔说,声音近乎咆哮。

"婚礼怎么办?"

"我把送她的戒指钉在睡她的那个混蛋身上了。要想分开,可得费一番工夫。"

萨伯恩又进来了,带着两个形容落魄的家伙,他们的装束与那些睡在马鞍或酒馆长凳上的流浪汉无异。其中一个是男性,高高瘦瘦,发际线接近后脑勺,但年纪不过三十。他的腰带大得遮没了整个肚子,上面佩有四把剑和三把大小不一、形状各异的手枪,还戴着尊权者专用的手套——只不过正常的是白色,饰有彩色符文,他的则是深蓝色,饰有黄金符文。此人乃是个破魔者,即放弃与生俱来的巫术、换来可随意破除魔法的能力的尊权者。

火药魔法师

另一个是女性，年近四十岁，身着骑马裤和短外套，原本曾有几分姿色，可惜一道旧伤疤从嘴角延伸到太阳穴。她同样戴着尊权者手套，以触碰"他方"①，而她的白手套上带有血红色符文。塔涅尔想不通她为何不属于某个党派，他无需睁开第三只眼，就能感知到对方的强大力量。

雇佣兵，塔玛斯说过，两人的形象倒也符合这一点。一个尊权者加一个破魔者，绝对是极具威胁的组合。无论猎杀赋能者、缚印者还是尊权者，这都是上好的搭配，但塔涅尔还摸不透父亲的心思。

"我们在清理天际宫的时候，让一个尊权者逃脱了。"塔玛斯说，"那人不是王党成员，但也相当厉害。我要你们三个——"他瞟了一眼卡-珀儿，"四个去追捕她，就地正法。"

塔玛斯进入了发号施令的角色，令塔涅尔意识到这次回家不过是接受指示和领受任务罢了。猎杀另一个尊权者。他扫了一眼那两名雇佣兵，他们看样子能胜任。塔涅尔在法崔思特没有如此强力的同伴，但他们奉命追捕的尊权者，在转眼之间就杀了五个久经战阵的火药魔法师。她十分危险，而塔涅尔缺少在城里追杀目标的经验。他相信这件任务充满挑战，足以令他忘记……某些事。

塔涅尔再次拿起鼻烟壶，在手背上磕了一道火药，假装没看见父亲不悦的表情。

奈娜稍事逗留，注视着壁炉里的火堆，一口大铁锅悬于其上。她搓着皲裂的双手，烤火取暖。水快烧开了，她要把宅子里所有的脏衣服洗完。储藏室前面堆了一小堆，而主人家的大部分衣物以及仆人的制服，从昨晚开始就浸泡在盛满热水和皂液的大桶里。它们需要煮

---

①他方：本作设定中的魔力来源。

开、漂净,然后挂在外面晾干,不过她先得熨好公爵的军礼服。他早上十点得面见国王,虽然离现在还有好几个钟头,但所有的事情,包括清洗、漂洗和熨烫,都必须在厨子们起床准备早餐之前完成。

厕所的门打开了,一个五岁男孩揉着惺忪的睡眼,进了厨房。

"睡不着吗,小少爷?"奈娜问。

"是的。"他说。作为艾尔达明西公爵的独子,雅各布体弱多病。他一头金发,脸颊苍白瘦削,以年纪而论,个头不算大,但聪明伶俐,乐于助人,不像寻常的纨绔子弟。奈娜十三岁时——他出生那年——成了艾尔达明西家的洗衣学徒,而他从蹒跚学步起就亲近奈娜,令他的母亲和家庭教师颇为气恼。

"过来坐,"奈娜说着,在火堆边为雅各布铺了一张干净舒适的毯子,"就坐几分钟,然后回去睡觉,免得甘莉醒了来找你。"

他坐进毯子,看奈娜在火炉上加热熨斗,展开父亲的衣服。他的眼皮很快耷拉下去,身子一歪。

奈娜拖着一只大洗衣盆来到铁锅边。她正要倒水,门又打开了。

"奈娜!"甘莉站在门口,双手叉腰。她二十六岁,却有一张与年龄不符的严厉面孔,非常适合担任公爵继承人的家庭教师。深褐色头发在她脑后盘成发髻,虽然穿着睡衣,甘莉依然比荆钗布裙、一头赭色乱发的奈娜得体。

奈娜伸出一根指头抵着嘴唇。

"你明知他不该来这儿。"甘莉压低声音说。

"那我怎么办?拒绝吗?"

"当然!"

"饶了他吧,好歹他终于睡着了。"

"他在这儿会着凉的。"

"他在火炉边上呢。"奈娜说。

"如果公爵夫人知道他在这里,一定会火冒三丈!"甘莉冲着奈

火药魔法师

娜摇手指,"等她把你赶到街上时,我是不会帮你说话的。"

"你什么时候帮我说过话?"

甘莉冷冷地抿着嘴。"今晚我就去请求公爵夫人解雇你。你只会带坏雅各布。"

"我……"奈娜看了一眼睡着的男孩,欲言又止。她没有家人,没有朋友。公爵夫人早已不喜欢她,因为艾尔达明西公爵有睡佣人的嗜好,最近一段时间目光老是在她身上流连。奈娜不能再和甘莉翻脸,即便是对方无理取闹。"对不起,甘莉,"奈娜说,"我马上带他回去睡觉。你有什么衣服需要我来洗吗?"

"这就对了,"甘莉说,"快……"

一阵急促的敲门声从前厅传来,打断了她的话,在宅邸后面都听得清清楚楚。

"谁这么早上门?"甘莉扯紧睡衣,转进走廊,"会吵醒老爷和夫人的!"

奈娜双手叉腰,瞪着雅各布。"你给我惹麻烦了,小少爷。"

他睁开眼睛。"对不起。"他说。

她跪在男孩身边。"没事,回去睡觉吧。我抱你上床。"

她正要抱起雅各布,忽然听见宅邸前面传来一声尖叫。接着是喊声,以及沉重的脚步声,顺着大厅廊道的台阶咚咚作响。她听见陌生男子的怒吼,那绝对不是宅子里的人。

"怎么了?"雅各布问。

奈娜拽他起身,努力不让自己的双手发抖。"快,"她说,"躲进洗衣盆。"

雅各布的下嘴唇颤动不止。"为什么,出什么事儿了?"

"躲起来!"

他爬进洗衣盆。奈娜把脏衣服倒在他身上,堆得老高,然后匆匆转进走廊。

她和一名士兵撞了个满怀。那人一把将她推回厨房。很快又来了两个人，另有一个抓着甘莉的颈背，将其推倒在地。女教师眼里满是恐惧和愤怒。

"这俩妞儿不错，"一个当兵的说。他身着深蓝色亚卓军服，胸口佩戴两道金色军龄标及一枚银质勋章，表明他曾在海外为国王效力。他一边解腰带，一边逼近奈娜。

奈娜从火炉里抓起烧红的熨斗，狠狠地拍在他脸上。他在战友们的惊叫声中仰面翻倒。

有人抓她的胳膊，有人按她的腿。

"不乖啊。"一个人说。

"破相咯。"另一个人说。

"这是什么意思！"甘莉终于开口，"你们知道这是谁家吗？"

"闭嘴。"被奈娜攻击的士兵爬了起来，半张脸都是肿胀的烫伤。他猛地一拳打在甘莉肚子上。"很快就轮到你了。"他转身面对奈娜。

奈娜拼命挣扎，无奈对方太强壮。她扭头望向洗衣盆，惟愿雅各布看不见这一幕，继而闭上眼睛，听天由命。

"海斯洛！"有人厉声喝道。

几双手突然松开，她睁眼看去。

"你在干什么，士兵？"说话的人身着同样款式的军服，唯一的不同就是银色翻领上戴有一枚三角形金质别针。他的头发是茶色，胡须修剪得整齐利落，嘴角叼着一根烟。奈娜第一次看见当兵的留胡子。

"找点乐子而已，军士。"海斯洛恶狠狠地瞪了奈娜一眼，扭头回答军士。

"乐子？我们没有乐子可找，士兵。这是军队。你听见元帅的命令了。"

"可是，军士……"

火药魔法师

军士弯腰捡起地上的熨斗,翻过来看看,又望向士兵脸上的烫伤。"要不要我给你熨个对称的?"

海斯洛目露凶光。"这个婊子对我动手。"

"要是再让我看到你企图强奸亚卓市民,我就对你更漂亮的部位动手。"军士的烟头冲着海斯洛,"这里不是哥拉。"

"这件事我会向上尉报告,长官。"海斯洛冷哼一声。

军士耸耸肩。

"海斯洛,"另一个士兵说,"别对着干。抱歉,军士,他是新来的。"

"看好他,"军士说,"他是新来的,可你们俩太让我失望了。"他扶起甘莉,然后冲着奈娜,举手碰了碰自己的额头。"女士。我们在找艾尔达明西公爵的儿子。"

甘莉望向奈娜。奈娜看到了她眼里的恐惧。"他和你在一起。"女教师说。

奈娜鼓起勇气,与军士的蓝眼睛对视。"我刚把他抱回床上。"

"快去,"军士吩咐士兵,"找到他。"他们迅速离开。他留了下来,慢悠悠地扫视厨房。"他不在床上。"

"他有梦游的习惯,"奈娜说,"我刚刚抱他上床,不过我敢肯定他被先前的响动吓着了。到底出什么事了?"事发突然,绝非意外,当兵的很清楚这是谁家的府邸。军士提到元帅,亚卓仅有一人冠得上这个头衔:陆军元帅塔玛斯。

"艾尔达明西公爵及其家人因为叛国罪被捕。"军士说。

甘莉面色煞白,仿佛随时可能晕厥。

奈娜感到胃里翻江倒海。叛国罪。如此严重的罪状,所有仆从都将受审,谁也逃不掉。她听说过一位大公的故事,作为铁王的表亲,那人企图篡位,结果他的所有家人和仆从都上了断头台。

"你们可以走,"军士说,"我们只要公爵和他的家人。"他皱着眉头,走向洗衣盆。"你们得另寻下家了。说实话,如果可以,你们还是出城避一避为好。"他叼起烟,从洗衣盆里拎起一条裤子。

"奥莱姆!"

军士闻声扭头,又一名士兵进来了。

"找到孩子了?"奥莱姆放过了洗衣盆。

"没有,但有命令带给你。陆军元帅的指示。"

"给我?"奥莱姆半信半疑。

"立刻找萨伯恩司令官报到。"

"明白,"奥莱姆说。他在案板上摁灭了烟头。"盯住海斯洛,不许他对任何女人动粗。但如果那帮小子不抢点东西就管不住手脚,你随他们便是。"

"可我们接到的命令——"

"那帮小子无论如何都会违反的。我宁愿他们违反的纪律不至于害他们上绞架。"

"遵命。"

奥莱姆最后一次环视厨房。"带上你们的钱财走吧,"他说,"公爵不会回来了……"他冲着甘莉和奈娜举手致意,然后离开了。

带上你们想要的钱财。奈娜在脑子里补全了那句话。

甘莉瞅了奈娜一眼,拔腿冲进走廊。奈娜听见她的脚步声在仆人专用的楼梯上响起。

奈娜从壁炉架上方的暗龛里取出管家的钥匙,打开橱柜。她藏在楼上床垫底下的东西,与此时装进麻布袋里的银器相比不值一提。

直等到走廊上听不见人声了,她才从洗衣盆里拽出雅各布,帮他脱掉睡衣,又递上某个年轻男仆的脏裤子和衬衫。衣裤太大了,但还能凑合。

"我们怎么办?"他问。

"带你到安全的地方去。"

火药魔法师

"甘莉小姐呢?"

"我想她已经走了,不会回来了。"奈娜说。

"母亲和父亲呢?"

"我不知道,"奈娜说,"我觉得他们希望你跟我走。"她从壁炉的角落抓了一把已经冷却的灰烬,又弄了些水,搅拌成泥。"别动。"她说着,将灰泥抹在雅各布的头发和脸上,然后牵起他的手,把满满一袋偷来的银器扛在肩上,朝后门走去。

两名士兵守着宅邸后面的巷道。奈娜低着头走向他们。

"站住。"其中一人说,"这是谁的孩子?"

"我的。"奈娜说。

士兵抬起雅各布的下巴。"不像公爵的儿子。"

"找到那小子之前,我们不能放他走吧?"另一个人说。

"奥莱姆军士说我们可以走。"奈娜说。

"好吧,"士兵说,"那就走吧。今天晚上可忙死我们了。"

第 4 章

埃达迈乘一辆马车离开天际宫，径直回家，驾车的是塔玛斯手下的一名士兵。路途漫长，马车行驶在亚卓寂静的街道上，陪伴埃达迈的唯有烦恼和疑虑。他暗自祈愿马车再跑快一些，但徒劳无用。等他跳下马车，东方的天空已经放亮，他推开破旧的大门，穿过小院子来到屋前，开锁时心不在焉，以至于钥匙失手落在地上。他停了下来，深吸一口气。

我又不是没见过世面，他告诉自己，当年奥科滕森的暴乱都熬过来了。他把钥匙插进锁孔一拧，半踹半推地打开门，生锈的铰链咔咔作响。

他三步并作两步地登上楼，在廊道里飞奔，"咚咚咚"地叩响所经之处的每一扇门。最后他来到自己的房门前，一把推开。

"法耶。"他喊道。

床上的妻子抬起头，借着微弱的灯光端详他。阴影在她脸上游移，乌黑的卷发环绕在周围，使得她面目模糊。"几点了？"她问。

"五点过了，"埃达迈回答。他调亮灯光，掀开被子。"起来。你们去欧芬戴尔的房子。"

法耶抓过被子，盖住胸脯。"你发什么神经？什么欧芬戴尔的房子？"

"我参军时咱俩买的房子。为你和孩子避风头用的。"

法耶坐了起来。"我以为早就卖了。我……埃达迈，出什么事

火药魔法师

了?"她的语气夹杂了一丝担忧,"是因为洛伦特家的事吗?还是新案子?"

洛伦特家雇佣过他,调查小女儿的追求者有何复杂背景。最后他揭发了那人的骗子身份,导致婚事告吹,场面极为难看。

"不,不是洛伦特家的案子。严重多了。"听到廊道里传来窸窣的脚步声,埃达迈扭头望去。"阿斯特丽特。"他柔声唤道。那是他最年幼的女儿,腋下夹着一只破旧的布偶狗。她身着睡衣,趿拉着法耶的一双拖鞋,那对她来说大了好几个码。幽暗的光线里,她的模样好似缩小版的母亲,她茫然地歪着脑袋。埃达迈说:"换上你那件旅行外套,亲爱的。你们要出门了。"

"要穿裙子吗?"她问。

埃达迈勉强笑笑。"不,宝贝儿,直接套在睡衣外就好。你们马上就出发。别忘了穿鞋。"

她冲父亲微微一笑,转过身,一蹦一跳地回去了,手中的旧布偶狗晃来荡去。她的哥哥姐姐从各自的房间里现身,神情古怪地望着她。

"约瑟普,"埃达迈吩咐长子,"让你的弟弟妹妹准备上路。快点。叫他们打包好东西,要能在外边过一段日子。"

约瑟普是个不苟言笑的年轻人,刚满十六岁,从学校回来度假。他焦虑地摩挲着手上的戒指——那是埃达迈的父亲去世前送孙子的礼物,男孩几乎从未摘过——等了一会儿,希望得到解释。发现什么都没有,他点点头,把弟弟妹妹赶回房间。

好孩子。埃达迈又望向法耶,她坐在床上,一手捋着头发,拉扯纠结的发丝。

"你得好好解释一下,"她说,"出什么事了?孩子们有没有危险?你有没有危险?是因为你刚刚接手的活儿吗?我告诉过你,不要调查那些贵族夫人,别管人家的闲事。"

埃达迈闭上眼睛。"我是侦探,亲爱的,人家的事就是我的事。城里快发生暴动了,我想让你和孩子们马上出城。当然了,就是以防万一。"

"为什么会发生暴动?"

可恶的女人。真希望有个听话的老婆啊。"政变。曼豪奇中午就上断头台。"

看到妻子张大嘴巴,他获得了片刻的满足。她下了床,走向衣柜,埃达迈注视着她。她的身子远比从前消瘦,尖挺的胳膊肘和皱巴巴的皮肤,替换了昔日柔和的线条与温软动人的丰满姿态,没错,他退役后的这段岁月在她身上留下了痕迹,她已然不复年轻时的美貌。埃达迈想了想自己,他哪有资格说三道四?这些年他的圆脸瘦削了,胡须稀薄了,变得又矮又秃。他也不复年少时的生龙活虎。不过……他咬着下嘴唇,满脑子都是亲昵的冲动,可能有一阵子要难熬了。

她转过身,正好与丈夫对视。"你和我们一起走吧?"她说。

"不。"

她闻言一怔。"为什么?"

他应该撒谎。就说之前答应过别人。"我已经……牵涉其中了。"

"噢不。埃达迈,该死的你到底干了什么?"

他强忍笑意。他喜欢妻子说脏话。"不是的。不是你想的那样。今晚我受召进宫,陆军元帅塔玛斯交给我一个任务。"

她面色一沉。"唯独他有能力扳倒国王。行了,别傻笑,叫一辆马车,然后帮孩子们穿鞋。"她说着一挥手,"快去!"

二十分钟后,埃达迈目送家人们挤进两辆马车。他付了车钱,又在妻子身边逗留片刻。"如果暴动有波及到你们那边的趋势,千万别犹豫,带孩子们去德利弗。等局势安稳了,我就去找你们。"

法耶的神色——冷酷是她的常态,一副拒人于千里之外的模样——忽而软化了。在他眼中,她仿佛变回一个年轻的姑娘,为夜间行路的爱人忧心忡忡。她凑了过来,温柔地亲吻他的嘴唇。"我该怎么跟孩子们解释?"

"别对他们撒谎,"埃达迈说,"他们不小了。"

"他们会担心。尤其是阿斯特丽特。"

"当然了。"埃达迈说。

法耶吸溜着鼻子。"自从阿斯特丽特出生之后那次度假,我就再没有去过欧芬戴尔。那座房子还好吗?"

"它很小,"埃达迈说,"但舒适、安全。你记得我们的暗号吗?邮局在邻镇,我会寄信给莎黛,请她转交你。"

"我们费老大一番周折有必要吗?"法耶问,"不过是一场暴动而已。"

"元帅是个危险人物,"埃达迈说,"我不……"他欲言又止。"以防万一嘛。就依我吧。"

法耶答应了。"好的。照顾好自己。"埃达迈亲了亲妻子,然后凑在车窗里,吻过了九个孩子,双胞胎则各吻了两次。他在阿斯特丽特面前停下来,半跪在马车地板上,望着她的眼睛。"你们要出去几周。城里有点乱。"

"你怎么不来?"她问。

"我要去帮忙,好让城里不那么乱。"他想起克雷西米尔之破碎誓言,不禁打了个寒战。

"你冷吗?"阿斯特丽特问。

他伸出一根手指,刮过她的脸颊。"是的,"他说,"天气很冷,因此我得走了,免得着凉。一路平安!"

他关上车门,在街边目送着妻儿,马车拐过一处街角,消失不见。他想念法耶的理由很多,在调查案件方面,她于埃达迈而言不仅是妻子,更是搭档。她拥有庞大的人际关系网,还知道如何从流言中解析真相,即便是埃达迈本人也未必做得到。

回家途中，他发现对街的门廊有动静，于是静立片刻。一个年轻人从阴影中出现，身着笔挺的大衣，向马车行驶的反方向离开。他瞟了埃达迈一眼，加快了脚步。

埃达迈死盯着陌生的年轻人，目光灼灼，毫不掩饰。这是帕拉吉的喽啰，毋庸置疑，埃达迈很快就得跟帕拉吉照面。埃达迈返回家中，锁好大门，立刻跑向书房。他从书桌的抽屉里翻出一沓信纸。

等埃达迈写完信，晨曦已然爬上书房的窗棂，洒向屋顶和远处的群山。他写得手指酸痛，蜡烛仅剩短短的一截。他打了个哈欠，放任思绪纷飞，忽然听到一阵模糊的金属刮擦声。

埃达迈把厚厚一沓信纸塞进抽屉里锁好，操起手杖一转，听到"咔嗒"一响，然后循声而去。他来到一扇既小又旧的后门，门后有个藤蔓丛生的棚子，算是他们的房子和后面那座房子之间的庭院。庭院可以从房子里进，也可以从两座房子之间的廊道进，那儿有一扇上锁的门。

埃达迈握紧手杖，一把拉开后门。三个人扭头盯着他，其中两人身着褪色的外衣，戴着式样简单的宽檐帽，一副街边雇工的行头。这两个雇工中的一个的膝盖和袖口有黑色污渍——可能是烧炉子时沾上的煤灰——另一个是撬锁的，衣裤对他而言过于宽大，这符合蟊贼的做派，他们希望在身上藏匿更多东西。第三个人衣着讲究，灰色大衣内衬乌黑马甲，皮鞋锃亮可鉴。

撬锁的跪在地上，目瞪口呆地望着埃达迈。

"你们闹的动静太大，还不如到前面敲门，"埃达迈说。他叹了口气，放下手杖，朝着衣冠楚楚的那人说，"你想干什么，帕拉吉？"

帕拉吉好像对他的出现颇为意外。他推了推那副圆眼镜，与其说它架在瘦削的鼻梁上，不如说顶在丰满的脸颊上。这家伙是个怪人，以身材在马戏团里能找到一席之地，他大腹便便，腰带深埋其下，四肢却不比树枝更粗，这导致他看上去像一颗上下插着几根棍子的超大

火药魔法师

炮弹。

他在街头混迹多年，虽有足够的冷静能改行做些正当买卖，但精明稍欠，不足以完全抛却见不得人的行事方式。对方是典型的亚卓银行家，埃达迈立刻在脑子里整理起他的犯罪记录。

"有消息说你出城了。"帕拉吉说。

"你的消息来源，就是最近几周你安插在我家附近的那个混混吧？"

"我盯着你是理所当然。"他似乎因为埃达迈在家而深感懊恼。

埃达迈长吐了一口气，望着咬牙切齿的帕拉吉。帕拉吉最讨厌别人不拿他当回事，他原本就是一个放高利贷的酒鬼，狗改不了吃屎。"我的债务还有两个月到期。"

"你两个月绝对搞不到七万卡纳，所以当我听说你们全家深更半夜溜出城，我想你可能想以懦夫的方式躲避债务。"

"你说谁懦夫呢。"埃达迈反握手杖，回敬道。

帕拉吉吓得一缩。"我最后一次吃亏就是你害的，虽然事情过去很久了。"他说，"如今你不受警察保护，你和我们是一类货色，寻常的阴沟耗子罢了。你不该找我借钱。"他笑了起来，尖细的笑声刺激着埃达迈的神经。

这回轮到埃达迈咬牙切齿了。他并没有找帕拉吉借钱，他找的是一个朋友的银行，但那个朋友摆了他一道，把债务按将近百分之一百五十的价格卖给了帕拉吉。帕拉吉立刻翻了三倍利息，坐等埃达迈新开张的出版生意失败。他如愿以偿。

帕拉吉擦去欢乐的泪水，恶狠狠地哼了一声。"当我得知我的头号借贷人送妻儿出城，而两个月之后就是还款期，我当然要亲自过问了。"

"你还打算破门而入？"埃达迈问，"在我违约之前，你无权抄我的家产，把我们一大家子扔到街上。"

"也许是我贪心。"帕拉吉皮笑肉不笑,"现在,我需要知道你的家人去哪儿了,我好关心关心他们。"

埃达迈的回答一字一顿地从牙缝里蹦出来:"他们去了我的表亲家。纳弗可东边。随你关心吧。"

"很好。我会的。"帕拉吉转身要走,忽又停下脚步,"你女儿叫什么名字?最小的那个。我得派个喽啰带她回来,以防你溜到某艘新式蒸汽机船上,跑去法崔思特。"

帕拉吉来不及退缩,埃达迈的手杖一下子敲在他肩上。帕拉吉惨叫一声,踉踉跄跄地退开,但铲煤的家伙击中了埃达迈的肚子。

埃达迈疼得弯下腰。没想到对方出手这么快、这么重。他差点扔掉手杖,但他还能站着全是它的功劳。

"我要找警察抓你!"帕拉吉哭号道。

"去找啊,"埃达迈喘息着说,"我还有朋友在那儿。他们会嘲笑你,把你轰到街上。"他恢复了冷静,直起身子关上门。"两个月后再来!"他锁了门,插上门闩。

埃达迈捂着肚子,蹒跚着返回书房。这一拳够他消受一周了,他希望没有内出血。

埃达迈休息片刻后,收拾好信纸,上街去了。他感到周围弥漫着紧张感,他将其归咎于即将爆发的、不可避免的冲突——在曼豪奇被公开执行死刑的同时,革命风暴势必席卷全城,混乱也将接踵而至。埃达迈希望塔玛斯能控制局势,然而这可能性太低了。噢,紧张感更有可能源于埃达迈越发严重的头疼和肚子里的剧痛。

埃达迈在邮局附近的街角歇息。方才他不自觉地加快脚步,呼吸也急促了,潜意识里充满对危险的担忧。

一个不超过十岁的小报童闯进他的视野。男孩在埃达迈身边的街角刹住脚,深深吸气,脑袋一仰,放声大喊:

"曼豪奇垮台了!国王垮台了!曼豪奇中午上断头台!"男孩说

火药魔法师

完就跑向下一处街角。

埃达迈愣了半晌，猛地回神时发现周围的人也都一样。他早就知道曼豪奇垮台了，他亲眼看见塔玛斯的外衣上有王党成员的血迹，但在大庭广众之下听到这个消息被高声宣布，他的双手仍旧颤抖不已。国王垮台了，变化强行降临在这个国家，人民也将被迫做出反应。

最初的震惊过去，慌乱开始蔓延，行人临时改变了计划。一辆马车突然在街心掉头，车夫没注意到一个卖花的小女孩。埃达迈冲上前去，抓住她的胳膊，一把拉开，避免了她惨遭马蹄践踏的厄运。她的花儿撒落在街上。有人猛地推开另一人，匆匆穿过街道，接着就轮到他自己被推倒在地。斗殴随即爆发，不过很快被一名挥舞警棍的警察制止了。

埃达迈好心捡拾地上的花儿，女孩自己却跑开了。他叹了口气。乱世降临。他低着头，艰难地朝邮局走去。

第 5 章

塔玛斯迎风而立，他在六层高的阳台上，俯瞰名为王家大花园的城市广场，人群正在那里聚集。两只猎犬趴在他脚边，对这个日子的重大意义一无所知。他穿着刚刚熨好的深蓝色军礼服，配有金色肩章、金色纽扣——全是火药桶形状——翻领、翻袖、红色天鹅绒披风和黑色皮带。应副官们的强烈要求，他还佩戴了勋章：形状与尺寸各异的金星、银星和紫星，授予者为哥拉[①]的五六位沙阿及九国的国王们。一顶双角帽夹在他胳膊底下。

太阳刚刚爬上亚多佩斯特的屋顶，不过他估计底下已经聚集了一万五千人，观望着正在搭建一排断头台的劳工们。据说大花园能容纳四十万人，也就是亚多佩斯特的一半人口。

是否属实，今日可见分晓。

他的目光越过大花园，投向那座直刺晨间苍穹的高塔。它是曼豪奇的父亲铁王修建，用来关押最危险的敌人，同时震慑民众。他在位六十年，几乎一半时间都在建塔，其颜色正是"铁王"这一称号的来历。貂牙塔是亚多佩斯特最高的建筑，次高的塔仅有其三分之一，但它丑陋不堪，犹如一根来自远古传说的玄武石钉，看起来仿佛早过克雷西米尔的年代。

[①]哥拉：位于九国西面的国家，与九国之间有大海分隔。沙阿是哥拉的统治者的名号。

火药魔法师

此时此刻，貂牙塔里容纳了将近六百位贵族老爷及其夫人和长子，外加五百位不可信赖的朝臣和要员。只要塔玛斯闭上双眼，仿佛就能听到痛苦的哀号，他怀疑那不是幻听。贵族老爷们知道等待他们的是什么下场。他们早就知道。

背后的门打开了，塔玛斯闻声回头。一名士兵走上阳台，他身上的纯蓝制服与塔玛斯的款式相近，银色翻领上佩戴着代表军士身份的三角形金质别针，军龄标缝在胸前，表明他服役了十年之久。此人看起来已过而立，虽然军中禁止蓄须，但他的棕色胡须精心修剪过，头发很短，不及耳朵。塔玛斯冲他点头致意。

"奥莱姆前来报到，长官。"

"辛苦了，奥莱姆，"塔玛斯说，"你知道自己担负的职责吗？"

"保镖，"奥莱姆说，"侍从，跑差。元帅阁下要我干啥就干啥。无意冒犯，长官。"

"这想必是萨伯恩的原话了？"

"是的，长官。"

塔玛斯忍住笑意。这家伙倒也讨人喜欢，就是有点管不住嘴。

奥莱姆背后升起一缕青烟。

"士兵，你背后着火了吗？"

"没有，长官。"奥莱姆说。

"怎么冒烟了？"

"是我的香烟，长官。"

"香烟？"

"它时髦着呢。烟草可不比鼻烟差，长官，但价钱只有一半。法崔思特的货，我亲手卷的。"

"你的口气像是在做广告。"塔玛斯感到一丝不悦。

"我有个表亲做烟草生意，长官。"

"你为何藏在背后？"

奥莱姆耸耸肩。"您滴酒不沾,长官,这点军中无人不知。您也受不了烟味。"

"所以你就藏在背后?"

"等您转过身我好抽一口,长官。"

至少他坦诚。"有个军士因为在我帐篷里抽烟,挨了鞭刑。你凭什么以为我会对你网开一面?"那是二十五年前的事,塔玛斯差点为此丢掉军衔。

"因为您指望我保护您,长官。"奥莱姆说,"理论上,您不会殴打一个关系您生命安全的人。"

"我懂了。"塔玛斯说。奥莱姆脸上不见一丝笑意,塔玛斯不由得有些喜欢上了他。

他们互相打量了一番。塔玛斯的注意力始终被奥莱姆背后的青烟所吸引,气味也跟着飘了过来,不算太难闻,没有大多数雪茄那么刺鼻,但也不如烟斗闻起来那么和缓,好像夹杂着淡淡的薄荷味。

"这活儿归我了吗,长官?"奥莱姆问。

"你真的不需要睡觉?"

奥莱姆点了点额头正中。"我有天赋,长官,血脉相传的天赋。我父亲一里开外就晓得谁是骗子。我的表亲吃得比一百个人还多,也可以好几周不吃不喝。我的特殊天赋呢?我不需要睡觉。我还有第三只眼,您知道确有其事。"

一般而言,拥有天赋的人在操控巫术的人群中力量最为弱小,不过,其中某些天赋可以非常强大和管用。许多人都会声称自己拥有天赋,但唯有那些能睁开第三只眼的人——能够辨识巫术以及施法者的人——方可算是真正的赋能者。

"你以前怎么没被发掘出来当保镖?"

"长官,此话怎讲?"

"凭你的才能,如果为凯兹的某位公爵提供安全保障,挣的薪水

火药魔法师

得是军饷的十几倍，或者你也可以加入亚多姆之翼，去海外效力。"

"啊，"奥莱姆应道，"我晕船。"

"仅此而已？"

"为富人当保镖也需要跟随他们出海。我上了船就是废人。"

"所以只要我不出海，你就可以保护我？"

"对，长官。"

塔玛斯又打量了他一会儿。奥莱姆在军中小有名气，人缘也不错——他精通射击、打拳、骑马、玩牌和桌球。他是个典型的士兵。

"你的档案里记录了一件事。"塔玛斯说，"你曾经打了一位男爵继承人的脸，伤到他的下巴。跟我讲讲这件事。"

奥莱姆扮了个鬼脸。"公开的说法是，长官，我把他从一辆行驶的马车前推开，救了他的命。我的半数战友可以作证。"

"用你的拳头推他？"

"是的。"

"非公开的说法呢？"

"那人太混账。他开枪打我的狗，就因为它害他的马受惊了。"

"如果我因为什么事开枪打你的狗呢？"

"我也会一拳揍您脸上。"

"很好。这活儿归你了。"

"噢，行啊。"看样子奥莱姆松了口气，他藏着的双手终于解放了，并把香烟塞进嘴里，狠狠地吸了一口。浓烟从他的鼻孔里喷出。"很快就散。"

"噢。我会后悔吗？"

"当然不会，长官。有人来了。"

塔玛斯也发现门里有动静。"是时候了。"他走到门前，停下脚步。先前还在打盹的猎犬们爬了起来，挤在塔玛斯腿边。他瞅了奥莱姆一眼。

"什么事，长官？"

"你还应该为我开门。"

"好的。抱歉，长官，我可能需要一点时间适应。"

"我也一样。"塔玛斯说。

奥莱姆为塔玛斯拉开门。猎犬鼻子贴地，匆匆赶到前面。尽管大花园人声鼎沸，房间里却近乎悄无声息。之前几天几夜不得安眠，静谧对塔玛斯而言可谓莫大的安慰。

他身处办公厅——这个超级大房间能把绝大多数住宅容纳其中。它曾归国王所有，为他研究或回顾上议院的决策时提供一处安静的场所。但曼豪奇在位期间，凡是需要稍稍动动脑子的治国事务他就不愿费神，因此大厅始终冷冷清清——根据塔玛斯获得的可靠情报，去年曼豪奇将其借给了最宠爱的情妇使用，而顾问们长时间被蒙在鼓里。

里卡德·汤布拉俯身在一张摆满了点心的桌上，挑拣着好吃的糖糕。尽管发际线有所后移，他仍旧称得上相貌英俊，顶着一头棕色短发，面颊丰满，因为笑得太多，嘴角生有法令纹。他的衣着价值不菲，以哥拉东部的某种动物毛皮制成，长长的胡子则蓄成法崔思特的样式。一顶帽子和一根手杖倚门而立，同样体现了随性和奢华的品位。

里卡德控制着亚多佩斯特唯一的工会，在塔玛斯的所有同谋者组成的执政议会之中，元帅只能与他轻松愉快地相处片刻。赫鲁施和皮拉夫冲他嗅嗅，于是各得到一块糖糕。猎犬们叼着食物，退到了靠窗的沙发边。

塔玛斯叹了口气。他很讨厌别人喂狗，接下来的一周它们都不能正常排便。

"请自便。"塔玛斯说。

里卡德咧嘴一笑。"谢谢，我不会客气。"他又塞了一块糖糕到嘴里，边嚼边说，"你做到了，老家伙，难以置信啊，可你真的做

火药魔法师

到了。"

"事情还没完,"塔玛斯说,"要行刑,要恢复秩序,除了暴动和保王派,我还要对付凯兹。"

"同时治理国家。"里卡德接上话头。

"算我走运,此事可以交给执政议会。"

里卡德翻个白眼。"你还真是走运。我害怕跟他们共事,实际上,我们需要你来制衡,免得自相残杀。"

"我深表同意。"昂德奥斯说。

大司库慢悠悠地进了大厅,一手拄着手杖,另一边腋下夹着厚厚的账本。他径直走来,把账本扔到国王的办公桌上,一屁股坐进椅子里。塔玛斯心有不满,欲言又止。

昂德奥斯打开账簿,塔玛斯看见一大团灰尘随之扬起。他迈步靠近。那是一本老旧的大册子,封面有金线缝制的字母——一个古德利弗词语,可能和钱有关,塔玛斯心想。书页已经发黑,凑近了即可发现上面有细小的文本——字母和数字堆堆叠叠,密密麻麻,需要放大镜才能辨识清楚。

"国王的金库完全是空的。"昂德奥斯宣布。他从兜里取出一只放大镜,悬在书页上,随意挑了几组数字细看。

里卡德猛吸一口气,被糖糕呛得直咳嗽。

塔玛斯盯着大司库。"这怎么可能?"

"自从铁王驾崩,我就再没见过它,"昂德奥斯指着大册子说,"它记载了一百年间国王御批的每一笔交易,金额精确到个位数。曼豪奇登基后,账簿落在他的御用账务师手里,他们如实地记录了账目——我只能为他们说这么一句好话了。根据记录,国王的金库一个卡纳都不剩。"

塔玛斯的双手不自觉地发抖,他只好将其握成拳头。那他该如何发放军饷?如何接济穷人、豢养警力?塔玛斯需要几亿资金——至少也得有几千万才行。

"税收，"昂德奥斯重重地合上账簿，"我们要做的第一件事就是提税。"

"不行，"塔玛斯说，"你知道那不可能。如果我们推翻曼豪奇之后，立刻变本加厉地收税、严管，不出一年，我们也要人头落地。"

"为什么我们要提高税收？"身为大主教的查理蒙德踱步而来，拖着长长的紫色法衣。他个头很高，体格强健，岁数已到中年，但并未像大多数男人一样失去年轻时的力量。他脸庞方正，有一对匀称的棕色眸子，面颊修得干干净净。他裹着上好的毛皮和丝绸，头戴镶金圆帽，满手戒指上的黄金和宝石换十几座豪宅不在话下——对于克雷西米亚教会的大主教来说，珠光宝气不算稀罕。

"依我看，你把整个衣橱都搬来了。"里卡德说。

塔玛斯点头致意。"查理蒙德。"他说。

大主教吸了口气。"我是圣绳之仆，"他说，"这个头衔虽说令我不堪重负，但你们还用得上。"

"大主教阁下！"里卡德夸张地摘掉帽子，嘲讽般深鞠了个躬。

"我不指望你这样的人能理解。"大主教对里卡德说，"我大可找你决斗，谅你也不敢接招。"

"那种事有人替我做，"里卡德说，他眼中隐隐掠过一丝畏惧。大主教为圣绳效命之前，曾是九国内武艺最高的剑客，据说他后来仍不时找人决斗——无论对方是否为神职人员——并残忍地将对方开膛破肚。

"地产，"塔玛斯对大司库说，"我们现在等于坐拥亚卓的半数土地，那些贵族及其继承人正要尝到断头台的滋味。昂德奥斯，我希望你能振作精神，消化掉它们。动作不必太快，但必须为我们讨论过的项目提供资金。迫不得已时可以向外国出售，只要能搞到该死的钱。"

"那些地产我们早有处理计划。"大主教说。

火药魔法师

"是的，不过——"

"你想重新处理那些地产？"

塔玛斯叹口气。温斯拉弗夫人也来了，其华贵的礼服堪与大主教的法衣一较高下，使用的布料和珠宝甚至更有过之。她约莫五十岁，高颧骨，腰肢纤细，戴着钻石耳环。作为土生土长的亚卓人，她拥有世上声威最盛的雇佣军团——亚多姆之翼。过去几个月，她的军队悄悄从国外抽身，回到亚卓做政变准备，塔玛斯知道未来极其需要他们的协助。

一个高大的光头男人紧随其后，穿着连身长袍，此人便是"大老板"亲信的太监。最后抵达的是普赖姆·莱克托——亚多佩斯特大学的校长，年纪和大司库不相上下，体重还要重上十石。他蹒跚着挪向椅子。

塔玛斯的六位同谋者终于齐聚一堂：五个男人和一个女人，他们帮他策划了曼豪奇的垮台，现在将共同决定亚卓的未来。

"要命啊，塔玛斯，"校长说着，拭去前额的汗水。他左侧脸颊偏下的位置爬满了紫色胎记，从嘴唇延伸到眼睛。他留着胡子，胎记上却不生毛，为这位老学究的样貌增添了极其野蛮的一面。"你一定要挑顶层吗？再过些年，等你那把骨头撑不住，你就会后悔了。"

"夫人，"塔玛斯冲温斯拉弗夫人点头，然后依次问候校长和太监，"校长阁下。阉人。感谢各位出席。"

太监溜到角落里，朝窗外张望。他的举止犹如鳗鱼，身上有南方的香料味儿。那位大老板，亚多佩斯特所有罪犯中的最强者，从不亲自参加这些会议，而是派来无名无姓的副手。"我们没得选，"太监说，他嗓音轻柔，就像在教堂里说话的孩子，"你提前行动了。"

"还有，"查理蒙德毫无必要地提高声调，"他想夺走我们从贵族手里收缴的地产。"

喧哗声骤起，塔玛斯举手示意大伙儿保持冷静，继而瞪向大主教。"我们不是来瓜分亚卓的,"他厉声道,"我们要将其还给人民。国王的金库空了,不管我们以什么形式统治国家,未来几年对金钱的需求都相当迫切。你的雇佣军将会分得约定的土地,夫人,里卡德的工会可以获得土地的出产。人人有份。"

"百分之十五归教会。"大主教拨弄着自己的指甲,淡淡地说。

"滚进深渊吧。"里卡德喝道。

"我送你一程好了。"大主教说着逼近里卡德,一手伸进长袍。里卡德慌忙退后。

"查理蒙德!"塔玛斯喊道。

大主教闻声止步,扭头望向塔玛斯。"教会按惯例抽百分之十五,这是换取我们支持的价码。"

"价码?"塔玛斯说,"我以为这次政变是教会许可的,因为曼豪奇害得老百姓没饭吃;或者说,是因为曼豪奇找教会征税,以满足后宫的开销?我忘了哪个是真正的原因,反正教会能得到百分之五,知足吧。"

大主教朝塔玛斯迈了一步。"你好大的胆子。"

塔玛斯迎上前去,摸向腰间的短剑。"叫阵吧,"塔玛斯说,"我奉陪到底,而且不用手枪。"

大主教犹豫了,一抹假笑浮现于嘴角。"如果我干掉你,这个国家就会陷入混乱和无序,"他说,"我首先要对我们唯一的神明负责,其次要对国家负责。我会找其他大主教谈谈,尽力而为。"他收回藏在袍子里的双手,将之摊开,以示无意争斗。

塔玛斯也假惺惺地朝查理蒙德笑笑。"谢了。"他的手依旧按在剑柄上。

太监开口了。"既然国王的金库没钱,曼豪奇花的是哪里的钱呢?"

"教会的。"大主教冷哼一声。

火药魔法师

"那是其中一部分。"昂德奥斯纠正,"他从九国的很多银行借来巨额贷款,王室还欠下凯兹国政府将近一亿卡纳。"

里卡德轻轻吹了声口哨。

塔玛斯转身面对大司库。"国王的脑袋即将掉进篮子里。你着手处理贵族们的地产时,优先偿还国内银行的债务,有余钱再还盟友。"

"其中大多是凯兹的债务。"昂德奥斯耸耸肩强调。

"很好。让他们去死吧。"

他循着笑声望去。太监仍在窗边,端着一杯冷水,盯着杯底。"你和凯兹的私仇,会导致我们从刽子手变成牺牲品。"太监说。

"这不是个人恩怨,"塔玛斯厉声说。其实他心里清楚,他糊弄不了谁,他们全都知道他妻子的遭遇,九国上下无人不晓。但他仍然一口否认。"这笔债务说明了曼豪奇为何迫不及待地把亚卓卖给凯兹。"他顿了顿,"你们有没有认真读过《协约》?"

"他们打算削减工会的权利。"里卡德说。

"把亚多姆之翼非法化。"温斯拉弗夫人补充。

"你们有没有读过《协约》中于己无关的部分?"

坐在后面的校长抬起头。其他人避开了塔玛斯的目光。

"凯兹会毁掉我们熟悉的亚卓,"塔玛斯说,"我们都会成为凯兹人的奴隶,只保留名义上的独立罢了。在曼豪奇的统治下,百姓挨饿,国家遭殃,而凯兹接管后只会变本加厉。所以我们才要送曼豪奇上断头台。"不,不是因为凯兹把塔玛斯的妻子送上断头台,而曼豪奇不置一词。

"你打算说点什么吗?"温斯拉弗夫人忽然发问。

"对谁?"塔玛斯说。

"对民众。你有必要和人民沟通。他们的君主即将被砍头,他们群龙无首,他们需要知道有人在指引他们,带领他们迎接未来的日子。"

她的意思是，迎接几乎不可避免的与凯兹的战争。"不，"塔玛斯说，"我今天什么都不会说。另外，我不称王，管理国家是你们六个的事。我负责保卫国家，维护和平，而你们负责建立一个为人民谋求利益的政府。"

"你最好说点什么，"校长说话时胎记随之抽动，模样相当古怪。"为了维护和平。"

塔玛斯扫视着他们。"民众现在想要的是鲜血，不是讲话。他们期待了好些年，我感觉得到，你们也感觉得到，所以我们才齐心协力推翻曼豪奇。我给他们鲜血，我让血流成河，多到令他们恶心，令他们窒息。然后我的士兵将引导他们向撒玛连区开进，让他们去那里洗劫贵族的宅邸，强奸贵族的女儿，杀死贵族们的次子和幼子。我要让他们疯癫到不能呼吸。两天后，我才制止暴动，发表声明。我的士兵将一手镇压暴动，一手为穷人提供吃穿用度，届时我将恢复秩序。"

执政议会的六名成员默不作声地盯着他。温斯拉弗夫人面色苍白，里卡德移步到太监身边，端详着玻璃杯底。塔玛斯给他们时间考虑，让他们想想为了保卫国家，为了讨回公道、恢复秩序，他甘愿付出什么样的代价。

"你是个危险人物。"大主教评价。

"你以为自己有本事操控暴民。"太监说，他的语气充满轻蔑。

"暴民是操控不了的，"塔玛斯说，"但情绪可以得到释放。我愿意承受后果。如果你们执意反对，那就反对好了，但我明确告诉你们：他们需要鲜血。"

其他人沉默不语。过了好一会儿，塔玛斯接着说："还有很多其他事情亟待讨论。"

塔玛斯坐进角落的一把椅子，冷眼旁观同谋们争论未来几个月的行动细节，并不多言。他们必须任命官员、修订法律、支付薪酬，前方的道路漫长而崎岖。他低低地吹了声口哨，召回猎犬，一边旁听一

火药魔法师

边抚摸着它们的脑袋。

通向阳台的门打开时,塔玛斯抬起头,忽然意识到自己刚才在打盹。

"长官。"奥莱姆说,"时候到了。"

塔玛斯起身驱散残存的睡意,然后迈步向前,为温斯拉弗夫人拉开门。"您先请,夫人。"

他们依次来到阳台上。塔玛斯俯视着大花园,眼前的景象令他屏息静气:底下人头攒动,连一块鹅卵石都看不见。人们接踵摩肩,交谈声犹如海浪拍岸,国王的大花园人山人海,人潮甚至淹没了邻近的五条街道。目光所及之处,人头无边无际。

"长官,"奥莱姆唤道。

塔玛斯强行移开目光。他曾为自己的无畏而骄傲,但这么大的集会令他自觉渺小。一时间他怀疑自己是疯了,因为谁也控制不了那片沸腾的人海,而同伴们脸上的表情说明,他们也产生了同样的畏惧——就连古板沉闷的昂德奥斯亦无言以对。

塔玛斯整了整帽子,遮挡住正午的阳光,同时摸了摸脸颊。他发现自己已有两天没有剃须,下巴上胡茬浓密,对于一身戎装的陆军元帅来说难言体面。

底下的沸腾喧嚣变成了低语。当他注意到每一张面孔都朝向自己时,胸中顿时汹涌澎湃。

"我从没见过这么多人,而且是自愿前来。"塔玛斯咕哝道。"一切都准备就绪了吗?"他问奥莱姆。

"是的,长官。"

塔玛斯扫视着周围的屋顶。他手下的火药魔法师们和最好的枪手分布其间,枪口对准人群。塔玛斯努力回想昨夜那个大杀火药魔法师的尊权者。那人饱经风霜,老态龙钟,头发花白,眼角布满鱼尾纹,长袍灰尘味扑鼻。不知她会不会劫法场救国王?在东边地平线隐约可见的天际宫,塔涅尔和雇佣兵们正在追踪她的蛛丝马迹。

塔玛斯瞟了一眼阳台上的同伴们,如果他们知道自己是引尊权者出洞的诱饵,不知会作何感想。他察觉到奥莱姆睁开了第三只眼,在人群中搜寻。

"发信号。"塔玛斯说。

奥莱姆举起一对红色信旗,挥了两次。

伴随着刺耳的啸叫,貂牙塔的大门缓缓打开,方圆半里都能听见。众人的目光离开塔玛斯,宛如巨浪掉头,注意力全都投向大花园的彼端。塔玛斯倾着身子,心脏在胸腔里咚咚作响。

骑兵们从貂牙塔里涌了出来,在人海中劈波斩浪地前行。塔玛斯看见萨伯恩锃亮的黑脑袋在队伍最前头发号施令。人群被迫后退,通道打开了,一辆囚车随之出现。

霎时间人潮汹涌,山呼海啸。塔玛斯甚至担心萨伯恩他们会被拉下马。国王能抵达断头台吗?

士兵们挡住冲动的人群,他们不断推搡暴民,艰难地在广场上前进。终于,国王乘坐的马车来到断头台前,那正好位于塔玛斯的阳台底下。士兵们在马车后排开,在人群中勉强维持刚才强行辟出的那条蛇形通道。塔玛斯吞了吞口水。两排士兵之间,一千多囚犯戴着前后相连的脚镣,鱼贯而行。这支队伍从断头台一直延伸到貂牙塔,他们是众位大贵族及其长子和成群的妻妾。他们凌乱的华服在暴徒眼中一无是处,唾沫和腐臭的食物纷纷从塔玛斯的士兵们头顶飞过。

"恐怕经历了这么一遭,刽子手都该退休了。"奥莱姆说。

眼前的景象令塔玛斯心潮难平。数十年谋划的高潮终于来临,他兴奋得全身战栗,又因疑虑而不住发抖。如果他有载入史册的机会,那便是今天了。

塔玛斯右边的佛劳恩王后大街发生了骚乱。他的心跳到了嗓子眼。"枪。"他命令道。

火药魔法师

奥莱姆递给塔玛斯一把步枪。

"火药包。"

塔玛斯接过火药包,用指头捏开。他把黑火药洒在舌尖,立刻感到一阵酥麻,浑身打了个激灵,不自觉地握紧扶手,仿佛整个世界都在扭曲。他闭上双眼,等再次睁开时,万物都变得鲜明刺目。他可以隔着六层楼之高,看清底下每个人的头发,也可以隔着半里之远,观察佛劳恩王后大街的情况,仿佛就在现场。

"龙骑兵,"他说,"整整一个连。"

龙骑兵身着希尔曼卫队的礼服,骑着高头大马,犹如黑云压境。他们旁若无人的架势,吓得妇孺竞相躲闪。剑已出鞘,手枪在手,蹄声隆隆。

奥莱姆不经提醒就单手举起信旗,在头顶转了一圈,然后笔直地指向佛劳恩王后大街。塔玛斯看见星散在人群中的黑衣人遵循指示的方向行动。他们个个虎背熊腰,不愧是声名远扬的守山人汉子,其任务便是混在人群中伺机行动。佛劳恩王后大街的屋顶上,枪手们掉转枪口,盯上了龙骑兵。塔玛斯瞥了奥莱姆一眼:萨伯恩对他的描述很准确,他敬业、专注,在希尔曼卫队影响到计划成败的关键时刻仍不为所动。

"除非我下令,否则不准开枪。"塔玛斯说。奥莱姆打出旗语。

龙骑兵抵达大花园时放慢了步伐。人群过于密集,重达一百四十石的畜生也难以前行。越来越多的人由于无处躲闪,消失在马蹄之下。人们纷纷转身面对龙骑兵。

希尔曼卫队的战马停止了前进。他们还能怎样呢?踩着民众的脑袋过来?希尔曼卫兵们歇斯底里地鞭答坐骑,哀号声在他们背后此起彼伏,伤者的朋友和家人愤怒地叫喊着,不顾一切地尝试挽救人命。

不多久,有一名希尔曼卫兵被拉下战马,消失在人群里。无数双手随即伸向其他人,卫兵们慌张地挥起军刀。枪声响起,人群以出离愤怒的咆哮回应。

另一名希尔曼卫兵坚持了几分钟,他驾着坐骑转圈,仗剑格挡人群,马蹄胡乱踢打,但很快也落得和战友一样的下场,坠落马下,消失不见。塔玛斯听见有人难以置信地喘了口气,转身发现温斯拉弗夫人快昏倒了。只见一颗脑袋被抛出人海,它仍戴着希尔曼卫队的羽饰高帽,但无疑已经身首分离。它流淌着鲜血和污物,在人们手里传来传去。很快又有几颗脑袋加入这一行列。

塔玛斯目不转睛地注视着。这都是由于他的所作所为。为了亚卓。为了人民。

为了艾瑞卡。

"惨啊,长官。"奥莱姆说。他抽起了香烟,和塔玛斯一同观看,而他的同谋者们就连查理蒙德都转过了视线。

"是。"塔玛斯说。

国王和王后被押上断头台。总共六座断头机,一字排开,刽子手们整装待命。曼豪奇和他的妻子站在人群前方,迎接各种腐臭食物。一大块血淋淋的肉砸在王后脸上,在她雪白的肌肤和奶油色睡衣上留下猩红的血印,塔玛斯不禁眨了眨眼。王后当即休克,瘫在台上,曼豪奇却浑然不觉。

塔玛斯又望向希尔曼卫兵们的脑袋。它们一路在人群中传递,向断头台靠拢。

国王抬头瞪着塔玛斯,然后在口袋里摸索一番,掏出一张脏兮兮的纸片。他清了清喉咙,开始说话,但塔玛斯怀疑除了刽子手谁也听不清。曼豪奇扯起嗓子高喊,然而喧闹声越来越大,最终他安静下来,下巴垂落,放弃了所有的努力。刽子手拉了拉曼豪奇身上的铁链,眼见国王纹丝不动,刽子手便一把勒住他的后颈,将其拖到断头机前。

对他俩算得上一点仁慈吧,塔玛斯心想,屠刀落下时,他俩什么

火药魔法师

都不知道。

曼豪奇的脑袋落进断头机下方的篮子,血如泉涌,喷溅到最近的旁观者身上——尽管人群被隔离在十步开外。劳工们上前清理的同时,王后被拖到相邻的断头机上,她的脑袋随之滚落,金色发卷犹如波浪。

"一整天都要耗进去了。"里卡德咕哝道。

"是的,"塔玛斯说,"还包括明天。我说了,我要给民众足量的鲜血,令他们窒息。"他俯视着断头台底下汇集而成的血池,随着它不断扩散,附近的男女不安地挪动着脚步。"大花园将被血水浸染,石头也将被血水侵蚀得变色。"

塔玛斯再次扫视人群,然后离开了阳台。尊权者没有到场,这说明至少还有一个敌人没有落网。不对,他纠正自己的想法,并非没有落网,塔涅尔一定能找到她。"等民众饿了,暴乱就会开始,"他没有特定的宣布对象,"明日再行宵禁。在此之前,我建议诸位远离街道为妙。"

第 6 章

埃达迈雇了一辆马车前去亚多佩斯特大学。这段路程原本不长，但眼下亚多佩斯特的全部居民都涌向了城中心，而大学坐落在市郊。等他们到达柯凯姆郡时，人流才逐渐稀少。大学里静得出奇。

人们都去行刑现场了，塔玛斯一定派了最快的骑手赶到郊外散布消息，让人人都有机会围观处决曼豪奇的场面。这是一步险棋，好在结果令老百姓满意，埃达迈也满意。他只希望别是走了傻瓜，来了暴君。

他在冷清的校园里漫步，忽然听见远方传来一阵嗡嗡声。埃达迈判断那是几十万人的嘶吼，国王正在他们眼前死去。劫掠即将开始，等人们从刑场上慢慢散去，才会想起大门忘了上锁，店铺无人值守。当兄弟反目，暴乱也将接踵而至。克雷西米尔保佑，他应该能在事态恶化之前回家。

他从暖房和图书馆之间走过，脚步声在空荡荡的庭院里回响，随后他又登上行政大楼的台阶，宏伟的橡木包铁大门虚掩着。进门后，他经过了无数间办公室，最终在现任校长的一幅画像前驻足。普赖姆·莱克托面貌丑陋，早年就很难看，一块紫色胎记盖住了脸庞的三分之一，但据说他的学术成就无出其右。埃达迈离开校长办公室，走向邻近的房门。

那是一扇小门，用一块木楔子挡开，从门板的裸露程度来看，很可能曾用作清洁工具室。埃达迈在过道里就听见老式鹅毛笔刮擦纸面

火药魔法师

的声响。

埃达迈在挡开的门板上叩了两下。房间狭小逼仄,一个相貌年轻的男人坐在角落里,面前的桌子式样简朴:或许有人会以为校长助理的办公室必定凌乱不堪,但这里的每一张纸、每一册书和每一个卷轴,都井然有序、浮灰不存。埃达迈面露微笑。真是江山易改,本性难移。

"埃达迈,"乌斯坎说着,把笔搁在笔架上,吹干纸上的墨迹,置于一边,"真是惊喜啊。"

"很高兴看到你在这儿,乌斯坎。"埃达迈说,"没去围观行刑"。

乌斯坎的脸上掠过一道阴影,他绕过书桌,上前和埃达迈握手。"我有个实习生文笔出色,我请她巨细无遗地记录下来,存档传世。"乌斯坎露出嫌恶的表情,"我手头还有活儿,何必去看那种血腥的场面?"

埃达迈端详着乌斯坎。他朋友的相貌确实年轻,看起来远不到四十五岁,因为长年借着昏暗的光线读书,习惯眯眼,面皮始终紧绷着。"这可是百年难遇的事啊。"埃达迈说。

"千载难逢,"乌斯坎边说边回到桌边,示意埃达迈在房里仅剩的另一把椅子上坐下,"自克雷西米尔及其兄弟们创立九国以来,历史上从未有国王遭到废黜的先例。绝无仅有。我不……我真的无话可说。"他收敛了满面的忧虑,仿佛擦掉一片恼人的灰尘。"法耶还好吗?"

"她带孩子们出城了,谢天谢地。"

"真走运。"

"是啊。"

乌斯坎忽然来了精神。"印刷机怎么样?我一直以来忙得要命,好久没想起给你去信了。看它开动肯定激动人心,那可是整个亚卓的第一台蒸汽印刷机啊!"

"你没听说吗?"埃达迈面露苦色。

乌斯坎摇摇头。

"机器爆炸了。"

乌斯坎目瞪口呆。"不是吧。"

"炸死了一名学徒,毁了半栋楼。我出门喝杯茶,等我回来……"埃达迈比划着爆炸的手势,"埃达迈和他的朋友们出版社就没了。"

"你应该买了保险吧?"

"当然,但他们拒绝赔偿。我告了他们,结果他们发现贿赂地方法官比赔偿我更划算。"

乌斯坎无声地翕动嘴唇。"难以置信。那是能带来名声和财富的啊。如果成功,你现在就发财了。唉,我刚在报纸上看到,半年之内亚多佩斯特就新开张了十一家书店。阅读成了时尚,诗歌、小说、历史,这个行业兴旺得很啊!"

"别哪壶不开提哪壶。"

乌斯坎局促不安地应道:"埃达迈,我很遗憾。"

埃达迈摆摆手。"世事难料,过去也快一年了。再说,我不是来找你诉苦的。我来办事。"

"调查?至少你还有这条退路。"

"没错。"

"有什么事你尽管问。"乌斯坎说。

"我希望不会麻烦你。我想知道有关'克雷西米尔之破碎誓言'或者'克雷西米尔的誓言'的情况。"

乌斯坎背靠椅子,皱着眉头望向天花板。"这听着……"过了好一会儿,他说,"很耳熟,但就是想不起来。不是每个人都有你的技能。"他起身道。"我们去查一查。"

他们离开行政大楼,走向图书馆。这座高大建筑的前门历经岁月

火药魔法师

洗礼,且不知被谁锁上了,但乌斯坎有钥匙。

前厅面积不大,只能供人挂外套和擦鞋。再往里走,乃是一间宽敞而开放的中庭,分为三层,满眼皆是台阶和爬梯,大量桌椅随意摆放在书架尽头或窗户底下。

"但愿你知道从哪儿找起,"埃达迈说。忘记图书馆有多大是很容易的,何况埃达迈几十年没来过了。"不然一整天都不够。"

乌斯坎胸有成竹地拐向右边,登上附近的台阶。"我应该知道,"他说,"不过也要花点时间。最近我们添了一些重要的馆藏,而我泡在图书馆的时间还不够多。话说回来,你不能抱怨新书的增加,只是出版业兴旺发达,书籍却依旧昂贵。"他瞟了一眼埃达迈。"蒸汽印刷机本应改变这种局面。"

埃达迈翻了个白眼。乌斯坎没有恶意,但听着好像机器爆炸全是埃达迈的责任。

乌斯坎数着一排排书架,选定了其中一排。他抓过一架滑行爬梯,推着向前走,他的声音在空旷的天花板下回荡。"吉勒曼大学总能得到最丰厚的藏书。说起来,亚多佩斯特公共档案馆的藏书也是我们的两倍,你为何不先去那里?"

埃达迈停下脚步,抚摸着皮质书脊。他喜欢图书馆。这里干燥、积灰,充满书卷的气味——这在他看来等于知识的气味,对于警探而言,知识至关重要。"因为市中心现在成了动物园。行刑,记得吗?"

乌斯坎扭头冲他眨眨眼。"噢,对哦。"他继续推动梯子,"但如果这里不走运,你还是去档案馆好了,那边有一些相当能干的图书管理员,他们整理得很好。到时候请交叉参考'神学'和'历史'条目,反正我会先从这儿入手。"滑行爬梯停了下来,乌斯坎爬上去。随着他一路攀爬,厚实的铁杆嘎吱作响,埃达迈伸手将其稳住。

"我不想参考什么神学。"

乌斯坎在十尺之高干笑一声。"这年头谁会想呢?"他顿了顿,又说,"好家伙,这就奇怪了。"

"怎么?"

梯子嘎嘎直响,乌斯坎爬了下来。"书都不见了。肯定有人借走了。只有教员有权把书带出图书馆,可我们的神学院目前萧条得很,全院才三个兄弟,且半年时间都在暖和的地方休假。几乎没人研究神学了,流行的全是数学和科学。克雷西米尔在上,自从我来到这里,我们的物理和化学分部扩建了四倍。"他又抬头望向爬梯上方空缺的书架。"我明明记得……算了,我们去别处找找。"

埃达迈跟着朋友上到三层,但原以为能在那里找到的书籍也不见了。他们又找了两处,最后乌斯坎靠在书架边揉眉头。"肯定是有人要写神学论文,"他说,"可恶的神学院学生老是把书借走。这年头,神学院的学生虽然不多,但个个都认为这里是他们的地盘,因为当年他们的祖父捐了钱物。"

埃达迈盘算着该透露多少内情。具体说什么其实危险并不大,但埃达迈希望知道这次调查真正指向的人越少越好,他没必要在塔玛斯完全掌权之前被人打上叛徒的标签。

"你有关于荒冷时期的书吗?我听说那时有很多描述克雷西米尔的文献。"

"你从哪儿听说的?"

"三年前初春时我读过的一份报纸。"

"呸,报纸上什么屁话都有。毫无疑问,荒冷时期是一个极其虔诚的时代,但同时也是一个缺乏知识的黑暗时代。克雷西米尔及其兄弟姐妹消失了,新的君主被迫与普瑞德伊——一个古老而强大的尊权者族群——作斗争,经过那个时代而流传下来的东西不多。校长告诉过我,如果我们掌握的有关巫术和科学的知识,有克雷西米尔在世时期的一半——其中大多在荒冷时期遗失无踪——就必能进入一个黄金时代,无论贫富贵贱都会大大受益。"

火药魔法师

"那就交叉参考神学、历史和巫术条目。"

"我要给你谋个图书馆员的职位。"乌斯坎说。

"你对巫术知道多少?"埃达迈追问。

"巫术学算是我的业余爱好,尽管我没有巫术天赋。我祖父是尊权者,准确地说,是医疗者。"乌斯坎顿了顿,期待地望着埃达迈。

"是吗?"埃达迈接上话茬。

乌斯坎脸色一沉。"医疗者是最稀罕的尊权者,这点哪怕刚学过巫术导论的孩子都知道。据说人体复杂至极,每一百个尊权者当中只有一人拥有基础以上的治愈能力。"

"所以很稀罕?"

"非常稀罕,埃达迈。老天,你追究到这种程度,任谁都会以为你知道得不少。难道你对巫术一无所知?"

"差不多吧。"埃达迈承认。他的世界是大街小巷、市民和罪犯,他没空研究巫术,而且老实说,巫术不关他的事。他偶尔能碰到几个赋能者,但更强大的巫术是王党的领域,区区一名警探根本无权涉及。他那点知识还是小时候在屈指可数的几堂课上学来的。

"你是真正的赋能者,"乌斯坎说,"你有第三只眼,对吧?"

"是的,可我不知道那有什么……"

"当你开启视野时,你能看见一切事物的灵光,观察到尊权者所称的'他方'?"

如今埃达迈很少睁开第三只眼,那样做带来的往往不止是不舒服。他记得视野中的万物都被光线包裹,绚丽夺目,仿佛整个世界被抹上了一层鲜亮的色彩。"是的。"

"尊权者能够操纵他方,"乌斯坎说,"尊权者的每根手指都连接着一种元素:火、土、水、气和以太。"

"但火不是元素,"埃达迈说,"而是燃烧的结果。"

乌斯坎冷哼一声。"耐心听我说。根据近百年来的各项研究,以上关于魔法的论断确实存在问题,但仍是目前最好的解释。总之,每一根手指对应一种元素,也对应尊权者使用上述元素的力量,其中拇指是最强的。尊权者通过惯用手——通常为右手——从他方召唤自己希望操控的灵光,等灵光被拉进我们的世界,他再使用另一只手引导。"

"火药魔法师的魔法又是如何运作的呢?"

"我知道才怪。尊权者痛恨火药魔法师,王党一直在阻止对他们进行研究。"

"为什么恨到这种地步?"埃达迈听说大多数尊权者对火药过敏。

"恐惧。"乌斯坎说,"大多数尊权者施法的作用范围不超过半里,火药魔法师却可以在两倍于这个距离的位置射击,王党当然不喜欢处于劣势。我也听说,万事万物,无论死物活物还是元素,在他方皆有灵光,唯独火药没有,这令尊权者尤其紧张。啊,我们到了。"

乌斯坎在书架前停下脚步。他的指头挨个儿掠过那些书脊,并将其取出,堆在埃达迈怀中。书本相互撞击,尘埃随之荡漾。"就少了一本,"乌斯坎说,"但我碰巧知道哪里有。校长办公室。"

"我们可以去取吗?"

"校长出门了,今早因为什么急事去了亚多佩斯特。我没有他办公室的钥匙,只能等他回来。"

他们抱着一堆书回到桌边,准备研究。埃达迈坐了下来,翻开一本书,接着皱起眉头。"乌斯坎?"

"嗯?"乌斯坎闻声张望,随即一跃而起,绕过书桌——埃达迈第一次见他行动如此迅速。"怎么回事?深渊啊,到底是谁干的?"

书的前几页不翼而飞,接着的几十页均有文字被整段涂黑,像是有人用手指蘸上墨水,在书页上涂抹过。乌斯坎用手帕擦拭着额头,在埃达迈身后踱起步子。

"这些书珍贵得很,"他说,"谁会干这种事?"

火药魔法师

埃达迈弯下腰,眯眼观察残页的边缘。他又拿起书仔细掂量。书页为羊皮纸,比现今的纸张厚,也结实得多,断裂处微微发黑。

"尊权者干的。"埃达迈说。

"你怎么知道?"

埃达迈指着残页的边缘。"就你所知,既能烧掉书页又不破坏整本书,除了巫术还能是什么?"

乌斯坎继续踱步。"尊权者!愿克雷西米尔惩罚他们,他们应该清楚书籍的价值。"

"我想他们十分清楚,"埃达迈说,"不然就会把整本书都烧了。我们看看其他几本书。"他一本又一本地检查起来,发现从书架上取来的十一本书之中,有七本惨遭破坏,要么段落被涂黑,要么书页被毁。等他们检查完毕,乌斯坎已经气得七窍生烟。

"等校长回来!他会直闯天际宫,痛揍那帮愚不可及的尊权者,他会——"

"塔玛斯处决了所有王党成员。"

乌斯坎惊呆了。他的鼻孔一张一缩,嘴唇紧抿,眉头怒锁。"那就是说要不到赔偿咯。"

埃达迈摇摇头。"我们看看这些书还剩什么。"

他们研究了好一会儿,发现被涂黑的文字应有八处涉及克雷西米尔的誓言,然而这些段落已不可辨识。

"还有一本,"埃达迈说,"在校长的办公室?"

"是的,"乌斯坎抓着后脑勺,心不在焉地说,"《为国王效力》,讲的是九国各地的王党保护各国国王的职责。非常有名的一部作品。"

埃达迈抚平了外套的前襟。"我们去瞧瞧他的房门有没有上锁。"

乌斯坎归还了书籍,追上埃达迈,两人来到图书馆的中庭。"他不会不锁门,"这位校长助理声称,"我们等他回来就行。校长非常注重隐私。"

"我正在进行调查。"埃达迈说着进了行政大楼。

"那也不代表你有权搜查别人的书房,"乌斯坎说,"再说,门肯定上了锁。"埃达迈转动门把手,只有声响,并无动静,乌斯坎得意地笑了笑。

"不要紧。"埃达迈说着蹲下来,从靴子里摸出一套便携撬锁工具。乌斯坎瞪圆了眼睛。

"什么?不,你不能这么做!"

"你刚才说校长什么时候回来?"

"很晚才能回,"乌斯坎说,"我……"他立刻意识到自己说错话了。埃达迈开始摆弄锁头,乌斯坎气呼呼地靠在墙上。"我应该告诉你'他随时都会回来'。"他咕哝道。

"你不擅长撒谎。"埃达迈说。

"的确。所以等校长问起是不是有人进过他的办公室,我也不能撒谎。"

"得了吧。他不会发现的。"

"他当然会发现,他怎么可能……"

锁头"咔嗒"一响,埃达迈轻轻推开门。这间办公室的陈设符合人们对大学的想象:书籍和纸张随处可见,椅子、桌子甚至地上都有残留着食物的盘子,四面墙壁则都有两人高的书架,杂乱无章地堆满了书,压得书架严重变形。

"什么都别动,"乌斯坎说,"他清楚每样东西的位置。如果你动了……"看到埃达迈的脸色,乌斯坎当即闭嘴,"你等着,我来找那本书。"他郁闷地承诺。

于是埃达迈守在纸墨丛林的边缘,乌斯坎则跋涉其间,搜寻着失踪的书,举手投足皆有一名秘书与生俱来的优雅。他抬起纸张,移开盘子和书本,一切物件随即又回归原位。

埃达迈踮起脚尖,扫视房间。"是那本吗?"埃达迈指着校长书

火药魔法师

桌的正中央问道。

乌斯坎从校长的椅子底下探出头。"噢,正是。"

埃达迈轻手轻脚地走过去,小心翼翼拿起书,开始翻阅。乌斯坎来到他身边。

"书页完好无损。"埃达迈说。他飞快地翻动着,等待那个词跃入眼帘——他在最后一页的后记里发现了目标。

埃达迈大声念道:"他们将以生命守护克雷西米尔的誓言,若誓言被打破,九国或将灭亡。"他读完又前后翻了翻,却没有找到更多说法,不由得眉头深锁,"不对头啊。"

乌斯坎指着正中央书脊的位置。

"怎么?"

"有些书页不见了,"乌斯坎说,"一半的后记。"他气得嗓音战栗。

埃达迈仔细一看,果真如此,书页撕得整整齐齐,毫无破绽。这本书装帧独特,不容易发现缺页。他叹了口气。"还有哪儿能找到这本书?"

乌斯坎摇摇头。"也许公共档案馆里有。诺佩思大学可能也有一本。"

"我才不会为了这个"可能"坐大半个月的马车去诺佩思大学,"埃达迈说着"啪"一声合上书,放回校长的书桌,"我只能去一趟公共档案馆。"

"城里有暴动。"埃达迈正要离开,乌斯坎提醒他。

埃达迈停下脚步。

"他们会锁住大门,"乌斯坎说,"档案馆里收藏了税收记录、家族历史,还有许多保管箱。他们有卫兵,埃达迈。"

那不是问题,除非他被卫兵逮住。"感谢你的帮助,"埃达迈说,"一有发现就通知我。"

第 7 章

　　塔涅尔目送暴民浩浩荡荡地在街上行进,担心他们是否会给自己惹出一些麻烦。城里一片混乱:马车倾覆,楼屋着火,尸横街巷,任人劫掠甚至凌辱。浓烟犹如帘幕,遮天蔽日,仿佛永远不可能散去。

　　塔涅尔随手翻开自己的素描本。打开的那一页上画着维罗拉的肖像。他停顿片刻,一手捏着书脊,一手将其撕下,揉成纸团,扔到街上。他瞪着本子里锯齿状的撕痕,立刻就后悔了,因为他没钱再买新的素描本。在法崔思特,他变卖了所有值钱的物品,就为买一枚钻戒,而那枚该死的钻戒在吉勒曼被他钉在了花花公子身上。当时的场景历历在目,那家伙肩头流血,血液顺着猩红的戒指滴落,他先将戒指套在对方剑上,然后一剑刺中肩膀。应该留着戒指典当换钱的,他使劲吞了吞口水。最遗憾的是,他没对维罗拉说点什么——什么都好——而她呆立于卧室门口,被单攥在胸前。

　　他抬头望向附近的钟楼。四小时后,父亲的士兵就要开始整顿秩序。午夜过后仍在外边游荡的暴民,将被塔玛斯元帅的手下严肃处理。这下子,当兵的怕是要遭罪了,近来亚多佩斯特的亡命之徒不在少数。

　　"你怎么看那两个雇佣兵?"塔涅尔问。他俯身拾起皱巴巴的维罗拉肖像,在腿上抹平然后对折,夹进素描本。

　　卡-珀儿耸耸肩。她盯着越来越近的暴民,只见领头的大汉一副农民模样,身着破旧的工装裤,手持一根临时捡来的棍棒。这人可能

火药魔法师

是为了在工厂上班而搬进了城里,却没能加入工会。他看见塔涅尔和卡-珀儿站在一间关门歇业的商店门前,便舞起棍棒,逼向他俩,把他俩视为下一个劫掠对象。

塔涅尔的指头抚过鹿皮短装的边缘,摸到了腰间的枪柄。"朋友,你何必来这儿惹麻烦?"他说。卡-珀儿握紧了小小的拳头。

农民的目光落在塔涅尔胸前的银质火药桶徽章上。他脚步一顿,对身后的人嘀咕了几句,当即转身离开。其他人也跟着走了,个个神色阴郁地瞪向塔涅尔,但没人愿意找火药魔法师的麻烦。

塔涅尔松了口气。"那两个雇来的打手去了好久。"

他指的是身为尊权者的雇佣兵朱利恩和破魔者戈森,二人前去追捕尊权者逃犯已有一个钟头。据说她就在附近,一旦找到,他们便回头与塔涅尔和卡-珀儿会合。塔涅尔开始怀疑他们这是有意爽约。

卡-珀儿用拇指戳戳自己的胸口,然后手搭凉棚,抻出脑袋,似在寻找什么。

塔涅尔点点头。"是啊,我知道你能找到她。"他说,"但这种基础工作就让雇佣兵干吧,他们也只有这么点本事——"

塔涅尔的脑袋猛地撞上背后的石墙,突如其来的爆炸声造成了耳鸣。卡-珀儿撞到他身上,被他及时拉了一把才没有摔倒。他扶稳卡-珀儿,晃着脑袋,试图驱散耳朵里的嗡鸣。

曾有一座失火的军械库距他仅半里之遥,方才的爆炸和当时极为相似。但缚印者的直觉告诉他,那不是炸药,而是巫术。

一团火焰飞射向空中,距离他们还不到两个街区。火球来得快,去得也快,接着塔涅尔听见惨叫声。他扭头望向卡-珀儿,她瞪大了眼睛,但不像受伤的样子。"走。"他说着冲了出去。

他经过那帮暴民,只见他们横七竖八地躺在鹅卵石上,就像孩童的玩具挨了狠狠的一拳,散落一地。他快步跑向爆炸发生地,匆匆转过街角时和人撞了个满怀,但甫一倒地迅即爬了起来,甚至来不及多留意撞到的是谁。

但他刚跑了两大步便顿住了：他刚才撞到的是一个年长的女人，头发花白，身着式样简朴的棕色外衣和裙子，戴着尊权者手套。

塔涅尔旋身拔出手枪。

"站住！"他大喊。

卡-珀儿的身影掠过街角，刚好挡住子弹的路线。他放低手枪跑上前，越过她纤瘦的肩膀，看见尊权者转过身来，十指飞舞。尊权者触及他方之时，塔涅尔感到了火焰的炙热。

塔涅尔抓住卡-珀儿，两人同时扑倒在地。一团拳头大小的火球擦过脸颊，热浪烧焦了他的头发。他举起手枪瞄准，火药迷醉感使人平静，他的全副身心都聚焦于瞄准器、火药和目标上，随即扣动扳机。

如果那女人不是刚巧打了个趔趄，子弹定能击中她的心脏。结果这一发射进了肩膀，中弹的瞬间她浑身一颤，继而冲着塔涅尔怒吼。

塔涅尔四下张望，他需要找地方躲起来，重新填弹。二十步开外的一座砖砌旧仓库不错。"该走了。"塔涅尔对卡-珀儿说，他拉起女孩向仓库飞奔。

他瞥见尊权者又在舞动手指——尊权者触及他方的场面可谓赏心悦目，只要他们不是在企图杀你——凭借熟练操控元素的本领，一个经验丰富的尊权者可以发射火球或召唤闪电。

塔涅尔感到地面在震动。他们已然躲到仓库背后，然而整栋房子都在隆隆作响。尖叫声不受控制地从他嗓子里往外挤，他感到那股强大的力量随时可能拆毁仓库，置他们于死地。

仓库呜咽、战栗，幸好没有炸开。烟雾从骤然皲裂的墙体中喷涌而出，刺耳的噼啪声划破空气，最终一切都安静下来。他们还活着。尊权者对他们施展的神秘巫术被什么东西封阻了。

塔涅尔瞥了一眼卡-珀儿，颤颤巍巍地吐了口气。"你干的？"

卡-珀儿的表情难以形容。她伸手一指。

"追她。对哦,走吧。"

他飞快地冲上街道,同时换上一把已经装弹的手枪。看见朱利恩和戈森跑来,他多等了一会儿。

朱利恩的模样活像被一桶火药炸过,她头发焦枯,衣衫尽黑。就连戈森也神色惊惶,衬衫上有黑色污迹,而巫力理应影响不到他才对。他手中的剑断了一尺之长。

"你俩到底干什么呢?"塔涅尔说,"你们应该回来叫上我一起追杀她。"

"我们不要天杀的缚印者拖后腿。"朱利恩做了个无礼的手势。

"她不该知道我们来了,"戈森说着,局促不安地看了塔涅尔一眼,"可她居然知道。"

"她干的?"塔涅尔指着戈森的断剑问道。

戈森皱起眉头。"噢,活见鬼。"他扔掉了断剑。

"再说废话她就没影了。"塔涅尔说,"那么,朱利恩,你侧面包抄,我——"

"我不听你的命令,"朱利恩凑近了说,"我直接去割她的喉咙。"她扯了扯手套,顺着街道跑去。

"该死的!"塔涅尔拍拍戈森的肩膀,"你跟我一起行动。"

他们拐进偏街,又上了一条大路,与朱利恩同向而行。

"到底发生了什么?"塔涅尔问。

"我们在一家天文用品店里找到了她,"戈森趁着喘息的间隙说,他身上的佩剑、扣带和手枪在跑动时咣当作响。"我们绕了一圈,所有出口都查看过,并且布好了陷阱。我们正准备进去抓人,那栋房子的整个正面却炸开了。朱利恩勉强自保,而我居然感到了爆炸的高温!没道理啊,我应该能够驱散她从他方召唤的任何灵光。不可能有火、热或者其他什么能量能触及我,但真的有。"

"看来她很强大。"

"太强大了。"戈森说。

塔涅尔看见朱利恩越过了那条街的一处巷道。他刹住脚步,深吸一口气,示意戈森停下。不,不大对劲,他转过身。

"卡－珀儿?"

她早已候在巷子口,一根手指贴着嘴唇,双眼半睁。她指向巷子里。

塔涅尔示意戈森打头阵,因为他能够避开一切陷阱及攻击他们的巫术。塔涅尔举起手枪,瞄着戈森的肩头上方。巷子里乱七八糟的,堆满垃圾、泥土和粪便,还有一些腐朽不堪的酒桶。这儿藏不了一个大活人,正午的阳光照得巷子亮堂堂的。

"那边!"戈森猛冲过去,塔涅尔也正好捕捉到了前方的动静。他眨眨眼,仔细观察,发现光线仿佛自行收敛,形成一道淡淡的阴影,正好能供一人藏身。

尊权者随之现身。她平举颤动的双手,对准戈森。戈森严阵以待。

光波粼粼,空气被酝酿中的巫力熔化得扭曲变形。戈森大喝一声,脖子上青筋暴起。塔涅尔开枪了。

子弹仿佛打中了铁板,从她身上弹开,无害地弹进巷子里。尊权者甩开双手,戈森仰头一翻,倒在地上。

砖墙上装有把手,便于攀上屋顶。尊权者毫不费力地爬了上去,快得不像她这个年纪的人。不等塔涅尔装填子弹,她已经爬了两层楼,于是他吸了一鼻子火药,也开始攀爬。

"别让她跑了!"塔涅尔回头冲戈森大喊。卡－珀儿转身上了大路,包抄尊权者。

塔涅尔爬到屋顶,翻身上去。尊权者跳到邻近的屋顶,回头扔来一团火球。火药迷醉感流遍塔涅尔全身,他看见了巫力的灵光,预知

火药魔法师

到火球飞行的路线，于是就地一滚，又顺势起身。但这时尊权者已飞快地溜走，踩得陶瓦哗啦作响。

塔涅尔轻松跃过房屋之间的空隙。因为屋顶倾斜的角度，尊权者消失在视野中，但等她爬上前面的屋顶时又现了身。他立刻举枪射击。

子弹再次击中目标，但她仍未应声栽倒。这一枪打得很正，就在脊柱上，照理说必死无疑，退一万步也是重伤。可她连个趔趄都没打。

塔涅尔怒吼一声，收起两把手枪，肩膀一耸，将步枪握在手中。刺刀上好了，他只能费点力气解决问题。

迷醉感的效能最大化时，火药魔法师跑得过快马。塔涅尔距离她有两座房屋。只见她跃过屋顶之间的空隙，脚趾勉强踩到边上，结果站立不稳，摔了下去，幸亏双手及时抓到瓦片。

塔涅尔冲了过去，刹住脚步，旋身举刀，试图刺透她的眼睛。没想到她一松手，从屋顶落到了底下的街上。

塔涅尔咒骂着，略一犹豫也跳了下去。即使处于火药迷醉感的高峰期，他落地时依然膝盖剧痛，浑身打了个激灵。他落在尊权者身边，而对方已经起身。他凭本能送出刺刀，感到刀尖刺进了血肉。

那女人颓然脱力，戴着手套的手距他脑门不过一尺之遥。她年老色衰，却也残留着美丽动人的影子，只是如今风霜满面、沟壑丛生，眼角的鱼尾纹密密麻麻。她喘了口气，猛地挣脱塔涅尔的刺刀。

"你根本不知道发生了什么，孩子。"她死气沉沉地低语道。

塔涅尔听见戈森身上武器撞击的声响，破魔者举起手枪追了过来。

塔涅尔感到大地在震颤。

"快趴下！"戈森跳到塔涅尔和尊权者中间。

地面破裂、粉碎，从他们脚下消失，突然释放的压力导致塔涅尔全身心都失控了。他感觉自己像是被塞进大炮的炮膛，作为引爆的炸药。他耳朵里轰轰隆隆，头晕目眩，脑袋如遭重锤敲击。

砖石在周围雨点般落下。

等尘埃落定，塔玛斯发现戈森依然趴在他身上，脸上表情痛苦不堪。破魔者睁开一只眼，翕动嘴唇，但塔涅尔什么都听不见，只觉天旋地转。他勉强起身环顾四周，发现卡－珀儿自尘雾中现身，向他走来。朱利恩在后面不远处。两边的建筑全被夷为平地，仅剩地基，潮湿的地窖里堆满了碎石和大片灰尘，残骸中还有血污和断肢，那是屋子里的人——没有破魔者为他们阻挡爆炸的冲击波。

塔涅尔颤颤巍巍地吸了口气。

朱利恩径直来到塔涅尔面前，猛地一推，将两腿不听使唤的他掀翻在地。卡－珀儿挤到两人中间，无声的瞪视逼得朱利恩退了一步。过了好一会儿，塔涅尔才听清朱利恩喊的是什么。

"……放她跑了！你放她跑了！你这该死的蠢货！"

塔涅尔爬起来，用肩膀轻轻地撞开卡－珀儿。

朱利恩逼上前，狠狠一拳打在他脸上。他脑袋后仰，继而下意识地凌空抓住她再次挥来的拳头，顺势一拧，跟着扇了她一巴掌。"滚开。"塔涅尔回头啐了一口血，"她死了。那么重的伤，谁也活不成。"

"她没死。"朱利恩脸颊通红，但终究没有还手，"我还能感觉到她。她跑了。"

"我一刀刺穿了她，三掌长的刀！她不可能幸免。"

"你以为刀剑能伤到她？你以为她真的受伤了？你简直一无所知。"

塔涅尔深吸一口气，平静下来，然后嗅了点火药。"卡－珀儿，"他说，"她还活着吗？"

卡－珀儿用一对小手抬起塔涅尔那把步枪的枪托，指头摸过残留

火药魔法师

在刀锋处的血迹,然后五指合拢,轻轻捻动。须臾,她点点头。

"你能追踪她吗?"

卡-珀儿又点点头。

朱利恩嗤之以鼻。"连我都追踪不到她,"她说,"她掩盖了踪迹。即使她受伤了,也远比你想象的强大,这个天杀的丫头找不到她。"

"棍儿?"

卡-珀儿冷哼一声,扭过头,花了些许时间辨明方位,然后伸手一指。

"方向有了。"塔涅尔说,"你控制好情绪,瞧瞧真正的追踪好手怎么办事。"他对卡-珀儿打了个手势。"带路。"

塔涅尔抬手遮拦雨水,望向朱利恩。她站在高处,抱着双臂,一脸挑衅的笑容,脸上的疤痕随之扭曲。"两天了,"她说,"承认你的蛮子宠物找不到那个婊子吧。我们也别淋雨了,就告诉塔玛斯说遇到了麻烦。"

"这么轻易就打退堂鼓?"塔涅尔伸手在排水沟里搅动,尽量不计较那些涌过指间的污物。排水沟无所不收,从人类的排泄物到死去的动物,以及堆积在街道上的各种垃圾和泥巴。在暴雨的冲刷下,它们一股脑地都被扫进巨大的地下水道。眼前的排水沟堵塞了,塔涅尔的肩膀以下都泡在雨水和污物之中,这份差事讨人喜欢的程度不亚于朱利恩喋喋不休的抱怨。"你知道活儿不干完,塔玛斯是不会给钱的吧?"他提醒对方。

"我们能找到她,"朱利恩说,"但不是今天,不需要冒雨行动。这场大雨正是她的杰作。我能感觉到灵光旋涌,召唤自他方。暴雨大大模糊了她的踪迹,不过一旦雨停,我就能发现她。"

"卡-珀儿已经发现了她的踪迹。"塔涅尔微微压低身体,脸颊

78

贴上了堆起来的污物。他摸到一个硬硬的东西，于是一把抓住，将其捞了出来。

"她的指甲刮过鹅卵石，你是不是也要掘地三尺……那是什么玩意儿？"

塔涅尔爬起来，手中那团灰泥像是从一百只靴子上刮下来的，刺鼻的气味令他反胃，不由得把手伸得老远。这团污物粘在一块长长的木板上，伴随着"吧唧"声响，他脚边的泥坑缓慢地吞咽着污水。

"我觉得是断了的手杖。"塔涅尔说。

卡-珀儿过来研究这团臭烘烘的泥巴。她扬着脑袋，远远地用一根手指戳了戳，再仔细检查送到鼻子底下的神秘污物。她突然将手指插进去，又抽出来，指头捏在一起。

朱利恩探头来看。"是什么？"她摇摇头，"什么都不是。蠢丫头。"

塔涅尔在能找到的最干净的池子里洗了洗胳膊，从戈森那里取回衬衫和鹿皮外套。他对朱利恩说："你的眼神不够尖啊。那是一根头发。尊权者的头发。"

"绝不可能。从这堆垃圾里找一根尊权者的头发无异于大海捞针。就算头发是她的，你的小蛮子又能如何？"

塔涅尔耸耸肩。"找到她。"

卡-珀儿走过去打开布包。她背朝他们，不知道忙活着什么。须臾，她转过身，把布包挎在肩上，干脆利落地一点头，拍拍胸脯，做了一个抓握的动作。

塔涅尔扣好衬衫，微微一笑。"她跑不掉了。"

他们拦了一辆出租马车，卡-珀儿坐在车夫身边指路，塔涅尔、朱利恩和戈森进了车厢。车门刚刚关上，朱利恩就哀号了一声。

"你臭得要命，"她说，"我宁可淋雨，也不要坐你身边。我去踏板上。"她钻了出去，马车很快开动。

火药魔法师

"卡-珀儿凭一根头发就能追踪尊权者?"马车行驶了几分钟后,戈森问道。两人促膝而坐,撞来撞去,令塔涅尔不大舒服。

"光凭一根头发并不容易,"塔涅尔说,"还有别的东西。我刺刀上的血迹,丢在街上的指甲——这个尊权者爱咬指甲——加上一根眼睫毛。物与物之间相互联系,她留的东西越多,我们就越容易追踪她。如果我们不想打草惊蛇,就需要精确的方位。"

塔涅尔打开素描本翻找,在中间夹着的维罗拉画像上停留片刻,然后翻到了未完成的尊权者画像。他凭着记忆描绘起来——他是他们四人之中唯一与对方好好打过照面的——戈森旁观了好一会儿。画完之后,塔涅尔合上本子,塞回外套里。

"卡-珀儿的巫术是怎么施展的?"戈森又问。

"不清楚,"塔涅尔说,"我从没见过她施法。反正不是我们认为的那种魔法。不动手指,也不召唤元素灵光。"他早已放弃对她的巫术刨根究底。

沉默一分钟后,戈森清了清喉咙。他避开塔涅尔的目光,一抹狡黠的笑意掠过嘴角。"我和朱利恩打了个赌。"

塔涅尔在手背上磕了一些火药粉,吸进鼻子。"什么赌?"

"朱利恩说你睡了那个蛮子,我说没有。"

"正经人可不打这种赌。"塔涅尔说。

"我们都是当兵的嘛。"戈森笑得更欢了。

"你们赌多少钱?"

"一百卡纳。"

"女人的直觉也就值这么多。告诉她,她欠你一百。"

"我就知道,"戈森说,"男人的心思比女人好猜多了。你时不时地瞅她——那个蛮子——但也就带着那么一点儿饥渴罢了,不是情意绵绵的眼神。"

塔涅尔坐立不安,他瞪着破魔者,吃不准该如何接茬。若是作为军官，他就要找对方决斗了，但在这儿……好吧，正如戈森所说，他们都是当兵的。

"她还是个孩子。"塔涅尔说，"再者，我认识卡-珀儿之前，就跟另一个女人订婚了。"

"啊，恭喜。"

"婚约取消了。"

"抱歉。"戈森说着移开目光。

塔涅尔又在手背上磕了些火药，满不在乎地甩了甩鼻烟壶。"压根没关系。"他吸进黑色粉末，深呼一口气，头靠在马车内壁上。他聆听着雨水打在车顶的啪嗒声、马蹄的踢踏声、车轮滚过鹅卵石的辘辘声，各种噪声都可以遮掩思绪。

此时此刻，他心想，维罗拉在哪里？或许她刚刚抵达亚多佩斯特；或许她早就到了，又被塔玛斯派去执行任务。自从那个花花公子被他的剑钉在墙上、扭曲得像蝴蝶标本之后，他每当冷静下来，都必须强行将一个疑问赶出脑海：背井离乡前往法崔思特，究竟是不是他的错误？执念于战火，只为令塔玛斯刮目相看。他害维罗拉独守空房太久，而睡她的家伙可谓情场高手。那不是她的错。

他握手成拳，被怒火烧得头晕目眩。他之所以气愤，是因为他深爱维罗拉吗？还是因为别人玷污了他的女人？维罗拉真的是他的女人吗？在塔涅尔的记忆中，他无论何时都做好了娶维罗拉的准备，一有机会，塔玛斯就撮合他俩。她是一个很有天赋的火药魔法师，他们的孩子也很有可能继承天赋，多年来，塔玛斯一直怂恿他们成婚，说起来，维罗拉更像塔玛斯未来的儿媳妇，而非塔涅尔未来的妻子。他咽下这个念头，从塔玛斯的失望中品尝到了满足。如今只要塔涅尔不愿意，他便不必结婚——或者他可以自行找个老婆，而不是奉命接受火药魔法师新娘。卡-珀儿也不错嘛。塔涅尔笑出了声，毫不理会戈森好奇的目光。如果塔涅尔娶了个异国蛮子，塔玛斯肯定气得要命。随

火药魔法师

着胡思乱想的兴致渐渐消退,他不由得强忍住打开素描本、翻看维罗拉画像的冲动。

"真是个好地方。"戈森的声音拉回了塔涅尔的思绪。破魔者把窗帘拉开了一条缝,刚好能看见外面。马车很快停了下来,塔涅尔打开车门。

他们身处撒玛连区。浓烟笼罩在整座城市上空,加上如丝细雨,扎得塔涅尔眼睛刺疼。此地寂静无声——暴动两天前已被镇压,而当初鳞次栉比的宏伟宅邸如今所剩无几,唯有余烬未灭的废墟和空空荡荡的屋架。

但也有例外:眼前的三层宅邸以年代久远的灰石修建,造型参照了带护墙和步道的古堡。宅邸墙壁已被周围的火焰熏黑,但宅邸本身似乎完好无损。原因一望便知。

护墙上有士兵守卫,他们从街上撬来鹅卵石,在大门前砌了一堵齐腰高的矮墙。蹲在墙后的士兵为数众多,他们荷枪实弹,盯着塔涅尔所乘的马车,毫不掩饰眼中的敌意。

塔涅尔跳下马车。朱利恩已经落地,正在戴手套。卡-珀儿从车夫身边爬了下来。

"宅子的主人是谁?"塔涅尔问车夫。

那人抓了抓下巴。"维斯特依温将军。"

一队士兵从宅邸里现身,迎着他们走来,塔涅尔只觉得肠胃绞成一团。他们身着熟悉的灰白色制服,戴着饰有羽毛的高帽,正是国王御用的希尔曼卫队。希尔曼卫队理应全军覆没了才对,但他们分明就在眼前,守护着前国王侍卫首领的住处。维斯特依温将军年近八十,老归老,据说依然耳聪目明。在亚卓所有的将领之中,唯有维斯特依温的声望可以匹敌塔玛斯。

"将军在城里吗?"塔涅尔问。塔玛斯早该解决他,不应使其成为遗留问题。

"有传言说他回来了。"车夫说,"他本来在诺威度假,但提前中止,昨天回了家。"

塔涅尔斜睨着卡-珀儿。"你确定她在这里?"

卡-珀儿点点头。

"该死。"

希尔曼卫兵们在塔涅尔五步之外立正。他们的队长年纪较大,面相令人生厌。他比塔涅尔高出一掌,看见塔涅尔胸前的火药桶徽章时抿着嘴唇,面带冷笑。

"你们宅子里有一个女人,"塔涅尔边说边拨弄手枪。"一个尊权者。我以陆军元帅塔玛斯的名义前来逮捕她。"

"我们可不听叛徒的命令,小子。"

"这么说你承认在保护她?"

"她是将军的客人。"队长说。

客人。不但希尔曼卫队归维斯特依温调遣,如今他还有了一个尊权者?此地十分危险,他看见了藏在楼上窗口和护墙中的步枪。希尔曼队长佩有一柄剑和一把手枪,他带的卫兵中有两人手持细长的步枪,枪下装着拳头大小的匣子——气步枪专用的气罐。气步枪是一种特别设计的武器,不受火药魔法师的影响。毫无疑问,上边的某些枪手使用着同样的武器。

有朱利恩和破魔者在,他或许可以一路杀进宅邸。但解决卫兵是一回事,对付尊权者又是另一回事。

他察觉到朱利恩正在触及他方。他举起手。"不,"他说,"我们撤。"

"我不同意,"朱利恩说,"我要烧烂他们,还——"

"戈森,"塔涅尔说,"制住她。"他必须离开这里去警告塔玛斯。如果维斯特依温将军真的在城里,他无需太久就能纠集旧部,然后直取政变方的要害。塔涅尔舔了舔干枯的嘴唇。"我们撤。"

火药魔法师

"长官,"一名希尔曼卫兵说,"那家伙是'双杀'塔涅尔。"

队长眯起眼睛。"你走不了,'双杀'。"

"上车,"塔涅尔说,"离开这儿。车夫!"

士兵们压低了步枪。塔涅尔跳上马车踏板,迅速拔出手枪,挥手射击。他在一名希尔曼卫兵举枪前打中了其人的胸口,并顺势把手枪扔进车窗,同时开始感知对手们随身携带的火药。其中两人装备标准步枪,队长则有一把手枪,这些武器都备有火药。

他轻而易举地找到了他们的火药筒,当即用意念触发火药,燃起一点火星。

爆炸的威力差点把他震下马车。马儿惊得尖声嘶鸣,继而放蹄狂奔,逼得塔涅尔死命抓牢马车。他回头看了一眼,希尔曼队长已被炸成两截,他的一个战友挣扎着坐起身,路上全是血肉模糊的残肢。谁也顾不上朝逃之夭夭的马车开火。

等车夫终于收服拉车的畜生,塔涅尔一头钻进马车。

"我可以撕碎他们。"朱利恩说。

"然后害大家送命。至少有二十几杆气步枪在瞄准我们,别提里头还有尊权者。我要你俩下去,盯着那座宅子。如果尊权者离开,就跟着她。切记不要杀进去。"

"你去哪里?"戈森问。

"去警告我父亲。"

塔涅尔爬到车夫身边,叫他暂时放慢速度。戈森和朱利恩从另一侧下车,纵身落地,钻进一条小巷。塔涅尔心中隐隐希望他们不听指挥,擅闯宅邸,如此一来就不用再跟他们打交道了……不行,他至少还需要破魔者的协助。

"少不了你的报酬。"塔涅尔对车夫说。

车夫点点头,嘴唇抿成一条线。

"带我们去上议院,"塔涅尔说,"越快越好。"

第 8 章

"奥莱姆,"塔玛斯说,"你知道有人为我写过一本传记吗?"

正在门边稍息的奥莱姆闻言打了个激灵。"不,长官,我不知道。"

"知道的人不多。"塔玛斯十指相抵,望向房门。"王党将其全数买入,付之一炬——好吧,只是绝大多数被烧了,而写书的萨姆赛特大人失去朝廷青睐,被逐出亚卓。"

"王党不喜欢他的文笔?"

"一点儿也不喜欢。他对火药魔法师赞赏有加,说我们是绝妙的现代武器,终将彻底取代尊权者。"

"相当危险的预言。"

塔玛斯点点头。"因为虚荣心作祟,我还挺喜欢那本书。"

"他怎么描述您?"

"萨姆赛特说婚姻使我守旧,儿子的出生使我仁慈,而我妻子的死在客观上强化了这两种特质,使其具有实用价值。他还说,哥拉战役期间我晋升陆军元帅,堪称亚卓军事史上千年来的最大利好。"塔玛斯轻蔑地摆摆手。"多半都是胡扯,但我有件事必须要坦白。"

"长官?"

"有时我胸中并无半分仁义道德,只有单纯的愤怒,就像回到二十岁的年纪,一切问题的解决办法都是在二十步外开枪。奥莱姆,对指挥官来说,这种思想最为危险,所以,如果我看样子快失去理智

火药魔法师

了,希望你提醒一下我。不要忸怩作态,也不要礼貌地咳嗽两声,而是直接告诉我。你能做到吗?"

"能。"奥莱姆说。

"很好。带维罗拉进来。"

塔玛斯看着儿子的前未婚妻进来,对方脸上很有些忧惧。在很多人眼里,塔玛斯以冷酷著称,他也乐得推波助澜——或许这让儿子饱尝其苦——不过塔玛斯心里清楚,在他深谋远虑的性格背后藏着火爆脾气,比如现在,他这辈子头一次想开枪射杀女人。

塔玛斯十指相扣,搁在桌上。他调整面部表情,使其介于微笑和不悦之间,含混难辨。

维罗拉发色乌黑,面容端庄秀丽,她丰臀、平胸,贴身的蓝色亚卓军服使其身材轮廓毕现。她父亲曾是男爵继承人,因为屡屡投资不善,耗尽了家财。他们家族的最后一笔投资是位于法崔思特的一座金矿,结果仅开采了两个月。这次失败一年后作父亲的撒手人寰,当时维罗拉只有十岁,仅有的几个亲戚安排她进了一所寄宿学校。几个月后萨伯恩找到了她——一个拥有独特天赋的遗孤。大多数缚印者能在十几步外引燃火药,她却可以在几百码外做同样的事。塔玛斯收养了她,供她读书,还送她参军。究竟哪里出了问题?

"长官。"维罗拉在他面前立正。塔玛斯的目光不自觉地越过她的头顶,极力克制住内心的愤怒。"火药魔法师维罗拉报到,长官。"

塔玛斯脸色一变。她从十四岁开始就直呼塔玛斯,从不见外,谁也不曾因此指责过她。她把塔玛斯当做父亲,连塔涅尔都没这么亲。

"坐。"塔玛斯下令。

维罗拉坐下了。

"有关情况萨伯恩都通报你了吗?"他察觉到维罗拉在端详他的面庞,而他依然盯着她头顶上方。

"我们损失了不少人,长官,"她说,"不少朋友。"

"这对火药党是一次沉重的打击。我现在急缺魔法师。我本想让你留在……"留在吉勒曼大学,他在心里默默说完。在那里她可以继续学业,继续背叛他儿子。塔玛斯清了清喉咙。"我这里需要你。"

"我来了。"她说。

"很好,"塔玛斯说,"我打算派你去城北的第七十五团,那边需要镇压暴民……"有人轻轻叩了叩门,塔玛斯立刻收声。奥莱姆把门打开一条缝,一份报告递了进来,保镖和门外的人低声交谈。

"塔玛斯,"维罗拉突然说,"有可能的话,我希望和塔涅尔共事。"

塔玛斯浑身一激灵,硬生生地压下怒火。"请称呼我为'长官',士兵。"他厉声应道,"你的要求碍难照准。骚乱必须肃清,我要你去第七十五团。"他不想置塔涅尔于难堪的境地。他虽冷酷,但不残酷。

奥莱姆晃了晃手中的报告。"长官。"他说。

"什么事?"

"有麻烦。"

"什么麻烦?"

"弟兄们遇到了街垒。"

"然后呢?"

"街垒规模不小,长官,虽是草草搭建,但对方组织有序,不是普通劫匪。"

"在哪里?"

"森提斯特郡。"

"离我们不到一里。和设置街垒的人沟通过吗?"

"谈过了。"奥莱姆说,看样子他不大高兴,"是保王派,长官。"

"他们终于露面了。"塔玛斯说,"国王都没了,还有这么一帮该死的国王信徒。多少人?"

"不清楚。好像一夜之间突然冒出来的。"

"他们占领的区域有多大？"

"我说过了，长官，森提斯特郡。"

"难道整个市中心都是他们的了？"

奥莱姆点头。

"该死。"塔玛斯靠在椅背上，目光移向维罗拉，他既恨她的大逆不道，也恨那帮冒着生命危险愚忠于先王的蠢货。他的双手不自觉地颤抖起来。"为什么？"几个字脱口而出，而他立刻深感后悔。他不应该失控，于是他强迫自己与维罗拉四目相对。你为什么背叛我儿子？

他在那对眸子里看见了哀伤，看见了一个孤单而悲苦的姑娘。她的眼神就像一个犯了大错的孩子，而这让他勃然大怒，拍案而起，椅子随之翻倒在地。

"长官！"奥莱姆大喝一声。

"什么？"塔玛斯几乎是在咆哮。

"场合与时机都不对，长官！"

塔玛斯张张嘴，哑口无言。我确实请他阻止我。

房门突然打开，塔涅尔跟跟跄跄地进来了，呼吸粗重，像是一口气跑上五楼的。他一看见维罗拉，当即呆立在门口。

维罗拉愣着没动。"塔涅尔。"

"怎么了？"塔玛斯强自镇定。

"维斯特依温将军和那个尊权者联手了。"

"维斯特依温在诺威度假，发动政变前我确认过。"

"他昨天回来了。我刚去过他家，那儿至少有几十个希尔曼卫兵守卫。我们追踪尊权者到了那里，可惜杀不进去，她是将军的座上宾。"

"他不可能在城里。或许他们利用他的宅子作为基地。"

塔涅尔大步流星地进了房间，在维罗拉身边立定，两眼盯着父亲。"如果维斯特依温真在城里，他很快就会展开行动，随时可能发起进攻。"

塔玛斯又靠回椅背，琢磨新的情况。维斯特依温将军，这位早已退休的希尔曼卫队首领堪称传奇人物。他的足迹横跨半个世界，战无不胜，同时受到贵族和平民的尊敬。国内外的军人之中，真正被塔玛斯平等看待的不多，他是其中之一。

而且他是国王的铁杆支持者。

塔玛斯把装有决斗手枪的盒子拨到面前，开始填弹。"奥莱姆，本楼之内，凡不属于第七旅的人员，全数驱离。等我们确保了上议院的安全，就去处理那些街垒。坐镇指挥的没准正是维斯特依温。"

奥莱姆三步并作两步地离开。

其余人跟随塔玛斯过廊道、下楼梯。奥莱姆又在二楼与他们会合，这里挤满了人——市民、农夫和小贩，仿佛半座城的人都涌进了门厅。奥莱姆被迫一路推推搡搡，才来到塔玛斯面前。

"长官，"奥莱姆说，"楼里人太多。清理所有房间需要几个钟头。"

塔玛斯脸上阴云密布。"这些都是什么人？"他们排着队，塔玛斯看不清前面的情况。他一把揪住身边的人，对方身着粗厚的工装裤，口袋上绣有铁锤图案，看样子是打铁的。"你来干什么？"

那人问话时微微颤抖。"抱歉，先生，我来抗议新的税收政策。"他冲着队伍伸出一只手，"我们都一样。"

"新的税收政策尚未公布。"塔玛斯说。

"为了国王！"

一声枪响在塔玛斯耳边炸开，那个铁匠应声倒地，另一只手中的匕首刚拔出一半。维罗拉迅速重新填装弹药，而在塔玛斯的另一边，塔涅尔已双枪在手。

火药魔法师

门厅里所有的人突然开始行动,斗篷和外套统统被甩开,武器纷纷暴露在外——刀剑、匕首、手枪——甚至有几把步枪。转眼之间,不知何故排着队的平民百姓变成了一群武装暴徒。

他们杀向塔玛斯的士兵,口中齐声高呼:"为了国王!"

奥莱姆立刻冲到汹涌的人群和塔玛斯之间,抬手开了一枪,随即拔剑应战,几度电光石火的交锋后砍翻了三个保王派的暴徒。塔玛斯也拔剑在手,高声喊道:"向我靠拢!第七旅的兄弟们,向我靠拢!"

但措手不及的士兵们接连死于非命,门厅里几乎全是保王派的人。他们的诡计得逞了,但三个火药魔法师和奥莱姆有条不紊的凶猛还击出乎他们的意料之外。

"退到楼梯,长官,"奥莱姆大喊,"上楼!"

他们且战且退。保王派一拥而上,企图以数量优势压倒他们。塔玛斯挺身而出,与奥莱姆并肩御敌,维罗拉和塔涅尔则在他们背后射击。楼梯上很快充满了火药燃烧的浓烟,塔玛斯将其吸进鼻子,尽情地享受着。

灰白制服在门厅里出现,他们是希尔曼卫兵——御前侍卫的残部,一共十二人——端着上好刺刀的气步枪,毫不犹豫地冲向前来。这些家伙不是普通保王派,而是训练有素的杀手,枪上刻痕的数量甚至多过塔玛斯最好的士兵。他们绝不动摇,永不撤退,至死方休。

好在希尔曼卫兵有气步枪,但那些暴徒没有。塔玛斯察觉到维罗拉引燃了一个火药筒,最靠近希尔曼卫兵的暴徒顿时被炸得血肉横飞,洒了卫兵们一身,其中两人翻身倒地。塔玛斯也释放感知,引燃了一把尚未开火的步枪,突如其来的爆炸掀开了旁边一个女人的面皮。

他们上了三楼,希尔曼卫兵穷追不舍,他们只得又退向四楼。正在这时,气步枪的爆音在空中炸响,这种声音足以冷冻缚印者的血液,因为缚印者们清楚,这一枪绝对是冲自己开的。

维罗拉踉跄了一下，跌倒在楼梯上。塔涅尔见状，迅速从高处跃至她身边，枪头滑上环式刺刀，以无声的咆哮迎接希尔曼卫兵的进攻。他一刀割开一个希尔曼卫兵的脖子，手法既快又准，熟练得就像肉市的屠夫。一把刺刀破空而至，他闪身避开，随即扑向另一个希尔曼卫兵。对方比他高一掌，少说重三石，但塔涅尔举起枪托，狠狠砸中希尔曼卫兵的鼻子，将其敲进脑壳。那人一声不吭地瘫软在地。眼看儿子作战勇猛，塔玛斯心潮澎湃：塔涅尔虽有"双杀"之名，却也同样擅长步兵的肉搏技术。

塔涅尔面对剩余的四个希尔曼卫兵，准备发起反攻。

"塔涅尔！"塔玛斯喝道，"撤退！"他拽起维罗拉，在迷醉感的作用下，她的身体仿佛轻若无物，但她本人疼得咬牙切齿。"伤到骨头了吗？"塔玛斯问。

她摇头。

塔玛斯听到一声枪响，感觉有颗子弹擦过左肩，距维罗拉的脑袋仅仅数寸之遥。塔玛斯扭头瞥见一把气步枪，刺刀自下而上冲着他的肚子而来。

他赶紧换了一只手抱住维罗拉，同时拔枪从腰间射击，一颗子弹穿眼而过，希尔曼卫兵当场毙命。

等塔玛斯抵达五楼，最后几个希尔曼卫兵也死在了台阶上。塔玛斯等人开始查验伤情：奥莱姆身上添了些割伤，需要缝合，但并无大碍；维罗拉挨的那颗子弹擦过了大腿，她可以做按压处理，所以子弹应该没伤到骨头，恢复起来不成问题；塔涅尔则毫发无伤，他拭去刀尖上的血浆，面容扭曲，神色可怖。不知何时卡-珀儿也来了，红发女孩浑身硫磺味，双手乌黑，她在自己的鹿皮衣上擦着手，发现塔玛斯张望她，便冲他笑了笑。

楼下的枪声和金铁交鸣声逐渐沉寂。塔玛斯深吸了好几口气，聆听维罗拉的心跳。他们都靠着墙，她的脑袋倚在他的肩头，他连忙

火药魔法师

站开。

脚步声越来越近。很快，萨伯恩出现了，他的袖口沾有散落的火药，胳膊上划了一道浅浅的剑伤。看到他们都在一起，萨伯恩吐了口气。

"有人受伤吗？"萨伯恩问。

"都是轻伤。"塔玛斯说，"你刚才去哪儿了？"

"军官食堂。他们不知从哪里冒出来的。"

"伤亡情况如何？"塔玛斯问。有重要人物损失吗？

"不多，"萨伯恩微微摇头，回答了塔玛斯内心的疑问，"看样子对方多是乌合之众，只不过打了我们一个措手不及，但等我们摆开阵势，那就是秋风扫落叶了。所有希尔曼卫兵都是冲你来的。"

"上议院的局势完全稳定住了？"

"还在收拾。"

"有没有俘虏？"塔玛斯问。

"我们不费力气就抓了二十多个人，还有四十来个伤员。都是维斯特依温将军的手下。"

"我知道了。"塔玛斯来到儿子身边，一手按住对方肩头，"干得漂亮，塔涅尔。"

塔涅尔卸下刺刀，收回套子里。他背起步枪，瞟了维罗拉一眼，然后僵硬地冲塔玛斯点头。"回去干活了，长官。"

塔玛斯目送儿子下楼，蛮子丫头紧随其后。他觉得该说点什么，但又拿不定把握。

"萨伯恩。"

"有何吩咐，长官？"

"去通知温斯拉弗夫人，要她的部队进城。维斯特依温将军设下街垒，要我派自己人去送死那是不可能。雇佣军该开工挣钱了。在街垒附近为我设置指挥部，我们接受他的战书。维罗拉，"他顿了顿，权衡一番,"你跟着萨伯恩,我要你在我身边效力。"

"塔涅尔!"

塔涅尔中途停下脚步,回头张望,不知道该不该等。他熟悉那个声音,但他不想听对方的解释。他踢了踢脚边的躯体,那是他用刺刀开膛破肚的一个希尔曼卫兵。此人眼皮翕动,奄奄一息,瞳孔瞪着塔涅尔,紧咬牙关,一句话也没说。他绝对疼痛难忍,塔涅尔在找个医生和杀死他的选项之间犹豫。伤口是致命的。塔涅尔蹲在他身边。

"你活不过这周。"塔涅尔说。

"叛徒。"希尔曼卫兵低语道。

"你是愿意多活一两天,面对塔玛斯的审讯官呢?"塔涅尔问,"还是就地了断?"

那人眼里的痛苦难以掩饰,但他沉默不言。

塔涅尔解开腰带,折起来递给对方。"咬着。"

希尔曼卫兵咬紧了。

短短几次心跳的时间,一切就结束了。塔涅尔在希尔曼卫兵的裤子上擦了擦匕首刀刃,又从对方嘴里扯回腰带,起身扣好。为何要做这种事?他应该在大学里泡妞才对。他回想着上次追求姑娘的情景,那是在法崔思特的第一晚,战争尚未爆发,他在某家码头酒吧遇见了一个姑娘。他们整夜都在调情,醉得再厉害一点儿,他可能就上了对方,但他始终保持清醒,脑海里的维罗拉不曾隐去。不知那个姑娘是否还在那边,塔涅尔的素描本里有一张她的画像。

希尔曼卫兵躺在他脚边,腹部的伤口血肉模糊,咽喉处可见殷红的血流,整个人纹丝不动了。卡-珀儿站在几步之外,一如既往的安静,她注视着死去的希尔曼卫兵,仿佛入了迷。

"我们该走了。"塔涅尔对卡-珀儿说。

火药魔法师

"塔涅尔,等等。"

维罗拉匆匆下楼。她手扶栏杆,脚步踉跄,最后一屁股坐在台阶中央。她的另一只手按着大腿上受伤的部位。

他们彼此对望了片刻。维罗拉移开视线,低头盯着塔涅尔脚边的尸体。

"你还好吗?"

"我还没死。"塔涅尔说。

又是一阵沉默。塔涅尔听见父亲在楼上发号施令。塔玛斯绝不会被突然袭击打得晕头转向,他是彻头彻尾的战士。

几个士兵从他们身边经过,两人上楼,一人下楼。塔玛斯的士兵正在抓捕受伤的俘虏,楼下的大厅闹哄哄的。

"原谅我。"维罗拉说。

眼泪顺着她的脸颊滑落。塔涅尔多想冲到她面前,查看伤情,嘘寒问暖。他能感觉到维罗拉的痛苦,无论精神还是肉体上的,但在迷醉感的作用下,他不为所动。他拒绝感动。他的拇指勾在皮带里,扬起下巴。

"走吧。"他对卡-珀儿说。

埃达迈沮丧地咬着牙关。政变已过去七天,从乌斯坎那里回来也有七天了,疑问却只多不少。是谁烧掉了宗教和巫术历史的书页?是谁取走了那些书?克雷西米尔的誓言到底是什么?

埃达迈让出租马车停在面包镇,买了一块烤肉派,然后继续前行,路过赫鲁施街。油料、木头、炉灶和火药的气味混在一起,氤氲于枪械铺和铸造坊之间,而这里的噪声之大更甚于往日,人群也更密集。每家铺子的台阶上都坐着一个男孩,捏着一叠纸,负责接订单和报数字,而街上衣着光鲜的绅士与地位最低的步兵接踵摩肩。街角有一个喊话的,号称新式的赫鲁施步枪足以保护自己的家。如今,枪匠造枪的速度快赶不上卖枪的速度了。

埃达迈翻阅着当天的报纸。据说"双杀"塔涅尔就在城内,他以法崔思特独立战争的英雄身份荣归故里,目前正在追捕一名流窜在外的尊权者。有说此人乃王党余孽,另有一说是凯兹派来的间谍,负责监视塔玛斯的火药党。无论如何,整整一个街区被夷为平地,死伤高达数十人。埃达迈希望尊权者已经被捕,或已逃出城外,总之别继续制造流血事件,因为维斯特依温和塔玛斯之间的对立势必导致血流成河,不需要死更多的人了。

保王派布阵森提斯特郡,几乎占领了亚多佩斯特的整个中心地带。他们曾对塔玛斯主动发起了一次进攻,但被击退,如今城里的所有人都屏息以待。年近八十的维斯特依温将军,集结全城的保王派势力,设下街垒,拒大军于门外。这些事全都发生在一夜之间,至少看起来是这样。塔玛斯元帅的回应则是招来整整两个军团的亚多姆之翼雇佣军,用野战炮和火炮包围了森提斯特郡,但到目前为止一炮未开。双方都是有见识的老将,不愿陷亚多佩斯特于战火。

真是一场噩梦,埃达迈心想,九国声望最隆的两位将领,在一座百万人口的大城市里对阵。事实上,谁也不可能成为赢家。

然而生活仍要继续,老百姓还要工作、吃饭。没有直接牵涉其中的人躲得远远的,城内其他地方一派祥和,这都要归功于塔玛斯管制有方。

麻烦的是公共档案馆,也即埃达迈最有可能找到那些书籍藏本的地方,它刚好在保王派控制的街垒后边。他可不想单刀赴会,自找苦吃。

马车驶过亚多佩斯特的贫民窟高塔利安区,在城区尽头偏僻小巷的一栋三层小楼前停下。小楼有一扇褪色的橄榄绿大门,也是街面上唯一的入口。大门关了半边,并从里面堵住了,油漆剥落,门框周围

火药魔法师

的石头崩塌碎裂,另一边敞开着,一个身形瘦小的男人倚在门框上。

埃达迈拿起帽子和手杖,统统捏在一只手里,另一只手在兜里掏手帕,以便下车时用来捂嘴。他付了车钱,一边朝小楼走去,一边心不在焉地听着渐渐远去的蹄声。

"克雷西米尔啊,这都什么时节了,杰南,你打哪儿找来苹果?"埃达迈擦擦鼻子,把手帕塞回兜里。

看门人歪嘴一笑。"晚上好哟,先生,有一两个月没见着你了。"他"嘎吱"一声咬了口苹果。"我在面包镇南边的表亲一年上头都能搞到新鲜水果。"

"据说如果谈判不顺,我们可能要跟凯兹开战,"埃达迈说,"你要等到来年秋天才能再吃上苹果了。"

杰南面露苦相。"瞧我的运气。"

"今天战况如何?"

杰南从破旧的帽子里扯出一张皱巴巴的纸条,辨认着最新画上的记号。"苏史密斯连胜三场,弗迈克尔今天赢了两场。他俩都快累趴了,但不知道班头今天哪根筋搭错了,说他俩现在要一决雌雄。"

"他俩已经打了五场?"埃达迈嗤之以鼻,"那就难看喽,能不能站着都是问题。"

"是啊,所以彩池也可怜巴巴的,目前没有多少赌注。所有的注都押在弗迈克尔身上。"

"苏史密斯拳头硬。"

杰南戏谑地瞅了他一眼。"那要看他还能不能出拳。弗迈克尔休息得好,人又年轻,体重也只有苏史密斯的一半。"

"呸,"埃达迈说,"你们年轻人总以为老家伙一无是处。"

杰南吃吃一笑。"那好吧,您想怎么玩,老总?"他从屁股兜里掏出一张折好的纸,上面污渍斑斑,画满了长长的删除线。他将其按在门框上,手持一根炭笔,作势欲写。

"赔率多少?"

杰南挠挠下巴,沾了些许炭灰上去。"要我说是一赔九。"

埃达迈扬起眉毛。"我押二十五给苏史密斯。"

"冒险啊,"杰南咕哝道,"这价码。"他草草记下数字,折好纸条,塞回屁股兜。埃达迈知道记在纸上不过是摆摆样子,杰南的记忆力几乎跟埃达迈不相上下,而且他不是赋能者——他对人脸和数字过目不忘,从未搞错赌注,尽管被人冤枉过很多次。当然,自从大老板接管拳击场,这种情况就不多见了,对那些胆敢非议赌本的人,大老板绝不客气。

进了场子,唯一的光亮来自屋檐底下的长方形板条窗。埃达迈掀开一层层门帘,它们的作用是隔音,也防人窥探。楼里仅一间厅堂,内部拆得干干净净,只有一些隔间和拳手们赛后休息的内室。正中央是楼名的由来:竞技场,一个直径十二步、深四步的圆形大坑。

大坑周围分布着格子式的简易座位,向两边延伸,几乎与屋顶相接。埃达迈从后排的座位底下钻过去,来到另一面,一路上挤开拥堵在坑边的观众。看台上人满为患,肩膀相抵,从手杖帽子一应俱全的绅士到衣衫破旧的街头雇工,这里坐下了二三百人,其中还有两个治安警察,他们的黑披肩和高帽子在人群中甚是醒目。

上一场比赛大约十分钟前结束,竞技场的劳工们正在抛撒锯末、清理血迹,为下一场比赛做准备。人们刚才吼得声嘶力竭,此时压低了声音交谈,满屋子嗡嗡作响。埃达迈闻到了汗水、煤灰,还有愤怒的味道。他缓缓吐了一口气。裸拳搏击是一种野蛮、凶狠的运动,他不由自主地咧嘴笑了,多有趣啊。他又吸了一口气,隐约闻到了猪味。不久前竞技场还是猪圈,更早的时候呢?可能是几家店铺,那时高塔利安还算是最新潮、最富有、最时尚的城区。

两个赤膊汉子从一侧的拳手隔间里现身,肩并肩进了竞技场,一路上没有任何仪式。劳工们散去,拳手面对面站定。左边的人个子稍

火药魔法师

矮，体形偏瘦，肌肉紧绷，轮廓分明，犹如强健的战马，棕色卷发时不时耷拉在脸上，他不厌其烦地将其吹开。此人正是弗迈克尔，大老板最钟爱的斗士——或者说埃达迈上次来看比赛时是的。他曾是仓库苦力，生得年轻英俊，有人背地里说大老板不仅仅让他扮演凶恶打手的角色。

右边那人的块头足有弗迈克尔的两倍，双鬓已染上花白，胡子刮得不干不净，一对凶狠的眼珠深嵌在脸上，投向弗迈克尔的目光杀气腾腾。他的胳膊粗得吓人，哪怕与山熊摔跤也绰绰有余，而他的指节在长年打斗中伤痕累累，因他无数次打破过——同时指节也被打破——对手的下巴。他满脸都是因草率缝合而皱起的伤疤，冲着弗迈克尔露出一口残缺不齐的牙齿。

虽然苏史密斯在体形和经验上占优，但他显然累得够呛。经过一整天的艰苦肉搏，他的下巴耷拉下来，眼角掩饰不住倦意，肩膀也微微下垂。况且，所谓的经验也意味着过气，苏史密斯年纪大了，因为过度饮酒，他的胸脯和腹部松松垮垮。

班头下至场内的第二级台阶，与两个拳手交谈一番。须臾，他走了回来，举手猛地向下一挥，然后跳开了。

两个拳手互殴时，三百观众山呼海啸。拳拳到肉的闷响，掩盖在如潮的呐喊声中。

"杀了他！"

"要见血！"

"肚子！干他肚子！"

埃达迈的声音被模糊不清的叫喊淹没，他甚至不知道自己说了什么，但帕拉吉带来的挫败感，妻儿远离引发的愤怒，统统在咆哮中得到宣泄和释放。他探着身子，模仿场上两人的击打动作，与其他观众一同声嘶力竭地呼喊。

弗迈克尔一记重拳打在苏史密斯的肋部，趁着苏史密斯脚步踉跄，年轻人乘胜追击，猛击相同的部位——或许那是曾经断过的肋骨。昏暗的光线中快拳无影，苏史密斯颤颤悠悠地退向场边，撞上了隔开拳手和观众的木板。外边的观众纷纷伸手，用指甲抓挠他的光头，唾沫溅上他的脸颊。埃达迈却只能观望，因为他刚好够不到拳手的脑袋。"上啊，"他大喊，"不要被逼到角落。"

殴打声清晰可闻，苏史密斯单膝跪下，举起一只手，格挡弗迈克尔的击打。

埃达迈压低了声音。"起来啊，你这个混蛋。"他咬牙切齿地吼道。

弗迈克尔不断地打击苏史密斯的手臂，在狂风骤雨般的攻势下，老拳手无力招架，已是双膝跪地。弗迈克尔面露红光，稳操胜券的他逐渐放慢速度，拳力接近拍打。他就站在那儿俯视对手，胸脯剧烈地起伏，苏史密斯却始终没有抬头。

呸，埃达迈心想，他不行了。

弗迈克尔面带笑容地弯腰抓住苏史密斯的胳臂，生生将其拽起来，又是重重一拳。苏史密斯再次跪地，浑身颤抖。弗迈克尔在故意拖延时间，试图耗尽苏史密斯的体力，最终将之打成一摊烂泥。

他一拳又一拳地打了好久，这才松开苏史密斯，任其身子后仰，双手双膝着地。苏史密斯的脸上血肉模糊，他冲着锯屑啐了一口血。弗迈克尔转过身，举起双手迎接观众的欢呼，沉湎于声震全场的嘶吼声中，然后又回身面对苏史密斯——

不过眨眼工夫，大汉已离地而起，二十五石的体重全压在拳头上，轰向弗迈克尔年轻俊朗的脸蛋。冲击力导致弗迈克尔腾空而起，横着飞了出去，撞上木板后又像孩童的玩具一样弹开，摔倒在地。他身子一抖，便不再动弹。苏史密斯一口血啐在弗迈克尔的后背，继而转过身，步履沉重地上了台阶，朝拳手隔间走去。一路上观众们拍打着他的背部，以示恭喜，下错注的人则放声咒骂。

火药魔法师

埃达迈收了赢来的钱。等人们纷纷离座时，他悄悄溜到后面，进了苏史密斯的隔间，又拉好门帘。"这场打得好。"

苏史密斯闻言一顿，木桶悬在头顶，瞧了埃达迈一眼，接着桶身倾侧，水流带走了层层汗水和血迹，然后他抓起一块脏兮兮的毛巾擦拭身体。他冲埃达迈点头，眼睛周围的皮肤肿胀充血，嘴唇和眉头赫然开裂。"是啊。押对了吗？"

"当然。"

"那混蛋想杀我。"

"谁？"

"大老板。"

埃达迈嗤笑一声，转而意识到苏史密斯并非说笑。"什么意思？"

苏史密斯摇摇头，拧了拧红褐色的毛巾，又浸到一只干净的水桶里。"要我完蛋。"苏史密斯的脑子绝对不蠢，但他说话一向简略。脑袋常年挨打的人，很难捋顺想法。

"为什么？你是个好拳手，大家都来看你。"

"大家都来看年轻小崽儿。"苏史密斯啐进一只木桶，"我老了。"

"下一次谁让弗迈克尔来跟你打，他会掂量掂量。"埃达迈想起场上那具纹丝不动的身躯，"前提是他还活着。"

"他能活下去。"苏史密斯拍着脑袋说，"但他会害怕。"

"或者吃到教训，下次速战速决。"埃达迈说。

苏史密斯深吸一口气，刚要发笑，又含混不清地咳嗽了一声。"哪样都不坏。"

埃达迈端详着这位老朋友。此人不可貌相，和其他拳手不同，苏史密斯并非寻常恶棍，那对亮晶晶的眸子里隐含着机警和智慧，那双粗硬的拳头也可化为兄弟或叔舅般的柔软大手。很多人都错看了他，他的得胜记录即可作证，但有一点谁也不会看错：本质上，无论他对家人多么忠诚，处世多么聪慧，他终究是个杀手。

"我有个问题。"埃达迈说。

"还以为你想我了。"

"你曾经告诉我,你是街头帮派'克雷西米尔之破碎誓言'的一员。"

苏史密斯突然顿住了,毛巾一角还塞在耳朵里。他慢慢地放下毛巾。"是吗?"

"你当时醉得厉害。"

苏史密斯的举止变得异常拘谨。他望向隔间里仅有的桌子,那里的抽屉里绝对藏了一把手枪——虽说他这么大的块头杀人不需要手枪。

埃达迈摆摆手。"你当时醉得厉害,"埃达迈重复一遍,"我不相信你的胡话。他们把那帮小子从沟里拖出来的时候,我在场看着呢。我不相信有人能逃脱。"

苏史密斯审视了他好一会儿。"也许不行,"他说,"但也许有人做到了。"

"怎么做到的?"

苏史密斯反问:"问这个做什么?"

"我在做调查。"埃达迈早就决定对苏史密斯和盘托出,"主顾是陆军元帅塔玛斯,他想知道克雷西米尔的誓言到底是什么意思。"

苏史密斯有些动容。"我可不想得罪那家伙。"他承认。

"同意。你知道什么内情吗?"

苏史密斯接着擦洗身子。"我们的首领是一位失意的王党成员。"苏史密斯打开抽屉,取出一支脏兮兮的旧烟斗和一个烟草袋子,点上火,继续说道,"大嗓门。蠢蛋。渴望受关注。他说我们的帮派名字能提醒王党,他们是人不是神。"

在埃达迈的记忆里,苏史密斯第一次说这么长的句子。"他有没有告诉你其中的含义?"

火药魔法师

"打破克雷西米尔的誓言，"苏史密斯说着，抽了一口烟斗，狭小的隔间里弥漫着开心果味的烟雾，"足以毁灭世界。"

"那是什么誓言？"埃达迈问。

苏史密斯耸耸肩。

埃达迈摸着下巴，苏史密斯放松了姿态。就这件事而言，他不会再说什么了。埃达迈的思绪飘向帕拉吉，那个卑鄙的银行家仍在暗处布置有耳目、难以预测其下一步行动，但以苏史密斯的块头和声望，那些白痴绝不敢轻举妄动，至少在埃达迈的借款到期、帕拉吉可以运用法律武器之前是如此。再者，若是深入险境，苏史密斯大有用处——比如保王派的街垒后面的公共档案馆。

"你需要活儿吗？"埃达迈问。

苏史密斯的小眼睛审视着他。"什么样的活儿？"

第 9 章

塔涅尔找到了父亲的指挥部，那就建在保王派所设街垒的射程之外。堆满垃圾的街道空无一人，昨夜下过一场急雨，路面湿滑。城里散发的危险氛围包裹了他的知觉，尤其两周以来他几乎都处于火药迷醉感之中，只觉到处弥漫着屎臭、恐惧、倾空的夜壶和怀疑的气味。

卡-珀儿在他身边。她虽然经历了不少，却依然难以适应城里的景象——楼宇林立，鳞次栉比。她喜欢不起来。人太多，她打了一连串手势，屋子太多。塔涅尔心有戚戚。身为火药魔法师，他最重要的能力就是把子弹送到数里之外——即在辽阔的战场上进行远距离射击。如果视线被挡得严严实实，他的能力如何发挥呢？

戈森在塔涅尔的另一边。破魔者抓着后脑勺——只有那儿还有头发——观察街垒，他握着一把手枪，另有两把备用。

"跟我进去？"塔涅尔问。

戈森连连摇头。"我见你父亲会紧张。"

"紧张的不只你一个。"塔涅尔咕哝道。

塔玛斯的指挥部位于城中心附近，此地有数百间废弃的民宅可供使用。指挥部外挤满了士兵，他们的军服并非亚卓军常见的深蓝色，而是红金白三色，军旗上绘有圣徒金翼光环——这表明他们来自亚多姆之翼，其中大多数成员是亚卓人，雇佣兵团也以亚卓为基地，但其他什么样的人也都有。塔涅尔过街后逗留了片刻，直等一名卫兵看清他胸口的火药桶徽章才继续前进。卡-珀儿紧随其后。

火药魔法师

这间民宅的客厅俨然成了军营大帐,满屋子铺着地图,若干装备堆在角落,包括步枪和弹药箱。塔玛斯站在桌前研究城区地图,两位亚多姆之翼的准将——旅级指挥官——立于一旁,塔玛斯的保镖则卧在角落里的沙发上抽烟。

塔涅尔进来时,塔玛斯头也不抬。塔涅尔清了清喉咙,对方依然没有反应。两位准将好奇地看了他一眼。

"我要波。"塔涅尔说。

塔玛斯终于抬头,那样子就像被人打断了思路,气氛顿时凝固。

"波?"

塔涅尔翻个白眼。"波巴多。我需要他的协助。"

塔玛斯面色一沉。"目前我不希望尊权者进城。"

"那个你强塞给我的雇佣兵呢?朱利恩?"

"不一样,"塔玛斯说,"尊权者波巴多曾是王党成员。"

"他被流放了。"塔涅尔说,"再说,波对先王没什么好感,他参加王党纯粹为钱和妓院的姑娘。"

"他被流放是因为他睡了王党首领最宠爱的情妇,"塔玛斯说着离开书桌,坐到椅子上摩挲眼睛,似为驱散倦意,"几个月前,他们差点让他恢复原职,是我做了手脚,调他去当守山人,所以剿灭王党时他不用在场。这些事情我是上了心的。"

塔涅尔胸中涌起一股感激之情,却又无比恼恨这种感觉。

塔玛斯换了话题。"追捕情况如何?"

虽然父亲示意塔涅尔坐下,他仍旧站着汇报:"维斯特依温的宅邸已被抛弃,尊权者也离开了。她的行踪隐藏得滴水不漏,卡-珀儿的定位很准,可目标不断移动,我们始终慢了一拍。"

"朱利恩应该有办法追踪她。"

"朱利恩惹乱子的本事比别的能力强。"

塔玛斯坐直身子。"朱利恩的能力值得上我付她的价码。她以前帮我处理过麻烦,她考虑周详,行动也谨慎。"

"麻烦?"塔涅尔说,"比如去年消失的三个亚卓尊权者吗?法崔思特的报纸上登了新闻,他们反对火药党的言论太露骨了,如果我没记错的话。"

"是的。"塔玛斯说。

"你信任她?"

"只要我还付得起她的价码。"

"塔玛斯,她就是个火药桶,而且引线很短。在追捕尊权者的过程中,她带着破魔者擅自行动,不听我的指挥。她不是找死,就是有什么私心。"

"我什么时候叫你指挥了?"塔玛斯起身来到桌前,倒了一杯水。

塔涅尔闻言一愣。"你安排他俩和我搭档,自然归我指挥。我是缚印者。"

"唔。"塔玛斯摇着玻璃杯中的水,"下次再让尊权者溜出你的手掌心,我就叫朱利恩负责行动。她办事高效——必要时不讲道理,但效率很高。"

"要是那样的话,你将来就不得不向议会解释,为何两个尊权者会火力全开,毁了大半个都城。"塔涅尔难以掩饰夹杂在语气中的恶意。塔玛斯真的蠢到这种地步?

"我再给你一次机会。"塔玛斯说。

塔涅尔咬得牙齿咯咯响。"你不相信我能完成任务?你就是信不过我,是吧?到底怎样你才能相信我呢?在我的枪托刻上五十个尊权者的记号?一百个如何?"

"我知道你的能力,可你还年轻,性子急躁。"

"你好意思说我?"

"说话注意点。你要是不服从命令,我就指派别人。维罗拉急于重获我的青睐,必然求之不得。"

火药魔法师

"我做得到。"塔涅尔从牙缝里挤出几个字。

"那就去证明。听听朱利恩的建议,她追捕尊权者的经验相当丰富,作为巫师的手腕也很老到。"

塔涅尔嗤之以鼻。"克雷西米尔在上,这话说得好像你睡过那个女人。"一瞬间的沉默之后,塔玛斯眼里闪过一道危险的光。塔涅尔不由得仰头大笑。"竟然是真的!你真的睡过那个雇佣兵!"

"够了,当兵的。"说话的是塔玛斯的新保镖,那人坐在沙发上,透过缭绕的烟雾观察他们。塔涅尔瞟了他一眼,目光又移了回去,发现父亲脖子上青筋暴起。塔玛斯双拳紧握,牙关紧咬,令塔涅尔感到自己内心的骄傲正与屋内突如其来的紧张气氛激烈交锋。两位准将假装低头研究一张九国地图,对父子间的谈话充耳不闻。

塔涅尔清了清嗓子。"朱利恩找不到目标,这点她自己也承认,因为尊权者利用大雨分散了灵光。我同样使用过第三只眼,结果一无所获。我们唯一的希望就是卡-珀儿,而她现在进展缓慢。即使成功了,等我们追上她——怎么说呢,那个女人极其强大,这不仅体现在魔法力量上。我击中过她三次,我的刺刀捅穿了她的肚子,可她居然摧毁了两栋房屋后逃之夭夭。她受了致命伤,现下却依然在行动,所以我需要波。"

塔玛斯似乎恢复了冷静。"绝对不行,我不能冒险放一个隶属王党的尊权者进城。或许过几个月再说,现有人手你凑合着用吧。瑞兹。"他招呼一位年纪稍长的准将,此人戴着一只眼罩,足见久经沙场,"准备一个连队,随时听候塔涅尔调遣,再给他派个追踪好手,要熟悉城里情况的。"老将点点头,塔玛斯又吩咐塔涅尔。"去吧,士兵。"

塔涅尔嘲弄地敬礼,转身离开房间。他在指挥部外停留片刻,又吸了些火药,迷醉感顿时加强。他打个激灵,世界过分清晰,引得他泪水四溢。

"别这样看我。"他对卡-珀儿说。

女孩模仿他吸食火药的动作,然后摇摇头。太多火药。

"我没事。"

她又摇头。

"你懂什么?"

卡-珀儿瞪着他。

塔涅尔移开视线。戈森仍在对街的一处门廊外,摆弄着随身武器库,好坐得舒服些。

"我认为他俩当中有人直接向塔玛斯汇报,"塔涅尔对卡-珀儿说,"背着我汇报。塔玛斯就是这种人,从不相信我,"他揉揉鼻子,"当我还是孩子。"

卡-珀儿握拳碰了碰胸口,又指向他。

"他爱我?哈,也许吧,"塔涅尔说,"他是我父亲,这么做天经地义——再说塔玛斯永远站在正确的一边。要是他同时也喜欢我就好了。"他一歪脑袋,示意戈森。"我从不喜欢雇佣兵,"他飞快地扫视一圈,确保附近没有亚多姆之翼的士兵能听见后接着说道,"他们付出的努力值不到给出的一半报酬,优先考虑的也不是完成任务,而是自保。"

卡-珀儿若有所思。她能理解塔涅尔的意思——只要言下之意别太复杂——但如果说得太快,她就需要花些时间思考。

她用双手比划出一个女人的形象。

"朱利恩?"

她点点头,露出牙齿。

"我也不喜欢她。对付那个尊权者时,她差点害我们全都送命。就连尊权者——应该说,尤其是尊权者——也该清楚,什么时候不可正面迎战。她似乎以为自己天下无敌,所以肆无忌惮。"

卡-珀儿伸手指着他。

塔涅尔轻笑一声。"我？我可真是天下无敌。"

他过了街，坐在戈森身边。

"朱利恩呢？"他问。

戈森耸耸肩。"她来去无踪。不过我们干活的时候，她最多也就离开一两个小时。"

"你和她共事了很久吗？"

"两年。"

"为塔玛斯呢？"

"一年出头。"

"你以前在哪里接活儿？"

"凯兹。"

"追杀火药魔法师？"

戈森有些坐立不安。"发疯的守护者。脱离王党的尊权者。大多是这类事情。"

"在凯兹干活，收入不错吧。"塔涅尔决定不针对火药魔法师的事刨根问底。

"很不错。"戈森说，"可惜我们替一位公爵干活时出了岔子，我们不得不匆忙离开那里。"

塔涅尔把这话记在心里，或许朱利恩在凯兹有什么恩怨，这也能解释塔玛斯为何喜欢她。"你们怎么配合呢？"他问，"一个破魔者和一个尊权者的组合。若是离你太近，她的巫术就失效了。"

戈森翘起嘴角，微微一笑。"没你想得那么糟糕。我需要触碰他方——"他举起双手，但没戴手套，"才能实实在在地切断尊权者的巫术施放。除此以外，我和他们的距离不能超过十尺。"

"还真不容易啊。"塔涅尔说。

"是啊。"

塔涅尔放松了坐姿。"破魔者极为罕见。我觉得我父亲也不知道你们的能力是怎么施展的。"

"我们这种人确实很少,"戈森表示同意,"除我之外,我只见过一个。尊权者、火药魔法师和赋能者是天生的,但破魔者不是。"

"那是怎么来的?"

"通过有意识的决定。"戈森说,他的目光飘向远方。

"就这么简单?"

"就这么简单。我触摸他方,用意念驱散一切灵光。"他从兜里掏出尊权者手套,给塔涅尔看:手套的深蓝底色上有金色符文——并非尊权者常见的白手套和彩色符文。"我的手套立刻变色。这等于从一个极端转到了另一个极端,按照我的理解。如今,只要我触碰他方,周围的区域就不存在巫力。灵光不能被召唤、创造和操纵。即使我不触碰他方,灵光也始终把我隔离在六寸之外。"

"这种事可以逆转吗?如果你还想成为尊权者呢?"

"不行。"戈森把手套塞回兜里。

尊权者乃当今世界最强大的存在,他们操纵风雷闪电,就像孩童扔球一般轻而易举,他们还能号令海洋和大地。塔涅尔不敢想象有人愿意放弃这种力量。

"为什么?"他问。

戈森踢了踢脚下的一块铺路石。"我曾是相当差劲的尊权者,连触碰他方都很勉强,更别说操纵灵光了。加入王党需要通过测试,而我没能通过,这让我恼羞成怒。我想,既然他们不肯带我离开市井之间,让我分享他们的财富和权力,那我就变成他们最害怕的人,他们的巫术所不能伤害的人。"

"我理解你的心情。"

笑容回到了戈森脸上。"如今我靠追踪他们、消灭他们,赚了很多钱。"

"你杀的尊权者多吗?"

火药魔法师

戈森伸开五根手指。

既然他为凯兹干活儿,或许还杀过火药魔法师。戈森的随身武器中没有气步枪,但如果出其不意的话,手枪也能干掉火药魔法师。塔涅尔听说赏金猎人使用掺金粉的子弹,金粉渗进火药魔法师的血管后,导致缚印者点不燃火药,唤不来火药迷醉感。值得庆幸的是,这种独特的技术既昂贵又不可靠。

"你怎么看我们追捕的那个尊权者?"塔涅尔问。

戈森脸上阴云密布。"她太强大了,"他说,"对我来说前所未见。朱利恩则说我想多了。"

"我不觉得。"塔涅尔说,"对方毁天灭地的时候我在场,多亏你挡在中间,我才保住一命。感谢你。"

戈森犹犹豫豫地点头。"我觉得有件事应该告诉你。"

"什么?"

"我冲到你前面的时候正在触碰他方,我本该轻而易举地切断她与他方的联系,她不可能越过我的屏障。可她做到了,这种情况从未有过。"

塔涅尔拭去额头上的一层汗水。"你最好告诫你的搭档,别太自信了。"

"她要是听得进去就好了。"戈森说,"这事感觉有点儿……可以说私人恩怨吧,她好像不希望你插手——见鬼,她好像也不希望我插手。"

塔涅尔冷哼一声。"随她一个人去吧。"

"一个人去做什么?"

塔涅尔大吃一惊。朱利恩单手叉腰,站在他们身后,皱起的眉头牵扯到了脸上的伤疤。她神不知鬼不觉地来了,看样子只有卡-珀儿毫不诧异。

他们默不作声地坐了好一会儿,戈森躲避着朱利恩凶狠的目光,他在尊权者面前畏畏缩缩。塔涅尔站起身来。

大地突然倾斜,他一屁股坐回原地。

"地震!"有人大喊。

地面剧烈摇晃时,塔玛斯正倚着地图桌的边沿。他踉跄着后退,撞到墙壁后,又趴在地板上,犹如遭遇了一次骑兵冲锋。屋顶灰泥洒落,房里尘烟弥漫。塔玛斯双手扒着地板,胃里翻江倒海,他看见桌子轰隆隆从一头滑到另一头,折断了一根桌腿,继而歪歪斜斜地翻滚着,犹如风中落叶。装饰品从搁架上跌落,家具无不倾覆。塔玛斯听见满街惊恐的叫喊。

地震来得快,去得也快。塔玛斯爬了起来,挥手驱散面前的尘灰。房间似乎并未垮塌,但大多数家具碎裂了。他松了口气,庆幸他们没被整栋房屋压在底下——但这一带的建筑物以老旧居多,不大牢固,他推断不少人难逃此劫。

奥莱姆被掀翻在地,一排书架砸在他身上。塔玛斯撑起仿佛在海上漂流了数月之久的颤抖腿脚,来到书架前,将其抬了起来。

奥莱姆仰卧着,一手按揉额头,一手推开堆满全身的书本。他抓住塔玛斯伸来的手。

"您头上有血,长官。"奥莱姆说。

塔玛斯摸了摸额头,手指上一片殷红。"完全没有感觉到。"他说。

"肯定是石膏砸的。"奥莱姆说。

塔玛斯抬头望去。天花板上有几个大洞,其中一个就在桌子上方。"只是被砸了一下而已,"塔玛斯说,"我没事。"他头晕目眩地扫视周围。让这里复原大概需要几个小时,地图散落得到处都是。他身子又是一晃。

火药魔法师

"您真的没事吗,长官?"奥莱姆问,他伸手扶着塔玛斯。

塔玛斯摆摆手。"没事,没事。我们到外面看看情况。"

街上一片混乱,人们纷纷跑出家门,高呼救命。雇佣军忙着扶正那些野战炮,它们像玩具一样侧翻在地。鹅卵石蹦出了地面,说明底下的路基已经扭曲变形。一排排密集的寓所崩裂塌陷,砖瓦滚落到街上。

亚多姆之翼的一个雇佣兵在塔玛斯面前立正。

"发生了一场地震,长官。"那人说。

"谢谢你告知,士兵,我也感觉到了。"

那人匆匆走开,眼神有些茫然。塔玛斯和奥莱姆对视一眼。"我们这儿地震不多啊。"塔玛斯说。

奥莱姆摇摇头。"我这辈子都没遇到过。"

塔玛斯四处张望,估算着地震的毁坏程度。有些城区的情况可能更糟糕,有些则相对较好,而码头上该有多么混乱塔玛斯不敢去想。

"长官,貂刺塔是不是倾斜了?"奥莱姆问。

塔玛斯闻言望去。凌驾于西边城区之上的黑色塔尖确实有点异样。"至少没有倒掉。奥莱姆。"

"有何吩咐,长官?"

"找几个跑腿的。我要全城的灾情评定,我要知道街垒的情况。如果打开了几处缺口,或许我们可以抓住机会发动进攻。"

"现在吗?"

"当然。维斯特依温将军会趁乱前移阵地,并使用地震产生的碎石加固街垒。我们也要伺机而动。"

"您真的没问题吗,长官?"

"真的。去吧。"

奥莱姆匆匆告退。等他完全消失在视野中,塔玛斯才无力地靠在墙壁上。他的脑袋疼得厉害。他看见有人从远处的街垒里冲了出来,然后捡起砖块和石头扔回去。

"瑞兹！"塔玛斯喊道。

雇佣军准将小心翼翼地在碎石间行进，来到塔玛斯身边。

"那些火炮还有能用的吗？"塔玛斯问。

"轮轴变形了，车轮也裂开了，我们要找师傅修理才行。"

塔玛斯指着街垒吩咐道："传令下去，让你的弟兄们进入开火距离，不要给维斯特依温加固街垒的机会。"

瑞兹立正敬礼，然后大步离开，高声喝令。

塔玛斯回到房间，找到一把椅子，摆正之后，又在满地狼藉中翻到一件外套。他将其揉成一团，按在头上，然后跌坐到椅子里。

"你的脑门免不了起个难看的大包。"

门口站着一个人，双手叉腰，扫视着乱七八糟的房间。他留有一头黑色长发，编成辫子，搭在一侧肩膀上，胡子则稀稀拉拉的。这个彪形大汉比塔玛斯高一头半，体重可能超过二十石，他的皮肤带有浅黄色，说明有罗斯威尔人的血统，但他说起话来又是亚卓本地口音。他身着棕色裤子，破旧的夹克里是一件脏兮兮的白色长衫，一副城里劳工的行头。

"是的，"塔玛斯说着，指头轻轻地按压在太阳穴上，"我想是的。你是医生吗？"

那人低头看着自己的双手，一脸诧异。"不是，我觉得不是。这双既短又粗的手只有一个去处：厨房。"

"厨子？"遣走奥莱姆不过一分钟，就有闲杂人等在他的指挥部游荡了。"不知道你需要什么帮助，外面的士兵正在搭建野战医院。"

那人眯起眼睛。"厨子？"他气呼呼地说，"我看样子像是会提供淡而无味的汤和半生不熟的肉吗？我是大厨，见鬼。以后你管人叫厨子可得注意点，自尊心很容易受伤的。"

塔玛斯放下手，盯着面前的不速之客。他把我当成什么人了？看

火药魔法师

见他走进来,扶起一把椅子,坐在自己身边,塔玛斯笑不出了。

"你知道我是谁吗?"塔玛斯问。

那人摆摆手,另一只手扶着大肚子,将其安逸地搁在膝盖上。"陆军元帅塔玛斯,除非我认错了。"

简直莫名其妙。"那么你是哪位?"

对方从兜里掏出一块手帕,蘸着额头上的汗珠。"这儿真他妈的热啊。噢,我怎么能说脏话呢?我是米哈利,莫阿卡之子,黄金大厨之首。"

黄金大厨听着耳熟,但塔玛斯仍不甚明了。

"莫阿卡?"塔玛斯问,"男爵继承人?"

"我父亲更愿意人们称他为烹饪大师,愿克雷西米尔收留他的灵魂。"

"是的,"塔玛斯说着轻轻地摸了摸脑袋,好像已经止血,头疼却变本加厉,"我出席过一次他举行的宴会,食物简直无与伦比。他是去年过世的吧?"男爵继承人的儿子也不该来这里。奥莱姆怎么还不回来?

"他从来都是亲手烹饪。"米哈利垂着脑袋,"遗憾,他在品尝我做的羊肉蛋奶酥时,心跳停止了。看来我的手法青出于蓝,他以我为荣。"米哈利目光迷离,沉浸在回忆中。

"请原谅,"塔玛斯的脑袋越来越疼,"你来有何贵干?"

"噢,"米哈利说,"非常抱歉。我是亚多姆转世。"

塔玛斯忍俊不禁,先是吃吃地笑,继而笑得前仰后合,一边拍打大腿。"你是圣徒亚多姆?这笑话不错。噢。"他捧住脸颊。笑得太放肆可不好。

"圣徒,"米哈利嘟哝道,"我和克雷西米尔一同戡乱扶正,结果那些家伙把我降格为圣徒。好吧,众口铄金,有什么办法呢?"

塔玛斯忍着笑意。"克雷西米尔在上,你不是开玩笑?"

"当然不是，"米哈利说着，一手按住胸口，"我以母亲的南瓜汤发誓。"

塔玛斯起身离座。莫非是恶作剧？萨伯恩干的？也许是奥莱姆。奥莱姆的脸皮够厚。"奥莱姆。"他大喊。无人回应。塔玛斯暗暗咒骂，他叫奥莱姆找人跑腿，而非亲自跑遍全城。"奥莱姆！"他探头望着门厅。那儿一个人都没有。

他回过头，与米哈利面对面。米哈利瞅了一眼门外。"我目前不想见任何人，谢谢。"他说，"我不想引发骚乱。遇见一位神可不是小事儿，我觉得。"

"你是什么人，演员吗？"塔玛斯说着戳了戳对方的肚子，想知道这个装腔作势的家伙是哪路货色。一身肥肉。"表演得天衣无缝，可现在不是时候。"

米哈利指着塔玛斯的额头。"你的脑袋撞得不轻，"他说，"我知道理解起来有困难。也许你应该坐着休息一会儿。我这具躯壳里的记忆不完整，但我尽力解释吧。"他清清嗓子。"那些尊权者临死前都按要求警告过你了吗？"

塔玛斯头痛难忍，但听到这话瞬间呆若木鸡。他揪住米哈利的领子。"警告我什么？"

米哈利的一脸茫然不像是装出来的，他满怀歉意地耸耸肩。"我说了，我的记忆不大好使。"他又打起精神来，"不过慢慢会有好转，我觉得。"

"不要开玩笑了，"他说，"你他妈到底是什么人？"

塔玛斯突然飞向门框，重重地撞到肩膀，然后摔在地上。一开始他以为是米哈利干的，很快发现是地震再度降临。眼看灰泥一块块砸下来，他抓着门框，心脏跳到了嗓子眼，默默祈祷自己不要葬身于废墟之中。好在地震持续几秒钟后便结束了。

他爬起来，拍拍身上的灰，东张西望。那人消失了。塔玛斯咬牙

火药魔法师

切齿地望向门厅,奥莱姆就在那里,死死地贴着墙壁。

"你到底去哪里了?"塔玛斯问。

"找跑腿的。"奥莱姆说,"没事吧,长官?"

塔玛斯半信半疑地盯着他,却不见一丝戏谑的笑意。谁都不可能把玩笑开得如此滴水不漏。

"我还好。你看见有人经过这里吗?"

奥莱姆看了他一眼,又前前后后地扫视门厅。他从脚边的碎石堆里摸出一根仍在冒烟的烟卷。"没有,长官。"

塔玛斯回到指挥部。他知道这儿有后门,但问题是地震如此剧烈,谁也不可能安然无恙地离开。

我的脑袋撞得太严重了吧?

第 10 章

埃达迈回家取枪。

他雇佣苏史密斯已经五天了，城中心的隔离带导致他们一直找不到机会溜进公共档案馆。地震改变了一切，全城陷入混乱，楼屋坍塌，街上挤满无家可归的人。埃达迈趁乱摸清了保王派的位置，试图找到一条混进档案馆的路，但迄今为止运气不佳。

有传言说塔玛斯会召集全部兵力进城，强攻街垒，但目前看来，他并未对街垒动手，而是派遣士兵和雇佣军协助老百姓应对地震。一旦真正开战，森提斯特郡周边会非常危险。还有传言说塔玛斯的火药魔法师仍在亚多佩斯特的街巷间追捕一名尊权者，于是胆子小的人都不敢出门了。

每隔两天，埃达迈就得接待塔玛斯的使者；每隔两天，他就得汇报自己的工作毫无进展。陆军元帅把他盯得死死的，而他没能带去一点儿好消息，这种情况真叫人沮丧。

埃达迈一进门就捡起信件。不得不佩服的是，塔玛斯还能维持邮局的正常运营。等苏史密斯进来，埃达迈抬脚关门——这时，苏史密斯拍了拍他的肩膀。

走廊尽头、厨房边上的后门虚掩着。他把邮件扔在几案上，从门边的架子上取下一根手杖。苏史密斯进了客厅，埃达迈跟在他背后绕过转角，手杖高举。

然后他又慢慢地放了下来。

火药魔法师

"省了我跑一趟。"他说。

帕拉吉坐在壁炉边埃达迈最喜欢的椅子里,双手搁在膝上。上次的两个打手也在,撬锁的躺在沙发上,靴子没脱,胳膊沾有煤灰的大块头正在打量架子上的全家福。另有一个人坐在埃达迈的书桌边,双手自然而然地交握于膝间。

一看到苏史密斯,帕拉吉瞪大了双眼。"你会跑去见我?"他说。

"嗯,是啊。"

"真不知道为什么,你又没办法凑足欠我的钱。"他说着,不安地瞟了苏史密斯一眼。

埃达迈深吸一口气,平心静气地说:"确实如此,但我搞到了一部分。你说过在债务到期之前不来打扰我。"

"我说到做到。"帕拉吉说。

埃达迈环视一圈。"我还有一个多月。"

"你给我的地址不是你家人的。"帕拉吉说。

"我给你的是我表亲的地址。"埃达迈说。

"你的表亲一家子都打拳?"

"七个儿子,都跟他们父亲一样,"埃达迈说,"非常成功的职业拳手。"

"好吧,"帕拉吉说,"或许你说的是真的,但反正你家人不在那里。"

"是这样吗?"

"我的弟兄们想问个明白,结果遭到暴力驱逐,"帕拉吉说,"场面很不好看。"

"真不知道为什么。"埃达迈说。他内心暗笑,但脸上不动声色。

帕拉吉强自镇定。"这件事就算了吧。"

埃达迈一愣。帕拉吉在耍什么花招。"为什么?"他说。

帕拉吉仔细检查自己的指甲。"我想把你介绍给我的新朋友,"

他说着，抬手示意坐在埃达迈书桌边的人。"这位是维塔斯大人。他神通广大，而且认识位高权重的朋友。"

"很荣幸见到您。"埃达迈冲对方略一点头，顺便飞快地打量了一番。此人风尘仆仆，有着纯种罗斯威尔人的黄皮肤。在穿着上，他一袭黑衣，唯独马甲鲜红刺目，一块金链子怀表塞在胸前的口袋里，鼓鼓囊囊的。他像一个学童般正襟危坐在埃达迈的椅子上，沉着的目光四处逡巡，仿佛一切都逃不过他的眼睛。

"你知道政变的事情，"帕拉吉的话重新吸引了埃达迈的注意力，"不等报纸报道，你就知道了。那天夜里，你出去了半个晚上。有人召唤过你，我的耳目亲眼看你离开。你一回来就把家人送上马车，到了——"

"安全的地方。"埃达迈替他说完。

"安全的地方，"帕拉吉接着说，"然后你写了一堆信，天知道都是寄给谁的。你当时就启程去大学，没去看行刑——这很奇怪，因为整个亚多佩斯特没有第二个人这么干。然后，你一直在亚多佩斯特周边晃悠，雇马车去了东边和北边，又写了不少信。你似乎打算跑遍亚卓南部的每座图书馆。"

"看来你雇了厉害的角色跟踪我。"埃达迈说。

"没错，就是这样。"帕拉吉在马甲上擦着指甲。

"即便如此，你还是花了这么长时间才把这些事串起来？"

"我才不吃你的激将法。"帕拉吉说，"你替塔玛斯干活，这点我知道，维塔斯大人知道，他的主子也知道。"

埃达迈端详着书桌边的人。"那又是谁呢？"

"某个和亚卓及九国事务利益攸关的人。"维塔斯大人第一次开口，他嗓音平和，咬字清晰，显然在上好的学校里接受过教育。

"是罪犯吗？"埃达迈说，"帕拉吉很少跟正经人打交道。难道是大老板？"

维塔斯大人干笑一声。"不是。"他说。

"甭想转移话题,"帕拉吉吼道,他情不自禁地起身,"你现在替塔玛斯卖力,是不是?"

"坐下。"维塔斯大人说。帕拉吉照做了。

"如果是呢?"埃达迈反问。

帕拉吉张嘴欲言。

"闭嘴。"维塔斯大人言语轻柔,但帕拉吉立刻闭上嘴巴,"你可以走了,帕拉吉,你已经引见过我们了。"

帕拉吉瞪着维塔斯大人。"你休想独占这份功劳。这是我发现的。是我告诉尊贵的——"

绞索飞上了帕拉吉的喉咙,从后面猛地收紧。埃达迈抽出杖中剑,苏史密斯也持枪在手,但维塔斯举起一只手以示镇定。埃达迈不敢轻举妄动,他怀着一种病态的快意,观看帕拉吉如何在自己人——那个挖矿的动作奇快——手里拼命挣扎。帕拉吉的面色迅速发紫,而打手始终扯着绞索,直到前主人没了生气。埃达迈放下杖中剑。

维塔斯大人的双手重新交握于膝间。"我从刚刚离世的帕拉吉手里接收了你的债务,现在为我干活是你的本分。"

"干什么活?"埃达迈的脑筋转得飞快。帕拉吉纯属恶霸,行为有迹可循,埃达迈应付得了他。但这位维塔斯大人……很危险。他和大老板一样,属于那种能逼得警察提前退休的人。

"我要知道塔玛斯的一切。他做了什么,他对你说了什么,他让你找什么。"

"我的忠诚不能买卖。"埃达迈说。

"那就改变你效忠的对象。"

"我不知道你是谁,你的主子又是谁。"埃达迈说,"我忠于亚卓,这一点不会改变。"

"我的主子心里牵挂着九国的最高利益,这点我向你保证。"维塔斯大人说。埃达迈对他平和的语调和细声细气的嗓音失去了耐性。听他说话实在费力。

埃达迈说："九国和亚卓不是一个概念。据我判断，你为凯兹干活。报纸上说他们派来了使者，仍然希望塔玛斯签署《协约》。"

"我不为凯兹干活。"

"那是为谁？"

"这与你没有关系。"

"你很不讨人喜欢。"埃达迈说，"你闯进我家，在我的客厅里杀人，还敢威胁我？你怎么知道我不会马上找警察来？"

维塔斯大人脸上掠过一丝浅浅的笑意。"我不是警察能对付的人，"他告诫道，"你应该很清楚才对。"

"是的，我发现了。"埃达迈咬牙切齿地说，"你是个货真价实的恶棍。"

维塔斯大人好像吃了一惊。"恶棍？不，好先生，我只是个务实的人罢了。"

"我了解你那种人，"埃达迈说，"你似乎也了解我这种人。或者说你自以为了解。现在请你离开我家。"

他瞅了一眼苏史密斯。帕拉吉被自己人勒死，同样的悲剧会不会发生在埃达迈身上？苏史密斯真的是他的朋友吗？拳手神色紧张地盯着两个打手和维塔斯大人，捏响了指关节，似乎准备开打。"如果你合法地接收了债务，"埃达迈说，"我会还钱给你。做不到的话，我甘愿被你扫地出门、流浪街头。但我既不会背叛客户，也不会背叛国家。"

维塔斯大人若有所思地低着头。他忽然起身，从书桌上拿起帽子。"等我有了砝码再来。"看似寻常的一句陈述，其中"砝码"一词却令埃达迈脊背发凉，"在此期间，你的债务可延期归还，以示我主人的宽宏大量。"他压了压帽檐，走到埃达迈身边。"考虑一下我们的提议。"他递来一张小卡片，背后印着地址。

直到维塔斯大人和他的打手离开，埃达迈才想起自己最中意的椅子上还躺着一具尸体。他神情肃穆地盯着苏史密斯。"去找点吃的。我想想怎么处理。"

"雅各布很亲你。"女人说。

奈娜啜饮着热茶，她和说话的女人之间隔着一张咖啡桌。烈日当头，朔风呼啸，她差点忘了街垒就在另一边，保王派的追随者与塔玛斯人数众多且训练有素的军队默然对峙。

"我不能留下来。"奈娜说。

女人的目光越过茶杯，端详着她。她名叫罗扎利娅，贵为尊权者。希尔曼卫兵说，她是全亚卓最后一位尊权者，但谁都不知道她来自哪里。她不是曼豪奇的王党成员，为何对奈娜感兴趣也不得而知。奈娜不知道在尊权者面前该如何表现，而坐着也不可能行屈膝礼，她始终盯着茶杯，尽量表现得礼貌些。

"为什么呢，孩子？"

奈娜坐直了，她自认不是孩子。十八岁，她已经成年了。她擅长洗熨修补，或许哪天可以嫁给管家的儿子尤文——如果塔玛斯没有发动政变、世界没有翻天覆地的话。但尤文不见了，可能跑了，也可能死在街巷的某个角落。

见奈娜不吭声，罗扎利娅又说："我们明早和塔玛斯元帅谈判。如果他恢复理智，如果维斯特依温将军能让他明白事理，没准你就成了亚卓新国王的保姆。"

"我不是保姆，"奈娜说，"我洗衣服。"

"你何必画地自限呢，孩子？我有过很多身份。尊权者既不是其中最高贵的，也不是最低贱的。"

还有什么能比尊权者更高贵？"对不起。"奈娜说。

罗扎利娅叹了口气。"大声点儿，孩子，看着我的眼睛。你已经不是公爵家的洗衣妇了。"

"我出身低微，太太……夫人。"奈娜绞尽脑汁地回忆对尊权者的称呼，在此之前她从未见过这种人。

"你救下了最有可能继承王位的人。"罗扎利娅说，"虽是平民，也可能获封男爵夫人的爵位。"

奈娜吞了吞口水，在亚卓北方某地成为男爵夫人的画面召之即来挥之不去。此等好事怎可能落到她头上？她感觉到尊权者审视的目光。

"你觉得我们赢不了？"罗扎利娅说。她等了奈娜一会儿，然后有些不耐烦地续道，"说吧，你可以跟我说。"

奈娜没有抬头。"陆军元帅塔玛斯占尽优势，"她说，"他处死一半的贵族，不是为了让雅各布坐上王位。要不了几周，他就能攻下街垒，送雅各布和所有反对他的贵族上断头台。我想在那之前离开。我不想看到那个场面。"她不止一次地思考，把雅各布带给维斯特依温将军是不是做错了？她本可带他逃到凯兹，从宅邸里拿走的银器充作盘缠绰绰有余。

"聪明的丫头。"罗扎利娅说着，挑起奈娜的下巴。

奈娜把双臂抱在胸前。

"你打算怎么办？"罗扎利娅问，"等你通过了塔玛斯的封锁线，出城之后。"

尊权者干吗要关心这种事？奈娜转而想到，自己真的不知道怎么办。她还有银器，至少大部分都在。她曾用它们换来新衣服和雅各布的药，以及暴动时的藏身地。"我可以参军。他们总需要人洗衣服，报酬挺不错。"她说。

"你最好的情况，就是嫁给当兵的。"罗扎利娅说，"真是暴殄

火药魔法师

天物。"

"那样也好,"奈娜平静地说,"好过留在这里送死。"

"你想象一下,如果塔玛斯的士兵发现你曾把雅各布偷偷带出公爵的宅邸,他们会怎么做?你勇气可嘉,孩子,不要装作你不关心那个小男孩。如果你只顾自己,大概现在都快逃到布鲁达尼亚了。"

"留下来吧,"罗扎利娅接着又劝道,"照顾雅各布。如果明天的谈判进展顺利,你将会变得非常富有;如果不顺利……你可能需要再救他一命。"

如果她留在雅各布身边,如罗扎利娅所说,她可能会变得富有。但也可能跟他一起上断头台。她想起当兵的把她按在地上时的无助和恐惧。下一次塔玛斯的士兵破门而入,就没有蓄须的军士救她了。她把银器埋在城外一处墓地的角落,她再也不想体验那种可怕的经历。

奈娜情不自禁地揣测,罗扎利娅执意挽留她有没有别的动机?尊权者总是利用平民,对方不会是好心帮忙。她对奈娜表现出这么大兴趣,其中必有缘由。

在罗扎利娅的背后,雅各布出现了。经过两周来的奔走,他苍白的肤色却有所好转,而罗扎利娅用某种方法缓解了他的咳嗽。他笑着冲奈娜挥手,然后被一只在震后废墟间飞舞的蝴蝶吸引了。她目送他蹦蹦跳跳地追赶蝴蝶,两名神色警惕的希尔曼卫兵紧随其后。

"我留下来,"她说,"暂时的。"

"你可以速战速决。"朱利恩说。

塔玛斯端详着靠坐在桌子对面椅子上的女人。她一个人找上门来,抛开了不知去向的塔涅尔和破魔者。她身着一件低领衬衫,深沟袒露,令人浮想联翩,不过衬衫相当收身,丝毫不影响行动。塔玛斯知道对方的着装并非偶然,然而他不会犯两次同样的错误。朱利恩绝对是个危险人物，为了达到目的，她可以不择手段。塔玛斯的视线离开她的胸脯，落在那道从嘴角延伸到眉毛的伤疤上。

他疑惑于伤疤的存在。有的尊权者能使用治疗术。这种巫术极难施展，而且掌握的人少得可怜，但以朱利恩收取的酬金，负担起来不成问题。也许这种凶蛮相貌正合她的口味。

"怎么做？"

"刺客。"她说，"派人摸进街垒，干掉他们的首领，其余的就会投降。"

塔玛斯冷哼一声。"我费了九牛二虎之力都重建不了曼豪奇的情报网络，你要我上哪儿去找刺客搞定街垒？你疯了。"

"找黑街理发师。"朱利恩说。

"街头帮派？"

朱利恩点头。"他们收费昂贵，但业务熟络。他们可以迅速结束内战。"

"帮派分子可不听话。"

"酬劳合适就会听话。"朱利恩说，"理发师不是寻常黑帮，他们组织严密，直接受里卡德·汤布拉的控制。他利用理发师维持码头的秩序。"

"刺杀行动有风险，可能招致民众反感。"

"你傻得没救了。"

"你说话注意点。"

"如果你不考虑刺杀，那么谈判的时候我需要在场。"

"为什么？"塔玛斯看了看表。谈判安排在十点整。还有两个钟头。

"因为维斯特依温将军与我们追捕的尊权者相互勾结，而她一定会到场。她对你动手也在意料之中。"

"我有火药魔法师应付她。"塔玛斯说。

火药魔法师

"你儿子打了她三枪,还用一把手臂那么长的刺刀捅透了她的肚子。除此之外,你那些缚印者还有什么新鲜招数?"

她的话印证了塔涅尔的报告。这个尊权者的确非同一般,不同凡响。

"你认识她,对吧?"他说,"你们之间有私人恩怨。你的口气听起来不对劲,你巴不得杀了她。"

"真是荒唐。"

"这两年我拜托你杀了七个尊权者。每一次你都冷静得很,不带感情色彩。"

"那些家伙我花一两天就能干掉,"朱利恩说,"而这次事件正在变成私人恩怨。我要那个贱人死无葬身之地。"

"这么说你不认识她?"

"当然不认识。"

她在撒谎,塔玛斯看得出来。她说话时眼神变得格外凌厉——他最近才发现这个特点,朱利恩试图争取对方的信任时,会为谎言增添一点点愤怒的佐料。那么,她为何不说实话?

"如果她临时出手,你自认为能对付她?"塔玛斯说。

"当然。每次我们交手,她都会逃跑。至少我能吓跑她。"

"好吧,"塔玛斯说,"一个钟头后我们出发。带上戈森和塔涅尔,还有他的蛮子丫头。但不准轻举妄动。"

"我到场只为了保护你。"朱利恩保证。

塔玛斯守在一门修好的野战炮边,目送一队人马打着白旗出了街垒。奥莱姆在野战炮的另一边,背靠炮筒,低声对萨伯恩说着什么;在他后面,维罗拉、瑞兹准将和塞巴斯蒂涅准将站在一起,那两位是城内的雇佣军指挥官;街对面的房顶上,塔涅尔的步枪对准街垒方向；朱利恩闲极无聊地扯着手套，身边跟着她的破魔者搭档；一整连的亚卓军士兵在二十步开外严阵以待。总而言之，塔玛斯想要维斯特依温将军清楚自己的胜算有多低。

这将是一次至关重要的会面。塔玛斯自觉握有一手好牌，但维斯特依温将军绝非等闲之辈。他只需延长内战，即可破坏塔玛斯的如意算盘。

"一群可怜虫，长官。"奥莱姆示意前来谈判的保王派。

塔玛斯并未表态。保王派躲在街垒里已有八天之久，他们蓬头垢面，衣衫不整，但看样子并未挨饿，也并不疲倦。他们的街垒虽不牢靠，维斯特依温将军却足以确保麾下的男男女女睡好觉、吃饱饭——做到这一点不难，毕竟他们占领了城内的主粮仓。目前保王派比城里大多数人都吃得好。

塔玛斯沉浸在轻微的迷醉感之中，远处的面孔一览无余。他认得维斯特依温将军，那是个高个子，秃头上布满斑点。将军上了年纪，瘦得皮包骨头，风湿病的困扰导致他行动迟缓。然而，塔玛斯决不能因此低估对手的能力，将军敏锐的脑子活像一把精钢匕首。

至于将军身边的人，塔玛斯都不熟悉。他们身着脏污的华服，无疑都是贵族。看来要么是政变当晚逃过了他布下的天罗地网，要么便是身份低微不值一提的小角色。

他只认出其中的一个女人，那正是杀死拉约什等人的尊权者。她看样子完全不像遭受过塔涅尔报告的那些伤害。或许塔涅尔判断失误。或许他失手了。塔玛斯盯着她，而她毫不畏缩地对视过来。

不，塔涅尔从不失手。

保王派的队伍停在半路，爆发了片刻争论，继而才慢吞吞地迎上来，在塔玛斯及雇佣军对面站定。他们一行二十人，维斯特依温是其中唯一的军人。来者并非井然有序的对手，塔玛斯不无厌烦地心想，而是一个委员会。

火药魔法师

"陆军元帅塔玛斯，"一个肥胖的贵族开口了，他戴着一条脏兮兮的饰带，"命令你的人退下！我们可是打着休战旗来的。"

塔玛斯回头望了一眼身后的士兵。他们站着军姿，步枪扛在肩上。"维斯特，"他说，"很高兴见到你。"

维斯特依温点头回礼。"很遗憾在这种情形下见面，我的朋友。"

"如果你现在弃暗投明，那便了无遗憾了。你是我们重建国家的强援。"

"在我看来，"维斯特依温说，"摧毁这个国家的正是你。"

"国家腐败横生，想必你心里有数吧？"塔玛斯说，"要想拯救亚卓，唯有消灭权贵。"

维斯特依温眼含倦意，面色冷峻。他似乎很想赞同塔玛斯的观点。"你对更大的危机一无所知。而且你杀死了我的国王，塔玛斯，我不可能原谅你。"

"你的国王要将国家拱手送给凯兹！"塔玛斯突然提高嗓门。维斯特依温很聪明，不，堪称智慧通达，他怎么可能看不懂塔玛斯的真意？他此刻为何要横加拦阻？"我绝不允许他签署《协约》，卖国求荣。哪有比国运民生更大的危机？"

将军瞟了一眼塔玛斯的卫兵。"此事，我今日不便涉及。"他神色一凛，"我们是来谈判的。"

"你们有什么资本谈判？"塔玛斯问，"你们被团团包围了。我有兵力优势——"

"街垒里驻守着两万人。"

"——恐怕包括了妇孺吧？"塔玛斯厉声喝道，"你们的厉害角色不过是几个赋能者，加上这位。"他示意那个尊权者。"而我有十几个火药魔法师和足以摧毁半座城市的火炮。"

"你是指尚未被地震摧毁的半座城市吗？"维斯特依温的冷静让塔玛斯恼火，他不由得咬紧牙关。

"我有的是时间，"维斯特依温接着说，"我控制了城里的主粮仓和军械库——换句话说，就是你需要的食物和武器。凯兹的使者随时会到，如果他们发现我们发生内讧，闻到血腥味儿，他们的大军很快就会打上门来。即使他们不来，老百姓也会很快厌倦这场内战，你的士兵和雇佣军则成了他们的累赘。若你解决不了粮食问题，重建不了他们的城市，他们绝不会轻饶你。"

这个老混账把问题看得清清楚楚。塔玛斯扫视着那帮贵族。"你们有什么提议？"

佩戴脏饰带的贵族上前一步。"我是麦克希尔子爵，"他说着，拿起一张纸细看，"我们有一系列要求。"

塔玛斯一把抢过那张纸，麦克希尔连反对都来不及。元帅读了起来。

"你们要我辞职？还要逮捕我？"他难以置信地望着那帮贵族。

"你犯了叛国罪！"有人叫道，"你杀了我们的国王。"

塔玛斯死盯着他们，最后有人沉声说了一句："这一点可以谈。"

塔玛斯接着读下去。不等读完一段，他就连连摇头。"所有属于国王和被处决的贵族的土地，你们都要内部瓜分？你们当我是傻瓜吗？"

"这些也可以谈。"麦克希尔说。

"你刚才说这些都是要求。"

"可以谈判的要求嘛。"麦克希尔避开他的目光。

塔玛斯还回那张纸。"维斯特，你应该能跟他们讲讲道理吧？"

维斯特依温耸耸肩。"谈判吧，塔玛斯，拜托你了。"

"失陪一下。"

塔玛斯回到炮台后，召来亲信会商。奥莱姆、维罗拉、萨伯恩、瑞兹准将及塞巴斯蒂涅准将都来了。朱利恩仍在不远处盯着另一个尊权者，犹如一只紧张兮兮的野猫。

火药魔法师

塞巴斯蒂涅准将最先开口。"他们没有谈判的资本。"此人年纪轻轻，比塔涅尔稍长几岁，塔玛斯不大情愿听取他的意见。话说回来，他能攀上亚多姆之翼的准将之位，也不可能一无是处。

"恐怕他们有资本。"萨伯恩说，"维斯特依温说得对，时间不在我们这边。万一凯兹的使者来了，看见我们如今的状况……"

"还有粮仓，"塔玛斯说，"我们已经削减了军队三分之一的食物配给，但也仅够全城民众勉强果腹。老百姓在挨饿，他们不会忍耐太久。"

"如果不找议会商量就做决定，他们会生气，"维罗拉提醒他，"长官。"她赶紧补上称呼。

"事关战争，上尉，"塔玛斯说，"这方面他们已全权委托我处理，因此谈判的事我会自己酌情进行。"他问瑞兹。"我们能否不付出数千人的生命代价，便拿下街垒？"

瑞兹思索片刻。"除非先炮击伺候。即便如此……伤亡也不会小。"

塔玛斯两眼望天。瑞兹在加入亚多姆之翼之前曾任炮兵司令，他认为炮击可以解决一切问题。

"如果不进行炮击呢？"

"必然血流成河，"瑞兹说，"敌我双方死伤无数。"

"该死。"

塔玛斯回到保王派那边。"给我一个提议。"塔玛斯说着，示意麦克希尔手中的那张纸，"真正的提议，而不是漫天要价。其中要包括她——"他指着尊权者说。"让她束手就擒，为我死去的手下偿命。"

尊权者一脸肃穆地望着塔玛斯，那是种仅仅属于老妇人的表情。仿佛在她看来，他们这些人的举动无异于小孩子玩过家家。

"这不可能。"维斯特依温将军说，"面对现实吧，塔玛斯，这是战争，战争免不了死人。"

塔玛斯咬牙切齿地说："给我一个提议。"

麦克希尔立刻接过话头，塔玛斯料想他等待已久。

"先王的一位表亲在我们的街垒里。"麦克希尔说。

"叫什么名字？"塔玛斯说。

"'正位者'雅各布。"

塔玛斯眨巴着眼睛，绞尽脑汁地回忆王家子弟。"小毛孩雅各布还差不多，恐怕他们的五世祖才有血缘关系，而且他才五岁。"

"他是在世的所有人中，与曼豪奇血缘最近的亲人。"麦克希尔接着说，"我们建议拥他为王，是为曼豪奇十三世。你和维斯特依温将军仍然掌握军队，我们和你的议会联合，组成新国王的顾问团。你的火药魔法师便是新的王党。"

"国王呢？"塔玛斯问。

"我们摄政治国，直到他成年。"

塔玛斯望向维斯特依温。这个提议相当成熟，必然有他的影响。贵族们愿意奉上大多数权力……但这依旧不可接受。

"我决不容许再有国王凌驾于亚卓之上，"塔玛斯说，"不行就是不行。如果你们还要一位国王，那也只能存在于名义上。"

麦克希尔脸色一沉。"傀儡君主？"

"这是最好的情况了，我已经退让到极限。"

"不行，"麦克希尔说，"亚卓必须有一位名副其实的国王。"

"绝不可能。"塔玛斯说。

"你拒绝我们？就这样了？不谈了？我们让你掌管军权，我们让你成为王党的新任首领，你在亚卓就此变作一人之下、万人之上的角色。难道你的胃口那么大，什么都要独吞吗？"

塔玛斯嗤笑道："你们这些无知的人啊，我发动政变不为攫取权力，我是为了消灭君主制，为了解放人民。我不可能回到原点，拥立

火药魔法师

一个小毛孩为王,好让你们返回乡间大宅,继续吸食国家的骨血。"他看着维斯特依温,"很遗憾,我的朋友。我不要国王,也不允许别国统治亚卓。"

"那我奉陪到底。"维斯特依温说。

塔玛斯冲这位老朋友鞠了一躬。"我知道——"这时,塔玛斯感觉有人碰了碰他的肩膀。是朱利恩,她神色严肃。

"不对劲。"她说。

"怎么了?"塔玛斯问。他和维斯特依温将军皱着眉头,面面相觑。

街垒里传出熟悉的爆响,是气步枪开火的声音。朱利恩冲到塔玛斯和维斯特依温将军之间,猛地将塔玛斯往后推走。子弹在一道无形的屏障上开花。朱利恩一边后退,一边以最快速度召唤和发射火球。火球纷纷飞出,炸得街垒火花四溅。

朱利恩出手之后,另一个尊权者也行动了。坚硬的空气盾墙阻挡了塔玛斯手下发射的第一批子弹,掩护了突然后撤的保王派代表团。大地隆隆作响,空气如在颤抖,距离塔玛斯最近的大炮忽然炸开,轮子坠落,炮身四分五裂,撞到地面发出一声闷响。

塔玛斯翻身一跃而起。他们袭击了他,他们打着休战的名号袭击了他!维斯特依温应该不会这么做,维斯特依温……塔玛斯的目光找到了老朋友,只见维斯特依温正被拖回街垒。他失去了一条胳膊,胸膛也一片焦黑。他死了吗?他被朱利恩的火球击中了。塔玛斯顿觉天昏地暗。

"愚蠢。"他啐了一口,"瑞兹准将!炮火准备。我们立刻进攻!"

第 11 章

"公共档案馆就在我们上面。"埃达迈说。他身后某处,苏史密斯手里的提灯停止了摇晃,嘎吱声也随之消失。

"这次没错?"

埃达迈举起自己的提灯,照亮面前生锈的铁梯。踏板之间的砖头上嵌着一块铭牌,可能是为了标明建筑的名称,但字迹早已模糊不清。亚卓地底的下水道维护欠佳,大多数能免遭地震损毁已是奇迹——这也证明了亚卓人的工程质量。

"我的记忆力虽好,"埃达迈的声音在齐肩高的地道中回荡,"但这些该死的下水道看起来着实一模一样。"

"嘿。喜欢那间女澡堂。"

"我猜得到。"埃达迈说,"不过不知道还有没有人去洗,塔玛斯的炮火覆盖了这一带。"他擦了擦铭牌,试图分辨那些模糊的字母。"应该是这里。"

苏史密斯蹚着水来到他身边。大个子拳手佝偻着背,在七弯八拐的下水道里行动,埃达迈的膝盖和大腿都疼得不行,别提苏史密斯了。

"我去看看。"苏史密斯说着,把提灯递给埃达迈,自己攀上梯子。梯子在他的重压之下嘎吱抗议。"提灯。"苏史密斯向下伸出手。

埃达迈听见格栅移动的声音,然后苏史密斯消失了。在他们头顶某处,近到令人发指的地方,有低沉的炮火隆隆作响。

火药魔法师

"上来。"苏史密斯说,他的声音含混不清。

埃达迈爬上梯子,发现自己身处一间拱顶高耸的地窖。水泥墙壁潮湿发霉,地上的积水有半寸深,至少十年没人来过。

"就是这里。"埃达迈说。

"真的?"苏史密斯一脸怀疑。

"我小时候经常在下水道里玩,"埃达迈说,"母亲气得不行。亚卓的这些地窖,我估计自己探索了一大半。"他笑着对苏史密斯说。"发现澡堂的时候,我就知道离得不远了。"

"成天躲在地下偷看?"

"可不是?我也年轻气盛过嘛。"

他们经过一排排有着相似拱顶的储藏室,找到一截向上的狭窄阶梯。门板嘎吱作响,埃达迈推不开。

"苏史密斯。"他喊着退开几步,让拳手挤到前面。苏史密斯双手撑住两侧墙壁,猛踹一脚。锁头当即断开,门板应声破裂,然后从铰链上脱落。响声久久回荡,两人面面相觑。

他们把两盏提灯留在地窖门边,小心翼翼地前进。埃达迈握着手杖,苏史密斯有两把短筒手枪。他们走过一条长长的廊道,进了档案馆的一楼。

公共档案馆有练兵场那么大,总共四层,墙上的书架绵延不绝。埃达迈沿着一条廊道前行,砖墙之外,步枪和火绳枪的射击声隐约可闻。空气中漂满灰尘,充斥着书本气息——胶水、纸张和旧牛皮纸的味道,还有陈年的霉腐味儿。

"没人。"苏史密斯说。

埃达迈回头瞟了一眼,只见苏史密斯面带疑虑地观察着那些书架。对于一个靠拳头解决问题的人,书本算得上不可理喻的事物。"很正常,"埃达迈说,"维斯特依温将军在九国上下至少资助了十几家图书馆,其中就包括这家。他不能容许任何人来搞破坏。"

他们来到图书馆中央,此处空间开阔,不见书架,满眼都是供读者使用的书桌,中央另有一扇巨大的窗户,纵贯四层,以提供充足的光线。桌面上空无一物——

唯有一张书桌例外。埃达迈把食指贴在嘴上,打手势示意苏史密斯跟来。角落里的那张书桌摆了不少书,全都摊开着,仿佛刚刚有人读过。他凑近一看,皱紧了眉头。这些书明显都有缺页,也有大段大段被涂黑的痕迹,其中一本书的封面正是《为国王效力》。

埃达迈飞快地拔剑转身。苏史密斯的手枪也打开了保险。

一个女人立在他俩数步开外。她身着羊毛骑马裙和短外套,一头齐肩的花白头发,乌黑的眸子炯炯有神,令埃达迈想起了乌鸦。她戴着尊权者手套,双手分别指向埃达迈和苏史密斯。一声炮响震动了档案馆,书架上的灰尘纷纷掉落。

埃达迈舔了舔嘴唇。苏史密斯瞪圆了眼睛,指头在扳机上摩挲。

"你会害死我俩。"埃达迈对苏史密斯说。

"我不喜欢这样。"他回答。

"我也不喜欢。你是谁?"尽管心里有数,他仍向尊权者发问。

"我叫罗扎利娅。"她说。

"你是塔玛斯追捕的尊权者。"

她不说话,等于默认了。埃达迈扫了一眼桌上的书。

"你要杀我们吗?"

"除非逼不得已。"

埃达迈慢慢放下杖中剑。他示意苏史密斯也放下手枪。

"你是赋能者。"罗扎利娅说。

"是。"

"你们是来找我的?"

"不是。"

尊权者看样子糊涂了。"那你们来这里做什么?"

火药魔法师

埃达迈一偏脑袋，示意那堆书。尊权者仍未放下双手，这令他忐忑不安。他问道："是你撕了书页，涂黑了段落，拿走了大学里的那些书？"

罗扎利娅缓缓放下双手。"不是我。"她说。

"大学里的那些书真的不是你拿的？"

"那些是我拿的。但撕掉书页的不是我。是她。"

"谁？"

尊权者不作回答。

"你要那些书做什么？"

"应该跟你一样，"她说，"寻找答案。"

"克雷西米尔的誓言。"埃达迈轻声说。

罗扎利娅嗤笑一声。"好简单的问题，"她说，"但你不知道的东西多着呢。"

"我只关心克雷西米尔的誓言，"埃达迈追问，"那是什么意思？"

她歪着脑袋端详埃达迈，犹如猫盯耗子。步枪密集而尖锐的开火声撕裂了寂静，大炮再度怒吼起来。

"我需要送一个口信。"她说。

"什么？"

"口信。我要你亲自转达。"

"我会帮你送该死的口信。告诉我誓言的意思。我要证据。"

"我不相信你。"罗扎利娅说，"你帮我送了信，我再告诉你。"门外忽然传来枪托的撞击声，她循声望去，喉咙深处咯咯直响。"塔玛斯元帅来了，我得走了。书里是找不到答案的，答案只有我知道。"

埃达迈估算着抢先下手的成功概率：一个眼色丢向苏史密斯，在她后脑勺上来一下，这样可以把她交给塔玛斯，让陆军元帅自己想办法得到答案。但埃达迈知道，这么做他绝对逃不过尊权者的巫术。

"给谁送口信？"

"尊权者波巴多,"罗扎利娅说,"曼豪奇王党的唯一幸存者。他目前在休德克朗要塞。告诉他,她将要召唤克雷西米尔。"

"就一句话?"埃达迈说。

罗扎利娅点点头。

"克雷西米尔的誓言呢?"

她笑了。笑声刺耳。"问波巴多。他知道。"

档案馆门厅的大理石地板上脚步纷乱。罗扎利娅扭头就跑,她纵身跃上一张书桌,轻盈得不像上了年纪的人。她刚从远处的廊道里消失,一群士兵就涌进了对面堆满书架的过道。从服色判断,他们是亚多姆之翼雇佣军,枪口纷纷对准埃达迈和苏史密斯。

埃达迈举起双手,叹了口气。"告诉塔玛斯元帅,埃达迈侦探在此等他。"

雇佣兵们面面相觑。

"怎么了?"埃达迈说,"他就在附近,不是吗?"

其中一名雇佣兵回到过道。苏史密斯瞪着埃达迈。

"一个字都别抱怨。"埃达迈低声嘱咐,"我要是知道塔玛斯打算今天攻占档案馆,我们就不用花上两天时间在下水道里受罪了。"

"混蛋。"苏史密斯说着,低头望向湿透的鞋子。

"侦探,怎么是你?"陆军元帅塔玛斯从堆满书架的过道里现身。他握着一把锯柄决斗手枪,枪管上残留的火药表明它刚刚使用过。"你在这里做什么?"

"调查,长官。"埃达迈说。

"是啊,"塔玛斯心不在焉地应道,他上下打量埃达迈和苏史密斯,又吸了吸鼻子。"你们钻过下水道?"

"排水管道。"

"真聪明。"塔玛斯瞅了一眼背后的雇佣兵,"退下,埃达迈侦探受我雇佣。你们去把其余地方搜查一遍。"等雇佣兵们离开,塔玛斯

火药魔法师

又问埃达迈,"你解开我的疑惑了吗,侦探?"

"我有线索了,长官,但目前还不能确定。我找的书要么被污损,要么就彻底不见了。"

"希望你别把时间都用来翻书。"

"那是调查所必需的,长官,"埃达迈气鼓鼓地说,"任何线索都不能放过。"

"很好,我不打扰你……等等。"

埃达迈停下脚步。

"你知道黑街理发师吗?"

埃达迈回想了好一会儿。"他们的首领名叫提夫,他们是亚卓黑道上的顶级杀手,据说什么活儿都接,只要雇主付得起酬劳。几百年来,理发师收取高昂酬劳、刺杀亚卓国王的事件发生过十几次,不过一次都没成功,因为国王有王党的保护。我认识提夫,他是……那个组织里精神最正常的人。老实说,他们都该进精神病院。我希望您不是想……"

塔玛斯略一点头。"谢谢你。"他说完就走。

"……雇佣他们。"埃达迈小声说完。

埃达迈捡起手杖,雇佣军进来时他将其扔下了。他望着罗扎利娅消失的方向,那个含义不明的口信在脑海里回旋。"该去休德克朗了。"他对苏史密斯说。

"雅各布!"奈娜从一名保王派士兵身边挤过,又绊倒在瓦砾堆中,刚才的炮击炸得砖石遍地。她提着裙子起身,跌跌撞撞地行进,不断呼唤小男孩的名字。

她的裙子上有血,那是因为炮弹呼啸着从她肩上掠过,打掉了佩恩的脑袋,而他们正围坐着吃一顿少得可怜的早饭。瞬间取人性命的死神就那样飞过她耳际,犹如水壶烧开时的鸣响依然在她脑海里回荡。炮弹把佩恩身后的墙壁轰出一个大洞,直接钻进雅各布的房间,而这已是街垒后方少数受损较轻的住房之一。佩恩的尸体瘫坐在椅子里,双肩松垮,一手抓着勺子。雅各布应该在床上,可是床上没人。

奈娜找到了负责保护雅各布的一名希尔曼卫兵,他正在清理制服上的砂砾。他名叫比斯特,年约三十五岁,冷静的举止令奈娜想起艾尔达明西公爵宅子里那位蓄须的军士。

"雅各布呢?"她问。

"他不在床上吗?"比斯特说。

"不在。"

"见鬼,他肯定又梦游了。"

又一枚炮弹在半空中炸开,所有人都趴了下来。奈娜被比斯特压在身下。

"你没事吧?"他问。

"我没事。快去找雅各布。"

他扶起奈娜,两人一边在街上奔跑,一边大喊雅各布的名字。奈娜听见步枪开火的声响,火药燃烧的气味呛得她喘不过气。街道尽头有一座街垒,保王派的士兵和志愿兵缩在里面,与对面不见踪影的亚卓士兵隔空交火。

谈判已经过去五天。那天之后,陆军元帅塔玛斯的军队立刻发起进攻,大炮和步枪日夜开火,空气中处处弥漫着黑火药的硫磺味儿。

有人大喊一声。很快,一身蓝装的士兵涌上街垒,犹如洪水漫过堤坝。

"快撤,"比斯特喝道,"撤到下一道街垒去!"他冲周围的志愿兵呼喊。

比斯特拽着奈娜的胳膊。"我们必须找到雅各布。"他忽然一转身,羽饰高帽随之掉落,一名亚卓士兵则从巷子里现身。比斯特拔剑挡开对方的刺刀,士兵挥起枪托,击中他的下巴。比斯特翻身倒地,

火药魔法师

士兵居高临下，挥刀欲刺。

奈娜勉强抬起一块地砖，举过头顶，对准亚卓士兵的后颈扔过去。那人一声不吭地倒在了地上。比斯特捂着下巴，一时间没能缓过神来。

奈娜帮他起身。

"那边！"她说。她看见雅各布在离街垒不远的地方跑过街道。一颗子弹打在男孩前方的地面上，泥土四溅，吓得他跌了一跤，满眼都是泪水。

亚卓士兵已经占领了街垒，此刻距雅各布不过一百尺，好在奈娜离他的距离又要近一半。她提起裙子狂奔过去，听见比斯特跟了上来。占领街垒的士兵们更有兴趣守住胜利果实，无心理会一个迷路的小孩。奈娜跪在雅各布身边，一把将他抱在怀中。比斯特扶她起来，两人跑向安全地带。

突然，奈娜发现比斯特已不在身边。她当即停下脚步，回头发觉比斯特盯着陷落的街垒。

"那里已经失守了。"她说。

"是他！"比斯特拔剑出鞘。

"你要干……"她忽然看见了：塔玛斯元帅带领一帮手下站在街垒上，观察着底下的街道。在他身边有一张熟悉的面孔，正是那晚在厨房里救了她的蓄须军士。

"比斯特，我们要把雅各布带到安全的地方。"

"只要那个混账叛徒还活着，就没有什么地方是安全的。"

"维斯特依温将军……"

"将军已经死了。"

奈娜不知道该说什么。她知道维斯特依温将军在谈判时受了伤，但保王派坚称他没死。战略层面上唯有他能与陆军元帅塔玛斯匹敌，看来他们现在真的没了回天之力。

奈娜望向街道后方的街垒，保王派的人正招手示意她过去，那里相对安全些。她紧紧地把雅各布抱在怀中，小男孩捂着耳朵呜咽，肩膀随之起伏。

"比斯特。"她恳求对方。罗扎利娅在哪里？如今她是他们唯一的希望，只有她能用尊权者的巫术赶走塔玛斯的军队。

比斯特从死人手里抓起一把弹药耗尽的步枪，上好刺刀。他拍掉残余的火药，双手握着枪托，独自杀向沦陷的街垒。

蓄须军士指了指比斯特，同时端起步枪。陆军元帅塔玛斯注意到了，他歪着脑袋，仿佛不明白冲过来的希尔曼卫兵所为何事。随后他拔出手枪，扣动扳机，比斯特身子一颤，顿时瘫软下去，着地时打了个滚，抽搐了几下，便一动不动了。

子弹在一百步开外洞穿了他的眼睛。

陆军元帅塔玛斯挥挥手，驱散枪管周围的青烟。

奈娜尖叫起来。

陆军元帅冲她做了个手势，她等着又一颗子弹飞来射穿自己的脑袋。然而子弹没有过来，却只见亚卓士兵们翻下街垒，纷纷冲向她。她呆呆地盯着他们，忽然想起怀中的雅各布。

奈娜掉头跑向不远处的街垒。虽然她跑在前面，但追兵们的速度快多了。慌乱中她踩到裙裾，跌了一跤。四十尺外，街垒里的保王派正开枪掩护她，子弹在她周围的铺路石上弹射，她呼吸急促。还有三十尺。

有人打中她的后背，她摔倒在地，回头看见亚卓士兵已逼到近前。她尖叫着，拼命挣扎，可雅各布仍被对方抢走了。一名士兵面对着她，眼看刺刀就要捅进她的肚子，但最后一刻对方改了主意，改用枪托推开她。士兵们带走了又哭又叫的雅各布，随即撤退。

奈娜爬了起来，跟跟跄跄地追向他们。不能让他们带走雅各布，她已经保护了他那么久！她来到比斯特的尸体边，希尔曼卫兵趴在地

火药魔法师

上,没挨枪子的那只眼睛茫然盯着远方,脑袋上的窟窿鲜血淋漓,苍蝇嗡嗡乱飞。她跪下来呕吐不止。

有人拖走了她,带进旁边碎石遍地的小巷,枪声很快又响了起来。

奈娜靠着一堵残垣断壁瘫软下去。"你眼睁睁看着他被抓走。"她恶狠狠地责难救命恩人。

罗扎利娅望着外面的街道,戴手套的十指在空中就位,直到无形的危险过去,才任凭双手垂落。

"这场战斗与我无关了。"罗扎利娅说。

"你可以阻止他们,"奈娜控诉道,"你刚才可以杀了塔玛斯。你可以保护比斯特。"她的嗓子嘶哑了,泪水滑过脸颊,她用脏兮兮的袖子将其擦去。

"维斯特依温将军死了,"罗扎利娅说,"内战便不该再拖下去。"她顿了顿,迎上奈娜责难的目光。"是的,我可以杀了塔玛斯,但形势已经恶化到你无法想象的地步。此时此刻,杀死塔玛斯只能雪上加霜。"

"比斯特。"奈娜说。

"我不指望你能明白,"罗扎利娅说,她的语气忽然变得轻柔,"你很勇敢,很聪明,我只希望你好好活下去。塔玛斯抓走了那孩子,维斯特依温死了。其余的保王派还将苟延残喘,但笑到最后的会是塔玛斯。趁还有机会,离开这里吧。街垒西南边的废墟里有条生路,两边的人都不知道。从那儿出去,带上所有钱财,远走高飞,平平安安地活一辈子。"罗扎利娅眼中多了一丝眷恋。"这个时节的法崔思特挺不错。"

"他会拿雅各布怎样?"奈娜问。

罗扎利娅伸出手,奈娜拽住站了起来。

"雅各布,"见罗扎利娅不答,她又问了一次,"塔玛斯会拿他怎样?"

"塔玛斯这人讲求实际,"罗扎利娅说,"如果他放国王的继承人一条生路,那么今天的局面他迟早还要面对。他会悄悄处死那个孩子。"

奈娜擦去眼中的泪水。一想到雅各布满头金发的脑袋落在篮子里,她感觉内心某处变得坚硬如石。

"离开亚卓。"罗利娅说,"等在这里办完了事,我也会走。拿着。"她从缝在外套内层的袋子里掏出什么东西,塞到奈娜手中。是一枚一百卡纳的硬币。

"谢谢。"奈娜说。罗扎利娅摆摆手,谨慎地避开街垒,出了小巷。奈娜等了好一会儿,心里想着刚刚到手的硬币和藏在城外的银器。从巷子里还能看到比斯特,他的尸体纹丝不动地躺在保王派和亚卓士兵交织的火网中。奈娜手握硬币,捏成拳头。这些钱足够买新衣服和坐车前去布鲁达尼亚,加上银器,她完全可以开始新生活。

她仿佛又看见塔玛斯元帅不动声色地射杀比斯特。

带着这些悲惨的记忆,她不可能开始新生活。

第 12 章

休德克朗要塞坐落在南派克山锯齿状的山脊上。尽管高海拔地带的天气相当恶劣,棱堡的城墙却修得倾斜而光滑,此为五百年前加持的强大巫力的杰作。要塞的东南方是琥珀色的凯兹平原,一览无余;要塞的西北方,越过丘陵和森林,可见环绕亚卓的群山,其中亚多佩斯特位于艾德海泪珠状的尖端,犹如一颗宝石;要塞的北方,南派克山的峰峦浓烟滚滚,令人心生畏惧。

埃达迈离开棱堡边缘。整个世界在眼前赫然铺开,让他头晕目眩,一心只想回到镇里——棱堡中间竟有一座镇子,而且好大!——然而守山人士兵要他在此等候尊权者波巴多。他们本该把他安顿进客房,这里海拔太高,气温低得可怕。他们似乎有意看他打哆嗦。

埃达迈身心俱疲。虽然道路平坦,从首都到这里,马车仍旧跑了五天,而且几乎日夜兼程。长时间坐在难受的座位上颠簸,使得他浑身酸痛,睡不好觉更让他头痛欲裂。罗扎利娅提到一个女人试图召唤克雷西米尔,导致他好不容易睡着时噩梦连连。他到底怎么了?他有着现代思想、受过教育,而克雷西米尔不过是神话传说,是宗教用来约束农民的工具。

"你在做什么?"

苏史密斯在装填一把短筒手枪,听到他的话便停了下来。手枪握在巨掌之中犹如玩具。"你觉得呢?"

"你认为他会杀了我们?"埃达迈问,"就因为我们提个问题?"

"之前那个尊权者不就差点干了。"

"因此?"

"因此什么?"

"那是尊权者,苏史密斯,如果他不想跟我们说话,一挥手就能让我们从这儿掉下去。"

苏史密斯耸耸肩。"我收钱是为保护你吧?"

"是的。"埃达迈叹道。苏史密斯好像还没明白,对方是尊权者,在这样的对手面前,谁也保护不了谁。

"管他是不是尊权者,他要杀你得先过我这一关。"苏史密斯接着装填弹药。

埃达迈忍俊不禁,聊天多少驱散了他的不安。他坐了五天五夜马车,从亚多佩斯特赶来世界的屋脊,身处守山人的要塞。谁都知道,守山人中充斥着罪犯和杀手,以及其他九国间最难对付的人物。他们把守高地关隘,运营采矿场和木料场,也是亚卓抵御外敌侵略的第一道防线。埃达迈相信守山人保卫了国家安全,但与他们相处,自身安全反而难以保证。

"话说回来,尊权者为什么会在这儿?"苏史密斯装填完毕,把手枪挨个插回腰间,倚着一门面朝凯兹方向的固定火炮。

"他是被流放的。"埃达迈看着自己的气息凝结成霜。

"为什么?"

"你问官方说法?王党内部权力交替,波巴多站错了队。至于小道消息嘛,据说他睡了尊权者柯恩最宠爱的情妇。"

苏史密斯嗤笑一声。"他还能保住小命?"

"我当然能保命了。"

尊权者从棱堡内的镇子里向他们走来,由于距离相当远,本不可能听见他们说了什么。他裹着长及膝盖的驯鹿皮大衣,穿着同样材质的靴子、裤子和帽子,比埃达迈想象的矮一些,红胡子底下的脸颊皮

火药魔法师

肉松垮。守山人的生活对谁来说都异常严酷——对尊权者也不例外。

尊权者在离他们几步之外停下脚步,双手拢在袖子里,但埃达迈好像瞥见了尊权者的白手套。

"这事一点儿都不难,真的。"尊权者说,"我对柯恩法师说,如果他杀了我,我最好的朋友绝不会放过他。"

"你的好朋友是谁呢?"

"'双杀'塔涅尔。我是尊权者波巴多,叫我波就行。"

埃达迈伸出手来,波一把握住,手劲大得惊人。"侦探埃达迈。这是我的助手苏史密斯。"

波眯眼端详苏史密斯。"打拳的?"

"是。"苏史密斯吃了一惊。

"我小时候经常看你打拳,"波说,"我和塔涅尔偷偷跑去看你。他老押你的对手,赔了不少钱。"

"那你呢?"

"赚翻了——对小孩子来说。"

埃达迈打量着对方。除了城里的流言,他对这位尊权者知之甚少。探究王党成员的底细不是什么好事。"真稀奇,尊权者和火药魔法师交朋友。"

"我俩早在意识到自己的身份前就认识了。"波说,"我是孤儿,塔涅尔待我很友好。塔玛斯把我收留在地下室,甚至为我请了家庭教师,他说塔涅尔的朋友也要接受教育。巫探找到我的时候,我们都震惊了,而自从塔涅尔去了法崔思特,我再没见过他。"

"尊权者不是对火药过敏吗?"

"每次和他在一起,我的眼睛就会肿,"波承认,"小时候我就对这点感到奇怪。话说回来,什么风把你这样一位好先生吹到守山人的地盘来了?你看起来不像塔玛斯的刺客。"

"我们不是刺客,"埃达迈接上话头,"但你这样考虑也不奇怪,因为我确实为塔玛斯元帅干活。如果他对你有什么企图，恐怕你活不到现在。"

波有些站立不稳。"他不知道。"他咕哝道。

"不知道什么？"

"没什么。你们找我有什么事？"他收敛了笑容，闲聊的口吻也消失了。

"克雷西米尔的誓言是什么意思？"

波盯着他，好一会儿才开口："你是认真的吗？"

"当然。"

"塔玛斯派你们长途跋涉，就为了问我这件事？"

"我自己来的，"埃达迈说，"但我在为塔玛斯元帅寻找答案。"波的表情夹杂着怀疑和嘲讽，令他深感忧虑。

波似乎松了口气，他面露笑意，继而笑出了声。"我猜猜，"他说，"当塔玛斯屠杀王党成员时，他们临死前是不是说了一句类似'不得打破克雷西米尔的誓言'的话？"

埃达迈紧咬牙关。这个尊权者开始招人厌了，他好像从埃达迈不知道的事情中找到了极大的乐趣。"是的，"他说，"你因为巫师们的临终遗言而发笑？那是一句变态的玩笑话吗？还是某种费心编造的咒语，故意迷惑杀死他们的人？"

波的笑声渐渐消失。"都不对，尊权者们认真得很。那的确是种编造的咒语，类似守护咒，能在巫师临死前自动从他们口中说出。至于说那是不是玩笑话？不是，我说得出玩笑话，他们不会。他们将其奉为圭臬。"

"那到底是什么意思？"

"克雷西米尔的誓言。"波念叨着这几个字，仿佛咀嚼着酸涩的食物，"传说克雷西米尔创立九国之时，挑选了九位国王来治理国家，又指派巫师组成九大王党，保护和辅佐每一位国王。这些人被他称为

火药魔法师

尊权者。诸王发现尊权者拥有强大的力量,便向克雷西米尔请愿,他们担心王党反叛,篡夺权力。所以克雷西米尔许下一句誓言。

"他承诺诸王,他们的子孙将永远统治九国——并且,他们的血脉将永不枯竭,断无绝后之忧。克雷西米尔警告他所指任的尊权者,如果任何人胆敢以暴力断送国王血脉,他会亲自驾临,摧毁那个国家。"他说完后一仰身,仿佛学生背完了课文。"你觉得怎样?"

"我是个理性的人……"埃达迈感到一股寒意蹿上脊梁。

"当然了,"波说,"如今绝大多数人都不迷信,而这些都是愚昧的神话传说罢了,用来警示王党好自为之的诸多故事之一。据推测,克雷西米尔的时代距今差不多有一千四百年,也许更久远,这些故事连国王们都不相信,唯有最古老的王党成员坚信不疑。"波伸手摸了摸外套里的什么东西。"此外,约束王党的好法子有的是。"

"我该怎么对塔玛斯解释呢?"埃达迈问。

波耸耸肩。"随你怎么说。叫塔玛斯关心更重要的问题,比如怎么喂饱老百姓,或是怎么对付——"他指着棱堡外凯兹的方向,"他们。"

埃达迈深吸一口气,继而缓缓吐出。"那就这样吧。"他说。

"就这样。不过,"波又说,"我不明白你为何不在图书馆里找答案?很多书都记载了这些事。"

"全被毁了,"埃达迈说,"书页被撕掉,段落被涂改。十有八九是某个尊权者干的好事。"

波面色一沉。"尊权者应当了解书籍的珍贵,它们连接着过去和未来,每一个字都给了我们不同的提示,教导我们如何操控他方。"

"波!"有人从镇子里喊他。

他循声望去。

"我们要去采石场了!"

"等我五分钟!"波喊道。他从袖子里抽出双手,活动着手指。

"那帮混蛋越来越懒了，"他说，"他们以为有了尊权者，就可以让我全力接管凿石头、砍树和清理雪崩现场，上周地震后我差点没累死。好了，很遗憾我的回答不太打动人。如果你见到'双杀'塔涅尔，代我问好。"

波转身回城，埃达迈忽然想起带口信的事。他跑了几步，追上尊权者。

"有口信带给你。"他说。

"塔涅尔的？"

"不是，是一个名叫罗扎利娅的尊权者。"

波耸耸肩。"没听过这个名字。"

"总之，她叫我带口信给你。"

"说什么？"

"'她将要召唤克雷西米尔。'我不知道这个'她'指谁，但我觉得不是指她自己。我……"

波呆立当场，面无血色。眼见他快要失去平衡，埃达迈赶紧伸手扶住。"她是什么意思？"

波一把推开他，牙齿直打架。"深渊啊，地狱啊。快滚！走啊，快回亚多佩斯特去。叫塔玛斯集结军队！叫塔涅尔离开这个国家。叫他……该死！"最后一个词是吼出来的，波飞快地跑向棱堡里的镇子。

埃达迈愣在原地，不知所措。

苏史密斯来到他身边，拍掉烟斗里残留的烟叶。"古怪的家伙。"他若有所思地说。

"我不喜欢这样。"塔玛斯说。

"谁都不会喜欢，朋友。"

塔玛斯回头瞅了一眼萨伯恩。德利弗人站在一顶大遮阳伞底下，

火药魔法师

眺望远处的街垒,剃得精光的头顶挂满汗珠,犹如冰冷玻璃上的水滴。早春时节的天气热得反常,烈日当头,晒干了前几个星期的潮气。

"大伙儿能理解吗?"塔玛斯说。

"我们的人,还是雇佣兵?"

"雇佣兵很现实,无论如何拿到酬劳就好。但我的弟兄们——采取这种做法,他们会不会失去对我的信任?"

数尺开外的奥莱姆扭头盯着塔玛斯,尽管要作答的不是他。

"我想不会。"萨伯恩说,"也许他们不喜欢这种感觉,战争本该是光明正大的较量,但他们最终能够理解。他们会尊敬你,因为你拒绝在一场毫无必要的战斗中挥霍人命;他们会尊敬你,因为你不愿炮轰自己的城市。"

塔玛斯缓缓点头。"我从未采取过暗杀手段。带兵二十五年,一次都没有。"

"有好几次你都应该当机立断,"萨伯恩说,"记得在哥拉东南部与我们交战的沙阿吗?"

"想忘都忘不了。"塔玛斯低头啐了一口,举起水壶送到嘴边,两眼依然盯着街垒。他听得见枪声,间或还能听到两里外的炮响,瑞兹准将正在那里指挥攻打军械库。"我见过许多恶人,"塔玛斯想着沙阿,"但那家伙是个彻头彻尾的怪物。有人对他的命令产生疑虑,他就活埋其九族。"

"你阉了他。"萨伯恩说。

奥莱姆在旁呛到了,他扔掉香烟,咳得烟气四溢。

"战争绝非光明正大的较量,朋友,"塔玛斯说,"否则我就不玩了。"他看了奥莱姆一眼。"给我们一分钟。"

奥莱姆一边咳嗽,一边走到听不见他们说话的地方。塔玛斯躲进遮阳伞,从兜里掏出一封信,递给萨伯恩。

"你的新任务。"塔玛斯说。

萨伯恩接过信。"这是什么?"

"我安排安德里亚和瓦达斯拉弗去搜寻火药魔法师。如今王党死绝了,我相信那些魔法师愿意表露身份。况且我们的报价不菲。"他说,"他们已经在城外开张了,在靠近大学的地方,很快还要去德利弗、诺威和尤尼斯招募。我希望你也去。"

"不。"萨伯恩试图把信还回来。

"我是你的上级,"塔玛斯说,"你不能抗命。"

"我能对老朋友说不。"萨伯恩说。

"你为什么不去?"

萨伯恩哼了一声。"有安德里亚和瓦达斯拉弗负责招募绰绰有余。你已经把其他人派去瓦萨尔之门,塔涅尔负责在城里捉鬼,虽说维罗拉奉命跟着你,可你还没消气,甚至不愿跟她说话。我不能让你身边连一个魔法师都没有。"他指着街垒说,"凯兹的使者一周之内就会到来,你有这么大一个烂摊子需要收拾,我们哪知道理发师能不能成功?"

"你担心我的安危?"塔玛斯说,"这就是你的借口?"

"我担心你搞砸了,需要有人替你擦屁股。"萨伯恩话音未落,街垒后面传来呼喊声。"也许我们该去帮忙。"他说。

"那帮该死的理发师自己能处理,"塔玛斯说,"就算他们死光了我也不操心。别转移话题。瓦达斯拉弗说找到了七个拥有天赋的人选,还说其中三个相当有潜力。"

"成为火药魔法师需要年复一年的训练,"萨伯恩说,"他们得学习控制力量,同时还得具备战士的素质。"

"所以我要你过去,"塔玛斯说,"你以一己之力训练出了塔涅尔和维罗拉。如今塔涅尔堪称世上最优秀的神射手,维罗拉能在半里之外引爆一桶火药。"

火药魔法师

"这不是一回事,你也知道。"萨伯恩发怒了,乌黑的眸子里闪着危险的光,"塔涅尔从拿得动枪的年纪就开始练习射击,至于维罗拉……她是天才。"

"你不用操心招募的事,"塔玛斯说,"但我希望你开办一所学校。你会拥有大笔资金,方方面面都由你做主,并且你我之间的距离不会超过几小时路程。如果我需要帮助,就立刻召你前来。"

"你保证?"萨伯恩说。

"我保证。"

萨伯恩把信封塞进口袋。"凯兹使者来的时候,我要在场。"

"当然。"

"别喜形于色。"

塔玛斯忍着笑意。

"长官!"奥莱姆回来了,他指了指街垒的方向。

一个人影慢悠悠地翻下街垒,在震后堆满碎石的路上行进。他身着白衬衫和黑裤子,外罩一条白色长围裙,围裙的前襟沾满血迹。

那人迎着他们而来,甩开一把剃刀,刀刃反射着阳光。塔玛斯注意到奥莱姆紧张不安。那人用手里的剃刀以敬礼的姿态碰了碰额头,颇有讽刺意味。

"先生,在下黑街理发师提夫,"那人说,"街垒归您了。"

"保王派首领呢?"

"不是死了就是被抓了。"提夫说,"多半都死了。"

塔玛斯冷哼一声。"妇女和孩子呢?"

对方"啪"一声合上剃刀,又将其甩开,神经兮兮地把刀身贴在喉咙上,轻轻拉动。"呃,发生了一些不太好的事,我的几个弟兄出了点岔子,先生。我呢,怎么说,一了百了地解决了那些岔子。"

塔玛斯握手成拳。错误已经铸成。"维斯特依温将军呢?"

"他死了,先生,正如您预料的。"

塔玛斯本希望将军在谈判后的仓促交火中所受的伤不至于致命。但他毕竟整条胳膊都没了,年纪也大了,再说也不是火药魔法师。"奥莱姆,你负责集合黑街理发师,看管周全,直到我们抽时间付酬金为止。"

"嘿。"提夫说着,向塔玛斯逼近了一步。奥莱姆立刻挡开二人,他的刺刀抵在提夫染血的围裙上。提夫吞了吞口水。

塔玛斯招手示意距离最近的雇佣军军官。"别担心,提夫,"塔玛斯说,"你完成了交易,我当然也要信守承诺。虽然我很乐意把你扔进貂牙塔,但我是讲信用的人。况且……也许你以后还有用处。"

塔玛斯抛下提夫,带领萨伯恩、奥莱姆和一个齐装满员的亚多姆之翼雇佣军连队走向街垒。塔玛斯驱使感知力,寻找火药包的踪迹,感到街垒附近有一座小型军火库和一些散落的火药。

塔玛斯爬到街垒顶上张望。有了前几道街垒的经验,他知道眼前是什么景象:这里形似军营,街上的碎石清理得干干净净,住宅和店铺充作营房,门上挂着临时旗帜。

街上人满为患,远比塔玛斯预计的多,但其中多为妇孺,男人则少之又少。他们满脸恐惧、沮丧和失落,一觉醒来,发现丈夫、朋友、父亲和领袖的喉咙都在睡梦中被割开。有了这种经历,人们会失去反抗的勇气。

每个理发师负责看守一群人,他们配备着手枪或棍棒,甚至仅有一把甩开的剃刀,但看来威慑力已足够。

"塞巴斯蒂涅准将。"塔玛斯喊道。

年轻的准将爬上街垒,站到他身边。"长官有何吩咐?"

"安排你的部下替换理发师。叫这些人列队,然后带出去。"

"统统关进貂牙塔吗,长官?"

"不,"塔玛斯说着,再次扫视这些面孔,"我认为带领保王派发动叛乱的罪魁祸首已经受到命运的惩罚。把所有幸存者都带去旧城堡的外庭,收缴武器,然后分配食物,安排医生来为他们治伤,并提供床铺。他们已经不是保王派了,他们是普通市民,是我们的同胞。"

"我的弟兄们不是保姆,长官。"

"他们现在是了。去吧。"

塔玛斯目送雇佣兵们开进人群之中。喧嚣逐渐减弱,直至消失,几乎没人提出异议。士兵们开始拆除街垒。南边偶尔传来炮火的轰鸣,人们循声张望。

"萨伯恩,传话给瑞兹准将。告诉他,我们已经占领主街垒,叫他准备谈判。所有非贵族血统的保王派都将被赦免。如果理发师们在各处保王派营地完成了任务,我估计对手愿意接受。"

"您打算赦免所有人吗,长官?"奥莱姆问。

"如果我把他们当成畜生,当成罪犯,很快就会有第二批保王派冒出来。最好是让他们回归普通市民的生活,安置妥当,这是最佳方案。我不想再砍一批脑袋。"

"没准这很明智,长官。"奥莱姆说。

塔玛斯意味深长地看了他一眼。"我很高兴你也赞成。"

"长官,虽然您开出一个月的军饷作赏金,但也没人愿意清理选举广场上的血迹。石头全都变色了,据说有些地方干涸的血浆足有半尺深。我不希望血上添血。"

"选举广场?"

"就是从前的王家花园,长官,改名字了。"

"我没听说这事儿。"

"是啊,您太忙,一心顾着街垒。"

"为什么叫选举广场?"

奥莱姆嗤笑一声。"一种黑色幽默吧。是这样的,人们把行刑视为特殊选举。"

"没有投票啊。"

"我认为他们干掉那些希尔曼卫兵就是在投票。"

一名雇佣兵从列队离开街垒的保王派当中跑到他们面前，立正敬礼。"长官，塞巴斯蒂涅准将说此事要向您报告。我们找到了维斯特依温将军。"

将军躺在原来的跳蚤市场后面的一间小屋里，这个临时营房潮湿且寒冷，对于如此伟大的人物而言狭小得过分。塔玛斯不得不低头进门。

维斯特依温仰卧在行军床中，几样不甚贵重的物品散落在床头柜上——柜子摆在床边，也是屋子里唯一的家具——包括维斯特依温亡妻的一张袖珍肖像画、一把刀柄磨损得厉害的哥拉猎刀、一个缀满珠子的哥拉木雕、一副眼镜及一块叠得整整齐齐的手帕。

塔玛斯皱眉端详那具遗体。维斯特依温身上盖着一条薄毯，那对他高大的身材来说太短了，以至于裹着长袜的脚裸露在外。他们清洗过遗体，但烧伤还是清晰可见。将军双目紧闭，虽然死了，完好的那只手仍抓着一本皮革封面的旧书。看样子他失去一只胳膊时没有当即丧命，但可能也就多活了一两个小时。他苍老的手指因为风湿而弯曲变形。

塔玛斯歪着脑袋，看清了维斯特依温手里那本书的题目——《克雷西米尔时代》。他从不知道维斯特依温有这般虔诚。

塔玛斯拾起哥拉猎刀和木雕。"准将。"他轻声唤道。

塞巴斯蒂涅低头钻进屋子，来到他身边。这间不透光的屋子顿时显得有些拥挤。

"把将军的遗体交给他血缘最近的亲人。"

塞巴斯蒂涅摘下帽子。"据我所知将军没有任何健在的亲人。"

塔玛斯的喉咙哽住了，他下意识地吞了吞口水，直等恢复了镇定才说："那我来认领遗体。传话给都城大司库，我要为将军举行最高规格的葬礼——国葬。不要省钱。如有必要，我自掏腰包。"

火药魔法师

塞巴斯蒂涅一声不吭。塔玛斯扭头看见年轻的准将眼中泛着泪光。

"长官,"塞巴斯蒂涅说,"我郑重请求您,让维斯特依温将军葬在亚多姆之翼的墓地。我相信温斯拉弗夫人会同意的。"

塔玛斯按住塞巴斯蒂涅的肩膀。"谢谢你。"他说。那是无上的荣誉,亚多姆之翼的行伍活着难进,死后更是难上加难。

塞巴斯蒂涅离开了屋子。塔玛斯把自己的帽子搁在维斯特依温胸前,深吸一口气。

"拼上性命,打了一场无谓的仗。"塔玛斯说,"我很遗憾,朋友,但你是为自己的信仰而死的。接下来我还要对付凯兹,真希望你能在我身边。"

第 13 章

"她就在这里。"朱利恩说。

塔涅尔冲这个尊权者雇佣兵皱眉头。她带着一抹狡黠的笑意，牵动了脸颊一侧的伤疤，而她的双眼瞪得极不自然，令塔涅尔联想起在马戏团看过的山狮。他们站在亚多佩斯特大学门前，围绕大学校区的围墙多处成了残垣断壁，但远处塔楼上的旗帜仍在疾风中飘荡。学生们的欢声笑语清晰可闻，此处并不方便对付尊权者。

然而终究好过人群熙攘的城市。

"真的？"塔涅尔问。这些天他没有睁开第三只眼，上一次尝试时差点晕厥。他安慰自己说，原因不在于四周以来他持续处于火药迷醉感之中。他并非因为火药致盲。他没有成瘾。

他从手背上又吸了一鼻子火药，浑身颤抖。

朱利恩仿佛没听见他的问题。"你说呢？"塔涅尔问戈森。

破魔者点点头。"她在这里。"他语气笃定。

塔涅尔四下寻找卡-珀儿。她正观察大门上方的石像鬼，同时被一群男生观察。塔涅尔瞪着他们，一手按住枪柄。

"她真是个蛮子吗？"有人问。

"要有许可证才能携带武器进校园。"有人告诉他。

"滚开。"塔涅尔说，"等等，哪里可以搞到大学地图？"

那男孩——塔涅尔当对方是孩子，尽管他俩可能年纪相仿——哼了一声。"你才滚开。"

157

火药魔法师

塔涅尔转身面朝那些人,让他们看清他的火药桶徽章。

"你想让我们佩服你吗?"男孩问。

塔涅尔笑了。"等我打碎你的牙齿,你自然就佩服我了。"他从腰间拔出手枪,向上一转,然后抓住枪管,又转了一次,手枪绕着中指旋转,最终被他握在掌心。

"漂亮,"一个男孩笑道,"行政楼办公室。进大门,右转,走到头。"

"谢了,"塔涅尔说,"还有,没错,她就是蛮子。我的蛮子。"看见卡-珀儿凌厉的目光,他收敛起笑容。

他清了清嗓子。"我们去搞一张大学地图。朱利恩,在不被发现的情况下,你可以离她多近?"

"我不在乎她知不知道我来了。"

"我在乎,"塔涅尔厉声说,"别他妈的犯傻。"

卡-珀儿拍拍胸脯,两根手指在空中来回划动。

"你可以接近她?"塔涅尔说。

卡-珀儿翻了个白眼。

她当然可以,卡-珀儿甚至可以直接走过去戳一戳尊权者,都不会被发现。塔涅尔不知道自己在想什么。都是该死的火药闹的,他心想,等这件事解决了,他一个月都不能再碰火药。

"好的,棍儿,你去找尊权者。我要知道她的具体位置,具体到哪栋楼的哪间房。你俩,"他指着两名雇佣兵说,"等阿祖卡上尉过来。"依照塔玛斯的命令,上尉已尾随他们一周之久,既不近到影响他们,又能在需要的时候施以援手。

塔涅尔飞快地朝道路远方瞥了一眼,一人一马映入眼帘。"让他着手疏散学生,我们就在此时此地抓捕尊权者。戈森,你可以切断她和他方的联系吗?"

"当然。"

"这次没问题吧?"

"没问题,"戈森说,"我不会犯上次的错误。"

戈森必须近距离切断她的巫术。如果子弹和刀剑都杀不死她,就只能依靠朱利恩的巫术。

"疏散学生会泄漏我们的意图。"朱利恩说。

"如果我们搞砸,你们对决时胡乱施放巫术,我不能让学生无故赔上性命。"

朱利恩冲他冷笑。

"我很快就回来。"塔涅尔说。

塔涅尔进了大门,走向行政楼,路边一块块指示牌标明了方位。这里堪比城镇,深灰色石头修建的楼宇高大威严,尖顶巍峨,拱门宽阔。楼宇之间留有空地,学生们在草坪上三五成群地跪坐。塔涅尔穿过宽敞的庭院,又路过图书馆,他的步枪吸引了无数目光。

"有什么事吗,先生?"

他刚登上行政楼的台阶,就被一个四十岁左右的男人拦住。

"火药魔法师塔涅尔。"塔涅尔说,"你是哪位?"

那人闻言一愣。"校长助理。乌斯坎教授,为你效劳。"

"教授,"塔涅尔说,"校长在吗?"

"他去亚多佩斯特公干了。请原谅,你是'双杀'塔涅尔?陆军元帅的儿子?"

"听着,有一队士兵正要开进你们的校门,因为校园里潜伏着一个尊权者逃犯。我们奉我——奉陆军元帅塔玛斯的命令追捕她。"

乌斯坎瞪大了眼睛。"什……不行,你们不能在这里开战。这里是大学。"

"我们尽力而为。你们有疏散计划吗?"

"什么?没有……"

"那你临时安排一下。抓紧时间。那些士兵都来自亚多姆之翼,

火药魔法师

传话下去,叫学生们全部离校。"

"离校?我们有将近五千名学生!校区横跨将近一里!你要我怎么做?"

"想想办法。"

"尊权者呢?"

"我们来对付她。"

那人搓着手说:"尊权者!可能产生大面积破坏!修复……"

"我相信不会——"塔涅尔愣住了。她就在那里,刚从图书馆出来,距离不足一百码。塔涅尔的呼吸变得急促起来。她没戴尊权者手套,这样一来塔涅尔占了上风。

"快去,"塔涅尔说,"你马上开始疏散。"

"但我该怎么说呢?"

"我不知道。"塔涅尔吼道。他慢慢地摸向手枪,尽量不引起注意。

乌斯坎使劲吞着口水,上下打量塔涅尔,神情近乎哀求。"千万当心应用科学大楼,"他说,"刚修的。"他深吸一口气,忽然把双手举到空中。

"免费午餐!"他大喊,"免费午餐,北门外!"他边说边跑过院子。

"见鬼。"塔涅尔说。

女人的视线忽地转向了他。他从腰间拔出手枪,却犹豫不决,因为院子里的学生慢慢跟上了乌斯坎。塔涅尔紧咬牙关。

女人冲向相反的方向。

塔涅尔举枪瞄准,扣下扳机。枪声回荡在院子里,然而塔涅尔到最后一刻不得不推动子弹,以免伤及某个学生,他为此默默地咒骂着。子弹未能射中尊权者,而是嵌入了图书馆的墙壁。有人发出一声尖叫,学生们开始四处逃窜。

塔涅尔追了过去，同时把枪塞回腰间，又拔出另一把。她绕着图书馆跑，塔涅尔立刻刹住脚步——她可以在拐角处守株待兔，不等他开枪，她的巫术就能让他粉身碎骨。塔涅尔四下观望，看到了行政楼后的钟楼。

钟楼是校园里最高的建筑。他原路折回，进了行政楼，又穿过一座花园。花园是封闭式的，铁架子上装有巨大的玻璃。他跃过池塘时差点掉进水里，等站稳了脚跟，便继续向钟楼前进。

他一步两级地登上钟楼的台阶，爬到半路时停在一扇窗户前，观察底下的院子。此处距地面大约五层楼高，尊权者不见踪影。他又爬到下一扇窗户前。这一次他看到了：她在院子里跑动，目前位于博物馆和一座高大的柱廊式建筑之间，一行大字表明后者是巴那舍礼堂。

塔涅尔从肩上取下步枪，闭上双眼，感受着火药带来的平静，让注意力高度集中。等他再次睁眼，尊权者仿佛就在五步开外。她容貌标致，五官分明，眉头生有一颗痣。她披着学院礼袍，戴着尊权者手套，行色匆匆。她回头望了一眼。

"罗扎利娅！"院子对面有人喊道。

塔涅尔吃了一惊。尊权者也大为震动，眼里凶光四射。塔涅尔的指头挪到了扳机上。

巫力突如其来。一块块草泥飞到空中，随之而来的是一道道火柱，从尊权者周围的地上喷射而出。塔涅尔被闪得头晕眼花。

接着尘土如雨点落下，遮蔽了半边庭院。朱利恩高举双手，大步向前，她的笑声尖厉刺耳。

塔涅尔瞥见了礼袍的影子。他抬起步枪，当即开火。子弹在尊权者的脑袋几寸外处弹飞，仿佛击中了一面无形的盾牌，清脆的撞击声犹如勺子敲打玻璃。塔涅尔骂了句脏话。

一道闪电劈向朱利恩。她的整个身体向后滑行，双脚在草坪上游动，奇迹般保持着直立的姿态，双手则举过头顶。"噼啪"一声，闪

火药魔法师

电回击向对面的尊权者,雷鸣般的巨响震退了塔涅尔。

塔涅尔滚了好几级台阶才停下来。他捡起步枪,上了一颗子弹,然后从兜里掏出一个火药包,用指头碾碎。他返回窗口,端平步枪,再次开火射击。

尊权者这次被打中了,肩头鲜血迸射。她双膝下跪,单手撑地,抬头望向塔涅尔所在的钟楼。

"噢,该死。"

她举起一只手,斜斜地做了一个斩断的动作。

塔涅尔紧闭双眼。什么都没发生。他微微睁开一只眼,陡然发现世界在移动,脚底传来石头相互摩擦的可怖声响。

塔涅尔的心跳到了嗓子眼。钟楼正在垮塌。他牢牢地抓着步枪,从窗口一跃而出。

他张大嘴巴,但叫不出声,迎接他的是植物园的玻璃墙板。他的双脚最先承受撞击,玻璃随之碎裂,跟着又坠落了二十尺后,肩膀着地。他翻身躺在地上,大口喘气,周围的碎玻璃和人差不多大小,满地都是。幸运的是,没有一块玻璃砸到他身上。

处于迷醉期的火药魔法师非常强壮,承受伤害的能力远超常人,对痛苦的耐受也极为强悍。然而从那么高的地方落下,本来……哪怕不死也会伤筋动骨的。

地面轰隆作响,钟楼的上半截这时撞进了底下的建筑,冲击波震得塔涅尔不由自主地翻滚。石块碾压,木头崩裂,塔涅尔抱着脑袋,听天由命。

等他抬头时,尘埃已然落定。他慢慢地爬起来。

步枪在二十尺开外。他跌跌撞撞地走去,跨过碎石块和碎玻璃,浑身上下都痛,万幸骨头没断。他先在包里翻找到了素描本,随后才拿回步枪。"这些日子咱们闯鬼门关的次数着实多了点儿。"

又一声闪电的轰鸣令他脚步踉跄。他一瘸一拐地离开花园,进了邻近的建筑,远离钟楼的残骸。他找到一处廊道,可以观察院子里的情况,这廊道的一头被毁了——钟楼砸垮了行政楼的办公室,但愿里面没人。

他背靠窗台下的墙壁,侧耳聆听。又一道闪电。有人在笑。朱利恩。笑声毛骨悚然。他咬紧牙关,子弹上膛,站起身来。

院子面目全非。草坪被翻了个底朝天,泥土堆积成山,仿佛被神灵之手抓起,拍成座座小丘,这工作就算一百个人齐心协力地干上一天也做不到。他眼睁睁看着一道细长的火线从前面一座刚形成的小丘背后喷出,划向对面的巴那舍礼堂,那礼堂的窗户中有一张张观战的面孔——结果整栋建筑的正面顷刻间便垮塌了,那些人也消失不见,他们临终时刻的惊恐表情凝固在塔涅尔的脑海中。

塔涅尔跌坐在墙后,深吸了一口气。这场战斗太不同寻常。他在法崔思特的战场上见过尊权者之间的较量,他们会互扔火球、寒冰和闪电,但今天的战况从未有过。朱利恩和另一个尊权者释放的力量远远超出塔涅尔的想象,她们的实力堪比王党首领。

不知卡-珀儿在哪里?又一道闪电响起,塔涅尔的脑袋嗡嗡作响,思绪飘忽不定。他当时是不是命令卡-珀儿追踪尊权者?但愿她没做什么蠢事。但愿她平安无恙。

他又向外窥探。尊权者赫然可见,就站在斜对角某栋建筑的台阶顶上。博物馆,他想着,缓缓举起步枪。

尊权者舞动十指,一手伸在前方,五指张开,对准院子中央,细长的火线自掌心射出。朱利恩从刚形成的土丘群后被提了起来,整个人跌进巴那舍礼堂的废墟。她甫一落地,周围的石块便盖了过来,礼堂其余的部分则犹如纸糊的一般倒塌下去。

尊权者在礼袍上擦了擦手,走进博物馆。

塔涅尔一跃而起,却又忍不住质问自己:他到底想干什么?以他的能力,不可能与那两股力量抗衡,追杀毫无意义。他能做什么呢?

火药魔法师

他想到院子被破坏的程度。尊权者一定累了。尊权者不可能永远精力充沛。她的力气应该所剩无几才对。

他所藏身的建筑有一条狭窄的石砌上行楼道通向博物馆。塔涅尔扫了一眼,然后飞快地冲过楼道,闪进门内,来到一间低矮的门厅。这里实际上是清洁员的工作间,有许多拖把和扫帚,另有一扇敞开的门通向大厅。他瞥见了展柜里琳琅满目的古代遗物:木乃伊、远古野兽的骸骨、史前文明的陶器、珠光宝气的石头……他听到大理石地板上匆促的脚步声。

尊权者在陈列大厅里快步前进,她的肩膀仍在流血,那是塔涅尔射中的唯一一枪。她东张西望,似乎没发现塔涅尔——也肯定没发现上方破魔者的行动。

戈森跳过上层陈列室的栏杆,落到大理石地板上,距她还不足五尺。然后他迅速迈步上前,手握短剑,脸上洋溢着胜利的喜悦。

塔涅尔不自禁地欢呼一声。好得很!他蹦出掩体。这下终于制服她了。她无法再……

尊权者张开双臂,礼袍随风舞动,继而开始闪耀。戈森瞪大了眼睛。

塔涅尔也怔住了,他发现戈森的身体在发光,不禁退了一步。他想大喊,想提醒破魔者速战速决。

破魔者跪在地上,张嘴似要尖叫,但没有发出一点声音。他的嘴巴越张越大,然后下颚掉了,整个人如同浴火的蜡像一般融化。他的衣物也被烧得精光,手中短剑变成溶解的铁条,滴落在地板上,整个人化作了尊权者脚边的一摊水。

塔涅尔赶紧躲到柱子背后,一边摸索火药,一边思考自己还能干什么。他把火药撒得满手都是,举在鼻子底下全吸了进去,低头时发现手上有血——从鼻孔滴落的血。经由强劲的火药迷醉感,他的双手终于停止颤抖。

他咬紧牙关,从腰带上取下环式刺刀,装在步枪前端。奇特的是,他的双手忽地又发起抖来。他重新检查了一遍手枪,确认装上了子弹,然后准备起身。

有什么东西扫过他的脑袋。

尊权者就在他身边,一根手指抵在他头上。

他颤颤巍巍地吐了口气。"动手吧。"他说。

两人离得太近,塔涅尔发现她确实疲惫不堪,汗水湿透了头发,双眼充血,眼角的鱼尾纹宛如沟壑,一脸深沉的倦意。

"我要你别再追踪我。"她说。

"你杀了我很多朋友。"

"天际宫的火药魔法师?那是个错误。不,那不是错误。如果我当初能够及时赶到,阻止塔玛斯和他愚蠢的政变,我宁愿杀光他们所有人。我去那里只为警告王党,可惜晚了一步。既然一切都已结束,我还是离开好了。"

"你他妈到底是谁?"

"我叫罗扎利娅。"

"你究竟是什么人?"

她长叹一声。"我是世间所剩无几的普瑞德伊。或者说我曾经是,近来我状态不好。"

"我不知道你在说什么。"

"你是个傻小子。你们全都是傻小子。尊权者和火药魔法师。你们什么都不知道。"

"那就杀了我。"

"如果我杀了你,你父亲的火药魔法师会倾巢出动,让我不得安宁。"

塔涅尔哼了一声。看来对方知道他的身份。

罗扎利娅说:"叫你的蛮子女巫退下。我不想跟她打。"

火药魔法师

"棍儿?"塔涅尔四处张望,却不见女孩的踪影,"出去。"他大喊,好像在某个陈列柜后瞥见了一绺红发。

"放我走吧,"罗扎利娅说,"我今晚就离开你的国家,我发誓。这里没我的事了。"

"就这么简单?"塔涅尔的脑子飞快转动。朱利恩被一整栋大楼埋在底下,看来必死无疑。戈森化作了一摊水。他如何能对她构成威胁?难道她真的害怕他父亲?

塔涅尔发现罗扎利娅紧张地瞟了一眼卡-珀儿的方向。

她害怕卡-珀儿?可棍儿还是一个小姑娘啊。

"就这么简单。"罗扎利娅说,"我要走了,你父亲捅了马蜂窝,我要赶在蜂群到来之前离开。"

"你这话什么意思?"

罗扎利娅摇摇头。"你真不知道吗?你们玩的是危险的游戏——不,岂止危险。无知者无畏,但如今为时已晚。恢复君主制的机会一去不返,造成的伤害覆水难收,这点维斯特依温理解,只怪你们都瞎了眼睛。"

"你疯了。"

"如果你不相信我,可以去问尊权者波巴多。他是最后的王党成员。他会告诉你真相。"

"我自会去问。"

罗扎利娅放下手,塔涅尔站了起来。

"我不能保证塔玛斯不再派别人追杀你。不过这里的破事就到此为止,我不干了。"

"不消一周我就会乘船远离九国,"罗扎利娅说,"他鞭长莫及。再者,他需要操心的事情多着呢,我是其中最不要紧的。"她转身离开。

塔涅尔警惕地目送她走向博物馆的前门。

"等等！"他匆忙跑上前，推开门，一路上目光刻意避开戈森的残骸。

目力所及之处有十几名士兵，他们的步枪上了刺刀，统统瞄准着这边。

"别动手，"塔涅尔说。他们瞪着他。"别动手，见鬼，不然我们都得死！"

步枪慢慢放下。罗扎利娅拾级而下，如同审阅仪仗队的女王，她越过士兵们，向大学正门而去。她在距塔涅尔二三十步开外停下脚步，回头望着他。"当心朱利恩。"说完她便走了。

至少一个钟头后，塔涅尔突然在院子里看见了朱利恩，她迎着他而来——这当然不是刚才打斗所毁灭的庭院，它位于校园里一处安静的角落，并没遭到破坏。卡-珀儿盘腿坐在他身边，而他头靠着墙，手搁在素描本上。他在画戈森，那家伙虽是雇佣兵，但勇猛无惧，值得纪念。塔涅尔感到头痛，不，浑身都痛：迎面而来的人应该死了才对。

朱利恩看样子好像被一整队重骑兵践踏过。她衣衫褴褛，难以蔽体，却似乎毫不在意。她来到塔涅尔身边，昂首挺立，双手叉腰。

"戈森呢？"

"融化了。"

她脸色发白，但很快恢复了平静。"阿祖卡上尉说你放她走了。"

塔涅尔点点头。"她离开了我们的国家。"

朱利恩弯下腰，两张面孔相距不过一掌。

"你放了那个婊子！"她抬起戴手套的手。

塔涅尔不记得自己什么时候拔出了手枪。前一秒他的双手还交叠于膝上，转眼间他就握着手枪，枪口抵着朱利恩的下颚和脖子之间的柔软肌肤。她的眼睛瞪得老大。

"滚。"他说。

第 14 章

　　大多数历史学家认为，戈斯滕灯塔可追溯到克雷西米尔时代，甚至更早。塔玛斯对此深信不疑。它绝对是亚多佩斯特最古老的建筑，石头被严重风蚀，花岗岩表面坑坑洼洼，数百年来饱经风雨摧残，也承受了来自亚德海的各种恶劣气候的无情鞭挞。

　　塔玛斯站在灯房的阳台上，双手扶着石头栏杆，心里隐隐感到一股不安。保王派的势力已被粉碎，粮仓向民众敞开，城市百废待兴，他们雇了数千人清理路上的碎石，并重建住宅。他本当全身心地应付凯兹使者来访，目光却不由自主地锁定了西南方。

　　南派克山冒着浓烟。一开始只是地平线上的黑色细线——那是两周前地震发生当天——如今已有十倍之粗。巨浪般的黑灰色乌云从山顶升起，一边飞腾一边扩散，直至在亚德海上空翻滚。历史学家说，上一次派克山爆发是克雷西米尔首次踏足圣山之时，当时凯兹的所有疆域都被灰烬覆盖，而岩浆摧毁了亚卓的数百座村庄。

　　那些读书读坏脑子的人，已在传播"凶兆"和"祸殃"之类的说法了。

　　他强迫自己移开目光，望向南边。灯塔不过四层楼，但因其坐落在绝壁之上，高度远超亚多佩斯特的绝大多数建筑。地震摧垮了山崖一侧，导致灯塔的地基裸露在外，但灯塔本身幸免于难。在他下方的码头两侧部署着炮台，塔玛斯认为这些大炮从未开火，只为了遵循旧制、充充门面，与守山人没两样。的确，在守山人悠久的历史上，九国无数次濒临开战，但从荒冷时期算起，真正的杀伐再未发生过。

远处，一艘凯兹桨帆船抛锚泊定，船上的旗帜高高飘扬。

"明天测试一下那些火炮，"塔玛斯说，"我们也许很快就用得上。"

"遵命，长官。"奥莱姆应道。奥莱姆和萨伯恩站在他左右，耐心地陪他默然深思，底下的沙滩上则有一支仪仗队等着迎接凯兹代表团。仆人们来回奔忙，为招待达官贵人的接风宴做最后的准备。食物端上来了，沙滩上支起遮阳伞和开放式帐篷，衣冠楚楚的仆人们手忙脚乱，阻止从亚德海上吹来的风破坏他们的成果。

安德里亚和维罗拉潜伏在沙滩两头，步枪在手，随时准备应对尊权者。对于凯兹代表团，塔玛斯丝毫不敢掉以轻心，堵在胸口的直觉告诉他这样做不会错。来访的队伍里确实有尊权者，他的第三只眼看到了，但距离太远，不能确定尊权者的人数和强弱。

一条长艇离开桨帆船，朝岸边驶来。塔玛斯举起望远镜，发现对方有二三十人，其中包括守护者，他们的块头和佝偻畸形的肩臂暴露了身份。

"伊匹利居然敢派守护者来，"塔玛斯吼道，"我现在就想把那条船炸飞。"

"他当然敢，"萨伯恩说，"他是该死的凯兹国王。"他捂嘴咳嗽。"他们的尊权者恐怕对你抱有同样的看法，他知道你会在沙滩上布置火药魔法师。"

"我的缚印者可不是那种不敬神的巫力怪胎。"只有凯兹研究出如何摧垮一个人的精神，扭曲其肉体，将其转变为守护者，九国其余的王党都忌惮在活人身上做实验。

萨伯恩不知为何来了兴致。"说说你更害怕哪个：一个几乎杀不死的人，还是一里格开外能用步枪打死你的人？"

"你让我比较守护者和火药魔法师？我哪个都不怕，只是守护者叫我恶心。"他冲着灯塔的石头啐了一口,"你今天犯了什么病?一嘴的哲思怪论,英雄好汉都能被你说哭。"

奥莱姆忍不住笑出声来。"早饭。"他说。

塔玛斯扭头看他。"早饭?"

"他今早吃了六碗燕麦粥,"奥莱姆说着掸掉烟灰,目送其随风飘散,"我第一次看见上校吃得既多又快。"

德利弗人尴尬地耸耸肩。"新厨子确实有两把刷子,这感觉就像一头埋在圣女怀里吃奶。你从哪里找来的人?"

塔玛斯直咽口水,感觉额头上冒冷汗。"'哪里找来的'是什么意思?我没雇新厨子。"

"他说你亲自任命他为大厨,"奥莱姆边说边模仿大腹便便、自鸣得意的样子,"'……充实士兵的心脏、大脑和灵魂,赐予他们迎接这将来岁月的力量。'他的原话。"

"胖子,这么高?"塔玛斯在脑袋上方打手势。

奥莱姆点头。

"头发既长又黑,像罗斯威尔人?"

"我以为他有四分之一的德利弗血统,"奥莱姆说,"不过您形容的全对。"

"你疯了,"萨伯恩说,"他可没有一丁点德利弗血统。"

"米哈利。"塔玛斯说。

"没错,就是他,"萨伯恩说,"妙手魔厨。"

"是大厨。"塔玛斯心烦意乱,"没准他真是魔鬼。查清他的来历。查个水落石出。他说他父亲是莫阿卡……不知道哪个犄角旮旯的男爵继承人。给我查清楚。"他不能容许奇怪的家伙混进来,仅仅因为做得一手美味的羊肉蛋奶酥。

"遵命,长官。"奥莱姆说。

"现在就去!"

奥莱姆一惊。"这就去,长官。"他弹飞手里的烟头,向台阶走去。塔玛斯目送他离开,又回头望着越来越近的长艇,感到背后的萨伯恩盯着自己。

"怎么了?"他按捺不住愤懑的情绪。

"到底是怎么回事?"萨伯恩说,"为了区区一个厨子小题大做。"

"大厨。"塔玛斯说。

"你认为他是探子吗?"

"我不知道,所以我让奥莱姆查清楚。"

"凯兹使者来了你却没有保镖,那你安排保镖有何意义?"

塔玛斯不置可否。这么说米哈利真有其人,不是幻觉。但他说的那些话呢?他提醒塔玛斯,尊权者的临终警告值得重视——这些事这个怪人本不可能知道。

塔玛斯不是信徒,即便有什么信仰,那也和近年来上流社会和哲学家们广泛接受的一致——克雷西米尔乃时代开启者,他降世后启动了九国立国的进程,然后一去不复返。

可是,圣山正在愤怒地轰鸣。这又意味着什么呢?

迷信。迷信而已。他不能杯弓蛇影。今晚逮捕米哈利,事情便告结束。

他盯着驶近的长艇,直到萨伯恩指着底下的沙滩说:"帮你举事的都到了。"

"差不多该到时候了。"

他们来到码头,塔玛斯的议会成员在那里等候,外加一大帮副官、助理、保镖和仆从,那阵仗好像整个亚多佩斯特倾巢出动。塔玛斯怀念秘密碰头的日子:七个男人和一个女人,精心谋划如何推翻国王。

他的议会成员在队伍前的木道上迎接他。

"塔玛斯,亲爱的,"等他走近,温斯拉弗夫人说,"请你让那位

火药魔法师

贵人和那位绅士——"她傲慢地示意了一下大主教和太监,"别当着女士的面抽烟这么凶,感激不尽。"

"你不妨亲口对他们说。"塔玛斯说。

"她说了,"里卡德说,"圣座好像不清楚女士在场时该如何表现。"

温斯拉弗夫人冷哼一声。"先生,我看你也不清楚。"

里卡德摘下帽子,朝她鞠了一躬。"我只是个卑贱的劳工罢了,夫人,请您原谅。"

大主教和太监似乎乐得被温斯拉弗夫人埋怨。查理蒙德冲塔玛斯吐起烟圈。"你可知这家伙一出生就被去了势?哥拉人居然还干这种勾当,都是一千年前的老把式了。"

"仅仅五十年前,教会还在为唱诗班招募阉伶,"昂德奥斯的目光离开书本,投向大主教,并假惺惺地笑了笑,"现在还有一些著名的阉伶在世,比如柯凯汉姆和诺本豪斯。他们在九国的各大教堂颇受欢迎,您竟这都不知情。"

大主教狠狠地吸了一口烟斗。

"此乃传统,"太监轻声说道,他尖利的嗓音几乎淹没在海涛拍岸声中,"在我的家乡,有一个种姓全是太监,出生即去势,以服侍哥拉的地方官。他们在后宫和地方朝廷效力,满足大人们的各种奇思妙想,"他望着温斯拉弗夫人说。"各种心血来潮的奇思妙想。"

"恶心。"温斯拉弗夫人转过脸去。

塔玛斯一言不发地看戏。这些议会成员有时就像一群孩子,被扔到一家无心教学的寄宿学校。乌合之众。"有趣极了。"他说,"不过使者已经来了,我要亲自见他。单独会见。毫无疑问,他一下船就会提出签订《协约》,而我会要他滚去吃屎。"

"他当着一位女士的面也许会体面地答复您。"温斯拉弗夫人提出。

"也许吧。"大主教哼了一声,"我没什么要说的,教会在九国的战争问题上保持中立。"

"你坚定不移的支持令我感动。"塔玛斯说,"凯兹会提出各种要求,如有可能,我当然希望和平,但关键在于实现这个愿望有多大困难。《协约》绝不能签,我不能让他们从我们手中得到这个国家。里卡德,你想说什么?"

"战争会严重影响亚德海上的贸易,"里卡德·汤布拉说,"工会当然不乐意。但与此同时,工厂会全力运转,雇佣数千人制造军需品、衣物和罐头食品,为亚多佩斯特的工业带来巨大的利润。再加上重建城市,我们也许可以完全解决亚多佩斯特的失业问题。"

"发动战争以改善经济,"塔玛斯喃喃道,"要有这么单纯就好了。夫人觉得呢?"

"我的雇佣军听你差遣。"

直到亚卓不能为雇佣军的将官们奉上土地,塔玛斯心想。

太监耸耸肩。"我家主人对战争没什么意见。"

"他能否控制帮派?"塔玛斯问,"如果参战会导致亚多佩斯特的分裂,我们就不战而败了。"

太监吸了一口烟斗。"大老板可以维持……秩序。"

"校长呢?"塔玛斯问。

老人若有所思地遥望海面,抚摸着脸上蜘蛛般的胎记。"荒冷时期之后,九国之间再没有爆发真正的战争。我向往和平,然而……"他疲惫地揉了揉额头,"伊匹利贪得无厌,万不得已你就便宜行事吧。"

大司库最后一个发言。昂德奥斯收起账本,取下架在鼻梁上的眼镜,折好了塞回大衣。"打两年仗的花费还抵不上曼豪奇欠凯兹的借款。他们滚去深渊好了。"

萨伯恩放声大笑。里卡德和太监咧开了嘴。塔玛斯忍着笑意,对

火药魔法师

大司库点点头。"感谢你专业的见解，先生。"

统一了口径之后，塔玛斯前去码头迎接使者。他从兜里掏出一个火药包，仔细地打开，撒了些许在舌头上，感到火药滋滋作响，清醒的意识伴随着火药迷醉感汹涌而来。他闭上双眼，一步一步地向前迈进，任码头的木板在脚下嘎吱哀鸣。

他在距长艇二十步处方才睁开眼睛。

代表团成员上岸了。守护者们爬上码头，转而扶助贵族老爷们上岸。这些守护者藏在外衣底下的肌肉被巫力所扭曲，犹如蠕动的巨蟒，个个身材魁伟，有的比塔玛斯高了将近两个头，在战场上能够以一敌十。塔玛斯不由得打了个寒战。

他不能容许自己受制于人。接下来的谈判中，无论凯兹方面提出什么，他都需要保持镇静。毫无疑问，他们必定恫吓羞辱，无所不用其极，而他淡然处之便是。战争不是最好的选择，他向往和平，但不能以献出整个国家为代价。

代表们一个接一个地爬上码头。他们人数不少，全都身着贵族的华服。最后，他看见尊权者的白手套向上伸出，守护者将其拉起。只有这一个巫师，第三只眼告诉他。塔玛斯深吸一口气，释放感知力。这个尊权者并不强大，当然所谓的"不强大"仅仅是相对而言，比较对象是那些挥挥手就能摧毁大片建筑的强人。

尊权者登上码头，整了整外衣。有位代表说了句什么，他闻言大笑，然后独自一人迎着塔玛斯而来。

塔玛斯的双手背在身后，相互紧握，以防发抖。他听见自己的心跳声重如响鼓，眼角处泛起血色的幻影。他甩掉了萨伯恩按在他肩头的手。

尼克劳斯。

尼克劳斯公爵个头矮小，有着尊权者特有的灵巧双手，过大的脑袋则与瘦弱的体格极不相称。他头戴一顶短皮帽，身着黑色无扣外衣,来到塔玛斯面前一尺处,伸出手,嘴角挂着假惺惺的笑意。

"好久不见,塔玛斯。"他说。

塔玛斯来不及思考,下意识地掐紧了公爵的喉咙。尼克劳斯瞪圆了眼珠子,无声地张大嘴巴。塔玛斯单手将他从木板上提了起来,尼克劳斯的双手在空中乱舞,而塔玛斯不等巫术施放,就打断了对方的手势。他隐约察觉到守护者们冲了过来,他的保镖也匆忙上前,萨伯恩的手枪拉开击锤。他猛地摇了摇尼克劳斯。

"这就是伊匹利派来谈判的玩意儿?"塔玛斯喝道,"这就是他们的和平愿望?我早就警告过你,要是你胆敢再次踏足我的国家,我就把你的双手钉在貂牙塔的塔尖上。"

"战……"尼克劳斯吃力地说。

塔玛斯的手放松了些。

尼克劳斯拼命吸气。"你就不怕开战!"

"从你敢踏足亚卓的时候开始,"塔玛斯说,"伊匹利已经宣战了。他派来一条毒蛇。"他把尼克劳斯扔到木头走道上,公爵扭来扭去地向后爬,手上默不作声地做着动作。塔玛斯指着他:"你敢有任何举动,我的缚印者一枪打死你。"

"你好大的胆子!"尼克劳斯说,"我们抱着诚意而来!"

"去你妈的诚意,害虫!滚出我的国家,叫伊匹利拿他的《协约》擦屁股。"

"你这是宣战!"尼克劳斯尖叫。

"这就是宣战!"塔玛斯从兜里掏出一大把火药包,握在手中捏碎。火药纷纷洒落,他同时将之引燃,操控其能量。尼克劳斯底下的木板轰然炸开,公爵被抛到半空中,头朝下掉进海里。守护者跟着跳入水中,塔玛斯转过身,毫不理会尼克劳斯在水中扑腾,大呼救命。

"到底怎么回事?"大主教质问。

塔玛斯一把推开他,乃至将其掀翻在地。其他的议会成员惊呆

175

火药魔法师

了,在返回灯塔的路上,他感到他们目光灼灼,如影相随。他的耳朵受火药迷醉感的影响,听到了萨伯恩的声音。

"别苛责他,"萨伯恩对议会成员们解释,"那家伙砍了他妻子的头。"

埃达迈重重地叩响公共档案馆的大门,足足二十分钟后才听见门闩拉动的声响。门板开启了一半,提灯下有张年轻女人的面孔瞪着他。

"我们关门了。"门又要关上。

埃达迈伸出一只脚将其卡住。

"现在是凌晨三点。"女人说。

"我要进档案馆。"

"对不起。我们关门了。"她把门板拉开了一点点,然后猛地关上,撞到了埃达迈的脚。

"哎呦。苏史密斯,你来吧。"

苏史密斯靠在门上。女人跌跌撞撞地倒退了几步,提灯左摇右晃。

"我要喊卫兵了!"她警告迈步进门的埃达迈,他则示意苏史密斯进来,然后关上门。

"不用麻烦,"埃达迈说,"我有塔玛斯元帅的授权令。"其实他没有,但对方并不知道。"我只是查些资料而已,在你们早晨开门之前就离开。"

"授权令?给我瞧瞧。"

埃达迈又产生了法耶不在身边的强烈失落感,在这次调查中已不是第一次了。她朋友多路子广,无论何时都能让他进档案馆,而他自己只能硬闯。

埃达迈打量着眼前的女人:她并非大多数人心目中的图书馆员,

披着一头金色卷发，年纪很轻——可以说太年轻了，应该不超过十六岁。"你是谁？"他问。

她挺起胸膛，仿佛需要时时展现自己的权威。"夜班图书馆员！我负责管理图书，研究学问。"

"那好，这位小姐，你知道公共档案馆的资金来自哪里吗？"

"捐赠来自国王……呃，还有贵——噢。"

"塔玛斯元帅要是知道他的人不能进行事涉国家安危的调查，你觉得他会高兴吗？如果他派来的人被冷眼相待，你觉得他还愿意继续赞助公共档案馆吗？他没准会转而赞助另一家图书馆，比如亚多佩斯特大学图书馆，反正我现在去那儿毫无问题，只不过路途遥远，不太方便罢了。"

值夜班的工作人员通常很容易被说服，他们一般不大聪明。不过眼前的女人留意了埃达迈说的每一个字，他从对方的眼睛里看得出来。幸运的是，他讲的一番道理说得过去。

"好吧，"她说，"但只给你几分钟时间。"

埃达迈跟着她进了档案馆。几盏提灯悬在墙上，只能勉强照亮道路，图书馆里特别留意火灾隐患。他们来到那些书桌所在的位置时，他停下脚步。

"你说你管理图书？"

"这是图书馆员的职责所在。"

"你负责将图书归位？"

"当然。"

"你记得大约十天前，那张桌子上的一堆书吗？塔玛斯从保王派手中夺回图书馆时，那些书还留在那里。"

她忽然发火，吓得埃达迈措手不及地退了一步。

"那些书被人为破坏了，"她指着埃达迈的鼻子问，"是你干的吗？"

火药魔法师

他听见苏史密斯嗤笑一声。"不是,"埃达迈叹道,"这件事非常重要。它们在哪里?"

她瞪着埃达迈足有半分钟。"这边,"她不动声色地说,"那些书送去修复了。"

他跟着女图书馆员进了后面的房间,角落里摆放着一张修复凳。这张长凳的利用率很高,图书馆员长年累月坐在其上,木头被磨得锃亮。长凳周围堆着一摞摞受损的破书和古籍,等着修复封皮或书脊。埃达迈发现了罗扎利娅翻过的那些书,全都整齐堆放在最里面,于是他在长凳上就座,拿起了一本。

发现他不可能"几分钟"就办完事,那位图书馆员不情不愿地留下他独自翻书。他飞快地浏览着,即使拥有超强的记忆力,读书也不能浮光掠影了事。等提灯之外的光线照进房间,他看到了第五本,业已心满意足。他收起其中三本书,夹在腋下,叫醒苏史密斯。

"我们去见塔玛斯。"埃达迈说。

从公共档案馆步行到上议院只需二十分钟。埃达迈经过市中心时深受震撼:主要道路上的碎石已经清理干净,在地震中受损的房屋被统统拆除,重建工作准备就绪。报纸上说荣耀劳力工会雇了五万男女参与到重建中来。

埃达迈很快就被带去见陆军元帅。他们来到议院顶层,埃达迈在门口差点被人撞翻——一个胸前戴着火药魔法师徽章的黑发年轻女人挤过他身边,她嘴唇紧抿,因为声嘶力竭地喊叫过而脸颊通红。房间里人满为患,但看样子没人想待在里面。埃达迈认出了塔玛斯的两位议会成员,分别是大司库和校长,另外两男一女是亚多姆之翼的准将,还有其他六七名亚卓军人围坐在另外的桌边,他们的职位在上尉左右。

塔玛斯元帅坐在桌前,双手抱头。埃达迈进来时他抬起头,那表情像是刚刚冲谁发过脾气。

178

"你要汇报?"他的语气出人意料的平静。

"是的。"埃达迈举起夹在腋下的书,"此外还有别的事情。"

塔玛斯一歪脑袋,示意阳台方向。"失陪片刻。"他对官员们说。

室外阳光耀眼,冷风吹拂,埃达迈顿感衣衫单薄。高处不比街巷,风力着实强劲。

"你了解到什么情况?"

埃达迈把书搁到一边。"克雷西米尔的誓言。"

"如何?"

"我刚从南派克山的守山人那里回来。我找尊权者波巴多谈过,他是曼豪奇王党仅存的成员。"

"原王党成员。"塔玛斯说,"他被流放了,否则也一样会被送进坟墓。"

埃达迈面露苦相。"这个稍后再说。我提起誓言一事,波笑话了我,说那是古老的传说,在王党成员之中代代相传。据说克雷西米尔答应九国的开国之君,他们的后代将永世统治九国,如果血脉断了,他必将亲自回来复仇。"

"这是吓唬孩子的神话故事。"塔玛斯说。

"波也这么说。他说国王们宣扬这一传说,是为了约束王党的行为,他们害怕一旦克雷西米尔离开,尊权者便要篡位。"

"我不认为这个传说有任何真实性。受过教育的人都不可能当真吧?"

"王党的老一辈成员非常当真。"

塔玛斯咕哝了一声。

"有件事发人深思。"埃达迈说,"波含糊地提到,国王们另有办法约束王党——不需要克雷西米尔的誓言。"

塔玛斯来了兴趣。"接着说。"

埃达迈拿起一本书,翻到做了记号的一页,递给塔玛斯。等塔玛斯看完，埃达迈又在另一本书中找了一段话，递给他看，然后是第三本书的一段话。

塔玛斯还回了书，一脸困惑。

"'盖斯'？"他问。

"一种强制力，王党的每一个尊权者都有。如果国王被杀害，他们将被迫为他复仇，随着时间流逝，强制力的影响会越来越大，直到他们要么成功，要么死于非命。盖斯的形态是一块邪恶的红宝石——佩戴在尊权者身上、不可摘取的大块珠宝。我和波交谈时，我注意到他反复拨弄一根项链。你再看看这个。"他翻到第三本书的另外一页，递给塔玛斯。

塔玛斯读着读着，脸色阴沉下来，读完立刻合上书还给了埃达迈。"所以盖斯是永久性的，怎么都取不下来，即使被流放或被王党除名都不行。"

"对。还有一件事，"埃达迈又简单解释了遭遇罗扎利娅的经过及其给波的口信。"他一听说这事，立刻返回了守山人中间。我想问他到底什么意思，但他拒绝见我。一个钟头后，我看见他出了南派克山的北门。"

"北门？"塔玛斯问。

"山门。朝圣者通过它抵达南派克山——克雷西米尔初次踏足圣山的遗迹。上山的路仅此一条。"

塔玛斯倚着阳台栏杆，抬头望向太阳。"你怎么看待这件事？"

埃达迈从南派克山折返的五天里仔细思考过。"我这人不迷信，长官，我是个现代人。虽然巫师们的临终遗言令我不寒而栗，但我不认为其有什么实际意义，整件事都没什么实在感，笼罩着一股宗教气息，倒可以用来解释五百年前王党为何对克雷西姆教会敬而远之。"

"我同意。"塔玛斯说，"那这个盖斯呢？"

"既与宗教有关，也与巫术有关，我在参考文献中确认过。"埃达迈示意那堆书,"巫术可不是开玩笑的。"

"看来我终究不能放过波巴多。"痛苦的表情在塔玛斯脸上一闪而过,快得埃达迈以为自己看错了。塔玛斯上下打量了他一番。"你的任务完成得很出色,"他伸手说,"远远超过了我的要求。"

"我很遗憾什么结果都没有。"埃达迈说着,和陆军元帅握手。

"不必遗憾。知道什么结果都没有,总好过什么都不知道。去找大司库领赏钱吧,我担保他不会小气。日安。"

塔涅尔猛地惊醒,手枪握在手中。他好容易才看清居高临下的不速之客。

"你睡觉时带枪,当心被炸掉一只脚。"

塔涅尔躺了回去,把手枪扔到地上。

"你有什么事?"

塔玛斯拉过仅有的一把椅子坐下来,两只靴子跷在塔涅尔的床沿上。"对你父亲不能这样说话。"

"去你的。"

沉默滋长,塔涅尔心乱如麻。他昨晚戒了火药,但只能坚持到凌晨两点,然后又开始到处摸寻火药筒。卡-珀儿将其藏了起来,连同装满火药的鼻烟壶及他所有的储备。他的手枪都没有装填火药。蛮族小婊子。他刚刚睡着不久。

"维罗拉在找你。"

"无所谓。"

"我没告诉她你的所在。"

"无所谓。"

"我把尼克劳斯公爵扔进了亚德海。"

塔涅尔睁开眼睛坐起来,只见父亲清理着指甲,一副自得其乐的

火药魔法师

样子。

"我可能引发了战争。"塔玛斯说。

"你该炸飞他的脑袋。扔进亚德海太便宜他了。"

塔玛斯深吸一口气。"不,一颗子弹太便宜他了。我要那家伙吃尽苦头。我要那家伙受够侮辱。我要他生不如死。"

塔涅尔咕哝了一声,表示同意。

"那是故意的。"塔玛斯说。

"什么是故意的?"

"伊匹利国王派来尼克劳斯。他想激怒我。他希望我动手甚至杀人。他需要开战的借口。"

"你不也一样?打一开始你就想跟他们干一场。"

"我一直在思考,"塔玛斯说,"思考了好几个月。我一直在思考,是否应该避免开战,尤其在地震之后,我们需要重建家园、休养生息。可惜如今一切都晚了。"

"我们能干掉他们吗?"塔涅尔的意识逐渐清醒。这可不是什么好事,脑袋里的轰鸣比铁匠的锤子敲得还用力。

"也许能。"塔玛斯说,"教会威胁说要选边站,说明白点就是选凯兹那边。他们对我把尼克劳斯扔进亚德海的行为不满意。那个自大狂查理蒙德声称会尽力劝说同僚们回头。我相信他。我只能相信他。毕竟他当上大主教之前是亚卓人。"

塔涅尔呻吟着坐到床边。他浑身酸痛,头疼欲裂。他在校园里虽然逃过一劫,不管是运气抑或巫术的功劳,随之而来的痛苦终究难免。

"我有个新来的大厨。"塔玛斯说。

塔涅尔久久凝视着父亲。什么乱七八糟的?他浑身疼得要死,满脑子都想要火药,那玩意儿却偏偏被棍儿藏了起来。

"他自称亚多姆转世。"塔玛斯接着说,"我应该逮捕他,可他的厨艺太他妈好了。据说他负责了全军的一半伙食,真不知道怎么做到的，反正兄弟们喜欢他。我要准备打仗，一个神经兮兮的厨子突然成了军中最受欢迎的人物，还有……"

"直说吧。"塔涅尔说。

"直说什么？"

"你唠唠叨叨半天，不过是想让我做违背自己意愿的事情。只有这种时候你才会唠叨。"

塔玛斯默然不语。塔涅尔知道父亲内心相当挣扎，只是脸上不动声色。长久以来，他第一次与父亲独处，有四年了吗？他看到塔玛斯佩着锯柄决斗手枪，那是他从法崔思特带来的礼物。看样子使用过好几次了。

塔玛斯深吸一口气，笑意渐渐收敛，双眼盯向天花板。

"我要你杀了波。"

"什么？"

塔玛斯解释了何为盖斯。费时很长，包含种种概念和细节。塔涅尔听不进去，反正就是围绕一个侦探和一句誓言。从语气听得出来，父亲并不想说，一切无非职责使然。

"为什么找我去？"等父亲不再言语，他问道。

"假设萨伯恩非死不可，至少我要亲自动手。如果找别人动手，我无异于懦夫。"

"你觉得我可以杀死我最好的朋友吗？"

"波非常强大，我知道。我会派人帮你。"

"我不是这个意思。我没准可以靠近他，用一把手枪出其不意地完成任务。问题是，你真以为我做得到吗？"

"你做得到吗？"

塔涅尔看着自己的双手。上次见波已是两年多前、他登船去法崔思特的那天，波为他送行。当初的朋友如今成了什么样？世道变了，他杀了几十个人，他的未婚妻被人睡了，他的国家没了国王。谁能保

火药魔法师

证波和从前一样?

塔涅尔握手成拳。他竟然做出这种事?塔玛斯竟然闯进门来,要求自己杀害最好的朋友。塔涅尔是个战士没错,但同时也是塔玛斯的儿子——这一点都不重要吗?"你的要求,我不能照办,"塔涅尔说,"我作为你的儿子不能答应。如果你发号施令,只当我是个火药魔法师——那我遵命便是。"

塔玛斯面色冷峻。此乃挑衅,他心里也清楚。塔涅尔的父亲不大经得起激将,于是站了起来。

"上尉,我要你杀死在南派克山守山人中效力的尊权者波巴多,把他身上的宝石带回来给我,作为完成任务的证据。"

塔涅尔闭上眼睛。"遵命,长官。"真他妈的混蛋,他真的会强迫自己的儿子杀死最好的朋友。塔涅尔心想,等他结果了波回来复命时,是否应该对着塔玛斯的脑袋来上一枪。

"我派朱利恩陪你去。"

他猛地睁开眼睛。"不。我不跟她共事。"

"为什么?"

"她做事不计后果。她害死了自己的搭档,也差点害死了我。"

"她对你也是同样的评价。"

"那你更相信她的说法喽?"

"在你擅自放走敌人之后,她至少做到向我汇报了情况。"

"那个尊权者原本可以杀死我们所有人。"塔涅尔说。

"命令已经下达。"塔玛斯转过身,向门口走去,"缚印者塔涅尔,立刻执行命令,然后你需要付出时间来处理你的……个人问题。"他离开了。

个人问题?塔涅尔冷笑一声。他感到胳膊上有什么东西,低头一看,发现鼻孔在流血。他咒骂着到处找毛巾。如何是好呢?噢对,再来点黑火药……

第 15 章

在上议院的地底、比下水道还深的位置,有一座见证过铁王执政的全盛时期的地窖。尊权巫师将异味和黑暗阻拦在外,保持墙壁永不渗水,而在施法者死后法力依然效用不减。地窖宽约五十步,高约十步,白墙上挂满了稀有的织锦——那些识货的行家以为它们早已遗失——室内还有桌椅、用来休憩的沙发、装满罐头食物的板条箱和绫罗帘幕遮掩的水桶。

就连曼豪奇对他父亲的紧急避难所也一无所知,唯有铁王的少数心腹,包括塔玛斯在内,知道这个地方,以及如何从上议院到达此处。铁王偏执地相信民众有心谋反,他的间谍也随时可能掉转手里的刀子,刺向他的咽喉。自曼豪奇十二世继承王位,这个地方完全被废弃,于是塔玛斯认定在此密商推翻国王的计划最为合适。

政变开始后,以塔玛斯为首的议会换到正常的地方见面,即上议院四楼,那里适合新政府办公,但塔玛斯仍会在需要安静和独处的时候来到地窖。他的手下都不知他此刻身在何方,连奥莱姆和萨伯恩也不例外。反正他很快就会回去。

塔玛斯慵懒地坐在椅子里,脱掉了靴子,双脚跷在坐凳上,一碗南瓜汤搁在膝间——那是路过厨房时,米哈利允许他顺走的唯一一道菜——手中捏着一张苏尔科夫山道的微型地图。他轻轻挠了挠猎犬的脑袋,后者时而乖巧地舔舔主人的手,以示安慰。

他仔细地研究地图。他把尼克劳斯公爵扔进亚德海的事已过去三

火药魔法师

天，而从苏尔科夫山道——亚卓和凯兹之间狭窄的山中峡谷——赶往亚多佩斯特，如果中途更换马匹、不眠不休，也正好需要跑上三天。不到一个钟头前，塔玛斯收到消息，凯兹的军队正在巴德维尔城外集结，那是凯兹的一座边城，坐落在苏尔科夫山道的另一头。

尼克劳斯的代表团是幌子，是伊匹利借以开战的托辞。战争准备早已开始，凯兹做好了侵略亚卓的打算。然而他们需要十万人才能打通苏尔科夫山道，那条走廊到处布置着军队和大炮。除非苏尔科夫不是他们的目标。

他放下地图，把汤碗搁到旁边桌上。皮拉夫低嗥一声。"嘘，"他让猎犬安静，然后又取过一张稍大的地图开始研究，那是亚卓南部的地形。

如果凯兹的大军不想耗费整个夏天翻山越岭，那么南派克山的隘口是唯一适合的通道。他们会不会走这一步？他们的指挥官有无可能盯上了守卫更少、但也更狭窄的要道，而非强攻苏尔科夫？他又看了一眼亚德海在地图上的最底部，除河口三角洲外，凯兹境内只有一个小港口。凯兹固然有可能从水路进攻，但以其海军实力，在亚德海上无甚威胁可言。塔玛斯叹了口气，叠好地图，背靠椅子。他低头看向赫鲁施，猎犬也歪着脑袋迎接他的目光，呼呼喘气的样子仿佛面带笑容。

伊匹利到底怎么想的？凯兹的兵力五倍于亚卓，不过亚卓拥有不少优势：工业、军官团、守山人。此外，亚卓控制了所有咽喉要道。

"我应该带奥莱姆来，"塔玛斯对猎犬说，"有人陪着，我的脑子转得更灵光。"但那样这里就会弥漫着军士的烟味。塔玛斯凑到桌边喝了一勺米哈利做的汤。这种味道前所未有，奶甜中带有一丝黑糖的风味。

塔玛斯听见房间另一头有响动，就在距离房门不远的地方。通向此处的廊道设置了各种死胡同、假墙、之字路线和陷阱活门，足以障人耳目，甚至使意志坚定的人丧失勇气，所以这响动令塔玛斯有些吃惊。他坐起来穿好了靴子，起身面对房门，扯了扯衣服，抬手禁止赫鲁施出声。

对方一进门，塔玛斯立刻心跳加速。那是个人，准确地说曾经是人。他身着长长的黑色外套，头戴高礼帽，却依然难掩畸形的样貌。他驼着背，四肢粗壮有力，面容姑且称得上英俊，额头却大得反常。他脸上无毛，细长的金发从脑袋两边耷拉下来。

"守护者。"塔玛斯语气平静，连自己都感到惊讶。守护者常常作为凯兹尊权者的差役，千百年前凯兹王党创造他们唯有一个目的：杀死火药魔法师。

塔玛斯没带手枪和步枪。他有佩剑，但用来对付守护者几乎无效。看来，不带保镖就到处乱跑，哪怕在亚卓最安全的地方，也是极为愚蠢的行为。他翻了翻口袋。没有火药包，连精美的雪茄盒也不在——那里头装着填满火药的假雪茄——全在外套里，而外套挂在房间另一头的衣帽架上，距离守护者咫尺之遥。

守护者仔细观察一番，确认只有他们二人之后，便摘下帽子，挂到衣帽架上，接着是外套、衬衫和领结，仅剩下黑裤子。最后他脱了鞋，脸上笑意浮现。

他皮肤底下的肌肉有节奏地蠕动着，时而紧绷时而放松，甚或痉挛似的弹跳，有些部位的肌肉扭曲为球状，有些部位又瘦得皮包骨头，并很快移形换位，变化万端，犹如装满了蛇的丝袋。

守护者绷紧了挪移不定的肌肉，又松弛开来。"魔法师。"他的嗓音深沉而洪亮。

"你笑得比哭还难看。"塔玛斯说。他从椅背上提起剑带，拔出剑来，扔开皮鞘。皮拉夫守在他身边，年迈的猎狼犬龇牙咧嘴，低声咆哮。赫鲁施躲到沙发背后，从自以为安全的位置冲守护者吠叫。

"我一般不会轮到正宗的火药魔法师，"守护者说，"或者如此声

火药魔法师

名赫赫的名人。平时我只能吃巫师们从凯兹乡下扒拉的下等货。"

吃？塔玛斯隐隐感到反胃。

守护者微微一笑。他张开双臂，仿佛要拥抱对面的塔玛斯，只见变异的胳膊长得惊人，足以合抱火药桶。

"你是怎么找到我的？"塔玛斯问，他从椅子边挪开一步，剑举在身侧。皮拉夫挡在塔玛斯和守护者之间，塔玛斯眼前浮现出守护者拧断狗头的画面。"皮拉夫，"他喊道，"回来。"

猎狼犬不情不愿地退后，为塔玛斯和守护者腾出空间。

守护者摇摇头，笑容依然挂在脸上。"我不会冒险提供给你任何情报。"他捏响畸形巨手的关节，"在你死之前，我要你知道，你手下的每一个宝贝魔法师都将被追杀和吞食，无论肉体和灵魂。"

守护者低下脑袋，活像一头准备冲锋的斗牛。两人相距三十步之遥，但那家伙几乎一转眼就冲了过来，顺手抓起坐凳，像扔玩具一样砸向塔玛斯。

塔玛斯俯身躲开，同时横跨一步，绕到守护者身边，瞄准对方的心脏，一剑猛地刺去。但对方结实的拳头也正好打在他脑袋一侧，令他跟跟跄跄退了老远。

守护者不给他喘息的机会，瞬间掉转方向，撞了过来，毫不在乎那把正对胸膛的利剑。塔玛斯拼尽全力刺进去，然后纵身一跃，避开守护者硕大的身躯。他沉肩低头，就地一滚，继而站起。

守护者胸前的两个小孔冒着血，塔玛斯绝对刺中了肺部和胃部，但那家伙依然饥渴地冲他笑着，毫不顾及身上的伤口。没错，守护者的心脏周围有巫力催生的骨壳保护，而尊权巫师的魔法可以让守护者的五脏六腑在早该衰竭时持续运作。

敌人再次发起进攻，塔玛斯闪向一侧，同时挥剑砍去，斜刺里却见一只大手伸来。他俯身钻过巨臂，从背后攻击，一剑捅进守护者的腋窝，没至剑柄。

守护者哀号一声，猛地挣开，连带剑柄也脱离了塔玛斯的掌握。他心跳如鼓，双手不由得发抖。

守护者原地扑打了好一会儿，突然间停住了，只见那硕大的额头下目光幽暗，晶亮的蓝色眼眸布满血丝。他的右臂松垮垮垂在一边，肌肉几乎遮挡了剑柄，而那三掌长的剑刃冲出了胸膛。守护者轻蔑地低头瞧着它，伸过左手，试图把剑拔出来。不过角度不对，他做不到。

"你胸前长了东西。"塔玛斯说，他也只有嘲讽的力气了。一番恶斗之后，他的肺部正在剧烈灼烧，肌肉阵阵酸痛。他望着房间另一头的外套，感应到兜里的火药包。

守护者突然扑来，宛如一条扑腾的鱼。塔玛斯慌忙后撤，想要脱离其攻击范围，却终究被揪到了衬衫前襟，旋即被扯过去抱住，脖子距离自己的剑刃——也就是从守护者胸口戳出来的那一截——仅仅一指之遥。他感到灼热恶臭的呼吸喷在脸上，闻到对方浑身散发的愤怒气息。

塔玛斯挥手打向守护者的眼睛。怪物吼得好似一头受伤的熊，单臂与他肉搏。塔玛斯的胸膛划过剑刃，然后整个人被扔了出去。

他抓住沙发，拼命爬起来，看准附近的衣帽架飞奔过去。"皮拉夫！上！"

十石重的猎狼犬立刻冲向守护者。凭借锋利的牙齿和有力的肌肉，皮拉夫从守护者受伤的胳膊那边绕过去，直取喉咙。守护者急忙避让，结果被皮拉夫咬进了胳膊。

塔玛斯一把将守护者的衣服从架子上扯掉，抓过自己的外套，取出烟盒一瞥，里面有六根卷好的雪茄。他咬断雪茄的一头，把藏在其中的火药全部倒进嘴里，舌头上传来硫磺烧灼的滋味，恶心感接踵而至，那是一次服用太多火药的反应。他摇摇晃晃，站立不稳。

尖利的哀号引得塔玛斯猛然扭头。皮拉夫被甩到了地上，它大声

火药魔法师

呜咽着,拖着使不上劲的后腿,试图从守护者身边爬开。塔玛斯听得心碎不已,不自禁地让火药迷醉感彻底掌控了身心。

他大步流星地跨过房间,瞬间赶到。守护者挥动没受伤的胳膊,一拳打来,塔玛斯凌空抓住拳头,引燃一根雪茄,诱发能量,守护者的臂骨顿时断了。

他抓着守护者脱力的拳头一拧,守护者被迫踮起脚尖。怪物瞪圆了眼睛,嘴巴歪曲,似在无声地惨叫。塔玛斯单手握住剑柄,几度拉拽之下,感到剑刃在怪物体内与骨头反复摩擦,最终他从伤口处拽出剑刃,丢在石头地板上。

守护者龇牙咧嘴,面带癫狂的笑容,低头撞向塔玛斯。即使身受重创,怪物也绝不后撤。塔玛斯双手握住对方硕大的脑袋,火药迷醉感带来的力量使他得以轻松举起怪物,然后扭转脑袋砸向地面,石头应声碎裂。他又引燃兜里的一根雪茄,操控能量射进守护者的脑门。

怪物在他脚边瘫软下来,一命呜呼。

塔玛斯踉跄着走开。他此刻只感到头重脚轻,精疲力竭,浑身是血,甚至分不清有多少是自己的。胸前的伤口很深,急需缝合,因为在火药迷醉感之外,他已隐隐品尝到火辣辣的灼烧感。他的手腕和胳膊疼痛难忍,一把老骨头承受不了之前所释放的能量。他深吸一口气,望向皮拉夫。

年迈的猎狼犬趴在地毯的一角。赫鲁施从沙发背后的藏匿处现身,来到皮拉夫面前,轻声呜咽着用鼻子蹭它。皮拉夫的背部扭曲得厉害,后腿以一种奇怪的角度向外戳去。当塔玛斯注视它时,它睁开眼睛,可怜巴巴地抬起头。

"你干得很好,小子。"塔玛斯柔声说。他走向门口,又停下脚步,因为皮拉夫拖着后腿,大声呜咽着试图跟上。塔玛斯的眼睛有点疼。

他抱着皮拉夫,好一会儿才来到上议院的底层。他在三楼找到正和军官们玩牌的彼得里克医生。所有人都盯着他,他浑身浴血地抱着猎狼犬,赫鲁施亦步亦趋。

过了一会儿,皮拉夫四仰八叉地躺在沙发上,彼得里克为它做检查,与此同时士兵们挤在门口,抻着脖子张望。几声呵斥传来,他们纷纷让路,然后奥莱姆出现了。他一看见塔玛斯就惊呆了,满脸通红,双眼圆睁。

"长官。"奥莱姆说,他颤抖着双手碰了碰塔玛斯,仿佛在确认对方是生是死。他不敢与塔玛斯对视。"我辜负了您。"他说。

"不是你的错,"塔玛斯说,"你不可能知道。我偷偷离开了。"

"我应该陪在您左右。"奥莱姆低头看着皮拉夫,"我太抱歉了,长官。克雷西米尔啊,我……"

"你没辜负我,"塔玛斯斩钉截铁地说,"你不在场。但现在你必须寸步不离。传信使,我要议会成员一小时后全部集合,我不管他们是不是长了翅膀才能飞过来。快去,让他们到上议院的地下室见我。"

彼得里克医生来了。"我帮不了它什么。这种情况,即使医术高超的兽医也无能为力。"

"的确。谢谢你,医生。"

塔玛斯从奥莱姆身上取过一把手枪,走到猎犬身边。他轻轻摩挲着皮拉夫的额头。"没事了,小子。安息吧。"

枪声回荡,他的心也随之颤抖。他在皮拉夫身边跪了许久,外头一阵骚乱,卫兵们慌慌张张地查找枪声来源。

塔玛斯起身时随口叫了一名士兵。"去找锤子和钉子来。快。"

上议院的地下室里,塔玛斯静静地等候,一边盯着守护者支离破碎的尸体。这些家伙极其强大,难以杀死,但凯兹人应该知道,塔玛斯有能力解决一个。今天无非是运气不好,遇袭时身上没有火药。敌人的目的是什么?挑拨离间?在塔玛斯的小圈子里制造混乱?

如果那是他们的目的,他们成功了。

火药魔法师

议会成员一个接一个地赶到，塔玛斯示意他们在另一头的椅子上就座，对他们的抗议和疑问置之不理，直到全员到齐。这时他双手交握，立在他们面前，染血的衬衫仍未更换。守护者的尸体吊在他身后的墙上，一枚长钉楔进手腕，污血滴落不止，溅在底下的石板上。

"你们当中有人背叛了我，"塔玛斯说，"我要查明是谁。"

他说完便离开了，任由他们面对守护者的尸体沉思。

埃达迈发现一道阴影落在肩头，感到有人居高临下地靠近，于是他摸上了倚着膝盖的手杖，把茶杯放到铁制咖啡桌上。但他凝视着那道阴影，回想起靴子与鹅卵石撞击的响声，便又放开了手杖。

"元帅。"埃达迈头也不抬地说。

塔玛斯在埃达迈的茶杯边扔了一叠报纸，在对面的椅子上落座，举手示意服务生。

"你怎么知道是我？"

"军靴，军人的步伐，"埃达迈说着，呷了一口茶水，"十年来我没为军队里的其他人干过活。"

"也许是副官，被我派来找你的。"

埃达迈耸耸肩。"每个人的脚步声都有其独特节奏。您的很好辨认。"

"厉害。我相信昂德奥斯给的报酬够你还债了吧？"

塔玛斯知道他债务缠身，埃达迈对此毫不意外。他快速打量了一番陆军元帅：脸上有瘀伤和割伤，看样子经历了一次肉搏，而且形容疲惫，精疲力竭。

"当然。"埃达迈说。但还不够，他心想。月底之前如果能再接上十来件好活儿，他或许才能够偿还维塔斯大人。"感谢您那么慷慨。"

"非常值得。"塔玛斯平静地说着,探头张望街上来往的人流。过了一会儿,他移回视线,从兜里掏出一个信封,放在桌面那叠报纸上。

"我又有活儿派给你。"他说。

埃达迈掩饰着内心的渴望。"别又是巫师的临终遗言吧?"

"暂时涉及不到。"塔玛斯谢过送茶的侍者,喝了一大口,似乎注意不到茶水很烫。等喝完,他掏了一把硬币在手里,厌恶地咕哝一声,然后扔了一枚到桌上。

"查清谁想杀我。"

他起身离开。埃达迈低头看着硬币,发现正面刻有塔玛斯的半身像。

埃达迈拿起信封,轻轻敲击桌面。然后他翻开报纸,《亚多佩斯特日报》。"暗杀塔玛斯元帅的阴谋未遂"。

他盯着信封。他需要接活儿,但这件活儿太危险,这样一来,维塔斯大人便有充足的理由回来勒索他,要求他泄露塔玛斯小圈子的秘密。这会导致他——及他的家人——背负叛国的风险。他原计划叫法耶返回亚多佩斯特,看来现在不行……为时过早。

他打开信封,发现里面装有一张一万卡纳的支票。另有一张折好的纸片掉了出来,差点被风卷走,他一把将其抓住。

"'除我之外只有六个人知道地下室的所在,那里即是刺杀我的现场。'"底下列着名字,全是塔玛斯的议会成员。埃达迈又读了一遍名单,擦去额头上的汗水,对收费一万卡纳划不划算不禁产生了怀疑。纸片最后一行只有简单几个字:"需要人身保护"。

埃达迈把支票和纸片塞进兜里,早知道就不解雇苏史密斯了。

第 16 章

“长官，我们查清了米哈利的身份。”

塔玛斯闻声从桌上抬头。办公室此刻十分安静，目力所及不见亚多姆之翼的将领，也不见议会成员、军官和书记们。奥莱姆是塔玛斯今早上见到的第一个人，其岗位就在门口。

“米哈利？”

奥莱姆点燃香烟，“那个新来的大厨。”

塔玛斯想起搁在桌角的一碗南瓜汤。可惜碗已经空了，这汤和黑火药一样令人上瘾。“对……米哈利，”塔玛斯说，“你调查的时间有点长。”

“这一周发生了太多事情。”

“的确。”

“米哈利是莫阿卡的继承人，”奥莱姆说，“他的职业头衔更广为人知——黄金大厨之首。”

“什么意思？”

“黄金大厨是一家厨艺学院，在九国之中数一数二。那家学院的毕业生非常抢手，四大洲的豪门贵族争相聘请他们做私家大厨，他们甚至为国王烹饪。”

“何谓‘之首’？”

“即是每一代公认最优秀的那一个。”

“而他就在我们的后厨，为三个团的士兵做午饭？”

"是的,长官。"

"为什么?"塔玛斯问。

"他可能是想躲在我们这儿。"

塔玛斯盯着奥莱姆。"躲?"

"他刚从哈森堡精神病院逃跑。"

塔玛斯靠在椅背上,露出笑容。

"有什么可笑的,长官?"奥莱姆问。

塔玛斯咬着腮帮子。"他有没有对人说他是亚多姆转世?"

"说了,长官,"奥莱姆说,"所以他才被送进精神病院。"

"那就说得通了。"塔玛斯道。他低头看着桌上的文件,有亚多佩斯特养犬社团的请愿书,有需为里卡德·汤布拉的工会签署的法令,还有对克雷西姆教会收税的文案。他摇摇头,眼下无心处理。"不如我们找那位大厨聊聊吧?"

奥莱姆随他进了走廊。"您觉得这样做明智吗,长官?"

"他危险吗?"塔玛斯问。

"据我所知,他并不危险,大伙儿都喜欢他。他们以前没碰见过手艺这么好的厨子,相比之下,军队里的其他伙食简直就像狗屎。"

"他都做了些什么?南瓜汤?"

奥莱姆笑了。"记得您昨天午餐吃了什么吗?"

"当然记得,"塔玛斯说,"那可是九道菜的大餐。糖渍鳗鱼,填馅睡鼠,炖牛肉,沙拉多得可以喂牛……这么丰盛的餐食此前我仅吃过一顿,在曼豪奇举办的一次宴会上。"

"这只是普通伙食而已,长官。"

奥莱姆撞上了突然止步的塔玛斯。"你说每个人都吃得这么好?"

"是的,长官。"

"你也是?"

"是的,长官。"

火药魔法师

"全军都吃得这么好?"

奥莱姆点头。

"他肯定花光了全年的伙食费。"塔玛斯迈开步子,多了几分匆促,"昂德奥斯一个子儿也不会给我们了。"

奥莱姆跟了上来。"不是那样的,长官。我问过一个书记,似乎他没有动用我们的资金。"

"那他怎么买来食物?"

奥莱姆耸耸肩。

为整个上议院供应饭食的是一间硕大的厨房。它位于主楼层底下,窗户开在其中一面墙的顶部,用以在白天提供照明,其长度几乎与上议院的横宽相等。厨房一侧安置着数十台烤炉,烟道伸进天花板,足够为常驻上议院的几千书记官和贵族制作饭食。厨房中央摆放着若干宽大的矮桌,用来准备食材和配料,另一侧是无数储物箱和橱柜,以存放量具、香料和其他作料。香肠、草药、蔬菜等等悬挂在天花板上。

塔玛斯一进厨房,立刻用手帕擦了擦额头,高温差点逼他撤退。他连连眨眼,努力坚守阵地,好在五花八门的气味起到了挽留作用:可可、肉桂、面包和肉。他忍不住舌底生津。

"您没事吧,长官?"奥莱姆问。

塔玛斯瞪了他一眼。

厨房里有几十个帮工在忙活,她们身着大同小异的制服:黑裤子,白围裙,头戴帽子。一部分人的衣服料子相对较好,另一部分人的衣服像是从街头巷尾讨来的。但塔玛斯发现,衣服无论多旧,都洗得干干净净,他还发现所有帮工都是女性。她们的年纪和相貌各不相同,却个个专心致志,谁也没留意到塔玛斯的到来。

大厨在帮工之间来回走动。塔玛斯立刻认出,他正是地震当天出现在指挥所的人。塔玛斯默默观察着米哈利对一个帮工说了句什么,很快来到另一人身边,往盘子里添了些香料,接着又轻轻拽了拽第三个帮工的胳膊,防止面粉加得过多。女人们都在案台前操作,他则穿针引线,犹如经验丰富的前线指挥官,发号施令,指指点点,好像一切尽在掌握。

米哈利瞥见塔玛斯,脸上浮现笑意。他迎面走来,中途在切肉的案台处停留片刻,帮一个壮实的女人调整落刀的位置。他眨眼间便砍了十几根牛肋骨,手法之精准不亚于刽子手行刑,然后冲女人点点头,递还切肉刀,低声鼓励了几句,这才走近塔玛斯。

"下午好,陆军元帅,"米哈利说,"我们有几周没见面了,真是忙得要命。"

奥莱姆好奇地瞟了塔玛斯一眼。

米哈利又说:"说真的,要不是为了培训这批新来的帮工,我干活的速度还能快上一倍。"他摘下帽子,用袖口擦拭额头,汗水立刻濡湿了布料。他又在围裙上揩了揩手,脸上掠过一丝焦虑。"午饭怕是要晚些才能做好。"

塔玛斯环视四周,到处是一副忙忙碌碌、热气腾腾的景象,判断不出究竟在准备什么吃的。他带着疑问下来,希望搞清楚"疯子大厨"的底细,此刻却欲问还休。

"我相信没人抱怨。"塔玛斯勉强应道。他的肚子突然咕噜噜直叫。"午饭有什么?"

"熏鲲肉咖喱和蔬菜派,"米哈利说,"今晚我们有红酒牛肉,我觉得应该配上加料葡萄酒。刚才说的是主菜,此外还有很多其他菜色可供挑选。"

"上议院人人有份?"

"当然。"米哈利瞪大眼睛,好像塔玛斯说了什么蠢话,"难道你觉得书记活该比陆军元帅吃得差,士兵的伙食就天生不如财务官吗?"

"请原谅。"塔玛斯说。他和奥莱姆交换了一下眼神,回想此番

火药魔法师

下来所为何事。

"这边请,元帅阁下,随我走走。"米哈利不等回应就快步离开。等塔玛斯追上来,米哈利正在调节炉子的气流阀门,把握一桶汤的火候。他伸出一根手指蘸了些汤汁,放进嘴里品尝,又从围裙里取了一把刀和一瓣蒜,熟练地切了片,丢进桶里。

"我听说有人刺杀你。"米哈利说。

塔玛斯停下脚步,他发现胸前那些伤口的痛感——虽然那些伤口已经缝合——在来到厨房时就消失了,唯余隐隐的悸动,仿佛被火药迷醉感隔离在外。

米哈利的声音里夹杂着一丝悲伤。"我不赞同那些巫师制造守护者的做法。有违天性。我很高兴你活下来了。"

"谢谢。"塔玛斯一字一顿地说。他曾以为米哈利是探子,如今疑虑逐渐消散。这位大厨名声在外,手艺高超,这点不可能做假。

"米哈利,"塔玛斯说,"我想问问你精神病院的事。"

米哈利刚刚叉了一块蔬菜派送进嘴里,闻言一愣,旋即匆忙吃了下去。"加胡椒,"他吩咐一个帮工,"接下来的炉子多加十几个马铃薯。"他快步前往下一站,塔玛斯只好跟上。

"是的,"等塔玛斯再次来到身边,他说,"我是从哈森堡逃出来的。那地方坏透了。"

"你是怎么逃出来的?"

他们来到了厨房的另一个区域,此处不见帮工的身影,仿佛拉起了一道隐形的帘幕,热浪和蒸汽大大减少,噪声也弱不可闻。塔玛斯扭头张望,发现自己确实没有离开厨房,身后依然是一派繁忙。

"我不接受治疗的时候,他们也让我进厨房。"米哈利回忆时打了个哆嗦。"虽然他们说我是在为精神病院做饭,但我很快发现他们把我做的食物送进了附近的贵族庄园,换了一大笔钱。于是我藏在一块大蛋糕里,让帮工们把我送进庄园。"

"你开玩笑吧。"奥莱姆说,他叼了一根香烟在嘴里耍弄,两眼盯着炉子。

米哈利耸耸肩。"那块蛋糕非常大。"

塔玛斯指望他说点别的,比如真正的逃跑方式,但米哈利沉默不语。这个区域将近占了厨房的一半面积,也安置了几乎一半的炉子和炖锅,不过从米哈利依次摆放餐具的架势来看,这边只归他一人负责。米哈利举手过头,从挂钩上取下一口大锅——那口大锅看样子不比塔玛斯轻,但米哈利轻而易举地就将其搁在了炉子上。他打开炉膛,试了试热度,然后向角落走去,那里有一根敞露在外的烤肉扦子。

塔玛斯跟了过去,在米哈利放下来的大锅边停下脚步,里面热气腾腾。他凑近一看,眨了眨眼:锅里满满的马铃薯、胡萝卜、玉米和牛肉熬炖的浓汤。

"刚才锅里是空的吧?"塔玛斯悄悄地问奥莱姆。

奥莱姆皱着眉头。"是的。"

他俩看遍了米哈利取下来不久的大锅,发现它们全都盛满了正在炖煮的食物。塔玛斯心神不宁,忽然觉得自己没那么饿了。米哈利拿起一个小碗,在肉上浇淋某种调料。塔玛斯的肚子又开始咕咕叫,香味飘来,忧虑又消失了。

"米哈利,你对别人说过你是亚多姆转世吗?"塔玛斯仔细端详米哈利的脸,寻找疯狂的迹象。毫无疑问,米哈利是厨房里的大师,而塔玛斯听说天才等于疯子。他回想起小时候上过的神学课,亚多姆乃亚卓的守护圣徒,他被教会称为克雷西米尔的兄弟,但与真神克雷西米尔无法相提并论。

米哈利用刀尖戳了戳牛肉的表面,观察油脂冒着泡从肉上滴落,在底下的煤块上滋滋作响。他缓缓地皱起眉头。"是我的亲戚们送我去的,"他平静地说,"我的兄弟和表亲们。我是个私生子——我母

火药魔法师

亲是罗斯威尔有名的美人，我父亲对她的爱甚于妻子，所以我从小就招兄弟们讨厌。父亲保护我，培养我的才能，而且他一反传统地立我为继承人。"他又戳了戳牛肉。"他死的那天，我的兄弟们就把我送到了精神病院。他们不许我出席葬礼。有关亚多姆的说法成了他们的借口。"

米哈利忽然直起身，仿佛从睡梦中惊醒。"面包，面包，"他咕哝道，"至少还要五十轮面包。姑娘们干活儿不够快。"

他来到中间的案台前，那里用湿毛巾盖着一块块生面团。他一只手掀开毛巾，另一只手插进硕大的面团里。"醒发得正好。"他自言自语，脸上带着莫名的笑意。他把生面团分成大小一致的剂子，手快如风，塔玛斯几乎看不清动作，而他一铲子就能同时把两块面包送进火候已到的烤炉，直到所有的面团都放了进去。

等最后一块面包进了烤炉，他立刻取出第一块。尽管只有一两分钟，面包已是外壳金黄、酥松焦脆。塔玛斯眯起眼睛，开始计数。

"我不是在做梦吧。"塔玛斯凑近了对奥莱姆说。

"不是，"奥莱姆说，"他确实放了约有现在四分之一量的面包进烤炉。"奥莱姆比了个圣绳的手势，双指并拢，点了点额头和胸口。"克雷西米尔在上，您听说过什么巫术可以无中生有吗？"

"从来没有。不过最近我长了不少见识。"

米哈利从烤炉里取出最后一批面包，转身面对塔玛斯和奥莱姆。"哈森堡派人来找我，"米哈利说，"但我宁愿跑到法崔思特的另一头为蛮子做饭，也不要回哈森堡精神病院。"

塔玛斯的目光从面包上移开，望向烤熟的牛肉，以及不到十分钟前还空着的炖锅。他点头回应米哈利的话，然后在奥莱姆的陪伴下缓步离开。

"他是个赋能者，"奥莱姆说，"这是唯一的解释。我听说有些赋能者比尊权者还强大，他的天赋一定和食物有关。"

"第三只眼看到的?"塔玛斯问。

奥莱姆点头。"我刚才看了。他有赋能者的光芒。"

"这就清楚了,他不是神。"塔玛斯说,"但他自以为是神,而他的能力相当强大。他做的食物能振奋半支军队的士气,我该拿他怎么办呢?"

第 17 章

"我找尊权者波巴多。"

塔涅尔站在一家酒馆门口。酒馆相当宽敞,但也极其陈旧,半边屋顶陷了进去,而且距离上次马马虎虎的修葺过去了很久。店名为咆哮温迪戈,来源于风刮过屋檐时低沉的呜咽。此时此刻,店里的交谈声戛然而止,风声盖过了一切。

五十多双眼睛盯着他,他则孤身一人——他交代朱利恩和卡-珀儿在外等候。塔涅尔身着鹿皮外套,头戴帽子,这让他感觉舒适。无论山谷里开春与否,休德克朗要塞依旧与寒冬为伴。

"火药魔法师找我们的尊权者有什么事?"

我们的尊权者。塔涅尔不喜欢这个说法。波和这帮暴徒交朋友了。罪犯和激进分子,穷鬼与不义之徒——他们组成了守山人,而他们从不轻信于人,对待陌生来客就像人满为患的城市对待瘟疫携带者。他们绝对是九国最不好惹的货色。

塔涅尔深吸一口气,他的心情非常不好。我来这里杀他,他想说,谁敢挡我的道,我就一颗子弹崩了他的脑袋。但他只说:"私事。"

有人站了起来,此人顶多比塔涅尔小一两岁,骨瘦如柴,蓄有胡须。虽然天气寒冷,但他身上只有一件无袖衫,胳膊上肌肉线条分明,像是常年搬运木材或在矿里劳作的人。他怒视着塔涅尔。

"他的事就是我们的事。"那人说。

"菲斯尼克,别惹恼了火药魔法师。"另一个人说,"你希望塔玛斯盯上我们吗?"

"闭嘴。"菲斯尼克扭头喊道,"如果我们不告诉你呢?"

"你是这里最厉害的角色?"

"啊?"菲斯尼克似乎吃了一惊。

"很简单的问题,"塔涅尔说,"你在这里是不是捅亲爹、干山羊、婊子养的厉害角色?"

菲斯尼克皮笑肉不笑地从塔涅尔面前转过身去,随即突然转回来,刀子握在手中。塔涅尔亮出两支手枪,其中一支的枪管插进菲斯尼克嘴里,敲碎了牙齿,逼停了举起的刀子,令对方目瞪口呆,另一支手枪指向附近第一个起身的守山人。

"我是'双杀'塔涅尔,"塔涅尔大声说,"我来找我最好的朋友,波。老实告诉我,他在哪儿?"

"'双杀'塔涅尔?"一个声音问,"你他妈的怎么不早说?波在山上。"

"真的?"塔涅尔问菲斯尼克。

对方点点头,两眼瞪着伸进嘴里的枪管。

塔涅尔收了枪。

"抱歉,"菲斯尼克说着,摸了摸牙齿,"波说不要让任何火药魔法师知道他在哪儿,但不包括你。他说你可能来找他。"

塔涅尔尽量驱散脸上的阴云。"抱歉打断了你的牙齿,"他说着提高嗓门,"酒钱全算在塔玛斯元帅的账上!"

酒馆里响起一阵欢呼。塔涅尔招手示意菲斯尼克。"你说他在山上?"

"他差不多两周前上了山,就在见过从亚多佩斯特来的那个侦探之后。"

"他说了什么时候下来吗?"

火药魔法师

"没说。"

塔涅尔挠挠下巴。自从在亚多佩斯特追捕尊权者,他就没刮过胡子,浓密卷曲的胡须害他发痒。"他为什么上山?"

菲斯尼克摇头。

一股强烈的恐惧感爬上塔涅尔的脊梁:波知道塔玛斯要派人干掉他。

"他说了只告诉我吗?"

"是的。他跟我们讲了很多关于你的事,说你们是相交多年的死党。"

这滋味就像一把刀捅进塔涅尔的肚子。他紧咬牙关,勉强挤出一丝微笑。这是波内心的挣扎?酒后吐真言?"没错。抵达山顶需要多久?"

"他不会上到山顶,"菲斯尼克说,"山上有座修道院专门接待朝圣者,距克雷西姆科贾还有两里路。他肯定在那里。"

克雷西姆科贾。传说中的圣城。塔涅尔小的时候,奶妈每周带他去克雷西米尔教堂,而从那之后他再没听过这个名字。说实话,他当年就不相信圣城真的存在。

塔涅尔收回思绪。他不能逗留于此。他应该上山找到波,让大雪埋葬朋友的尸身,并在其死讯传开前回到亚多佩斯特。

"我上山去见他。"塔涅尔说。

"这个时节?"菲斯尼克摇头,"即便经验丰富的守山人都不敢带你上去,相信我,没有向导,你一旦遇到暴风雪就出不来。就算到了初夏,路上都很危险。"

"我父亲提过一个叫加夫里尔的人,"塔涅尔说,"他的老朋友。他说此人是九国最厉害的山民,是吗?"

菲斯尼克笑了起来。"加夫里尔,他没准可以。只要他清醒到能看清路,同时又醉得想不明白就行。我帮你找他。"

菲斯尼克钻进酒客们之中。塔涅尔回到街上,发现朱利恩瞪着卡－珀儿,卡－珀儿则仰望着高山。

"波在上面,"塔涅尔指着大山说,"我们去找他。"

朱利恩眯起眼睛。"也许是圈套。他肯定知道塔玛斯会派人来。"

"他知道。但他告诉守山人,如果我来了,就转告我他在哪里,其他人一概不说。这说明他相信我。"

"或者他相信能在你开枪前解决你。"

"我了解波。他就是相信我。"他深吸一口气,"他真不走运。"

"我们需要补给和登山装备,"朱利恩说,"还有冬衣。"

"你不用去。"

"什么?"朱利恩恶狠狠地盯着他。

"你差点害我送命,还不止一次。"塔涅尔说。

"你好大的胆子。"

"闭嘴。我带棍儿上去。我们去干掉我最好的朋友,然后溜下山,神不知鬼不觉。你要是在那里施展巫术,不光整个守山人军团知道我们在做什么,还可能造成雪崩,砸死我们。"

朱利恩冷笑一声。"我不相信你。你太软弱,你扣不下扳机。"

"对付尊权者是我的专长。"塔涅尔说着,吸了一点火药。很少一点,只为平复心情。他又吸了一点。"波很危险,而我知道如何对付危险的家伙。现在,请你闭上臭嘴,找个地方先住下。我安排你留下还有一个原因:如果波占了上风,或者从我手里跑了,我要你招子放亮点,一看见他就动手。做得到吗,女士?"

朱利恩的双臂在颤抖,看她的表情,好像准备扑向塔涅尔,生吞活剥了对方。没有火药迷醉感的影响,塔涅尔可能会害怕,但既然有了,他便什么都不在乎。

"听到了吗?"他问,"你他妈到底能不能做?"

朱利恩一转身,大步走开。

火药魔法师

"我就当你答应了。"

酒馆的门忽然打开,菲斯尼克出现了,他缩在及膝的鹿皮大衣里,背后跟着一个人——塔涅尔很少见到块头那么大的家伙,那家伙身上裹的厚毛皮散发着汗水和啤酒的气味,身子歪歪扭扭地靠着酒馆墙壁,眨巴着眼睛想看清塔涅尔。末了,那家伙摇摇头,含糊不清地说:"我是加夫里尔。"

塔涅尔上下打量他。"真是好极了。"

凛冽的寒风夹着雪花扑面而来,塔涅尔停下脚步裹好毛皮。他的脸实在承受不了刺骨的寒冷,无法直面冷风——尽管加夫里尔告诫过他,这样做可能意味着死亡,因为登山者必须一步一个脚印,眼睛盯着前方的雪堆,不然便可能踩进隐蔽的裂缝,或是从悬崖上坠落。

此时此刻,塔涅尔顾不上这许多了。在他们脚下一万尺处,气候转暖,农民在地里春耕,也许再过几周,就能跳进艾德海游泳了,可他却在攀爬九国——有人说是全世界——最高的山峰,脚上捆着雪地靴,身上装备着可能已冻得开不了火的步枪和手枪,在一个醉汉的带领下,计划杀死自己最好的朋友。

他和加夫里尔之间拴着一根结实的绳子,风势减弱时,透过雪幕,他能看到大块头山民在前方十步开外的山坡上行进。此处坡度陡峭,但至少可以攀爬,毕竟有条道路被掩盖在积雪底下。这条路线夏天时很好走,加夫里尔如是宣称。周围盘旋的风卷来了雪花,但天上并未下雪——风只是吹起了上层的积雪而已。塔涅尔发誓,每当雪花打在脸上,他都能听见孩子们的嘲笑声。山上的环境实在太严酷了,他心想。

塔涅尔后面也有一根绳子,脚蹬雪地靴的卡-珀儿吃力地攀爬着,再往后是一个叫达登的小老头。这个德利弗人坚持跟他们上山,说是有个表亲在修道院里,去年秋天病危,他想知道表亲是否熬过了冬天。塔涅尔不相信他。他是波的朋友吗?

加夫里尔是个生性快活的酒鬼,对爬山的兴趣超乎寻常。他们刚认识没几个钟头就出发了,虽然头半天加夫里尔走得晃晃悠悠,但塔涅尔确信他在第二天结束时彻底清醒了过来。

塔涅尔稍作停留,检查腰间的手枪。燧发器冻上了,塞满冰雪,好在火药依然干燥,子弹也蓄势待发,这对缚印者来说至关重要。他可以自行点火,发射子弹。然而……塔涅尔考虑到加夫里尔,当塔涅尔一枪射中波的眼睛时,此人会不会找麻烦呢?其他修士会不会出手阻拦呢?塔涅尔开始检查第二把手枪。如果事情发展到那一步,没有加夫里尔带路,他还能顺利下山吗?

等他们终于从这股恶劣至极的寒风中走出,塔涅尔已感觉不到双腿的存在。雪花终于停止飞舞,阳光透过雪幕,差点晃瞎他的眼睛。道路变得平坦,土地忽然映入眼帘——不是踩实的积雪,而是真正的土地,还有铲过的痕迹,显然最近有人清理过积雪。他惊讶地眨了眨眼,试图微笑,脸部却麻木得不能动弹。

"你还好吗?"加夫里尔的声音打断了塔涅尔的思绪。攀爬了三天半之久,耳边充满呼啸的风声和大山的嘲笑,听到有人说话简直如沐春风。塔涅尔这才意识到,路上他们一个字都没说,甚至过夜时都没有,每晚一行四人就挤在加夫里尔的小帐篷里取暖。

"号。"塔涅尔来到大块头山民身边,等待卡-珀儿和达登。他闭上眼睛,活动嘴巴,以矫正口齿。

"好,"他重复道,"还有多元?远?"

"快到了。"加夫里尔指着上面说。

塔涅尔伸手搭起凉棚,眯眼望向太阳。"上面太亮了,我看不见。你怎么看见的?"

"在山上生活了很多年。你要是像我一样,就不需要用眼睛看了。"

火药魔法师

诺威之巅。我们就在它下面。"

达登张开皲裂的嘴唇，冲塔涅尔微笑，黝黑的脸随之皱起。他个头矮小，年纪与塔玛斯相差无几。"快到了。"他说话时几乎不大喘气，塔涅尔对此颇为懊恼，因为自己累得气喘吁吁。

塔涅尔举起装满火药的鼻烟壶，递到鼻子底下，直接从壶里吸食。完事之后，他小心翼翼地将其放回兜里——他对麻木的手指缺乏信心——火药迷醉感汹涌而来，导致他晕眩了片刻，但很快，呼吸轻松了，肌肉也放松了。

他们脱掉雪地靴，开始攀爬去修道院的最后一段路。这段路程只有几百尺，但道路变得越来越狭窄，左边，壁立千仞，右边，只见灰白色的天空——悬崖仿佛深不见底。直至来到修道院的阴影之下，塔涅尔终于能够抬起头，第一次亲眼看到它。

诺威之巅修道院就像大山的一部分，为同样的灰色岩石所砌成，其中一部分甚至与派克峰合为一体。它阻断了道路——也就是说，道路止于修道院的大门，其后修道院的建筑高达一百多尺，巍然屹立于他们面前，甚至还有十几尺悬在右边的半空中。塔涅尔难以想象，修士们明知自己身处几千尺高的虚空之中，怎么睡得着觉。

修道院的外形简单而质朴，石块凿得平坦，门窗的拱顶呈弧形。这里没有尖顶和宏伟的外墙，使其雄奇壮观的只有地理位置以及悬于深渊之上的豪迈。

塔涅尔走到道路尽头，登上石阶，抬头仰望时恍然失神，幸亏加夫里尔一把抓住他的外套前襟。他吓了一跳，发现自己距悬崖边不到两尺，随时有坠落的危险。

修道院的双开大门打开了，生锈的铰链嘎吱作响。塔涅尔摸向手枪，却发现对方不是波，而是一男一女，个头与塔涅尔相仿。两人低头迎客，他们在诺威人之中算得上个头较高，有着橄榄色的皮肤，但比达登浅一点。

"这个时节来朝圣，真是很早啊。"等他们都进来了，诺威男人说道。

塔涅尔瞅了一眼自己身上的武器、厚厚的毛皮以及同伴的攀爬装备。他们显然不是来朝圣的。

"我找尊权者波巴多。"塔涅尔平静地说。回音在长长的石廊里荡漾，塔涅尔觉得像在派克峰古老的骨架里低语。"在哪里可以找到他？"塔涅尔需要尽快解决这件事，如果波察觉到塔涅尔是来追杀他……

女人神情严肃地点点头。"我明白了。恐怕你尚未抵达旅途的终点。"

"该死。"塔涅尔说完，羞愧地看了一眼两位修士，"抱歉，姊妹。"

"他在修道院上方几里处的一个山洞内。"

"我知道那个山洞。"加夫里尔说。

"波说了他为何上去吗？"

两位修士摇头。"他说有人可能会来找他，"男人说，"叮嘱我们不要阻拦。"

波一定在等待什么人，没有逃避。

"我怎么上去？"塔涅尔问。

"穿过修道院，"女人说，"上山唯此一途，即使在夏天。我等是克雷西姆科贾的守门人。"

塔涅尔的心脏猛地一跳。"它真的存在？"

两位修士同时对塔涅尔扬起眉毛。

"圣城？"塔涅尔说，"它真的在上面？"

"圣城的废墟在上面。"男人说，"很久以前，诺威让自己的子民守护九国的高地。克雷西姆科贾虽然早已废弃，克雷西米尔的保护也已渐渐消散，但我等从未逃避圣徒交托的职责。"

火药魔法师

达登上前和修士们低声交谈,加夫里尔来到塔涅尔身边。塔涅尔竖起耳朵听他说话,只听见"生病"和"表亲"等只言片语,然后达登跟着修士们走了。

"克雷西米尔的保护是什么?"塔涅尔问。

加夫里尔的脑袋快顶到了修道院的天花板。"真神在其统治的年代创造了强大的巫术,这里的所有人,无论健康与否,无论年岁老幼,都不为恶劣的天气或高原反应所困扰。"

"高原反应?"塔涅尔说。

"来到高地所产生的反应。"加夫里尔说,"我和达登早就适应了,其他人则常有口渴、流鼻血、头疼、反胃等症状。当然,你不会有事。"

"我不会有事?为什么?"

加夫里尔不作回答。诺威女人走了过来。"你需要休息一下再上路吗?"她问。

塔涅尔知道自己应该休息,但他不能冒险让波得到他来了的风声。"不用了,谢谢你。"

"这段路不难走,"带领他们穿过修道院时,她说,"我们开始清理通向最高峰的道路了。"

他们经过了好些相邻的廊道,看样子条条通向大山深处。这里还有几十间阁房,房门敞开,修士在里面,有男有女。塔涅尔在一间卧房门口停下脚步,只见一位修士盘腿坐在地上,面前有一盒彩色沙子,修士正用一根弯曲的长杖在其上写写画画。塔涅尔在房间外遇见的修士不多,但他听见深远的廊道里有说话声传来。他完全没想到诺威之巅有如此之大,更没想到有这么多人生活在高山上,度过漫长的冬天。

卡-珀儿在每间阁房和门厅处逗留,笑得像个渴望探险的孩子。塔涅尔不耐烦地拽着她。

他们爬了一段又一段石阶,忽然抵达了尽头。出口和另一头的入口完全相同,一模一样的双开大门。

"等你出去了,我们会闩上大门,"诺威女人说,"山的这一边……还有……别的东西。"

塔涅尔闻言止步。他张嘴要问,但对方退了回去,门边只剩下塔涅尔、加夫里尔和卡-珀儿。大块头山民耸耸肩。

"修士们当中流传着一些奇闻怪事,"他说,"说冬天在克雷西姆科贾有什么生物出现。于是最近每年他们都要多等上一段时间,才放朝圣者上去。"他又耸耸肩,"我在上面从未见过奇怪的生物,除了偶尔遇见穴狮。你准备好了吗?"

塔涅尔按住加夫里尔的胸膛。"我一个人上去,"他说完面对卡-珀儿,"我希望你也留在这里。"

卡-珀儿恼怒地瞪着他。

"我需要和波单独聊聊。这要不了多久,修士们说道路清理过了。"

卡-珀儿举起一根手指,然后伸出拇指朝向自己。

"不行,"塔涅尔说,"你留下。还有加夫里尔。"

加夫里尔咬着腮帮子。"我真的应该……"他沉声说。

"不,"塔涅尔斩钉截铁地举起步枪。"我有这个对付穴狮。"

塔涅尔走了出去,听见加夫里尔闩上大门。不知大块头山民对塔涅尔的来访有何猜想?他也许有所怀疑,但无所谓,那家伙是个酒鬼,离开休德克朗之前,塔涅尔随身带了些酒。

山路宽阔,和悬崖边的距离令人安心,最后,他左侧的峭壁坡度渐缓,化为积雪覆盖、岩石嶙峋的山坡。山路不再艰险难行,他用不着雪地靴了。

塔涅尔行进了好一会儿,终于看到那个洞穴——发现它很容易,洞口大如房子。不久,他找到一座视野极佳的小山包。它比山路略

火药魔法师

高,位于山路与悬崖之间。他轻手轻脚地爬上去,藏身在雪地里。对射手来说,此处堪称完美,既能观察洞口,还有雪堆可供掩蔽。

唯一的缺点是小山包贴在悬崖边。据塔涅尔所知,底下可能深达一万尺,令他下意识地把指头插进了雪堆里。但如果波发现了塔涅尔,弹指之间即可将他扫飞。

塔涅尔借着有利地势观察了几分钟。虽然距离遥远,但火药迷醉感使他能看清洞穴周围的情况。洞口在正前方稍偏的位置,洞穴似乎钻进了山腰,一条小径与之相接,左边则是冰雪覆盖的陡坡。它正好坐落在悬崖边上。

洞里有人。一缕青烟从洞里冒出来,袅袅升上无风的天空,小径上则有深深的足迹。塔涅尔睁开第三只眼确认——波在那里,他的光影在洞里的火堆边摇曳。塔涅尔爬下山包,打开带来的装备。

塔涅尔开始做准备。他的动作有条不紊,每样东西都检查两遍,先清理燧发器和火药池的积雪,确认枪筒状况正常。他咬着弹药筒,装填火药池,把火药和弹丸塞进枪口。接着,他在舌尖上添了些许火药,以强化迷醉感,随即压实棉花。最后,他掏出素描本,翻到前面几页——其中有波的肖像,那是塔涅尔在前往法崔思特的旅途中画的。画中的波剃了胡子,短发,宽脸,唇边挂着傻笑。塔涅尔用一根指头点了点画像,爬回山包上等待。

当太阳从头顶沉向西边,他仍然原地不动。空气清冽,从他所在的山包向右张望,可以俯瞰整个凯兹,遥远的平原和城镇在落日下方的地平线上闪着微光。

漫长的等待也使得塔涅尔思绪飞扬,他情不自禁地想到了维罗拉。作为一对年轻情侣,多少个午后,他们逃避训练,在便宜旅馆的床上卿卿我我。回忆令他面带微笑,心跳加速。不,不能这样,他需要保持冷静,尤其在等待猎物的过程中。他想起有一次回去时发现塔玛斯在等他,父亲告诉他,等他和维罗拉到了年龄就结婚,那便是两人订下婚约之始。

维罗拉和另一个男人在床上纠缠的情景忽然浮现于脑海，令他的双手不住颤抖，直至驱散了那些画面。他强迫自己寻找火药迷醉感带来的平静，不带感情地思考：我爱她吗？也许吧，我一直喜欢她的陪伴。但我真的爱她吗？

塔涅尔常常困惑于爱这个字眼。有时，它好像一个虚无缥缈的概念，是诗歌里才存在的情感。维罗拉是他自六岁时母亲去世后亲近的第一个女人，而他对母亲的记忆并不多，许多情况是后来听说的。他的母亲也是火药魔法师，出身亚卓贵族，虽然她的母亲是凯兹人。据说她在外人面前雷厉风行，就和塔玛斯一样，但他清楚地记得，在家中她表现得温柔贤淑。即使安排有家庭女教师照顾他，母亲也永远会陪在他身边。

母亲去世后，一切都变了。塔涅尔换了一任又一任家庭女教师，他强烈怀疑塔玛斯睡过她们。后来家庭女教师们不来了，似乎塔玛斯也玩够了，接下来进入他们生活的就是维罗拉。他记得当年和波争相吸引她的注意，那也是他这辈子唯一一次在情场上战胜波。难道这就意味着维罗拉是他的真命天女？不，天涯何处无芳草。

令他意外的是，婚约取消的时日并不长，但如今他已很少想起维罗拉。他摸摸口袋，里面装着从素描本里撕下来揉皱的画像。不，他不爱她。她的背叛伤害了他，尤其是他的自尊。长久以来，他们的婚姻几成定局，却终究不能开花结果，想来就不适应。

不知她目前的任务是什么？还在担任塔玛斯的助手吗？无论怎么想，塔玛斯都不可能过度感情用事。取消婚约令他大为光火，但他不可能赶走维罗拉这么有实力的火药魔法师。

塔涅尔不由得咬紧牙关。不感情用事？哈，所以才派儿子上山干掉死党。他为何要这样做？为了惩罚他放过罗扎利娅？莫非是某种考验，以测试塔涅尔是否依然忠诚？

火药魔法师

不，都不是。这纯粹是老混蛋的权宜之计。塔涅尔是军中最优秀的射手，能在大风天自三里外打掉一个人的帽子。即使没有这个条件，塔涅尔也可以顺利地接近波，完全不引起对方怀疑，然后一刀捅其肚腹。塔玛斯何时才明白权宜不等于永远正确？他当然也有过出格的时候，比如把尼克劳斯扔进艾德海。塔涅尔忍不住为父亲此举感到骄傲，但骄傲转瞬即逝。

"你到头来也只能咬碎了牙往肚里咽。"塔涅尔自言自语地咕哝道，此时天色已渐渐昏暗。他想起十四岁那年，自己也趴在一座山包上，那是亚多佩斯特郊外的御林苑。波发现了王后和女仆在河里洗澡的方位，他们在山包上埋伏近一整天，终于等到女人们下河。波带来望远镜，塔涅尔服了一角火药，拥有火药迷醉感带来的超强视力。偷窥的风险很大，他俩都清楚万一被发现，将遭受怎样一顿毒打。然而，据说王后是九国最美的女人之一。

她果然名不虚传。等待——以及冒险——绝对值得。

洞里有了动静。波出现了，他站在洞口，搓着双手，眺望凯兹的方向，距悬崖边不足一尺。波居然不怕失足坠落……塔涅尔不明白波何以克服这种恐惧。他深吸一口气，稳定心神，准备开枪。

波扭头望向山坡，摘下了厚毛皮兜帽。塔涅尔顺着枪管端详儿时伙伴：波在守山人服役期间头发长了，还留着稀疏凌乱的胡子，体形比塔涅尔上次见到时瘦了不少。波观察了一番山坡的情况，目光又顺着山路投向塔涅尔。

塔涅尔强忍躲避的冲动。波直直地盯着他，然后手搭凉棚，心不在焉地拉扯尊权者手套，手套背面的神秘符号反射着阳光。塔涅尔猜想波有没有召唤一面坚硬的空气盾牌护在体外——波最擅长的元素即是空气。

波知道他在这里吗？他是不是得意洋洋地等着，一旦塔涅尔暴露位置，就立刻动手？他是不是正用第三只眼观察塔涅尔？塔涅尔感觉不到波的第三只眼以及任何形式的盾牌,他的手指压在扳机上,逐渐用力。

波在原地又站了一两分钟,眯着眼睛遥望山路,然后转身回到洞里。

塔涅尔暗自咒骂。他为何不扣下扳机?这一枪可以打得很准。他长叹一声。他清楚答案。

"见鬼去吧。"他大声说着,站起身来。

他爬下山包,收拾装备,然后顺着山路走向波所在的洞穴。

天啊,他该说什么呢?"嗨,波,近来可好,我是来杀你的?不过别担心,我改主意了。希望我俩之间一切还好。"

塔涅尔收回思绪,掂量自己的决心——或者说残余的决心。他摇摇头。他一直被迫在职责和朋友之间做选择,他希望这个决定能让自己成为一个值得交往的朋友——无论如何,这让他成了一名不称职的士兵。

塔涅尔刚朝洞穴方向迈了一步就动弹不得。波又从洞里出来了。他们相隔大约五十步,波能清晰地看到塔涅尔肩上的步枪。波认出他了吗?塔涅尔拉开护脸的毛皮,勉强笑笑,举手问候对方。

波眯起眼睛。塔涅尔吞了吞口水。波扯着尊权者手套,纯白色的手套与冰雪融为一体,除了手背上的金色符文。

塔涅尔张开嘴,打了声招呼。

"一步也别动,"波大喊,"待在那儿!"他又扯了扯手套,脸上的表情令塔涅尔心神不宁。他知道塔涅尔为何而来。

波双手举过头顶,姿势颇有几分滑稽。他的块头不大,瘦削的脸颊和稀疏的胡须使他像个孩子。他的胸脯起伏着、呼吸急促,正在召集巨大的能量。塔涅尔无需睁开第三只眼,就知道波触碰了他方。巫力涌进现实世界,塔涅尔紧闭双眼。

"趴下,蠢货!"波尖叫。

火药魔法师

塔涅尔猛地睁眼。有什么东西从背后撞上他，撞得他向前翻滚。他趴在雪堆里，耳际咚咚作响，与此同时，有只庞然大物从身边一掠而过。莫非是浑身裹着毛皮的加夫里尔？

塔涅尔的心脏跳到了嗓子眼。不，不是加夫里尔。是一头穴狮。

这个称呼其实并不恰当：野兽的外形不大像狮子，它的后掌有肉垫，就像猫，前掌则像鸡爪，三根巨爪形同镰刀。其头颅酷似老虎，但胸背宽厚，肩生鬃毛，这点又像狮子。这头野兽的块头之大，是塔涅尔见所未见、闻所未闻的，对比之下，法崔思特的沼地熊简直小得可怜。

野兽后腿蹬地，顺着山路冲向了波。

波的手指在空中挥舞，仿佛在弹奏看不见的大提琴。空气噼啪炸响，山腰处雷声隆隆，闪电从晴空劈下，击中了野兽的脑袋。

野兽不为所动。它向前一跃，四脚着地，以豹子的速度狂奔。它的鬃毛冒起了轻烟。

波猛地抬起一只手，又任其垂落。穴狮头顶的冰块突然掉下，犹如一场小型雪崩，砸中了这头野兽，冲击力堪比十辆马车。冰块碎裂，洒落在奔跑的野兽四周，场面犹如鲨鱼的鳍在海面上劈波斩浪。接着罡风猛吹，火焰从天而降，喷向野兽的正脸，但野兽全然不顾。

穴狮距波仅十五步之遥。波已疲惫不堪，汗水顺着额头流淌。他十指颤抖，拉扯着隐形的丝线。野兽停止了奔跑。

它放慢脚步，摇着灰白的脑袋，缓步前进。

"别傻坐着。"

塔涅尔一跃而起。加夫里尔来了——因为长时间拼命奔跑，他满面通红，一手握着长矛，形似猎杀野猪的武器。

"开枪打那个该死的东西！"

塔涅尔从肩头取下步枪、瞄准。野兽甩了甩脑袋，似乎有些晕眩，然后低低地吼了一声，两只爪子拍打着耳朵。它死命挣扎，头撞地面,仿佛脑子里塞满了蜜蜂。

塔涅尔扣动扳机。子弹击中的瞬间,野兽的脑袋向后一摆。塔涅尔目瞪口呆:子弹击中了目标,却被野兽丑陋的面部弹飞——这与面对亚多佩斯特的尊权者的情形何其相似。野兽再次发出吼叫,爪子冲塔涅尔恼怒地一划。看来怪物也有巫力,真神的巫力。

塔涅尔身下的积雪炸开了,他被抛到空中,朝着悬崖的方向。他落在雪地上滑行,找不到可供抓握之处,只能乱扒一气。什么都没有。转眼之间,他滑下悬崖——

——却踩中坚实的地面。悬崖下突然现出一块凸起的岩石,薄薄的,约有一人宽,刚才还不在那里。塔涅尔手脚并用地向上爬。有人从上面拉他。

"来。"达登说。来自德利弗的老守山人一手握着和加夫里尔一样的长矛,一手拽起塔涅尔。卡-珀儿也在,使出了吃奶的力气。她圆睁眼睛,瞪了塔涅尔一眼,然后匆匆追上同伴。

塔涅尔四处寻找他的步枪。枪落在地上,距离太远。他还有时间装填弹药吗?他看了一眼波的方向,答案是否定的。

波退进了洞穴,背靠岩壁。穴狮直立起来,猛扑过去。野兽的爪子不断向前划动,仿佛正逆流而上,每一步都是煎熬。但它占据了上风。

加夫里尔最先冲到野兽跟前,挥矛就刺,将其插进野兽柔软的侧腹。野兽哀号一声,掉头面对他。他及时躲开了呼啸而来的利爪,翻身滚回山路。达登从加夫里尔身上跃过,长矛在手,毫不迟疑地刺向穴狮——

达登爆炸了。他忽然消失不见,血肉和内脏洒了一地。穴狮耀武扬威地咆哮起来。达登的鲜血也溅在塔涅尔身上,他来不及思考,两把手枪同时开火射击。

火药魔法师可以让子弹多飞一会儿,以增加射击距离,这只需精

火药魔法师

神集中,外加少量额外的火药;火药魔法师还可引燃火药,转化为能量,优秀的缚印者能将之施加于子弹上,使其具有洞穿铁石的冲击力和爆发力。

塔涅尔引燃了整个火药筒,为子弹施加强大的推动力。

子弹射透了穴狮。它哀号着,碧绿的鲜血飞溅在冰雪覆盖的山路上。野兽放弃了波,转身面对塔涅尔,犹如受伤的战马悲鸣不已。它扬起爪子,塔涅尔感到了巫力迫近的高热。

狭窄的山路上,卡-珀儿挤到塔涅尔前面,挡在他和野兽之间。

"见鬼!棍儿,不要!"

卡-珀儿挑衅地举起双手。她手里有什么东西——一个人偶,巴掌大小、赤身裸体的蜡制人偶。这人偶的雕工精美绝伦,局部细节和真人——准确地说是女人——一般无二,尤其是脸。

那是朱利恩的脸。

卡-珀儿用一根长针刺进人偶。穴狮再次厉声哀号,爪子按住侧腹。她又针刺人偶的脑袋,针尖肆意搅动。野兽颤抖着、咆哮着,抓挠耳朵和脸部,长长的血痕触目惊心。卡-珀儿弯下腰,深吸一口气,吹向人偶。

穴狮突然着火了。波重新发起攻击,双手飞舞,冰霜长矛从洞里飞出,在野兽身上撞得粉碎。塔涅尔颤颤巍巍地装填起一把手枪,他仍有少量火药包,但火药筒彻底空了。面对这头猛兽,他能怎么办?野兽受制于波和卡-珀儿的巫术,但依然没死。他们还能坚持多久?

塔涅尔飞快地转过身。"加夫里尔,你的火药筒,快!"

加夫里尔站在山路的不远处,迎上塔涅尔的目光,把火药筒扔了过来。

塔涅尔接住火药筒,掂了掂。几乎是满的,很好。他又转回身。波看样子已力不从心,卡-珀儿扭动着燃烧的人偶,长针和指甲轮番上阵,一脸歇斯底里的狂喜。

"趴下!"塔涅尔大喊,同时扔出火药筒。他一把抓住卡-珀儿的肩膀,将她推到一边。火药筒落在穴狮和崖壁之间,塔涅尔毫不犹豫地将其引燃。

　　他的意志力扭转了爆炸的方式,并以缚印者的巫力加以引导,使其能量达到最大程度的释放。穴狮被炸到了空中,二十步高、三十步高、五十步高……然后开始坠落,画出一道弧线。塔涅尔目送它张牙舞爪、疯狂咆哮着坠落,随后咆哮声变成尖叫,穴狮也化为一个女人的形象。她在底下的崖壁上弹了一下,继续坠落,最后消失在缭绕的云雾中。

第 18 章

塔玛斯就着一盏街灯查看地址,那是他几个钟头前草草写在一张白纸上的。"一百七十八号。"他喃喃自语,眯眼瞧看门牌号。奥莱姆跟在几步开外,手枪藏在风衣里,时刻保持警惕。

劳茨属于城里的富人区,当地的银行和历史悠久的商会仍在营业。地震对这一带影响不大,保王派的叛乱更是不曾波及,街巷上排列着干净整齐的小型住宅,居民多为生意人、银行办事员和业务员。街灯明亮,每条街道都有警察巡逻,塔玛斯不禁怀疑自己来错了地方。

真不是杀人的好地方,他心想,但很快改变了想法——前头的街道一团漆黑,走近后发现好几盏街灯熄灭了,也可能是被人故意扑灭的。他顺着门牌号数了数,心里便有了底,于是离开道路,直奔目标,在前门上轻叩了三下。屋里不见灯光,也没有任何活动迹象,从外面看已遭废弃。

前门打开一条缝,他和奥莱姆立刻钻了进去。奥莱姆在客厅候着,塔玛斯被人拽住胳膊,领进过道,来到了里屋。一根火柴燃烧起来,蜡烛被点亮。

烛光上方是一张塔玛斯熟悉的面孔。

"很高兴见到你,塔玛斯。"萨伯恩说。

"彼此彼此。希望我没来晚。"

"理发师们还没来。"

"很好。我想亲眼看看他们的手法。"塔玛斯的眼睛适应了光线，他环顾四周。他们身处一间狭小的厨房，地板和橱柜可以证明这一点。有人坐在角落的一张案台上，嘴里叼着一根烟斗，但并未点火。那人个头不高，中等身材，体态端正，蓄有浓密的黑胡子，在幽暗的烛光之中难以看清容貌。他咬着烟斗观察塔玛斯。

"你就是中间人？"塔玛斯问。

"指头。"对方答道。

"不是你的真名吧？"塔玛斯说着扬起眉毛。

"化名，"他说，"安全起见。"那人专注地打量塔玛斯，眼珠子缓缓地上下转动——评判和权衡。塔玛斯感到对方并非等闲之辈。

"你有天赋。"塔玛斯说。

指头整理着身上的黑色长外套，掸了掸前襟。"啊，是的，"他说，"很多密探都有。如果拥有别人摸不清道不明的能力，办起事来就容易多了。"

"对我来说，整合情报网络也困难多了，自从我歼灭王党，曼豪奇的所有耳目都转到了地下。"

"那是为了保命，消失也在情理之中。"指头的目光在萨伯恩和塔玛斯之间来回跳跃。很明显，他不喜欢和两个火药魔法师同处一室。

"而你现身了。"塔玛斯说。

"我要养家糊口。"他顿了顿，又说，"我的天赋很不起眼。我可以不用工具开锁，从外面直接打开插销。"

塔玛斯听学者们说过这种事，他们称之为"初级心灵遥感"。"对我不构成威胁的天赋。"塔玛斯说，"好了，我懂你的意思，但我对王党之外的人没有意见——除非他们对我有意见。我需要曼豪奇的密探，请你转告他们，我们愿意付曼豪奇两倍的价钱。"

指头取出烟斗，捂嘴咳嗽。

火药魔法师

"你在笑话我吗?"塔玛斯说。他瞟了一眼萨伯恩,德利弗人耸耸肩。

"有什么好笑的?"塔玛斯又问。

"多给钱的事儿,"指头说,"真不是这种玩法。"

塔玛斯眯起眼睛。"那是怎么玩的呢?"

"密探不是士兵,陆军元帅,士兵讲究忠诚,这没错,但说到头,士兵为的是吃饱肚子以及按月领饷。密探们干这一行,则是因为他们喜欢这么玩。他们要么热爱国家,要么喜欢国王。"

"你的意思是,我用不了曼豪奇的情报网络?"

指头手里的烟斗杆冲着塔玛斯。"也不尽然,陆军元帅。我们当中有一部分人的确忠于曼豪奇,而他们已经离开了这个国家,或者反戈为凯兹效力。其他人热爱亚卓,也愿意回归。现在看来,多半我活得越长——不管我的天赋到底构不构成威胁——抛头露面的密探就会越多。"

塔玛斯揉揉眼睛。等他们抛头露面,他就要担心他们是不是双重间谍,又有哪些人值得信任了。真麻烦啊。"我记得你刚才说,你这样做是为了养家糊口。"塔玛斯说。

指头点点头。"是啊,怎么说呢,我可能撒了谎。"

萨伯恩窃笑不已。塔玛斯瞪了他一眼。密探。他们全都烂在深渊里好了。遗憾的是,他需要他们。

"理发师们到了吗?"塔玛斯问。

"我不知道。"指头说。

塔玛斯冲前门的方向伸出大拇指。"去瞧瞧。"

"自然有人通知我们。"

"快去。"

密探匆匆离开房间,塔玛斯来到案台前,坐了上去。他揉搓着胸前缝合的伤口,强忍扒开它们的冲动。

"我要听听建议。"塔玛斯说。

"那是当然。没有我在身边,你和刚出生的婴儿没两样。"

沉默滋长,两人半晌无言。从萨伯恩的眼睛里,塔玛斯看得出他想说什么:如果当时我在场,守护者就不可能杀你个措手不及。

"米哈利,"塔玛斯说,"那个疯子大厨。"

"那种事值得你上心吗?"

"他为全军将士做饭,士气前所未有的高涨,这多半要归功于他。"

"你对他还有什么了解?"

"他是从哈森堡精神病院逃出来的。"他说。

"啊。一个疯子。"

"精神病院的确这么认为。他们派了人来,要他回去,而他说自己之所以被送进去,是因为亲戚和竞争对手嫉妒他。"

"妄想狂?"

塔玛斯耸耸肩。"有可能。"

"送他回去。"萨伯恩说,"他厨艺高超,可也不值得为此跟精神病院的资助人作对。你知道资助人是何许人也?"

"一个叫克莱蒙特的人。"

萨伯恩沉默了片刻。"布鲁达尼亚-哥拉贸易公司的新头头。"

"是的。"

"那不就结了?我们不能得罪硝石的供应商。"

"我不知道。"塔玛斯说。

"你相信报纸上的胡话?"萨伯恩嗤之以鼻,"你相信米哈利是亚多姆转世?要我说,这就是他疯了的证据,没几个受过教育的人相信这种事。"

"你没见过他。"

萨伯恩摸了摸光滑的脑袋。"你相信他?"

"别用这种眼神看我。当然不。但那家伙不是坏人。"

"你为什么留着他?"

"巫力。"塔玛斯说。

"他是尊权者?"

"他有天赋,"塔玛斯说,"和食物相关。他可以凭空造出食物。"

萨伯恩说:"听起来不怎么样。"

"你听过有谁可以无中生有吗?即便是赋能者?"

"啊,"萨伯恩咕哝道,"能做到的肯定是世上最富有的人。"

"如有必要,我们可以利用他喂饱整个亚卓,发生饥荒也饿不死人。战争拖得越久,我们就越需要他。"

"他用的是障眼法吗?"

塔玛斯说:"应该不是,奥莱姆和我看得很仔细。他从钩子上取下一口空锅,放到火炉上,等我再看,里面已经盛满了炖菜,煮得汤水沸腾。他把十块面团放进烤炉,结果收获了一百个面包。"

萨伯恩皱起眉头。"依然有可能是巫术或戏法。他没准是强大的尊权者,故意隐藏实力。很难说清尊权者有些什么能耐,即使王党也没有掌握操纵灵光的所有秘密。"

"是的,这点我也想到了。无论如何,消息已经传开,我担心形成个人崇拜,尤其在我的军队里。奥莱姆说,他在第七旅受到前所未有的欢迎,他们为他做的饭菜着迷。"

"你打算怎么办?"

"我不能直接解雇他,把他送回精神病院,"塔玛斯说,"尤其在我见识过他的能耐之后。他至少是个强大的赋能者——也许能力有些奇特——我们这边需要他。原因我刚才说了,战争期间食物的价值无可估量。"

有人推开门,打断了他们的谈话。是指头。

"准备好了,"密探说,"随我来。"

他们跟着指头摸黑爬上二楼,进了一间临街的小屋,街上的情况尽收眼底。窗帘拉开了,但房里没有点灯,以免被不怀好意的眼睛窥探。指头把他们带到距窗户一步远的两把椅子前,他们坐了下来。

"就是他?"塔玛斯点头示意街对面的屋子轻声问道,随后意识到其他人根本看不见自己做动作。

"正是,"指头回答,"一个为凯兹效力的老牌密探。他在艾德海上经营一家小型航运公司。那个企图刺杀你的守护者,就是藏在此人的货船里蒙混进来的。"

"你确定他牵涉其中?"

"他藏得很深。他是劳茨区这边的银行家,在市议会广交朋友。他在市政厅也发表过多次讲话,宣称火药魔法师会害死大家,我们应该推翻你的执政议会,向凯兹投降。"

"胆子好大啊。"塔玛斯说。

指头应道:"是的,要我说,胆子大得不像密探,好在我们从他十五年前移民到国内时就盯着他了。毫无疑问是他偷偷带来了守护者。"

"有件事我要说清楚。"塔玛斯压低声音,几近耳语,"我不希望对亚卓民众进行大规模清洗,我要的不是警察国家。我们只需铲除凯兹的间谍,所以对持不同政见者,除非你能证明他确实是间谍,否则交给地方官监管就好。我没有做好内外同时开战的准备。"

半晌无人接茬。"懂了。"

"很好。一切都安排妥当了吗?"塔玛斯问,"和理发师合作的事情?我承认,我对雇佣他们持保留意见。"

"他们简直神了,"指头说,"前所未见,连我们自己的人也做不到。我们以前竟没雇佣过他们,真是怪事。"

"有那么好?"萨伯恩问。

"好极了。"指头说,"他们杀人时悄无声息,事后收拾得干干净

火药魔法师

净,一滴血都没留下,完全找不见尸体。无可挑剔。"

塔玛斯想起街垒里的情景,贵族和保王派首领的尸体躺在血淋淋的床上,喉咙被割开。"这么说他们有所克制?"

指头低低地笑了一声。"是的,如果他们希望尸体被人发现,那么现场就会一片脏乱。这种办事风格维护了他们的名声,也避免了那些更大的帮派找他们麻烦。但我们要求他们干得神不知鬼不觉,该死的,他们竟真的做到了。"他的语气夹杂着一丝困惑,塔玛斯察觉到了。

"有问题吗?"塔玛斯说。

"有时候毫无痕迹比留下尸体更糟糕。整栋宅子连一本书都没丢,一大家子昨天还好好的,次日就无影无踪,这必然导致流言四起,而且属于流言中糟糕透顶的,各种神神鬼鬼。"

塔玛斯想到了在远方冒着黑烟的南派克山,想到了埃达迈对克雷西米尔之誓言的解释,还有米哈利不明不白的警告。全是胡扯。老百姓什么都信。"我不希望这种流言传扬开来。你看能不能处理得自然些。"

"我们尽力而为。"

塔玛斯看见街上有道黑影。他拍了拍萨伯恩,指明方向。黑影越聚越多。

"我一会儿就回来。"指头不声不响地离开房间,很快与街上的黑影碰头。塔玛斯原以为系着围裙的理发师很容易辨认。他不禁摇了摇头。

"我想我以后要自己剃须了。"他轻声说。

"我也一样。"萨伯恩说。

"当地的警察呢?"塔玛斯问。

"他们得到通知,今晚不在。他们不会管我们,因为他们知道明早的麻烦事又少了一桩。"

塔玛斯睁开第三只眼。在他眼中,指头化作一团微弱的彩光,即使隔着墙壁也依然醒目。他的目光追随着指头,进了街对面那栋宅子的大门,然后爬上楼梯,前往卧室所在的二楼。

"等等,"塔玛斯说,"那个间谍,他们去对付的家伙,那是个巫师。他比赋能者强大。他是尊权者。"

萨伯恩沉默了片刻。"该死的。好吧,看着窗户。"他离开椅子,摸索了一会儿,然后往塔玛斯手里塞了一把步枪。

塔玛斯凭感觉摆弄步枪。"装上弹药了?"

"是的,"萨伯恩说。

"开枪的动静太大。"塔玛斯说,"不能让住在附近的人对即将发生的事情有任何疑问。"

"只是以防万一。"萨伯恩说。

塔玛斯端着步枪瞄准,观察对面卧室的窗户。他看见属于凯兹尊权者的光团卧在床上,感觉到指头站在卧室门口。他仿佛瞥见黑暗中人影幢幢。

窗户里掠过一道巫术的光芒,塔玛斯下意识地低头。闪光之后传来一声几不可闻的闷响,然后安静下来。塔玛斯端起步枪抬头张望,视野里的光团是赋能者和尊权者:指头趴在楼梯间,凯兹尊权者则跪在卧室地板上。塔玛斯只能猜测有一把剃刀抵着他的喉咙——不然他应该继续施放巫术。指头慢慢地爬起来,进了卧室。塔玛斯放下步枪。

过了一会儿,几道黑影从房子里出来了:理发师们及其俘虏。他们过街时,塔玛斯听见楼下传来开门的声音。萨伯恩前去查看,他则坐在椅子上没动,观察着街上的动静,看看有没有爱管闲事的邻居或好奇心太盛的路人。没有一点动静。

指头很快回来了。他举着一支蜡烛,满脸不悦。"你没提醒我们那家伙是尊权者。"

火药魔法师

"你自己就能看到,"塔玛斯说,"若你真是赋能者,你也有第三只眼。粗心会要命。"

"我不能睁开,"指头嘟囔道,"否则会害我拉一周肚子。"

"尊权者会害你掉脑袋。"塔玛斯说。

指头哼了一声。"全是吓唬人的。声和光的把戏,没一样是真的,虽然我当时真以为骨肉快要分离了。"

"恐惧使人诚实。"塔玛斯放下步枪,将其靠在墙边,"你把那家伙的妻子也带走了,"

"闪光惊醒了她,他肯定对那间房施加了守护咒,理发师一到床边就醒了。"他直摇头,"我见过那些理发师杀死抱着老婆的熟睡男人,等他们搬走尸体,老婆还睡得正香。要不是因为守护咒,事情会更顺利。"

塔玛斯发现指头忐忑不安,正担心元帅对他不满意。"你干得好,"塔玛斯说,"审讯完告诉我结果。"

"你不来吗?"指头吃了一惊。

"不管你听说过什么,我没兴趣折磨尊权者。"塔玛斯道。

指头吸了吸鼻子,似乎有些失望。"我觉得他不会说什么。他看样子不容易对付。"

"告诉他,五分钟不开口就剁一只手。十分钟后剁另一只。"

指头瞪大眼睛。"这也……"

塔玛斯微微一笑。"好吧,这么说我对折磨巫师也许有点兴趣。我知道怎么对付他们。"

指头离开房间。塔玛斯等着惨叫声传来,然而什么声音都没听见。无论他们在哪里审问,隔音做得很好。一分钟后,萨伯恩上来了。

"指头的脸色不大好。"他说。

"我告诉他,如有必要就剁了尊权者的手。"

萨伯恩冷哼一声。"这个先例开得很危险，我们以后在亚卓都要照此处理王党之外的尊权者吗？"

"该死，当然不是。"塔玛斯说，"那个混蛋是凯兹间谍，再者，今天时间上我们耗不起。"

指头不久就回来了。烛光中，他面色苍白，双手微微颤抖。"他已经交代了三个名字。"

塔玛斯心头掠过一丝恐慌。"有我议会的人吗？"

"没有。他说自己从未和地位更高的人直接打过交道，只通过密信及中间人进行联系。他交代了老婆的名字。"指头顿了顿，"人要是被逼急了，元帅阁下，连亲妈都会交代，所以我们在上刑时才往往有所保留。为了结束痛苦，他们什么都说。"

"这纯粹是心理作用。"塔玛斯说，"你没有真的剁掉他的手吧？"他掩饰着失望之情，因为没能找到线索指向议会里的叛徒。

"没有……"

"审他妻子，看看她知道什么。等你们完事了，把他俩交给我的人，由他们负责处决。他有孩子吗？"

"一个，"指头说，"在诺威的一家女子寄宿学校。"

"中立国，"塔玛斯若有所思，"他们为防止意外还做了准备。带信给她的校长，让她无限期滞留在学校里。"

指头虚弱地点点头。

"关于敌国间谍的情况我们知道些什么？"塔玛斯问，"所有暗中植入的耳目，类似手头这个，你觉得总共有多少？"

指头使劲地咬着烟斗。"你听了不会高兴。"

"我不需要高兴，"塔玛斯说，"我需要知道。"

"数百个。"指头说，"我们的第一手信息就有几十个名字——而且都是正经名字，不是用刑时喊出来的，他们的凯兹间谍身份已经核实。另外还有几百个名字有待确认。凯兹早在这里扎根了，他们策划

火药魔法师

了几十年。"

塔玛斯闭上眼睛,他不想听到这个事实。他的军队里可能有间谍,城市和乡村里也有,亚多佩斯特的万千广厦都可能有。他已经知道某个议会成员背叛了他,还有其他的议会成员牵涉其中吗?"干得好,指头。"塔玛斯平静地说。密探一直盯着塔玛斯,等了一会儿才离开。

"看来我得把雇理发师的费用翻番,"塔玛斯说,"我出钱,他们出人。"

萨伯恩说:"过度依赖他们是很危险的。"

"我必须冒这个险,那些间谍有可能让我们的心血付诸东流。我们要将巡逻队翻倍,并赋予地方警察更多权力。克雷西米尔啊,建立新政府的规划估计得推迟了。"

"我们早就知道这条路曲折难行。别忘记人民的福祉就好。"

"当然不会。训练进展如何?"他问萨伯恩,"行行好,说点好消息。"

萨伯恩露出疲惫的笑容。"比我预想的好。安德里亚有点神经质,但年轻的新兵喜欢他,而事实证明瓦达斯拉弗有教学的天赋。我们向那些拥有少量天赋的人示范了如何寻找和招募火药魔法师,然后把他们派了出去。候选人的数量已经超出我的预计。"

"多少?"

"目前为止,十三人有像样的天赋,其中两人与我能力相当。遗憾的是,没有人达到你或者塔涅尔的水平。"

"十三人?"塔玛斯说,"你开玩笑吧。我花了多少年才召集到如今的火药党。"

"要不是亲眼所见,我也不会相信。"萨伯恩说,"别忘了,不到一百五十年前,亚卓还存在灭绝火药魔法师的极端行为。所有人,无论男女老幼,一旦发现谁对火药有反应,便将其处决,乃至直到如今，疑似有能力的人都不敢声张。我们想做的，乃是建立一种模式，方便寻找火药魔法师。"

"你是说像发掘尊权者一样？"

萨伯恩点点头。"王党在招兵买马方面使用的巫术更有效，他们的人数也更多。不过我相信我们能弄出一些头绪。"

塔玛斯拍拍他的肩膀。"太棒了，我的朋友，有消息及时通知我。我知道你不大情愿接受这个任务。"

"有件事我要问你。"萨伯恩犹犹豫豫地说。

"什么？"

萨伯恩放慢语速，小心翼翼地挑选着字眼："直到不久前，塔涅尔和维罗拉还准备结婚来着。我要问你，你撮合他们是不是别有用心？"

"你想说什么？"塔玛斯反问，其实他很清楚萨伯恩的言外之意。

"你撮合他们是为了让他们生下火药魔法师吗？"

塔玛斯琢磨着如何回答。他们当然是天造地设的一对，而他怂恿两人结为夫妻，也不是完全没有为将来打算。"确实想过。"

"即使王党也不采用这种手段繁育后代。"萨伯恩明显不赞成塔玛斯的做法。

"是吗？你以为国王为所有男性巫师提供那么多妻妾是为什么？君臣之爱？不，萨伯恩，他们就是为了诞下尊权者。很多人不知道，光执事一人就生了一千多个孩子。"

"其中有尊权者吗？"

"只有一个，"塔玛斯说，"一个年轻的王党成员。他并不知道自己的亲生父亲是谁。"

萨伯恩目瞪口呆。"其余的孩子呢？"

"劳动营、孤儿院和守山人，"塔玛斯耸耸肩，"甚至有些在襁褓之中就被杀了。王党向来心狠手辣。我绝不允许火药党变成这般模样,但反过来说,我也想要他们生下缚印者。根据我的研究,火药魔法师的遗传成功率远高于尊权者。"

"你研究这事有多久了?"萨伯恩问。

"那时候我们还不认识。"

萨伯恩注视着他深色的眸子。"艾瑞卡是火药魔法师。"

塔玛斯差点暴吼出声。但对萨伯恩而言,作此假设合情合理。"想都别这么想,"塔玛斯说,尽管他强压愤怒,语气依然火气十足,"我爱我妻子。我愿意付出一切换回她的生命。"他声音沙哑,只得清了清嗓子。"塔涅尔不是实验品。"

"很好。"萨伯恩似乎对这个回答感到满意。他顿了顿又道,"你那天险些遇刺,不妨考虑召回我。"

塔玛斯摇摇头。"很遗憾,我需要你教导新来的火药魔法师。我可以照顾好自己。"

这下,元帅觉得自己听见了萨伯恩咬牙切齿的声音。"你真是冥顽不灵,迟早害死自己,"萨伯恩说,"下次他们再派刺客来,就不止一个守护者了。"

"有可能,但不是现在。我要去睡一会儿。你回学校之前,传话下去,砍掉那个间谍的头和手,连同寡妇一起送回凯兹。我要让伊匹利知道,除非他召回间谍,否则从现在开始,那些家伙将陆陆续续被装在盒子里回国。"

第 19 章

他们尽可能地收集达登的残骸，埋在一小堆石头和冰雪之下。加夫里尔告诉他们，山路沿途埋了不少人——没能坚持到登顶的朝圣者，没能挺过寒冷的冬天、或者疾病的折磨、或者命丧山中猛兽之口的修士。他说达登绝不会孤单。

塔涅尔捏着一截炭笔，在素描本里画下达登的面容。他的容貌已在记忆中慢慢淡去，塔涅尔认识他的时间毕竟不长。他闭上眼，极力回忆。

朱利恩——塔涅尔知道野兽即是她的化身——惨叫着从岩壁上跌落的画面，整夜都在塔涅尔脑海里盘旋。他失眠了，每次睡意来袭，眼前就浮现出朱利恩的尸体，或者那头穴狮，愤怒地张牙舞爪，肆意地嘲弄他。他当时怎么没看出来呢？她的怒火，她的鲁莽，至少他也该留意朱利恩当面一套背后一套的习性。最后他坐在洞口，望着头顶的天空露出鱼肚白，在山的另一边，太阳已经升起。

他公然违抗了命令，塔玛斯将采取什么措施？说到底，这样做又有什么好处呢？塔玛斯另派火药魔法师过来就是了。也许他会亲自来处理，然后把塔涅尔送上军事法庭。

元帅会处决他吗？塔涅尔认为，即使塔玛斯这种人，也不大可能处决亲生儿子。至少他希望不会。

现在该如何对塔玛斯解释？等别的火药魔法师来追杀他们时，他们怎么办？塔涅尔抬脚把一块冰踢下悬崖。到时候再说吧。

火药魔法师

他听见冰雪嘎吱作响，波来了。塔涅尔久久地端详着老朋友，看样子波长时间夜不能寐，两眼通红，脸晒得很黑，好像一直在出汗，坐在塔涅尔身边不时紧张地拨弄衣领。

塔涅尔继续描摹达登的肖像，波望着星光渐渐暗淡，直到早晨觅食的鸟儿传来第一声鸣啭。

"你画得越来越好了，"波说，"很像他。"

"很高兴听到你这么说，"塔涅尔说，"画他不太容易。"他把一截炭笔放进袋子里，合上素描本。

"派你来杀我，塔玛斯对我真是恨之入骨了。"波语调轻快，嗓音沉稳。毫无疑问，女人们对此相当受用。"别误会，"他又说，"我很高兴他派你来，如果换成别人，当时就开枪了。话说回来，你可以挑个更好的时机。"

"你在等我。"塔涅尔说。他一点儿也不吃惊。波仿佛无所不知，哪怕是不该知道的事。塔涅尔冲着手掌呵气取暖。

"来的居然是火药魔法师，"波说，"说实话，我原以为会是朱利恩。我准备对付的是她。"他指着蜿蜒于崖边、通向修道院的山路。"自从那个侦探找到我之后，我守卫这条山路已有两周。他送来口信，说她将召唤克雷西米尔。"他又开始拨弄衣领，指头贴着边缘滑过。

"'她'？"

"朱利恩。普瑞德伊婊子。"

"普瑞德伊。"塔涅尔说，"我在亚多佩斯特追捕的尊权者也自称是个普瑞德伊。"

波使劲吞了吞口水。"两个？真该死。"

"普瑞德伊是什么？"塔涅尔问。

"你不知道？"

"我要是知道还会问吗？"

波眉头一皱。"加入王党可以知道不少事，只有学者记得的事，那些秘密至少有一千年之久了。我，呃……你说塔玛斯杀光了王党，对吧？"

"是的。"

波抬头望着逐渐隐去的星辰。"那么即使我泄漏了秘密，也不会有人找我麻烦。"他深吸一口气，"克雷西米尔并非自行降临人间的。"

塔涅尔疑惑地看着老朋友。"我从小就不参加布道会，如今也只有农民才听那玩意儿。"

"农民可没你想的那么傻，"波说，"一切迷信都有事实作为基础。"

"你相信那些说法？"塔涅尔扬起脸盯着波。

波吸了口气。"相信从未见过和经历过的事情，与接受无可辩驳的事实，两者之间有天壤之别。"

"你是说你见过克雷西米尔？"

"不，我没见过……"波叹息道，"闭上嘴，听我说。在王党内部，通过巫师的心灵，有些事情历经千年得以流传下来。"

塔涅尔嗤之以鼻。"克雷西米尔。好吧，就算他真的存在，那也过了几千年。"

"噢，克雷西米尔真的存在，无论你称其为真神，抑或强大的巫师。关于那个时代的历史记载都承认他的存在，时间则大约在一千四百年前。当然，确切的时间线在荒冷时期遗失了。"波说，"他是应召而来的，甚至可能是在普瑞德伊的胁迫下来到这个世界。有人认为他屈服于普瑞德伊的意志。"

"无论他是神还是巫师，他们怎么可能强迫他来呢？"

波拉扯着衣领。"普瑞德伊是尊权者的前辈，力量极其强大，现在的尊权者与之相比就像玩火的小孩。他们是克雷西米尔时代之前的统治者，他们希望继续扩张权势，便从——"他打了个不明所以的手势，耸耸肩，"召唤了克雷西米尔，并命令他利用其力量为九国带来秩序。"

"那么圣徒们呢？"塔涅尔说。

波摇摇头。"他们不一样，但你思考的方向不错。圣徒——亚多姆、诺威等——来得迟些，当时克雷西米尔已不能胜任，需要召唤兄弟姐妹前来帮助。他们共享他的力量和智慧，而他离开时，他们也一起离开。"

"普瑞德伊留下来了？"塔涅尔问，"他们活了几千年？"

"可能更久远。"波说着再次耸肩，"他们找到了长生不老、百病不侵的办法，那甚至在召唤克雷西米尔之前，那时的巫术更强大。我不清楚现在谁有力量杀死普瑞德伊。"

塔涅尔吞了吞口水。他望向悬崖外，目光投进盘旋的云雾和虚无的深渊。"你说她没死？"

波脸色阴沉。"我不知道。也许没死，但我还是保持乐观吧。不管怎样，我们必须查个清楚，如果她活下来，亚卓将面临巨大的危险。"

"怎么说？"

"她想要消灭我们的军队、巫师和火药魔法师。随着王党覆亡，她已成功了一半。如果她召唤克雷西米尔回来，他将为她完成剩下的工作，亚卓必然毁在她的手里。克雷西米尔明确地表示过，他无意长久统治九国，如果朱利恩向他证明，国王及其王党也无法统治，她认为克雷西米尔会将统治权交给她。为了统治九国，她蛰伏已久。"

塔涅尔付之一笑。"克雷西米尔。谁会有这种想法？克雷西米尔早就不在了。"

"朱利恩不这么认为。凯兹的贵族不这么认为。克雷西姆教会的某些派系也不这么认为。"

"她为何要召来神？听起来她自己就近似于神了。"这解释了亚多佩斯特大学里的那场战斗——罗扎利娅和朱利恩简直法力无边,而朱利恩竟在罗扎利娅的攻击中得以存活。"

"权力。朱利恩只关心这个,高于众生的权力。历史书提到荒冷时期,关于克雷西米尔的知识都在那时遗失殆尽,只有王党记得那时发生了什么——那是一场普瑞德伊与九国新任的国王及其王党之间的战争。朱利恩骄傲地宣称,是她本人引燃了战火。数百万人死去,最后,普瑞德伊因寡不敌众而战败。有些死了,有些逃了,还有些躲了起来。朱利恩就是幸存者之一。"

"你好像对她很了解。"

"我们……曾经……在一起。"波愁眉苦脸地说。

塔涅尔忍不住干笑一声。

"我并不引以为荣。"波说。

"九国啊,你到底看上她哪点?"

波吸吸鼻子。"她的床上功夫太棒了。"

"她——照你所说——比你年长五十倍!"

"所以她经验丰富。"波检查着手指甲,"一旦涉及感情,她就失去了敏锐的判断力。她对我有感觉,告诉了我一些不该说的事情。"

"现在她却要杀死你?为什么?"

波把一块石头扔下悬崖,目送它消失不见。"你说她受塔玛斯雇佣?"

"她是个雇佣兵,受雇追杀尊权者。"

"多半她发现了不容错过的机会。她不喜欢另一个普瑞德伊,而你也看到她对我下手有多狠了,或许是由爱生恨吧。我几乎没能拖慢她的速度,可我在山路上所设的巫术陷阱足以干掉一支军队。"他不满地看了塔涅尔一眼,"其中一半被你触发了,真见鬼。"

塔涅尔皱起眉头。

"你不知道?"波按摩着太阳穴,"老天啊,我还要向你解释多少

火药魔法师

事情啊？堆在你身上的保护巫术比什么都厚，即使最强大的尊权者，也不可能在一个人身上实施这种程度的保护，因为人体太复杂了。我在山上施放的咒语连真神也要避让三分——至少我是这么认为的——结果你浑然不知地过来了。我从未见过这种巫术。的确，冲缚印者身上施术通常效能要弱一些，而有些极为强大的缚印者，比如塔玛斯，可以彻底解除陷阱，但那需要时间和经验。"

"所以你冲我大喊，要我停下脚步。"

"是的。"

"好吧……"塔涅尔掸掉外套上的雪花。他不知道的事情太多了，波似乎有很多问题的答案，但也不能一次解释清楚。在战争和政变的表象之下，亚卓暗流汹涌，谁也不知道有什么事正在发生，他一想就头疼。"到底是谁在我身上施咒的？我都不知……啊。"是她。

波望向洞穴，卡-珀儿睡在里面。"跟我讲讲这个蛮子丫头。"他说。

卡-珀儿缩在铺盖卷里，只露出几绺红发。随着她的呼吸，铺盖卷有节奏地上下起伏。

"她是底奈兹人，"塔涅尔说，"但家乡不在底奈兹帝国，而在法崔思特荒原。"

"你是怎么遇到她的？"

"法崔思特宣布从凯兹独立时，我参加了战争。参战期间，我在她的村子里待了差不多十三个月，她的部落与法崔思特人联盟，而我以那里为据点，跑遍了法崔思特南部，带队突袭凯兹的营地，杀死尊权者和军官，甚至杀了两个守护者。她的村子位于沼泽深处，除非当地人带路，否则很难找到，那地方非常适合藏身。

"另一个部落也生活在沼泽里。他们在整场战争中保持中立，却在我快要离开那里时被凯兹人收买。他们袭击卡-珀儿的村子，她的族人奋力击退了对方，但有二三十个孩子被抓。

"村里人希望法崔思特人帮忙救回孩子,然而法崔思特人因兵力太分散拒绝了他们。我的队伍也奉命离开,我则留了下来,和当地人一起去救孩子。最后我发现,他们大多已经遇害。"

塔涅尔只觉口干舌燥,事到如今,回忆仍不肯放过他。几十个孩子被钉上带刺的十字架,被挂在枝丫扭曲、生满青苔的沼泽树上腐烂,那一幕令他难以忘怀。

"为什么?"波问。

塔涅尔冷哼一声。"他们想向凯兹展示野蛮人的能耐。凯兹为此提供了成桶的威士忌,外加香料、步枪和马匹,一心只想打垮我的队伍,因为那一年我为凯兹人带去了不少惨痛的教训。"

"你在那个村子里做了什么?"

塔涅尔将一块石头扔下悬崖。"主持正义。"他说,"我不骄傲,但也不后悔。"

塔涅尔望着悬崖深处,云雾随着无形的气流聚散翻滚。他忽然感到浑身发冷,双臂抱紧了膝盖。屠杀的记忆汹涌而至,长久以来他都将其深藏在心底、不肯触及。也许有些事情他确实应该后悔。

他摇头驱散思绪。"说起来,"他说,"棍儿比其他孩子大不少,但还是被他们抓走了。也许因为她是'骨眼'。我当时不明白那有什么特别之处,现在同样不明白。昨天还是我第一次看见她使用追踪之外的能力,尽管我早就知道她和尊权者有几分类似。"塔涅尔在身上和包里搜寻半天,找到一个火药包,咬开一端,品咂舌尖上的粉末,然后一次吸了半包。

波盯着他,一脸忧虑。他侧身避开火药,情不自禁地抓挠裸露在外的皮肤。

"噢,别这么看我。"塔涅尔说。

"她昨天施展的巫术,我从未见过,"波说,"我也没见过你身上的守护术。在王党看来,巫师主要分为三种:尊权者、缚印者和赋能

火药魔法师

者。我们也在五湖四海遇到过各种低级巫师,譬如女巫、萨满、术士等,但不曾见过她那么强大的力量。她有第三只眼吗?"

"有,我可以肯定,"塔涅尔说,"她能帮我追踪尊权者。"

波伸出手来,掌心贴在塔涅尔的额头上。他闭上眼,喃喃自语,突然又抽回手,抓起积雪搓手。"神啊,你浑身一股火药臭味儿,教我眼睛发肿,指间发痒。至于你的那层保护,哎呀,我实在搞不清。它完全抵挡了我的巫术陷阱,我不知道它能否抵挡子弹或刀子,也许只对巫术管用。不管怎样,你不要冒险。"

塔涅尔想起与穴狮——与朱利恩——作战时的场景。他差点滑下山崖,活活摔死,幸而有一块岩石突起接住了他。不知道当时救他的是卡-珀儿还是波。他没有问。他不希望依赖别人的保护。况且即使不是波做的,他也可能邀功,或者反过来。波向来不按常理出牌。

"塔玛斯派我来杀你。"塔涅尔说。

"是啊。"

他们没有对望。

"我没动手。"

"是啊。"波的语气带着揶揄意味。他斜睨着塔涅尔,咧嘴一笑。

"我应该动手吗?"

波的笑容渐渐收敛。"这么说,他知道盖斯了?"

"是真的吗?"

"是的。"波咕哝道,"那是加入王党不可或缺的一部分。"他轻轻地摸了摸领口。"我终有一天要为国王报仇。我不得不杀死塔玛斯。"他从衬衫里拉出一个吊坠,那吊坠式样简单,绞成股的银线里镶着一块宝石。塔涅尔依稀记得在死去的凯兹尊权者身上见过类似的东西,而野蛮人都不愿意将其顺走。

"这……就是吗?"塔涅尔问。

"恶魔之石,"波说,"极其黑暗的东西,你还是不知道为好。盖斯对国王的保护——或者为国王复仇的意志——维系于它。我无时无刻不感到一种拉力，催促我前去亚多佩斯特。现在还不算很强烈，但随着时间推移，它会变得越来越强。我不确定增强的速度有多快，但如果我抗拒太久，必将难逃一死。"

"获得解脱的唯一方式就是为国王报仇？"

波沉默不言。

"所以你非杀死我父亲不可。"

波捡起一块石头，扔下悬崖。他看样子不大高兴。

"我们应该找个解决问题的办法。"塔涅尔说，他希望自己的语气充满信心，"尊权者不会作茧自缚，这不过是又一个秘密罢了。也许某个普瑞德伊知道如何解决。"

塔涅尔端详着老朋友，发现昨天的战斗对他消耗极大。此刻他面容憔悴，松弛的皮肤皱巴巴的，仿佛老了四十岁。

"我们一起想办法，"塔涅尔说，"一定能让你获得解脱。我发誓。"

波疲惫地笑笑。"跟你在一起，我的眼睛每天都会发肿，你这个混账倒是乐观得很。来吧。"他站起来，伸了个懒腰，"我们得去确认一下那个贱人死了没有。"

第 20 章

　　温斯拉弗家中的会客厅宽敞无比，砖墙装饰华丽，花岗岩壁炉大得可以钻进两头公牛。管家请埃达迈就座，他礼貌地谢绝了，只是缓步转悠等待女主人。房间里挂着不少温斯拉弗夫人及其亡夫亨利·温斯拉弗的画像，其中一幅画的是夫妻俩和四个孩子。根据埃达迈的调查，这幅画作约有五年历史，在老公爵去世前不久完成的，后来四个孩子陆续被送到寄宿学校，或跟着女家庭教师生活在乡下。

　　埃达迈仔细查看地板、墙壁和房门。通过观察宅邸的维护情况，可以对亚卓贵族的财富增长或缩水有相当程度的了解。资金短缺时，维修和保养常常不够及时，家仆会被遣散，供给也捉襟见肘。

　　但这里一切整洁如新。木制家具和黄铜挂饰锃光瓦亮，地板最近才换过，砖墙不见灰尘。尽管缺少了温斯拉弗大人的亲自指挥，雇佣军依然战绩辉煌。他们在法崔思特对抗凯兹，也帮助布鲁达尼亚人抵御哥拉军队，几乎九国所有的殖民地都雇佣过他们。

　　埃达迈提醒自己，治军者并非温斯拉弗大人一人。据说温斯拉弗夫人机敏善断，不输许多将领，早在温斯拉弗大人去世前，军中各项事务便在很大程度上依赖她的建议。大人聪慧非凡，擅长待人接物；夫人则老谋深算，目光长远。

　　埃达迈听见门厅有响动，立刻转身面对房门，捋平了马甲前襟。一群人鱼贯而入：三男一女，全都身着白色制服，金色绶带斜挎于胸前，皆为亚多姆之翼的准将。他们后面跟着温斯拉弗夫人，她身着精良的紫羊毛骑马服,尽管室内温暖如春,衣领依旧紧扣,肩上还披着一条相得益彰的披巾。她的靴跟在木地板上哒哒作响。

将军们打量着埃达迈,眼神带有几分警惕。他认得其中两位,外边的大厅有他们的画像:瑞兹准将年纪偏大,甚至比塔玛斯元帅还年长,头发和制服一般雪白,双手和脸上有不少伤疤,一只眼睛戴着白色亚麻眼罩,遮盖了五年前在战场上受的伤。

阿布莱斯准将是女人,相貌特征与温斯拉弗夫人完全相反。她有齐耳的金色短发,因为常年征战哥拉,导致肤色黝黑、风霜满面。她的制服和其他人别无二致,除了胸部微微隆起。她端详埃达迈的眼神极为冷漠,他很少遇见如此冰冷的视线。

彼此间的介绍简短而匆促。两位年轻将领分别是塞巴斯蒂涅准将和巴拉特准将,与年长的同僚相比,他们尚未经受岁月的洗礼,就像两个少年换上父亲的军装玩战争游戏。他们顶多二十五岁。巴拉特准将来到埃达迈面前。

"我要看一下你的证明文件,麻烦了。"他语速极快。

面对此人的无礼举动,埃达迈眯起眼睛。"我来时向管家出示过。手续完备。"

"那也不行……"

埃达迈摸出一个信封,交给年轻的准将。他强压怒火。与很多现代军队不一样,亚多姆之翼的官职不能买卖,任何人都得一步步爬上来。年纪轻轻就当上准将,绝对不是一般人。

巴拉特准将翻了翻埃达迈的文件,然后回到年长的同僚身边,递给他们其中一张纸——那是塔玛斯的亲笔信,赋予他自由调查权。

"塔玛斯凭什么觉得有必要,"瑞兹准将缓缓说道,"威胁他的亲密合作者?"

"只是一种预防措施,"埃达迈说,"保证我的调查进展顺利,以防有人……从中作梗。"他很清楚,这种情况必然少不了。尽管塔玛

火药魔法师

斯在亲笔信中保证,任何人以任何方式妨碍调查,都将视同有罪,然而再多的亲笔信也不能阻止贵族们死守秘密。埃达迈想知道,如果他被人发现死在宅邸外的阴沟里,塔玛斯是否会将威胁转化为实际行动。

瑞兹准将把文件递给巴拉特准将,后者交还到埃达迈手里。埃达迈接过文件,一个字也没说,径直塞进口袋。他能感觉到,巴拉特回到同僚身边时情绪激动。巴拉特出身贵族,埃达迈敢打赌,这种人对下趾高气扬、对上卑躬屈膝。

"开始吧,"瑞兹准将说,"温斯拉弗夫人没什么好遮掩的。"

埃达迈的目光扫过四位准将,最后才投向温斯拉弗夫人。她端坐在会客厅的角落里,位于准将们的左后方,仿佛只愿做一个旁观者,唇枪舌剑与己无关。埃达迈向她直接发问时,她好像吃了一惊。

"您是否向凯兹透露了您与陆军元帅塔玛斯会面的地点?"他问。

"好大的胆子!"巴拉特准将拍案而起,一手摸向腰间的短剑。

埃达迈等待片刻,指望那些准将训斥年轻的同僚。他们没有。埃达迈扬起手杖,指着巴拉特的椅子说:"坐下。"

准将惊愕地盯着他,牙关紧咬,过了一会儿才坐下去。

"需要我再问一遍吗,夫人?"埃达迈说。

"我没透露。"温斯拉弗夫人说。

埃达迈勉强笑笑。"我希望能与诸位坦诚相对。"

"没这个必要。"阿布莱斯准将说。她说话像学校老师,语速飞快,发音简短。

埃达迈顿了顿。落座的准将们形似夫人前方的盾牌,不知他们是为防止夫人说傻话,还是真的在保护她。

"我是来向您提问的,夫人,"埃达迈说,"不是来看您部下的脸色。我毕竟不是您的仆人。"埃达迈忐忑不安,刚才他放任内心的恼怒脱口而出,耳边不由得响起年轻时那位老长官的叮嘱。关于如何对付贵族,老头子说得清清楚楚:不要跟他们对着干。"

温斯拉弗夫人的双眼在骑马帽底下注视着埃达迈。她眼神冰冷,双手静静地搁在膝上。然后她起身走来,坐到埃达迈对面的椅子上。

"问吧,侦探。"她说。尽管语气不乏礼貌,言辞间却依然充满优越感,鼻子也微微抬起。

埃达迈暗暗叹气。这已是目前最好的情况。"您为什么支持塔玛斯发动政变?"

"我有好些理由,"夫人说,"第一,如果曼豪奇和凯兹签订《协约》,亚多姆之翼就会被解散。"

"为什么?亚多姆之翼只是以亚卓为大本营而已,没有效忠国王的义务。"

"因为那是谈判条件之一,"她说着,凑近了些,"你知道伊匹利为何想得到亚卓吗?"

"我们自然资源丰富。"埃达迈说。

"这是其一,没错。伊匹利及其王党畏惧亚卓。在凯兹,国家依靠朝廷治理,他们不发话则什么都不会发生。亚卓不一样。尽管曼豪奇有各种缺点,却是一位开明的国君。他允许工会、火药魔法师和我的雇佣军在朝廷之外独立运作,亚卓因而强大。凯兹的王党担心火药魔法师会导致他们地位下降,他们也惧怕守山人,因为后者控制了九国腹地的主要贸易路线,他们更畏惧亚多姆之翼,因为亨利召集了最强的军事头脑和九国最勇敢的豪杰,买来——并赢得了——他们的忠诚。《协约》因此规定火药魔法师必须被遣散,守山人必须被裁减,而亚多姆之翼不得在亚卓境内活动。"她摇摇头,"我不能容许——我绝不允许这种事发生。"

"您可以把大本营搬到另一个国家,甚至法崔思特,远离伊匹利的触手。"

"不,"温斯拉弗夫人说,"我丈夫选择了亚卓,因为这是他的祖

火药魔法师

国,是他的荣耀所在。亚多姆之翼不像其他雇佣军,他们是亚卓的第二道防线——塔玛斯在接下来的战争中就会用到。我尊重亨利的愿景。"

埃达迈审视着夫人。她说得面红耳赤,嗓门越来越高。看来她对丈夫的雇佣军、对亚卓都有强烈的感情。若是临场演戏,那她演得可真不错。

"亚多姆之翼为亚卓效力,有酬劳可得吗?"

"他们能得到从贵族那里罚没的一部分土地。"夫人说。

"如果凯兹提供的酬劳比亚卓的更高呢?"

温斯拉弗夫人一怔。"亚多姆之翼从未在签约后出尔反尔。你的言下之意冒犯了我。"

"我道歉。"他说,"您参加政变还有别的理由吗?"

温斯拉弗夫人平静下来。"我赞成塔玛斯对君主制的看法。这种老掉牙的制度已经腐朽不堪。"

"但您本人即是贵族阶层的显赫成员。"

温斯拉弗夫人从袖子里抽出一把绣花小扇,手腕一抖,打开扇面,边扇边说:"那是表面风光,我并非出身贵族,我丈夫也一样。亨利是在哥拉讨生活的雇佣兵,我是商贾之家的小女儿。亨利在纺织业赚了第一桶金之后,创建了亚多姆之翼,又从一个行将就木、无妻无儿的老人手里买来公爵领地。"

埃达迈眨眨眼。"温斯拉弗公爵不是他父亲?"

她审视着埃达迈的表情,轻笑一声。"克雷西米尔啊,不是。当然了,此事并非广为人知。事实上除了这间屋子里的人,很少有知情者。但塔玛斯知道。我告诉你这个,只是希望打消你心中对我的怀疑。塔玛斯和我志趣相投,我不可能希望他死。"

埃达迈扫视四位雇佣军将领。他们与埃达迈对视,眼睛眨也不眨,目光锐利如鹰隼。

"您有没有把会面地点告诉任何人,比如最亲密的朋友呢?"

"没有,"温斯拉弗夫人扬起下巴,"塔玛斯对此严格禁止。连我的准将们都不知道。"她扫了他们一眼。"他们很是气愤。"

埃达迈又提了几个简单问题,然后恢复了端正的坐姿,双手交叠在膝上。他心中有些焦躁。毫无疑点。温斯拉弗是典型的名门贵妇,有礼有节,举止优雅,把底牌隐藏得很好。关于她丈夫购买公爵领地的部分……埃达迈相信,那些知道内情可能借题发挥的人,恐怕上个月都被她悄悄送上了断头台。

"谢谢您这么坦率。"埃达迈小心翼翼地在语气里添了几分真诚的意味,"我非常感激。"他望向刚刚进门的管家。"宅子里的下人都集中起来了吗?"

老管家略一点头。

温斯拉弗夫人站起身来,埃达迈随之离座,准将们也同样起来了。埃达迈牵起她伸出的手,碰了碰自己的额头。"我会尽快和您的下人谈完。"

"我的下人和整座庄园今天都听你吩咐,侦探。"她说。

"最后一个问题,夫人。"埃达迈在门口停下脚步,"您有理由怀疑其他议会成员吗?"

温斯拉弗夫人正要落座,闻言一愣才坐了下去。"一下子想不到什么。查理蒙德是服侍克雷西米尔的神职人员;我不会怀疑到校长头上,因为普赖姆是我们家的老朋友——也是个学者;大老板在你的名单上肯定位列第一,虽说他人脉极广,但终究是个罪犯。我还听说昂德奥斯和塔玛斯为账本的事争执了很久,不过据我所知仅此而已。"她皱着眉头。"政变之后,里卡德·汤布拉从工会里派了一个代表团去凯兹。他好像希望在那边开办分会。"

温斯拉弗夫人再度起身向他道别,准将们跟着她出去了,只剩他和管家。

火药魔法师

埃达迈费了好几个钟头询问下人和园丁，然后出门在庄园里四处转悠。苏史密斯来到他身边，那身新衣服的胸襟紧绷得像要崩开似的。

"怎样？"苏史密斯问。

"是个厉害的老娘们，"埃达迈说，"不管她的准将们希望我怎么想。"他回头瞟了一眼——他离开宅子的同时，巴拉特准将和阿布莱斯准将从侧门现身，毫不掩饰地尾随着他和苏史密斯。埃达迈发现不远处有间外屋，于是转而向那里行进，想试试准将们会跟到多远的地方。

"准将们个个急于保护她。我认为背叛塔玛斯的不是她，更有可能是他们当中的一人——虽然她声称他们都不知道会面地点。当然，也不排除她被人盯梢，甚至……"他若有所思，情不自禁地说了出来，"甚至在睡觉时说梦话。"

苏史密斯看了他一眼。

"虽然这样想不大合适，但我不能排除这种可能性，"埃达迈说，"也就是她睡过一位或几位准将。我看她对同性应该不感兴趣，所以排除了阿布莱斯。塞巴斯蒂涅和巴拉特都算得上年轻英俊，瑞兹白发苍苍、别有风味，任何年纪的女人都能被吸引。"

他们沿着通向马厩的小径，钻进一片茂密的树林，宅邸已消失在视野之外。两位准将跟在他们后面，始终保持着互不相扰的距离。

"之前两个月，下人们没发现任何可疑的事情。他们记得塔玛斯去年来过几次，政变之后就没见到了。附近没有陌生人，谁也没提到凯兹的密探。"埃达迈摇摇头，"她在嫌疑名单上要往后排了。但有一件事令我困扰，她提到里卡德·汤布拉派了一个代表团去见凯兹的国王伊匹利。我没听其他人说过此事，所以我怀疑……"他用手杖敲打地面。"我们该走了。"

他们来到等候的马车前，阿布莱斯准将和巴拉特准将落在十几步之后。埃达迈转身倚靠车门,等着对方。他们毫不犹豫地走近。

阿布莱斯准将开口了,她冷若冰霜,仿佛正在思考远方的战役,没有时间——也没有兴趣——理会埃达迈。"但愿你对我们夫人的调查结束了,侦探。"她说。

"我的调查正在进行,"埃达迈回答,"如果日后还有需要,我一定通报温斯拉弗夫人。"

"不许打扰她。"巴拉特说。阿布莱斯意味不明地看了他一眼,他就闭嘴了。

埃达迈盯着阿布莱斯,假装没听见巴拉特说话,却暗地里琢磨这位年轻的准将。他为何如此防备?对守寡的夫人而言,他就像维护母亲的儿子一样。或者有更深层次的关系?他大声说:"我的调查正在进行。我不是推销员,不会毫无来由地骚扰你们的夫人。好了。"他拉开车门,"我要去打扰别的嫌疑人了。"

车门关闭时,巴拉特准将走上前来,一手按着车窗边沿。"亚多姆之翼的准将可不是好惹的,侦探,千万不要越线。"

埃达迈抬起手杖,推开准将的指头。"千万不要考验我的耐心,小伙子,我收拾过比你更狠的角色。"埃达迈敲了两下顶板,马车立刻开动。那家伙迟早是个麻烦。

"波说你为我施加了守护术。"

塔涅尔来到卡-珀儿身边,与她步调一致。卡-珀儿瞟了他一眼,碧绿的眸子不知在想什么。下山的路上,她避开了塔涅尔,不是落在后面,就是超在前头。这是无心之举吗?她一直护住耳朵抵御寒风,两人靠近时也总说不成话。不,他不认为是无心的,卡-珀儿知道他有很多问题。

她又斜着眼睛瞅了塔涅尔一会儿。他们在雪地里跋涉,雪地靴导

火药魔法师

致步伐缓慢而笨拙，但能避免他们陷进松软的雪层，浪费更多气力。

"谢谢你。"塔涅尔说。

卡-珀儿露出惊讶的表情。他忍着笑意。

"他说你非常强大。"塔涅尔说。

她一时间没有反应，忽而转身面对塔涅尔。

"不知道我做了什么值得你保护。"

卡-珀儿伸出光溜溜的小手，触摸他的脸颊。

塔涅尔的眼前浮现出卡-珀儿的形象：她在一间泥土砌成的小屋里，赤身裸体，惊恐不安，声嘶力竭地喊叫着。为防止她逃跑，他们用某种药草使她失明了，因为看不见，她手握一根尖锐的棍子到处乱打，试图杀死抓她的人。这时候，塔涅尔进了小屋。她认得他的声音，他总能安抚她的情绪。他记得她的肚子和大腿上有伤，满脸是血。

塔涅尔急促地呼吸着，忽然双膝一软，放慢了脚步才没有跪倒。是她干的？那可是他亲眼看见的画面。她怎么……？他摇摇头，还是不要胡乱揣测她的能力为好。

他们来到山路的边缘，可以俯瞰守山人的情况。波在他们前面几步远，听见他猛吸一口气，塔涅尔急忙赶到他身边。

整个世界仿佛在他们脚底铺展开来。下方不远处，休德克朗坐落在凯兹和亚卓交界的山脊上，犹如水坝正中的一个软木塞子。要塞之下，塔涅尔看到了小得可怜的人。

他们挤满了凯兹那边的盆地，帐篷一望无际，通向凯兹腹地的道路犹如一条条长蛇，蝼蚁填塞其间，蠕动不休。

"一支军队。"波轻声叹道。

"千军万马。"塔涅尔吸了一鼻子黑火药。

加夫里尔咕哝道："差不离。"

"他们到底是从哪里冒出来的？"塔涅尔问，"我们在山上多久了，六天？"

"七天。"加夫里尔说。

"我们出发时他们还不在。"塔涅尔说。

加夫里尔耸耸肩。"我醉得太厉害，不清楚。"

"他们当时不在那里。"塔涅尔斩钉截铁地说，"宣战是在——"他盘算着。"不到三周前。他们怎可能仓促之间召集一支大军？还有，苏尔科夫山道明明更容易夺取，他们在这里干什么？"

塔涅尔发现所有人都盯着波。

"朱利恩。"波说着吸了吸鼻子。

"不，"塔涅尔说，"她不可能知道军队的事情，过去五周她都和我在一起。"

"那不是她的军队，"波说，"但我敢打赌，她打算利用他们。"

"怎么利用？"

"计中计，"波说着避开塔涅尔的目光，"她有一次无意间透露，她在凯兹的朝廷享有盛名。"

"我们不去再找找她的尸体吗？"

波摇摇头。"她掉到凯兹那边了。"

"那现在怎么办？"塔涅尔问。

加夫里尔深吸一口气。"守山人是我们职责所在，一千年来守山人做的事，我们也要做。"他挺直腰板，"我们守护亚卓。"

午后，他们抵达要塞，一群人在东北大门处等待，有男有女。随着他们走近，三个女人顺着山路跑来，塔涅尔不用想就知道她们的身份。

尊权者对异性极具吸引力，一般认为原因在于他们的举止和力量。众所周知，他们和他方之间不间断的相互作用，在性方面赋予了他们强大的动力，所以绝大多数尊权者，尤其是男性，都有为数众多的配偶。波也不例外。

火药魔法师

波不耐烦地摆摆手,把她们和她们的疑问一并驱逐,转而迎向菲斯尼克和另一个名叫莫泽斯的守山人,并任凭对方带他走了。卡-珀儿不知何时也消失了,只剩塔涅尔和加夫里尔。

"我要好好观察一下那支军队。"加夫里尔说。

塔涅尔跟着他在棱堡里穿行。他也要好好观察敌情,以便向塔玛斯汇报。

到处都是劳工,塔涅尔完全没料到守山人的城堡可以容纳这么多人,也不知亚多佩斯特的增援是否已经抵达。守山人的弟兄们来回狂奔,大多带着滑膛枪或来复枪。虽然看上去忙乱,但似乎谁也没做具体的事情。他们厉兵秣马,严阵以待,只等敌军进攻。

要塞的南墙是一座古老的棱堡,依山而建,用火炮轰炸底下的镇子可谓轻而易举,而要塞的城墙几乎不会受到威胁。棱堡的所有外角都安置了固定式火炮——满满当当,多得几乎塞不下。

塔涅尔和加夫里尔来到棱堡顶端,整个山腰在此一览无余。塔涅尔下意识地想,凯兹大军企图奇袭守山人的举动实属自寻死路,长达数里的之字形道路都在大炮和轻武器的射程之内,要塞前也仅有一块平地与山路相接。至于别的突破口,敌军需要爬上山腰,翻过城墙,期间全都避不开居高临下的火力打击。

塔涅尔竖起大拇指估算距离。

"山腰上有座镇子,"加夫里尔说,"名为莫潘海戈。他们的前锋在那里扎营。"

"多远?"

"直线距离?"加夫里尔说,"三里,正好在大炮射程之外。"

"对我来说不算远。"等战斗打响,塔涅尔射中几颗脑袋,他们的营地就会后撤一里。

"诺威的脚趾头啊!"加夫里尔冲山下皱眉。"那帮蠢货。"他抓住一个年轻守山人的肩头,指着山坡说,"谁让他们靠这么近的?都在火枪的射程之内,快到我们的多面堡了!"

小伙子耸耸肩。"抱歉。他们刚刚爬上来,没人下达开火的指令。我们派了个跑腿的到亚多佩斯特报信,但目前没得到任何命令。"

塔涅尔观察着加夫里尔所指的山坡,只见一队人马在之字形道路上时隐时现,他们的服色为青绿镶边的沙黄。凯兹步兵。他们带着木材和工具,就在多面堡底下行动,守在多面堡里的亚卓士兵只能眼睁睁看着他们干活。

"该死。"加夫里尔骂道。他冲向大门外的山路。塔涅尔抓起步枪和备用火药筒,跟了上去。

多面堡包括六座地堡,设在之字形道路的拐角处,每座地堡都有一门轻型固定式火炮以及相应的炮手和几名枪兵。那里的积雪最近清理过,火炮也从要塞里搬出来装好,塔涅尔估计这些多面堡在上百年的岁月中原本处于无人驻守的状态。

塔涅尔和加夫里尔来到最远处的多面堡。加夫里尔走过之字形道路上方的步道。

"负责这里的下士呢?"加夫里尔问。

有人举起手来。他身着蓝色制服,隶属正规军,随塔玛斯的军队从亚多佩斯特过来增援守山人。他疑虑重重地盯着加夫里尔。"在。你是谁?"

"守山人的弟兄,"他说,"你为什么任由凯兹修建炮台,以及——"他看了一眼墙外,"挖地道?"

塔涅尔眉头一皱。凯兹挖地道有何企图?距离太远,不至于破坏棱堡,而要强攻多面堡,以一定的兵力即可做到——这理应是大多数将领的选择。此处不过是前沿阵地,一旦敌军突破底下的之字形道路,他们必将退回要塞。

"嘿,我凭什么听你的?"下士打断加夫里尔的训斥,"我不是守山人,并且级别比你高……不管你是什么人。"

火药魔法师

塔涅尔不知加夫里尔是何军衔——守山人自成一套体系——他指了指胸前的火药桶徽章。"我比你级别高。照他说的做。"他说。

下士瞪着加夫里尔，面色阴沉，后者比他高两个头，体重也有其两倍。"那好，我们该做什么？"下士问。

塔涅尔听见大块头山民的牙齿咬得咯咯响。

"你的步枪上子弹了吗？"加夫里尔问。

塔涅尔把步枪递给他，加夫里尔掂量一番，手抚枪管，赞赏地吹了声口哨。"做这个。"他说。

他的身子探出壁垒，然后开枪了。不到五十码开外，一名坑道兵应声翻倒，干活的凯兹人手忙脚乱地寻找掩护。

加夫里尔把步枪还给塔涅尔。"战争开始了，"他告诉下士，"开枪干掉那些混蛋，吓跑他们，或者等他们找来尊权者消灭你们。"

下士望着塔涅尔，等他首肯。"打吧。"塔涅尔说。

返回要塞时，塔涅尔与加夫里尔并肩而行。在他们身后，枪声间或响起，随之而来的是凯兹士兵的惨叫。

"尊权者不费吹灰之力就能踏平这些多面堡吧？"塔涅尔问。

轻型火炮在他们身后轰轰作响。"快打啊！"加夫里尔冲邻近的多面堡大喊，"只要进入射程，格杀勿论！"接着他对塔涅尔说，"山上施加了守护术，多面堡和棱堡在修建过程中，每一块砖头都加成了大量防御性巫力。"

"都过去几百年了。"塔涅尔半信半疑地扭头张望。凯兹王党即将到来，他对此毫不怀疑。不知道波能够抵挡多久——不会太久，毕竟尊权者唯他一人。

"那时候的他们更强大。"加夫里尔说，"据说自从有了火药，几百年来尊权者的力量就被削弱了。他们以前施展的守护术可持续上千年，如今仅持续到施法的尊权者死亡也不罕见。"

加夫里尔似乎知道不少关于巫师的事。塔涅尔端详着加夫里尔，一周前带塔涅尔上山的那个醉汉已不见踪影。

他们回到要塞,发现莫泽斯、波和菲斯尼克都在棱堡里。

"我看到你挑起了枪战。"波说,他用一块布捂着口鼻。塔涅尔嗅嗅空气,黑火药产生的云雾朝他们飘了过来,硝烟很快就会浓得挥之不散。一旦大炮开始轰鸣,波就没好日子过了。

"总要有人带头。"加夫里尔说。听见枪声,守山人纷纷跑来观察战况,与此同时,敌军的坑道兵陆续撤退。"那边的,"加夫里尔吩咐附近的一帮兄弟,"炮火准备,为他们壮壮声势。我们又不缺弹药,放跑那些挖地道的家伙多可惜。"

波和莫泽斯意味深长地对望一眼。"该你发号施令?"莫泽斯说。

"见鬼,当然不是,"加夫里尔说,"我就是帮着贾罗安排人手。他在哪里?"

莫泽斯摇摇头。"他中招了,病得比我们预料的重,几乎动不了。医生说他可能熬不过今晚。"

加夫里尔眼中闪过一瞬的哀伤,继而戴上一副铁石面具。"那好吧。"他麻利地转过身,顺着壁垒大步离开,"那边的!把炮弹搬来。火药桶也不够!"他一边挥舞着硕大的拳头,一边发号施令,渐渐走远。

"等等,"塔涅尔说。贾罗肯定是守山人司令。"他坐第二把交椅?"

"他在酗酒之前是守山人司令。"波解释。莫泽斯跟着加夫里尔走了,菲斯尼克则回去取步枪。

"他身为向导确实非常称职,可……他是?"

"是的。他是。"波摇摇头,"不过嘛,呃……算了,我不方便告诉你。总之加夫里尔是我们的领袖,别担心。啊,"他望向墙外。"我看对方准备反击了。"

一个连队离开了莫潘海戈,另一个连队正在整队,接着又是一个连。敌方似乎迫不及待要发起冲锋。等他们进入枪炮的射击范围，恐怕天色已晚，但无论如何，战争开始了。

"下一个！"一个男人喊道。

奈娜慢慢吞吞地来到队伍前头，站到上议院门前的台阶上，如今这里成了亚卓军的指挥中心。在她身后某处，不久前处决贵族的断头台早就不见了，但血污依旧醒目。阳光照在她的肩上，风拂乱了她一头褐色卷发。她将了捋头发。在新裙子的衬托下，她看样子比失业队伍里的其他人富有一百倍。

坐在办公桌后的人上下打量她。"你好像不需要工作吧。"他说。此人身着亚卓军的蓝色制服，胸前缝有三条军龄标，底下戴着军需官的徽章。

"我是洗衣工，"奈娜昂着头说，"所以我的衣服干干净净的。"

"洗衣工？多尔，荣耀劳力那边需要洗衣工吗？"

坐在邻桌的一个人抬头看着奈娜。"不需要，"他说，"老板说我们的洗衣工太多了。"

奈娜一甩裙子。"我听说军队里需要洗衣工。"

"小姑娘，长成你这模样就不该进军队。"军需官靠在椅背上，"你会后悔的。"

"我听说报酬不错，能住帐篷，什么都有。我洗衣服比那些当兵的麻利十倍。"

"待遇方面不假，"军需官说，"但我建议你不要自吹自擂。对那些真有本事的人，我们开的价钱会比工会高。你当真想来？"

"我需要钱，"奈娜示意不久之前断头台所在的空地，"我以前侍奉的老爷在那边掉了脑袋，后来没人雇我了。"

"最近这种故事听得耳朵都起茧了，"军需官说，"你不是保王派吧？"

奈娜弯下腰，压低声音说："从我十一岁起，我老爷每天带我上两次床，"她尽可能表现得苦大仇深，"他的脑袋掉下来的时候，我冲它吐了口水。"

"明白了。"军需官咬着笔杆，"你有怨气，我也感觉你懂得洁身自好。不过，我打算安排你为军官干活，这样相对安全。至少一般而言是如此。你会缝纫吗？陆军元帅需要一个裁缝。"

"太好了。"多日以来，奈娜第一次露出发自内心的微笑。

第 21 章

塔玛斯沉重的呼吸声惊醒了自己。他坐起来，撑着胳膊肘，大口喘气，仿佛一轮石磨压在胸口。他踢开裹脚的毛毯，在床边低头弯腰。

这几天，他睡在上议院顶楼的办公室里，放着御用沙发的软垫不要，搬来一张简单却舒适的军用床搁在角落。如今床单和头发浸透了他的汗水，那层结实的帆布也未能幸免。随着汗水逐渐冷却，他抱住膝盖，忽然打了个寒战。时钟在皎洁的月光下清晰可见，此刻是凌晨三点半。

他的梦又回来了，犹如多年前的记忆，零散而模糊。当他记起那些梦，双手止不住地颤抖，这绝非因为寒冷。在他的梦中，人们纷纷死去——与他朝夕相处的士兵、朋友和老相识，乃至敌人，每个他认识的人。在南派克山上，他们排着队，一个接一个跳进炙热的火山口。塔涅尔也在那里，但其命运犹未可知。他浑身一激灵。梦中的维罗拉在哪里？他看到萨伯恩跳进去了，但奥莱姆呢？

塔玛斯颤颤巍巍地吸了口气，来到阳台窗前呆立了一阵子，仰望那轮满月。夜空不见星辰，唯有一圈完美的环形云带绕着月亮。神之眼。塔玛斯又打起哆嗦，相当剧烈的哆嗦，最后变成不可遏止的战栗。他扶着墙壁，直到恢复平静。

他听到一声熟悉的呜咽，循声低头看去。"赫鲁施，"他对猎犬说，"我没事。皮拉——"他欲言又止，不自觉地咳了一声，化解了嘴边的名字。"好了，抱歉，小子。"他弯下腰，抚摸猎犬，"很快就带你去打猎。换换你的脑筋。"

塔玛斯趿着拖鞋，捋了捋头发，披上便袍，打开房门，走廊的灯光刺得他直眨眼。奥莱姆在门边椅子上动了动，维罗拉睡在他对面另一把椅子上，倚着步枪微微打鼾。更远处，两名卫兵在灯光下站岗。守护者偷袭未遂之后，护卫的数量翻了一倍。

"长官。"奥莱姆在椅子扶手上摁灭香烟。

"你从不睡觉？"

"从不，长官。所以您才雇佣我。"

"那是开玩笑，奥莱姆。"

"我猜到了。"

"都安静吧？"塔玛斯问。

"静得很，长官，一点声音都没有。"奥莱姆压低嗓门说。

塔玛斯点头示意维罗拉。"她在这里做什么？"

"担心您的安危，长官。"

塔玛斯叹口气。

"您还好吧，长官。"

塔玛斯略一颔首。"噩梦。"

"我的老奶妈常说噩梦即是厄兆。"奥莱姆说。

塔玛斯瞪着对方。"谢谢你，我感觉好多了。我去找吃的。"说完他慢吞吞地离开了。

奥莱姆保持一定距离，下楼梯时跟在十步之后。到厨房要下六层楼，阴暗的廊道似乎没有尽头，塔玛斯不得不承认奥莱姆的陪伴令人稍感心安，因为门廊处的影子刺激着他的想象力，仿佛从黑暗中伸出的魔爪。他有一次吓得不轻，以为看到了潜伏在角落里的守护者，凑近才发现是燃着煤的炉子。

塔玛斯指望在厨房里找一些昨天的剩饭，然后就打道回府，结果

火药魔法师

快到厨房时看见了炉火的微光,闻到了新鲜面包的香味。他忍不住舌底生津——米哈利做的饭菜每次都有这么明显的效果。他一进厨房就停下脚步,眼前的场面着实出乎意料。

两个女人面对一个炉子,她们在巨大的平底锅中打鸡蛋,把蛋壳扔到一边,那个平底锅大得堪比马车轮子。米哈利就在她们后面——不偏不倚地贴着她们,左右胳膊分别架在她们身上,双手敏捷地在盘子上动作。他加了些许盐,然后手伸下去——这引得其中一个女人咯咯傻笑——握住刀子和一整颗青椒,熟练地在锅上切片。

塔玛斯清了清嗓子。两个姑娘一惊,看到塔玛斯,眼睛立刻瞪圆了。米哈利讪笑着从她们身边退开,肚子虽大,动作却灵活得很。

"元帅阁下!"他打着招呼,在围裙上擦了擦手,拍拍两个女人的脸颊,然后迎向塔玛斯。"你今晚过得好像不怎么样。"

"你好像过得挺滋润,"塔玛斯说,"我现在明白了,原来是用煎蛋卷诱惑的功劳。"

光线昏暗,但米哈利似乎脸红了。"上早课罢了,元帅阁下,"他说,"贝罗丽和塔莎是我的学生中最有潜力的,值得为她们开小灶。"

"学生?"塔莎问,"我以为是帮工。"

"帮工都是学生,如果不学习,那有什么用?与之相对,所有老师都必须做好青出于蓝而胜于蓝的准备,就像我的父亲之于我。总有一天,有人能创造出比我的手艺更惊艳的菜品,也许就是她们当中的一人。"

"我深表怀疑。"塔玛斯说着瞟了一眼那两个女人:一个年纪稍长,约有三十来岁,面容俊俏,该丰满的部位都不含糊;另一个年纪轻轻,珠圆玉润,脸颊上有酒窝。她们的关注点不在平底锅而在米哈利,那种表情塔玛斯只在两类人脸上见过:涉世不深的情侣和虔诚的马屁精。不知道她们属于哪种。

"你睡得不好?"米哈利问。

塔玛斯耸耸肩。"噩梦。"

"厄兆吧。"

奥莱姆轻柔的声音从门口传来。"我也说了同样的话。"

米哈利审视着塔玛斯。"热牛奶。"

"对我没用,"塔玛斯说,"你不睡觉吗?现在可是凌晨三点。"

"三点四十五分。"米哈利说,然而厨房里没有时钟,"我从小就睡得少,爸爸说是因为我有神性。"

"你父亲相信你说的?"塔玛斯问,"我无意冒犯,你之前说过,他要你对亚多姆转世一事守口如瓶。"

"谈不上冒犯。"米哈利挪到一张空桌子边,从围裙口袋里捞出一堆香料罐子,罐子上没有标签,但他以特定顺序把它们摆在桌上。"他相信我。他也知道,如果这个秘密广为人知,我将面临多大的麻烦。"

"现在呢?"塔玛斯说,"你告诉了我,我认为你的说法已经流传开了。"他瞟了一眼那两个女人。到底属于哪种呢?是信徒式的敬慕,还是爱情?抑或两者都有?她们仍然望着米哈利,直到其中一人发现煎蛋卷冒烟了,才惊呼一声转过身。

米哈利的唇边荡漾着笑意。他取出研钵和研杵,开始加工香料和药草。"我的说法?"米哈利说,"你仍旧不相信我,是吧?"

"我……不知道,"塔玛斯说,"量太大,不好消化。我见过你烹饪食物——你可以凭空做出来,这种巫术我闻所未闻。此外,我看见你周围环绕着天赋的光芒。"

米哈利似乎吃了一惊。"你发现了?"

"是的,你就在我和奥莱姆面前做到的。"

"噢,真不应该被人发现,我通常特别小心。小时候,爸爸就嘱咐我不要显山露水,他说王党和教会要是知道了就会来抓我。"

火药魔法师

塔玛斯审视着米哈利的脸,寻找撒谎的蛛丝马迹。米哈利全神贯注地忙着磨药,直到自己满意。他往香料里添加了一种深色粉末。"塔莎,"他说,"加热一些山羊奶,麻烦了。"

"我认为你是故意炫技,"塔玛斯一字一顿地说,"为了说服我们相信你拥有……神格。"

米哈利羞怯地笑笑。"华丽不是我的风格,"他说,"那个非克雷西米尔莫属。"

"你为亚卓带来了极其罕见的菜肴,"塔玛斯说,"比如我们的艾德海原本没有鳗鱼,而这些昂贵的香料,你用起来就像普通的面粉和水。我曾在哥拉执行任务,知道它们的价钱,也知道昂德奥斯不可能批准这么多伙食费。那就是你的天赋?无中生有地制造食物?"

米哈利抓着稀疏的胡子。"是的,我表现得有点惹眼吧?也许我应该……藏而不露?"

"也许吧,"塔玛斯说。米哈利有天赋,这点毫无疑问,塔玛斯或许用得上他的力量。这算是迎合疯子大厨吗?"我认为低调行事为好。以防万一。"

"我可以问问噩梦的内容吗?"

"我刚醒的时候还记得,"塔玛斯说,"现在所剩无几了。好像是我认识的所有人——不,不是所有人,我认识的大多数人,都挨个儿跳进了南派克山的火山口。我儿子也在,但不知道他最后怎样了……"他顿了顿,一幕情景在脑海里闪过。"有人和我们一起站在火山口边。我没见过那人,他双眼如火,发如金箔。他催促大家跳下去,还握着一把刀,抵着塔涅尔的喉头。"

"我能说几句吗?"米哈利轻声说。

塔玛斯上前一步,以便听清他的话。"当然。"

米哈利从一个女人手中接过杯子。"谢谢,塔莎。"他说,"我一直在聆听这座城市。"米哈利把香料和药草的混合物加进热牛奶,用粗壮的手指搅匀了递给塔玛斯。塔玛斯下意识地抿了一口,立时睁大眼睛。他尝过一两次法崔思特产的可可,太苦了,这个味道与之类似,但又很甜,还带有一种刺激的辛辣味。香料灼烧着舌头,草药又使之缓和,喉咙里暖流涌动,仿佛喝到了上好的白兰地。他扬起杯底,一饮而尽。

米哈利说:"危险和背叛无处不在,亚多佩斯特是一口沸腾的大锅,必须降低温度,不然就会溢出来。在克雷西米尔到来前,我想……我要为我的兄弟准备接风宴。晚安,元帅阁下。"

塔玛斯低头看着米哈利取回杯子。在他听来,米哈利仿佛在遥远的地方说话。"扶他上床,他现在可以睡个安稳觉了。"

"埃达迈,我的老朋友!"

在一间小办公室的门口,里卡德·汤布拉张开双臂。岁月无情,里卡德已非埃达迈记忆中的模样,那头棕色卷发放弃了半个阵地,而且夹杂着灰丝。他蓄了在法崔思特移民中流行的长胡子,昂贵的驼绒外衣皱巴巴的,好像穿它睡过觉,领带也歪歪斜斜。

埃达迈和老朋友拥抱。

"很高兴见到你,里卡德。"埃达迈说。

里卡德咧嘴大笑。他揽住埃达迈的肩膀,仔细端详,好像对待失散多年的兄弟。"你过得怎么样?"

"不错。"埃达迈说,"你呢?"

"我没什么可抱怨的。请坐。"他领埃达迈进了办公室,房间里乱七八糟地堆着书、没喝完的白兰地以及目不忍睹的脏盘子。里卡德把椅子上的一摞报纸扒拉下去,绕到书桌后面,推开窗户,咕哝了一声。

"寇尔!"他冲窗外大喊,"寇尔,送酒来。一瓶宾尼!外加两个杯子——不,最好来两瓶。"

火药魔法师

他关上窗户，然而就这么一会儿，狭小的房间里业已充满死鱼和海水的咸腥味。里卡德皱着鼻子，从胸前的口袋里摸出一根火柴，点燃了书架上的半截焚香。"我受不了这个味，"他说，"无处不在，我们距离码头有半里路呢。话说回来——"他耸耸肩。"我能怎么办？我必须靠近生意活络的地方。"

"我听说了很多你家工会的光辉业绩，"埃达迈说。从学校毕业后不久，里卡德就开办了第一家贸易工会——这第一家倒闭了，随后的五六家也倒闭了，可能因为缺乏人手，或者警察的介入。里卡德进过五次监狱，但上天不负有心人，五年前，曼豪奇实现了九国第一家贸易工会的合法化。

里卡德的笑容灿烂得无以复加。"荣耀劳力工会。选举广场上那一幕发生以来，我们已增开了三家分会，如今正找市政府交涉，打算年底前再开六家。我们的成员业已超过十万人，而我的会计师说，好戏还在后头。未来几年，我们有望达到一百万成员，甚至更多。我们联合了冶金、焦炭、采矿——覆盖了亚卓所有的大工业。"

"不是所有的吧，"埃达迈说，"我听说赫鲁施街害你头疼。"

里卡德冷哼一声。"那帮该死的枪匠不愿加入工会。"

"怪不得他们，"埃达迈说，"九国使用的武器一半是他们制造的。他们毫无竞争之忧。"

"如果他们参加工会，生意何止做到九国，而是统治全世界！关键在于组织。呸。"里卡德说，"最令我们兴奋的是穿过乌木堆山及德利弗的运河，等建成后，我们亚卓就有了直通大海的航线，生产能力将不再受限。亚卓终将拥有入海口。"他突然扮了个鬼脸。"哎呀呀，太失礼了，谈起事业来没完没了……"里卡德尴尬地压低声音。

埃达迈摆摆手。"你是担心我商场失意的经历吗？别放在心上，那一开始就是赌博，而我押错了边。我可以怪罪纸张的价格、激烈的竞争……"

"爆炸的印刷机。"

"没错。"埃达迈说,"但我还有家人和朋友,所以我依然富足。"

"法耶怎么样?"里卡德问。

"挺好的,"埃达迈说,"她在乡下,等都城的形势稳定些再回来。老实说,我希望她待到战争结束。"

里卡德点点头。"战争要命。"

一个骨瘦如柴、衣衫破旧的年轻人走进来,带了一瓶酒和两个透明玻璃杯。

"我说了两瓶,该死的!"里卡德说。

里卡德的吼叫似乎对年轻人缺乏威慑力。"只剩一瓶了。"他"哐当"一声把托盘扔在里卡德的书桌上,然后迅速撤退,躲过了里卡德挥来的拳头。

"找个好助手简直难于登天。"里卡德扶着摇摇欲倒的酒瓶说。

"的确。"

里卡德斟酒。杯子不干净,但酒是冰镇过的。他们喝了两杯,接着交谈。

"你知道我为什么来这里吧?"埃达迈问。

"知道,"里卡德说,"提问嘛。我不是那种死要面子的人,你有你的职责。"

这就好办了,埃达迈心想。他凑近了些。"你有没有希望塔玛斯元帅去死的理由?"

里卡德抓了抓胡子。"有的吧。他最近老在抱怨,希望缩减工会的规模,说我们权力太大,发展太快。"他摊开双手,"如果他决定对我们的人数加以限制,或对我们的收入课以重税,对荣耀劳力工会来说就是个严重问题。"

"严重到你希望他死?"

"当然。不过,我们必须权衡利益和风险。塔玛斯的胸怀容得下

火药魔法师

工会——他支持工会存在，而一千年来这都是非法的，曼豪奇固然允许我们成立荣耀劳力工会，但那是因为他打算在我们身上敲骨吸髓。我们勉强避开了不少重税，这才得以生存。"

"既然你们能在曼豪奇的统治下生存，为何要支持政变？"

"曼豪奇手下的一批账务官仔细翻看了我们的账本，发现实际税收没有预计的那么多，他的顾问便怂恿他取缔我们。说到底，贵族阶层厌恶我们，向劳工支付更多酬劳是他们深恶痛绝的，哪怕产量随之增加。即使曼豪奇不对我们下手，亚卓也将在《协约》的规定下执行凯兹的殖民地法律——我和工会的其他老板免不了牢狱之灾，甚至更惨的下场，无论如何，荣耀劳力工会和我们的财产都会完蛋。"

"你刚才说杀塔玛斯有风险？"埃达迈说。

"有的。我在议会里没多少朋友。温斯拉弗夫人对我尚能容忍。大司库讨厌我，因为我的会计不比他的差。主教两次将我逐出教会。普赖姆·莱克托认为我是傻瓜。至于大老板——怎么说呢，大老板喜欢工会奉上的贿金。这样看来，如果塔玛斯被杀，我在议会里就只剩两个支持者，而且他们随时可能背弃我。"

埃达迈抿了一口酒。也许其中一个已经背弃你了，他想起温斯拉弗夫人的话。

"听说你派了一个代表团去见伊匹利。"

里卡德靠在椅背上。"你听谁说的？"

"你自己清楚，不用问我。"

"去你的，也去你的消息来源。我差点忘了，你什么都知道，即使那些最隐秘的事。"

"所以说是真的？"

里卡德耸耸肩。"当然，塔玛斯不知道。不过，我并非刻意隐瞒。"他扬起手，语速飞快。

"既不是刻意隐瞒，为何又要保密？"埃达迈感到不安。虽然相交多年，但如果里卡德背着塔玛斯活动，所谓的友谊也不值一文。

"我说了我要发展一百万会员吧？"

"是的。"

"好，想象一下，如果能到一千万，甚至一亿呢？"

"你指的是九国所有的劳工。"

里卡德严肃地点头。"荣耀劳力工会派出一个小型代表团去见伊匹利——听好了，不涉及出卖亚卓这种下作勾当，只是送去意向书，表明荣耀劳力工会在亚卓之外开拓事业的意愿。众所周知，凯兹的人口比我们多，但在工业上与我们不能相提并论。如果他们允许我们在某座城市开设一家分会，我们就提供一些小小的回报。"

"我懂了。"埃达迈边说边盯着酒杯，他完全可以理解为何里卡德要保密。随着战争拉开大幕，塔玛斯不希望看到任何人有帮助凯兹的迹象，而凯兹能从工会那边获益良多。凯兹以农业为主，尚未投入工业化的怀抱，至少没形成亚卓这样的规模，尽管人口众多，技术和产品上却相当落后。如果荣耀劳力工会在凯兹开设分会，亚卓的技术知识将随之传播过去。正如里卡德所说，凯兹在工业上与亚卓不能相提并论，但那只是暂时的而已。

"你收到答复了吗？"

里卡德扮个鬼脸。他在书桌上搜寻着什么，又在书架上翻找，最后在一块吃剩一半的干面包底下找到了。他扔了一片纸到埃达迈腿上。

纸上有凯兹国王伊匹利的御印。埃达迈仔细阅读。

"他们拒绝了。"

"而且态度恶劣，"里卡德说，"我的代表被提着腰带扔出王宫。凯兹人全是傻瓜、蠢货，他们还停留在上个世纪，而世界上其他地方的人已经展望着下一个百年。那帮该死的贵族。"

埃达迈思考着。线索断了。除非他们仍在暗地私通——这种事情也没准，如有必要，还需深入调查。里卡德作为朋友不够真诚，因此他讲的故事有没有掺水，埃达迈吃不准。

里卡德就着酒瓶喝了个干净，把空瓶子平放在桌上打转。"玛伊斯上个月离开我了，就在政变过后。"

玛伊斯是他二十年来的第六任妻子。埃达迈实在好奇，不知道他这次又干了什么。

"你还好吧？"

里卡德盯着旋转的酒瓶。"还好。靠近码头的办公室也算近水楼台。我找到一对双胞胎……"他的双手举在胸前，"我可以介绍给你——"

埃达迈打断了他的话。"我的婚姻生活很美满——我希望保持现状。"里卡德不是乐于分享的人，埃达迈摸不清他可能提出什么条件，"你对其他议员有何看法？"埃达迈换了话题。

"个人看法？"

"我不关心你对他们的好恶，我关心你是否认为他们当中有人密谋杀害塔玛斯。"

"查理蒙德，"里卡德不假思索地说，"那人简直就是羊圈里的穴狮。"他连连摇头。"你听说过关于他的庄园的故事吧？就在城外，一个专供权贵们寻欢作乐的地方。"

"流言蜚语，"埃达迈说，"仅此而已。"

"噢，那是真的，"里卡德说，"连我听了都脸红。任何有那种欲望的人，都对国家有想法，记住我的话。"

"你有什么证据吗？可靠的线索？"

"没有，当然没有。不过他很危险。教会公然反对荣耀劳力工会，说我们违背克雷西米尔的意志，因为我们不打算任由贵族使唤，直到毫无价值地死去。我没掺和他的破事。"

"昂德奥斯呢？"埃达迈说。

里卡德忽然变得异常安静。"盯着那家伙，"他说，"人不可貌相。"

这警告太不寻常了。

"好吧，如果你有大主教犯罪的证据就通知我。"埃达迈说着，拿起帽子。

里卡德举起一根手指。"等等，"他说，"我刚刚想起了什么。几年前，有传言说查理蒙德牵涉进一个什么仪式。"他抱着脑袋。"我死活想不起名字。"

"一个仪式。"埃达迈轻声说道。里卡德搜肠刮肚地回忆着，他明显不喜欢主教。"如果你想起来了就通知我。我还需要查阅你的账本，以及工会在码头拥有的财产。"

"哈，"里卡德说，"你需要一支军队才能全部看完。"

"那也要看……"

"噢，尽管看吧。我叫伙计们传话下去，保证有求必应，有问必答。"

当天剩余的时间和次日的大半天，埃达迈和苏史密斯忙着在码头上和仓库里奔波。这边几乎所有人都隶属于荣耀劳力工会，所以埃达迈提了一大堆问题，然而不出所料地毫无收获。他铆足了劲儿找了三百多人谈话，其中有怀疑，有半真半假的言论，还有指指点点，但实际意义并不大。里卡德说得对——需要一支军队才能搞清楚全部的情况。

他唯一能确定的事，就是凯兹的间谍越过艾德海，通过这些码头潜了进来。第二天晚上，他顺道去了一趟塔玛斯的军事指挥所，留下一串人名和船名，供塔玛斯的手下调查——在对于陷害塔玛斯的叛徒的调查上，他目前只有这点进展。

他知道自己的工作或许能阻止另一起刺杀事件发生，他确确实实地感觉到双手伸进了满是鲨鱼的黑水之中。他孤身一人，而塔玛斯的敌人可能在任何时候从任何地方发起攻击。

第 22 章

守山人的钟声惊动了塔涅尔不安的浅眠,他很快爬了起来,从床边抓起步枪,冲向房门。卡-珀儿在角落的简易床上动了动。塔涅尔出了门,下楼梯。

军官食堂空无一人,塔涅尔跑过一排排餐桌,椅子全都倒转过来搁在桌上。他迅速来到街上。

他在那儿扣好衬衫,整理了一会儿枪械,随即听见了纷乱的靴子声,男男女女从街边的房屋里现身。塔涅尔随着人流向棱堡南墙进发。

"你听见警报了?"菲斯尼克来到塔涅尔身边,问道。塔涅尔和波下山已有两周,从那时起,菲斯尼克对塔涅尔的好感与日俱增。塔涅尔不知道原因。就在不久前,他还把枪管捅到此人嘴里,敲碎了一颗牙齿。

塔涅尔翻个白眼。他当然听见了。一半亚卓人都听见了,况且那该死的钟声还在响。"是啊。"他说。

"你觉得出了大事吗?"

"不知道。"

年轻的守山人兴奋过头了。自从第一次交火以来,除了对着凯兹士兵一通乱射外,他们并无其他斩获。凯兹军队在战场上散开,远离炮火的射程,不知有何企图。他们的尊权者无影无踪——塔涅尔对此颇为恼火——虽然他完成了击杀守护者的任务。一枪毙命,但运气的因素多过技术。

塔涅尔挑了壁垒上的一处守望点，一屁股坐下，吸了些许火药，驱散最后一丝倦意，眯眼望向朝阳。

"阳光对他们有利。"塔涅尔说。

"混蛋。"菲斯尼克咕哝着。

塔涅尔说："我们知道他们会在早上发动进攻。到了下午，他们被迫仰攻，优势就变成了劣势。"

太阳已在远方山峦上露脸。虽然早已入夏，清晨的空气依旧寒冷刺骨。山脚的积雪融化了，从南面上山的道路必定湿滑难行——凯兹军队爬山时，道路会被踩得泥泞不堪。塔涅尔想知道凯兹会采取什么战术。

身后城镇的钟声渐渐停止，寂静袭来，只剩零零碎碎的低语和摆弄武器的铿锵。大炮已经上膛，火枪蓄势待发，壁垒上满满当当全是人和枪炮，空间仅够操作武器。塔涅尔有些怜悯敌人。

"克雷西米尔在上，"菲斯尼克眯着眼睛说，"他们可以没完没了地挥霍人员和子弹，直到打垮我们。"

"欢迎他们来试试。"塔涅尔右侧传来一个女人的声音。他听着耳熟，循声望去，发现是凯特琳，波的几个女人之一。她面相刚毅，既高且瘦，发色乌黑，嗓音凌厉，不是波喜欢的类型。塔涅尔冲她点头致意，她也友好地回礼。

塔涅尔又吸了一些火药，试图看清平原上有什么动静。即便是火药魔法师，也难以抵挡清晨刺眼的阳光。他感到袖子被人扯了扯，身边的卡-珀儿指着山坡底下。

塔涅尔顺着她指的方向望去，目光在底下的山腰和平原上逡巡，最后终于看见了。在莫潘海戈附近。因为指挥所设立在后方的缘故，前方的小镇荒废已久，如今却大为变样。一夜之间，那里建起了一座塔，足有三层楼高，木质结构，底部安装滑橇，一大群公牛正准备

火药魔法师

开拉。

塔涅尔感觉心跳加速。"尊权者之塔。"他说着,睁开第三只眼。高塔在他方之中大放光彩,使得周围零散的灵光黯然失色。

"一大堆木棍罢了,"菲斯尼克说,"来上一发炮弹就会散架。"

卡-珀儿嗤之以鼻。塔涅尔觉得,她不一定见过尊权者之塔,但绝对能感知到周围的巫术。

凯特琳看样子忧心忡忡,她迟疑地望着塔涅尔。

"别指望一炮打掉它,"塔涅尔说,"与其说尊权者之塔是一大堆木棍,不如说是一大堆巫力。"他仔细观察目标。他的第三只眼发现塔下色彩斑斓,仿佛千种颜色混在一起,木塔光辉灿烂,好像千把火炬熊熊燃烧。看了一会儿,他就感到头疼,只好闭上第三只眼。"最近这段时间他们才在塔上施加守护术,我认为建造它的时间不长。王党全员上阵,等它建造完成……"

"好吧,那玩意儿到底有什么用?"菲斯尼克问。塔涅尔瞟了一眼年轻的守山人,发现菲斯尼克的枪管在晃动。

"护送士兵爬上来,"塔涅尔说,"尊权者操控着它。"

"我还是什么都看不见。"菲斯尼克手搭凉棚。

"你很快就会看见。"塔涅尔提起步枪,四处张望,"波在哪里?"

菲斯尼克摇头。

"和加夫里尔在一起,"凯特琳说,"大门上面。"

东南大门上方的壁垒规模最大,它从主城墙延伸出去,架有二十门火炮和加农炮,居高临下俯瞰山腰。塔涅尔在壁垒上找到了加夫里尔,他正抬手遮挡阳光,探头探脑,仿佛在等待子弹。波在他身后几步开外,皱着眉头观察山坡上的情况。

"尊权者之塔。"塔涅尔说。

"我知道。我一直好奇他们在忙活什么,还以为是固守待援。"波咕哝着,扯扯衣领,"真没想到。"

"我以前没见过，"塔涅尔说，"只听说过一些传闻。"

"你要是见过才怪。上一座塔建造于两百一十五年前，当时凯兹军队在哥拉围攻某个沙阿的王宫，亚卓和凯兹还是同盟呢。"他冷哼一声，"亚卓和凯兹的王党共同建造了三座尊权者之塔，赢得了那一仗，也赢得了战争。"

"他们为什么用上了尊权者之塔？"塔涅尔问。

波看着他，沉默半晌。"因为守卫沙阿王宫的，乃是哥拉的一位神灵。"

塔涅尔打了个寒战。不是因为冷风。"你在开玩笑。一位神灵？"

"王党的秘密，朋友。"波伸手点了点鼻翼，"那是一位年轻的神灵，天真无知。"波若有所思。

"你在历史书里读不到这个故事，"加夫里尔接道。他从壁垒上爬下来，把望远镜塞回兜里。他身披山民常见的混搭毛皮，脚蹬棕色皮靴，内里穿着大小不太合适的棕色皮背心。背心相当陈旧，塔涅尔能闻到一股霉味，像是刚从壁橱里边或箱子底下翻出来的，其左胸处缝有守山人的徽章——三个三角形，大的上头罩着光环，两个小的左右拱卫——这是守山人司令的背心。

镇上有名的醉鬼加夫里尔，曾任守山人司令。塔涅尔依旧不敢相信。

"你怎么看？"波点头示意壁垒之外。

"情况不妙。"加夫里尔摩挲着下巴上的胡楂。他接任守山人司令后就剃了胡子，但胡子长得很快，而他每隔几天才费心刮一次。"一座尊权者之塔意味着他们整个王党都来了。"

"或者情况更糟。"波说。

"朱利恩。"塔涅尔说。

他俩面面相觑，失落之情溢于言表。

"我见过她施展巫术，"塔涅尔说，"强大得很。"

火药魔法师

"算了吧,"波说,"她没使全力。你连她的一半实力都没见识到。"

"她能荡平我们的要塞。"

"不管她是谁,"加夫里尔说,"她不可能轻易干掉我们。加固这座要塞的巫力和她一样古老,巫力渗透在每一块砖石和每一抔泥土里。这是守山人的地盘。"

波恼怒地瞪着加夫里尔。"那也不能低估她。"他说,"不过我们也许伤了她的元气,她那天在山顶承受的攻击,足以消灭半个王党。况且她跌落悬崖,坠地时怕是能砸出一个巨坑。"

守卫壁垒的队伍传来一阵窃窃私语。塔涅尔来到边沿观望,加夫里尔和波紧随其后。

塔涅尔眯着眼睛,迎向刺眼的阳光,发现山脚处有动静。凯兹全军趁夜行进,堪堪避开炮火的射程,原本的一大盘散沙在塔涅尔观察的过程中逐渐成形。然后他看到了凯兹王党的旗帜,旗面巨大,与贵族、王室的旗帜相比,就像床单和衬衫的区别。这些施加了巫术的旗帜在凯兹军队上方升起,不为风所吹动,冲着守山人的方向飘扬,旗面上画着麦田里的一条白色巨蛇,即凯兹的权力象征。塔涅尔观望时,巨蛇动了。这又是巫术。白蛇张开大嘴,朝山上的要塞喷吐毒液。

塔涅尔看了一眼波。

"戏法,"波说,"幻象。暂时没什么危险。"

"好吧。"

尊权者之塔缓缓上路,士兵在两边步调一致地前进,军童敲出的有节奏的鼓声在山间回荡。一千匹马拉动大炮,马具嘎吱作响。一声号角响起,凯兹军队开始登山。

到目前为止,敌方发起过佯攻和试探,几个连队冲击壁垒不成,又退回相对安全的天然胸墙后面——那是之字形道路在山坡上自然形成的。镇守多面堡的亚卓士兵几次撤军，但等敌人后退，不费吹灰之力又夺回了阵地。

塔涅尔看得出这次不是佯攻。真正的进攻已经开始，不杀个你死我活绝不罢休。

他感觉有人拽他的袖子。卡-珀儿把他拉到一边，递上一个包裹，有炮弹大小，重量也差不多。

"棍儿，你搞什么鬼？啊，这是什么？"他把包放到地上，打开一看发现是满满一包子弹，足够半个连使用。他皱着眉头望向卡-珀儿。"谢谢，这……"

卡-珀儿翻个白眼，举起拳头捶了一下胸膛——那是她指代尊权者的手语——然后摆开射击的架势。笑容在塔涅尔脸上慢慢绽放，他明白了。

"那是什么？"波从卡-珀儿的肩头窥视。

"子弹。"塔涅尔说。他捡起一枚，举在阳光下。标准的步枪用铅弹，约拇指宽，仔细观察能发现子弹中间有一圈深红色纹路。波伸手欲拿，塔涅尔急忙闪开。"你碰到会后悔的，"他说，"这是红纹弹。"

波疑虑重重地望着子弹。"什么？"

"这些子弹被骨眼——底奈兹的巫师——施加过巫术，"塔涅尔说，"我们在法崔思特战争中使用过，杀了不少尊权者。"

"它的巫术有什么效果？"波盯着子弹，不敢接近。

塔涅尔伸出大拇指冲着卡-珀儿。"它能击破尊权者的防护盾。如果你想知道细节，就自己问她吧。就我的理解，制作这种子弹需要耗费许多能量。"塔涅尔端详着卡-珀儿，他不知道卡-珀儿还有这个能耐。这些红纹弹看样子货真价实，而卡-珀儿有了眼袋，说明她曾长期熬夜赶工。塔涅尔忽然发现已有整整一周没怎么见过她了，他从早到晚都在城墙上盯着凯兹大军。

火药魔法师

波一脸专注，与睁开第三只眼时的表情一样。"你说不能碰，"他凑近了观察子弹，喃喃道，"除了能在脑袋上钻个洞，还会造成别的伤害？"

"会，"塔涅尔说，"一个法崔思特的尊权者告诉我，一碰就有灼烧感。我想象不出子弹打进你身体是什么滋味。"

"这么说不需要直接命中，"波若有所思地挺直身子，"我怎么以前没听说呢？"

"如果你是凯兹人，而加持巫术的子弹可以穿透你最强的护盾，这种事你希望妇孺皆知吗？如果你是法崔思特人，你愿意亮出自己的一手好牌吗？"

"法崔思特人可以把这种子弹卖到天价。"波说。

塔涅尔仿佛听见波的脑子飞速转动的声音。"你可以这么做，然后就会发现某天遭到追杀。"

波笑了。"也许真有可能呢？"他似乎仍在沉思，"换做我，我不会对任何人说出真相。"

加夫里尔来到他们身边。"塔涅尔，尊权者已经露面，是时候开工了。还有你，波。"大汉冷哼一声，"他们这一路上山，我要你能扔什么就扔什么。战斗即将打响。"

一声炮响回应了他的话语，塔涅尔的耳朵嗡嗡作响。几秒钟后，炮声再起，接着又一声。

"习惯就好，"加夫里尔高声喊道，"我们唯一不缺的就是弹药。炮弹将会没日没夜地发射，除非我们的大炮统统炸膛，或者凯兹人送我们下了地狱。"

整个上午，塔涅尔让那些凯兹尊权者屁滚尿流地寻找掩护。红纹弹击破了尊权者之塔为周围提供的护盾，只有最靠近塔身的地方例外，那里的巫术力量太强，红纹弹在无形的盾牌上弹飞，就像普通炮弹一样。凯兹的尊权者拥挤在塔边，随之缓慢行进。有人坐在上面，敷衍了事地向山上施放火焰或者闪电。那些巫术没有一次逾越多面堡,守山人倚仗的守护术太强大了。

大约正午时分,尊权者之塔移动到从莫潘海戈到要塞的四分之三处,在一块相对平坦的路面上停了下来,附近空地上有一间矮屋和茅厕——那是供旅行者休息的地方。挡板搁在车轮后面,公牛进了围栏,尊权者之塔的阴影之下支起了帐篷。

凯兹王党进了临时驻地。

凯兹军队则在连续不断的炮火下忙活了一整天,炮弹和子弹泼洒在巫术制造的护盾上,他们上方的空气闪闪发光。当天晚些时候,塔涅尔发现波在附近,波戴上了手套,但一直未对凯兹王党进行还击。他举着望远镜观察王党所在的位置,满脸愁云。

"见鬼。"波自言自语地收起望远镜。他发现塔涅尔来了,转过身来。"她在底下。"他说。

"朱利恩?"塔涅尔问,"你怎么知道?"

波按摩着太阳穴。"我的第三只眼睁了一整天。她藏得好严实,而且见鬼的是,在护盾里面找个人实在太难。我有两次清楚地看到她使用力量,每次都是木塔卡在半路上的时候。"他嗤之以鼻,"贱人驾着牛车回来了。我刚才又看见了一次。就是她,没错,只有普瑞德伊在他方有那样的光芒。她甚至没有费心隐藏。"

"如果是另一个普瑞德伊呢?"塔涅尔问。

波面色煞白,他吞了吞口水,转回身,再次举起望远镜。过了一会儿,他移开望远镜,冲塔涅尔脚边啐了一口。"你这混蛋,竟然提出这种假设,"他揉着眼睛说,"我要彻夜难眠了。寻找第二个普瑞德伊,该死。"

"你觉得她在山上承受过我们的攻击,仍然活下来了?"

"看来是的。"

"那到底要怎样才能杀死她?她能不能被杀死?"

火药魔法师

"我不知道。"

"你为我们增添了信心,知道吗?"塔涅尔对波的瞪视置之不理,"她真要上山召唤克雷西米尔?"

"是的。"

这个问题,塔涅尔至少提过五十次。他指望波给出不同的答案,却从来没有得到。他仍旧不甘心。

"之前她为何不做?她明明可以瞒过我们,偷偷上山。"

"上一次召唤,世上最强大的十三个尊权者齐心协力才得以实现。"波说,"这次她需要所有的王党成员。"

"凯兹的王党。"

"是的。"

"他们为什么要帮助她?"

"谁知道她许诺了什么,"波说,"长生不老?力量无边?在克雷西米尔身边统治九国?"

"我们得通知我父亲。"

"我一个多月前就写信警告过他,"波说,"他的回应就是派你来杀我。"

"我相信你。"塔涅尔说。

"那敢情好。你在信里写了朱利恩的情况吗?"

"写了。"他尚未收到父亲的只言片语。这是什么意思?上次听到亚多佩斯特的消息已经是一周前了,一个守护者企图刺杀塔玛斯,但没有成功。塔涅尔不知道父亲是受伤还是残废了——或者只是忙得没时间回话,或者仍计划另派人手对付波。塔涅尔每天都提防着火药魔法师的出现,但没有人来。

"我可以明确告诉你,他不相信召唤克雷西米尔这种事,"塔涅尔说,"他太现实了。"

"你确实把事情报告他了,对吧?"

"我当然报告他了。我说我不能杀死你,因为我在山上需要你的帮助。我说我看到了凯兹的军队,我们需要尊权者共同迎敌。"

"问题在于,我们下山时你才看到凯兹军队。"波说。

"但那句谎话编得在理。"

"也只有这样才能说服他。"

"我请求他增援,"塔涅尔说,"至少这件事塔玛斯能做到。"

"很好。但这种咽喉要道的问题在于,镇守兵力不能太多,太多士兵反而会帮倒忙。我去找加夫里尔说说,派几个连到亚卓那边的山坡扎营,轮换守卫,节约体力。"

塔涅尔和波盯着底下的凯兹军队,许久默然无语。

波扭头望着他。"塔玛斯真的是在玩火,对吧?"

"看来是的。"

"我有个问题。"波说。他欲言又止。

塔涅尔皱着眉头。波在询问他这方面,几时支支吾吾过?"什么?"

"你母亲怎么了?我听过官方说法,说是去凯兹执行外交任务,结果被指控间谍罪和叛国罪,很快被斩首。背后想必另有隐情。"

波想知道塔玛斯为何发动战争。"我没告诉过你吗?"

"我没问过,"波说,"这个话题你好像……不大愿意说。"

塔涅尔张嘴欲言,却发现一时词穷。他生生呛了口气,捂住嘴猛烈咳嗽,视线有些模糊。是的,他从未谈及此事,甚至对最好的朋友都没提过。他竭尽全力才发出声音:

"我的外祖母是凯兹人,我母亲利用这个身份的掩护,一年出国一次,有时两次。凯兹有抓捕火药魔法师的惯例,但又忌惮我母亲的贵族地位。每次回娘家,她都力争解救一个火药魔法师,偷偷带到亚卓,保护在塔玛斯的羽翼之下,或彻底送到九国之外。母亲的秘密被尼克劳斯公爵发现了,随后凯兹逮捕了她和我的外祖父母,等消息传

火药魔法师

回亚卓，他们已被处死。"

塔涅尔清了清嗓子。"塔玛斯要求曼豪奇宣战，曼豪奇却拒绝了，朝廷强压下整件事，谁也不敢多问一个字。我父亲消失了一年多，他回来时，有传言说他干了一件大事，但功败垂成——刺杀伊匹利。这传言也被压得没了声息，与我母亲未经审判即遭处决那件事一样迅速。"

"你父亲，"波不动声色地说，"试图刺杀凯兹国王，还能逍遥法外？"

"他没提过这件事。我母亲有两个兄弟，他们在同一时间消失了。我认为他们被抓了，而塔玛斯逃之夭夭，虽然其本人丝毫不愿承认。"塔涅尔撒了些许火药在手腕上，吸进鼻孔。他对舅舅们的记忆很模糊，甚至想不起他们的名字。

"我要不要留意别的火药魔法师？"波问。

塔涅尔乐得换个话题。"我觉得不用，"他说，"重兵压境，外加凯兹王党的大部分势力，塔玛斯知道他需要你。至少在大军撤退之前，你不用担心。"

"好极了。"波笑着拍拍塔涅尔的肩膀，转身向镇子走去。塔涅尔抚摸着手中的步枪，目送朋友的背影，只见对方双肩松垮、脚步拖沓。波累了，塔涅尔心想。

波是他们对付凯兹的最强武器，但锋芒已弱。次好的武器呢？塔涅尔感到口干舌燥，太多压力背负于身。塔玛斯可以化压力为动力，击发一百颗子弹，杀了山坡上所有的凯兹尊权者。守在山上的应该是他。

塔涅尔扛起步枪，掉头返回多面堡。他只能按老路子来，一次一颗子弹。不，他忽然想起，他是"双杀"塔涅尔，一次两颗才对。

第 23 章

塔玛斯下了马车,深吸一口乡间空气。奥莱姆守在车道上,一手扶着腰间手枪的枪柄,一手插在猩红色猎装的外兜里。他嗅探空气,活像看门狗一样,一边观察周围环境。他的行头和塔玛斯别无二致,除了猩红色猎装和猎帽,便是黑色无带长靴和深色裤子,肩上挎着一把步枪。

草场上回荡着猎犬的吠叫。狩猎行宫坐落于御林苑的边缘,夹在两座山丘之间,依傍一条铺满鹅卵石的溪流。行宫有几百间房,且暴露了亚卓君主代代传承的恶俗品位。最早的时候,行宫以当地的石头和参天橡树为材料修建,但百年来这一带的橡树已经绝种。最近一次整修完成后,行宫以砖砌外墙示人。两层高的犬舍与王家马厩一样大,在草场南边清晰可见。

"来吧,赫鲁施。"塔玛斯说。猎犬从马车上一跃而下,立刻鼻子贴地,耷拉的耳朵扫过地上的碎石。塔玛斯心中隐隐作痛,因为赫鲁施的后面没了皮拉夫的身影,多少年来他已经熟悉了那样的场景。今年打猎,很多事都变样了。

塔玛斯进了农舍,扑面而来的是含混不清的交谈声和神经兮兮的窃笑。他算得上最后一批到场的,然而休息室里统共才十来人。

"没多少人啊,长官。"奥莱姆说。一个管家不悦地盯着奥莱姆的香烟,奥莱姆懒得理他。

"常来的老主顾被我杀了十之八九。"塔玛斯喃喃道。

火药魔法师

塔玛斯挨个儿冲休息室的男男女女点头致意，其中有两个富商，还有两个地位不高、侥幸逃过选举广场那一幕的贵族。去年他们只能身着浅色马裤和深色马甲，没有参加正式狩猎的资格，但今年为了充人数，他们可以和其他人一样使用狩猎的服色。瑞兹准将和阿布莱斯准将正和商人们闲聊，塔玛斯找他们寒暄了几句，感谢他们在镇压保王派一战中所做的贡献。他经过几个小贵族身边的时候，休息室忽然静了下来。

温斯拉弗夫人身着深色骑马装，外罩猩红色衣领的黑色外套，花枝招展地下了楼。

"塔玛斯，很高兴你来了。"她说。巴拉特准将躲在她身后的台阶上，塔玛斯对这个性格阴郁、行事鲁莽的年轻人颇为不满，每次见到都想扇他耳光。

"我绝不会错过，"塔玛斯说，"赫鲁施需要找点事儿分分心。"听到自己的名字，注意力原本放在地板上的猎犬抬起头来。"或许我也一样。"他又说。

"当然了。"温斯拉弗夫人说，"这么说来，它会参赛喽？"

塔玛斯戏谑地笑了。"它能夺冠。去年打败它的只有皮拉夫，今年国王的猎犬不参赛，它就更没有敌手了。"他收敛笑意，示意温斯拉弗夫人借一步说话。等他们在廊道里独处时，他说，"这是一场闹剧，夫人。"

她瞪着塔玛斯。"当然不是，你这么说也太侮辱人了。"

"国王死了。打猎是他的传统。此外，以前常来的那些人大多也死了。"

"所以我们就该取消这个活动吗？"她说，"别说你不喜欢打猎。"

塔玛斯深吸一口气。果园谷狩猎是一年一度的传统项目，最早可追溯到六百年前，标志着圣亚多姆庆典的开始。塔玛斯内心极为纠结。他热爱打猎，但是……

"这样做将会传递错误的信号，"他说，"我们希望让老百姓看到，我们并非换汤不换药，我们与曼豪奇及其贵族亲信不是一丘之貉。狩猎是贵族的运动。"

"我不这么认为。"温斯拉弗夫人说，"狩猎是亚卓人的运动，你会禁止网球和马球吗？无非都是些娱乐活动。"她摇摇头。"下一步你就该禁止化装舞会了，等到冬天大家无事可做的时候，看看你有多招人厌恶。"

"我不会那样做的。我遇见妻子就是在一次舞会上。"塔玛斯说。

她同情地看着塔玛斯。"我知道。你看，塔玛斯，亚卓最有声望的一些商贾家族派来了代表，连里卡德和昂德奥斯都来了。我还公开邀请了亚多佩斯特的每个居民。"

"每个居民？"塔玛斯问，"如果真是那样，应该有很多人到场才对，哪怕只为了免费吃一顿。"

温斯拉弗夫人嗤之以鼻。"你明白我的意思。但今天来的甚至有北乔哈尔的业余驯犬师。那帮人是自由农夫，粗俗得很，养猎犬却似乎很有一套。"她伸出一根纤长而有些许皱纹的手指，戳了戳塔玛斯的胸口。"圣亚多姆庆典的开幕式不能少了果园谷狩猎，我不能容许这种事情发生。现在跑腿的已经在布置赛场了，狩猎二十分钟后开始。带赫鲁施去起跑线吧，马厩师傅会为你准备坐骑。"

塔玛斯和奥莱姆得到坐骑后，旋即前往即将举行狩猎大赛的犬舍。修剪整齐的草地上画了一道白线，横跨全场，骑马的男男女女总共有数百人。他们有的牵着猎犬，有的仅以口令指挥，一些有钱的参赛者则带着步行跟随的驯犬师。

塔玛斯排在白线末端，这里的人比他预料的多，猎犬的数量更是超乎想象。"她说邀请了每一个人，居然所言不虚，可惜很多人连猎装都没有。"他欲言又止。现在可不是抱怨的时候，要不是因为他，精致养眼的猎装和彬彬有礼的贵族才是这里的主角。

火药魔法师

"是，"奥莱姆说，"有人来是好事。庆典如果不以狩猎开场，那就太遗憾了。"

"温斯拉弗夫人付了钱让你说这些话吗？"塔玛斯说。奥莱姆是普通士兵，参军前则是农民，对打猎本该没什么兴趣。

奥莱姆吃了一惊。"当然不是，长官。"他把烟头弹进草丛，立刻开始卷另一根。

"我开玩笑的，奥莱姆。"塔玛斯环顾四周，看到一个农民骑着邋遢的母马，带着两只猎犬，身着与狩猎八竿子打不着的破旧红衣，不禁皱起眉头。

没多久，号角吹响，猎犬出发。塔玛斯策马慢行，目送赫鲁施冲在最前头，在特殊气味的指引下狂奔。很快，所有猎犬都消失在树林里。塔玛斯超越过其他骑手，等进了树林又松懈下来，落在最后。他闭上双眼，聆听遥远的狗叫声，颇为享受。

过了好一会儿，他睁开眼睛，发现身边只剩奥莱姆。保镖的坐骑陪着塔玛斯优哉游哉地小跑，保镖本人扫视着周围的灌木丛，眼神锐利如鹰。

"你从不放松吗？"塔玛斯问。

"守护者事件之后想放松也不行，长官。"

塔玛斯看得见前方的人马，听得见身后的声音。猎犬们全力追逐，猎人们则四散开来，自寻乐子。活动可以持续一整天，要么有猎犬追上携带特殊气味的志愿者，要么有猎犬抵达比赛终点。去年，皮拉夫只花半天工夫就找到了志愿者，导致狩猎大赛提前结束，为此它被意犹未尽的亚卓贵族们迁怒，但赢得了塔玛斯奖励的一大块牛肉。

塔玛斯驱散了那些年参加狩猎的回忆，对奥莱姆说："那不是你的错。他们还会派守护者刺杀我，而对付那种家伙，你帮不上什么忙。"

奥莱姆轻轻扶着枪柄。"不要过早否定我，长官，我的本领难以估量。"

"当然。"塔玛斯温和地说。他感到心旷神怡,一切恍如隔世,只想放飞思绪,享受林间凉爽的微风和斑斑点点照在脸上的温暖阳光。果园谷狩猎举办当日晴空万里,真可谓天公作美。

"我有个问题,长官。"奥莱姆的声音打断了他的思绪。

"如果是关于凯兹的,我不想听。"

"我想知道,您打算如何处理米哈利,长官?"

塔玛斯闻言打了个激灵,不悦地瞟了奥莱姆一眼,士兵背对着他,正观察树林里的动静。"我想打发他回哈森堡。"塔玛斯说。

奥莱姆凌厉的目光扫了过来。

塔玛斯说:"你也不愿意?普通士兵难以割舍他,我能理解,可你应该不会。"

"我就是普通士兵,长官,您提过他的价值,"奥莱姆说,"无中生有的能力。"

"我有可能得罪克莱蒙特。精神病院的赞助人不是等闲之辈,他在布鲁达尼亚-哥拉贸易公司的地位不容小觑,拿硝石供应来冒险并不值当。打仗的节骨眼上,火药比食物重要。"

"还有呢?"奥莱姆问。

"米哈利是个疯子,奥莱姆,他就该待在精神病院。"他字斟句酌地说,"和正常人一起生活对他而言太残酷了。"这些理由在他脑子里酝酿时说得通,但亲口讲出来又不大对劲。他眉头一皱。"他在精神病院能得到救助。此外,你看过埃达迈给我们的那份名单了吗?"塔玛斯不想继续刚才的话题。

关于米哈利的谈话突然中止,奥莱姆一时无所适从。"看过了,长官,"他语气生硬,"我们正在调查,虽然进展很慢。老实说,我们人手不够,但目前看来,埃达迈的直觉相当可靠。"

"他说那些人名和船名都是在两天时间里调查到的。"塔玛斯说,

火药魔法师

"战争开始后,码头上的全部警力只提供了五六个凯兹走私贩的名字。他的办事效率怎么会这么高?"

奥莱姆耸耸肩。"他有能耐,而且没有警察身份的限制。他不穿制服,也不受贿赂和威胁。"

"你觉得他查得到谁背叛了我吗?"塔玛斯问。

"也许可以吧。"奥莱姆半信半疑地说,"我希望您多派些人手,您不该把亚卓的命运托付给一个退休侦探。"

塔玛斯摇摇头。"你刚才也说了,警察不方便去的地方,他可以去。我不放心把这件事托付给别人。我真正信任的人——你、萨伯恩和火药党成员——在做最重要的工作,而他们在此事上都比不得埃达迈的能力和经验。如果他找不出叛徒,谁也不可能做到。"

奥莱姆盯着他,面色阴沉,嘴角微微抽动。塔玛斯的胸口突然感到了一丝畏惧。"给我一份执行令,"奥莱姆平静地说,"外加十五个人。我能找出叛徒是谁。"

塔玛斯翻个白眼。"我不能让你带着砍刀和烙铁,把我的议会闹得鸡飞狗跳。你会逼得他们别无选择,使亚卓最有势力的一帮人与我为敌。很遗憾,奥莱姆,我不仅需要你保护我的人身安全,我还需要其他五个议员——没有背叛我的那些人——毫发无损。"

听见身后急促的马蹄声,塔玛斯回过头。"见鬼,我还指望能舒舒服服地过一天。"

"喂,陆军元帅。"查理蒙德喊道。大主教看样子丝毫不像圣绳之仆,他身着猎装,趾高气昂,胯下的高头大马比塔玛斯的至少重上十石。他身后跟着三个年轻女人——可能是祭司,但她们都身着猎装,因此难以断定。落在最后的是昂德奥斯大司库,老人身着黑色猎装和浅色马裤,表明不参加角逐,然而他骑在马上自信满满、稳如泰山的架势,远远超出人们对一位高级财务官的预期。

"你今天有几只猎犬参赛,查理蒙德?"塔玛斯问。

大主教冷着脸,只要对方不提他的头衔,他便是如此反应。"十只,"他说,"不过老实说,其中三只代表这几位女士参赛。"他示意身边的同伴,"女祭司克拉、娜拉姆和乌勒,这位是陆军元帅塔玛斯阁下。"

塔玛斯向三个女人颔首致意。她们看样子都不满二十岁,却拥有女祭司的头衔。她们实在太年轻了,而且个个貌美如花。这么有魅力的女人不大可能献身教会。

大司库策马来到塔玛斯身边。

"昂德奥斯,"塔玛斯说,"你是最不可能来猎场的人了。"

昂德奥斯扭头指向他们身后。"不,最不可能来猎场的应该是他。"

不远处,一人一马正在披荆斩棘地前行——里卡德·汤布拉连声咒骂,这位工会首领的脸颊蹭上了荆棘,随着一声惨叫,他猛地一夹马肚子,冲出灌木丛,疾驰而来。马儿经过身边时,塔玛斯伸手替对方拽住缰绳。他探着身子,轻抚马儿双眼之间的部位。"嘘,没事,"他安慰受惊的畜生,"老天啊,里卡德,不要再催它了,当心被甩出去。"

里卡德的马刺深深戳进了马肚子,他闻言立刻松开脚,长出一口气。"婊子养的,"他说,"我生来就该坐马车,而不是骑马。"

查理蒙德冲他露出嘲笑。"我也看出来了,"他说,"大家都看出来了。我见过有的小孩都比你骑得好。"

"我见过有的皮条客带的婊子都没你多。"里卡德恶狠狠地回敬。

三位女祭司倒吸一口凉气。大主教掉转马头,面对里卡德,一手扶着剑柄。"收回刚才的话,不然我剥了你的皮。"

里卡德拔出腰间的手枪。"你敢靠近一步,我就打烂你的脸。"

塔玛斯呻吟了一声,抓住里卡德的枪管,推到一边。"你俩给我住手。"他说着,催马靠在里卡德身边,"你怎敢威胁大主教?"他吼

火药魔法师

道。"你疯了吗?"

里卡德擦去脸颊上的血——那是荆棘造成的伤——看着血迹斑斑的手指骂道:"该死的狩猎大赛。"

"那你来干什么?"塔玛斯说。

"温斯拉弗夫人非要我来,"里卡德说,"她说我现在作为议会成员,要讲体面,要符合人们对我的期望。我在渔船舱底都比这里快活多了。"

"你没骑过马?"奥莱姆问。

里卡德把手枪插回腰间,双手拉着缰绳。"一次都没有。小时候,父亲没钱送我学骑马,而等我想到这件事,我已经有钱坐马车了。不说了,那个猎犬总管死哪儿去了?温斯拉弗夫人说那个蠢货会跟着我,不让我出洋相。"

"他没法完成任务。"查理蒙德说。

里卡德怒目相向。塔玛斯抬起胳膊肘,狠狠地顶了他一下。里卡德扭头对三位女祭司说:"很抱歉,女士们,我刚才的言论并非针对诸位。"三人都鼻孔朝天,里卡德叹了口气。

"我希望度过一个愉快的下午,"塔玛斯扫视着他们,"我可以接着享受吗?或者你们非要逼我一个人上路?"

里卡德和查理蒙德各自咕哝着什么。塔玛斯牵住里卡德的坐骑,继续骑行。"让它带路,"说完他松开缰绳,"它认得路,也认得别的马。它自己就能跟上来,它也知道你不懂行。你一旦想发号施令,它就会没完没了地反抗。"

里卡德默然点头,避而不看查理蒙德及其一干女祭司。

很快,猎犬总管也追了上来。

塔玛斯发现对方竟是熟人。"加本!"他喊道。

"长官。"加本策马来到他身边,满面笑容。这个年轻人生气勃勃,骑在马上格外轻松自在。一般而言,猎犬总管负责不让猎犬偏离路线，而这位却要负责不让猎人偏离路线。

"奥莱姆，这是加本，"塔玛斯说，"阿祖卡上尉的小儿子。"

"很高兴认识你，"奥莱姆说，"我认识上尉很多年了。"

加本伸出手来。"你就是那个不睡觉的赋能者？"

"正是。"

"幸会幸会。"

"这么说，夫人让你来协助里卡德，对吗？"塔玛斯问。

加本点点头。"他可能需要帮忙。"

"看来你跟丢了目标。"

"他闯进了一片荆棘丛，长官，我决定绕开。"

"聪明。我听你父亲说，你的马术相当精湛。"

"他言过其实了。"加本谦虚地说。

"不，我相信他没有。"塔玛斯注意到他的目光飘向年轻的女士们，"去吧，别让我拖了后腿。"

加本骑到女祭司们身边，回答她们关于狩猎大赛的问题。不久，塞巴斯蒂涅准将悄无声息地现身，加入猎犬总管和女祭司一行，静静地听他们交谈。

塔玛斯侧身对奥莱姆说："塞巴斯蒂涅准将在镇压保王派叛乱时的表现非常突出，以后我们要关注此人。记住我的话，他在四十岁之前就能晋升少将。"

寂静笼罩了林子，唯一的声音来自马群和前方数十米处年轻人之间的低语。塔玛斯正要享受相对而言的安宁，昂德奥斯开口了。

"我想知道那个厨子的事。"大司库说。

塔玛斯扭头望向昂德奥斯。道路宽敞，可供四人并排骑行。塔玛斯在道路一头，里卡德在他右后方，昂德奥斯位于里卡德和查理蒙德之间。奥莱姆殿后，双眼始终盯着林子。

"哪个厨子？"塔玛斯问。

火药魔法师

"那个为上议院所有职员和劳工做饭、还负责驻防部队伙食的厨子。"昂德奥斯说。午后的阳光中,弯腰驼背的司库老头神色警惕,但骑马的姿态却年轻得很。他和塔玛斯四目相对。

"那个开发了亚多佩斯特前所未见的菜品,能收到反季节的食材,而且从始至终没下过订单的厨子。那个每天只用价值几百卡纳的面粉和牛肉就喂饱了五千人的厨子。"昂德奥斯冲塔玛斯微微一笑,"那个自称天神下凡的厨子。难道这一切你都没注意到吗?"

塔玛斯稍稍放慢速度,等其他人也慢下来。前头的女祭司、准将和猎犬总管毫无察觉,确保他们都听不见之后,塔玛斯说:"他是赋能者。不是神。"

查理蒙德哼了一声。"那就好。这是亵渎。"

"这么说你知道他?"塔玛斯深感无奈。他曾指望查理蒙德对米哈利视而不见,看来愿望落空了。

"我当然知道,"查理蒙德说,"我教会的同僚得到了消息。我今早刚收到他们的通告。"

"说什么?"

"他们希望教会立即羁押此人,以免谎言继续传播。"

"他没有恶意,"塔玛斯说,"他是从哈森堡精神病院跑出来的,我随时都会送他回去。"他不希望教会插手。

"他是什么人?"昂德奥斯问。

"黄金大厨之首。"塔玛斯说。

"别骗我。"昂德奥斯大吃一惊。

"他没骗你。"里卡德突然插嘴,"黄金大厨之首是顶级厨师的头衔,换句话说,他是九国一等一的厨子。真不敢相信,他在城里。"

"你认识他?"塔玛斯问。

"准确地说,我了解他。"里卡德说,"五年前我请他为曼豪奇做饭,付了一笔巨款,正是那次晚宴征服了国王,允许我创立工会。我这辈子没尝过那种美味。"他低低地吹了声口哨。"我太想念他炖的南瓜汤了。我想见他。"

提到米哈利的南瓜汤,塔玛斯忍住笑意,不自禁地舌底生津,好像闻到了香味,仿佛米哈利就在不远处的林中空地用大锅炖汤。

"遗憾,"查理蒙德说,"你见不到他了。我今晚就带走他,交由教会羁押。我之所以今早没有立即下令,是为了给塔玛斯留面子。"

"如果我不放人呢?"塔玛斯淡淡地说。

查理蒙德哈哈一笑,仿佛塔玛斯讲了个笑话。"那不可能。此人乃异教徒、渎神者。我们都知道世上只有一位真神,克雷西米尔。"

"亚多姆、尤尼斯和罗斯威尔呢?克雷西米尔其他的兄弟姐妹呢?"塔玛斯问,"没错,我懂的教会知识不多,我应该多……"

"教义不是知识,"查理蒙德说,"两者根本上就不同。他们帮助克雷西米尔创立了九国,这没错,所以他们成了圣徒。但克雷西米尔是他们当中唯一的神,其他任何说法都违背教会的教义。上述教义由凯兹利议会于五百零七年判定。"

里卡德瞪大了眼睛。"你还真的知道教义啊。难以置信!我以为当大主教只需一顶漂亮帽子和妻妾成群。"

查理蒙德不予理会,只当里卡德是集市上惹人生厌的地毯贩子。"议会还规定异教徒和渎神者归教会审判。九国的诸王都签名认可。"

"有意思,"塔玛斯说,"因为亚卓没有国王了。"

查理蒙德一脸震惊。"什么……?"

"没有一位大主教意识到这点吗?"塔玛斯说,"亚卓国王签署的任何文件都失去了效力。严格来说,我们连什一税都不用交。"

查理蒙德气急败坏。"那不是事实。我的意思是,我们有协议……"

"和曼豪奇的协议。"昂德奥斯接道。大司库笑得阴险,塔玛斯怀疑自己刚才给了昂德奥斯一个排挤教会的好借口。塔玛斯闭上眼睛。噢,克雷西米尔在上,我什么都不该说。"

"我不想错过狩猎大赛的后半程,"不等查理蒙德回应,塔玛斯道,"我都听不到猎犬的叫声了。"他催马向前,不一会儿就追上了猎犬总管。

加本闻声扭头。"长官,"他说,"我们落后大部队太多了。"

"是的,"塔玛斯道,"我也这么认为。"

"如果您允许,长官,"加本说,"我愿意带领大家在林子里抄近道。我知道他们计划的地点,时间上还有——"他抬头看了看枝叶掩映的太阳。"两个钟头。我想我们能及时赶到。否则的话,或许等到狩猎大赛收场也追不上他们。"

"长官,"奥莱姆低声说,"离开狩猎路线不大安全。这些树林归国王所有,比亚多佩斯特及其郊区加起来还大。我小时候经常来玩。万一迷路,好几天都走不出来。"

"在灌木丛里穿行,"猎犬总管说,"速度会慢上很多,但必要时劈开它们就没问题了。我很熟悉这一带。"

"我觉得不好,长官。"奥莱姆说。

塔玛斯驱散内心的忧虑,朝奥莱姆笑了笑。"冷静,我是看着加本长大的。林子里最可怕的东西就是鹿了。带路吧。"

他们一个跟着一个,顺着鹿群的踪迹在林间跋涉。女祭司们在塔玛斯身后大声嬉笑,他则任由思绪驰骋,考虑作战计划和策略。战斗尚未波及瓦萨尔门,双方仅在南派克地区交火,而那座要塞所处的独特地理位置,决定了他们不需要制订特别的计划。凯兹一方拥有强大的巫师,但他们抵挡了一个月之久,而且人员伤亡极少。

还有塔涅尔。该怎么办呢?波还活着,两人并肩抵抗凯兹大军,塔玛斯对此感到欣慰。但是波依然受盖斯的影响。塔玛斯能不能信任他们？塔涅尔违抗了命令，论罪当罚，尽管其声称有必要留波一命——他们需要尊权者来守卫休德克朗。

塔玛斯清楚真正的原因：塔涅尔下不了手，他没法杀死最好的朋友，即使非杀不可，即使军令如山。塔涅尔一定也知道那些说辞瞒不过塔玛斯。塔玛斯不愿再想，唯恐毁了难得的假日。

一路上，地形逐渐改变。他们深入山谷，周围尽是覆盖着苔藓的岩石，地面铺满了掉落的树枝和腐烂的松针。此地仿佛隔绝了一切声音，令塔玛斯感到脊背发凉。这一带的树林古老而深邃，他们的马蹄声扰乱了寂静。

鹿群的踪迹消失了，他们顺着溪水前行。岩石越来越大块，树冠越来越浓密，但好像还没有抵达谷底。塔玛斯不记得哪次狩猎来过这个地方。

塔玛斯不由自主地盯着昂德奥斯的后脑勺。一绺绺白发贴在大司库的头上，一对两卡纳硬币大小的胎记清晰可见。他是叛徒吗？塔玛斯猛地意识到，同行的四个议员之中，任何一个都有可能是叛徒。

奥莱姆突然策马上前，他超过其他骑手，在猎犬总管身边放慢步伐。"我们在哪里？"他说。

"快到了，"加本说，"不到一里就能回猎场。"

"那为何我们听不见猎犬的声音？"奥莱姆说。

塔玛斯来到队伍最前头，查理蒙德和昂德奥斯紧随其后。里卡德仍在队伍末尾，仰头张望周围的巨岩。

"有周围的石头挡着，听不见什么声音。"加本回答，塔玛斯在他身边放慢速度。

"我们根本不在猎场附近，"奥莱姆说，"这里是巨人的台球桌。我小时候在这里疯跑过。"

塔玛斯面色一沉，盯着加本。"解释一下。"

高耸的巨岩上有一块石头忽然滚落。塔玛斯猛地转身，目光在树

火药魔法师

林深处搜寻。"里卡德?"他喊道。里卡德的坐骑位于队伍末尾,缰绳扔在一截断木上。里卡德不见了,塔玛斯扭头盯住加本。"立刻解释清楚!"

塔玛斯听见周围林子里的树叶簌簌作响。他再次扭头,仔细搜寻,但什么都看不到。里卡德随身带着手枪。塔玛斯释放了感知力。里卡德就在附近,塔玛斯感觉到火药的存在。他刚才爬上一块巨岩,趴了下来,面对着他们。里卡德是叛徒吗?有人设下埋伏吗?里卡德带着手枪。他肯定知道塔玛斯通过火药就能找到他。

一个人影在他们前方的巨岩上现身,他端着一把弓,箭在弦上,瞄准塔玛斯。他只用一只眼睛观察,另一只眼睛绑着白色眼罩。此人比塔玛斯年长,那张面孔饱经战火洗礼。他身着棕绿相间的斗篷,便于在树林里藏身。

"瑞兹准将。"塔玛斯说。

奥莱姆扔给塔玛斯一把手枪,又以极敏捷的速度端起了步枪。塔玛斯接过手枪,枪口对着准将,击锤并未扳开。火药魔法师无需多此一举。

"放下武器。"瑞兹准将说着,箭头纹丝不动。他向前挪了半步,步伐稳健,斗篷随之飘动,猩红色的猎装一闪而过。

"我现在就能杀了你。"塔玛斯警告。

"也许吧,"瑞兹说,"但你杀不了我们所有的人。"

塔玛斯盯着瑞兹。"奥莱姆?"他说。

"我们被包围了,长官,"奥莱姆闷闷不乐地回答,"他们全都带着弓箭。十五个人。林子里也许还有更多。"

"当然有。"瑞兹准将说。

"你认得我是谁吗?"查理蒙德问。塔玛斯看都不用看,就知道查理蒙德的短剑握在手里,但这对付上头那帮自由民起不到什么作用。

"我们认得你,大主教。"瑞兹准将说,"只要陆军元帅塔玛斯跟我们走,你不会受到伤害。所有人都能安全离开。"

"老子灭你满门。"查理蒙德怒吼。

"我相信你能做到,"瑞兹准将面无表情地说,"陆军元帅,请吧?"

塔玛斯默默清点手中的武器。一打子弹。即使进行分散射击,即使超常发挥,也远不够杀死十五个人。刚才里卡德爬上了巨岩,不知是因为他察觉到有埋伏,还是因为幕后黑手正是他本人。

"我好像别无选择。"塔玛斯说。

"是的,"瑞兹说着,那只独眼缓缓扫过众人,"我们走吧。"

塔玛斯又一次释放感知力。他们身上毫无火药的痕迹,果然行事谨慎。他的感知力向树林深处延伸,试图寻找其他人携带的火药。他忽然一怔:树林里有尊权者。

"你为何助纣为虐?"塔玛斯问,"温斯拉弗夫人那么信任你。"

瑞兹微微摇头。"这件事与凯兹毫无干系。我效忠亚卓和温斯拉弗夫人。"

"那么树林里为何有尊权者?"塔玛斯指着北边问道。

瑞兹准将的独眼睁大了一些。"这件事与凯兹毫无干系,"他重复道,"快,跟我们走,不然我们费点工夫,先把你们全部拿下,再来解决问题。"瑞兹握着弓臂的手指动了动。据说瑞兹使弓、十字弓、步枪和手枪都能百步穿杨,以雷厉风行和必要时的残忍无情而闻名。而且他不蠢。亚多姆之翼的准将终究不是等闲之辈。

塔玛斯催马上前。

"下马,"瑞兹说着,箭头指向地面,"把所有火药包交给你的保镖。还有手枪。马拴在树上。"

塔玛斯照做了,然后走向瑞兹准将。

"你这个杂种,"奥莱姆骂道,"无耻的混蛋。我要剜了你剩下的那只眼睛。"

"叫你家的狗闭嘴。"瑞兹说。

"奥莱姆,没事。"塔玛斯说着在加本身边停步,抬头望向对方。加本面无表情。"我猜他是你们的人。"塔玛斯对瑞兹说。

"是的。"瑞兹说,"他会带其他人返回猎场。"

"让他去死。"塔玛斯说,"奥莱姆,你带大家安全返回。你说你小时候来这里玩过,你认得出去的路吧?"

"是的,"奥莱姆的语气痛苦不堪。

"那么我命令你,"塔玛斯说,"在所有人离开树林之前,不要回来找我。"

"如果你敢跟踪我们,"瑞兹说,"我就割了他的喉咙。"准将从巨岩上一跃而下,落地时的声响在谷底回荡。

他逼迫塔玛斯走在前面。很快有两个樵夫一左一右地出现,然后又有两个。塔玛斯注意到他们的斗篷底下没有猎装。他们很可能埋伏了好几个钟头。

"瑞兹。"有人忽然大喊。塔玛斯和准将同时回头。是塞巴斯蒂涅准将,不爱言语的指挥官。他语气平静,临危不乱。"你会因叛国行为掉脑袋的,"他说,"夫人不会包庇你。"

"我知道。"瑞兹准将回答,言语间夹杂着一丝悲伤。他背朝塞巴斯蒂涅,押着塔玛斯进了树林。等他们离开众人的视线,瑞兹准将突然用匕首尖抵着塔玛斯,一行人跑了起来。不过他有些心不在焉,仿佛忘了塔玛斯是他的俘虏。塔玛斯扭头端详准将。

"你为什么做这种事?"塔玛斯说。

"闭嘴,"瑞兹说,但语气并不严厉,"你根本不知道'这种事'究竟是什么事。你说树林里有尊权者?"

塔玛斯突然停下脚步,猛地转身,擒住瑞兹准将持刀手的腕部。瑞兹不肯松手,一掌掰向塔玛斯的肩膀。他们默不作声地较量了一阵子，势均力敌，直到瑞兹的帮手上前助阵，击打塔玛斯的后腰。塔玛斯闷哼一声，松开瑞兹的手腕，跪倒在地。

"退后。"瑞兹对来帮忙的人吼道。他抓着塔玛斯的前臂，一把将元帅拉起来。"有人背叛了我。"他低声说，只有塔玛斯能听见。

"我也一样。"塔玛斯瞪着准将。他曾视瑞兹为战友，尽管彼此的关系好不到朋友的程度。几十年前，他们曾共同在海外服役。

"不是你想的那样。"瑞兹放下匕首退开，"我不是来杀你的，陆军元帅，也不是要把你交给凯兹。"

"那你神神秘秘的到底要干什么？"塔玛斯犹豫着是否再次扑向瑞兹。他也许能反制对方，但瑞兹的帮手都在周围观望。

"为了警告你，"瑞兹说，"我带来最信赖的心腹，但还是失算了。树林里真有尊权者？"

"是的，"塔玛斯缓缓说道，睁开第三只眼，"他来了，带着守护者。"他打了个寒战。瑞兹准将说的似乎发自真心，但塔玛斯仍然不大相信他。准将可能在拖延时间，等待尊权者的到来。

瑞兹大喊："卡！娄迪欧！各就各位。"他指着上方的两块巨岩，两人点头领命，爬了上去。"杀了巫师，"瑞兹吩咐，然后扭头对塔玛斯说，"快跑！"

塔玛斯考虑着要不要趁机自行逃跑。他犹豫片刻后，跟着瑞兹钻进林子。瑞兹一边飞跑，一边呼喊帮手的名字，安排他们两人一组阻挡巫师。塔玛斯不时地回头，第三只眼的视野里充满了尊权者柔和的光芒。尊权者迅速接近，随之而来的还有暗淡的能量之光——如果不是被守护者背负着奔跑，尊权者的移动速度不可能如此之快。

瑞兹扭头喝令一个帮手时突然停步，塔玛斯差点撞到他身上。元帅发觉瑞兹已然手持匕首，严阵以待。

塔玛斯转身看见附近只剩两个瑞兹的帮手：一个是自由民，胳膊上挎着弓箭，但他躺在厚厚的落叶上，喉咙有一道猩红的割伤；另一

火药魔法师

个是加本,他冷静地在自由民的斗篷上擦了擦匕首,然后面对瑞兹。

"你父亲……"瑞兹说。

"他是个该死的蠢货,他就不该跟着这个叛徒,"加本示意塔玛斯,然后摆开架势,匕首直指瑞兹,"我只需拖住你们,等公爵过来。"

年迈的准将手握匕首,猛扑上前,利落地反守为攻。仅仅几个来回,他的匕首便刺进了对方的胸口,这甚至算不上一场决斗。瑞兹拔刀起身,独眼瞪得通红,回头望向来时的路。塔玛斯听见巫术在林子里施放的声响,一棵大树轰然倒塌。

"我把手下全害死了。"瑞兹说着闭上独眼,松开匕首。塔玛斯突然发现他那件自由民斗篷上沾有血迹。瑞兹摸了摸伤口。"他这是歪打正着。"准将示意断了气的猎犬总管。

塔玛斯扶着瑞兹来到一块林间空地,让他背靠一截断木。"你有什么就说吧,"他说,"别等一切都来不及了。"巫术的声响越来越近。

"这段时间,我一直找不到机会接近你。"瑞兹说,"计划非常愚蠢,但请你理解,长官,我也是孤注一掷。巴拉特准将背叛了我们,他绑架了我的小儿子,而我指望说服你离开猎场,协助我营救他。事情暴露之前,我们本来有好几个钟头可以利用。"瑞兹擦了擦脸颊,豆大的汗珠混着泪水滚落。"我真不知道其中有叛徒。"

"巴拉特就是叛徒吗?"塔玛斯说,"温斯拉弗夫人知道吗?"

"他不是唯一的叛徒,"瑞兹说,"他和你的议会里的某人是一伙的。不,夫人不知情,她被爱情蒙蔽了眼睛。巴拉特偷了她的心,我百般劝说,想送他到前线或者国外,但夫人不听。现在夫人只听信他一人。"

"你知道他和谁合作吗?"

"不知道。"瑞兹说,"快跑!"他突然向前一冲,推翻了塔玛斯。

林子里火光乍现，热浪灼伤了塔玛斯的手和脸。他就地一滚，顺势起身，望向瑞兹，只见老将军惨叫着，皮肤脱落，血肉焦煳。塔玛斯躲在一块岩石后，惊惶地寻找尊权者和守护者的踪迹，然后他听见一声巨响，岩石炸裂成了他记忆中的最后一幕。

第 24 章

"你要干什么?"

维塔斯大人站在埃达迈家门前的台阶上。他衣着体面,一身崭新的黑色燕尾服,靴子擦得锃亮,就差没闪瞎埃达迈的眼睛。他里面穿着深红色马甲和黑色丝绸衬衫,帽子拿在手中,乌黑的短发服服帖帖地梳在脑后。埃达迈揉揉眼睛,驱散睡意,又整了整便袍,瞟了一眼落地钟。

"现在才七点。"埃达迈直截了当地说。

"我可以进去吗?"维塔斯大人客客气气地问。

"不行。你来这里做什么?"他顿了顿,疑心大发,"你的打手呢?"

"我今天不需要吓唬人,"维塔斯大人说,"上次我带人来是为对付帕拉吉。我相信处理尸体对你来说毫无问题吧?"

他那副殷勤样儿,仿佛在问埃达迈有没有喝早茶。

"还行,谢谢。"埃达迈说,"那么请告诉我你来此的目的。"

维塔斯大人似乎不为埃达迈生硬的口吻所动。"送礼,"他说着,捧起一个黑色小盒子,"我并未得到你的答复。我猜你还没有下决心接受我们的雇佣。"

埃达迈夺过盒子。"转告你家主人,见鬼去吧。我去过名片上的地址,那只不过是河边一间废弃仓库。至于你,"他接着说,"你并不存在。我没时间深究你的底细,但根本没有所谓的维塔斯'大人'。"

"非常精明。"维塔斯大人说,"不过地址绝对有效。我的手下居然没有提及你的来访,了不起,真了不起。"他举起双手,轻轻地拍了拍。"你的侦察能力令人叹为观止。我毫不怀疑你能查清我的来历,还有我家主人的身份。"

"那你何不自行坦白,大家都节省时间。"埃达迈说。

维塔斯大人微微一笑。"你在为陆军元帅塔玛斯调查议会里的叛徒。"

"不对。"

"不要骗我,埃达迈,"维塔斯大人说,"我知道的不少。"

"即使我在调查,也不和你讨论目前的进展。"埃达迈说。

"你有什么结论吗?"

"听不懂我的话吗?"埃达迈问,"我和你没什么好讨论的。日安。"他准备关门。

维塔斯礼貌地举起手,就像职员希望引起上级注意。

"怎么?"埃达迈说。

"你不拆礼物吗?"

埃达迈冲手里的盒子皱眉头。这盒子式样简单,通体黑色,一条丝带捆在中间,常见于珠宝店。他解开丝带。里头装着一根手指,是从关节处切断的,根据经验推断,手指来自十几岁的少年。指头上戴着的戒指,属于埃达迈的父亲。埃达迈亲自把它送给了……

埃达迈合上盖子,颤颤巍巍地塞进便袍口袋里。他一把揪住维塔斯大人的前襟,将其拽进家中,然后一脚踢上门,猛地将维塔斯大人推到墙上,整个过程中对方都没有反抗。埃达迈逼近维塔斯大人,发现其呼吸丝毫不乱。

"那是你儿子的。"维塔斯大人好心地解释。

"我知道是谁的!"埃达迈情绪失控,高声怒吼。他双手抓住维

火药魔法师

塔斯大人的外衣,将对方扔进了厅里,然后从门边架子上取下手杖,拔剑刺向对方的下颌。维塔斯大人仍旧面不改色。

"如果他死了……"

维塔斯大人盯着剑尖的眼神,仿佛在欣赏鼻子底下的有趣玩物。"噢,他活得挺好。人质就是这么利用的,死人可起不到什么作用。"

"我会杀了你。"

"杀了我,我家主人就再派一个人来。到时候带的盒子大一些,装得下你女儿的脑袋。"

埃达迈的剑刃在维塔斯大人的喉咙上戳出了一颗血珠。维塔斯大人掏出手帕,擦掉血迹。

"给我个不杀你的理由。"埃达迈低声说。

"我刚才已经给过你了。"维塔斯大人同情地笑笑,"你现在过于激动,我能理解。花点时间平静一下,好好想想。"

埃达迈只想把面前的家伙捅个透心凉。他只能极力克制自己。一个不小心,对方的热血就会溅到门厅的地毯上。

苏史密斯披着睡衣,出现在楼梯顶上。埃达迈摆手示意他走开。

"你家主人想知道什么?"

"一切,"维塔斯大人说,"塔玛斯告诉你的一切,你调查中得知的一切。开始吧。"

埃达迈叹了口气,斗志流失殆尽,恐惧将心底填满。"什么都没有。我什么都不知道。"

维塔斯大人脸上掠过一丝不悦。

"我尚未得出任何结论。"埃达迈勉强集中精神。约瑟⬛还活着,他不断提醒自己,一切都会好转。只要他与维塔斯大人合作。

"我们从头开始,"维塔斯大人说,"把你调查的经过详细告诉我,巨细无遗。"

埃达迈脱口而出,不由自主地照做了,一字一句好比一砖一瓦,他要建起一堵保护家人的高墙。说话间,他浑身一软,收剑回杖,重重地撑着它。

他向维塔斯大人透露了所知的一切,有关克雷西米尔的誓言,以及他和塔玛斯认定誓言不过是无聊的奇谈怪论。他讲了天际宫那晚发生的事,还有随后和乌斯坎的会面,包括那些不愿提及的细节。他接着说下去,回忆对里卡德·汤布拉及温斯拉弗夫人的调查。维斯塔大人始终沉默不语,埃达迈从对方脸上什么都看不出来——那人正不动声色地吸收信息。

埃达迈说得很快,快到来不及编造部分事实,更别提撒些弥天大谎了。说完后,他跌坐在楼梯上,双手颤抖,筋疲力尽。他感到年纪不饶人,仿佛苍老了许多。

维塔斯大人思考了一会儿。"调查两个月,你就查到这么多?"

埃达迈眯起眼睛。"二十个人才能完成我的工作。"

"你确定细节没有遗漏?"

"没有,"埃达迈说,"我记性很好。"

"啊,是的,你的天赋。再说说那个……亚卓行将毁灭的传言。"维塔斯大人指示。

"我知道的不多。"埃达迈疲倦不堪,恨不得找个洞爬进去,"预言说克雷西米尔即将回归,并暗示随之而来的将是鲜血和暴力。那只是一个古老的传说。"

维塔斯大人若有所思,他又擦了擦脖子上的血迹,然后戴好帽子。"我还会来的,"他说,"届时希望能听你讲些更有趣的事情。否则……"他的视线飘向埃达迈口袋里的盒子。

第 25 章

塔涅尔抹掉脸上的血，目送两个女人拖着一个守山人离开壁垒。那人的脑袋被一颗子弹打得稀烂，而一分钟前，他还在相对安全的城墙内和塔涅尔共饮一壶酒。塔涅尔闭上眼睛，回忆对方的面容，入夜后要在纸上描绘。

到处都是血迹——新鲜的和陈旧的，新鲜的血溅在地上，也溅在塔涅尔的外套上；陈旧的血则无处不在，腐蚀一切。整座棱堡散发着腥咸的铁锈味儿，令人作呕和窒息的死亡气息飘了上来，与黑火药燃烧的烟云混成一团，考验着塔涅尔的感知力。

凯兹一方以惊人的速度运回伤员，他们就像粮食袋子一样被推开，为增补的兵员腾让空间。而一周前他们建起一条 V 字形木头滑道，向下直通莫潘海戈，死者头上罩着布袋，被扔进滑道，然后有人手持棍子戳来戳去。滑道早已被染成棕色，塔涅尔不敢想象那里是什么气味。他看见死者源源不绝地被丢进平原上的大坑。

塔涅尔背靠壁垒，席地而坐，清理及装填步枪。这次他装了一颗普通子弹——红纹弹已所剩无几。在他身边，卡-珀儿身着长长的黑色罩衫，戴着帽子，有颗子弹打碎了她衣服一侧的翻领。她神秘兮兮地点点头，回应他忧虑的目光。塔涅尔单膝跪地，眺望墙外。

多面堡几周前已告沦陷，他们也无意夺回阵地。凯兹的士兵躲在远端的城墙后待命，塔涅尔发现了一个探头探脑的士兵，当即开枪。对方捂着脸惨叫起来，失去了平衡，翻身滚下山去，慌乱之中还拉了两个战友垫背。

即使没有摔死,那家伙也破相了。

塔涅尔收回思绪,转身准备重新装填弹药,刚蹲下就有一颗子弹打在附近的城墙上。他深吸一口气,开始装填。"给我找个尊权者。"他吩咐卡-珀儿。她点点头,在城墙上窥探。

这样的战况持续了很久。凯兹一方控制了第一座多面堡之上的山坡,他们缩在石头、泥土和任何就地找到的障碍物后面,同时在路上堆起高高的土丘作为掩体。火炮业已上山,但不久就被守山人的大炮摧毁,残骸顺着山坡滚落。他们仍在锲而不舍地运送火炮,同时上山的还有施加了防护的尊权者。经过无数次尝试,他们终于建起一处阵地,此时山坡上至少有十五门火炮,正对壁垒进行轰击。

每隔几个钟头,他们就发起冲锋——他们机械地在掩体后排兵布阵、子弹上膛,随着一声号角便冲向山丘,迎接致命的火力。在打死敌方军官之前,塔涅尔清楚地看见了他们眼中求取荣耀的饥渴。他感到反胃。

每一波突袭都以失败告终,但每一次也都向要塞推进了几步。守山人方面同样有损失:霰弹冲破了波施加在他们上方的临时护盾,火枪兵列队射击时会被子弹打中眉心,甚至有些巫术也漏进来了。昨天有人被尊权者召唤的火柱活活烧死,棱堡里依然充斥着血肉焦煳的气味。

塔涅尔为步枪填装上一颗红纹弹,做了几次深呼吸。卡-珀儿打了个手势。发现目标,十一点钟方向。他在脑海中搜寻。那是一处炮位。

他正准备起身射击,却被加夫里尔的到来打断。虎背熊腰的守山人司令匆匆跑向塔涅尔,他低着头,一手提着酒,一手端着锡镴杯子,坐到塔涅尔身边,重重地靠上壁垒。酒瓶递到了塔涅尔的鼻子底下。

火药魔法师

"前方情况如何，缚印者？"他问。

卡-珀儿拍拍塔涅尔的肩膀，手势重复了一遍。他深吸一口气，在墙上冒出头。瞄准的时间不超过一秒，他扣动扳机后立刻坐了下来，呼吸着火药燃烧的烟味。卡-珀儿继续观察敌情。她点点头，但又放下手，平置于腰间：塔涅尔打中了尊权者，但没能一击必杀。

塔涅尔怒气冲冲地瞪着加夫里尔。"我们被打得千疮百孔，你有什么好高兴的？"

"圣亚多姆的庆典特酿！"加夫里尔举起酒瓶，"从亚多佩斯特送来的酒，多得可以灌醉整支凯兹军队。真遗憾，我们正在打仗。一年当中，我只有在晚春时节对亚多佩斯特没意见，对此庆典特酿的影响不小。"他斟满锡镴杯子，递给塔涅尔。塔涅尔摆手拒绝。

"喝过了，"他说，"五分钟前。"

卡-珀儿从加夫里尔手里接过酒瓶，一仰脖子，大口大口地猛灌。塔涅尔急忙夺了过去。"别喝太多，丫头。"他说。卡-珀儿抢回瓶子，又喝了一口。

"能杀人，"加夫里尔说，"就能喝酒。这个丫头够大了，塔涅尔。但也给我留两口嘛，小姑娘。"加夫里尔接过酒瓶，喝干了剩余的酒。他咂巴着嘴，厚实的脸颊涨得通红——不知道这位守山人司令喝掉了多少瓶，塔涅尔有些担忧。据说加夫里尔夜里又开始酗酒，真希望传闻不是真的。

令他担忧的传闻不止一个。"酒当然很好，"塔涅尔说，"但我更想要火药。有什么消息吗？"他们消耗弹药的速度相当惊人。能够应付一年的存量，短短几周就没有了，因为凯兹士兵多如牛毛。

加夫里尔摇摇头。"亚多佩斯特什么消息都没有。之前那个送信的还说军队依然有充足的弹药，结果呢，上周就耗掉了我们整整两大车。"他愁容满面，"我命令接下来几天少放炮，我有预感，我们很快就要迎接白刃战了。"

"你真的觉得他们能翻越壁垒?"

"迟早的事儿。"加夫里尔忽然一脸疲惫,他的肩背松垮了些,神色略显颓唐,似乎对这场拉锯战失去了信心,"我们大概已经干掉了他们两万人,受伤的也有这个数,可他们仍然没完了地冲锋。据说平原上有一百万人,人人都被荣耀和财富洗了脑。"

"我听说伊匹利许诺,凡带队攻破我们防线的军官,赏一个公国。"

"我也听说了,"加夫里尔说,"冲进来的前一千个士兵都能升为军官。"

"诱惑真不小。"

"是啊。送了我们好多活靶子。"

"他们的人数比我们的弹药都多。"

"你杀了多少尊权者?"

塔涅尔抚摸着枪托上的刻痕。"打死十三个。打伤的有两倍。"

"那可是他们王党的一大块肉啊。"

"还不够。"塔涅尔说。

"说起来。我需要你换个目标。"

塔涅尔眉头一皱。"还有什么比尊权者更重要?"

"工兵。"加夫里尔说。

塔涅尔想起了那些工兵。他们上山第一天就准备开挖,但炮火打得他们夹着尾巴退了回去,此后便不见踪影。准确地说,直到几天前才出现。他们又回来了,就在最后一座多面堡底下——躲在凯兹阵地前沿的后方。他们挖得很深,虽有几门大炮朝他们所在的位置开火,但无济于事。

"你真的担心他们?"塔涅尔问,"要想挖到我们这儿,得花上好些年呢。就算他们挖通了,我们只需用一门大炮对着洞口,用炮弹填满它便是。"

"但愿有你说的那么容易。"加夫里尔说,"波说他们有人帮忙。尊权者。还有朱利恩。"

塔涅尔感到双手微微颤抖,他来回揉搓,以缓解紧张情绪。"她帮忙对我们不是好消息。话说回来,你要我射杀那些工兵?"

"严格的说不是工兵,而是那些帮助工兵的尊权者。"

"加夫里尔!"

波上了壁垒,狂奔而来。他一屁股坐在塔涅尔对面,呼哧带喘,塔涅尔看得出他心力交瘁。波体形消瘦,头发既脏又乱,脸颊凹陷得厉害,还沾着泥巴,天知道怎么弄的。

"他们在谋划大动作。"波说。

"工兵吗?"加夫里尔问,"他们的情况我们知道。"

"不,"波厉声说,"就是现在。他们……"敌方的炮火突然沉寂下来,他也闭上了嘴巴。寂静持续了好一会儿,然后守山人的大炮开火了,紧接着是噼里啪啦的枪声,但凯兹那边没有还击。波接着说,"他们所有的尊权者都聚集在最后一座多面堡底下,那些工兵的附近。"

塔涅尔耸耸肩。

"一百多人啊!"波说,"他们聚在一起可不是为了野餐。那里还有许多军官,绝对的,他们绝对准备发动一次总攻。"

加夫里尔起身张望。塔涅尔闭上眼睛,等待。

"见鬼,"加夫里尔说着,坐了下来,"你可能说对了。他们的人在上山,悄无声息地上山。很多人。我看见人群中有一些黑衣人。"

"守护者?"塔涅尔骂道,"妈的。"

加夫里尔爬起来,冲着守山人高声下令,招呼每一个健全的人。

"你怎么会没注意到?"加夫里尔走后,波说,"你不是一直在打那帮混蛋吗?"

塔涅尔指了指卡-珀儿。"她帮我定位,我一直躲着。"

卡-珀儿打出一连串手语。

"她说他们刚刚集合不久。"塔涅尔说。

"好吧,总之要做好准备……"

波突然举手,做了一个防卫的手势。须臾,一枚霰弹正好落到他们头顶上方,爆炸声响彻棱堡。弹丸撞在波制造的护盾上,顿时红光闪闪,然后纷纷坠落。霰弹在棱堡上方各处爆炸,震耳欲聋,塔涅尔背后的城墙震颤不已。他瞟了一眼卡-珀儿,只见她神色阴郁,但毫不畏缩。

"我敢说他们每一门该死的大炮都在开火!"塔涅尔高声喊道。波并不回应,他聚精会神,双手以不可思议的速度挥舞,施放巫术在棱堡上方加持护盾。

炮击的势头减弱了。波双眼流泪,额头青筋暴起。火光在他们头顶闪耀,塔涅尔知道,那是巫术抵挡着凯兹的炮击。

守山人带着布袋和火把,纷纷冲进波的护盾底下,他们被头顶剧烈的爆炸惊得面无血色。一个守山人将手里的布袋轻轻放在塔涅尔身边,接着去取另一个布袋,他离开前瞅了波一眼,嘴里念念有词。塔涅尔看了看布袋里面,全是拳头大小的泥球。手雷。他们认为凯兹军队今天就会推进。

"刺刀!"加夫里尔的吼声盖过震天的轰鸣。塔涅尔感到心跳加快,他从包里取出装在皮套里的环形刺刀,楔进步枪前端,一拧固定到位。

"准备!"加夫里尔大喊。

塔涅尔检查了步枪,弹药已经上膛。他看了看波,尊权者竭尽全力地站在那里,十指狂舞,向无形的元素发号施令。他的护盾开始瓦解。在壁垒另一端,一枚霰弹成了漏网之鱼,人们惨叫着倒地,有一门大炮失去了所有的炮手。

军号声响起,塔涅尔探头望去:山坡上不知何时挤满了凯兹士

火药魔法师

兵,他们翻越险峻的岩石,从山道上冲了过来,挤得水泄不通。距离要塞如此之近,哪儿有地方埋伏那么多人?

"瞄准!"

塔涅尔挑中靠近前排的一名军官。他正挥舞着佩剑,带领手下在山道上冲锋,帽子上的白羽毛在风中飘舞。他后面的凯兹军队席卷而来,步枪上都装了刺刀。红色和金色的海洋之中,一个黑衣人吸引了他的注意,他随即改变了目标。心跳声在耳际轰鸣。守护者。数量很多的守护者,散布在队伍当中,他们像水手一样咬着短刀,翻越山坡上的岩石,径直朝着壁垒的斜面墙而来。

"开火!"

塔涅尔扣动扳机。他引燃了些许火药,为子弹增加额外的推力。一团火药燃烧的浓烟冒了出来,一时间遮蔽了视野。等烟云消散,棱堡里响起一阵沮丧的惊呼。

第一轮射击只撂倒了一人——塔涅尔的红纹弹击中了守护者的眉心。子弹和霰弹满天开花,然后无力地坠落在敌军第一排前方几尺处。凯兹军攻势不减。

"他们的队伍里有尊权者!"塔涅尔大喊。

"自由开火!"命令传来。

他抓起装红纹弹的袋子,同时睁开第三只眼。一波恶心感涌上喉头,他强自镇定,装填弹药。没时间放火药了。他将一颗红纹弹推进枪管,塞上棉花,睁着第三只眼,端起步枪瞄准。

第三只眼的视野里,柔和的色彩令他头晕目眩。凯兹尊权者施加的无形护盾变成了半透明的,里面的一切都蒙上蒙眬的黄光。他在其中寻找。守护者色彩绚丽,凯兹军队中的赋能者也一样,而塔涅尔寻找的是最鲜亮的颜色——尊权者。他挑中一人,扣动扳机。对方翻身倒地,塔涅尔又装上一颗红纹弹。

等他又干掉两人,凯兹的士兵已抵达城墙脚下。大炮轰击声戛然而止。

加夫里尔大喊："稳住！"

塔涅尔听见波喘了口气。他及时转身，伸手扶住波，轻放到地上。波连连摇头。"别停！"他咳嗽着说，"你削弱了他们的力量。"他瞪大眼睛，爬了起来。"他们解除护盾了！"

"开火！"加夫里尔怒吼。

一轮射击过后，又一团火药燃烧的烟云腾起。一时间，壁垒陷入死一般的沉寂，然后人们手忙脚乱地重新填装弹药，炮兵指挥官们高声下令。

烟云散了。

刚才的弹雨撕开了对方的先锋部队，敌人大批倒地。伤兵们赶紧滚向一边，以免被后面的战友踩踏，却无可避让，因为人实在太多了。亚卓的大炮发出怒吼，在塔涅尔耳畔轰隆作响。

炮火横扫之后，只有守护者依然站立。他们径直向前冲，黑衣湿漉漉的，显然在流血，但神态似乎若无其事。他们挑衅地吼叫着，挥舞短刀，朝身后的队伍招手。这下敌人再度涌来，死尸惨遭踩踏。

"手雷！"

泥球被插在城墙上的火把点燃，扔了出去。凯兹的队伍里爆炸连连，几个守护者被炸成碎片。

凯兹士兵拥挤在壁垒底部，犹如愤怒的蜂群。长梯架了起来，爪钩抛了上来。一个爪钩落在塔涅尔身边，他操起一把短柄斧，砍断绳子，然后跃上城墙，对准底下的一个尊权者开火。

守护者们奔向棱堡的斜面墙，全然不受倾斜的角度影响，转眼间就登上城墙，至少有五六个杀进了守山人之中。

"拼刺刀！"加夫里尔大喊，"炮火别停！"

一颗巨大且丑陋的脑袋从卡-珀儿正前方的壁垒上冒了出来。塔涅尔操起步枪攻去，但卡-珀儿的反应更快。她猛一伸手，露出藏在

火药魔法师

袖子里的一根长针。长针刺进守护者的眼睛,直抵脑髓。怪物松开手,坠落城墙。

一个凯兹士兵刚刚翻过城墙,便被塔涅尔刺中了肩膀。他抢起枪托,打翻了另一个,然后急忙填装了一颗红纹弹。由于敌人来得太快,他匆匆吸了些火药,双手紧握步枪,以确保弹无虚发——现在,等待敌人的是一个业已进入迷醉状态的火药魔法师。

一个守护者单手撑墙,飞身而来,握着一把足以劈开塔涅尔的短刀。卡-珀儿扑上前去,却像玩偶一样被打飞。塔涅尔大吼着,用刺刀捅向敌人。守护者不顾十四寸长的刺刀插进腰间,猿臂越过步枪,一拳打向塔涅尔。塔涅尔脚步踉跄。虽然他处于迷醉状态,这一拳也打得他吃不消。

守护者发现了躺在地上的波,立刻拔出塔涅尔的刺刀。波举起双手,试图施法招架,然而守护者一眨眼就跳了过来,扬起短刀。

就在守护者即将砍死波的关头,塔涅尔杀来了。他一刀刺中怪物,就像叉中一头烤乳猪。守护者扭头发现塔涅尔还能再战,不由大吃一惊,随即企图利用自身体重和力量甩开步枪另一头的塔涅尔。

塔涅尔当然不能让对方得逞,他一鼓作气把守护者推向城墙,枪管上传来巨大的压力。然后他双脚蹬地,猛地一抬,将守护者掀下城墙。但愿那头怪物受伤太重,再也爬不上棱堡。

他休息了片刻,扶起卡-珀儿。她受了惊吓,但没有伤到。

加夫里尔出现在他身边。"快开枪,"他咆哮着,掐住一个凯兹士兵的喉咙,单手将之提起来,扔出墙外,"杀死尊权者!"

菲斯尼克突然来到加夫里尔身边,一手持短剑,一手握长杆,对付架上来的攻城梯。在他们的掩护下,塔涅尔抓起装红纹弹的袋子,上了两颗子弹,用棉花压实,然后瞄准。

火药魔法师称这为飘移射击——即发射一颗子弹时施加推力,使其以刁钻的角度绕过墙,甚至绕过人。塔涅尔目睹父亲干过很多次,据说塔玛斯在这项技术上无人匹敌。

塔涅尔进行飘移射击的成功率很低,常常不能调整到合适的角度。这项技术需要精准掌握时机,丝毫不能分心,而塔涅尔做不到高度集中注意力。一次失败的飘移射击会导致他头痛欲裂,如果成功,则更是疼痛难忍。

塔涅尔只能推动子弹,也就是引燃少量火药,在子弹飞行途中临时矫正方位,以达到类似飘移的效果。要做到这点,首先要有敏锐的目力,而他尚未见过有人比他打得更远更准。况且,他可以一次击发两颗子弹。

卡-珀儿定位了两个尊权者,他们之间相隔十步,躲在多面堡的简易掩体附近,位于数百步开外,且带有护盾。塔涅尔瞄准,扣动扳机——

两人同时倒地,两颗子弹分别射进了胸口。另一个尊权者目睹了这一幕,塔涅尔赶紧闪到墙后。

他打手势示意卡-珀儿蹲下。尊权者应该在寻找他,他不能停止射击。他做了几次深呼吸,装上一颗子弹,在脑海中定位第三个尊权者。瞄准和射击的时间不能超过一秒钟。他握着步枪,趴了下来,在城墙上匍匐前进了五步,快速呼吸几次后,猛地起身。

那个尊权者高举双手,十指舞动。在塔涅尔扣动扳机的同时,一道弧形闪电凌空劈下,击中塔涅尔刚才所在的位置,冲击力之强,以至于震翻了塔涅尔、加夫里尔、卡-珀儿、菲斯尼克和十来个凯兹士兵。

子弹高高飞起,钻进尊权者的喉咙。他在溅射的血光中倒地。

塔涅尔松了口气。

没过多久,山坡上传来一声号角。凯兹士兵开始撤退,杀伐声逐渐减弱。

加夫里尔推开缠斗的士兵,高举拳头喊道:"停火!"大炮立刻

火药魔法师

安静下来。壁垒里的凯兹士兵扔下了武器。加夫里尔怒视着他们。"我们不抓俘虏，"他说，"交出武器装备，滚下山去。"

消息在棱堡里传开，凯兹士兵纷纷上缴了火枪和火药，翻墙下山，在尸堆里开始漫长的跋涉。塔涅尔看见，加夫里尔在伤者中找到一名凯兹军官，抓着对方的肩膀。

"转告提尼元帅，他可以派些人上来收拾战场，但不许携带武器。我建议双方停战几日，以照料伤员。"加夫里尔用凯兹语重复了一遍，确保对方听懂。

军官疲惫地点点头，在一个凯兹士兵的帮助下翻过城墙，下山去了。

塔涅尔跌坐在波身边。

"你还好吧？"

波久久地望着他。

"那就是不好了。"

"全都见鬼去吧。"波吃力地说。

凯特琳、里娜和阿拉辛不知打哪儿冒了出来。她们都是波的女人，围着波轮番责骂，大发牢骚，然后带他回了镇子。

塔涅尔和加夫里尔目送他们离开。

"我也要找一群。"塔涅尔说。

"什么？"加夫里尔问，"老婆？"

"是啊。"塔涅尔说。卡-珀儿在他胳膊上打了一拳。

"我有过脚踩几条船的经历，"加夫里尔说，"苦不堪言啊。不知尊权者是怎么应付的。"

"他们根本不当一回事。"塔涅尔说。

"波不是，"加夫里尔说，"我应该说'我不知道波是怎么应付的'。"

他们默不作声地望着撤退的凯兹军队。

"你刚才救了我们的命。"加夫里尔说。

塔涅尔诧异地看着加夫里尔。"啊?"

"你不知道?"加夫里尔一拍大腿,放声大笑。那些处理死者和照顾伤员的守山人都停了下来,莫名其妙地望着加夫里尔。"你不知道自己打死的是谁?"

"一个尊权者?"他弯腰捡起一瓶滚到脚边的圣亚多姆庆典特酿。不知何故,这瓶酒经历战火依旧完好无损。他灌了一大口,犹豫了一会儿,递给卡-珀儿,她喝了一口又还回来。

"隔着几百码我都认得他,"加夫里尔说,"最后那个家伙,用闪电打我们的尊权者,他的力量足以击穿施加在棱堡上的守护术。他就是无情的巴拉琼。"

塔涅尔差点呛到。"凯兹王党的首领?"

"正是。"加夫里尔说。

塔涅尔感到双膝发软,下意识地扶住棱堡的城墙。"早知道是他,我绝不会站起来。法崔思特战争开始时巴拉琼就在场,他差点单枪匹马结束战争,一个人就消灭了一整支法崔思特军队——没有任何帮手。如果不是伊匹利召他,战争当时就结束了。"

"如此说来,我很高兴你没认出他。"加夫里尔说,"他们差点攻破了防线,他们的尊权者身着步兵制服,手套也藏了起来,难以区分。波忙着维持护盾,没有注意。"

塔涅尔事先也没有睁开第三只眼,等想起来已经太晚。他深为自责。愚蠢,这差点害死所有人。塔涅尔观望战场的同时,加夫里尔在估计棱堡的受损情况。"其实,"塔涅尔说,"我们可以在他们吹响撤军号之后继续开火,还能干掉山坡上的几千人。在法崔思特,凯兹军对我们干过好几次。"

加夫里尔愤愤地哼了一声。"打仗也要讲规矩,不然我们都退回到荒冷时期好了,等着遭受克雷西米尔的天谴。"

火药魔法师

加夫里尔说完就走了。塔涅尔望向棱堡外,本想睁开第三只眼追踪尊权者,但想到随之而来的头疼又放弃了。

有个想法困扰着他:如果对手发动了总攻,那么朱利恩在哪里呢?他观察着工兵在山坡上挖的地道口。那儿有动静,他好像看到一个人清空了推车里的泥土。

塔玛斯盯着小房子里的天花板,视线模糊不清。即使看得清楚,也没什么好看的。屋顶有倾斜的房梁,缝隙里填塞泥巴,以抵御恶劣的天气。屋里光线微弱,直觉告诉他,现在是黎明时分,而光线昏暗,预示着暴风雨即将到来。他听见公鸡报晓,还听见马蹄声,以及隐约的交谈声。屋外的人说的是凯兹语。

他感觉不到右腿的存在。这份缺失感不大舒服,加上模糊的视野,塔玛斯不得不与汹涌而来的恐惧斗争。失去了一条腿和好眼力,他哪儿有逃跑的希望呢?他做着深呼吸,逐渐平静下来,判断身体其他部位有否受伤。

双手和双臂似乎还能动,听他的使唤。底下的草垫扎得难受。用力呼吸时胸口疼痛,但并不严重,肋骨应该没有骨折。他的腰部一碰就疼,可能有割伤或瘀伤——他轻轻抚摸着,判断那是瘀伤。他身上只有内衣,多年形成的直觉告诉他,房子里还有别人。

塔玛斯挣扎着撑了起来。他既没有毯子也没有枕头,就躺在铺着肮脏草垫的木板床上。他左边有一扇窗,床尾有阶梯通向下方。他揉了揉眼睛,视野清晰了些,发现一个守护者坐在角落里,虬结的肌肉和畸形的身材一望便知,但塔玛斯只能看见大致的轮廓。

"这是哪儿?"塔玛斯问。

蒙蒙眬眬的肉山似乎盯了他半天,然后嘟囔了几句不知所云的凯兹语。

"这是哪儿?"塔玛斯重复。

守护者离开了房间。

"这是哪儿。"塔玛斯冲守护者的背影大喊,并用力撑起自己,"怪物。野兽!"他又躺了下来,刚才的力气消耗殆尽,脑袋隐隐作痛。他小心翼翼顺着包扎的绷带抚摸,最轻微的触碰都能引起剧痛,只好龇牙咧嘴地放弃。他被治疗过,他们用肮脏的麻布条替他包扎了伤口。他的腿被包扎得很紧,但不影响血液循环。他暂时不能走路。他听见底下传来脚步声,两双靴子登上阶梯。守护者回来了,身后跟着一个矮小的男人。

"陆军元帅。"有人操着口音浓重的亚卓语说。塔玛斯一听顿时勃然大怒。

"尼克劳斯,"他啐了一口,"我把你扔进艾德海了。"

公爵的语气相当亲切。"我的守护者把我捞起来了。你的腿感觉如何?"

"好极了,"塔玛斯说,"我打算跳一曲吉格舞。这是哪儿?"

尼克劳斯坐进角落里的那把椅子,守护者则立于床尾。"御林深处,"他说,"我的医生说,你跌倒时狠狠地撞到了脑袋。你现在看东西有什么问题吗?"

"没有。"塔玛斯撒谎。

"当然有了,"尼克劳斯说,"我发现你的眼睛不能聚焦。我们动身前,我让医生再来瞧瞧。"

塔玛斯使劲瞪着尼克劳斯,但在看不清楚的情况下,眼神也丧失了威力。"我为何还活着?我们要去哪里?"

"去凯兹。"尼克劳斯说,"我本来反对这么做,但那个守护者刺杀你未遂之后,伊匹利认为我们应该有所表示。如果一切都如期进行,你将在圣亚多姆庆典的最后一日,在我王的注视下上断头台。"

"你计划了很久啊。"塔玛斯说。

火药魔法师

"这不过是诸多应急措施之一。我们要想夺取亚卓,无论如何都得除掉你。你是最强大的火药魔法师,也是天才将领——我不介意这么说,因为事实如此。雇佣兵也会抵抗我们,但你是军队的主心骨,没了你,军心势必溃散。"

"你低估他们了。"塔玛斯说。

"也许吧。"尼克劳斯镇定自若,"多米诺骨牌即将被推倒,塔玛斯,你是第一块。亚卓势单力薄,等篮子里装上你的脑袋,我们将动摇守山人的士气,然后追杀你的火药魔法师。我们占尽优势。"

塔玛斯盯着自己的双手,试图看个清楚。"我的腿怎么了?"

"都怪我,"尼克劳斯说,"我施法时,你藏身的大石头以意想不到的方式破裂、爆炸了。一块碎石擦过你的腿。恐怕骨头都碎了。"

"但也没什么好担心的,"尼克劳斯接着说,"我们的医生说也许能愈合,只是需要时间。他很有本事,他能接上断腿,缝合皮肉,谁也瞧不出来。"尼克劳斯起身来到床边,凑近过来,正好处在塔玛斯伸手不可及的位置。"你白得了好几卡纳,塔玛斯,"他低声说,又点头示意塔玛斯的腿,"那里有一块金星,贴着骨头。你被净化了。"

塔玛斯向前一冲,对着公爵模糊的轮廓挥起拳头。他的身体不听使唤,伤腿如同针刺般剧痛,导致胃部痉挛。尼克劳斯躲开了。

"净化"——那是尼克劳斯的说法,血液中的黄金是对火药魔法师的诅咒。如此一来,他们就失去了感知和控制火药的能力,不能进入迷醉状态。

尼克劳斯嗤笑一声。"你被净化了,塔玛斯,但这对你于事无补。你的脖子将要搁放的断头铡,多年前也曾砍下你妻子的脑袋。你不能以火药魔法师的身份死去,你将以可怜的药师之子的身份死去。"

塔玛斯的耳际轰隆作响,双手剧烈颤抖。他试图伸手掐住尼克劳斯的喉咙,他渴望完成早先在码头上未完成的事。然而他什么都做不了，浑身虚弱无力。

这种感觉很陌生。自塔玛斯记事起，魔法就与他相伴。即使不在火药迷醉状态，他依然能感知附近的巫师和几百步内火药的数量。他能引燃火药包和火药桶，吸进刺鼻的浓烟，使身体产生狂暴的力量。

如今他做不到了，只剩双手和一条残腿，以及撞击导致的模糊视野。他瘫软在床上，感到泪水滑过脸庞。他使劲扭头，尽量避开尼克劳斯。

公爵默然离开。守护者也走了。塔玛斯显然什么都做不了，而从外面嘈杂的声响判断，比起看守一个残废老人，他们还有很多事情要做。

尼克劳斯的嗓门比别人都大，他下命令时的语气带有贵族的傲慢。塔玛斯强行稳住双手的颤抖，抬起那条好腿，踩在地上，然后撑起身体。

他差点跌倒，拼尽全力才避免摔个狗啃屎的下场。他一手扶墙，一手扶床柱，咬着牙单腿跳向窗户。他半路停下来作呕，疼痛的程度超过了他的忍耐力。最后，他终于到了窗前——

紧接着便瘫软在地。他小心地躲开刚刚吐出的一摊胆汁，头靠冰冷的墙壁。他能听清尼克劳斯的话，仿佛近在咫尺。尼克劳斯可能没想到塔玛斯会偷听，或者根本不在乎。

"我们抄远路去亚多佩斯特，"尼克劳斯用凯兹语说，"我不管斥候怎么考虑，反正不能冒险撞上那帮打猎的蠢货。"

塔玛斯听见疾驰而来的马蹄声。来人在窗外停步。

"怎么样？"尼克劳斯问。

"我们又追到四个，大人。"一个低沉的声音回答。喉音很重，塔玛斯判断是守护者。

"全部解决了吗？"尼克劳斯说。

"不好说。我们的人也死了，所以不知道瑞兹带了多少人。我怀

火药魔法师

疑这就是全部了。"

"不要低估那个准将，"尼克劳斯吼道，"他是温斯拉弗夫人麾下最优秀的将领之一。他会事先安排斥候到处侦察，以防不测。留两个守护者继续追捕。"

"我们必须避开巡逻队。他们正在寻找塔玛斯。"

"等他们找到，我们早就走了。去帮助其他人，我们一个钟头后就出发。"

屁股后头有火药魔法师追赶，尼克劳斯当然急着出发。塔玛斯的情绪有所好转，但仔细一想，又倍感沮丧。他们距离猎场有好几个钟头的路程，距离亚多佩斯特也有半天路程，萨伯恩也许尚未发现他失踪了——这分析还基于尼克劳斯放走了其他人的前提下。他带了多少守护者呢？尼克劳斯有没有派人跟踪奥莱姆、查理蒙德一行呢？

塔玛斯疲惫地叹了口气。即使他们找到了他，他现在又算什么？一个老头子罢了，再也不是火药魔法师。

… 第 26 章

埃达迈花了将近一周时间调查昂德奥斯大司库，然后才去拜访他。他差点取消了安排，因为当天早晨城内谣言四起：塔玛斯在头天的果园谷狩猎期间失踪，一位形迹可疑的准将，还有御林里的巫术。但所有流言都没得到证实，所以埃达迈决定按原计划行动——尽管他心中忐忑，预感到自己即将失业。

他到达大司库家门口时迟到了五分钟，原因是四次路过都没有发现宅子。宅子藏在一堵灌木篱墙后，夹在两座庄园之间，很容易被误当作仆人的住所。灌木篱墙和前门台阶之间有一座打理得颇为仔细的小花园，花花草草都井然有序。这宅子相当实用——简单的 A 字形建筑，以价廉物美的砖石搭建。

埃达迈抬手摸向门环，门却忽然开了。一位老妇人仰头打量他。她身着浅褐色女仆罩袍，外加一件式样简朴、长及脚踝的羊毛衫。

"我来——"

"见大司库，"她打断埃达迈，"你迟到了。"

"很抱歉，我找不到……"

他话说了一半，老妇人就转过身，步履蹒跚地走开。埃达迈只好闭嘴，强压怒火跟着她进了宅子。

屋内和屋外一样不起眼。壁炉台上不见任何饰物，书架最近打扫过灰尘，但只有两排账簿。空空如也的壁炉前摆放着一把椅子。这儿有三扇房门，其中一扇通向厨房隔间，隔间仅有的使用痕迹是桌上的

火药魔法师

一块新鲜面包,第二扇门关着——应是卧室——而第三扇门敞开着,能看到大司库坐在角落里的小桌前,眼镜架在鼻尖上,指头滑过写满数字的书页。

女管家自顾自地打着响舌,进了厨房,埃达迈只能自行拜见大司库。埃达迈怀疑这里的厨房不曾开过火——完全闻不到烘焙的气味,也感觉不到炉火的热度,所以那块面包一定是她从别处买来的。女管家扭头发现埃达迈盯着自己,便关上了厨房的门。

埃达迈的目光回到书桌前的小个子身上。此人不可貌相,里卡德提醒过。大司库给人以什么印象呢?一个不修边幅的簿记员,一个被公认在亚卓首屈一指的账务官。除此之外?一切皆有可能,埃达迈心想。

"你迟到了。"埃达迈走进去时,大司库头也不抬地说。

"请原谅。街上人太多,庆典活动嘛。"埃达迈省了一句话:会面约在庆典的傍晚实在不合常理。他据此推测大司库不喜欢娱乐活动。

"在我面前不要找借口。别浪费我的时间,侦探。"大司库说,"我没有谋害塔玛斯的意图。我既没有耐心也没有时间回答你的问题。即便塔玛斯不在,账簿也不能错乱。"他扮了个鬼脸,意识到自己说漏嘴了。

"他真的失踪了?"埃达迈问。

大司库瞪着他。

埃达迈打量了大司库一阵子。昂德奥斯个子不高,数十年如一日的伏案工作,导致他弯腰驼背。此人面黄、脸长、肩窄,在亚多佩斯特可谓广为人知,这可真不容易,因为他极少出现在公共场合,从不画像,且据说对任何人都避而远之。最后一种说法在埃达迈看来确实成立,他也明白昂德奥斯不愿谈论塔玛斯失踪的情况。

埃达迈本周的调查几乎毫无进展,令人泄气。大司库在这张角落里的小桌上掌管着国库——国王的私人金库不在内，但有传言说曼豪奇被处决后，这一情况有所改变。他在隽街上有间办公室，但从不过去，那里有一群簿记员做着大部分工作，而他们记录的一切再由他审核。他没有众所周知的爱好和朋友。女管家跟着他已有四十来年，但谁也不认为他们是朋友。还有一个他一离开家就会跟着他的保镖，虽然这种机会少之又少。

据说大司库骑马参加了狩猎，塔玛斯失踪时他在场。埃达迈想象不出他骑马的样子。

"你看起来不像会背叛国家的人。"埃达迈说，"身为本城大司库，你不需要借助凯兹的力量，就能破坏亚卓的命脉。这也不是钱的问题，我调查过，你是亚卓最富有的人之一。你的工作每年能为你带来二十万卡纳的收入，你在法崔思特拥有三百万亩农田，在巴卡谢恩拥有五十万亩的海岸——其中包括一个大港——在德利弗拥有一座煤矿，在凯兹拥有半家贸易公司。我好奇的是，以上资产都在国外，难道你对自己的国家没有信心吗？"

"如果你查得更彻底就会知道，"昂德奥斯说，"我在这里拥有三座金矿、守山人的十二条收费道路及三十一万两千亩葡萄园，我更资助了北方的一家商会。"他不屑地摆摆手。"如果还想知道什么，问你的朋友里卡德·汤布拉吧，他的工会有三千人受雇于我的铁厂。"

"以及你的其他工厂。"埃达迈说。

昂德奥斯眯起眼睛。"你知道了。"

"我只是好奇，在你看来哪份资产最有价值。"

"既然你不怀疑我，为何还要进行这次谈话？"

"我没说不怀疑你，但我承认你在嫌疑名单的最末尾。我想知道，先生，账本告诉了你什么。"

"我不明白你的意思。"

昂德奥斯搁在账本上的手姿势僵硬，埃达迈认为他完全明白那句话的意思。"钱。一切都在你的记录之中,甚至大司库不该知道的事情,你也统统记录在案。"埃达迈用手杖指着账本。"我在隽街翻过你的账本。事无巨细,相当厉害。"

"那可不是随便什么人都能看的。"昂德奥斯厉声说。

"我不是随便什么人。我不得不威吓你的簿记员才得以看到,他们对你非常忠诚。现在告诉我,资金流向告诉了你什么?"

昂德奥斯透过眼镜观察他,过了好一会儿才回答——大司库已经算计完毕,思虑成熟。

"如果动机是钱,"昂德奥斯说,"就像大多数情况下会发生的那样,那么你不需要怀疑大老板和温斯拉弗夫人。我查过温斯拉弗夫人近几个月的账本,毫无异常;至于大老板——不管他是不是罪犯,都得交税,而他毫厘不差、连违法所得也交了。一个正常交税的人,不会担心政府的日常运作,他最需要社会安定,从而逐渐地、按部就班地扩大自身的影响力。"

"对于投机者来说,战争意味着一大笔钱。"

"投机者不会交税。"昂德奥斯说。

"其他议员呢?"

昂德奥斯哼了一声。"普赖姆·莱克托是个谜。他没有财产,这一点非常奇怪。除了偶尔获得大学的财政拨款,但那些钱他好像从不经手。里卡德·汤布拉是商人,一有机会就做假账,他最近从布鲁达尼亚,也从法崔思特和哥拉的银行收到了巨额款项。"

"布鲁达尼亚是凯兹的主要盟友。"

"哥拉的银行也归凯兹所有。"

"但法崔思特不是他们的盟友,"埃达迈说,"我也不知道能否相信你对里卡德的说法。你对从工会雇来的人或许有所不满。"

"是吗?"昂德奥斯扬起眉毛,"他的工会组织生产的方式连我都做不到。自从工会加盟,我的铁厂和金矿的收入翻了三番。去问里卡德。我没有什么不满。我欢迎工会加盟。"

大司库挥手接着说："现在轮到大主教了。身为神职人员，他的行为完全不为人知，教会外的人没有机会接触他们的账簿。不过他的开销连国王都自叹弗如，远远不是大主教的津贴所能负担的。我对此百思不得其解。"

"你自己呢？"

"我还要怀疑到自己头上？"

"塔玛斯死了对你有什么好处？"

"塔玛斯在军队和密探上的开销太大。不过话说回来，现在是战争时期，所以还算正常。他为养活老百姓的大幅开支令我不大满意，却也是我们此前共同协商的结果。无论换谁来治理国家都比曼豪奇强，至少塔玛斯肯听取我的建议。"

昂德奥斯自顾自地说下去。"如果塔玛斯死了，军队将群龙无首，无法完成抵挡凯兹军的任务，凯兹势必征服亚卓，而亚多佩斯特必将背负重税。凯兹长久以来对其在法崔思特和哥拉的殖民地课以重税，我们也不可能例外，金库的情况将比曼豪奇执政时更糟糕。"

埃达迈又一次琢磨起昂德奥斯独特的权力和地位。如果他想对塔玛斯不利，完全可以采取更加狡猾的手段，而非直接动手杀人。譬如他可以告诉塔玛斯，没钱付军饷和养活老百姓，这样不消一个月就会发生暴乱，两个月内政府必将垮台。

他对里卡德的说法令埃达迈颇为困扰。里卡德虽说是荣耀劳力工会的头头，收入也很丰厚，可论财富远不及昂德奥斯和查理蒙德之流。他还不是国王，但凯兹的钱可以帮他实现愿望。

埃达迈说："感谢你抽时间见我。我问完了，但也许还会回来。"

大司库一声不吭地接着翻看账簿。

"不必劳烦送我。"埃达迈说。

火药魔法师

尼克劳斯极为谨慎，无论是不是因为害怕塔玛斯。塔玛斯面朝后坐在马车里，戴着铁制的手铐脚镣，且用粗大的锁链拴在地板上，和囚车一样。一个守护者坐在塔玛斯身边，硕大的躯体挤得塔玛斯贴着马车内壁。与这样的怪物近距离接触，塔玛斯浑身起了鸡皮疙瘩。

除了不合时宜的铁镣铐，这辆马车有着公爵专座的派头。尼克劳斯坐在塔玛斯对面，垫着天鹅绒垫子，双腿可以自如伸展。马车的壁挂和窗帘也是天鹅绒材质，隔音效果近似于无。马车不久前停止了摇晃，此时正在鹅卵石大道上行驶，道上车马喧嚣，证明他们距离城市越来越近。

尼克劳斯陷入了沉思，手指在膝盖上敲打，手上戴着绣有尊权者符文的白手套。塔玛斯搞不清楚他是在施展某种无形的巫术，还是纯粹在打发时间。塔玛斯伸出一根手指，撩起窗帘望去。没什么好看的。锁链铿锵作响，吸引了尼克劳斯的目光，他对守护者一点头，后者不容分说地扒开了塔玛斯的手。

塔玛斯叹了口气，至少他的视力恢复了。他们在前一天傍晚时分离开农舍。因为某种原因，尼克劳斯似乎颇为镇定，不再担心与追兵狭路相逢。塔玛斯释放感知力，从内向外延伸，试着睁开第三只眼。

所有巫师之中，唯有火药魔法师的力量能被这么阻断。塔玛斯不清楚这秘密是如何以及何时被发现的，在血液里掺上黄金，可导致火药魔法师的力量失效，甚至阻止他们窥探他方。据说砍断尊权者的手腕虽然可以阻止他们操控他方，但他们依然能够看见。

"我不是坏人。"尼克劳斯突然说。

塔玛斯瞟了他一眼。公爵盯着他，脸上表情复杂。

"我对你的遭遇并不幸灾乐祸，想到你的下场也笑不出来。"尼克劳斯说。

塔玛斯说："那也不能阻止我一有机会就要掐死你。"

尼克劳斯苦笑一声。"我很高兴不会给你这样的机会。"他顿了顿，又说，"我刚才在想，如果我不能使用巫力是什么样子。如果没了双手，我就失去了触碰他方的能力。想想就可怕。"

"你从我这儿听不到什么好话。"塔玛斯说。

"我只想让你知道，"尼克劳斯应道，"我所做的一切并非为了取乐。我依照国王的意思办事，不过是仆人而已。"

"你把装着我妻子首级的松木盒子送来时，你是不是仆人？"塔玛斯问。开口时他平静如常，但等到说完他已咆哮出声、怒不可遏。愤怒犹如汹涌而来的潮水淹没了他，他身上的锁链响个不停，守护者凶狠地盯着他。

尼克劳斯举手示意守护者冷静。"是的，"他说，"我只是仆人。"

"你很享受，"塔玛斯咬牙切齿地说，"承认吧。"他的语气饱含怨恨。"你乐于命令刽子手动刀，乐于把她的头带给我，让我肝肠寸断，你也乐于看到我如今力量尽失。"

尼克劳斯似乎在思考他的话。"你说得对。"他最后说。

塔玛斯哑口无言，尼克劳斯承认此事大大出乎他的意料，因为这有失公爵身份。

"你这样一说……我确实享受，现在也一样。"尼克劳斯说，"但不是你以为的原因，这不是私人恩怨。火药魔法师是瑕疵品，是巫术的污点。我并不喜欢看别人受苦，但目睹火药魔法师被杀，我感到骄傲，伊匹利下令处死你妻子时我也有同样的感受。"

"所以你禽兽不如，"塔玛斯说着，横了守护者一眼，"干这种事的人禽兽不如。"

尼克劳斯眯起眼睛。"说到火药魔法师，你们比守护者怪异多了。"他望着天花板，"我一直不理解你这种人的想法，塔玛斯，我认为，我们对彼此都抱有偏见。"他哼了一声。"如果你生来便是尊权者，倒会是一个强大的盟友。"

"或者敌人。"塔玛斯说。

火药魔法师

"不,"尼克劳斯说,"不会成为敌人。我们敌对的唯一问题就在于你是火药魔法师。"

"我是亚卓人,"塔玛斯轻声说,"你是凯兹人。"

"如果《协约》签署,亚卓王党就会并入凯兹王党。本该如此。"

"伊匹利当真想统治亚卓?"

尼克劳斯惊愕地看着塔玛斯。"当然。"

塔玛斯发现尼克劳斯的眼神坚信不疑。这人太傲慢了。

"自从听说你政变的消息后,"尼克劳斯说,"我就一直想知道,是什么促使你最终做了决定?仅仅为了复仇?或者你打心眼里认为,你考虑的是亚卓的利益?"

"你打心眼里认为,投降凯兹最符合亚卓的利益吗?"塔玛斯反驳道,"不,不用回答,我从你的脸上看得出来,你和那些被我送上断头台的贵族和君王走狗一样眼瞎。你没读过报纸吗?没听说哥拉的暴动吗?我知道当法崔思特人起义、赶走你们的军队时,你尝到了痛苦的滋味。"

"蠢货,全都是蠢货。"尼克劳斯说。

塔玛斯接着说:"世界在改变。人民不是为了服侍政府和国王而存在,反倒政府是为了服务人民而存在。人民在政府中应该享有发言权。"

尼克劳斯嗤笑道:"绝不可能。岂能让乌合之众做决策。"

"一个人不该被另一个人统治。"塔玛斯说。

尼克劳斯竖起十指,指尖相触。尊权者常常在全神贯注的时候做这种手势——尤其是他们戴着手套的时候。"你要么在故意耍我,要么就是个天真的傻瓜。你在哥拉、在法崔思特、在九国占领的其他野蛮国家都执行过任务。我也一样。村夫和野蛮人需要被驯化,正如亚卓和火药魔法师需要被驯化。"

"我们从各自的经历中学到的大不相同。"塔玛斯说。

尼克劳斯的表情说明他对塔玛斯学到了什么毫无兴趣。

"谁背叛了我？"塔玛斯问。他想要答案。

尼克劳斯瞟了他一眼。"你以为我会冒险告诉你吗？"他摇摇头，"不，也许等断头铡即将落下之时，我会在你耳边告诉你。在那之前不可能。"

塔玛斯张了张嘴，打算以巴拉特准将是叛徒来奚落尼克劳斯，但他终究没说。尼克劳斯真的担心他逃跑，真的以为他还有机会吗？他能力尽失，而且行动不便。他怎么脱逃？

尼克劳斯挪动身子，拉开窗帘张望，又坐了回来，一脸焦虑。

"有人跟踪我们吗？"塔玛斯假装不经意地问。

"说起来，"尼克劳斯不理会塔玛斯的问题，又一次望向窗外，"宫廷里有不少人对你发动政变感到高兴。"

"我相信这点，"塔玛斯说，"如果你们占领亚卓，就可以瓜分我们从贵族手里没收的土地。"

"没收？"尼克劳斯说，"那是强抢。土地和财产都要还给原来的贵族健在的亲属，他们的头衔也将恢复。征税自然必不可少，但我们不能坐视不管那些被强取豪夺的贵族兄弟。"

"看来伊匹利没有我以为的那么蠢，"塔玛斯说，"也没有那么贪婪。"

尼克劳斯冷眼瞪视，似乎要动手教训塔玛斯，但中途又改了主意，鼻孔朝天地数落起来："你好没教养，竟敢妄自尊大，对上位者如此失礼？对君权神授的国王轻视至此？"

"伊匹利并非神选，"塔玛斯嗤之以鼻，"不然那个神就是傻瓜。"

"亵渎神明是不可触及的底线，"尼克劳斯说，"谈话到此为止。"

时间流逝，一转眼就到了下午，马车里热得难受。塔玛斯解开了汗渍斑斑的骑马衫的衣领，他的骑马外套早已被换成不起眼的棕色大衣。封闭的空间里既闷热又逼仄，他指望尼克劳斯打开车窗，但尊权者和守护者似乎都不为所动。

过运河时他有所察觉,桥面跨度既高且长,车轮滚过几无声息。他们接近码头了,他闻得出来。

尼克劳斯不断地瞟着窗外,塔玛斯怀疑尼克劳斯的巫力感觉到了什么。是萨伯恩在追踪吗?或者是因为接近都城守卫而紧张?塔玛斯深吸一口气,端详着尼克劳斯。紧张?有的。恐慌?不,一点儿也没有。如果他认为有火药党的成员到来,一定会恐慌。

塔玛斯聆听着马车外的响动,试图判断所在位置。应该在运河和码头附近,如果上的确实是罗恩桥,那就很近了,在任何一间码头仓库外他们都能搭上一艘走私船。尼克劳斯不会等豪华大船,他一定想尽快带着战利品离开。

马车停了下来。尼克劳斯撩起窗帘,面露微笑。塔玛斯心里一沉。他们到了——

塔玛斯不确定哪件事更令他吃惊:爆炸声,还是接下来马儿的嘶鸣。整辆马车剧烈摇晃,塔玛斯被甩了开去,又被锁链牵了回来。他咬着舌头,差点惨叫出声,因为他的体重——加上守护者的体重——把伤腿挤压向了马车一侧。

尼克劳斯一脚踹开车门。"如果我被抓,就干掉他。"他吩咐守护者,然后跳下马车。巫术施放的冲击波撞击着马车,带来的震动甚于刚才的爆炸。

塔玛斯与守护者对望了一眼。守护者坐到尼克劳斯的位置上,抽出一把小刀。

爆炸接踵而至,尖叫不绝于耳,其中既有女人,也有孩子。塔玛斯直犯恶心。外面必有死伤,那些旁观者周末出行,却不幸卷进一场致命的火并:先是一阵枪弹齐射,紧接着守护者以气步枪还击,枪声轻不可闻。一颗子弹打碎了车窗,在车厢对侧留下一个洞,弹道正好在塔玛斯和守护者之间。守护者的眼睛微微眯大了些。

"清开道路！"塔玛斯听到车夫大喊，"我们冲！"

塔玛斯咬紧牙关。他渴望出手，从守护者手里夺过刀子，尽管没有火药，他也不能束手待毙。可惜他手脚被缚，魔力尽失，什么也做不了，只能坐在那儿干听着，在巫术或爆炸震动马车时痛苦万状。

马车突然启动，无论道路前方曾有什么障碍物——或许是一辆燃烧的马车，车里坐满了守护者——现在没了。车夫疯狂地挥舞马鞭，马车在街道上疾驰，冲喊叫声而去。枪炮和巫术被抛在后面，马车剧烈地摇晃。守护者双手撑着马车两侧，面无表情地保持平衡。塔玛斯前后颠簸，手铐脚镣限制了他的行动，每次撞到伤腿都发出痛苦的呻吟。

守护者看向窗外。"快到了。"他说着掏出一把钥匙，尽管马车剧烈颠簸，他还是打开了塔玛斯的锁链，但手铐脚镣依然如故。他举起刀子，用口音浓重的亚卓语说："你要是惹出麻烦，我就一刀插进你胸口。"

马车停下来了。车夫纵身一跃，重重地落在地上，拉开车门。守护者正要下车，忽然一愣神。

不过眨眼工夫，守护者回头面对塔玛斯，举刀欲刺。塔玛斯抬起手腕，用手铐将将挡下这致命的一刀，并顺势扭转，镣铐卷着刀子脱手飞出。他倒在马车长凳上，眼冒金星，耳际轰鸣，甚至忽略了伤腿的痛感。

他花了好一会儿才坐起来，浑身上下每一处都疼得要命，尤其那条伤腿。他感到一侧脸颊有鲜血流淌——终究没能完全避开刀锋。他撑着车厢内壁，鼻孔里充斥着火药味。

守护者不见了，车门对面有个守护者形状的大洞。他的身体躺在外面的地上，一条腿勾着碎木头，挂在马车边。

塔玛斯低头一看，奥莱姆正将一支手铳放到马车地板上，沉得他直哼哼。他抬头望着塔玛斯，眼神饱含欣慰。"好在偷对了马车。"

火药魔法师

他说。

奥莱姆扶塔玛斯下车。他们处在两栋砖房之间的巷子里，浓郁的腥咸味和浪花的声响证明大海近在咫尺。很快，亚卓士兵鱼贯而入。有人试图接过塔玛斯，奥莱姆摆手赶走了对方。

"萨伯恩呢？"塔玛斯问。

"追尊权者去了，维罗拉也去了。"奥莱姆说，声音听起来相当疲惫。他也会累？"那个混蛋看到我们有这么多人，撒腿就跑。"

涌进巷子的士兵越来越多，塔玛斯吃惊地睁大了眼睛。街上也全是军人。"你带来了整支卫队？"

"差不多吧。"奥莱姆说。

"你们到底是怎么找到我的？"

奥莱姆笑了。他低头望去，塔玛斯这才注意到猎犬蹲在脚边，两眼瞪得比茶杯还大，正仰头看他。它摇了摇尾巴，塔玛斯一时哽咽，强忍疼痛弯腰拍了拍赫鲁施的脑袋。

"这不可能。"半晌之后，他说。

"萨伯恩训练赫鲁施在任何情况下都能找到您，小奶狗一出生就开始接受训练。大学北边有个务农的老女巫帮了大忙，她是赋能者，擅长训练动物。无论您在什么地方，哪怕被关进密封的箱子丢进海里，赫鲁施都能闻到气味。"

"我竟然毫不知情。"塔玛斯说。

"那是他的小秘密。备用计划，"奥莱姆说，"但愿永远用不上。"

塔玛斯感到，两天以来的恐惧、愤怒和希望，都在奥莱姆的目光中融化了。保镖的眼神就像父母对待失而复归的孩子，埋怨和欣慰交织在一起。士兵们围拢过来，嘘寒问暖。塔玛斯感激地冲他们微笑……须臾，他眼前一黑。

第 27 章

上议院顶楼的办公室令塔玛斯感到老旧又亲切，虽然他才使用不过数月之久。他抚着沙发边缘辫子状的流苏，有种回家的感觉。此刻，他颤颤巍巍地倚着一根拐杖，而房间里充满柠檬香味。他怀疑其实一直都有。

奥莱姆在门口望着他。虽说是赋能者，事实证明奥莱姆也需要休息。他眼皮子打架，一看就缺觉，眼底还泛起青紫色，日常修剪齐整的胡子凌乱不堪，头发一团糟。换作平时，塔玛斯或许要责备他不修边幅。

然而今日毕竟不同往常。

我应该让他去休息一会儿。但父亲怎么说来着？"死人才需要休息。"

"是的，长官。"奥莱姆说。

塔玛斯瞅了他一眼。"是什么？"

"您说，'死人才需要休息'。"奥莱姆说。

"你看样子和死人没两样。"

"您也好不到哪里去，长官。"奥莱姆勉强笑笑，塔玛斯看得到他眼中的忧虑。"您应该休息，长官，"奥莱姆说，"爬上那么多级台阶简直要了您的命。"

奥莱姆非要扶着塔玛斯上来，说是扛着也不过分。

"我不需要保姆，"塔玛斯说，"我还有些工作要做。"他一瘸一

火药魔法师

拐地走向书桌，半路差点跌跤。

奥莱姆立刻来到他身边，挽着他的胳膊肘。"坐下，长官，"他说，"彼得里克医生马上就到。"奥莱姆搀扶塔玛斯坐到沙发上。

"呸。"塔玛斯说着点头示意一把椅子，"你也坐下。"

"我还是站着吧，长官。"

"随你。"塔玛斯还不能让奥莱姆休息，他也不能容许自己休息，"我要知道我不在的时候情况有何变化。有多少人知道我被绑架了？"

"消息传得很快，"奥莱姆说，"我当时也顾不上了。我一返回猎场立刻派人给萨伯恩传话，还要逮着赫鲁施。"他冲着在角落里沉沉入睡的猎犬点头。"查理蒙德尽力封锁消息，但如果他那几位女祭司走漏了风声，我也不觉得意外。我知道塞巴斯蒂涅准将守口如瓶。"

"这么说大家都没有受到尼克劳斯的伤害？"

奥莱姆点头。"我当时听见巫术的响动，差点就掉头回去了，长官，"他说着，避开塔玛斯的目光，"如果您要撕掉我的军龄标……"

"闭嘴，"塔玛斯说，"我不要你的军龄标。"

"您命令我负责送他们回到猎场。"

"我想你做到了。"

"没有完全做到，长官。我先走一步，让他们自行返回。我等不及了。"

"当时的情况换作我，我也不会服从命令。我不能苛责人的本能举动。再者，你最终完成了任务，你没有折回来。继续说。"塔玛斯吞了吞口水，他只想躺下来睡一觉，但有些事情必须处理完。他不断地与疲倦、疼痛和恶心作斗争。

"瑞兹叛国的消息已经传开，"奥莱姆说，"温斯拉弗夫人不明所以。流言四起。"

"澄清这一谣言。"他说。

"什么？"奥莱姆大吃一惊。

"事情没那么简单。"塔玛斯挣扎着起身。瑞兹是好人,不能让他背负骂名。奥莱姆按着塔玛斯的肩膀,轻轻地制止了元帅。

奥莱姆说:"我亲眼看到他把您带走。"

"你找到了尸体,对吧?"塔玛斯问。

奥莱姆缓缓摇头。"有血迹,但没有尸体。"

"你离开时听见的巫术——并非我在还击,那是瑞兹的人在阻挡尼克劳斯公爵,这样瑞兹才有时间警告我。瑞兹被活活烧死了。"

"您确定……?"

"去你妈的,"塔玛斯吼道,"别当我是小孩子。大白天的,我没有疯。"

"如果瑞兹有什么要提醒您的,为何兜那么大一个圈子?"奥莱姆说,"他可以直接给您送信,或亲自来见您。"

塔玛斯揉着太阳穴。"我记不清了。我记得他害怕,生气。巴拉特抓了他的把柄,他不敢言语。"

"巴拉特准将?您的脑袋撞得不轻,肿得好厉害。"奥莱姆无力地笑笑。

"别傻了。"塔玛斯又一次挣扎起身,但伤腿疼得厉害,浑身冒着虚汗,最后他放弃了,"送一份公函给温斯拉弗夫人,告诉她,所有针对瑞兹的指控都是无稽之谈。"他顿了顿。"带巴拉特和塞巴斯蒂涅准将来见我。"

"我派人去。"奥莱姆说着走向门口。

"不,"塔玛斯喃喃道,"你亲自去,我不希望他俩跑了。带上一队人马。对了,我又想了想,瑞兹的事情不要告诉任何人。"

"可既然他是无辜的……"

塔玛斯闭上眼睛,他要恢复气力,应付未来的局面。"我到时候再处理。去吧。"

"这就去办,长官。"

火药魔法师

奥莱姆刚一出门，塔玛斯立刻痛得直喘气。他的伤腿僵硬了好一会儿，不疼的时候就阵阵抽搐，而每挪动一次的滋味犹如刀绞，还不如抽搐。他捋了捋蓬乱的头发。

塔玛斯强迫自己转动脑筋。为何瑞兹要做一场绑架他的戏，就为了告诉他巴拉特的事情？塔玛斯真希望自己有埃达迈的天赋……

他的儿子！

"奥莱姆！"他大喊。他等了一会儿，不见奥莱姆回来，便又喊了一声。一个卫兵探头进门。"什么事，长官？"

"科玛，奥莱姆走了吗？"

士兵点头。"刚走。看他的架势，有人要倒大霉了。"

"给我纸笔。"

科玛从塔玛斯的书桌上取来一支墨水笔和一沓信纸，塔玛斯龙飞凤舞地草拟了一张便条。"追上奥莱姆。叫他先办好这件事，再去完成别的任务。"

"遵命，长官。"

科玛立刻消失了，屋里又只剩塔玛斯一人，他的伤腿又开始抽搐。吸食少许黑火药，他就感觉不到疼痛了……如果他还有能力的话。嵌在伤腿里的金星导致他与火药迷醉感无缘。

"彼得里克呢？真是该死！"

"来了。"医生悄无声息地关上房门。他一手拎着医药包，一手搭着外套，透过一副眼镜观察塔玛斯。

"我正在玩桥牌呢，手气相当不错。"医生说话时一脸不悦，这也是他惯常的表现。此人过去无论是在医院工作还是担当私人医生，大多落得被开除的下场，因为他行医时态度欠佳。然而，他以速度和技术弥补了上述缺陷。

"非常抱歉，"塔玛斯说，"如果你想回去打牌，我就多受点罪好了。"

彼得里克医生停下脚步，耸耸肩，掉头走向门口。

"听不懂讽刺吗，你这个迂腐的混蛋？"

彼得里克恼怒地盯了塔玛斯好一会儿，终于还是回来了，但步伐拖拖拉拉，仿佛拖着二十五石重的身子，其实他枯瘦如柴。他坐到塔玛斯身边，取下眼镜，用一块单片镜检查塔玛斯的脸和头。

"有些轻微的刮伤，"过了一会儿，他说，"不碍事。看样子你的脑袋挨了撞。"他在塔玛斯面前打了个响指，挨个儿观察眼珠子。"你好着呢。"他搬起塔玛斯的伤腿——动作谈不上轻柔——搁在自己膝上，解开亚麻绷带，开始检查。

"你看过医生了。"他说，语气有几分尖锐。

"是的，"塔玛斯说，"是绑架我的人找来的医生。那人把我的腿接起来的。"

"之前是什么情况？"

"不知道。我一直处在昏迷中。"

"很幸运。看样子你整条腿都被碾碎了。不管他是谁，手艺不赖。"他语气有些勉强。

"我要你剖开它。"

彼得里克冲他眨巴眼睛。"再说一遍？"

"我的腿。我要你剖开它。"

彼得里克轻轻地放下伤腿。"你的脑袋撞得厉害，比我想的严重得多。"

医生的语气夹杂着一丝担忧？不，应该是塔玛斯想多了。"那人在缝合伤口之前放了金片。"塔玛斯顿了顿，吞咽着口水。说出来都令人反胃。"我不能使用魔法了。"

彼得里克戴上眼镜，又取下来，然后再次戴上。他握手成拳，顶住下巴，盯着那条伤腿。"你疯了，"他说，"我不能干。如果不管它，那里会形成一个囊肿，金子被包裹其中，碰不到你的血液，你就

火药魔法师

又可以使用力量了。"

"动手,"塔玛斯说,"这是命令。"

"你以为那样有用?就算你疼不死,也会失去一条腿,甚至可能要你的命。你没有考虑清楚。"

"尼克劳斯说金片是星形的,那么只要我一动弹,愈合的组织就会被撕裂,金子即可接触我的血液。我现在就能感觉到它的存在,撞来撞去的。"

彼得里克犹豫了。

"感谢你的关心。"塔玛斯说。

"关心?"彼得里克说,"是啊,我关心自己。要是你死在手术中,你知道那些马屁精会怎么对付我吧?我看见奥莱姆出去了,我可不是傻瓜。你支开他,为的是不给他反对的机会,而萨伯恩也没来得及回来。到时候,他们会生吞活剥了我。"

"谁会生吞活剥了你?"

萨伯恩站在门口,外衣的扣子解了一半,衣服上满是火药、泥土和烧灼的痕迹,简直像是从煤矿里爬出来的。他把外衣挂在角落里的衣帽钩上。他脸上有一道割伤,血液已经凝固,手掌脏兮兮的。

"你抓住他了吗?"塔玛斯说。

萨伯恩摇着头:"很遗憾。"

塔玛斯强忍着骂人的冲动。见鬼。"他怎么跑的?"

"路线早就安排好了,"萨伯恩说,"他进了一间仓库,利用一块活板到了下水道。我们正在搜索下水道的所有出口,但我怀疑没什么结果。维罗拉在继续追踪,他可能在亚多佩斯特的任何地方出现,他似乎早就料到我们会追上来。"萨伯恩的喉咙深处发出厌恶的声音,他上前查看塔玛斯的腿。"没见你这么惨过。"他说。

"是的,没错。"

"他这条腿保不住吗?"萨伯恩问彼得里克医生。

医生不理会塔玛斯凌厉的眼色。"有可能，"他说，"如果按他的要求剖开的话。"

"为什么？"萨伯恩望着塔玛斯，希望得到解释。

塔玛斯深吸一口气。"尼克劳斯的医生治了我的腿。他在缝合之前，贴着骨头塞了一块金片。金片是星形的，以阻止囊肿形成。"

萨伯恩瞪圆了眼睛。"禽兽，"他咆哮着，"等抓到他，我要剁了他的手。"

塔玛斯感同身受。"前提是我们抓得到他，"他说，"彼得里克，我要做手术。"

医生久久地盯着萨伯恩。

"不，"萨伯恩说，"万一你死了，这场仗我们恐怕打不下去。"

萨伯恩提到了打仗。塔玛斯差点笑出声来。萨伯恩绝不承认自己关心别人。

"我们刚刚把你救回来。"萨伯恩说。

"没有魔法，我也难以为继。"塔玛斯说，"彼得里克，如果不取出来会有什么问题？"

老医生皱起了眉头。"如果你说的不假，疼痛会持续折磨你，你会睡不着觉、心力交瘁，导致身体很难自然康复。"他看样子不大高兴。"我们应该取出来。"

萨伯恩看了看塔玛斯，又看了看医生，然后冷哼一声。"好运。"他说完就走了。

"您要见我？"埃达迈手足无措，目光离不开塔玛斯身边的一排手术器械。他对外科手术总是感到紧张，太多问题容易出差错，似乎医生们每年都会想出一种新办法，打着治病救人的幌子折磨人。这种想法不对，他也清楚，因为统计学的观点正好相反。如今古老的放血

火药魔法师

疗法越来越不受欢迎，杀菌消毒的新理念开始在医学领域流行开来，存活率因之达到了克雷西米尔时代以来的最高。

陆军元帅坐在手术台边，这间临时手术室是用上议院的一间偏房改装的。他近乎全裸，只有腰间围着一条毛巾，胸前数不清的旧伤令埃达迈大吃一惊：有些是剑伤，某一处像刀伤，三块粉色疤痕则是子弹造成。他头上的肿块在花白头发之下清晰可见，右腿既红又肿。一位身着白大褂的医生正在仔细检查器械。

看来塔玛斯活下来了，尽管伤势之重目不忍睹。报纸上的八卦栏目必然会千方百计地调查昨天帕罗街上发生了什么，还有前两天塔玛斯去哪里了。埃达迈决定只字不问。

塔玛斯点点头。"你找到背叛我的人了吗？"

"没有，长官。"

"为什么还没有？"

"我不想找借口，可我同时干着二十个人的活儿。"

"我们付的也够多，对不对？"

"未必。再说钱并不能加快进度，我需要面谈、调查和到处跑腿。"

"'未必'？"

"我在调查大司库，长官，我不方便在讯问他之后找他要支票。"

塔玛斯哼了一声。"奥莱姆，确保我们的好侦探能拿到报酬。"

角落里的保镖停止了踱步，略一点头。

"你有了怀疑对象？"

"一直都有，"埃达迈说，"但缺乏有力的证据。"

"我这里有一封信，"塔玛斯指着桌子说，"是我儿子塔涅尔写的。他和守山人一起在休德克朗抵御凯兹军队的进攻，而他及尊权者波巴多一致认为，有个强大的巫师加入了凯兹一方，试图带领凯兹王党通过要塞登顶克雷西姆科贾，在那里召唤克雷西米尔。"

埃达迈目瞪口呆。"这太荒唐了。"

"是啊，"塔玛斯说，"被包围的人容易失去理性，而且我儿子状态不大好。"塔玛斯没有详细说明。"但我必须提防意外情况。凯兹可能发明了新式武器，或者……"他愁眉苦脸地望向窗外，"关于克雷西米尔的誓言……你在调查中有没有其他发现？比如在哪种情况下可以召唤克雷西米尔，或者他将用什么方式为死去的国王复仇？"

埃达迈说："没有。我说过，我几乎什么都没查到。书页被人撕掉，作案者不希望别人知道相关知识。"唯有这件事始终困扰着埃达迈，但他不愿胡乱揣测，"关于克雷西米尔的誓言，我都是听尊权者波巴多说的。"

"太遗憾了。"塔玛斯扶着额头，身体微微摇晃。他的状况不大好。"我也不愿意胡思乱想，但我必须警惕这报告中可能存在一部分真实情况。呸！召唤神灵，谁会想到这种事？我已派第四旅增援休德克朗，那里的人手应该足以守住关隘，抵挡凯兹大军。"他摆了摆手，"很抱歉打断了你的调查，侦探。在你离开之前，我还有一件事要说。"

"什么，长官？"

"如果我没能挺过这次手术，或者恢复不大顺利，我希望你继续调查。"

埃达迈打个寒战。"恕我直言，长官，那样的话，要不了多久我就会死在阴沟里。我之所以尚未惨遭刺杀，十有八九是因为对方害怕受到怀疑。准确地说，是害怕您的怀疑。"

"我会派人保护你。"塔玛斯说，"如果我死了，主持正义的将是刀剑，而非审判。依我看，第七旅会乐于协助你。"

塔玛斯真的认为自己可能丧命，埃达迈愈发感到恐惧。如果塔玛斯死了，一切都将分崩离析，尤其出于这种偶然事件。军队可能会追捕其他议员——届时人人自危，整个国家陷入混乱，谁也当不了赢

火药魔法师

家。如果元帅活下来,埃达迈又不得不继续背叛,把一切事无巨细地告知维塔斯大人。他引以为荣的诚实品质哪去了?埃达迈无数次权衡利弊,想对塔玛斯坦白一切,请求帮助。不,他再一次痛下决心,家人的安危重于诚实和荣誉。

埃达迈的思绪被打断了,一个既高又胖的人兀自闯了进来,乌黑的长发在脑后束成马尾。他举手投足有国王的派头,却身系围裙,戴着高高的厨师帽。他手里的银托盘举过头顶,围裙上吊着一只长柄勺,大得足以敲碎人的脑袋。

塔玛斯警惕地盯着他。"米哈利?"

"陆军元帅,"米哈利说,"我送来了肉汤,你得在做手术之前喝掉。我认为有助于你恢复元气。"

医生怒视着米哈利。"不许吃喝。"他说。

"就要!"米哈利把托盘递到塔玛斯面前。

"绝对不行。食物和水可能在手术期间引起并发症,我……"

塔玛斯抬手示意医生闭嘴。"交给我吧,"塔玛斯说,"你还没有麻醉我。"

趁着塔玛斯应付肉汤和手术的工夫,埃达迈正打算一走了之,房门又突然打开。埃达迈不大认得对方的样貌,但通过那身长袍判断来者为大主教。查理蒙德声名狼藉,鲜少公开布道。他和其他大主教一样,在底层人民中不受欢迎。

"塔玛斯,"查理蒙德说,"很高兴见到你平平安安地活着,不过我为公事而来。我的人说你的士兵拒不交出这个亵渎神明的厨子。昨天我的卫兵来找他,结果发生了冲突……"

他一眼瞥见米哈利、埃达迈等人,立刻闭上嘴巴,眉头一皱。

"米哈利又不是什么重要人物。"塔玛斯说。

"如果让我来决定,你大可留着他,我跟一个疯厨子有什么过不去?问题在于其他大主教在信仰方面比我狂热得多,非要逮捕他不可。他们对我施压，塔玛斯，他们以教会是否继续保持中立来要挟你。"

"我稍后决定。"塔玛斯说。

"我现在就要。"查理蒙德挺起胸膛，目光落在米哈利身上。"就是你了，对吧？那个亵渎神明的厨子？"

米哈利轻轻地把托盘放在塔玛斯身边，转身面对查理蒙德。他深吸一口气，鼓起大肚子。"我是大厨，先生，你应该这样称呼我。"

"大厨！哈！"查理蒙德仰头大笑，一边伸手摸向佩剑的剑柄，"塔玛斯，我以教会的名义逮捕此人。"

"出去。"

声音很轻，埃达迈却感到房间里忽然冷若寒冬。他扭头望向塔玛斯，但说话的不是塔玛斯，而是那位大厨。

"你好大的胆子。"查理蒙德拔出一把短剑。

"出去！"米哈利大吼。长柄勺握在他手中，就像一把利剑，勺子直指查理蒙德的鼻子。"我要你离开这里。你这个伪祭司，可恶的蠢货！给我一个理由，我非打倒你不可！"

查理蒙德气得五官扭曲。"你犯了什么疯病？我以教会的名义逮捕你！我不怕你的勺子，你这个不敬神明的大饭桶！"

米哈利突然冲向查理蒙德。大主教连退几步，然后挥剑刺去。米哈利抬起长柄勺封挡，熟练地将剑拨到一边，反手击中了查理蒙德，其力道之大，竟使得后者飞过沙发，重重地落地。

一时间四周安静极了。奥莱姆跑到查理蒙德身边。

"你刚刚杀了大主教吗？"埃达迈问。

米哈利嗤之以鼻。"杀了才好呢，"他说，"把肉汤喝了，陆军元帅。"他一个字也不多说，离开了房间。

"他还活着，长官，"奥莱姆说，"只是失去意识了。"

埃达迈与塔玛斯对望了一眼，他敢说塔玛斯和他想的一样。陆军

火药魔法师

元帅痛苦地抓着伤腿:"奥莱姆,把大主教安顿在楼下的房间里。传话出去,就说他在楼梯上跌了一跤。找几个目击者,侦探,我相信你看见了。"

埃达迈捋平衣服前襟。"跌得很重。他滚下了整整两段楼梯,才被我们接住。"

"我相信情况就是这样。"塔玛斯说,"医生,你能为查理蒙德开个什么方子?"

医生低头望着不省人事的大主教。"砒霜?"

"好了,不开玩笑。有什么药能让他头痛和失忆?"

"氰化物。"

"医生!"

"我想想办法。"医生咕哝道。

"奥莱姆。"

奥莱姆正拽着查理蒙德出门,闻言停了下来。"什么,长官?"

"弟兄们和查理蒙德的卫队发生冲突,情况如何?"

"我准备等您做完手术再通报。"

"你当然会。发生了什么?"

奥莱姆的双手仍插在查理蒙德腋下。"就那样呗,长官。弟兄们不想失去米哈利,他们说不管他做不做饭,他都是幸运星。我没有参与这场冲突,至少,参与得不多。"

"他怎么成了幸运星?他何德何能?"

"填饱了他们的肚子。"奥莱姆说。

"有伤亡吗?"

"下次可能就有了。"奥莱姆脸上掠过阴云。

"如果我明确下令制止呢?"

奥莱姆低着头说:"我相信弟兄们会服从命令,长官。"

塔玛斯闭上眼睛,揉搓着。"你有什么建议,侦探?"

埃达迈吃了一惊。"很多细节我不清楚，长官。"他觉得自己活像墙上的苍蝇，从头到尾就不该在场。那个叫米哈利的——埃达迈应该多加了解。

"假装你清楚。"塔玛斯不肯放过他。

"纵容部下犯事的将军不是好将军，"埃达迈说，"忽视部下的愿望和需求的将军就更糟糕了。不过事情仍有缓和的余地。"他一歪脑袋，示意大主教。奥莱姆拖着那人出了房门。

"奥莱姆。"

保镖又停下来。"他会醒的，长官。"

"我希望他现在别醒。"

一声闷响，像是有人用锤子敲打肉块。"现在还醒不了。"

塔玛斯埋着头说："传话下去，米哈利应召加入亚卓军第七旅。送信到哈森堡，就说他们可以派一个医生来照顾他，费用由我们负责。不要让查理蒙德难堪。"

"教会呢？"

塔玛斯叹了口气。"如果他们愿意，可以派祭司来和他谈谈，劝他信教，或者劝他不要胡说八道。"

"这么说米哈利正式成为军中厨子啦？"

"大厨。"

"是，长官。谢谢，长官。"

等士兵离开，塔玛斯开始喝汤。时间一分一秒地过去，房间里只有他满足的咂巴声。他抬起头来。"侦探？"

"啊？"埃达迈恍然失神。

"你可以走了。"

埃达迈离开时听见塔玛斯说："我们开始吧，彼得里克。"

他在走廊上停下脚步。塔玛斯处理得很好，这位陆军元帅不能容许蠢货们质疑他的命令。惹恼他可不明智。埃达迈又开始考虑，要不

火药魔法师

要把维塔斯大人的事情和盘托出。如果塔玛斯通过自己的渠道发现埃达迈背叛了他,埃达迈就失去了营救家人的机会;但即便埃达迈专心营救,即便有塔玛斯派兵协助,他的家人也难免有个三长两短。风险太大了。

第 28 章

"快点,蠢货,"塔玛斯说,"扶我起来。把枕头放在那儿。"他猛地抓住桌子边缘,感到天旋地转。

"长官?"奥莱姆嚼着烟头问道。

"我没事。继续。"

奥莱姆在塔玛斯和椅背之间塞了一块垫子。

"再往下一点。"塔玛斯说,"很好。把椅子转一下。我希望看起来随意些。"

塔玛斯又下了几个命令,直到心满意足。他坐在桌前,正对办公室的大门,因为有靠垫支撑,后背挺得笔直,显得高大了些。奥莱姆退了几步。

"我看起来像病号吗?"塔玛斯问。

"不像。"

"不够干脆。"

"再振作一点,长官。"奥莱姆说,"行了。"

"好。"塔玛斯不敢俯身,甚至不敢向下看,只能摸索着拉开抽屉,取出一筒火药。他用指甲撬开筒盖,把火药倒在舌头上。他头晕目眩,眼前发黑,那是感知力汹涌而来之前,个人意识的本能退却造成的效果。硫磺的味道相当苦涩,对塔玛斯而言却犹如美味佳肴。

他疲惫尽消,伤腿的痛感减弱了,变成脑子里持续不断的嗡鸣,以提醒他那条伤腿曾经皮开肉绽、接骨归位,但没有与之相伴的

火药魔法师

痛苦。

"不到一个钟头就三筒火药,长官?"奥莱姆的语气夹杂着担忧。

"少来教训我,"塔玛斯咕哝道,"我没时间操心火药致盲的后果。"说实话,他承认自己对火药迷醉感上了瘾。他渴望这种感觉,犹如渴望久未谋面的情人最热烈的拥抱。成瘾的问题可以晚些处理,目前有更重要的事。尽管处于火药迷醉状态且沉浸的程度前所未有,他依然动弹不得。痛感依旧附着于他的肉身,控诉着他的不眠不休——只是他的大脑置之不理。

"说说塞巴斯蒂涅准将。"塔玛斯说。

"他是孤儿,"奥莱姆说,"被亚多姆之翼收养,一开始当填弹手。亚多姆之翼就是他的家——亚卓是母亲,雇佣军是父亲。"

"我也听说了。"

"追踪您的时候他帮了忙,"奥莱姆说,"瑞兹的背叛令他激愤不已。"

"他知道瑞兹死了吗?"塔玛斯问。

奥莱姆摇摇头。

"关于瑞兹无辜的情况,你一个字都没说吧?"

"一个字都没说,长官。"奥莱姆回答。

"好。让他进来。"

塞巴斯蒂涅准将是亚多姆之翼最年轻的将领之一,刚满二十五岁。塔玛斯很清楚,雇佣兵军团提拔准将并非心血来潮,他们反应机敏,智勇双全,对温斯拉弗家族和亚卓忠心不二——应该说一向如此,巴拉特准将除外。

塞巴斯蒂涅准将个头矮小,齐眉的黑发蓬乱不堪,他还蓄着络腮胡子,颇有军人风范——就他这个年纪的人而言满脸胡子不显得突兀,着实少见。

"很高兴看到您恢复健康,长官。"塞巴斯蒂涅说。

"谢谢,"塔玛斯说,"我知道你协助奥莱姆救了我。"塔玛斯看了看保镖,一歪头,示意其退下。奥莱姆去了阳台,塔玛斯则因为刚才的动作感到一阵晕眩。当心,他提醒自己。

"我只是略尽绵薄之力,"准将说,"有什么我能做的,尽管吩咐。在温斯拉弗夫人的支持下,我已经开始召集人马追捕瑞兹准将。他绝对逃不掉。"

"有件事你能做。"塔玛斯说。

"在所不辞,长官。"

"是件小事。你看到那边的屏风了吗?"塔玛斯指着角落,那里的隔断可供人更换衣物。"我希望你到后面听着。"

"什么意思,长官?"塞巴斯蒂涅问。

"很快你就明白了。"塔玛斯说,"拜托,请照顾我这个病恹恹的老头子。"

塞巴斯蒂涅准将迟疑地点点头。"现在吗?"

塔玛斯看了一眼时钟。"是的,时间正好。"

塞巴斯蒂涅躲到屏风后面。塔玛斯闭上眼睛,休息了一会儿。他的大脑虽然隔绝了足以令人休克的疼痛和疲惫,但火药迷醉状态带来的眩晕感仍在作祟。他睁开眼睛,看见奥莱姆在阳台上远眺,鸟群飞过阳光普照的选举广场。他看见奥莱姆外衣上随风飘飞的丝线,当他集中精神,甚至可以听见屏风后塞巴斯蒂涅的心跳。年轻的准将从容不迫。

门被叩响了。

"进来。"塔玛斯说。他在椅子上坐直。现在不是示弱于人的时候。

门开了,塔玛斯瞥见维罗拉候在外面,双手扶着枪柄,两名士兵押着巴拉特准将进来。与塞巴斯蒂涅相反,巴拉特身高马大,远超常人。他五官分明,眉形如剑,好在面颊和眼睛的线条有几分柔和,勉

火药魔法师

强称得上相貌英俊。他的脸修得干干净净,塔玛斯听士兵们说,此人可以一根胡子都不见长。巴拉特二十六岁,父亲曾是北方一位富有的子爵,几年前去世了。

塔玛斯注意到巴拉特自信满满的神情,也注意到扣在他腰带上的佩剑。

"请坐。"塔玛斯指着对面的一把椅子说。

"我还是站着吧,谢谢您。"巴拉特准将说,"被您的士兵一路护送过来,我希望得到您的解释。也许有什么误会。"

"我相信是这样,"塔玛斯说,"但请允许我占用你一点时间。"他默然不语,观察着巴拉特,等对方手足无措。一两分钟过去了。

"这样做非常不合规矩,长官。"巴拉特准将说。

"抱歉,"塔玛斯说,"前些天的经历对我的影响相当大。我在想……"

"想什么,长官?"

"你听说了瑞兹叛变一事吗?"塔玛斯说。

巴拉特准将闻言一怔。"那是亚多姆之翼的耻辱。好在您一切安好,我就放心了,长官。"他补充了一句,似乎说完了才想起来。

"谢谢关心。"塔玛斯微微一笑。"你知道瑞兹为何背叛我们吗?"

"他潦倒失意,长官,"巴拉特说,"老弱无能。"

塔玛斯假装大吃一惊。"是吗?我不能说和瑞兹是朋友,但至少是同一代人。我们读的是同一所大学、同一个学院,只是他比我高几个年级。他对亚卓的热爱超越了一切,他是优秀的指挥官,也是个好父亲。在镇压保王派的战斗中,他表现得很出色。"

"刚才只是我个人对他的印象,长官,"巴拉特说,"我的意思是,我认识他不过一两年而已。我无意冒犯。"

"那你为何说他'老弱无能'?"塔玛斯问。

"我不知道。他……"

"什么?"

"好吧,我不想惹人非议,长官,毕竟我没有证据。"

"现在说有点晚了,"塔玛斯说,"瑞兹把我出卖给一个凯兹的尊权者。他是叛徒,是罪人。"

巴拉特听了浑身微微颤抖,舔了舔嘴唇。"嗯,我觉得他不喜欢我。温斯拉弗夫人对我青睐有加,这引起了他的嫉妒。他认为年纪轻轻的人不该这么快就爬到准将的级别。"

"是吗?"塔玛斯又一次装作吃惊的样子,"我……怎么说呢,难以想象。据我所知,塞巴斯蒂涅准将晋升的速度比你还快,而且他没睡过温斯拉弗夫人。"

"是的,不过……"巴拉特准将瞪大眼睛,"长官!对不住了,长官,我必须请您收回刚才的话。"

"你我都知道那是事实,"塔玛斯说,"说真的,这件事传遍了我的军队和亚多姆之翼。"其实不是,但不需要让巴拉特知道真相。塔玛斯听见屏风后面有动静。巴拉特循声望去,塔玛斯咳嗽一声,唤回他的注意力。

"如有必要,我会找您决斗,长官,"巴拉特说,"以捍卫我的荣誉,还有夫人的荣誉。"

"与火药魔法师决斗?"塔玛斯说,"你真要这样做?"

巴拉特的嘴角浮现一抹笑意。"是的,"他说,"我请求您以手枪为武器,哪怕这样一来我必死无疑。我要彻底证明自己的清白。"

巴拉特知道塔玛斯的伤腿里有金星,否则不会大义凛然地提出决斗。他在表演。他知道有人旁观。

"瑞兹的儿子在哪里?"塔玛斯问。

巴拉特准将大惊失色。"什么?我怎么知道?"

"抱歉,"塔玛斯说,"我记岔了。这个问题我有答案。他的尸体今天下午在运河里被人发现,脚踝上绑着重物。他被人残忍地勒死,

火药魔法师

打捞上来时居然头颅都断了。可悲啊，一个前途大好的十八岁少年，最终落得如此下场。你要知道，瑞兹和我还有一个共同点：我们都是晚婚，妻子去世时都只留下一个儿子。"塔玛斯想到了塔涅尔，南派克山的战况在脑海里一闪而过。如果塔涅尔被人绑架，塔玛斯不知道自己会怎么做。他强压怒火，眨了眨眼，视野一时变得模糊。冷静处理是为上策。

"真是悲剧。"巴拉特准将的嗓音有些生涩。

塔玛斯说："亚多佩斯特大学的一位目击者昨晚看见有人进了学生宿舍，其外貌特点与你相似。同学说那孩子跟着这人走了。"

"不可能，"巴拉特准将怒吼，"调查哪有如此迅速……"他闭上嘴巴，察觉到其中有诈。"我希望凶手已经被捕并受到制裁，但那也不能为父亲的所作所为开脱。"

"钢琴丝常用于绞杀，"塔玛斯说，"经验不足的人容易割伤自己的手指。我可以看看你的手吗？"

巴拉特双手背在身后，退了一步。

塔玛斯深吸一口气，朗声宣告："他父亲警告我，准将之中有个叛徒。他说儿子成了人质，请求我施以援手。巫师追上我们时，他毫不怜惜自己的生命。瑞兹不是叛徒，巴拉特，他是爱国者，他是英雄。他要我提防你。"

"什么乱七八糟的？"巴拉特准将嘶声道，"你疯了。"

"有时候我觉得那样的话事情就好办多了。"塔玛斯说，"议会里的叛徒是谁？如果你说出来，我就不为难你。"

"去你的。"巴拉特嘲笑道，"你没有证据，老头子，我不跟你玩这个游戏。"他转身走到门前，锁头哗啦作响，门就是不开。"凭什么锁上？"巴拉特不安地望向阳台。奥莱姆透过窗户观察着一切，步枪握在手中。

巴拉特扭头面对塔玛斯。"你当自己什么货色？温斯拉弗夫人绝不会坐视不管。你以为你能把我怎样？让我受审？送我上法庭？夫人一定会保我周全。我绝对不会进牢房，而你只会自取其辱。一个穷途末路之人的诬告。"巴拉特说着，笑得更欢了，"就像瑞兹！满脑子谎言和妄想，背叛自己的国家。你现在连火药魔法师都不是！"

塔玛斯冷哼一声。他从胸前的兜里取出一颗子弹，在指间翻转，同时举起一筒火药。"不是吗？"他摇摇头，"唉，这件事不归我处理，真是太可惜了。"他放下手，大声说，"沙发垫子底下有手枪，已经上膛了。"

"你说什么？"巴拉特拔剑逼近塔玛斯。

塞巴斯蒂涅准将从屏风后面现身。他稳稳地端着手枪，拉开击锤。

枪声回荡，震得塔玛斯头晕目眩。他抓着桌子，等晕眩感消失，然后抬头望向尸体，与此同时奥莱姆也进来了。

巴拉特准将躺在地上，鲜血和脑浆溅得沙发和屏风上到处都是。他抽搐了一下，然后静止不动了，塞巴斯蒂涅准将放下手枪。

这位准将面色惨白，用微微颤抖的手把枪扔到地上，跌跌撞撞地走向沙发。"我一直以为瑞兹是叛徒。"过了一会儿，他哽咽着说。因为悔恨交加，他的面部极度扭曲。

"他是好人。"塔玛斯说。

"他儿子……"

"死了。"塔玛斯说，"奥莱姆，去找到瑞兹的遗体。他被巫术击中，所以遗体不可能完整，但如有必要，在御林掘地三尺也要找到。我希望他和他儿子一同以国礼下葬，葬在他妻子身边。"

"得令。"奥莱姆轻声说。

"我怎么向夫人交代呢？"塞巴斯蒂涅失魂落魄地说。塔玛斯看见了符合他年纪的迷惘，不禁心生怜悯。

"你为了保护我而开枪打死他，"塔玛斯柔声说，"我不会让你上

火药魔法师

军事法庭。"

"我杀了温斯拉弗夫人的情人、我的同僚,"塞巴斯蒂涅的声音颤抖着,"不论以何种理由,我都会被军团除名,颜面尽失。"他顿了顿。"我可以走了吗?"

"当然。记住,我的军队永远为你敞开大门。"他说。等年轻的准将离开后,塔玛斯吩咐奥莱姆:"找人盯着他。"

奥莱姆皱眉道:"他全都听见了,而且做出了正确的选择。他为何在意是否被亚多姆之翼除名呢?军队的薪饷当然会少一些,但……"

"亚多姆之翼不光是一支雇佣军,奥莱姆。"塔玛斯说。疲倦逐渐瓦解了火药迷醉感,疼痛开始渗透他筑起的高墙。"亚多姆之翼是一种生活方式,是手足兄弟的情谊,而杀死战友是罪大恶极之事。即使他们内部处决叛徒,也会为刽子手保密身份,这样弟兄们就不至于发现并且孤立他。塞巴斯蒂涅在亚多姆之翼的职业生涯结束了。"

奥莱姆又冲着塔玛斯皱眉头。"那,您为什么……?"

塔玛斯叹息一声,又取出一包火药——他很想把粉末撒在舌头上,但最后还是塞回了衬衫口袋。"你会觉得我无情,"他说,"但我需要塞巴斯蒂涅的才能。如果他能活过这场战争,三十岁就可以当上将军。"他知道奥莱姆不赞成,但不予理会。"等他被赶走的时候,找人给他提供一份工作。从中校干起。"

塔玛斯一俯身,吐了一地。他扯起袖子擦嘴,迎上奥莱姆担忧的目光。"我现在想休息一会儿。"

奥莱姆去找清洁工了。塔玛斯靠在椅背上,嘴里苦不堪言。他解决了鸡笼里的狐狸,还得找到牛圈里的狮子。

奈娜的目光离不开沙发上的血迹。

她怀疑陆军元帅塔玛斯开枪打死了人，鲜血喷溅在国王办公室里——或者有个下属替他做了这件事。她知道陆军元帅杀人如同砍瓜切菜，她亲眼看见塔玛斯在街上一枪打死了比斯特，眼睛都不眨。

"奥莱姆，我……"陆军元帅强撑着从更衣屏风背后探出脑袋，看到奈娜时一愣神，"抱歉，"他说，"没想到他们已经派人来打扫垃圾了。"

他称之为垃圾。仿佛那些脑浆、头骨和遍地血迹都是用餐之后的残羹冷炙。

"对不起，长官，"奈娜行了一个屈膝礼，"我奉命来取您的制服。"

"当然，洗衣工。奥莱姆！帮我把制服脱下来。"

奥莱姆从前门进来，手里正在卷一根香烟。他冲奈娜笑了笑，绕到更衣屏风背后。

"该死的血到处都是。"陆军元帅说。

"一向如此，长官。"

"噢。该死……轻点儿！"

"抱歉，长官。"

"天杀的腿啊！"

"有女士在场，长官。"

陆军元帅的咒骂变成了嘟囔。须臾，奥莱姆重新出现，腋下夹着陆军元帅的制服，递给奈娜。蓄须的军士和亚卓士兵突袭艾尔达明西宅邸那晚不大一样了，他的胡子里夹杂了些许白色，眼角忧虑的皱纹也更深了。奈娜在上议院见过他，但他好像不认识奈娜了。

"你能洗窗帘吗？"奥莱姆问，"天知道他们什么时候才能派人来处理。"

"当然。"奈娜说。

陆军元帅塔玛斯一瘸一拐地从更衣屏风后出现，来到书桌前。他

火药魔法师

身着白衫和蓝色军裤，因饱受折磨而面色惨白。奈娜想知道如果趁他熟睡时掐死他，那张面孔会是什么模样。

奥莱姆解下窗帘，一大堆都抱在怀里。"长官，"他说，"我帮她把这些拿下去，马上就回来。"

"不急，"陆军元帅挥挥手，"查理蒙德派人送来了一道愚蠢的教会判决令，晚餐前我要读完。"

"我拿得动。"到了门口，奈娜说。

奥莱姆把窗帘夹到腋下。"没事儿。陆军元帅有时也需要独处。"

"你不是他的保镖吗？"

"更像他的男仆。"听起来他没有抱怨的意思，"顶楼的卫兵增加了三倍，有那帮小伙子盯着他，我暂时不操心有什么玩意儿能进去。香烟要吗？"

两人下楼梯的时候，奈娜用眼角余光打量着奥莱姆。"谢谢。"她接过了香烟，奥莱姆立刻开始卷另一根。

"你性格蛮大方嘛，"奥莱姆说，"但弟兄们说你话不多。"

冰冷的恐惧感压迫着奈娜的腹部。塔玛斯元帅的保镖为何打听她的事情？"我一向独来独往。"她不动声色地说。

"我也听说了。"他放过了这个话题，又说，"我以为那晚过后不会再见到你。"

奈娜心脏狂跳。奥莱姆记得她？她不希望被人记住，不希望被人认出来。如果奥莱姆知道她的身份，可能会发现就是她把雅各布偷偷带了出去。

"噢？"她差点说不出话来。

"比起为某个老爷洗衣服，我觉得你更适合待在这里。"奥莱姆说，"我喜欢你的裙子，比你以前穿的好看。"

奈娜努力回忆在艾尔达明西公爵家所穿的衣服。她竟然想不起来了。必须换个话题，不要再谈论她了，不能老是对方提问。

"你穿的也不一样了。"她说。

奥莱姆摸着别在翻领上的军章。"陆军元帅说他的保镖军阶不能低于上尉。"他耸耸肩,"我不算是真正的军官。我向来不太喜欢他们。不过话说回来,我乐意领这个级别的薪水。"

奥莱姆从嘴里取出香烟,换了手,又塞回嘴里。他突然停下脚步,奈娜只好转身回头。"今晚想看戏吗?"他问。

奈娜眨了眨眼。看戏?这么说,他格外关注自己,并非作为陆军元帅塔玛斯的保镖应尽的职责。她深感欣慰,情不自禁地笑了。

奥莱姆似乎视其为同意。"陆军元帅非要我休息一晚上不可。能有一位漂亮姑娘陪着,再好不过了。"

"我很荣幸。"她笑着微微行礼,但愿那是她最羞怯动人的笑容。

到了上议院地下的洗衣房,奥莱姆告辞了。为了清理窗帘和陆军元帅制服上的血渍,奈娜翻找着洗衣用品。搓洗衣物时,她提醒自己,来这里的目的是杀死塔玛斯,不能被奥莱姆阻碍或分心。他看样子是好人,但他侍奉的是邪恶的主人。塔玛斯非死不可,不能让他的制服浸染更多人的鲜血。他杀过无数男女,甚至包括无辜的孩子。非得阻止他不可。

奥莱姆说他不是陆军元帅唯一的卫兵。如果她杀死塔玛斯的时候不归奥莱姆当值,那么他就不会因失职而受罚。没错,那样最好了。她一边想着,一边更用力地搓洗衣物。

第 29 章

塔涅尔听到马蹄声在山坡上有节奏地响荡。他倚着步枪，吸了些火药。从太阳落进背后的山峰开始，他就看见了骑手的身影。骑手来自凯兹的前进营地，打着一面白色休战旗。

信使。

"找加夫里尔来。"塔涅尔吩咐菲斯尼克。年轻的守山人在暮色中眯着眼睛，点点头，跑回镇子。菲斯尼克抽中了傍晚当值的签，塔涅尔主动作陪，为的是借机旁观工程师和石匠如何维修棱堡。

菲斯尼克将在天光敛尽后换岗，到时候塔涅尔也会回去，指望睡个安稳觉。如果命运仁慈，这个信使或许带来了凯兹大军撤退的消息。

山里静悄悄的，只有底下庞大的凯兹军队偶尔传来一些声响。他们今晚不准备发起进攻，上周一次都没有过。棱堡争夺战消耗了双方的力量，他们花了整整一周时间收集死尸、补充弹药和粮草，同时也抓住机会稍作休息。

凯兹的营地静悄悄的，令塔涅尔感到不安。

听到背后的石板地上有脚步声，塔涅尔立即回头。是莫泽斯，步枪扛在肩上。

"我抽了夜班。"他说。

塔涅尔伸着懒腰。"来吧。"

莫泽斯少言寡语，不擅促膝长谈，却是难得的酒友。他们上周常常泡在咆哮温迪戈酒馆里。

塔涅尔又在棱堡城墙上待了几分钟。他看着骑手抵达城门,顺利进城,随后镇子里的一小群人出现了,与信使见面。那一小群人由加夫里尔带领,其高大的身影一望便知。交谈时间极为短促,骑手很快就出门返回了。

塔涅尔对莫泽斯点头道别,走向加夫里尔。

塔涅尔到的时候,那群人正在安静地讨论着。所有人都扭头看向他。

"提尼元帅有什么话吗?"塔涅尔问。

"他说战事重启,"加夫里尔说,"有任何夜间突袭的迹象吗?"

见鬼。"山坡上一整天没有任何动静。"

"挖土的呢?"

"也看不到。"

工兵从未停止工作,甚至在两军长达一周的停战期也忙碌不休。塔涅尔曾想下山驱散他们,但加夫里尔坚持停战,不肯出击。

"他们到底在挖什么?"加夫里尔咆哮道,"就算想搞破坏,也挖得太深了,而且波说他们没有利用巫术。"

"你见过波了?"塔涅尔问,"他整整一周都浸在麦酒杯子里,那模样像是在鬼门关走了一遭。我不相信他现在还闻得到巫术的味儿。"

"噢,得了吧,"有人低声说道,"我的状态还没那么糟。"

塔涅尔扭头看到了波,就在不远处。他一直都在吗?塔涅尔冲着朋友直皱眉头,波拿着酒壶,靠在凯特琳身上。那女人恶狠狠地瞪着塔涅尔。

塔涅尔说:"你需要睡觉,不是喝酒。"

"这其中有诈,"波指着凯兹大军的方向说,"谁知道他们在计划什么。"

"我们能做什么呢?"塔涅尔说,"那边完全能抵挡炮火的攻击,

火药魔法师

我们轰炸那座洞穴上方的山体时,没有任何迹象表明隧道会随之坍塌。我们不清楚那些隧道有多深,也不知道它们通向何处。他们可能是试图破坏棱堡,或者直接从镇子当中钻出来,或者最要命的,在巫师的帮助下,越过守山人军团到亚卓去。"

"这个想法真醒脑,"波说,"可你说整天都没见到那些挖土的。"

"他们还在干活,这毫无疑问。"

"所以我做了个决定,"加夫里尔吸引了两人的目光,"我打算带队突袭,清理洞坑。"

"什么时候?"塔涅尔嗅了一鼻子火药。

"明天,"加夫里尔说,"如果波能醒酒的话。"

"我清醒得很。"波说话时晃晃悠悠,要不是凯特琳架着他,恐怕早就趴下了。

加夫里尔似乎不以为意。"要我说,这次突袭的风险很小,他们的军队远在几小时的路程之外。但如果朱利恩在洞里——或者哪怕有两三个低级尊权者——只有波是不够的。"他满怀期待地望着塔涅尔,"我们这次行动……自愿参加。"

塔涅尔很想冷哼一声,然而鼻腔生疼——他上周尝试戒掉火药未能成功,好歹鼻子有几天没流血了。"我当然要去。"

"谢谢,"加夫里尔说,他的神情有几分释然,"但我指望的不只你一个。"

塔涅尔皱着眉头,忽然明白了什么。"卡-珀儿。"

加夫里尔点头。

"我不知道……"塔涅尔说,"她那么小。"

"她是女巫,"加夫里尔说,"力量强大。我和波谈过,他对卡-珀儿很感兴趣。"

"非常感兴趣。"波说。

塔涅尔怒视着二人。

加夫里尔顿了顿,连忙解释:"不是那方面的兴趣。"

"当然不是。"波说。

塔涅尔依然怒目相向。"卡-珀儿受我保护。"他说。事实上他受卡-珀儿保护,至少波是这么认为。"当然,她曾帮我追踪过尊权者,也遇过几次险……"他想起在山顶上,卡-珀儿冲到自己和朱利恩中间。她貌似弱小,实则强大。

波叹道:"塔涅尔,在她面前,凯兹王党的大多数成员就像三岁孩子。我们需要她。"

塔涅尔忽然想起那天在亚多佩斯特大学博物馆,面对罗扎利娅时的情景。她担心卡-珀儿参战,她是不是察觉到了塔涅尔未能察觉到的东西?"我不觉得她有那么强大,即使有——我也不要她身处险境。"

"你做不了主。"加夫里尔说。

"见鬼,我当然做得了主。"

"我问过她了。她愿意跟我们去。"

塔涅尔打了一个激灵,眨巴着眼。"这事儿你们都不告诉我一声?"

加夫里尔迎着塔涅尔的目光,舌头顶着脸颊打转。"我清楚下山有多危险,而目前她的作用比波还大。我做出决定之前,当然要把她来不来考虑进去。"

塔涅尔瞪着加夫里尔,虎背熊腰的守山人司令避开了。

"明天夜里?"塔涅尔问。

"明天夜里。"加夫里尔确认。

塔涅尔双手插兜,独自走回镇子。近来天气转暖,亚卓即将入夏,夜里热乎了不少。但在高山之上,每当太阳落下,空气中仍旧弥漫着一股寒意。塔涅尔裹紧身上的鹿皮大衣,慢慢接近咆哮温迪戈酒馆,耳畔风声呼啸。这风声古怪得很,听得他直打哆嗦。

火药魔法师

他停下脚步,发现越接近咆哮温迪戈酒馆风声越强,还有别的声音混杂其中,然后取而代之。这声音听起来很耳熟,很像野兽在远方低吼,似乎是……活物。他颤抖着四处张望。声音来自山上更高的位置——夜空晴朗,繁星在头顶闪耀,那声音清晰可辨,他望向东北方的关隘。他揉了揉眼睛,仔细一看。好像有东西在那边移动。

呼号声再度响起,凶神恶煞,余音绕梁。塔涅尔想起书上说南派克山没有狼,只有穴狮。但那号叫声听起来不像他所知的穴狮。他吞了吞口水,强行移开目光。

他眼角瞥到什么动静,有人悄悄地摸了过来,吓他一大跳。那人影随即迅速跑开,他拔腿就追,冲过转角,拐进巷子,扶着一栋房子的墙壁才不至于跌跤。

"该死的下地狱去吧!"他揪住卡-珀儿长罩衫的前襟,双手颤抖,"你差点吓死我。"

卡-珀儿抬头望着他,碧绿的大眼睛沐浴在月光中。他放开卡-珀儿的衣服,捋了捋自己的大衣前襟。"该死,"他说,"吓得我魂都丢了。你出来干什么?"

卡-珀儿指着自己的眼睛,又指着他。

"看着我?克雷西米尔啊,为什么?"

她耸耸肩。

塔涅尔轻轻拍了一下她的后脑勺。她的头发又剪短了些,耳朵都遮不住。塔涅尔转身回到街上,找了个台阶坐下来。卡-珀儿作势要走。

"过来。"塔涅尔说,尽量使语气不那么刻薄。卡-珀儿悄无声息地来到他身边,像个准备接受父亲训斥的小女孩,但也清楚一个天真的笑容就能逃脱惩罚。"为什么不告诉我加夫里尔让你参加突袭行动这件事?"

卡-珀儿冲他扬起眉毛,指着自己的喉咙。

"是的，我知道你不能说话，"塔涅尔翻了个白眼，"但你想说的时候绝对有办法告诉我。"

卡-珀儿抿着嘴唇。

"别跟我装。你老是这样。我要答案。"

她抱着自己，伸手指向塔涅尔。塔涅尔摇头。她拍拍胸脯，就在心脏的位置，又指向他。你……爱我？不，不可能。他摇着头。卡-珀儿叹了口气，摆出挥剑的姿势，然后举起另一只胳膊。

"盾牌？"塔涅尔说。

卡-珀儿点头，然后指向他。

"当我的护盾？保护我？你想保护我？胡说什么？你就十五岁吧？刚过了玩娃的年纪，不应该想着保护我。好吧……"塔涅尔想起她做的朱利恩的人偶，以及后来的举动，"你还在玩娃娃。危险的玩法。可你不该保护我。"

塔涅尔回忆自己十五岁的时候，乃是一个任性、瘦高的男孩，黑发粗密，唇上初初开始长毛。从那时候起，他逐渐变得结实有力、人高马大，身上也有了久经战场的老兵才有的伤疤。他觉得自己老了，其实才不过二十二岁。

卡-珀儿转身背对他。

"喂，别……"

她抱起胳膊。

塔涅尔起身来到她背后。她飞快地打着手语。

"什么？"

她又打了一遍。

"十九？你？你十九岁了。"塔涅尔大吃一惊，"我一直以为你是孩子。底奈兹人十六岁就结婚了。"

她摇摇头，依然不看塔涅尔，指了指自己。

"但你没有？"

火药魔法师

她点头。

"好吧,该死,不管你多大年纪,我不想要你保护我。"

她突然转身,脸庞近在咫尺,他闻到了少女的呼吸,香甜如蜜。塔涅尔心不在焉地猜测着她吃了什么。

真可惜,她做了个口型。

塔涅尔惊掉了下巴。该死的丫头。"你为什么这么担心我?"他一字一句地问。

她凑近了些,两人的嘴唇差点贴在一起。塔涅尔注视着她深色的眸子,那里洋溢着星光,眼神有几分顽皮,嘴角浮现出得意的笑容。塔涅尔的心咚咚直跳,接着她一扭头,飞也似的跑了。

塔涅尔目送她离开,一边急促地喘气。"这算什么?"他轻声说道。他舔了舔嘴唇,幻想她的味道,然后驱散了脑子里的想法。她是仆从,是未经教养的蛮子。他又把手插进兜里,沿着街道前行,希望回到军官驻地的营房时,她不在那里。

第 30 章

凌晨一点半,亚多佩斯特码头西边尽头的街道却与寂静无缘。街上飘荡着酒吧和妓院里的歌声,三五成群的醉鬼在鹅卵石地上嬉闹,冲着湿漉漉的天空挥舞拳头,朝驻足聆听的路人念诵低俗的诗句。

埃达迈躲进一个黑暗的角落,竖起衣领,全身裹在黑色长外套里,头戴一顶圆顶礼帽以抵御雨水和遮挡面目。苏史密斯候在另一个角落,这大个子拳手居然完全消失在一片比他本人小两圈的阴影中。埃达迈睁大眼睛,紧握手杖,随时准备对付注意到他俩的醉鬼。

街对面的妓院比周围安静许多,前来此处的客人相当富有,妓院的门面是一家肉铺——名为茉莉集市,如果无人引见,他们不接待新客。一群头脑简单四肢发达的彪形大汉聚集在门边的雨棚底下,这些保镖和护卫低声交谈着,冷得直跺脚。其中两人注意到了埃达迈,投来阴郁的目光,但没人过来找他说话。

妓院的大门打开了,埃达迈瞥见内里豪华的陈设和乌黑的装饰花边。里卡德·汤布拉在门廊处停步,丢了几枚硬币到拉门的人手里,然后走进雨中。

里卡德的步态说明他喝了不少,但对酒量心里有数。他冲着那群保镖点点头,其中两人便离开队伍,来到他身边。里卡德拒绝了递上的伞。

直等里卡德靠近,埃达迈方才从阴影中现身。他扬起头,让对方在昏暗的灯光下看清自己的面目。里卡德的两名保镖踏步上前,伸手摸刀，雨棚底下的保镖们也警惕起来。劫匪们通常对茉莉集市敬而远之。

"叫你的手下让开，"埃达迈说，"我只想聊聊。"

里卡德抬手制止保镖，捂着胸口说："埃达迈，克雷西米尔在上，你吓死我了。什么事？"

埃达迈一歪脑袋，走开几步，远离保镖。里卡德跟了上来。

"你知道你随时可以去我的办公室，"里卡德说，"我的大门始终对你敞开。"里卡德没戴帽子，举手挡着雨水，以免溅到眼睛。

"我来警告你，"埃达迈说，"作为老朋友。"

里卡德吃软不吃硬，无论露骨还是含蓄的威胁他统统不认，于是埃达迈一手搭着他的肩膀，以打消他的疑虑。

"根据现在的情况，"埃达迈说，"我不得不怀疑你是最有可能背叛塔玛斯的人。"

里卡德的嘴唇抿得死死的，一言不发。埃达迈正在孤注一掷。如果里卡德真是叛徒，他的打手随时可以上来料理埃达迈。

"你需要清理门户，里卡德。"埃达迈说，"凯兹的间谍从艾德海上偷偷入境，还有凯兹的守护者，塔玛斯对此很不高兴。我想他暂时还不会动手，因为他急需你的船运兵到瓦萨尔门。"

"你说的跟我有什么关系？"里卡德反问。他的语气有所克制，但依然带着怒火。

埃达迈戳了戳他的胸膛。"码头是你的地盘，我的朋友，塔玛斯知道这里发生了什么。如果察觉到威胁，他会关闭一切，包括所有与诺威和尤尼斯的贸易活动，你全部的工厂和磨坊。"

里卡德瞪大眼睛。"他不能这么做，那是亚多佩斯特的命脉所在，工会要大发雷霆的。"

"如果他认为敌人在这里，那就逼不得已了。"

里卡德沉默了片刻，若有所思。"还有谁知道你来了？"

埃达迈的心脏怦怦直跳,把手杖握得更紧了些。他不打算束手就擒,走运的话,在苏史密斯过街之前,他或许挡得住这三个人。

"没人。"埃达迈说。

"没人派你来?"

"我自己来的。"

里卡德盯着他,默默地算计着什么,可能在琢磨一刀捅进哪个部位。埃达迈做好了呼叫苏史密斯的准备。

"谢谢你,"里卡德说,"如果这些结论是你个人推断的……我也许真的需要做点清理工作。谢谢你,我的朋友。"

埃达迈目送里卡德从保镖手里接过伞,消失在夜色中。他此时的步态稳重多了,速度也快多了,似乎急着赶到哪里去。苏斯密斯悄悄地来到埃达迈身边。

"接受了你的警告?"苏史密斯问。

"我不知道,"埃达迈说,"但他没有灭口的意思,所以这是个开端。他也许知道我在玩什么把戏。他不傻。等着瞧他接下来的动作。"

"现在呢?"

"还有其他嫌疑人。我还要见大主教、大老板和普赖姆·莱克托。"

苏斯密斯冲埃达迈皱眉头。"大老板?见不到他。"

"我来想办法。"埃达迈尽量摆出胸有成竹的姿态,"那么接下来我们去见大主教。"

苏史密斯打了个圣绳的手势。"不想去。"

真是金玉良言。"他知道我要去。我们约好了明早会谈。"

一位神情紧张的年轻祭司站在大主教家门前的台阶上,翘首张望埃达迈的马车驶近。这座宅邸只有一层楼,但面积之大,堪与天际宫

火药魔法师

争雄,其建筑风格为远东的哥拉式,醒目的白色尖顶矗立于大理石外墙之上,洋葱形窗户上挂着缎面布帘。长长的鹅卵石车道的一边是葡萄园,马夫们则在另一边的跑马场上训练赛马。

埃达迈下了马车,活动着筋骨。都说大主教最为注重个人享乐,而非侍奉克雷西米尔,看来此言不假。不过,如今的教会不都是这般模样吗?也有些名副其实的祭司——他们热爱克雷西米尔,关爱同道中人,为和平与爱不辞辛劳。然而查理蒙德之流就世俗得很,他们对美女、金子和权势渴求得上了瘾。

年轻祭司匆匆迎向埃达迈。他身着长及脚踝的白袍,脚踩一双便鞋——这是穷修士的典型装束,尽管此地富丽堂皇。

"我是西蒙尼。"祭司说。他低着头,双手交握于身前,似在祈祷。

"你服侍大主教?"埃达迈问。

"我有幸侍奉克雷西米尔,先生,"西蒙尼回答,"通过服侍他公正可敬的仆人——亚卓的大主教——查理蒙德。"

"我和大主教有约,"埃达迈说,"我们可以进去等吗?"他抬起手杖指着前门。

"呃,不行,先生,"西蒙尼说,他搓手的姿态像在洗衣服,"里头全是人。阁下的族人为了圣亚多姆庆典相聚一堂,孩子们跑来跑去,接踵摩肩。"

埃达迈望向一扇窗户,发现一个彪形大汉在窗户里盯着他——可能是大主教的保镖之一。没有孩子们嬉闹的迹象和声音。诚然,庄园非常大,查理蒙德可以在里面埋伏下一支军队。窗帘拉得严严实实。

"我知道了。"他说。如此的待客之道着实古怪,即使埃达迈不受欢迎。

西蒙尼清了清喉咙。"还有,大主教日理万机,我们得去教堂找他。因为今早的狂欢,下午的祈愿仪式他迟到了。"

"什么?"埃达迈吓了一跳,"今早的狂欢?"

"是的。"西蒙尼说,"还有,劳驾您,大主教不喜欢受威胁,他只能留在外面。"他示意苏斯密斯,后者刚刚爬下马车,因为路上打了个盹,头发乱糟糟的。

"他是我的助手,"埃达迈说,"协助我调查。他对大主教没有威胁。"

西蒙尼目光闪躲,避而不看埃达迈。"您误解我的意思了,先生。你的同伴块头太大,身强体壮,一眼便知是打斗好手。大主教不希望他的仆人们心不在焉。他,呃,不喜欢挑起竞争,先生。阁下对于登门入室的客人非常挑剔。"

埃达迈眨眨眼。不喜欢挑起竞争?他摇摇头。"你最好还是留在马车上。"他对苏史密斯说。

拳手哼了一声,默不作声地进了马车。

"你说你主人迟到了?"埃达迈说。

西蒙尼的嘴角抽动了一下。"是的,因为狂欢。现在,请随我来吧,等祈愿仪式结束,我们就能找到他,趁着下午的赛马尚未开始。"

西蒙尼一举手,一辆双轮轻便马车从葡萄园里驶向他们,看来在那里藏了好一会儿。

埃达迈的目光被车夫深深地吸引了。她年纪轻轻,大约十六岁,长长的金发垂到腰际,身着式样简单的车夫制服和罩衫,戴着帽子和手套——材质统统都是透明的薄纱,而且制服里面什么都没穿。女孩对他礼貌地笑笑。

"先生?"她说,"请吧。"

埃达迈强行移开视线,爬进马车厢。由于空间仅够一人乘坐,他扭头望向西蒙尼,但还来不及问祭司坐在哪里,马车便启动了。一匹白色矮种马拉着马车,祭司跟着小跑起来。

风差点刮飞了帽子,埃达迈伸手将其抓住。马车飞快地在葡萄园

火药魔法师

里的小道上行驶,路过了一些劳工。尽管马车速度不慢,西蒙尼还身着长袍,但其对于跑步跟随似乎毫无怨言。埃达迈注意到西蒙尼的眼睛老是盯着地上或者直视前方,原因不言而喻。

他们路过的那些劳工,不是在修剪葡萄藤,就是在地里干活。所有劳工都穿着式样普通的束腰外衣,但和女车夫一样,材质也是透明的薄纱。在葡萄园里劳作的男男女女都年轻漂亮。

竟然有这种地方存在?埃达迈自以为去过整个亚多佩斯特最伤风败俗的窑子,但眼前的景象……这些男女能当上高档妓院的头牌,个个都值得上一千卡纳一夜。然而他们穿成这样,在大主教的庄园里劳作。

"你好像……和这个地方格格不入啊,西蒙尼,"埃达迈说完才意识到刚才的话容易被误解,"我不是说你不够年轻英俊。"他赶快补了一句。

西蒙尼的嘴角浮现一抹笑意,但他仍未抬头。"我明白您的意思,先生,"他说,"这是我的苦修。为大主教再当一年管家,我的结婚申请就可以得到批准了。"他眉头一皱,忧心忡忡。"如果她还愿意嫁给我的话。"

克雷西姆教会允许低阶神职人员结婚,但若想在教会里拥有更大权力,则必须保持禁欲。那些已婚人士常常要付出苦修的代价。

查理蒙德这样要求一个祭司,真是冷血无情。"请告诉我,"埃达迈说,"庄园里一直都是这个样子吗?我听说这里有葡萄园和马厩,豪华得很,却没想到会如此……特别。"当然了,他有所耳闻,谁都听说过,但他一直不大相信。他以为可能有个私家窑子,有几个漂亮女人随叫随到,但实际上,生活放荡已不足以形容眼前的景象。

"是的,先生,"西蒙尼说,"这不新鲜。大主教自有规矩,客人看中了谁,可以随意挑选——不包括我——然后怎样都行。噢,您也一样,先生,您是客人。"

埃达迈的脸颊涨红了。"噢不，不用。"他的尾音拖得很长，又尴尬地笑了起来，"我是个家庭幸福的老头子，我好得很，谢谢关心。"

西蒙尼又道："大主教还有个规矩，但凡谈论他那些……仆人的……下次恕不接待。"

"这种事没办法知道吧。"

"噢，大主教知道，先生，他在各处都有耳目。"

埃达迈忍不住冷笑。"这样的话，我就明白他如何堵住别人的嘴了。大主教的每一位客人都接受了招待吗？"

"不，"西蒙尼说，"不是全部。但那些不接受招待的客人，一般也都口风很严。"

或者羞于开口，埃达迈心想。他们谁也不说，是因为不希望与庄园的斑斑劣迹产生瓜葛，好比讲究体面的绅士也不会提及自己经常光顾的窑子。

他摘下帽子，挠着头，不动声色地对西蒙尼说："所以说，你实际上是在整个亚卓……该死，九国之内……最大的妓院干活，为的是有一天能迎娶你的挚爱，同时保留圣绳之仆的身份？"

西蒙尼吃吃一笑，神情忐忑不安。"克雷西米尔的神意凡人捉摸不透，先生。"

埃达迈有点反胃。"我认为这无关神意，主要在于大主教的幽默感。"他咕哝道。

马车出了葡萄园，驶过一片田野，抵达了教堂。教堂外形简朴，以小块灰岩砌成，不比一座普通房屋大，总共就两层楼，斜顶，正门上方有阳台。一根金色发辫状的绳子从阳台上垂下。这里不见大主教的仆人，埃达迈不禁松了口气。

埃达迈下了马车，目送它绕过教堂，朝教堂大门行进。他刚要伸手叩门，西蒙尼碰了碰他的肩膀。

火药魔法师

"别忙,先生,他们的祈祷即将结束。"西蒙尼说。

埃达迈叹道:"这是又一场狂欢吗?"

一时间西蒙尼似笑非笑,但最终他只摇了摇头。"不,这是下午的祈愿仪式。请稍等片刻。"

虽然祭司表示反对,埃达迈仍然推开了一道门缝。教堂里摆放着好几排有天鹅绒坐垫的长椅,灰泥涂抹的墙壁大半挂着昂贵的挂毯,挂毯上以金色和红色的颜料描绘出冒烟的大山、以及顺着圣绳降临在南派克山顶的克雷西米尔。参加布道的人数很少,而教堂至少可以容纳三十人。

大主教站在教堂前端,高举双臂,仰面朝天。他的声音在教堂里回荡:

"全能之神克雷西米尔,保护我们远离不公与恶意,拯救我们免于邪恶,使我们能受汝之庇护……"

埃达迈悄悄地关上门。他和西蒙尼退到教堂古老的石墙边,靠着凉爽的砖块。

"这个地方好像相当……荒凉。"埃达迈说。

"此话怎讲?"

"大主教位高权重。我以为访客会络绎不绝,诸如信使、办事员之类的。"

"噢,"西蒙尼说,"有权来这里的访客非常少。阁下在庄园接待所有客人,说实话,那边热闹得很。"

"那我怎么能进来呢?"

"因为你有陆军元帅的文书!"

听起来还有几分道理。

"你来这里多久了?"埃达迈问。

"两年零七天。"西蒙尼依然不与他对视,但埃达迈觉得自己可以理解。西蒙尼正尽其所能保持忠贞以争取未来的婚姻——这种行为值得尊敬，即便他为此放弃了眼神交流。为了抵挡周围的诱惑，他只能盯着自己的脚。

"你不常出去吧？"

"我偶尔会去一趟亚多佩斯特，为阁下跑腿。"

天哪。"你为什么不离开呢？"埃达迈问，"为了一张普普通通的结婚许可令，你没必要苦修。"

"我乃圣绳之仆，先生，如果现在走了，我就失去了我的圣绳。"他抚弄着缝在长袍左胸处的小绳子，"同时丧失了结婚的机会。"

"她希望嫁给祭司，呃？"

"很多祭司都结婚了。"

"我没听说过这样的苦修。他们一般只有，呃，六个月吧？"

西蒙尼似有几分苦恼。"她是大主教的外甥女，先生。"

埃达迈向西蒙尼展示了最大限度的同情。"你这个可怜的家伙。"

"祈祷结束了，先生。"

西蒙尼话音未落，教堂的前门打开了。好几辆四轮马车从教堂对面驶来，等待各自的乘客。七个男女出了门，坐上马车，他们身着昂贵的丝绸、皮革和织工精良的布衣，埃达迈认得其中几位富商。令他惊讶的是，他看到了洛伦特太太——他最近的一位客户。洛伦特太太出身富贵，竟然幸免于塔玛斯的贵族大清洗，实在令人吃惊。她擦肩而过，没打招呼。

埃达迈想象着里卡德在其中一辆马车里，工会会长虽不怎么参加祈祷，但很适合这样的场合。车队缓慢驶离，在田野间穿行，但不是去往外面，而是驶向庄园后方。天知道查理蒙德接下来又安排了什么俗不可耐的活动，埃达迈止不住地摇头。

所有人都离开后，大主教出来了，缓步迎向埃达迈。

"下午好。"埃达迈说。

查理蒙德置之不理。西蒙尼匆匆经过大主教，锁上教堂的门，然后转回来，接过大主教的法袍。

"西蒙尼，"大主教说，"贾佛尔夫人在祈愿仪式中睡着了。事不过三，以后不准她进来。"

"是，阁下。"

"此人是谁？"

"埃达迈侦探，阁下。"

大主教挺起胸膛，傲慢地盯着埃达迈。"塔玛斯的猎犬。好吧。你来这里做什么？"

埃达迈上下打量大主教。查理蒙德仪表堂堂，比埃达迈足足高出一个头，他在成为圣绳之仆前，曾是亚卓的剑术冠军。如今他依然举止优雅，步伐大而坚定，惊人的臂展更是一种巨大的优势。埃达迈依然记得，查理蒙德成为祭司的第二天就被指定为亚卓的大主教，这桩丑闻被人们谈论了好些年，但对他的任命从未撤回。查理蒙德的朋友权势通天。

大主教脸上仍有两大块瘀伤，尽可能用白色粉末遮掩着。

"阁下，"埃达迈颔首说道，"上周您跌了一跤，但愿您身体无恙。我当时亲眼所见，那真是一场可怕的意外。"

查理蒙德哼了一声。"废话少说。你来这里做什么？"

此人喜怒无常，埃达迈心想。他对西蒙尼的同情更深了一层。"我是来问您关于上个月陆军元帅塔玛斯遭遇行刺的事。"

"就那个事？还没有查清楚吗？呸。赛马很快就要开始了，有什么赶紧问。"

埃达迈咬着舌头。无论对方是不是大主教，基本的礼节必须有。他温和地说："阁下，我调查的是叛国行为，不是您最喜欢哪个妓女。拜托了，我有一些问题要问您。"

西蒙尼捧着法袍立在大主教身后，这可怜的祭司瞪得眼珠子都要掉出来了。他始终盯着不远处，拼命地摇头。

大主教看埃达迈的眼神变了。

"您可能是塔玛斯的议会里最有权力的人，"埃达迈说，"甚至比陆军元帅本人还强势。您有整个克雷西姆教会撑腰，相比之下，温斯拉弗夫人的雇佣军、里卡德·汤布拉的工会以及大老板的犯罪组织，无论规模、财富还是实力，全都相形见绌。所以我有理由相信，如果您希望塔玛斯死，他就死定了。"

埃达迈接着说："唯一令我犹豫，尚未从嫌疑清单里划掉您名字的原因，是我想不通您起初为何参加政变。这意味着……您有既不支持塔玛斯，也不希望他死的动机。"

"你哪儿来的权力质问我？"大主教冷冷地问。

埃达迈从胸前的兜里抽出塔玛斯写的纸条，递给大主教。西蒙尼上前一步，嘴里咕哝着道歉的话，接了过去。他清了清喉咙，大声念出来。

大主教仰头大笑。"配合你？回答你的问题？塔玛斯怀疑我，这与我何干？他能做什么？他在这场战争中需要我，他需要我让教会置身事外。"

埃达迈从西蒙尼手中接过纸条，叠好了塞进兜里。

"我可以啐在塔玛斯脸上，"大主教接着说，"他还会死皮赖脸地求我支持。你以为我在乎这个调查？"他摇头。"不，我完全不在乎。不过，有一件事你说对了——如果我要塔玛斯死，他现在就得躺进坟墓。塔玛斯干的那些事，总有一天会有上头的神找他的麻烦，我没必要牵涉进去。"

上头的神？埃达迈直想发笑，查理蒙德真不是个合格的祭司。埃达迈深吸一口气，倚着手杖探身向前，盯着大主教的眼睛。他知道自己将为刨根究底付出代价。

"请问，"埃达迈说，"您支持塔玛斯有何利益可图？"

大主教迎着他的目光。在大主教眼中，埃达迈无异于逃不出食物

火药魔法师

储藏室的耗子,连一脚踩死都不屑。"教会认为有必要推翻曼豪奇,亚卓的君主与老百姓已然水火不容。"

埃达迈很想提一提神职人员在庄园里开妓院的事。"教会依旧支持塔玛斯吗?"

"关于这个问题,塔玛斯可以亲自来问我,"大主教说,"他的狗没资格。现在,如果你真的希望调查有所收获,就应该去审问里卡德·汤布拉或者昂德奥斯大司库。他俩都靠不住——他们那种人不该在塔玛斯的议会上拥有一席之地。"

"为什么呢?"埃达迈平静地问。

"他俩都不在乎亚卓的利益。里卡德亵渎神明,以不信神的工会为盾牌逃避制裁,他到处收受贿赂——"

"抱歉,您是如何知道贿赂的事呢?"

查理蒙德一时哑然。他抿着嘴唇,冷笑道:"不要打断我。"

"请原谅。"

"他接受了凯兹、犯罪分子和黑帮的贿赂。他腐败、堕落、邪恶,不配得到克雷西米尔的爱。"

"您怎么知道他接受了凯兹的贿赂?"

"教会自有消息来源。不要质疑我。"

"昂德奥斯呢?"

"此人企图对教会征税,"查理蒙德说,"他的灵魂存在重大问题。他在每件事情上都反对我——我!克雷西米尔的仆人。他不交什一税,也不许教会的账务官查看他的账本——连国王对我们也不能藏着掖着!去查查他的账本吧,我保证你能找到背叛的证据。"大主教看了看怀表。"我要迟到了。你走吧,趁我还没失去耐心。"不等埃达迈答应,查理蒙德招呼着马车,头也不回地走了。

埃达迈目送他离开。查理蒙德对昂德奥斯的看法站不住脚,只是单纯的厌恶。然而,埃达迈第三次听说里卡德收受了大笔钱财,这就不好说了。

"我现在要四处转转。"埃达迈对西蒙尼说。

祭司飞快地摇头。"很遗憾,这不可能。"他搓着手说。

"我要进行调查,"埃达迈说,"我自当注意,不会打扰大主教的家人。"

西蒙尼舔了舔嘴唇。"不是的,先生,我……阁下非常注重隐私。我很遗憾,您现在必须离开。"

费了一番口舌,埃达迈依然争取不到在这里转一圈的权利。他发现确实没有回旋余地,便拒绝了西蒙尼提供的轻便马车,匆匆返回自己的马车。他迫不及待地爬上去,推醒了苏史密斯。

"你觉得怎样,"埃达迈问,"我们借着夜色掩护调查大主教的庄园?"

苏斯密斯瞪大眼睛。"死得快。"

"的确。"埃达迈敲了敲车窗,他们从庄园启程了,"但总之……我们还有工作要做。"

第 31 章

塔玛斯蓦然惊醒,他的衣服浸透了汗水,身体滚烫,呼吸不畅。他看到了窗外的太阳——此时已是上午十点多钟。

"长官。"奥莱姆招呼道。保镖立在床边,一手端着一碗燕麦粥,一手拿着一份报纸。他明显休息过了,虽然塔玛斯不知道人如何做到从不睡觉。奥莱姆的眼神活力四射,脸上的皱纹也平复了些。他放下早餐,扶塔玛斯坐起身。"来自米哈利的祝贺。"奥莱姆说着,把碗放在桌上。

塔玛斯摇摇头,驱散残存的睡意,只感到意识模糊,思维缓慢。手术之后已有五天,巴拉特准将也死了五天,塔玛斯那条该死的伤腿却疼得越发厉害,只要一动就抽搐。

"您想在阳台上读报吗?"奥莱姆问,"彼得里克医生说新鲜空气有助于您康复。"

塔玛斯望着窗外灿烂的阳光,又看向那条腿。要疼痛,还是要憋在屋里一整天?"好吧。"

奥莱姆扶他站起来,递来拐杖,他们缓步挪到阳台上。奥莱姆回头进去搬椅子,塔玛斯步履蹒跚地来到栏杆前。"今天好吵。"他咕哝着,探头张望。广场上聚集着很多人,仔细一看,他发现整个地方人满为患。自从当初处决国王那血腥的一幕过后,他就没见过这么多人。

"奥莱姆!"他惊讶地扭头,保镖正好回来。

"长官?"奥莱姆笑得颇为得意,嘴里叼着一根香烟,手提一把椅子。塔玛斯一点儿也不喜欢。

"这到底怎么回事?"塔玛斯指着底下的广场问。

奥莱姆伸长脖子一看。"噢,是的,米哈利干的。"

底下的广场摆了几十张——不,几百张——桌子,以及配套的椅子。桌子周围坐满了人,还有数不清的人站着,等待下一轮上桌的机会。排队的人则更多,男女老少都有。队伍顺着殉道者大道排得老长,末尾还拐了弯。塔玛斯忍着疼痛探头张望,寻找队伍的起始。

队伍的起始就在他们的正下方,若干方形长桌——塔玛斯认得它们来自上议院——沿着墙壁摆了一排,上面堆满了食物。面包成山,汤桶如池,肉在火上烤得冒油。这比国王宴席上的食物还要丰盛。

塔玛斯扭头吩咐奥莱姆。"不要一脸傻笑,扶我下楼。"

虽然花了好一会儿,但塔玛斯还是在奥莱姆的搀扶下一瘸一拐地来到了上议院前门。他停下脚步,早前居高临下只见人群黑压压的一片,从这里望去人数似乎又翻了一倍。他呆立在台阶上,目不转睛。

"借过,长官。"

塔玛斯慢吞吞地让开路。一队士兵搬着一张议事厅的桌子经过他身边,后面的办事员们搬着椅子,然后是端着一碗汤的厨子,那碗大得惊人。塔玛斯所见之处,人们要么在吃,要么在等,要么在帮忙。这里有账务官、士兵和市民,还有船员和码头工人。好像所有人都来了。

"你应该为这事儿负责吧?"

塔玛斯扭头看到了昂德奥斯。大司库怒不可遏,眼镜架在鼻梁上,一本旧账簿抱在胸前,嘴唇紧抿,眉头缀满汗珠。他涨红了脸大喊:"他们都不听我的话,都不回去干活!他们说米哈利要他们帮忙,然后就不理我了!"

塔玛斯不知道该说什么,他在人群中寻找那个既高且胖的大厨。

火药魔法师

"这些食物从哪里来的?"昂德奥斯说,"谁付的钱?"他捧起账本,猛地一拍。"没有记录!没有收据,一枚卡纳都没有弄错,结果你看!我不明白,你说他有做菜的天赋,但这也太荒唐了!没有免费的午餐,塔玛斯,这一定有什么代价!"

不知不觉间,塔玛斯跛着脚离开了昂德奥斯,渐行渐远,大司库的声音被周围的谈话声淹没。他扫视着人群,只见商人和女帮厨同席而坐,小贵族与船员、街头流浪儿共享美食。塔玛斯打了个趔趄,有人一把将他扶住,帮他站稳。塔玛斯回头望着奥莱姆。"我……我不明白。"

奥莱姆一言不发。

广场对面,貂牙塔的大门敞开,囚车驶了出来,加入长长的面包车队,等着装货,然后送到远处的城区。塔玛斯看见了蓝色军装——士兵们正在带领车队前进。"是谁允许他们这么干的?"塔玛斯指着貂牙塔问。

"抱歉,"一个异常洪亮的声音说,"是你啊。"米哈利不知道从哪里冒了出来,站在塔玛斯身边,双手插在围裙兜里,笑容灿烂。

"我?"塔玛斯问。

"是啊,"米哈利回答,又羞怯地补充道,"反正我是这么告诉他们的。你大可不必担心,到时候他们都会回去。我让你的一个火药魔法师负责面包车队,维罗拉,好像是叫这个名字。"

塔玛斯说:"温斯拉弗夫人呢?她应该来负责庆典的事情。"

"长官,"奥莱姆说,"夫人暂时隐退休息了,由米哈利接手。"

塔玛斯一时语塞,他环顾四周,对米哈利说:"你干了什么?"

米哈利的嘴咧得更大了,塔玛斯好像看见大厨的眼角泛着泪光。"我……很感激。"他说,"感激你解决了与大主教的事,终于接受我作为你们的一员,我很感激。我怀着感激之情,倾听了都城的心意,我知道亚卓需要什么,陆军元帅。"

"需要什么？"塔玛斯低声说。

"老百姓饿着肚子，"米哈利举起双手，张开胳膊，"老百姓要吃东西。他们需要面包、酒、汤，还有肉。除此之外，他们还需要友谊。"他指着一个小贵族，那是一位身着华服的子爵，正拿着一瓶圣亚多姆庆典特酿，为几个街头流浪儿斟酒。

"他们需要友谊，"米哈利说，"需要爱和手足情谊。"他回望塔玛斯，伸出手来，手掌贴上塔玛斯的脸颊。塔玛斯下意识地想要躲闪，却做不到。

"你把贵族之血喂给他们，"米哈利柔声说道，"他们喝了，但没有饱。他们怀着仇恨之心，愈发饥饿。"他深吸一口气。"你的意愿……怎么说呢，虽不纯粹，但也公道。可是，只有公道永远是不够的。"他放开塔玛斯，转身面对广场，"我要匡正谬误，"他说着挺起胸膛，张开双臂。"我要喂饱全亚卓的人。这便是他们需要的。"

米哈利拦下路过的一个女帮厨，后者正提着一篮子面包向车队走去。"光面包是不够的，"他说，"带上肉、汤和蛋糕。让穷人用银器。让商人用木碗。带上食物到城里的每一处，记得马车要派人保护。"

"你怎么做的？"塔玛斯问。

"我是亚多姆转世，"米哈利说，"亚卓必须团结一心，我的子民要吃饱肚子才能打仗。"

"亚多姆。"塔玛斯嗤之以鼻，但他发现自己没什么底气。

一个身着劳工服的人来到米哈利面前。"先生，"他慢悠悠地说。米哈利闻声回头。"是里卡德·汤布拉派我们过来的，他叫我们来帮您的忙。"

"'我们'？"米哈利问。

他摆手示意，在他身后的无数劳工已然排到了广场对面，夹杂在餐桌和等待用餐的队伍中间，他们的劳工服上沾满了煤灰、焦痕、面

火药魔法师

粉和血迹。看样子码头工厂和河畔磨坊的劳工都到场了。他微笑着说:"里卡德·汤布拉临时关闭了工厂,先生,但我们来帮忙还是有薪水拿的。"

"荣耀劳力工会?"米哈利问。

那人点点头。"全部人手,先生。"

米哈利的眼睛睁大了。"好极了!来,你们跟我走。"

米哈利走远了,到处指指点点。塔玛斯一路目送。"真了不起,"他说,"不管他疯不疯。"

奈娜不喜欢米哈利做的食物。

美食逐渐瓦解了她的决心,她能感觉到仇恨一天天消散。她对塔玛斯元帅的关注一天天减少,寻机结束他生命的热情也一天天冷却。她不清楚自己为何这么认定,但就是食物在作祟。

她试着从面包镇买来面包吃,跟米哈利仍在选举广场免费发放的食物相比,口感确实不一样。

奈娜不能等了,今晚必须动手。尽管今晚是奥莱姆当值,但也无可奈何。她喜欢奥莱姆,真心喜欢。这段日子奥莱姆对她很好,比她在艾尔达明西公爵家里遇到的任何人都好。然而阻止塔玛斯继续为祸是当务之急。

于是等所有人都睡觉了,她先为低级军官洗衣服,按照惯例搓洗、煮沸、熨烫,然后把制服送回主人房间。她等到最后才去取陆军元帅的制服。她一贯如此,对陆军元帅特别照顾。

陆军元帅办公室的门口有四名守卫。如今他们都认识她,奈娜甚至知道其中几人的名字,而自从奥莱姆开始追求她,就没人盯着她不放,也没人刁难她了。他们二话不说就放她进去,但奥莱姆不在外边令她有些担心。万一他在里面呢?

陆军元帅的房间漆黑一片。她凭着感觉和记忆,以及渗进阳台窗户的一缕月光前行。幸好奥莱姆不在黑暗之中。她一路来到陆军元帅身边,只见对方躺在床上,轻轻地打着鼾。奈娜抽出藏在袖子里的刀,伺机待发。

塔玛斯元帅的额头和脸颊上满是汗水,他咕哝着翻了个身。

她举起手里的刀。

"艾瑞卡!"塔玛斯在睡梦中叫喊。

奈娜一愣。他又翻了个身,依然沉在梦乡中。她深呼吸了好几次,准备下手。

"奈娜。"有人轻呼。

奈娜闭上眼睛。办公室的门拉开了一道缝。"奈娜。"又喊了一声。是奥莱姆。

她把刀收进袖子里,从椅子上拿起陆军元帅的制服,溜出门去。她要搞清楚奥莱姆到底需要什么,以便摆脱纠缠,之后她还要洗衣服和送衣服,还有一次机会。

奥莱姆在门廊处等她。他拉起奈娜的手,在脸颊上亲了一口。其他的卫兵装作没看见。他的嘴唇如此温暖。

"还以为错过你了。"奥莱姆说着,陪她回程。

"怎么会。"她勉强挤出一个热情的微笑。

奥莱姆挽起她的胳膊。"我很高兴,"他说,"因为我没多少休息时间。由于我的天赋,陆军元帅希望我多加班。"

"当然。"她顿了顿,"你应该多留给自己一些时间。"

"我当然想了。但要跟你在一起。"

这可不行。

"真的吗?"

"什么真的假的?"

"你真的想和我在一起吗?"她停下脚步,抽回胳膊,"你为什么

火药魔法师

看上我,奥莱姆?我不是什么好姑娘。我没有家人,没有朋友,但你也从未强迫过我。我不理解。"

奥莱姆扬起嘴角。"等时候到了,我用不着强迫你。"

奈娜捶了一下他的肩膀,不知不觉间双颊已然绯红。

他哈哈一笑。"来,"他说,"我有东西给你看。"他又挽起奈娜的胳膊,拐上另一条走廊。"说起来,"他说,"我想知道你从艾尔达明西的宅子消失后去了哪里。"

"是吗?"

"尤其是我们找不到艾尔达明西家那个孩子的时候。"

奈娜膝盖一软,要不是奥莱姆拉着她的胳膊,她势必跌跤。她的心脏在胸中狂跳。

奥莱姆又说:"后来我在街垒看到了你。我不能过去找你,我不能扔下陆军元帅不管,但我让弟兄们带走孩子的时候不要伤害你。"

奈娜感到浑身都在颤抖。奥莱姆知道,他早就知道她是保王派。为何等了这么久才说出来呢?为何她没有跪在断头台上,反而和他在这里闲逛呢?

走廊尽头有一扇门,奥莱姆在一名卫兵身边停下脚步。士兵对他敬礼,他用一根手指碰了碰前额,以示回礼。士兵为他们打开门。

就是这儿了,奈娜心想,她会被关押,被秘密囚禁,等待下一轮斩首。他们会不会把她送去貂牙塔呢?刀还在身上,她可以袭击奥莱姆……但他肯定料到了。最好等他离开,攻击看守的卫兵。

房间里昏暗无光,窗边的桌上有一盏提灯。这里看样子不像牢房,有床、书桌和沙发。一个女仆装束的老妇人坐在床边的椅子上打盹。

"进来。"奥莱姆轻声说。

她进了房间。奥莱姆走过去拿起提灯。桌上有什么东西,那是木头做的玩具马。奈娜不由自主地跪在床边。床上有人,睡得很沉,毯子裹到了下巴。

雅各布看起来健康多了。他的头发剪短了，染了色，脸颊饱满，嘴角有微笑的痕迹。

"塔玛斯并非无情之人，不管大多数人怎么想。"奥莱姆说，"他不会杀害无辜的孩子。选举日那天，所有不到十七岁的孩子，他都没有送上断头台。他故意散播流言，说所有贵族的孩子都被秘密勒死，只是为了解释他们的消失。"

奈娜轻抚雅各布的额头。"他们怎么样了？他又会怎样呢？"

"送走了，"奥莱姆说，"有些送去诺威和罗斯威尔，有些去了乡下。"

"等他醒了，我可以见他吗？"

"不行，他不能再见到以前的熟人，他不能带着自己与众不同的想法长大。他会被送到农场生活，在那里他不能养尊处优，但那里既不危险、也不复杂。他也许会娶一个洗衣女。他永远成不了国王。"

奈娜在雅各布身边跪了几分钟，奥莱姆拉走了她。提灯放回原位，卫兵锁上育儿室的门。转过拐角，奈娜把陆军元帅的制服抱在胸前。

奥莱姆背着双手，脸色严肃。"你一定怨恨我们，"他说，"因为我们摧毁了你的世界。我很遗憾。但塔玛斯……我们所有人……我们这样做是为了让普通人也能过上好日子。我们不再是奴隶了。"

"我觉得我以前过得很快活。"奈娜说。

"待遇最好的奴隶，"奥莱姆说，"依然是奴隶。"他沉默了一会儿。"如果你想悄悄离开陆军元帅，我能理解，你曾经服侍的那些人被他害得家破人亡，你心里当然不好受。当然，他对此一定会大发雷霆，他说从他在哥拉服役的时候算起，你是第一个把他的衣领弄得这么整齐的。"

"你呢？"奈娜说。

火药魔法师

奥莱姆擦燃火柴，点了一根香烟，长叹一声。"你不可能喜欢上知道你秘密的人。陆军元帅赦免了保王派，但军队里的人还是不信任他们。我不会告诉别人。我也不会再打扰你。"

奈娜试图在奥莱姆脸上寻找撒谎的迹象，却没有找到。她毫不怀疑，如果她表示赞同，他将再也不会找她说话了。香烟在他的唇间滚动，他深深地吸了一口，然后吐出来，目光移向别处。这是给她时间思考。

"你上辈子真的不是绅士？"她问。

"绝对不是。"奥莱姆背对着她说。他的表情依然那么严肃。

奈娜想告诉自己什么都没有改变，塔玛斯依然是个怪物，只要他活着，亚卓时刻都处于危险之中。但奥莱姆揭示了塔玛斯的人性，他有良心。奈娜不能明知道对方良心未泯，还当面取之性命。

她因此对奥莱姆心生怨恨。

"我希望，"她双手交握，藏在身后，不让奥莱姆看到它们在颤抖，"我们以后不要说话了。"

奥莱姆身子一僵。他目光垂落，严肃的神情消失了，悲伤取而代之，然后他挺直脊背。"如你所愿，女士。"

奈娜目送他离开，擦去眼角的泪水。要想成事，她非得狠下心来不可，没有哭哭啼啼的时间。在所有人醒来之前，她还有衣服要洗。

第 32 章

塔涅尔一边想象亚卓如何举行圣亚多姆庆典，一边走向棱堡大门。当天早上他们收到一批食物：大桶麦酒、腌猪肉和上好的牛肉。这比守山人的日常食物好多了。

莫泽斯候在门前，他全副武装，带着刀、手枪和步枪。莫泽斯的另一边是里娜——守山人的训犬师，波的女人之一——她伏在狗群当中。塔涅尔接近时，狗群发出低低的呜咽声，他在几步之外蹲下来，借着火把的光观察它们。

一共有三只大型长毛獒犬，都戴着黑色尖刺项圈，里娜用皮带牵着它们。獒犬的体格比狼还大，愿意的话可以轻松地把她拖下山。

"猎犬去做什么？"塔涅尔问。

里娜头也不抬。"进隧道，"她的嗓音低沉而温和，"这三只是我在矿井里训练的，它们一眨眼就能冲过四十码的距离，制服尊权者。火枪开火影响不了它们。"她挠着其中一只獒犬的耳背，它转而望着她，歪起大脑袋，舌头忽卷忽卷的。

"它们都叫什么？"

她指着最大的一只獒犬。"克雷西姆。"另一只，"罗拉德。"她拍了拍抓挠的那只。"盖尔。"

塔涅尔朝着克雷西姆伸出手去。猎犬嗅了嗅，扭开脑袋。

"它们所受的训练不包括交朋友。"她说。

"它们都喜欢你。"

火药魔法师

她点头。"我是主人。"

"看出来了。"塔涅尔站起身。波和凯特琳来了,后者无论看谁都是一脸不满。波蹲在里娜身边,一手搂住她的腰,罗拉德冲他沉声低吼。

"嘘。"里娜喝令猎犬,罗拉德立刻趴在地上。

波退了一步。"可恶的大猎狗,"他对塔涅尔说,"老是害我紧张。"

"你睡了它们的主人,"塔涅尔说,"换我也会紧张。对了,你喝了那么多酒还能站得稳,真叫人吃惊。"

波摆头示意凯特琳。"她总有办法让人清醒。"

"我猜是不大舒服的办法吧。"

波扮个鬼脸。

不久,卡-珀儿身着鹿皮衣,从阴影里出现。离开法崔思特之后,塔涅尔就再未见过她这样的装束——她通常喜欢穿深色长罩衫,戴宽檐帽子,而鹿皮衣相当收身,这提示着塔涅尔她是女人,而不是小女孩了。以前他都没注意过这一点。他的双手开始颤抖,于是就着盒子嗅了一鼻子火药,总算恢复了镇定。他深吸一口气,克制着再来一些的冲动,得等到必要的时候。

卡-珀儿的身后跟着菲斯尼克,后者牵着两匹驮着火药桶的驴子,几步开外则是加夫里尔。人们围到守山人司令身边。

"我们有充足的火药炸垮他们的隧道,"加夫里尔说,"等我们撤到安全距离后,你应该可以将其引燃吧?"

"那么多火药,"塔涅尔说,"我们离的距离会太远了些。"但维罗拉能做到,她能在很远的距离上引爆火药,比塔涅尔认识的任何一位火药魔法师都远——她拥有独一无二的天赋。

"那我们就用导火索。"加夫里尔说,"动作要快,确认隧道的情况之前,任何人不要发出声音——里娜,包括你的狗。谁知道他们为我们设下了什么样的陷阱，里面又有多少劳工和士兵。一旦确认完毕就引燃火药，然后我们迅速离开。万不得已不要驴子了。"

"它们凭什么遭受这种悲剧？"菲斯尼克说。

加夫里尔翻了个白眼。"大家都准备好了吗？"

他们纷纷点头，然后悄无声息地出发。

凯兹军队依然驻扎在莫潘海戈，此行一路上黑得伸手不见五指。他们摸黑前进，速度不快，好让眼睛适应。在黑火药的作用下，塔涅尔的脑子嗡嗡作响，同时他的感官异常敏锐，黑暗中的一切都对他袒露无遗。对此，他相当感激——他还记得那天夜里听见的咆哮，似有邪恶的猛兽在山坡上徘徊。

塔涅尔一马当先，卡-珀儿在他身后二十步之外，他们默不作声地下山，随时警惕凯兹的哨兵。不久后，塔涅尔抵达第一座多面堡的废墟，这里被敌我双方争来夺去，早就不剩什么了，最终被炮火和巫术炸为齑粉。他以为这里会有哨兵，但爬上碎石堆一看，里面空空如也。

他仔细检查了每一座多面堡，如果他是凯兹军队的指挥官，他就会在每个地方安排一支哨兵队，遇敌反击即发出警报——不论有无可能。在第四座多面堡，他发现了一具脑袋被炮弹打掉的尸体，裹着凯兹军装的尸身散发着恶臭——这个阵亡的士兵被上山收尸的队伍遗漏了。

依然不见哨兵。

挖掘点距离最后一座多面堡不远。塔涅尔四处侦察，搜寻敌人的踪迹，但没有一丝光亮，没有一个人影，耳朵贴着地面也听不见地下有挥动铁铲的刺耳声响。塔涅尔眉头深锁。这里似乎被遗弃了。他让卡-珀儿回去通知其他人继续前进。山坡上没什么动静，遥远的山脚下，凯兹军队的营地火光闪耀。塔涅尔听见旧靴子踩在石头上的嘎吱声，同伴们来了。

火药魔法师

一行人所在的道路正好位于隧道入口处的上方，后面的一头驴子忽然叫唤了一声，令塔涅尔的心脏吊到了嗓子眼。他迅速坐下，枪管搁在脚上，向下瞄准。他等着某个凯兹人探出头来，大喊大叫，然后吹响军号警示后方。

几分钟过去了。他回头望着波和加夫里尔。加夫里尔表情复杂，波则一脸愠怒。

波对塔涅尔打了个手势，又用指头碰了碰额心。塔涅尔点头。

塔涅尔睁开第三只眼，等短暂的晕眩感过去，他开始观察周围的环境。苍白的巫力覆盖了整座大山，但已散乱不堪，犹如粉刷一新的围栏底下的地板滴溅的涂料。那是一种陈旧的、慢慢消散的魔法。他望向隧道。

他此刻所见的魔法并不陈旧，也没有消散的迹象。两道彩带顺着大地而来，从他脚下经过，向山上延伸。塔涅尔闭上第三只眼，手脚并用地爬下岩石，卡－珀儿跟在他身后。

"怎么……？塔涅尔！"加夫里尔轻声喊道。塔涅尔置之不理，他在隧道上方攀爬，最后落在入口处的地上。头顶的卡－珀儿打了个响舌。他没发现敌人，便做了个手势，卡－珀儿跳下来时被他稳稳地接住。

山坡上有两个大洞正对着他，洞里漆黑一团，缚印者的感知力也无从探寻，但他怀疑即使能看见，也没什么可看的。隧道有两条，都比常人高一尺左右，以巫术开凿，犹如巨大钻头的杰作。他的目光顺着隧道的方向移上山坡，估摸着终点在何处。

波和加夫里尔很快来到了他们身边。

"里面没人。"加夫里尔糊涂了。

"感谢告知。"波厉声说。

"闭嘴。"塔涅尔对波说。

"那些挖土的呢？尊权者呢？"加夫里尔问。

塔涅尔举起手来。"上面。"

"你是说他们的活儿干完了?"

"是的。"

"那他们从哪里出去……?"

"从守山人上面,"塔涅尔说,"山脊之上。昨晚我好像看到那里有东西,但以为是月光造成的错觉,就没有理会。现在我觉得那不是错觉。"

加夫里尔抬头盯着远在他们之上的山脊。"能开凿山洞的巫术……"

"朱利恩,"波说,"可能加上半数的凯兹王党。"

"那他们为何还不发起进攻?"加夫里尔说,"东北方的关隘几乎无人把守,很多时候那边的城墙上连一个哨兵都没有。他们只需要一千人就可以从那里进攻我们,而我们束手无策。"

"她才不在乎守山人军团,"波说,"从来都不在乎。她一心想着到山顶。"

"这还是说不通啊,"塔涅尔说,"她可以摧毁休德克朗,然后上到山顶。除非……"

"她赶时间。"波替他说完。他盯着黑暗中的南派克峰,过了好一会儿才说,"王党里流传着这样的故事,与克雷西米尔一样古老的故事,说的是最强大的尊权者可以使用其他星球的灵光,比如月亮、星星和太阳,以增强他们的巫术。她需要赶在夏至。"

塔涅尔感到胃里翻江倒海,不由得颤颤巍巍地吸了口气。来点火药就能缓解。"不过,"他说,"就算她赶时间,为何不把隧道的事情告诉提尼元帅?朱利恩又怎么可能瞒过他?"

"我认为我们对凯兹营地的事情并不了解。"波说,"朱利恩在利用王党,这点可以肯定,但也许不包括提尼。"

加夫里尔抓着下巴。"她怎么瞒得住?这两条隧道究竟是怎么

火药魔法师

回事？"

"她要瞒的是我们。"塔涅尔说，"我认为这也是一个备用计划，即便她召唤不了克雷西米尔，她依然希望能够击败守山人。我觉得她可能以为我们不敢下来，发现她的阴谋。"

一行人沉默地盯着隧道。"她真的能召唤克雷西米尔吗？"加夫里尔问。

"她可以尝试，"波说，"至于能否成功……取决于她召集了多少尊权者。"

"我不喜欢坐等事情尘埃落定。"塔涅尔说着，转身朝守山人的方向走去。

"你去哪里？"

"如果要上山追捕她，我得准备一些补给。"

波飞快地追了上来，塔涅尔大感意外。"你这是自杀，"他说，"她身边少说有三十多个尊权者，也许还有守护者和士兵。一旦他们发现你……"他打了个响指，"你铁定完蛋。"

"那我就不让他们发现。"

他对其他人解释了目前的情况。

"我打算去追朱利恩。"塔涅尔最后说。

"你指的是强大到可以召唤神灵的家伙？"菲斯尼克说。

凯特琳抱着胳膊，冷眼望向塔涅尔，显然当他是傻瓜。"我猜你是打算一个人去，因为其他人承担不起这么危险的任务。"

塔涅尔大笑一声。"当然不是，想来的就来吧，我才不想孤零零地死在那冻得人蛋疼的山上。"

波差点呛到。"我去。"他说。

"才怪。"凯特琳厉声说。

"一边儿去，女人，"波说，"我们必须阻止朱利恩。"

"让缚印者去好了。"

"我和你们一起去。"里娜平静的声音吓了塔涅尔一跳。她躲在一边,无声地牵着狗绳。"波去哪里,我就去哪里。"

"你不……"凯特琳开口道。

"我叫你别管!"波说。

加夫里尔犹豫不决。"我应该去。"他欲言又止,沉默不语。

塔涅尔知道,加夫里尔想和他们一起去,但身为守山人司令,他有自己的责任。如果提尼元帅重开战端,加夫里尔还要在场组织抵抗。

塔涅尔说:"你的责任在这里。"忽然有个念头闪过。"那些诺威修士会放行吗?"

"我不知道,"波说,"但如果他们不干,朱利恩会夷平修道院。"

"该死,"加夫里尔啐了一口,"他们都是好人。"他扭头吩咐莫泽斯和菲斯尼克。"装火药。"

他们撤到第四座多面堡才点燃导火索。塔涅尔目送火花噼里啪啦地一路向下移动,没过多久就抵达了隧道。火药爆炸时,山体轰隆作响,塔涅尔感到脚下的泥土也在滑动。那座多面堡应声垮塌,砸在隧道遗迹上,不一会儿,凯兹营地灯火通明,人喊马嘶,发生了大骚乱。

返回要塞后,塔涅尔等人收集了不少武器,一个半小时后在东北大门处集合。前来的人数比他预想的多:波,带着猎犬的里娜,菲斯尼克,莫泽斯,还有八个守山人——都是面容刚毅的汉子,跟他在营地里混了个脸熟。

"我们不能带走这么多人。"塔涅尔对加夫里尔说。

虎背熊腰的守山人司令皱着眉头,显然还在纠结自己要不要同去。"你需要人手,"他说,"如果非打不可,尽可能在山上散开战线。如果最坏的事情发生,派人跑回来报信,让我们知道亚卓死到临头了。"

"行。"塔涅尔说。

"好运。"

准备工作结束了。塔涅尔来到卡-珀儿面前,她的背包挎在肩上。

"有可能说服你留下来吗?"塔涅尔说。

卡-珀儿稳如泰山。

"看来没有。"塔涅尔叹道,"走吧。"

第 33 章

夜幕降临后，埃达迈回到家中。又一天过去，太多问题没有答案，筛遍沙子找不到一点黄金；又一天过去，为不能保护家人而苦恼，为不能反抗的要挟而憋屈。他腿脚酸痛，眼皮子打架。城里举办庆典的喧闹声，抛开了战争和危局的欢乐气氛，多少鼓舞了他的精神，但一个人所能承受的刺激毕竟有限，终究有筋疲力尽的时候。他在后门前停下脚步，借着月光检查门锁，用指头摩挲着锁孔周围的部位。他闻到了淡淡的气味：甜铃，一种来自哥拉的香料。

"怎么了？"背后的苏史密斯问。

"没什么。"埃达迈打开门。他们几乎整个傍晚都在公共档案馆里翻找查理蒙德的庄园建筑图纸，尽管最终找到了，但图纸年代久远，经过那次短暂拜访，埃达迈知道查理蒙德在庄园建好后做了相当大的改动。他为要不要趁夜潜进庄园做着思想斗争，如果被抓，后果不堪设想，但不彻底搜查一遍，这次调查就不能称得上完整。

苏史密斯到客房更衣，埃达迈进了办公室，没有灯火，纯凭记忆在熟悉的老宅中穿行。甜铃的气味依然十分微弱，但在他办公室里最为浓郁。他打开酒柜，拿出一瓶白兰地，斟满三杯。他端起一杯坐在自己的椅子上，又划了一根火柴点燃烟斗，使劲地吸了几口，直等烟叶隐现火光，他的鼻子里喷出烟来。他顺手用那根火柴点亮了灯芯。

"今天真不容易。"他说着，把冰冷的玻璃杯贴在额头上，眯起眼睛观察角落里的人。

火药魔法师

突然亮起的灯光令对方眨了眨眼，嘴唇微微张开。那人的皮肤泛着淡红色，证明他来自哥拉，同时那扁胖的面孔、女人般松软的腰腹，说明他在青春期之前即遭去势。他的脑袋剃得锃亮，面部亦不生毛发。

埃达迈指着桌上的另一杯酒。"喝吗？"

太监一直站在角落，双手拢在长长的袍袖里。此刻他缓步上前。"你怎么知道我在这里？"他音调高亢，声如孩童。

"我听说过你，"埃达迈说，"大老板的沉默杀手，据说你来无影去无踪。但我当侦探已有多年，即使顶尖高手，开锁时也会留下痕迹。"

"你被不少人跟踪，"太监说，"塔玛斯元帅的人，克莱蒙特大人的探子。你怎么知道屋里的是我？"他的语气充满好奇。

克莱蒙特大人的探子？埃达迈极力掩饰内心的惊讶。克莱蒙特便是维塔斯大人的雇主了？"自从塔玛斯要我追查叛徒，我就一直等你登门拜访。你迟早会来。"

"你没有回答我的问题。"

埃达迈举了举杯子，仍未作答。

太监来到桌边，盯着杯中的白兰地，但并不动嘴。苏史密斯身着睡衣和便袍进了房间，然后突然停下脚步。埃达迈注意到他拳头握紧，那是他看到太监的本能反应。

"你好，苏史密斯，"太监说着，脑袋冲拳手的方向一点，"我们有一阵子没在竞技场看到你了，不知道你什么时候回去。"

苏史密斯吸了口气，仿佛熊察觉到蛇的存在。"等大老板决定不要我的命了。"他说。

"喝一杯，我的朋友。"埃达迈对苏史密斯说。

苏史密斯端着杯子，回到门口，那是唯一的退路。太监似乎毫不在意。

"我猜你是为我的调查而来。"埃达迈说。

太监一脸公事公办的严肃表情。"我主人命我来回答你提出的任何问题，只要合情合理，使你相信你要找的叛徒不是他。"

埃达迈动起了脑筋。他知道大老板为何支持塔玛斯：《协约》中有一部分提到，凯兹的警备力量将扫荡亚多佩斯特的黑恶势力——大老板的脑袋将会被装进篮子。他们都知道他在黑道上只手遮天，因此不能容他。即使他隐姓埋名，凯兹也要在亚多佩斯特掘地三尺，非找到他不可。

但《协约》已成过去，大老板也许希望通过除掉塔玛斯来进一步造成混乱。然而，大老板和其他议员面临同样的问题：如果塔玛斯死了，凯兹赢得战争的可能性更大，那么他们避免《协约》实现的努力也将化为泡影。

"为何如此坦诚？"埃达迈问。

"我主人不希望你打探他的事情——你在他的圈子里有着咬死不松口的名声。可是，塔玛斯说得很清楚，如果杀了你，必将以最不愉快的方式吸引他的注意。所以最简单的办法就是快些结束调查。"

"非常务实。"埃达迈咕哝道。大老板究竟是务实，还是欲擒故纵，干扰埃达迈的调查呢？埃达迈又举起白兰地酒杯，贴在额前滚动。"大老板知道谁想杀死塔玛斯吗？"

"不知道，"太监不假思索地说，"他也打听过，但无甚收获。不管叛徒是谁，此人没有动用亚卓的关系，否则逃不过我主人的耳目。"

"所以说，叛徒直接和凯兹人打交道。"埃达迈说。

"不是大司库，"太监说，"城里的钱财流动和沙漏一样，大老板盯得很紧。也不是温斯拉弗夫人，我们在她家里安插了一些耳目。"

"她的一位准将牵涉其中。"埃达迈说。

"只有一人，"太监说，"巴拉特准将对忠诚和正义的理解与众不同。"

火药魔法师

"校长呢?"

太监犹豫了。"校长——普赖姆·莱克托——和布鲁德一样神鬼莫测。"

布鲁德。布鲁达尼亚的双面圣徒。这个比喻好生奇怪。

埃达迈等他详细解释,但太监没有说下去。大司库也曾提及校长的古怪之处。

"你的意思是,"埃达迈说,"普赖姆·莱克托和里卡德·汤布拉以及大主教一样,也有背叛的嫌疑?他可是堂堂一校之长。"

"如我所说,"太监淡淡地说,"他这人深不可测。"

埃达迈深深地吸了一口烟斗。假设太监说的是事实——非常危险的假设——那么最可能的叛徒仍旧是里卡德·汤布拉。大主教生活腐化,崇尚权力,但他没有理由希望塔玛斯死;里卡德愿意为工会付出一切,他完全有可能找凯兹签订秘密协议。

埃达迈又考虑了一番,该不该冒险翻进查理蒙德的庄园。如今没有公开指控里卡德,也只因为这件事情悬而未决。当然,埃达迈还要调查校长的情况。

"谢谢你,"埃达迈对太监说,"帮了大忙。转告你家主人,我不打算插手他的事务。尽我所能。"

太监对埃达迈微微一笑。"他会很高兴的。"

"苏史密斯,送我们的客人出门。"

过了一会儿,苏史密斯进来了,坐在沙发上。"我浑身起鸡皮疙瘩。"他说。

"我也一样。"埃达迈深吸一口气,享受着上好的烟草。那是一种带有樱桃味儿的混合香气,鼻子和喉咙都舒坦得很,舌头上则留有淡淡的滋味,用来放松身心再好不过了。

"你觉得他说的是实话吗?"埃达迈问。

苏史密斯咕哝道:"他的诚实名声在外。"

埃达迈好奇地望着苏史密斯。"是吗？我听说不能相信太监。"

"不是说太监本人，"苏史密斯说，"他为大老板代言，大老板说话算话。"

"我只能相信你说的。"埃达迈说，但他暗地里提醒自己，要查查大老板的生意——只要别丢了性命就好。

接下来的一个钟头里，埃达迈坐在桌前读报，苏史密斯躺在沙发上打盹。等他准备上床睡觉的时候，已是夜深人静。

埃达迈踩着楼梯向上爬，陷入了沉思，苏史密斯跟在后面。快要走到顶头时，埃达迈望向黑漆漆的廊道。"你之前上来的时候没点灯吗？"

有些本能比临场反应还迅速得多。埃达迈向后跳下楼梯的同时，一阵风扫过他的喉咙，与此同时听见了苏史密斯的喊叫。苏史密斯怒骂着，枪声响起。

埃达迈失去平衡，趴倒在楼梯上，耳朵因为枪声而嗡嗡作响。对方是从楼上的廊道向下射击的。埃达迈感觉自己没有中枪，又不敢询问苏史密斯。埃达迈捂着喉咙，那里有血——只是剃刀的刀锋，割破了皮肤。

埃达迈仔细聆听。苏史密斯一路滚下楼梯，躺在地上。要么他聪明地保持了安静，要么他中了枪，当场死亡。埃达迈祈祷是前者。

埃达迈深吸一口气。发动袭击的人埋伏在楼梯顶头，廊道里一直没有任何动静——那些地板一踩上去就会吱吱嘎嘎地叫唤。杀手还在那里，他肯定知道那一枪没有幸运地要了埃达迈和苏史密斯的两条命。埃达迈竖起耳朵，凝视黑暗，估摸着对方的人数。他们应该是在他读报的时候来的，可能翻进了楼上的窗户。

埃达迈慢慢地爬起来，跪在地上，避开最容易叫唤的楼梯中部，缓缓地前进，手膝并用地爬上去，终于摸到了廊道的地板。

他向更远处探寻，指头在地板上摸索，碰到了什么东西。通过小

火药魔法师

心翼翼的触碰,他发现那是一只鞋子的皮边,随后是另一只。袭击者守在何处已经清清楚楚,他估摸着袭击者的姿态,其人手里可能举着剃刀或匕首。埃达迈不清楚具体是那只手。他必须赌一把。

埃达迈向前一跃,他的左手抓住了袭击者的右腕,同时前臂也抵上了对方的喉咙。袭击者惊呼一声。埃达迈感到有什么锋利的东西刮过耳朵。抓错手了!

他拽着对方的右手,猛地一拧,试图判断袭击者如何挥舞左手的剃刀。他抬起右肘,向下击打对方的肩膀,听到一声闷哼。枪声再度响起,一道闪光晃得埃达迈头晕眼花。被埃达迈制服的袭击者一阵抽搐,瘫软下去,刚才射向埃达迈的子弹打中了这个倒霉蛋。

他们至少有两人,也许不止。埃达迈向前猛冲。枪是从廊道里射击的,在他卧室门边。他不管三七二十一地扑过去,抓到了一根滚烫的枪筒,另一只手胡乱摸索着兜里的袖珍折刀。他的胸膛被一对手掌击中,在推力的作用下,他又朝楼梯的方向退去,脚后跟忽然撞到了什么——第一个杀手的尸体——然后他头朝下地滚落。

他滚到了前门附近,耳朵嗡鸣不休,头晕目眩。所幸翻滚时没有骨折。

沉重的脚步声随之下了楼梯。两个人影闯到了从前窗透进来的月光里。一人扔了手枪,在楼梯上砸得脆响,然后从腰间抽出了什么东西。埃达迈听见微弱的咔嗒声,还有一道依稀可见的寒光。

埃达迈一跃而起,顺着主廊道退向厨房,以免被两个杀手居高临下地攻击。两人追踪而至。一人闪进书房。另一人飞快地迎上来。

埃达迈握紧了折刀。袭击者逼上前来,唯一的响动是脚下地板的嘎吱声。埃达迈感到一颗汗珠顺着额头滑落,流过了眼睛。

另一个袭击者点亮了书房里的灯。埃达迈瞥见了面前的敌人的轮廓,此人中等身材,重心压得很低,双腿分开,稳如泰山。该死,埃达迈心想。另一个袭击者绕过转角,手中拎着一盏带罩的提灯,灯光照向埃达迈,晃得他睁不开眼,对方却能看清楚刺杀的目标。埃达迈猛扑过去,胡砍乱刺。

有人怒吼一声,他感到胸口刺疼,一阵寒意袭来,便急忙后撤,持刀的胳膊却被抓住了。他猛烈反抗,等着致命伤口所带来的无力感,很快胸口又挨了一肘子,疼痛难忍。

廊道另一边也发生了打斗。灯光在埃达迈眼角剧烈晃动,他瞥见了苏史密斯的身影,一双巨臂制住了拎提灯的人。枪声在埃达迈耳畔响荡,震得脑袋嗡鸣不止。

埃达迈挣脱了持刀的胳膊,但对方手握剃刀,紧逼不舍。埃达迈心脏狂跳,只管全力反击,祈祷能命中要害。他反复刺向对方,一而再,再而三,直到袭击者瘫软在地,大声求饶。

埃达迈靠着后门跌坐下去,同时张望着廊道,寻找异常迹象。他拼命压抑急促的呼吸,聆听杀手的动静。

"没了?"苏史密斯咕哝道。

埃达迈喘了几口气才回话。"我想是的。一个死在楼梯上,两个在这儿。你受伤了吗?"

"枪伤,"苏史密斯说,"两处。你呢?"

埃达迈扮了个鬼脸。"我不知道。"

他踢了踢脚边的人,对方低低地呻吟了一声。埃达迈摇摇晃晃地进了书房,胸口疼得越来越厉害。他摸了摸,有鲜血的湿滑感,弯腰时更是痛苦难忍。他捡起掉在地上的带罩提灯,里头的蜡烛居然没有熄灭,于是他取下灯罩。

廊道混乱不堪,墙上的灰泥混杂在一摊摊血泊里。三个敌人躺在地上,埃达迈置之不理,径直来到苏史密斯身边。老拳手坐在楼梯底下,一手探进衬衫,前胸鲜血淋漓。

埃达迈使劲吞了吞口水。"我去弄亮点儿。"

他点亮了廊道里所有的灯,然后用一个死人手里的剃刀划开苏史密斯的衬衫。一颗子弹擦过苏史密斯的左臂，带走了一块指甲盖大小的肉。另一颗子弹钻进了他的肚子，埃达迈看到伤口时差点惊呼出声。

"情况很糟吗？"苏史密斯头靠着墙，豆大的汗珠顺着眉毛和脸颊流下。他抬手擦汗，在脸上留下了一道血迹。

"你的肚子中枪了，不知道子弹有没有伤到什么脏器。我们需要医生。按好了，尽可能止血，我去找人帮忙。"

他不用走远。一些邻居听见了枪声，正带着提灯和手枪站在街上。他们目瞪口呆地盯着埃达迈，还探头探脑地张望房间里的情况。

"谁帮我请个医生来，"他虚弱地说，"再找个小伙子去上议院，给陆军元帅塔玛斯送口信。一定要找到他本人。告诉他……告诉他埃达迈被黑街理发师袭击了。"没有人动，也没有人叫马车，有些人紧张地退了回去，那个街头帮派的名号吓坏了他们。"拜托了。"埃达迈说，他的声音带着一丝绝望。

一个邻居自告奋勇。他是一位年长的绅士，参加过哥拉战争的老兵，长长的络腮胡子已然花白，睡衣外披着黑大衣。他双手握着一把老式短枪。埃达迈想起他的名字是图尔沃德。

"我有做手术的经验。战场上学的。"图尔沃德说，然后扭头冲着自家喊道，"米莉！叫孩子过来。快！"他对围观的人群说，"回家去吧，伙计们。快走！"

埃达迈对进来的图尔沃德点头致谢。

"你受伤了吗？"图尔沃德问。

埃达迈指着苏史密斯。"他更严重。肚子中了一枪。"

图尔沃德皱皱眉头，不动声色地扫视着几具尸体，随后他跨了过去，走向苏史密斯。

埃达迈叹了口气，靠墙跌坐在地。他观察着惨烈的现场：躺在书房门口的人还剩一口气，埃达迈毫不理会他乞怜的眼神；第二个人侧躺着，死在楼梯顶头，他的同伴冲埃达迈开枪，却误杀了他，子弹钻进脸颊，一击毙命，鲜血顺着楼梯流淌。

最后一具尸体仍然站着，脑袋贴在墙上。埃达迈蹒跚着靠近了些，发现这正是之前拿提灯的家伙。苏史密斯抓住他的脸，把他的脑袋撞进了墙皮和砖块里。

图尔沃德伏在苏史密斯身边，低声和他对话，指头在他肚子上游移。埃达迈走向气若游丝的杀手，开始脱对方的外套，并尽可能不造成额外的痛苦。那人呻吟着。

"我在帮你……"埃达迈又看了看对方的面孔——第一次看那么仔细。"寇尔。"他说。里卡德在码头上那个骨瘦如柴的助手。埃达迈颤颤悠悠地吐了口气。

他脱掉了寇尔的外套。令他不安的是，他至少在寇尔的胸前刺了十刀，虽然伤口都不深，但失血过多而死在所难免。为了印证内心的怀疑，他卷起寇尔的衬衫袖子。果然不出所料：前臂上文有一把黑色剃刀。

等塔玛斯的士兵赶到，寇尔早就死了。现在屋子里人满为患，驱散了埃达迈的恐慌情绪，他一直担心还有理发师来完成这次任务。一群外科医生把苏史密斯搬到了起居室，苏史密斯的咒骂和叫喊说明他们正在为他取子弹。埃达迈坐在楼梯上，茫然地看着人们进进出出。

"你的伤口需要缝合。"

埃达迈闻声抬头。塔玛斯在楼梯底下，一手扶着栏杆，一手重重地撑着拐杖。他浑身火药味儿，冲着埃达迈的胸口点点头。

埃达迈低下头。伤口很浅，但痛感非常强烈，仿佛有人在那里撒盐，而且流血不止。

"等他们处理完了苏史密斯，我就去。"埃达迈顿了顿，"您没必要亲自来一趟。"

塔玛斯盯着他，半晌无语。"黑街理发师不该接别的活儿，到了

火药魔法师

早上,有他们好看的。你非常走运,我见过理发师们怎么干活儿的。"塔玛斯的目光离开埃达迈,投向地上的血迹,"很遗憾没有一个活口。"

"的确,"埃达迈说,"黑暗中被手持剃刀的人袭击,我来不及考虑。"他呻吟了一声。"我可能有几个月不敢剃胡子了。"他摸了摸喉咙,那里的皮肤有浅浅的划伤,留下一道干涸的血迹。他的手在颤抖,忽然有种冲动,想把一切告诉塔玛斯:关于维塔斯大人,关于他的家人。也许塔玛斯已经知道了,陆军元帅显然不蠢——不,如果塔玛斯认为埃达迈不可信任,那就不会让他继续调查。埃达迈感觉自己脸红了。

塔玛斯似乎没注意到。"你觉得是谁想要你的性命?"塔玛斯说。

"太明显了,不是吗?"黑街理发师效忠于里卡德·汤布拉。"他冲寇尔的尸体一歪脑袋,尸体已被挪到廊道另一头。"一个月前我去见里卡德,此人为他侍酒。"

"真是铁板钉钉,"塔玛斯说,"里卡德还有别的理由希望你死吗?"

"没有。"埃达迈悲哀地说。他想起大约十五年前的一段往事,里卡德因为组建工会蹲了班房,而诚实正直的埃达迈名声在外,为里卡德的人品担保,使他第二天就获得自由。

两年后,埃达迈穷得没钱给孩子们买圣亚多姆日的礼物,里卡德带着礼物上门了,那些礼物值得上埃达迈半年的薪水。多年以来他们相互扶持,埃达迈难以相信他们历经磨难的友情竟然以这样的方式结束。

"我这就派人带他来。"塔玛斯说着,准备吩咐士兵。

"等等。"埃达迈说。

塔玛斯停下来,皱着眉头转过身。

埃达迈闭上眼睛。"给我一点时间。我们还不能肯定是里卡德干的。"

塔玛斯扬起眉毛。"黑街理发师接了活儿，侦探，这是如假包换的事实，而他们对里卡德负责。等我搞定他们，理发师这个帮派将永远不复存在。"

"他们也会受人雇佣，"埃达迈说，他自己都觉得这个说法站不住脚，"我给了里卡德一个杀我的机会，就在上周，但他没有动手。"

塔玛斯严厉地瞪着埃达迈。"如果我们再等几个钟头，刺杀失败的消息就会传到他耳朵里，不等天亮，他就会坐上去凯兹的船。"

"给我一点时间，最晚到中午。"埃达迈说。

"我担当不起。"塔玛斯的言语间夹杂着怒气，"要是叛徒从我手里溜了，我会失去对议会的控制，他们也会转而针对我。"

"派人去盯着里卡德，"埃达迈说，"让他们不惜代价，如果他想跑就逮捕他，逃跑即是认罪。但如果您此时此刻犯了错，不但议会中的叛徒安然无恙，荣耀劳力工会也将与您为敌。"

塔玛斯犹豫不决。

埃达迈说："等到中午再说。我想我可以查清此事的真相。"

"怎么查？"

埃达迈使劲地吞了吞口水。"我要借您的一位火药魔法师用用。去会一会黑街理发师。"

第 34 章

黑街理发师是亚多佩斯特最古老的街头帮派之一，他们自称有一百五十年到三百年的历史，具体多久，取决于回答的人是谁，以及那人醉到什么程度。他们占据着一栋破败的公寓，距离加法斯特水厂只有几个街区，当地警察估计他们的数量在七十五人左右。

埃达迈在街上远远地观察着公寓。看样子，他们的财政状况远不能与当年相比。两层楼的公寓早已荒废，完全以劣质的泥砖砌成，年代久远，毫无安全可言。二楼上有宿舍，一楼则像个大酒吧，椅子摆在楼外阳光能照到的地方。一些理发师躲在附近掷骰子玩，等待码头工人送生意上门。

"不喜欢掺和理发师的事。"苏史密斯说。

埃达迈瞟了他一眼。苏史密斯身着黑色短外套，袖子挽了起来，正靠着废弃焦炭厂的墙壁，张望理发师的老巢。他的额头上挂着豆大的汗珠，眼神饱含痛苦，那是昨晚挨了两颗枪子、还动了手术的唯一迹象。他们顺利地取出了子弹，若是不如他这么强壮的人，十有八九还在麻醉剂的作用下昏迷不醒。

"我叫你别来。"

"你付了钱，"苏史密斯说，"不能让你一个人来。"

埃达迈嗤之以鼻。他可不是一个人，苏史密斯就是想再撞碎一个理发师的脑袋罢了。埃达迈摩挲着胸脯，塔玛斯的医生为他缝合的伤口痒得厉害，恨不能撕开。

他目送三个班的士兵开进来列队，阻拦了前后两个方向的行人和马车通行，另有两个班的士兵悄悄地绕到了理发师老巢的后方。一个玩骰子的理发师抬起头来，拍拍朋友的肩膀，指了指，就匆匆钻进了公寓。

"该进去了。"埃达迈说，他一撑墙壁，迈步上街。塔玛斯的副官，德利弗人萨伯恩，从一队士兵中出列，他的蓝色制服整洁笔挺，乌青的脑袋剃得光溜溜的，腰间佩着手枪和短剑。他向埃达迈点头致意。

"别让他们靠得太近，"埃达迈说，"他们手上有剃刀，危险得很。"他等了苏史密斯一会儿。不过走了几步路，老拳手已经面色苍白，汗如雨下，仿佛身处仲夏时节。埃达迈想让他离开，却欲言又止。既然苏史密斯想来，就让他来吧。

埃达迈摸了摸大衣里的手枪，稍感安心。他牢牢地抓着手杖，走向前门，不顾胸口的疼痛。

他一脚踹开前门，门板彻底从铰链上脱落，铁锈散落一地。楼里光线充足，东面墙壁上的窗户都敞开着，底下摆了一排理发店的座椅，座椅下面有陈旧的血迹，砖块铺就的地面污渍斑斑。另一头是长吧台，吧台后的墙架上搁满了酒瓶，吧台边上有一桶酒，桶的直径接近一个成年人的身高。

一群人面面相觑，从吧台处向埃达迈走来。他们的模样大同小异：骨瘦如柴，满面病容，围裙套在白衬衫外。埃达迈对前面的一个人打招呼。

"你好，提夫。"

那人正从兜里掏剃刀，与此同时看清了埃达迈的脸。他顿时双眼圆睁，手忙脚乱，差点弄掉了剃刀。埃达迈一挥手杖，击中提夫的手腕。剃刀飞了出去。

他的同伴不认识埃达迈，但全都亮出剃刀，握在苍白的手中，寒

火药魔法师

光闪闪地逼向埃达迈。埃达迈变了脸色。

火药随即炸响,提夫身边的三个人出现了完全一样的反应——剃刀脱手坠落,一脸惊诧,痛苦地抓着鲜血淋漓的手腕。三颗子弹击穿了三人的手腕,然而谁也没有拔枪。埃达迈一杖打在提夫的脸颊上,然后用手杖抵着理发师的脖子。他扭头一看,苏史密斯站在门边,倚着墙壁,双目紧闭,一旁的萨伯恩默不作声,目光在理发店里逡巡,似是随便进了一家店铺。只有身上腾起的烟雾表明他刚才有所行动。

"到底什么意思?"提夫嗓音嘶哑,"你们在干什么?做了他们!"他望向同伴,惊得张大嘴巴。"怎么……"他的嘴巴一开一合,活像上岸的鱼,然后盯着萨伯恩,露出恍然大悟的表情。埃达迈手上发力,杖尖抵紧了提夫的喉咙。

"做了他们?"埃达迈说,"昨晚你就是这么吩咐寇尔和另外两个人去杀我的吧?"

"我发誓那不是私人恩怨,埃达迈。"提夫伸出双手做无辜状,同时紧张地瞟向萨伯恩,目光越过埃达迈的肩头,突然停滞不动。"噢,见鬼。"

"他们没告诉你,苏史密斯是我的保镖,对吧?"埃达迈说。他看到提夫眼中的恐惧,不禁面露微笑。"他把一个家伙的脑袋按进了墙里,我花了几个钟头才把门厅里的血迹清理干净。说吧,谁雇的你,提夫?"

"我发誓,我不想干,可是——"

"报酬可观,我知道,这当然是一笔巨款。说说,在你一手创建黑街理发师之前,我放过了你多少次?那时候你还是个傻孩子,使得一手好刀,只是运气坏到不行吧?我不喜欢你这种报恩的方式,提夫。"杖尖在提夫的喉咙上越压越用力,提夫试图后退,埃达迈微微摇头。理发师抖如筛糠。

"人呢?"他突然尖叫,"救命!"

埃达迈长叹一声,胸中憋闷一扫而空。"塔玛斯的五队精英已经包围了你的弟兄们,提夫。剃刀在近战中好用得很,但对付不了经验丰富的步枪兵,尤其枪上还装着刺刀。"楼外枪声阵阵,仿佛在回应埃达迈的解释,他们头顶也响起混乱的脚步声,随即有人撞在地板上。

提夫握手成拳,但没有收回去。"我们能干死你们,"他说话时嘴唇翻卷,"如果弟兄们都在,我们绝对会他妈的干死你们。"

"也许吧。"埃达迈说,"谁雇你杀我?"

提夫死死地闭着嘴巴。

埃达迈深吸一口气。他没时间耗下去。

于是他轻轻地站开,放下手杖,目送苏史密斯走到提夫面前。拳手至少比提夫高一个头,壮上两倍。埃达迈咬着舌头,只见苏史密斯身上冷汗直冒,疼得龇牙咧嘴,他一把抓住提夫的手。

"我先捏碎这个。"苏史密斯沉声说道。

"里卡德。"提夫脱口而出,犹如受惊吓时下意识的脏话。

"回答得不好。"埃达迈说。

"咔嚓"一声,苏史密斯折断了提夫的手指,断指几乎碰到了手腕。提夫痛苦地惨叫着。一个理发师起身要帮提夫,结果胸口挨了苏史密斯一脚,被踹得老远。埃达迈伸手扶稳了晃晃悠悠的苏史密斯,苏史密斯恢复了平衡,又扭动提夫的手腕。

理发师跪倒在地,惨叫不止。埃达迈用手杖点了点苏史密斯的肩膀,拳手退开一步。

"谁雇的你?"埃达迈说。

"大老板!"提夫边骂边回答,"他来找我,要你的脑袋。"

"说谎也要编得靠谱些。"埃达迈挥起手杖,压在提夫的手腕上。提夫又厉声惨叫起来,令他心生同情,手上却继续用力。提夫的杀手进了埃达迈家里,进了他的妻儿们睡觉的房间,企图杀死他。如果他的家人都在，势必死在睡梦中，一个都跑不掉。埃达迈清楚理发师们是怎么干活的，他们和维塔斯大人一样冷酷无情。埃达迈举起手杖，重重地挥下。

"一个祭司。"

埃达迈停手了。"一个祭司？又来撒谎了？"

"真是祭司。"提夫说。他抖抖索索地吸气，说话时胸脯剧烈起伏，泪水滑过脸颊。"他昨天早上来的，一直哭喊着请求克雷西米尔的原谅。"

"他什么模样？"埃达迈问。

"一个祭司。白袍，便鞋，金发。比你高一点。右脸颊有一颗痣。他不看我的眼睛。"

西蒙尼。埃达迈感觉口干舌燥。

"多少钱？"

"五十万卡纳。"

埃达迈差点丢了手杖。"什么？买我的脑袋？"

提夫嗤笑一声。"两份活儿，其中一万五是你的。"

"另一个呢？"埃达迈环顾四周。他原以为运气好，这里只有少数理发师留守，现在终于明白他们为何人数不多——都去干活了。一念及此，他浑身起了鸡皮疙瘩。至少有四十个理发师不知所踪。

萨伯恩迈步上前，揪住提夫的衣襟，将其拎了起来。"是塔玛斯吗？"萨伯恩说着，猛烈摇晃理发师，"你这个两面三刀的家伙！是不是？"

"绝对不是！"提夫说，"我没收到那种钱啊。"

"那是谁？"

"一个大厨，"提夫说，"主持宴会的大胖子。我的雇主希望他在光天化日之下被杀死。我们通常不那么干，但酬劳实在是……"提夫没有说下去。

萨伯恩放开了提夫,提夫失去平衡,痛得大喊一声。萨伯恩厌恶地瞪了他一眼。"你犯了一个可怕的错误,"他说,继而看着埃达迈,"带他们去貂牙塔。我得走了。"

萨伯恩一言不发地离开,埃达迈发现这里只剩下他、苏史密斯和四个理发师。他和苏史密斯交换了一下眼神,拳手耸耸肩。埃达迈用杖尖抬起提夫的下巴。"一个厨子有那么重要?"他问。米哈利,他想起了大厨的名字。莫非大主教记起米哈利当着塔玛斯的面打了他?为了报仇雪恨,花费够大的。

提夫摇摇头。埃达迈威胁地动了动手杖,提夫的脑袋摇得更凶了。"我不知道,克雷西米尔啊!这就是一份活儿。"

"你也不知道钱是谁给的?"查理蒙德。西蒙尼不可能替其他人干脏活,而查理蒙德一直想构陷里卡德。

提夫稍一犹豫,但一秒钟也太长了。

"我建议你还是什么都不知道的好,"埃达迈说,"不然你的下场更惨,会生不如死。"塔玛斯对提夫不会留情,埃达迈甚至有几分同情理发师了,但也转瞬即逝。他离开提夫时,一队士兵进来了。"带他们去貂牙塔,"埃达迈说,"全都带走。我找陆军元帅有事。"

"庆典期间要花几个钟头才过得去。"苏史密斯在他背后喊道。

埃达迈充耳不闻,跑得脚下生风。他不能迟疑,必须尽快把查理蒙德的事情告诉塔玛斯。

第 35 章

　　塔涅尔胸脯起伏，双腿酸痛。两天以来，他们仅仅在天亮前休息了几个钟头，他完全在火药迷醉感的支配下保持步速，但不知不觉间，同伴们常常被他甩得老远。两个守山人因为筋疲力尽，跟不上队伍了，其他人却并不停留，继续赶路，听任他们自行下山。

　　对塔涅尔来说，这次爬山比上次轻松些，因为部分积雪已经融化，其余的则被守山人清理了。即使在冬天，守山人驻地和诺威之巅之间也会运送补给，修道院收拾了车队留下的柴火和风干的马粪。

　　塔涅尔不关心这些事儿，他只关心新近出现的行迹。虽然还没有看到凯兹人的踪影，但他们找到了两处营地。从动物粪便和足印判断，至少有一百人和相应的畜力。人数如此之多，不应该从守山人的眼皮子底下溜掉，不知何故他们竟然做到了。

　　他们于中午时分找到了第三处营地。它避开了道路，附近有一道瀑布，尽管夏日已至，一半的水流依然封冻着。塔涅尔检查了一处煮饭用的火堆，余烬依然温热。

　　他在营地里观察了一番。当年在遥远的法崔思特，他和当地人追踪凯兹巡逻队并设伏的时候，见过不少大同小异的营地。只是那时的营地不在山上，巡逻队里也没有很多尊权者以及守护者。

　　他无意中踢到什么东西，心中一凛，将其捡起来来回翻看。一个拳头大小的铁球。储气罐，守护者的气步枪专用。

　　"他们走了多远？"等到大部队追上塔涅尔，波问。这位尊权者看起来每况愈下，双颊凹陷，眼袋呈乌青色，急行军对他的消耗很大。

"几个钟头，"塔涅尔说，他把储气罐扔给波，"没想到还有这个。"

"这帮凯兹尊权者到哪儿都带着守护者。"波说。

他扔掉铁球，卡-珀儿眼疾手快，一下子捡了起来。她仔细看看，放进自己的帆布包里。

"我们在接近他们。"塔涅尔说。

"我们也接近山顶了，"波回答，"距离诺威之巅不远。"

"大家都休息过了吗？"塔涅尔问菲斯尼克。年轻的守山人晃晃悠悠地到瀑布底下接水。

菲斯尼克呻吟了一声。"哪有？我们拼死拼活地翻山越岭，到时候还能打吗？"

"不但要打，还要打赢。"塔涅尔说着，踢了踢菲斯尼克。

"好吧，好吧。"菲斯尼克爬了起来。"走吧，"他冲其他人喊道，"我们又出发了。"

塔涅尔目送他们上路。这些守山人是坚强的汉子，他们都不能像塔涅尔一样使用火药，然而连他也爬得力倦神疲了。等到对抗朱利恩和那些尊权者的时候，又能有何作为？他们怎么可能打赢？

塔涅尔来到卡-珀儿身边。她拿着一个无脸的蜡制人偶，不断地捏揉塑形。

"你在做什么？"他问。

她把人偶夹在腋下。塔涅尔以为她要打手语解释，于是靠近了些，不料被她一拳打在肩膀上。

"哇噢。"

卡-珀儿摆摆手驱赶他，又接着干活儿。他只好落到后面，和波并肩前进。

火药魔法师

波满脸愁云。

"你看样子挺开心的。"塔涅尔说。波的表情毫无变化,玩笑对他一点作用都没有。

"我们也许太迟了。"波说。

"我们的速度已经比我预计的快多了。"

"我们必须在至日之前赶到那里。"

"别担心,"塔涅尔说,"我们能做到。"他发现天上有浓烟,立刻抓着波的肩头,向上一指。

"那是火山吗?"塔涅尔说。他不记得上次来的时候,从这个位置可以看到火山的浓烟。

波面色苍白。"不,"他说,"太近了。那是诺威之巅。"

命令传达下去,他们加快了步伐。一个钟头后,他们便抵达了诺威之巅。

山路尽头的修道院已被夷为平地,仿佛有个巨人跨上山来,一掌将其拍平。与山体相接的年代久远的岩石残留了一部分,其余的则掉下了山崖,在深不见底的峡谷中消失不见。修道院内部暴露了大半,走廊和楼梯赫然可见,犹如一座玩偶小屋。

修道院的废墟就像一具冒烟的动物遗骸,碎石堆里的破损木梁,形似断裂的肋骨,有些地方的石头都熔化了。破坏了大半修道院的无形巨拳,也摧毁了崖壁,连接修道院两端的走廊如今被二十步宽的裂缝截为两半。

"我们调头找一条隧道进去。"菲斯尼克说,"山中有不少廊道——那是修道院的另一部分。这耽搁不了几分钟。"他语气平静,近乎虔诚,目光充满哀伤。塔涅尔意识到这些守山人必定认识当地的修士。

正如菲斯尼克所说,他们找到了廊道,进入山中。烟气愈加浓郁,在七弯八拐的廊道里,烟气浓得几乎无法呼吸。里娜的猎犬呜咽着抗议,怎么呵斥都不管用。塔涅尔在一堵墙前停下脚步,他注意到了溅上去的一摊血迹。一块古怪的碎片嵌在石头里,他伸手摸了摸。子弹的碎片,确定无疑。

"没有见到尸体,"塔涅尔轻声说。他算是自言自语,但发现卡－珀儿就在身边,还是吃了一惊。她不动声色地观察着废墟。塔涅尔说:"一定有幸存者。他们忍受不了浓烟,应该躲到另一边了。"他对自己的判断表示满意,"没错。"塔涅尔心里难受极了。

卡－珀儿瞟了他一眼,那意思好像是不敢苟同。

他们离开隧道,出现在裂缝的另一边。他能望见修道院的尽头,通往后门的阶梯已经断裂。一个人影都没有。

"救命。"有人说。

塔涅尔吓了一跳。他迅速转身,下意识地掏枪,随即又放下手枪。

对方连连后退。是一个修女,相当年轻。

"我很抱歉。"他说。修女的模样惊得他双手发抖——此人脸颊青肿,皮开肉绽,袍子上有血迹。"还有别的幸存者吗?"

修女指向无数廊道中的一条。一群穷途潦倒的人躲在三十步深处,极力避开外面恶劣的天气。这里的烟气相对而言淡了许多。塔涅尔看见他们之中有七人站着,地上还躺着很多用亚麻毯子包裹的尸体。他清点数量时心情沉重,数到四十就停了下来,实际上还没数到一半。

菲斯尼克正和一个修士说话,老人的长袍既破又脏,眉毛也烧掉了。塔涅尔走上前去。

"我们奋力抵挡他们,"老人挥舞着手杖说,"他们从天而降。我们应该准备得更充分些。如果不是那么多人……"

就塔涅尔所知,修道院依然逃不过毁灭的命运。一群修士能对半个凯兹王党造成多大伤害?何况其中还有朱利恩?她发动猛攻,杀出

火药魔法师

一条血路。塔涅尔和波又能拿她怎样？

那人接着说："那是两个钟头前发生的事。战斗进行得太快，非常激烈，前所未见。有些年轻人甚至不相信刚才打了一仗。"他指着一个坐在墙边的年轻修士，后者抱着膝盖，呆若木鸡，双目无神。"德尔从那之后就没说过话。不过，我们也还以颜色。"

塔涅尔倍感困惑，忍不住问道："还以颜色？"

老修士神色严肃，但有几分骄傲。"是的。这里一半的尸体是他们的。"

塔涅尔环顾四周，看见了之前没留意到的东西——角落里有一堆气步枪，而他发觉不少尸体的块头很大，远超正常人。十五个，二十个。守护者。火堆前，一位修士正在取暖，就着火光依稀可见磨破的尊权者手套和凯兹军装。塔涅尔的敬畏之情油然而生：一小群修士不仅抵抗了凯兹王党的进攻，还尽其所能以牙还牙。

此处必有巫术发生作用。极其强大的巫术，只是如今已消失无踪。不知道修道院深处是否还有修士存活。不，根据目前的情况，不大可能。幸存者只有极少数，但他们面对守护者和尊权者曾毫不退缩。

"他们为何放过了你们？"塔涅尔尽可能委婉地问，不想刺激到对方。

老人扯了扯手腕上的绷带。"好像在赶时间。"

"至日。"波说着，来到塔涅尔身边。

修士的面色不为所动。"这里有古老的魔法。"他淡淡地说。

"他们是由一个女人带领的吗？"塔涅尔问，"面相庄严，三十五岁左右，脸上有巨大的疤痕。"

"女人？"修士说，"不，一头巨大的穴狮，还能施放巫术。"

"她变化的形态。"波闷闷地说。

"我们要追上去，"塔涅尔说，"你知道他们还剩多少人吗？"

老人气呼呼地瞪着塔涅尔。"我们忙着搬运死者,没时间清点他们的人数。"

"抱歉。"塔涅尔喃喃道。此处摆放的尸体相当多,他们消灭了不少凯兹人,看上去大多是守护者。他望向波,波在幸存者之间来回走动,检查包裹着的尸体。他的手指微微抖动,说明他渴望知道修士们到底拥有什么样的巫术。塔涅尔心想,即使王党也不知晓所有古老的秘密。

波扭头对老修士说:"修道院建在此处,自有其守护目的。"

修士依然面无表情。

"防止克雷西米尔重回世界?"

"旧神回归当然没什么好事,"老人说,"此刻山上的情况很糟糕。"他顿了顿。"是的,我们是克雷西姆科贾的守门人。普瑞德伊回归了,我们有义务阻止他们。"他高傲的头颅颤抖着,"但我们失败了。"

"我们必将竭尽所能。"波说。

塔涅尔试着满怀希望地点点头。

他们离开了老修士,交头接耳。

"他知道的远远不止这些。"波说。

"我们没时间盘问他了。"

波搓着手。"我会抓紧时间,他的情报搞不好很有价值。"他的眼里闪着好奇的光芒,浑身活力四射,塔涅尔很久都没看见过了。

"不,"塔涅尔说,"看看周围。他希望朱利恩死。他愿意把他知道的告诉我们。神啊,为了让你加入王党,他们真的逼你出卖了灵魂吗?"

"这只是权宜之计。"

"我们得走了,"塔涅尔坚持,"至日是哪天?"

"就是今天。"

火药魔法师

"登顶需要多久?"

"来不及在至日之前赶到。"

"我们得想办法,"塔涅尔说,"你有什么计划吗?"

波眉头一皱。"死者当中有不少尊权者,"他说,"也许她的计划被打乱了。召唤克雷西米尔需要足够的力量,因为她要从遥远的地方带回克雷西米尔。"波似在思考如何抉择。"我们尽可能解决尊权者,不管朱利恩。"

"我们惹恼了她,怕是不能不管。"

波叹了口气。"到时候再说吧。"

塔涅尔回到老修士那里。老人跪在名叫德尔的人身边,咬着耳朵说什么,这时抬起头来。

"你进城后需要一个向导,"老人说,"那边危险重重。德尔知道怎么走。我正在说服他……"

波推开塔涅尔,跪在那人身边,一手触碰对方的额头,另一只手举向天空。他温柔地触碰空气——犹如钢琴家在单手演奏一首乐曲。

"是,"德尔忽然说道,气若游丝,"我去。"他声音嘶哑,但眼睛恢复了神采,仿佛昏黑的灶膛跃起火光。

"你没事吧?"波问。

"水。"

"给他弄点水。"塔涅尔对老修士说。老人很快就回来了,喂德尔喝水,又扶他起身。

"我没事,"德尔说,"我去。你……你说你们可以阻止他们?"

"我们尽力而为,"波说,"必须在至日之前抵达克雷西姆科贾。"

"你知道他们将去哪里吗?"塔涅尔问。

德尔皱着眉头望天。"那里有个竞技场,是克雷西米尔修建的,有助于集中巫术的力量。我想最有可能就是那里。"

"很好,"塔涅尔说着,把波拉到一边,"你是怎么把他唤醒的?"

"什么都没做,"波说,"我打算触碰他的思想,看看有什么发现,但还没来得及,他就醒了。"

"有个向导好办多了。"

波表示赞同。

塔涅尔走开了。两个守山人从隧道深处的浓烟中拖出一具遗骸——一位老妇人,身上没有伤痕。她可能是在大山深处的床上被浓烟呛死,对战斗的发生一无所知。守山人把她的尸体和修士们的放在一起,接着搜寻去了。

"我们上路吧。"塔涅尔声音不大,但能让其他人听见。"菲斯尼克,"他说,"集合大家。"

菲斯尼克帮忙包裹了一具尸体,站起身来,疲惫地扫视周围。他似乎终于意识到他们将在山顶面对什么。这何止冒险,简直就是螳臂当车的自杀行为。

塔涅尔回来时,波正与老修士争论。

"你不可能把他们都埋了。"波说。

"那是我们的传统。"老修士回答,他的表情始终不悲不喜。

"把凯兹人扔下悬崖,否则你们的自己人会被冰雪覆盖几周时间。此外,你们要下山告诉加夫里尔这里的情况。"

"我们会派人去。"老修士说。

波对老人冷笑道:"你们怎么活下去?修道院已经被毁了,你们在荒郊野外,一到夜里全都会被冻僵。你们不能再待在这儿了!"他提高嗓门,手舞足蹈,姿势令塔涅尔不安。

"波。"塔涅尔说。

"什么?"波转身面对他。

"该走了。"

波深吸一口气,恢复镇定。"保重。"他对老修士说,语气中夹杂着嘲讽意味。"顽固的老家伙。"他经过塔涅尔身边时嘀咕道。

火药魔法师

"你的朋友太累了。"老修士说。

"他有张刀子嘴。"

"他的元气所剩无几。"

塔涅尔皱起眉头。这些修士神秘兮兮的,他们到底有什么巫术可以对付朱利恩和凯兹王党呢?没有一个人戴着尊权者手套。他强忍眩晕感,睁开第三只眼,但很快又闭上,使劲眨着眼睛,驱散来自他方的绚烂色彩。这里的巫术太强了,什么都看不清。

"我知道。"塔涅尔说,"找个地方躲躲吧。"

"好运。"老修士说着,勉强笑笑,令塔涅尔心生感激。"我们和他们恶斗了一场,"老修士说,"他们的实力已经大为削弱。别错过机会。"

既然这些老弱病残都能对抗朱利恩,那么他也可以,塔涅尔心想。他深吸一口气,握紧拳头。是时候再战一场了。

塔涅尔和老修士握手,回头与守山人会合。他们尽可能帮助了幸存的修士们,有的守山人留下了自己的那份口粮和毯子——塔涅尔希望等浓烟散去,修士们可以从废墟里找到一些可用之物。

塔涅尔清点了一下人头,发现里娜和猎犬不见了。

原来她一直伏在修道院尽头的残垣断壁外,观望通向山顶的道路,这才回头迎接众人。猎犬呜咽不止,绳子都扯直了,她命令它们安静,但收效甚微。

"山上还有别的东西。"她说。

塔涅尔强压内心的恐惧。"什么意思?"

"穴狮。"她指着地面,那些痕迹塔涅尔几乎注意不到,"我们以前追踪过它们,猎犬熟悉它们的气味。"

塔涅尔松了口气,双手情不自禁地颤抖,他原以为刚才那句话包藏着非同一般的凶险。"噢,"他说,"山上有不少狮子。这有可能是朱利恩——修士们说发动袭击时,她就变化为穴狮的形态。"

"我想应该不是她。"

塔涅尔的心跳加快了些。"棍儿！"他大喊，"回来。"

女孩位于前方三十步开外，蹲在山路上琢磨什么。她好像没听见似的。

"不是？"塔涅尔问里娜，"你怎么知道？"

里娜摊开双手，语气一如既往的平静。"因为至少有五十头。"

塔涅尔听见好几个守山人连声咒骂。波手忙脚乱地比划着守护术的动作。

"怎么了？"塔涅尔来不及细想，脱口而出。

里娜说："在上面。卡－珀儿前方，道路拓宽的地方。它们下来了，跟随着凯兹人。"

塔涅尔望着波。"她能召唤穴狮吗？"他问，"我听说尊权者可以——"

里娜的笑声打断了他的话。

"笑什么？"

"它们跟凯兹人不是一伙儿的，"她说，"它们在捕杀凯兹人。"她平静的语气中有一丝兴奋。"但等我们上去了，它们一样会捕杀我们。克雷西米尔在上，它们会捕杀我们。"她把猎犬拉拢了些，目光投向地面的爪印。

"穴狮不会成群结队地打猎。"一个守山人说。

他们不约而同地看着波。波也看着他们，面色憔悴。他举起双手感知空气，如同医生查验皮肤底下的断骨，塔涅尔感受到一股温暖的力量。

而波只说了一句："山上不大对劲。"

奈娜有了一辆推车。一个参加圣亚多姆庆典的工人帮了她的忙，

火药魔法师

用旧洗衣盆和一辆贩子运货的四轮小车拼装成推车。她不好意思求助卫兵,尽管他们愿意帮忙。她拒绝奥莱姆的流言已经传开,卫兵们虽然彬彬有礼,但不复从前。

三天来,她用推车收集待洗的衣物,卫兵也习惯了这种做法。这看起来合情合理——她的工作量大了不少,因为上议院的职员有一半都跑去参加米哈利的宴席。因为没人帮忙,她一个人留在底下洗衣服的机会也更多了,所以她能改变路线,前往雅各布的房间。

奈娜很快就发现夜里最不适合带走雅各布,到处都空荡荡的,难以隐藏行踪。但到了白天,上议院人头攒动,外面正在举行宴会,人来人往,谁也注意不到,只要离开上议院,她便能混进人群之中。

庆典最后一日的早晨,她推着小车在上议院里穿行。她照常收到许多衣物,用来藏匿一个孩子绰绰有余,最后她转而推向雅各布的房间所在的走廊。她经过了各色男女、士兵和职员,冲着每个人点头微笑。

门口的卫兵不在岗位上。奈娜松了口气,暗自感谢克雷西米尔。如今阻挡她带着雅各布奔向自由的,只有保姆一人了。

奈娜确认了那根棍子还在车里。她不想动武,但如果保姆找麻烦,那便怪不得她。

她突然停下脚步。雅各布房间的门敞开着。房门从不打开的。她鼓足勇气前进,推着小车从门前经过,假装漫不经心地朝里面窥视。

空无一人。保姆不在。雅各布也不在。她出了什么差错吗?他们早上把雅各布换到别的房间了,或者送他出国了?

她东张西望,此刻走廊上没人,她就进去了。

床铺没有整理。床头柜上摆着玩具,孩子的衣服挂在衣橱里。看样子他离开不久。他去厕所了?她不能久留,万一有卫兵陪着回来就麻烦了。

"你是什么人?"发问的是一个男人。

奈娜慌忙转身,心脏跳到了嗓子眼。两个人站在门口。说话的像是码头工，头戴鸭舌帽，身着脏兮兮的棕色马甲，外罩肘部缝有补丁的羊毛衫。另一个人显然是绅士，外披黑色夹克，内穿天鹅绒马甲和白衬衫，鞋子乌黑锃亮，拿着手杖和礼帽。

"洗衣工。"奈娜使劲吞着口水。他们是什么人？为什么在雅各布的房间里？

码头工皱着眉头端详她，又扭头望向走廊里装满脏衣服的推车。"晚些再来。"他说。

"有什么我可以帮忙的吗？"奈娜问。从码头工的口音，她确认对方是本地人，可能是荣耀劳力工会的成员。绅士沉默不语，但他目不转睛，莫名地令奈娜不安。

"我们来取孩子的衣服和玩具，"码头工说，"很快就好。"

"我准备收去清洗。我可以清洗完了送回来。"

"没必要。"绅士终于开口了，嗓音沉稳，波澜不惊，听起来受过良好的教育，"去吧。"他吩咐码头工。

码头工从奈娜身边挤过去，不算粗鲁，但相当强横。他开始收拾衣橱和抽屉里的物品，统统都扔在床上。其中有一个木头火车和一对锡制玩具兵，他用床单一股脑兜起来，打了个结。

"他应该有旅行袋……"奈娜说。

"没必要，"绅士又说了一遍，"你可以处理床铺了。"他离开了房间。

码头工把包裹甩到肩上，进了走廊。奈娜也随之出门，看见码头工跟着绅士向前走去。两人都没有回头看她，于是她推着小车尾随在后。

她远远地跟着他们在主廊道上前进，又拐上一条走廊，最后他们进了尽头的一个房间：大楼里的诸多办公室之一。奈娜留下推车，轻手轻脚地靠过去，探头张望。

一只手狠狠地抓住了她的肩膀，她一下子被拽进房间，重重地抵

火药魔法师

在墙上。有人捏着她的下巴,她抬起头,与绅士那双冷酷无情的眼睛对视。

"那孩子是你的什么人?"他问。他的声音依然沉稳、淡定,但手劲奇大。

奈娜吓得直哼哼,一时间不知说什么。这人是谁?为什么这样对待自己?他怎么知道自己和雅各布有关系?

"那孩子,"绅士一字一顿地说,同时来回晃荡她的脑袋,"是你的什么人?"

"什么都不是。我只是洗衣工。"

"我的天赋是能发现别人是否撒谎。"他说,"给你五秒钟,告诉我真相,否则就掐死你。"

奈娜感到他的手指在咽喉处用力。她迎上对方的目光,那双眼睛里的活力还不如死人的多。她心中默默倒数。铁爪越收越拢。

"我过去是……"她一开口就喘不过气。对方的铁爪松开了些。"大清洗之前,我是他家的洗衣工。我想带他离开塔玛斯。"

对方松开她的喉咙。"算你走运,"绅士说,"她的保姆麻烦死了。换你跟我们走。"

"我不……"

绅士揪着她的后颈,半推半拽地带她向前走去,就像对付一个不守规矩的孩子。他打开壁橱,强迫她看着里面。

奈娜认得这个保姆,奥莱姆带她去看望雅各布时就见过。老保姆上了年纪,生得五大三粗,很不自然地躺在壁橱底部,眼睛望着上面,毫无神采。奈娜吓得一缩。绅士捏着她的脖子,制止了她。

"发生这种事情,"绅士说,"全是因为她不肯配合。如果你也不肯配合……如果你胆敢违背我的命令……我会毫不犹豫地杀了你。我是维塔斯大人,现在是你的主人。跟我来。"

他关上壁橱门,带着奈娜回到房间。扛大包裹的码头工出现了。

维塔斯指着奈娜说："她是孩子的新保姆。带她走。我还有别的事情要处理。"

维塔斯匆匆离开。奈娜的目光始终追随着他，心脏在胸中狂跳，双腿发软。她从未恐惧到这种程度，即使算上在奥莱姆救她之前险遭强暴的那次，外加幼年时差点淹死在艾德海的那次。那人真可谓穷凶极恶。

码头工耸耸肩，一把抓住奈娜的胳膊，拉着奈娜上了走廊，从一扇侧门出去，走向街心的一辆马车。上议院背面同样人山人海。奈娜望着码头工。他抓得不牢，谈不上疼痛，她可以趁其不备踢上一脚，然后跑掉，消失在人群中。

他们靠近了马车。有种直觉告诉她，一旦上了马车，她就再也不能逃脱维塔斯大人的手掌心了。于是她等待时机，浑身绷紧，一手拢着裙摆，以便逃跑。

"奈娜小姐？"雅各布出现在马车门口。他头发凌乱，衣衫不整，但看上去毫发无伤。"奈娜小姐！我不知道你会来！"

奈娜松开裙摆。她拉着雅各布的手，钻进马车。"别担心，"奈娜说，"我来照顾你了。"

第 36 章

塔玛斯靠着椅背，单腿跷在垫子上，观看米哈利大摆宴席，吸引几乎半个城市的民众来吃为时已晚的早餐。广场上人满为患，远处的街道也挤满了排队的人。有些人在等待的同时观看杂耍表演，广场中央附近搭起了一座高台，台上的戏班子表演着低俗喜剧，成千上万人围在那里吃燕麦粥。今天是庆典的最后一日，人们不遗余力地寻欢作乐。

一柄大阳伞为塔玛斯抵挡上午的阳光。他坐在上议院门前的台阶上，感觉比前几个月好多了，尤其是一个钟头前刚吃完米哈利留给他的一篮子面包卷。

"你的腿伤没有好全，应该躺在床上。"温斯拉弗夫人说，"你真的觉得自己能出门吗？"

塔玛斯看了看她，发现她面色苍白，原话奉还也未尝不可。

"当然了，夫人，我感觉前所未有的好。"说的可能是大话，但他的腿伤确实好多了。他能感到伤口逐渐恢复，力量慢慢回归。他知道还有很多事情要做，但无所谓，没什么大不了的。自从妻子去世后，他头一次有重获新生的感觉。

温斯拉弗夫人的情绪似乎也不错。近来她和巴拉特准将的绯闻闹得沸沸扬扬，但她依然勇敢地面对公众。她不负责庆典——米哈利全权接管——不过至少到场了。

"你觉得所有人都会来吗？"她问。

塔玛斯望着人群。"依我看全城的人都来了,夫人。"

"我是说议会。"她调皮地打了一下塔玛斯的胳膊。

"里卡德六点半就到了,"塔玛斯说,"带他的工人搬运食物和酒水。"并受到严密的暗中监视,直到埃达迈带回铁板钉钉的罪证,或者还他清白。无论这位工会老大知不知道刺杀埃达迈的事情,反正目前瞧不出一点迹象。

"是吗?"她似乎大吃一惊,"难以置信。"

"昂德奥斯也在外边呢,冲着他的职员大喊大叫。"塔玛斯说,"奥莱姆说他一个钟头前看到了太监。我没见着查理蒙德的影子。那儿——"他伸手一指,"是校长。"

塔玛斯看着普赖姆·莱克托挤过人群,脸上的胎记看起来比寻常更黑了。校长经过餐桌时目光在食物上游荡,但脑子里似乎在琢磨什么大事。面对塔玛斯那帮卫兵的凌厉目光,他略一停顿便钻到了大阳伞底下,还冲温斯拉弗夫人扶了扶帽檐。

"坐?"塔玛斯对一名卫兵打了个手势。

"麻烦了。"普赖姆说。椅子送来之前,他观望着宴席的场面,然后坐在塔玛斯身边。"你看样子精神不错。"

"是吗?"塔玛斯说,"我刚才说话几乎没超过两个字。"

普赖姆清了清嗓子。"我能感觉到,你的状态就像个认定自己能成为每位教授的宠儿的一年级新生。真有些惹人讨厌。"普赖姆又四处张望,他一直盯着餐桌,目送帮厨们端上盆盆罐罐。

塔玛斯斜睨了校长一眼。"你感觉不到吗?"他说,"不光是我,整座城市都是。这个……样子。"他摆手示意宴席,上万人狼吞虎咽着米哈利做的食物,别的什么都不在乎。"富翁和穷人,贵族和平民,济济一堂。我第一次目睹这样的场面。"

普赖姆望着宴席,神色肃穆。"你应该不相信吧,"他说,"关于这位大厨自称为神的流言?"他的目光落向一罐燕麦粥。

火药魔法师

塔玛斯犹豫片刻,试图解读普赖姆的意思。感觉有点奇怪。尽管语气生硬,但听上去普赖姆好像希望塔玛斯作出肯定的答复。

"哈。神?不可能。他是强大的赋能者。或许有点神经质,但他不是坏人。"塔玛斯说,"不过,话说回来……"他神秘兮兮地伸出指头,贴在鼻翼处。"神是什么样子的呢?神又会做什么呢?如果我有幸见到,又如何能认出神呢?"他摇摇头,看到普赖姆恼火的样子,哈哈一笑,"米哈利天赋异禀,非常强大,但我认为他不是神。你觉得呢?你或许是最有可能知道真相的,你手边有九国的每一段历史,其中有没有提到亚多姆?"

"我很久以前就意识到克雷西米尔永远不会回来。"普赖姆说完陷入了沉默,塔玛斯这才发现自己竟不知道校长多大年纪。

"那个亚多姆……"塔玛斯又提起话头。

"他热爱他做的食物,"普赖姆说,"所以他才成为厨师们的守护圣徒。他块头很大,身强力壮,还——"他目送米哈利的一个女帮厨经过,单手托着的大盘子堆满了填馅的水鸟,"非常受女人欢迎。他有四百多个妻子,也爱她们每一个人。这点毫不夸张。"

"四百多个?"塔玛斯惊道,"我连一个都应付不来。"他的喉咙哽住了,只好咳嗽了两声。"说得好像你认识他。"

普赖姆一言不发。

"说得好像米哈利是个相当不错的选择。"

"这里存在太多问题。"普赖姆说,"世上已有千百年不存在神了。克雷西米尔离开了,继续探索宇宙之旅,诺威和布鲁德不久后也踏上了同样的道路。他们其他的兄弟姐妹也随之而去,或者悄无声息地消失。传闻中只有一两个神留了下来……"他闭上嘴巴。

塔玛斯和温斯拉弗夫人面面相觑,脸上写满好奇。

"你还好吗?"塔玛斯问。

普赖姆看了他一眼。"你相信我说的吗,"他说,"如果我告诉你米哈利是一个天赋非凡的巫师?"

"这毫无疑问。但他不是尊权者,而是赋能者。"

普赖姆哼了一声。"是赋能者才怪。如果我要说的是'世上最强大的巫师'呢?或者我说,一切神明都是强大无比的巫师呢?"

"你在做假设吗?"塔玛斯半信半疑地问道。

"有史以来最强大的巫师,如何?"

"你在开玩笑。"

"我在提问而已。"普赖姆厉声说。

"是又如何?"

"逻辑学的困境在于,"普赖姆说,"有时候你被迫相信自己的假设,即使你并不愿意。当你的感知力指向米哈利时,你感觉到了什么?"

"赋能者,我说了,他有柔光。目前看来,力量不如尊权者。"

"你确定吗?"

塔玛斯叹了口气,睁开第三只眼,望向米哈利。人群之中必然少不了赋能者,但米哈利犹如鹤立鸡群。某种特质使他与众不同,但他的光芒并不强烈。

"确定。"塔玛斯说。他端详着普赖姆,老人冲米哈利皱眉头。"你认为不可能,对吧?不相信他真是神?"

普赖姆闭上双眼,沉默了好一会儿。就在塔玛斯以为老人在打盹的时候,老人忽然睁开眼睛。

"太多问题。"他又说。

"你提到'其他的神',"塔玛斯说,"我以为克雷西米尔是唯一的神。"

普赖姆转过头去,望着一个认真负责的职员滚动一桶麦酒,又小心翼翼地将其挪下台阶。"这不完全准确。"普赖姆说。

"教条里讲的,"塔玛斯说,"查理蒙德不久前提醒过我。"

火药魔法师

"教会的教条不能代表其所言皆为实情。"

"好吧,"塔玛斯说,"任何受过教育的人……"在普赖姆的瞪视下,他闭上嘴巴。

"受过教育的人,"普赖姆说,"呸。曾经有过十位神,而不是一位真神和九位圣徒。克雷西米尔先一步降临,然后请求他的兄弟姐妹帮忙创建九国。"

"有十位神?"塔玛斯问道,他搜肠刮肚地回忆当年的历史课。"我记得凯兹把克雷西米尔当成守护神。那么谁排在第十位?"

普赖姆摇头。"你问错了。你应该问:如果米哈利是神,他为何现在降临世间?"

南派克山位于上议院后方,目不可及,但他们都不约而同地望向那个方向。塔玛斯想起了波和塔涅尔的警告:古老的巫师企图召唤旧神。这简直是天方夜谭,堪比故事书里的情节,这是持续数月的斗争造成的压力、引发的恐惧。不过塔玛斯记得,第一次警告发生于危机之初。他抓了抓伤腿,疼痛突如其来,原以为早已消失的感觉回归了。

"你听说过克雷西米尔的誓言吗?"塔玛斯突然发问。

"当然听过。"普赖姆说。

"当然听过?你知道?可我听说那是王党的内部秘密,只有国王和尊权者知道。"

"没错。"普赖姆用手帕擦了擦额头。

塔玛斯正打算多问两句,忽然听见一声尖叫。

第二声、第三声尖叫接踵而至。很快,零星的叫喊变成了喧嚣,恐慌的情绪在人群中急剧蔓延。人们纷纷离席,抛开手边的食物,希望知道骚乱来自何方。

"怎么回事?"塔玛斯抓过拐杖,挣扎着起身,"快去查明情况,"他命令一名卫兵。"进去。"他对普赖姆说,"卫兵,送温斯拉弗夫人进去。"塔玛斯看见米哈利爬上一张桌子,张望骚乱发生的方向,尽管腆着肚子,动作却相当灵活。

"冷静!"米哈利大喊,他的声音以惊人的穿透力扩散开去,"诸位,请回到座位。"人们停了下来,坐立不安,不知所措。那些排队的人也犹豫不决,既不愿意放弃目前的位置,又好奇到底发生了什么事情。人人都记得选举那天大开杀戒的骑兵。

塔玛斯没能发现什么,骚乱似乎来自宴席的最远端。有的人在跑,与那些企图凑上前围观的人相互推搡着。

"手枪给我。"塔玛斯说。他发现普赖姆站了起来,抻着脖子张望,温斯拉弗夫人及其保镖候在上议院的门边。

"进去,"塔玛斯又说,"我可不希望你被吓昏了头的暴民误伤。"

普赖姆不予理会。

"随你的便吧。"塔玛斯吼道,他从卫兵手里接过一把决斗手枪,检查过枪膛里的子弹,目光投向人群。

"那边。"普赖姆伸手一指。

塔玛斯看到几百步开外的一个人,人群如潮水般从他面前退散。他手里好像捏着什么东西。塔玛斯咬开一包火药,迷醉状态陡然降临时,他的身体晃了晃。他轻轻地呼吸了几次,挺起胸膛,锐利的目光射向对方。

那人的装束与理发师无异:白衬衫、黑裤子,外罩白围裙——围裙上沾满了血。他脚边有一具尸体,是一个金发披肩的女人。他在围裙上擦了擦剃刀,冲向周围的人群。

"黑街理发师,"塔玛斯一字一顿地说,"到底是……"

惨叫声此起彼伏。塔玛斯循声望去,发现杀手竟有几十人。他们冲进宴席,掀翻碗盘,杀死无辜的男女老少,剃刀飞舞,犹如画师挥毫创作一幅血腥的大作。

"拿起武器!"塔玛斯大吼。他一枪命中了百步之遥外一个理发

火药魔法师

师的眉心,巫术都用不上。"你会装弹吗?"塔玛斯说着,把手枪交到普赖姆手里。"子弹!"一名卫兵放下枪,递来一大把弹丸和又一包火药。塔玛斯把一颗弹丸弹到空中,随即引燃火药。一个理发师当即毙命,又一个也随之倒地。

"你还要手枪干什么用呢?"普赖姆说着,递上了装填好的手枪。

"更有准头。"这位学者的装弹速度令塔玛斯吃了一惊。人群蠕动着,听见枪声的他们,犹如受惊的兽群一样四散奔逃。塔玛斯岿然不动,他发现很多人都望向上议院敞开的大门。

"关上大门。"他吩咐卫兵,然后抬起手枪,"确认温斯拉弗夫人进去了。"

"那边!"普赖姆喊道。老人推着塔玛斯的手枪,移向米哈利。塔玛斯看见理发师在大厨附近的人群中现身。塔玛斯扣动扳机,对方一头栽倒。

"诺威的霜趾啊!"塔玛斯骂道,"萨伯恩应该料理好那些理发师。米哈利!快跑!"

大厨听不见。他仍然站在桌上,手舞足蹈,大喊大叫,似乎没注意到不远处死掉的理发师。

"又来了一个,"普赖姆指着说,"他们冲着米哈利去了。"

"为什么?"塔玛斯边说边把手枪递给普赖姆,又弹起一颗弹丸。弹丸擦过一个理发师的肩膀,飞进人群,随即有个人痛苦地捂着腰部。塔玛斯直皱眉头。"距离太远了,没有趁手的武器我帮不了他。"他在口袋里摸索弹丸。没了。"见鬼。管他是神还是疯子,他恐怕得自求多福了。快给我送弹药来!"

"不。"普赖姆缓缓摇头,"我们不能丢下他不管。"

"我们什么办法都没有。我们过不去。"人群的移动速度并不快,似乎米哈利的大声疾呼有那么一点效果,但也不能彻底安抚愈演愈烈的恐慌情绪。

"我们必须试一试。"普赖姆说,"来,带上你的卫兵。"他拽着塔玛斯的胳膊。

温斯拉弗夫人出现在另一边。塔玛斯差点骂出声来。"夫人,你得进去!"

"我绝不抛开我的士兵独自逃命。"温斯拉弗夫人说着,握紧拳头,"给我一把步枪。我们杀出一条血路,救那个厨子和——"

普赖姆猛吸一口气,吓了塔玛斯一跳。"是他。睁开你的第三只眼!"

"你怎么……"塔玛斯不用睁开第三只眼。他感到巫力如潮汐汹涌,席卷而来。

"亚多姆,"普赖姆说,"他卸下了伪装。"

"他在做什么?"塔玛斯呆若木鸡,不知所措。他从未体验过这种巫术。如果说尊权者的魔法是烛火,那么此刻他正身处铁匠的熔炉。

"他在酝酿法术!"

"我不明白。"

"酝酿!巫师需要花时间施放巫术,撷取他方的灵光。他不是要摧城拔寨、横扫千军,他整整一周都在运筹!这些食物,这些人,他们都是其中一环。他在城市里编织灵光之网。如果理发师得逞,他辛苦打造的一切将付诸东流!"

"你怎么知道这些事情?"

"没时间了!"普赖姆放开塔玛斯的胳膊。人群涌向他们,塔玛斯的一名卫兵被掀翻在地,幸好有人及时施以援手,否则难逃踩踏。人群犹如一头翻滚的巨兽,虽有卫兵保护,塔玛斯一行仍然被推开了。目前的局面军队也控制不了。

"我们必须进去,长官。"奥莱姆握着步枪,出现在塔玛斯身边。意外发生时,他在宴席当中。

火药魔法师

塔玛斯的目光在奥莱姆和普赖姆之间来回跳跃。他们应该撤退,等待恐慌情绪自行消退,然后再解决理发师的事情。反正理发师铁定完蛋了。他退了一步,抓住拐杖。普赖姆到底在说什么乱七八糟的?酝酿法术?塔玛斯能感觉到。"闩上大门。我不希望这帮暴民进去。"

"长官?"

"我们到米哈利那边去。"

"那是自杀啊,长官。"

"列队!"

他的保镖站到他身边。上议院里的士兵也来了。不一会儿,他有了三十人。面对失控的千军万马,三十人聊胜于无。

"夫人,你应该进去。"塔玛斯最后说了一次。

温斯拉弗夫人手里多了一把步枪,看样子她知道如何使用。她的眼神无所畏惧,塔玛斯顿时产生了敬佩之情。

"不要用刺刀,弟兄们,"塔玛斯下令,"用枪托推。普赖姆呢?"

"那边。"奥莱姆说。

塔玛斯回头一望。普赖姆在保护圈外,汹涌而来的人群距离他身前仅有咫尺之遥。"带他过来!"塔玛斯厉声说,"老家伙简直是找死。"

一名士兵立刻冲向校长,但他刚刚抓到普赖姆的衣服,老人便以惊人的力量挣脱了。在他前方的人群之中,米哈利仍站在桌上,但已不再叫喊,默不作声地扫视着底下的人群,面沉如水。尽管冲突激烈,却无人接近他十步之内。

直到一个理发师强行冲了进去。

"我的手枪,"塔玛斯说,"快!"

又一个理发师跌跌撞撞地挤出人群,打破了米哈利周围的平静。他摇摇头,似乎有所疑惑,然后与第三个理发师面面相觑。他们准备对米哈利下手。

"上家伙！"塔玛斯大喊。

那名士兵没能把普赖姆拖进上议院。塔玛斯瞥见了老校长的动作——普赖姆双肩一沉，缓缓地从兜里掏出一对绣有红金色符文的白手套，戴在手上。

塔玛斯定睛一看，大吃一惊。戴眼镜的大学校长，身宽体胖的历史学究，竟然是尊权者？塔玛斯从不知道？普赖姆仿佛在空中弹奏乐器。半空中传来一声巨响，人群一分为二，让开了可供一辆马车通行的空地。无形的力量劈开人群，有些人胡乱扑打，好像面对着一堵看不见的墙，其他人则被挤成一团，犹如触礁的舟船。

"派兵过去。"普赖姆回头说。

塔玛斯犹豫了。"上。"须臾后他下达了命令，同时一瘸一拐地走向校长，从士兵手里夺过步枪，瞄准了一个理发师。他只能开一枪，没有多余的火药包了。距离太远，不能让子弹绕弯，士兵们也来不及赶到。他考虑的时间不到一秒钟，便瞄准块头最大、五官最凶恶的理发师，扣动扳机。

理发师陡然消失了。子弹穿过一团红雾，击中了一个女人的肩膀。塔玛斯不由自主地瞪大眼睛。他竖起枪管，仔细一看，没有发现什么异常。他又望向米哈利。

第二个理发师停止了动作，看到同伴化成的那团雾气，惊得嘴唇微张。红雾散去，如同烟斗被强风吹灭。第三个理发师举起剃刀，冲向米哈利。塔玛斯似乎听见"嘭"的一声轻响，此人也不见了，衣物和剃刀一同不见。什么都不剩，只有红雾，很快也随风飘散。第二个理发师转身逃跑，"嘭"的一声——确实有这声音——他消失了。一时间，"嘭嘭"声不绝于耳，塔玛斯连连摇头。有人发出尖叫。

广场上几乎空了。米哈利独自站在桌上，抱着胳膊，神色肃穆地扫视周围。人群一哄而散，涌进大街小巷，食物撒得到处都是，桌椅七歪八倒，盘子、碗和杯子随地乱扔。一口锅被打翻，燕麦粥缓缓地

火药魔法师

流到地上，旁边的尸体一动不动地躺着。一个女人发出痛苦的呻吟。

"去救她。"塔玛斯指着女人命令一名士兵。

在他身后，上议院的大门打开，士兵们蜂拥而出。

"出什么事了，长官？"维罗拉跑到他身边。

"黑街理发师，"塔玛斯啐了一口，"埃达迈和萨伯恩没有完成任务。"

"他们人呢？"

"我射中了两个。他们……"塔玛斯闭上嘴巴。中弹的理发师不见了。他眨了眨眼，他们先前所在的地方是不是有红雾？"我看到了不少，他们肯定混在人群当中逃跑了。"他与奥莱姆擦肩而过，蹒跚着下了台阶，来到校长身边。普赖姆双手插在兜里，惊慌地盯着空荡荡的广场。

"你到底是什么人？"塔玛斯问。他双手发抖，几分钟前席卷全身的巫力消失了，不知所踪。巫力当然来自米哈利，但校长呢？他一直都是尊权者吗？塔玛斯早该看出来的。

普赖姆抽出双手，指头在肚子上轮流敲打。他已经摘掉了尊权者手套。

"你是他们的一员，"塔玛斯知道普赖姆不会回答他的问题，"普瑞德伊。和朱利恩一样。"是真的。一切都是真的。塔玛斯感觉恐惧在肠胃里翻江倒海。"哪儿都别去。"塔玛斯向米哈利走去。

大厨爬下桌子，挨个摆好椅子。他停在一口泼洒出燕麦粥的大锅前，轻轻地抚着边沿，皱起眉头。

塔玛斯在离米哈利十步远的地方停下脚步。燕麦粥在他眼前消失了，就像雨水落到阳光暴晒的砖块上蒸发了一样。米哈利弯下腰，双手把着锅的两边，毫不费力地将其抬起——这锅至少重达二十石——放到原先所在的三脚铁架上。

塔玛斯睁开第三只眼，对抗着强烈的眩晕感。世界五颜六色。在塔玛斯看来，燕麦粥之前所在的地面呈现一块块粉红色，围绕着米哈利旋转的色彩犹如是盛大节日的飘带，但完全没有触及大厨。

米哈利跌坐在椅子里，手肘搁着膝盖，手掌托着下巴。他看到了塔玛斯。

"谢谢你来找我。"米哈利说。

"我离得太远，帮不上大忙。"塔玛斯说。

米哈利无力地笑笑。"那也要感谢。这副肉身脆弱得很。"

"他们毁了你的宴席。"塔玛斯说。

"人们会回来的。"米哈利抬手擦了擦额头。一个帮厨来到他身边，轻抚他的背部。米哈利一把拉近帮厨，亲了亲她的前额。"而且会来得更多，"他叹息着说，"他们没有毁掉我的心血，只不过耽搁了一点点，但没有毁掉。"

"普赖姆说你在酝酿法术。"塔玛斯说。

米哈利的目光越过塔玛斯的肩膀，投向校长。"观察力很敏锐。"他抓着女帮厨的胳膊，过了好一会儿，又将其赶开。"我记起你了，"普赖姆走过来时，他说，"好久不见。"

"一千四百年，可能还不止，"普赖姆说，"真的是你？我刚才还不相信……我不愿相信。"他颤抖着吸了口气。"我以为时间过得太久了，久到克雷西米尔不可能回来。我以为现在已是变革的时代。我以为罗扎利娅所有的担忧纯属杞人忧天，朱利恩仍旧活在过去。我以为只有我们了。"

"我的子民从来都不孤单。"米哈利说，"其他的家伙可能离开了，但我没有。"

"你对那些理发师做了什么？"塔玛斯问。

米哈利神色不悦。"他们不存在了。"他声音低沉，似乎做了他不愿意做的事情。"我当时失态了，"他说，"我不喜欢……"他顿了顿，哑着嗓子说，"他们感觉不到痛苦。我不喜欢伤人。"

火药魔法师

塔玛斯盯着大厨半晌说不出话,脑子里有无数疑问,但就是开不了口。

"长官,"奥莱姆来到他身边,"我们找不到理发师。都不见了。"

塔玛斯说:"你们找不到的。"他深吸一口气。"他是神,奥莱姆,真实的、有血有肉的神。"这个事实并不令人高兴,他头疼欲裂,肚子绞痛。"这可不好。"

奥莱姆盯着米哈利,好像要下什么决心似的。"为什么?我是说,如果他是神,有什么不好的?"

塔玛斯抬头看天。舒服的天气,暖和但不炎热,微风徐徐,阳光晒着脸庞,惬意极了。"因为,"塔玛斯说,"米哈利不是唯一的神。还有克雷西米尔。也就是说,克雷西米尔可以被召唤回来。也就是说,克雷西米尔会来找我的麻烦。也就是说,波的警告不是无稽之谈。这可不好。"他感到有人来了,一只大手按着他的肩膀。米哈利。

"何止不好,"米哈利说,"如果他仅仅针对你,我表示遗憾,但……"

塔玛斯感到难受,伤腿又开始抽搐。他挪动了一下,刺痛感忽然袭来,令他差点吐了。"什么意思?"

"他要摧毁整个国家,"米哈利说,"男女老少,甚至植物和动物。他要夷平一切。"

"为什么?"

"我的兄弟不是一位……仁慈的神,"米哈利说,"等他回来,他会觉得从头开始更容易。"

塔玛斯握紧拳头。神。他如何应付这种情况?他能做什么呢?"那他怎么不动手?"

米哈利望向南派克山。"我的兄弟,他踏上了一趟遥远的旅程,我认为他并不想回来。但他会受到召唤,有人希望实现这一目标,有人则在尽力阻止。"米哈利对塔玛斯说,"你想改变那边发生的事,可惜为时已晚。我将与他对抗，以保护亚卓，而你要清理门户。"

"叛徒。"塔玛斯低声说。

"如果还有这种妨碍——"他摆手示意周围，"如果还有这般滋扰……"

"可我不知道谁是叛徒。"塔玛斯说。

"他也许知道。"奥莱姆指着广场对面说。塔玛斯一扭头，看到萨伯恩和埃达迈狂奔而来。

第 37 章

选举广场上一片狼藉,士兵们在翻倒的桌椅和泼洒的食物间走来走去,仿佛在残破的战场上收拾残局。埃达迈赶到时,几个市民正被担架抬走,一群人聚集在上议院的台阶底下。

埃达迈看着萨伯恩接近了那群人。他放慢步伐,东张西望,试图从残留的痕迹判断现场的情况。他们来晚了吗?人们东奔西逃,这是确切无疑的,但究竟发生了什么呢?埃达迈既没有看见理发师的尸体,也没有看见牺牲的士兵,地上的受害者不着制服,都是被误伤的普通市民。但他看到了被割开的喉咙,洒在地上的鲜血,甚至有枪伤。家人围在死去的亲友身边,女人们呼天抢地。

埃达迈来到那群士兵身边,松了口气:塔玛斯在那里,还有校长和大厨米哈利。塔玛斯的保镖在不远处徘徊,皱着眉头端详大厨。温斯拉弗夫人离得不远,里卡德·汤布拉和大司库昂德奥斯从广场对面过来了,塔玛斯的军队四散开来,救死扶伤。

塔玛斯问了萨伯恩一句,后者摇摇头。他俩一同满怀期待地望向埃达迈。

塔玛斯张开嘴,准备问话。

"是查理蒙德,"埃达迈说,"大主教。"

怒火在塔玛斯脸上跃动,元帅与内心的情绪激烈争斗过一番,继而恢复了镇定。他咬着牙关问:"你如何知道?"

埃达迈简要地解释了西蒙尼祭司的事和提夫供认的内容。"只能是查理蒙德,"埃达迈说,"提夫对那个祭司的描述完全符合西蒙尼的特征。"

"那个祭司,"塔玛斯说,"有没有可能为别人办事?"

"不可能。"当然有可能,不存在绝对的不可能。但这可能性不大,埃达迈必须坚持自己的判断。

塔玛斯的保镖走了过来。"我们去解决他,"奥莱姆说,"我们有名字,有证人。我们绝不能犹豫。"

"同意。"萨伯恩说。

塔玛斯闭上眼睛。

"必须解决。"萨伯恩说。

埃达迈盯着陆军元帅。塔玛斯害怕了,他心想,查理蒙德是议会中唯一有能量彻底摧毁他的人。塔玛斯可以按兵不动,迎接下一次暗杀,或者主动出击,得罪教会。如何是好?埃达迈同情塔玛斯。

塔玛斯缓缓扫视周围的人,目光最终投向大厨。米哈利对塔玛斯点点头。埃达迈错过了什么事情。"他为何对你不依不饶?"塔玛斯问大厨。

米哈利眼神放空,表情阴郁。"不太清楚。"他说,"朱利恩是普瑞德伊,她知道我附在凡人的肉身上。也许朱利恩告诫了他,也许还有其他人涉足其中。"

塔玛斯等里卡德·汤布拉和昂德奥斯过来,然后宣布道:"查理蒙德背叛了我们的事业,我绝不容许他逍遥法外。我不知道他的背叛有没有教会的支持,我也不关心。谁跟我一边?"

"我。"里卡德上前一步。

"我。"温斯拉弗夫人说。

普赖姆·莱克托点头。

"当然。"昂德奥斯哼了一声。

塔玛斯说:"准备马车,把我们手边的军队全都带上。我要逮捕

火药魔法师

大主教。"

"去抓他？"萨伯恩问，"我们何不召开一次会议？等他来了，拿下便是。"

"我们必须逼他摊牌。"塔玛斯说，"他的探子会汇报说针对米哈利的袭击失败了，他已经暴露。如果他逃跑，我们能确定他有罪；如果他不走，我们就与他对质。无论如何，我都不能让他脱身。快去。"

士兵们列队时，埃达迈不由自主地退开了。塔玛斯在他身边停下脚步，重重地倚着拐杖，按着他的肩膀。"干得漂亮，"他说，"回家去吧。收拾收拾。"他压低声音。"带上你的家人，离开这个国家。如果一切顺利，我以后还用得着你和你的能力。"

他在开玩笑吗？埃达迈端详着塔玛斯的脸。不，他很认真，非常认真。塔玛斯说完就离开了，走路的姿态活像牵线木偶，拐杖在铺路石上敲得脆响。

塔涅尔一行人越是接近山顶，穴狮的痕迹越是增多。猎犬不顾里娜的呵斥，拼命拉扯着绳子。有时候它们渴望追踪猎物，有时候它们呜咽着，试图拽着里娜下山。

塔涅尔的神经长时间紧绷，乃至难以忍受。他总觉得每一处高地或者每一块岩石背后都躲着穴狮，随时有可能扑来。同伴们神色惊惶，说明他们想着同样的事情。好在一路平安无恙，种种迹象表明，野兽在他们前方，成群结队地跟着凯兹人。从足迹来看，至少有七十头，而且数量还在不断增加。

他们发现了第一具尸体：那尸体被拖到路边啃噬了一部分，残缺不全，扭曲变形，鲜血浸透了白雪，但很明显是一头穴狮。卡－珀儿蹲在旁边，在雪地里搜寻，塔涅尔好像看到她把什么东西放进包里。他走上前去。

"它是怎么死的?"虽然已经有了明确的判断,他仍然发问。

卡－珀儿模仿着举枪射击的姿势。

他点点头。"看来凯兹人知道他们被跟踪了。还有这些野兽,它们会吃掉同类。距离山顶还有多远?"看到波走过来,他问道。

"应该不远了,"波说,"我只有一次爬到过这么高的地方。"他扭头问修士,"德尔?"

看到穴狮的残骸,向导面色苍白。他缓缓抬起颤抖的手。"那边。"他好不容易挤出一句话。

塔涅尔顺着他的视线,望向小道消失的地方。"这么近吗?"塔涅尔皱眉,"城呢?"

"那边。"德尔又说了一遍。

"等你看到就明白了。"波说。

德尔说不用半个钟头就能到。他们爬上拦路的陡坡,塔涅尔刚刚停下来想喘口气,脚底的景象吓得他顾不上呼吸了。

他站在巨大的火山口边缘,山口直径有数十里,深达几百尺。塔涅尔的身子晃了晃,好容易才站稳脚跟。

那里有树,属于在高海拔地区不容易存活的种类。它们生长在火山口的内缘,悬于半空中,他甚至可以摸到距离最近的树冠。然而这些树早就死了,外侧枯萎焦黑,无皮的枝丫七扭八歪。这里曾有一片茂盛的树林,如今就像被诅咒的古老墓地。

越过这片树林,可见一座巨大城市的遗迹,火山口上大部分地方都曾建有房屋——比整个亚多佩斯特的房子还多,且其中不乏高楼。但如今只剩光秃秃的石块,房屋的外墙与树木一样焦黑,毫无遮挡的窗户洞开,犹如千眼骷髅的空眼眶。眼前这一幕令塔涅尔打了个寒战。

"克雷西姆火山口。"德尔的声音在颤抖。

波神色严肃。"克雷西米尔的守护之力在千百年间消退了,火山的酸和热杀死了树木，烧毁了房屋，令此处寸草不生。"

"除了穴狮，"塔涅尔说，"真不知道它们怎么活下来的。"

"某种力量维持着它们的生命。"波说。

塔涅尔发现火山口中央有一片湖泊，那里也有丛生的树木，还有池子和起伏的丘陵。在克雷西米尔的时代，那里想必是孩子们玩耍的乐园，塔涅尔想象着当时的湖水是多么清澈甜美。从他所在的位置，可以看见如今的湖水呈污秽的褐色，沸腾起泡，中间冒着浓厚的蒸汽和烟雾。

塔涅尔听见远处有穴狮在嗥叫。

"上刺刀。"他喝道。铿锵声四起，身后的守山人做好了迎战准备。

他们散开队形，继续前进。

塔涅尔来到德尔和波之间。"竞技场在哪里？"他问。

德尔没有回答。塔涅尔似乎听见一声呜咽，接着又来了一声。这有可能是猎犬发出的。自从他们进了火山口，猎犬们安静得像死了一样。

"克雷西米尔被召唤时，南派克山有真正的峰顶，"波说着，眉头紧锁，"据说当他落地的时候，山峰土崩瓦解，山体爆发，烟灰和酸液冲向天空，足以覆盖整个亚卓。普瑞德伊们勉强幸存，等尘埃落定，火山口已然形成，克雷西米尔就站在派克湖边。"他指着火山口的中央。

"那里就是竞技场？"

德尔点头。

"我要找个方便对着竞技场开枪的地方。最好距离较远，但视野要好。"

德尔考虑了好一阵子。"克雷西米尔的宫殿。跟我来，我带你们去。"

他们走进死去的树林深处时彻底陷入了沉默。脚步声在紧实的砾石路上回荡，塔涅尔突然发现这里不见积雪，土地完全裸露，就连最能耐受恶劣环境的野草和灌木也早已死去。他还注意到空气越来越热。这是圣城里残留的克雷西米尔之力，还是来自火山内部的热度呢？他们能接近派克湖吗？难以忍受的高温和剧毒的瘴气可能将他们逼走，他们可没有朱利恩和凯兹王党的守护术。塔涅尔看了波一眼，对方的状态越来越糟，塔涅尔怀疑他连一只苍蝇都保护不了，更别说队伍里这许多人了。

他们在树林边缘的小丘附近又发现了尸体。塔涅尔靠近察看，除了穴狮，还有人。

一个残破不堪的守护者躺在六七头穴狮的遗骸之中，其手上的皮肉被咬掉，露出森森白骨，但依然掐着一头穴狮的喉咙。气味难闻，塔涅尔不得不用手帕掩着口鼻。守护者的尸体尚未腐烂，穴狮的遗骸时有些变质，恶臭袭人，似乎是因为此处气温升高且没有一丝风的关系。

卡-珀儿又跑到了最前头，她在丘陵的另一边停下脚步，冲着他们挥手。塔涅尔很高兴离开那堆尸体——

高兴了没多久，他便在卡-珀儿身边刹住脚步，阵阵反胃。他听见身后有人哗啦啦地把早饭吐了，回头一瞟发现是波。

这里发生过一场激战，守护者们在一处园地的中央拼死抵抗——可能是为了让朱利恩和凯兹的尊权者进城。他们死了十来个，穴狮的尸体则有三倍之多，残骸散落在园地各处。附近的那个守护者，一只胳膊搁在石凳上，肠子流得到处都是，他被饥不择食的穴狮啃食过。

"那些野兽饿了。"里娜说。猎犬们缩在她脚边，不肯离开主人半步。"它们好像在追踪猎物，一心只想攻击和扑杀。但只要有人死，它们就停下来吃肉，因为它们饿坏了。"

塔涅尔吞了吞口水。"饿了？它们是因为肚子饿了才追杀凯兹人的吗?"真是这样的话就容易办了,虽然危险分毫不减,但至少狮子不是被某种超自然力量操纵,或者拥有非凡的智力。

里娜耸耸肩。"有可能。不过,穴狮通常不会成群结队地打猎,哪怕是最难熬的时候。它们是独居动物。"

"山上为何有这么多狮子?"波问,"什么吃的都没有,我一直听说山上的穴狮最多一两头。"

谁也没有答案。

塔涅尔检查了随身携带的手枪和步枪,确保子弹已经填装,然后吸了少许火药。他双手发抖,希望再多来一些火药——他当然需要了,但更有必要克制冲动,火药吸食量太大可能致盲。话说回来,如果缺少力量,同样可能丧命,于是他又吸了少许。

屠杀的痕迹触目惊心,看样子沿着林荫大道一直通向城中心。狮群仍在捕杀凯兹的尊权者,血迹、守护者和穴狮的残肢碎肉一路都是。

进城之后,塔涅尔不由自主地盯着那些房屋。楼房寂静无声,本应有风的呼号或是小动物乱窜的动静,然而什么都没有。城市彻底荒废了,这让塔涅尔骨子里发冷。

忽然有人按住他的肩膀,他猛地转身,步枪端在手中,刺刀差点戳中德尔。他平息了狂乱的心跳,忙道:"抱歉。"

"宫殿,"德尔说,"在那边。"他指向城市中心。

他们转向德尔所指的方向。虽然城市阴森可怖,但塔涅尔还是很高兴能离开穴狮和尊权者的血肉痕迹。他要去克雷西米尔的宫殿,在安全的距离削减尊权者的数量,使得对手缺乏召唤克雷西米尔的力量。

回家的路上,埃达迈听到的全是选举广场上发生大屠杀的流言。

人们慌慌张张地远离广场，消息传得很快，所到之处民众都在做圣绳的手势，祈祷逢凶化吉。圣亚多姆庆典期间发生大屠杀，这事儿太糟心了，大家现在宁愿躲在家里。

他希望能雇到一辆马车去欧芬戴尔。他要接回家人，背井离乡，然后……

"苏史密斯！"埃达迈把外套挂上衣帽架，大声喊道，然后他愣住了：衣帽架上赫然挂着三件外套。他闭上双眼。不要啊。

"你就不能放过我……？"埃达迈走进起居室，呆立当场。

维塔斯大人和他的两个打手在房间另一头，阿斯特丽特在他们中间，维塔斯大人细瘦的双手抓着她的肩膀。她可怜而又无助，活像一只粘在蜘蛛网上的苍蝇。看到小女儿，埃达迈差点心脏停跳：知道她面临危险当然令人担忧，而她在维塔斯大人手中，更是令埃达迈心寒。

苏史密斯坐在沙发上。找过理发师后，他就直接回来了，此刻面色惨白，汗珠滚下脸颊。他吃力地喘着气，一手捂着伤口。

"抱歉，"苏史密斯无力地说，"比我来得早。"

"苏史密斯说你去找理发师算账了，"维塔斯大人说。他的声音不带任何情绪，毫无同情或怜悯。"三个刺客都没做掉你。厉害。"

"放了她。"埃达迈疲惫地说。两天来的压力突然重重地压上肩头，他只想跌坐在最心爱的椅子上，一直打盹到晚上。但现在看来已不可能。

"把事情跟我讲清楚。"维塔斯大人说，"提夫怎么样了？"

"在貂牙塔里等着烂掉，"埃达迈厉声说，"克莱蒙特大人呢？"

维塔斯大人脸上的讶异之色转瞬即逝，仿佛从未出现。

埃达迈平静地说："阿斯特丽特，你还好吗？"

小女孩点点头。她脸上糊着泥土，无袖连衣裙睡得皱巴巴的，但看样子没有受伤。"我没事，爸爸。"她说。

火药魔法师

"你害怕吗?"

她咬紧牙关,摇摇头。

"好孩子。他们伤害你了吗?"

又一次摇头。

"提夫为什么在貂牙塔里?"维塔斯大人问。

"因为他和塔玛斯有协定。他企图杀我,违反了协定。"

维塔斯大人皱着眉头。"你为何不早告诉我他和塔玛斯有协定?"

"我之前也不知道。"

"是吗?"维塔斯大人捏在阿斯特丽特肩膀上的手指开始用力。她试图挣脱,但对方抓得很紧。

"是的,该死的。我之前不知道,我发誓。"

维塔斯大人松开手。"你已经找到叛徒了吧?塔玛斯去逮捕里卡德·汤布拉了吗?"

维塔斯大人毫无理由认定里卡德·汤布拉是叛徒,除非他一直设计栽赃。"克莱蒙特大人的利益何在?"埃达迈说,"他为何对这些政治事件感兴趣?他甚至不是亚卓人。"

"克莱蒙特大人的利益在于布鲁达尼亚-哥拉交易公司,"维塔斯大人说,"而公司的利益取决于九国的命运。"

"他到底站在哪边?"

"中立,"维塔斯大人说,"这儿拉一下,那里推一把。你只需要知道这么多。说回刚才的话,塔玛斯何时去逮捕里卡德·汤布拉?"

"不去。"

"为什么?"

"他去逮捕真正的叛徒查理蒙德了。"

阿斯特丽特大叫一声,维塔斯大人狠狠地拧了她的肩膀。"所有证据都指向里卡德,"维塔斯说,"你为何认为是查理蒙德?"

"塔玛斯的火药魔法师听见了他的名字。我能怎么办?"埃达迈上前一步。

"退后！"维塔斯大人喝道。他的打手们闻风而动，恶狠狠地瞪着埃达迈。

"敢伤害她，你就死定了。"

"那也要拉你的所有家人陪葬。"维塔斯大人说。

"维塔斯，"埃达迈说，"我以九国之名发誓，如果你敢伤害我女儿，我势必摧毁你和你的家族。我还要让克莱蒙特大人吃不了兜着走，就像当街踹一条狗。"他感到五脏六腑冷得发抖。

维塔斯大人剧烈地吸气，然后他松开阿斯特丽特的肩膀，小女孩立刻挣脱了。埃达迈一把揽着她，拉到自己身后。

挖煤的打手亮出一把刀，另一个打手则摸向手枪。维塔斯大人抬手阻止他们。"此事尚有回旋余地。你太有用了，我们损失不起，埃达迈。我们暂时不会杀你。何时进行逮捕？"

"等塔玛斯集合了部队。"维塔斯要去警告查理蒙德吗？

"在哪里？"

"他的庄园。"埃达迈说。

"你最好别撒谎。"维塔斯大人说，"凯尔。"

挖煤的扭过头。

"去庄园，提醒大主教。告诉他，是狂人派你去的。如果那位好公爵还在那里，他们应该可以为塔玛斯设下一个小陷阱。"

挖煤的点了一下头。他恶狠狠地瞪了埃达迈一眼，然后从侦探的身边挤过，快步冲出门。

"克莱蒙特为什么找大主教合作？"埃达迈问，"而且这样的话，查理蒙德为何要杀我？我也算是克莱蒙特的合作伙伴吧。"

维塔斯冷冷地盯着他。"一只手不知道另一只手在做什么——这样安排当然有风险，你因此差点付出生命的代价。查理蒙德的任务就是杀掉伪神米哈利，但他做得有些过火了。要知道，查理蒙德不过是

火药魔法师

一只手而已,克莱蒙特利用他那样的人来达到自己的目的。"

"没人可以利用大主教。"

"克莱蒙特可以。"

"为了什么?"

"你理解不了。"维塔斯大人说,"你让我失望了,埃达迈,这个丫头本来是相互信任的表示,对你奉命行事的奖赏。但是现在,我认为她要跟我回去。"他上前一步,招呼持枪的打手。

埃达迈握紧了双拳。"好吧!"他说。

维塔斯大人停下脚步。

"他们不是去庄园逮捕他。他正在大教堂主持午后祈祷。求你了,把女儿留给我。"

维塔斯大人的眼睛闪着凶光。"你对我撒谎?"

"这是事实,我发誓!"

"该死的!你——"他示意另一个打手,"守在这儿。如果他们想走,先杀埃达迈,然后轮到拳手和女孩。"

维塔斯大人猛地挤开埃达迈,冲了出去。埃达迈闷哼一声,只见维塔斯大人一上街就开始飞奔,燕尾急促地上下翻飞。埃达迈从窗户里目送他消失,长长地吁了口气。

"你没事吧,爸爸?"阿斯特丽特说。

"当然。你没事我就放心了。你妈妈呢?"

"她担心我。他们带走我的时候她一直在叫。"

"他们伤害她了吗?你哥哥还好吗?"

"他们砍下了约瑟普的手指,但他一滴眼泪都没掉。"

"他很勇敢。"

"发生了什么事,爸爸?"

"我不知道。"他说。

埃达迈可不能等维塔斯回来,届时他们都难逃一死。苏史密斯看样子连走路都困难,阿斯特丽特还是小女孩,但埃达迈非得警告塔玛斯不可。

"别动。"他轻声叮嘱阿斯特丽特。

"嘿!"看见埃达迈走向房间对面,那个打手喝道。

埃达迈停了下来,高举双手,那人的手枪在苏史密斯和埃达迈之间摇摆。苏史密斯闭着眼睛,手捂伤口,呼吸轻浅。打手判断苏史密斯构不成威胁,于是把枪口对准了埃达迈。

"我就想喝一杯。"埃达迈说。

对方眯起眼睛。

"拜托。"埃达迈说着,伸出仍在颤抖的双手。

"好吧,"打手说,"我会盯着你的,别碰藏在屋里的武器。"

"比如什么?"埃达迈说,"一把上了膛的手枪藏在酒柜里吗?你疯了。如果担心我拔刀子,你就站到那边去吧。"他指着沙发。

那人离开埃达迈,慢吞吞地挪到沙发边上。"我盯着你呢。"

很好。埃达迈从酒柜里拿出一瓶酒。"喝吗?"

打手摇头。

埃达迈用一把螺丝锥,花了好一会儿才拔出软木塞子,将其扔到架子上。他斟了两杯酒,双手直打颤,瓶颈与杯沿撞得叮当响。他走向打手。"真不想来点?"

"你先喝,"那人说,"休想耍花招。"

"哪有什么花招?"埃达迈摇着头说,"你觉得我会在两百卡纳一瓶的葡萄酒里下毒?再说,毒药发作得不够快,你完全有时间开枪打死我。苏史密斯,你来点吗?"

拳手虚弱地点点头。

"请让一让。"埃达迈说。经过打手身边时,他举起两只玻璃杯,以示无害。

随即他同时丢掉两个杯子,一手拨开手枪,一手用螺丝锥刺向打

火药魔法师

手的脖子。手枪立刻开火了,震得埃达迈耳朵嗡鸣,一扇窗户因之破碎,阿斯特丽特尖叫起来。埃达迈单手与对方搏斗,同时用力地向前推,他俩一同压在苏史密斯身上。

拳手低呼一声,用火腿般粗壮的前臂死死箍住那人的脑袋。埃达迈仍然压着打手,直到对方停止了挣扎。他揪着衣领,把打手从苏史密斯身上提起来,扔到地上。苏史密斯呻吟着,痛得在沙发上打滚。

"就不能提前说一声,"他摸着伤口说,"我又流血了。"

"啊,你真是个大块头的小婴儿。"埃达迈确认杀手气绝身亡后,抬头发现阿斯特丽特在廊道里张望,便道:"回房间去。"

阿斯特丽特站在那里,抖如筛糠。

埃达迈爬了起来,脱下沾满血污的外套,甩在地上。他抱起阿斯特丽特。"很抱歉让你看到这种场面,"他说,"你没事吧?"

"没事,爸爸。"她声音颤抖。

"好姑娘。我要你坚强,亲爱的。我要你跟苏史密斯走。你得和他躲起来。"

苏史密斯慢慢从沙发上起身,疼得龇牙咧嘴。"我才不当奶妈,"他说,"你去哪里?"

"我去警告塔玛斯。"

"呸,"苏史密斯咕哝道,"我去……"他差点一头栽倒,幸好抓到了沙发扶手。

"带上阿斯特丽特,"埃达迈说着,带女孩来到苏史密斯面前,把她的小手放在他的巨掌里,"躲起来。保护她。拜托了。"他深吸一口气。"如果我失败了,你很快就能知道。只求你……带她远离维塔斯大人。"

苏史密斯端详了埃达迈好一会儿,微微点头。

"谢谢你,我的朋友。"

"你付我的钱不够。"苏史密斯咕哝道。

"你的大度必将流芳于世。"埃达迈说着进了办公室，打开角落里那个不起眼的长盒子，拔剑出鞘，仔细检查剑刃和剑柄。这柄短剑无甚特别之处——那是他在当侦探之前，军中服役时配发的武器，剑身没有任何装饰，剑柄前端有椭圆形护手。状况良好。他听见身后传来脚步声。

"我有十年没摸过了，"他说，"看样子还能使。"

"但愿。"苏史密斯说。

埃达迈转过身。

苏史密斯递来一把手枪，连同备用的子弹和火药。"祝你好运。"

两人握了握手，然后埃达迈出门了。

第 38 章

"您打算如何对教会解释？"奥莱姆问。

"简单，"塔玛斯听起来胸有成竹，实则毫无信心，"教会和我们一样不希望被耍。查理蒙德自会露出马脚，当着教会的面驱逐他不成问题。他为人浮夸，又爱虚张声势，面对我们的审讯官，他撑不了多久。"

马车已然接近查理蒙德的葡萄园，车身晃得很厉害。塔玛斯看了一眼奥莱姆。他是不折不扣的士兵，他会执行塔玛斯的命令，但同时他也不是蠢货，他想确认这次不是盲目送死。

"拷问大主教？"奥莱姆问。他清理并填装了塔玛斯的长筒手枪，塔玛斯对他没在火药周围抽烟而深感庆幸。奥莱姆把武器递给塔玛斯，开始整理自己的枪。"您当真觉得他会向我们坦白吗？"

"是的。"塔玛斯是这样希望的。逮捕大主教实属疯狂之举。如果埃达迈的证据不可靠，如果教会选择无视证据——该死，如果教会压根不在乎——塔玛斯的世界将会彻底坍塌。谁都不可能像教会那样彻底毁灭一个人的生活，哪怕凯兹的间谍和杀手前仆后继，也无法与之相提并论。

马车颠簸着停了下来。塔玛斯望向窗外。一个龙骑兵经过，接着又有一个。萨伯恩来到马车窗外。

"我们夺取了门房。庄园里没有任何动静。"

"很好。"塔玛斯说。他举起手枪，用枪筒向萨伯恩敬礼。"我们进去。"

马车辘辘前行,进了庄园大门。两名金紫相间教会服色的卫兵手抱着头,站在塔玛斯的士兵当中,瞪着驶过的马车。

"希望您能理性判断局势,让我们先进去,长官。"奥莱姆说。

"然后错过查理蒙德听到指控时脸上的表情吗?该死的,绝不,我要一瘸一拐地和你们一起上台阶。"

"他可能作垂死挣扎。"奥莱姆说。

塔玛斯摸着手枪。"求之不得。"

"您要赌他的保镖没有气步枪吗?"奥莱姆说,"一把就够我们受的了。"

"你败了我的兴致,奥莱姆,真的。"

几分钟后,马车又一次停下来。萨伯恩打开车门。"宅邸和院子都包围了。弟兄们搜索了小教堂和大多数外围的房屋。他的马车还在车库里。他很可能在家。"

萨伯恩的脸色不大好。

"有什么问题?"塔玛斯说。

"到处都没有劳工的影子。今天天气不错,他们应该在葡萄园和田地里干活,或者驯马什么的。这地方就像鬼屋一样。我——"

萨伯恩的话戛然而止,一颗子弹正中他左边的太阳穴。他一声不吭地栽倒,鲜血喷进了车厢。

气步枪"砰砰"直响,接着是士兵们的喊声,他们中了埋伏。一颗子弹射进马车,从塔玛斯头顶飞过。一匹马惊声嘶鸣。他手忙脚乱地爬向车门。

"不,长官。"奥莱姆一把抓住他的衣服。

塔玛斯推开奥莱姆,俯身看去,只见萨伯恩躺在地上,无神的双眼瞪着天空。

"见鬼去吧。"塔玛斯说着推开车门,迅速观察了一番。宅邸占

火药魔法师

满了他的视野,刷白的墙壁高耸而无破绽,窄窗和古典式的大砖石决定了这里易守难攻。正面至少有五十扇窗户,气步枪可以从任何一个窗口——或者所有窗口——开火。塔玛斯瞥见一扇窗户里的枪管,当即躲进车厢,子弹撞击和弹跳的响声震耳欲聋。他又开始装填弹药。

"你在……?"

奥莱姆纵身跃下马车,拽住塔玛斯的衣服,猛地一拉,把陆军元帅扛在肩上,跑向葡萄园。

"你真该死!"塔玛斯骂道。他被扔到地上,伤腿痛如刀绞。奥莱姆趴在他身边,大喘粗气,一手握着步枪。他们躲在一条壕沟里,靴子底下的泥巴吱吱作响,伤腿的剧痛瓦解了他的意志。他赶紧从兜里摸出一包火药,撕开一股脑倒进嘴里,一顿猛嚼,狼吞虎咽,浑不顾硫磺的异味。

"刚才什么情况?"塔玛斯问。

奥莱姆探头一看。"我们离开后,马车挨了七八颗子弹。"

塔玛斯来不及回答,火药迷醉感已然降临。他只觉天旋地转,死死地抓着身边的杂草,听任感官自行调整。步枪的"啪啪"声传到耳中,是他的手下在还击,随之而来的是黑火药的气味。塔玛斯将其吸进鼻孔,迷醉感加重了,伤腿的疼痛随即被驱散。

"他们的气步枪可不少。"奥莱姆说。他偷偷看了一眼沟外,然后端起步枪,瞄准,射击。"至少二十把。或许更多。"他趴下来说,"还有守护者。"

"你确定?"

"刚在窗户里看到一个丑八怪。"

塔玛斯为手枪填装了弹药,伤腿的疼痛已退缩到意识深处。"守护者,"他说,"我恨守护者。"他伸头张望。宅邸正面貌似正常,但窗户敞开,枪管林立。他看见了窗户里畸形的守护者正端着步枪向下瞄准,还有查理蒙德那些服色鲜亮的卫兵。他扣动扳机,引燃了半包火药，把子弹推向目标。一杆步枪缩了进去。

"谁泄的密？"塔玛斯怒吼，"我们当中有叛徒。这些可都是我的精锐亲兵！"

"我们需要担心的是带来的人手够不够。"奥莱姆说，"我们的人数不足一百，如果他除了亲卫队，还有一定数量的守护者，那我们就麻烦大了。"

维罗拉突然在他身边趴下。"长官，"她说，"我们得撤退了，再打下去损失惨重。我那辆马车在寻找掩护过程中就损失了两人。"

"该死。"塔玛斯骂道。逮捕查理蒙德的人手不够，但如果撤退，他很快就会逃之夭夭。他们不可能在短时间内带援军回来。"我们堵住他。他逃不掉的，他们也不知道我们带来的是一百人还是一千人。维罗拉，我要你离开这里，回去找都城卫队。不，直接到温斯拉弗夫人府上，那里距离更近。一个钟头内，我要两千亚多姆之翼开过来。"

"长官，我派人去。"

"不，你亲自去。"塔玛斯一闭眼，仿佛又看见萨伯恩脑袋中弹的情形。他不能一天失去两个朋友，于是拍了拍维罗拉的肩膀。"这是命令，士兵，快去！"

维罗拉飞奔而去。塔玛斯又冒险瞅了一眼宅邸。

一匹受伤的马突然挣脱，马车随之倾覆。那畜生获得了自由，而四个士兵缩在马车后面，绝望地装填弹药。"那里太危险了，"塔玛斯说，"我们要掩护他们，方便他们撤到沟里或者葡萄园。"

他话音未落，巫力已撕开了倾覆的马车。闪光刺瞎了眼睛，他扭过头，与此同时有人惨叫。马车一分为二，碎片落向四面八方，仿佛被神随手丢弃的玩具，士兵们则粉身碎骨，在空中飘散。其中一人坠落的位置距离塔玛斯所在的水沟不远。

塔玛斯扔了手枪，拖着身子爬出沟外。

"长官！"

火药魔法师

迷醉感在血管里搏动，鹅卵石与膝盖的摩擦丝毫没能引起塔玛斯的注意。他匍匐前进，一转眼就来到士兵身边，抓住士兵的腿。一颗步枪子弹掠过他的脑袋。奥莱姆来了，他站在元帅身边，紧咬牙关，把自己当成活靶子吸引敌人的火力，然后他伸手揪住塔玛斯的衣服后背，把他们一起拖进沟里。

"您搞什么，长官！"奥莱姆说，"自杀吗？"

"他怎么样？"塔玛斯这才发现士兵已被巫力直接洞穿，胸膛破烂不堪，分不清哪里是皮肉，哪里是军服。奥莱姆贴着那士兵的嘴听了一会儿，摇摇头。

巫术再度袭来。惨叫声来自葡萄园，看来另一群士兵躲在那里。塔玛斯咬牙切齿地说："肯定是尼克劳斯。"他填装好手枪，望向沟外，"你这个傲慢的混蛋，你在哪里？"他睁开第三只眼，以恼怒抵制晕眩感，搜寻着宅邸。

"找到了。"他说。那是一团明亮的色彩，表明巫师就藏在离前门不远的一间房里，蹲在窗户底下。塔玛斯咬着牙关。砖墙可以阻挡子弹，但防不了弹射。他摸了一包火药，指头抵在扳机上，忽然瞥见一道闪光。

"镜子，"他说，"该死，他用了镜子。他躲在巫师箱里。"

"什么？"奥莱姆说。

"一种有装甲的箱子。巫师钻进去，里面有小孔和一组镜子用以观察目标，他可以从中发起攻击，而不用担心火药魔法师。箱子里既闷热又逼仄，但能让他们在混战中保命。查理蒙德早有准备。"

"不能直接射击镜子吗？"

塔玛斯做好了开火的准备。"他一定还有备用的，"他说话的同时，步枪猛地一震，子弹击中了镜子，"但这也许能为我们争取一点时间。"

"长官，"奥莱姆拽了拽他的衣服，"他们停火了。"

士兵们的枪声逐渐稀疏,气步枪的"啪啪"声更是彻底平息。他颤抖着松了口气。己方损失了多少人?

"塔玛斯!"宅邸里有人喊道。

"他企图确定您所在的方位,长官。"奥莱姆说。

"塔玛斯,我们谈谈吧!"

"谈谈处决你的事。"塔玛斯咕哝道。

"长官,"奥莱姆警惕地说,"当心。我们的人手不多了,或许有必要搞清楚他的意图。"

"塔玛斯!"查理蒙德大喊,"我有守护者和巫师。不等你们撤退,就能把你们杀得片甲不留。"

塔玛斯深吸一口气,强压怒火。鹅卵石车道上,萨伯恩的尸体仿佛在嘲笑他。"我听他说完。"

塔玛斯正要起身,奥莱姆按住他的肩膀。"我来,长官。"他在沟里匍匐前进了五六尺。"别开枪!"他大喊一声,站了起来。

"你主人在哪里?"查理蒙德喊道。

"你想干什么?"奥莱姆问。

大主教沉默了半晌。"谈谈。我们一定能谈妥。塔玛斯,我们休战,见面谈。"

"他凭什么相信你?"奥莱姆说。

"你敢质疑我,小子?"大主教咆哮道。

奥莱姆满不在乎地盯着宅邸。

"我以神圣的法衣发誓,在我的宅邸里他绝无性命之虞。"

"出来,就在这里谈。"奥莱姆说。

"然后我白吃一颗枪子吗?我太了解塔玛斯了。过来吧,我是圣绳之仆。"

塔玛斯真想用圣绳吊死他。他冲奥莱姆打了个手势。奥莱姆趴下来,爬回塔玛斯身边。

"这是自杀，长官，"他说，"我不相信他。"

"我们没法强行逮捕他，"塔玛斯说，"有尼克劳斯在里面，我们不是对手。我们没办法干掉那个巫师。"

"您打算怎么做？"

"等待援军，等待其余的火药党成员。如果我能拖延时间，等安德里亚、瓦达斯拉弗和维罗拉来了……"

"说不定要好几个钟头。"奥莱姆说。

"不管那么多了……"塔玛斯望向宅邸。他依然看不到查理蒙德，但有守护者和一位凯兹尊权者在场，足以证明查理蒙德就是叛徒。大主教企图以口舌洗清嫌疑？他想把塔玛斯当做人质？他以圣绳之名发了誓，但对于他那种人来说，誓言有何神圣性可言？

"向援军传达我的命令。"塔玛斯说。

奥莱姆转告了附近的一队士兵，很快又回来了。"完成。"

"塔玛斯！"查理蒙德喊道，"我不能等你一整天。我们是接着打下去，还是你先听我解释？理智点！"

"理智，"塔玛斯啐了一口，"那个混蛋背叛了我，还讲什么理智！他想说什么？为了拯救亚卓，他殚精竭虑地和凯兹达成了交易吗？"

"他什么话都说得出来，长官。"奥莱姆说，"千万别相信美女簇拥的男人说的话，尤其当那人还是个祭司。"

"至理名言。"

"您打算进去，对吧？"奥莱姆说。

"是的。"

"我也去。"

塔玛斯张开嘴。

"省省吧，长官，我也去。"奥莱姆站了起来，吩咐不远处的一名士兵。"别把他们放跑了，"他说，"就算他们抓了陆军元帅也不行。格杀勿论。"

克雷西米尔的宫殿宽广无边,塔涅尔从未见过能与之匹敌的殿堂,亚多佩斯特没有,凯兹没有,法崔思特也没有。这里的街道一眼望不到尽头,且与克雷西姆科贾其他的建筑不一样,石头没有被熏黑。这些火山岩似是被大山整块地喷吐而出,冷却之后光滑如镜,甚至能照见人影。塔涅尔看不见一丝裂痕,或者任何人工开凿的痕迹。

"这是一个复杂的宫殿,"找寻入口时,德尔解释道,"是克雷西米尔在这个世界的家。他和普瑞德伊们在这里共同生活了几十年。"

"是的,"波摸着光滑的墙壁感受,"我记得在书中读到过关于此地的描述。可我们怎么进去呢?要用巫术吗?"

"有入口。"德尔说。

"狮子!"

吼声是从他们后方传来的。德尔又抖如筛糠,贴在墙上不敢动弹。塔涅尔一把抓着他,向前猛推,"快走!跑起来!"他说。

第一头狮子在他们不久前离开的街道上出现。它拐过街角,后爪用力蹬地,前爪抓挠着鹅卵石。穴狮的体形足有猎犬的三倍大,獠牙锋利,口鼻染血。

他们一边逃命,一边寻找入口。

"它们不追朱利恩了吗?"塔涅尔问波。

"或者是被她吓退了。"波气喘吁吁,冷风灌进嘴里。塔涅尔勾着他的肩膀,带他向前跑去。穴狮的同伴们也来了,一共有六头。

"棍儿!"塔涅尔说,"如果你有招数对付这些家伙,赶紧使出来!"

卡-珀儿冲到队伍最前头,与其他人拉开距离,然后停下脚步,从包里扯出一把玩偶。这些玩偶并非之前的人形,而是形似某种野兽

火药魔法师

——穴狮。她抓住其中两个玩偶的腿,砸向火山岩墙壁。

一头穴狮号叫着,急刹脚步,拼命地拍打脑袋。卡-珀儿扔了另一个玩偶,猛地踩上去。被踩中的狮子突然爆裂开来,鲜血四溅,仿佛被无形的手压碎。

卡-珀儿把其余的玩偶塞回包里。

那些穴狮围着粉身碎骨的同伴,爪牙尽出。有头狮子啃了一大口肉,又狂奔而来,冲向塔涅尔和守山人,身后的鲜血流了一路。

"等等,这个太响了!"塔涅尔说。

为时已晚。菲斯尼克扣下了扳机,子弹擦过狮子脑袋,惊得它刹住脚步。枪声回荡,打破了长久以来的寂静,菲斯尼克头顶上也冒起一团烟云。另一头穴狮停止进食,望向他们。塔涅尔使劲吞咽口水。他们惊动的恐怕不只是狮子。

在枪响之后的惊骇中,又有一声低沉的哨声响起。塔涅尔循声望去。

里娜嘴里含着一支骨笛。笛声起落,她的猎犬竖起耳朵。

"去。"她命令。

绳子松开,三只大狗冲向正在大快朵颐的穴狮。穴狮啃食着同类的血肉,没有注意到危险靠近。克雷西姆斜刺里扑上一头穴狮,后者惊得惨号一声。猎犬们丝毫不浪费时间,直击穴狮的喉咙,狮群和猎犬立刻斗成一团。

尽管穴狮有体形和利爪的优势,但猎犬胜在出其不意。它们占据了上风,以塔涅尔难以想象的速度解决了三头穴狮,然后聚在一起与另外两头对峙。但与此同时,又有穴狮源源不断地出现。

"快跑!"塔涅尔大喊。

"这边。"波在前方不远处疯狂地招手。他们很快跑过去,发现坚固的墙壁开了一扇门。因为太重,加上长年不曾使用,两人合力才将其推开。

等最后一个人进来后,他们推上门,却没办法从里面闩上或锁好。

"里娜呢?"波问。

他们又打开门。里娜依然站在街上,握着手枪,浑身颤抖,眼睁睁地看着狮群向猎犬发起反扑。

"快过来!"塔涅尔大喊。

"我不会丢下它们。"她的声音平静而清晰。

波跨步出门。他扬起手,指头一动,仿佛在敲打玻璃。

街上突然狂风大作,里娜赶紧伸手抓住飞起来的帽子。恶斗的兽群分开了,三只猎犬浑身浴血,但奇迹般地依然活着。动物们都警惕地盯着波,而狂风在它们周围旋转、冲击。猎犬在空中翻了几个滚,远离了穴狮,接着和里娜撞个满怀,把人也带到了空中。波退进门内,里娜和猎犬随之而来,门猛地关闭,他们陷入黑暗之中。

门外传来重击声。塔涅尔背靠着将其顶住,其他人也来帮忙。穴狮的咆哮声隐约可闻。有人擦亮了火柴。

波、里娜和猎犬们躺在一起。一只猎犬呜咽着,而波和里娜不省人事——就塔涅尔看来很可能死了。借着火柴的光,塔涅尔扫视着同伴,只见他们大汗淋漓,神色恐惧,满脸都是……怎么回事?灰?哪儿来的灰?塔涅尔低头看着地面。地上果真有灰,沉积多年,足有一尺厚。看来这里曾有大火肆虐,烧毁了一切,徒留空壳。他端详着同伴们的脸。他们历尽千辛万苦而来,为了什么?困在一座死城中,成了穴狮的猎物。

塔涅尔有种强烈的挫败感。"德尔呢?"他问。到处都看不到修士的身影。塔涅尔不断喊他的名字,但无人回应。灰尘里有一串脚印,向宫殿中央延伸。塔涅尔听见门外又传来重击声,爪子在木头上刮擦。

塔涅尔保持背抵着门,吸了一些火药,用感官捕捉任何一丝光亮

火药魔法师

——来自高高在上的小孔——以观察周围的环境。他们身处巨大而开阔的空间。这个黑暗的地方与其说是建筑,不如说是矿井。他深吸一口气,试图保持冷静。"这里不像宫殿。"他说。

"塔涅尔!"

回声在四周荡漾。

"德尔?"塔涅尔说。

"过来,塔涅尔,快!"

"波受伤了。"他说。

"没时间了。你必须过来。"

门外又传来一声闷响。一头穴狮呜咽着。

"你们应付得了吗?"塔涅尔问。

"去吧,"菲斯尼克回答,"我们能行。你把握机会。"

"留在这儿,"塔涅尔吩咐卡-珀儿,"帮他们堵门。"

对她打手势表示抗议的行为,塔涅尔置之不理,只顾扭头跑开了。地面光滑,绝对水平,灰尘底下无疑是大理石。他距离身后火柴的光亮越来越远,循着德尔的声音而去,很快又弃而追寻灰尘间的脚印。在火药迷醉状态下,凭借高处小孔提供的光亮,他勉强能维持视力。

他发现德尔站在宽阔的楼梯边,这种楼梯常见于国王的宴会厅。楼梯没有栏杆,所用的材料与宫殿的墙壁完全一样,因此在毁灭一切的大火中得以留存。

"这里不像宫殿。"塔涅尔说。

德尔吓得浑身发抖,好像随时可能倒下。他伸出双手,似在恳求什么。"这里也曾辉煌过。"他说,"成千上万的房间里装饰着金子和上好的木料、地毯。如果你有火把,可以看看地上的灰烬。只有外层以坚硬的岩石打造,那是克雷西米尔的杰作。凡人用木料和工具修饰内部,只如今全都烧掉了。什么都没了。"他的说话声怪异地回荡着。

"没有窗户?"

"来,"德尔指着楼梯说,"我们到高处才能看见竞技场。至日就快到了。"

奥莱姆扶塔玛斯起身,爬到沟外。塔玛斯整了整衣服,拍了拍膝盖,又扯了扯腰带。"我的剑。"他说。他们深一脚浅一脚地来到马车边,塔玛斯背对宅邸,冲萨伯恩的尸体弯下腰。"抱歉,我的朋友,"他说,"我的傲慢无知害我们自投罗网。现在我要钻进另一张罗网了。原谅我。"

"长官。"奥莱姆递上佩剑,又塞给他一袋火药包。这些火药干掉一个连队的敌人不成问题。

"子弹呢?"塔玛斯问道。

奥莱姆拍拍军服胸前的口袋。

塔玛斯扣好佩剑,转身走向宅邸。他一步步地挪动,一手撑着手杖,一手搭着奥莱姆的肩膀。示弱于人,有何不可?他本就虚弱,这样一来对方更觉得他弱不禁风。每迈出一步,塔玛斯都做好了准备,迎接气步枪的爆响或者巫术的五彩华光。他抵达了前门。

"我们还没死。"他说。

奥莱姆盯了他好一会儿。"我还是不放心。"

宅邸的双开大门开了一半,一个端着气步枪的守护者出现了。塔玛斯被奥莱姆扶着上了台阶,进门。他在门廊处稍作逗留,以适应昏暗的光线。他看见了四个守护者和三个教会卫兵,手中的气步枪都对准了他。

门厅的布置乏善可陈,到处铺满白色大理石,墙边有固定的长椅。一尊查理蒙德的大理石半身像置于中央的高台上,足证此人傲慢自大。不过,门厅的朴素风格不过是表面现象,塔玛斯发现那些光线充足的房间里色彩鲜亮,富丽堂皇,极尽奢华。

"不要关门,让我的弟兄们知道我没事。"塔玛斯对一边的守护者说。后者冷哼一声。

查理蒙德从侧室进来了。"抓住他。"他说。

塔玛斯身后的门关上了。塔玛斯伸手拔剑,却被一个守护者擒住手腕。另一个守护者举起气步枪,用枪托砸中奥莱姆的肚子。奥莱姆闷哼一声,跪倒在地。没了奥莱姆,塔玛斯立刻瘫软下去,虽然处于迷醉状态,伤腿的痛感依旧强烈。

"你管这叫诚信?"塔玛斯吼道。

"我管你叫傻瓜。"查理蒙德说,"再说我也没有骗你,有我在,他们不会伤害你。但等你到了南派克,我可保证不了。"

"南派克?"

查理蒙德捋平了决斗服前襟的一处褶皱。"是的。"

"到南派克是什么意思?"奥莱姆问。他爬起来,跪在地上。

"让那条狗闭嘴。"查理蒙德说。

一个守护者猛挥气步枪,打在奥莱姆脸上。奥莱姆当即翻倒,额头上鲜血淋漓。

塔玛斯捏紧拳头,强忍引燃火药的冲动。他要尼克劳斯也在现场。"你最好希望他没事。"

"我想知道你这话什么意思,阁下。"尼克劳斯擦着头上的汗水进了房间。因为藏在巫师箱里,他身上的凯兹军服脏兮兮、皱巴巴的。"塔玛斯不去南派克。他要跟我走,去凯兹。"

查理蒙德扭头对尼克劳斯说:"不。克雷西米尔今天就要降临。为了亚卓免遭彻底毁灭,我们唯一的希望就是带上这个贱种。"

尼克劳斯扯了扯尊权者手套。"我不懂你在胡说些什么,阁下,况且我也不对教会负责。我对我的国王负责,他要塔玛斯的脑袋。"

"如果不能安抚克雷西米尔,也就没有亚卓供我们瓜分了。"查理蒙德说。

尼克劳斯双手握拳。"没有我,你休想离开这个国家。"他说。

"你也一样。"

奥莱姆在塔玛斯脚边动了动。塔玛斯撑着手杖,弯下腰去,让奥莱姆搭着自己的肩膀起身。"你站得住吗?"

奥莱姆的额头开裂了,他擦去流进眼睛的血,轻轻地揉着太阳穴。"送他们下地狱吧,长官。"

塔玛斯挺起胸膛,双手扶着杖子。尼克劳斯转过身来,嗅到了危险的气息。巫师眯起眼睛。

塔玛斯感到尼克劳斯睁开了第三只眼。"他可以使用巫术!"尼克劳斯猛地举手,舞动手指。

塔玛斯引燃了火药。奥莱姆把子弹袋扔到空中,塔玛斯将全部注意力贯注其上。袋子顿时四分五裂,碎片纷纷飘落,而尸体接连倒地,气步枪随之落到整洁光滑的大理石上,鲜血溅满墙壁。尼克劳斯的身前光芒一闪,子弹被匆促形成的空气盾牌所抵挡。

"快跑!"尼克劳斯尖叫。他的手指疯狂舞动。

查理蒙德瞪了塔玛斯一眼,转身就跑。

"别让他跑了。"塔玛斯吩咐,他自己的视线则始终没离开尼克劳斯。稍有疏忽,塔玛斯将必死无疑,他不能给尼克劳斯喘息之机。他引燃火药,以最少的当量,保证那些子弹悬空不落,蓄势待发。十几颗子弹全都对准了尼克劳斯。尼克劳斯敏捷地舞动手指,当子弹撞上隐形的盾牌时,塔玛斯的第三只眼看到了五彩的光芒。塔玛斯继续引燃火药,加大子弹发射的力道。

奥莱姆挣扎着爬了起来。他手握佩剑,冲过尼克劳斯,又被闯进来的五个教会卫兵阻挡了脚步。他们看了看尼克劳斯和塔玛斯无声的战斗,然后逼向奥莱姆。

塔玛斯抓着杖头,离尼克劳斯越来越近,巫师逐渐招架不住,只

火药魔法师

能手忙脚乱地弹开子弹，而塔玛斯不会给他时间制造更强大的屏障。途中塔玛斯瞟了一眼奥莱姆，发现士兵干翻了一个敌人，但对方人多势众，他只能后撤，眼看就要退到尼克劳斯身边了。

查理蒙德即将逃之夭夭。

尼克劳斯收回手，揉了揉鼻子，塔玛斯趁机操纵一批子弹对准奥莱姆的对手。子弹洞穿了卫兵们的眼睛和嘴巴，他们纷纷栽倒。奥莱姆立刻冲向前去，跃过尸体，追赶查理蒙德。

尼克劳斯又揉了揉鼻子。

塔玛斯微微一笑。"过敏？"

尼克劳斯退了一步。塔玛斯倚着手杖，向前挪动。尼克劳斯紧咬牙关，连连后退。塔玛斯的杖尖在大理石地板上连连敲击。

尼克劳斯指动如风，额头大汗淋漓。塔玛斯的子弹铺天盖地而来，然而每一颗子弹都被弹开了。塔玛斯的火药所剩无几。他吸了一口气，火药燃烧的余味令他热血沸腾，迷醉感更深一层。

尼克劳斯猛地一挥手，声嘶力竭地喊了一句什么。

塔玛斯大叫一声，跌倒在地，注意力随之涣散。他盯着断成两截的手杖，又望向尼克劳斯。尊权者踏步上前，傲然而立，摆出个手势，似要打一声响指。他的衣服浸透了汗水，头发乱糟糟的，但他俯视着塔玛斯宣称："你这个老笨蛋。"

"你赢了。"塔玛斯说着，引燃了一些火药。

尼克劳斯惨叫起来。他抓着左手，踉跄退后，撞上了查理蒙德半身像所在的柱子。雕像落在地上，砸碎了一块大理石地砖，尼克劳斯也被柱子绊得跌倒了。

塔玛斯跪在地上，撑起身子，不顾伤腿痛得火烧火燎。他倚着半截手杖，单腿立起，跳到尼克劳斯身边。他又引燃了少许火药。随着一声惨叫，一颗子弹钻进尼克劳斯的右手，撕开了尊权者手套上的神秘符文。尼克劳斯瞪着自己的双手，只见两边手掌都有弹孔，白手套沾满血迹,模糊了其余的符文。
"现在你知道失去力量的滋味了。"塔玛斯说着,拔剑跪在尼克劳斯身边。他扯下巫师的手套,尼克劳斯低声啜泣。
"你的手指头精致得很哪。"塔玛斯说。

第 39 章

埃达迈骑着雇来的坐骑,在庄园门口扯了扯缰绳。马儿一甩脑袋,长时间的奔跑致其汗出如浆。埃达迈擦去额头上的汗水,拍拍马腰,他看见了宅邸的屋顶以及驶进去的几辆马车。

"大主教不见客。"说话的是塔玛斯的士兵,他们身着银色翻领的深蓝色军服,其中一人用上了刺刀的步枪指着埃达迈。"走吧,"士兵说,"明早看报纸。"

埃达迈刚刚缓了口气,他的坐骑就扬起蹄子。

"看样子你不怎么骑马。"士兵歪着嘴角笑道。

"是啊,"埃达迈厉声说,"我有紧急情况通报塔玛斯元帅。"

士兵玩世不恭的嘴脸消失了,他踏步上前,另一名同伴则绕到埃达迈侧面。

"听着。"埃达迈说。胯下的坐骑控制不住,逼得他来回扯动缰绳。"我是埃达迈,陆军元帅所雇的侦探。塔玛斯这是自投罗网。"

士兵凌厉的目光投向埃达迈。"我在哪儿听过这名字,"他一字一顿地说,"去吧。不过见到元帅别说傻话。"

埃达迈拼命点头,依然喘不上气。他自从大学毕业就不曾这样骑过马了。

大门敞开,埃达迈催马而入。他上了鹅卵石车道,双腿一夹,向前疾驰,身体伏在马脖子上,抓着缰绳的指节已然泛白。那些马车已经抵达了宅邸,停在前面的喷泉周围。

枪声响起，惊了马儿，它一步踏错便失去平衡，翻进沟里。埃达迈落马时高呼一声，他越过那条水沟，重重地摔在地上，止不住地翻滚，好在葡萄园里的一根杆子拦下了他。他跪在地上，捂着剧痛的肋部。

"罗斯威尔的屁股啊！"他手上被割破了，血糊糊的。他在外衣上擦了擦，爬起来检查前胸和两肋。没有骨折，但有严重的擦伤。他的坐骑侧躺在沟里，腹部上下起伏。"我指望不上你了吧？"

枪声仍在持续，叫喊声夹杂其间。他来晚了。维塔斯的人已经告知了大主教。埃达迈闭上眼睛。他能做什么呢？错全在他。他没有步枪——只有一把手枪和一柄剑。他返回车道，望向宅邸，只见一辆马车翻倒在地，士兵们散落在葡萄园里，与看不见的敌人交火。宅邸里充斥着不见枪口的闪光和硝烟。塔玛斯在对付什么人？他摇摇头。气步枪，毫无疑问，见鬼。

埃达迈越过水沟，冲进葡萄园。他在园子里穿行，始终与宅邸保持一段距离，然后躲到一间马厩后面。到处都是蓝色军服的影子，士兵们趴在掩体后。步枪声越来越稀疏，间隔越来越久。情况不妙。

他跃过一堆木材，差点踩到塔玛斯的一个士兵。那人挥起步枪对着埃达迈，刺刀险些戳中他。对方年纪轻轻，愣头青一个，眼神惊恐。"报上名字！"那人的声音在发抖。

"别冲着我的脸。"埃达迈抓住枪管，将其推开，"我是埃达迈。塔玛斯把这个地方包围了吗？"

士兵警惕地打量着他，双手颤抖不已。除了操练，他可能从未有过真枪实弹的经历。

埃达迈一把揪住对方的前襟。"你听见枪声了吗？他们在前方中了埋伏，而且查理蒙德一定会借机逃跑！"

士兵犹豫了。"我不相信你。"他一字一顿地说。

"该死，你自己看！"埃达迈指着宅邸说。

火药魔法师

士兵刚扭过头，埃达迈挥起肘子，狠狠地打中了小伙子的颈部。"对不住了。"他说着夺过对方的步枪，把晕死的士兵拖到木材堆前，四下张望，寻找塔玛斯的其他手下。他看到靠近宅邸侧边有一个士兵，正慢慢地匍匐前进——他关心的是枪林弹雨中的战友，而非后方偷偷进来的人。

"该死，我只能一个人去了。"他猫着腰小跑，抵达了宅邸的背面，躲在小屋后聆听周围的动静。射击声停止了。他绕着小屋巡视了一番，宅邸背面是无顶的柱廊，露天花园里有巨大的阳伞和雨棚，还有一条铺着细砂砾的车道。一辆单马马车候在车道上，车夫神色苦闷，面容熟悉。埃达迈搜寻着卫兵的身影——一个也没有。他向前跑去。

"西蒙尼。"他喊道。车夫抬起头来。一看到他的脸，年轻的祭司惊恐万分——此人心慌意乱，顾不上不该直视埃达迈的规矩了，但也就是一转眼的工夫。

"你来这里做什么？"西蒙尼说着，移开视线，"出去，别让大主教看到你。"

"你要帮他逃跑？"埃达迈边说边抓住了缰绳。

"我别无选择。"西蒙尼边说边拽紧了缰绳。

"不，你有选择。他居心险恶，他是叛徒。不要帮他。"

"你以为我不知道吗？"西蒙尼哽咽着，"我一直都知道。是我雇那些人去杀你，很抱歉。请你谅解，我有心无力，我摆脱不了他。你还活着，我很高兴，现在，请赶快离开这里，别等他来了。他会杀了你。"

埃达迈深吸一口气。"西蒙尼。"他说着，上前一步。

"不要再靠近了。"祭司警告他。

埃达迈停下脚步。"求你了，西蒙尼。"他向前挪了半步。

"来人！"西蒙尼大喊，"快来人！"

宅邸背面冲出了两个人。他们一身教会卫兵的行头，看见埃达迈就拔剑出鞘。

圣光卫兵。受雇于教会的精英战士，他们誓死保护大主教。如果任由他们接近，埃达迈必死无疑，于是他一边后退，一边双手端起步枪，惟愿枪膛里装了子弹。

他瞄准一个卫兵，扣动扳机。枪声在院子里回荡，卫兵跑了几步，双膝跪地。另一个卫兵越过同伴，迎面冲来。埃达迈扔掉步枪，掏出手枪。子弹正中卫兵的胸膛，那人闷哼一声，一脸不甘心地栽倒在地。第一个卫兵又慢慢地爬了起来，摇摇晃晃的，像个醉汉。埃达迈拔剑上前，对方吃力地挡了四五剑，还是被埃达迈刺死。

"西蒙尼！"有人大喊，"我们快跑！"

埃达迈闻声扭头。查理蒙德从宅邸的后门跑出来，一手端着帽子，一手握着带鞘的剑。

"走，"埃达迈说，"别等他！你做得到，西蒙尼！"

祭司紧闭双眼，开始祈祷。埃达迈咒骂着，转身迎向查理蒙德。

"是你！"大主教冷哼一声，在花园里停步。他厌恶地瞟了一眼战死的卫兵。

埃达迈上前一步，守在查理蒙德和马车之间。手枪本是他唯一的机会，因为查理蒙德是九国最厉害的剑客，他可以把埃达迈刺得千疮百孔。埃达迈举起剑，狠狠地吞着口水。

查理蒙德拉开脖子上的细绳，扔掉披风。他拔出剑来，把剑鞘甩到一边。

对方出剑之快，超出了埃达迈的想象。埃达迈全凭本能挡开——他很久以前也曾是出色的击剑手，不过好汉不提当年勇，况且后来他仅以手杖为武器。面对进攻，埃达迈退却了，他足尖点地，飞快地后撤。大主教则不断进逼，左劈右刺，剑尖惊险地掠过埃达迈的脸和胸。

火药魔法师

"出色的击剑手"远不足以形容查理蒙德,埃达迈感到自己使不出力,就像小孩子刚上第一堂击剑课,可惜所持的并非训练用的木剑。查理蒙德毫不费力地挽起一朵朵剑花,鲜血迸射。尽管一开始只是割伤和血洞,但等小伤积累到一定数量,致命程度将不亚于一剑穿心。

查理蒙德一抖手腕,拍开埃达迈的剑,错步上前,连刺两剑。埃达迈慌忙躲闪,跟跄后退,待他站稳脚跟,试图举剑,却发现胳膊不听使唤。他迅速低头扫了一眼,只见外衣上有两处晦暗的破洞,血红色逐渐洇开:心口上方有一处,肩头有一处。埃达迈感到浑身发软,将死的预感突如其来,抽走了他的气力。

查理蒙德突然从埃达迈面前旋身躲开,勉强挡下一剑——塔玛斯的保镖斜刺里杀向大主教,攻势凌厉凶猛。查理蒙德避开埃达迈和奥莱姆两人,来到砂砾车道中间,脚步干净利落。奥莱姆紧追不舍,剑在身前,不给对方喘息之机。

埃达迈跌跌撞撞地找到花园里的一块石头,坐了下来。他一手无力地持剑,一手摸着伤口,用拳头按压伤势最重的部位。他感到头晕目眩,不知道是因为失血太快,还是因为决斗带来的兴奋以及死亡的预感。他带着一种微醺的愉悦感望着奥莱姆。如果奥莱姆招架不住,查理蒙德必定杀死他们俩,然后逃之夭夭。

奥莱姆的表现明显好过埃达迈,对阵查理蒙德时,他展现了战士的英勇无畏,以及献身于剑和枪的热情。相比大主教,奥莱姆对剑的使用缺乏掌控力,随机应变也不够强,好在招式狂野奔放。他牙关紧咬,眼含怒火,誓不罢休,非持剑手谨慎地悬在腰间,以保持平衡。查理蒙德连连后退,这一顿猛攻打得他措手不及,直等稳住身形才开始反击。

埃达迈发现查理蒙德在仔细观察奥莱姆的攻击套路,一招一式都不放过。大主教脸上没有奥莱姆的坚毅——只有漠然和冷静,就像一个学生在上他最喜欢的课程。奥莱姆的攻击越来越容易被查理蒙德化解，防守则逐渐吃力。查理蒙德不仅在战斗，埃达迈心想，他还在战斗中学习，以适应奥莱姆的招数。那是决斗大师的作战方式，埃达迈前所未见，而奥莱姆已处下风。

埃达迈感觉这场战斗持续了几个钟头，但他知道事实上没过多久。奥莱姆越退越远，两人已经超过了埃达迈所在的位置，距离马车越来越近。奥莱姆在原地坚守了几秒钟，额头上布满汗珠，眼神饥渴，期望抓到对方的破绽。埃达迈一眼就看明白了：他累了，底气全无，招架不了查理蒙德。

士兵终于看到一处破绽，立刻挥剑砍去。大主教躲闪不及，腰部被轻微割伤，但一把匕首也同时出现在大主教手中，他用它刺进了奥莱姆的肋部。奥莱姆瞪圆了眼睛，剑脱手坠地。查理蒙德退开一步，收剑欲刺，准备了断对方的性命。

埃达迈避而不看。我们完了。

奥莱姆突然哈哈大笑，吸引了埃达迈的注意。查理蒙德停止了动作。

"你现在有个远比我厉害的对手了。"奥莱姆说。

查理蒙德飞快地扫了一眼宅邸，随即撇下奥莱姆，奔向马车。"走！"他说着，跃上侧面的踏板。

"别走！"埃达迈冲着西蒙尼大喊。

祭司在座上缩成一团，缰绳仍然牵在手中。他的胳膊颤抖着，没有任何反应。

"走。"查理蒙德喝道。

埃达迈以为西蒙尼要扯缰绳了。但祭司抬头望天，又看看自己的双手，嘴唇无声地翕动。

"蠢货。"查理蒙德骂道。他飞身一跃，登上了西蒙尼旁边的座位。

祭司忙不迭地躲闪。"我做不到。"他哀号着。

查理蒙德猛地一推，西蒙尼大叫一声，翻滚而下，撞在地上，发出西瓜破裂的声响，然后一动不动。

"懦夫。"

这声音不大，但吸引了查理蒙德和埃达迈同时扭头。塔玛斯站在宅邸背面的台阶上，重重地倚着一把气步枪，枪管冲地，代替了手杖。他仿佛苍老了许多，由于以寡敌众而疲惫不堪，前胸处的军服浸透鲜血。埃达迈想起了天际宫里巫师们的住处，那时的塔玛斯同样浑身浴血。侦探不禁发起抖来。

查理蒙德迟疑了。缰绳握在手中，虽然他很想快马加鞭，匆匆逃命，但又被某种病态的好奇心留在了原地。

埃达迈勉强起身。他踉跄不稳，头重脚轻，疼得龇牙咧嘴，但还是抓住了马嚼子。"不行。"他说。

查理蒙德根本不理会他，目光锁定了塔玛斯。

"看来你解决了那位好公爵。"查理蒙德说着站起来，扔掉缰绳，从座位上一跃而下。他落地起身，挺起胸膛。埃达迈感到心跳加速。

塔玛斯似乎无动于衷。"他还活着，"他说，"但生不如死。我对他还有很多打算。"塔玛斯撑着气步枪，慢慢地拾级而下，进了花园。"对你，我也一样。"他说。

查理蒙德拔剑出鞘。"你没有火药了，"他说，"否则就不用动嘴皮子。你不会忌惮我的身份以及杀我的后果，不等出来就会让我的脑袋吃一颗子弹。尼克劳斯耗光了你的火药吗？"

塔玛斯的面孔冷若铁石。

"如果你还有一丁点荣誉感，"查理蒙德说，"你现在就应该启程去南派克，献身给克雷西米尔，以求挽救这个国家。"

"真新鲜，"塔玛斯说，"一个叛徒说这种话。"

"你要怎么对付我，塔玛斯？"查理蒙德说，"你年富力强的时候也没我的剑使得好。"查理蒙德突然加速冲向塔玛斯，双臂后展，犹如一只扑食的猛禽。

塔玛斯放开架在胳膊底下的气步枪，拔出剑来，伤腿在后，痛得他皱紧了眉眼。埃达迈猛吸一口气：那条腿受过严重的伤，塔玛斯绝对使不上力，在状态最好的时候，他有可能匹敌查理蒙德，但如今这场决斗只会是闹剧。

查理蒙德接近塔玛斯时，凶狠地刺出一剑。塔玛斯挥剑格挡，金铁大震，查理蒙德随之绕到塔玛斯身后，反手直击命门，塔玛斯以伤腿为支点，根本无力招架……然而查理蒙德胜利的呼喊哽在喉咙里，双眼低垂，望向手中的剑。

黑烟自塔玛斯的另一只手中袅袅飘起。他松开拳头，烧尽的火药包掉了下来，落在查理蒙德的剑刃边上。查理蒙德瞪着光秃秃的剑柄，五官扭曲，双眼冒火，接着他甩出剑柄，空手扑向塔玛斯，塔玛斯正慢慢地转过身来。

剑柄打中塔玛斯的额头，留下一道浅浅的伤口，元帅只眨了眨眼便挺剑刺出，非持剑手以决斗家的架势置于腰间。查理蒙德收势不及，撞上剑刃，没入一掌之深。塔玛斯拔剑又刺，再而三。查理蒙德捂着伤口，跌跌撞撞地后退，崭新的衣衫浸透了鲜血。他踉跄着靠近马车，伸出手去，似乎想抓住什么，最终栽倒在碎石地里。

埃达迈使劲吞了吞口水。查理蒙德的伤看似并不致命，但有好几处。他流血不止，痛苦不堪——或许正合塔玛斯的心意。塔玛斯没有出手相助，也没有召来士兵，他只是冷眼旁观，盯着双手颤抖、试图止血的查理蒙德。塔玛斯用查理蒙德扔下的披风擦净剑上的血迹，收剑回鞘。

埃达迈的伤势也不轻，但只要包扎好了，应该不至于要命。他驱散杂念，蹲在西蒙尼软绵绵的尸体边。祭司落地时摔断了脖子，他的双眼茫然地瞪着一丛青草，嘴巴大张，似在绝望地喊叫。埃达迈轻轻阖上他的眼皮,起身绕到马车的另一边。

奥莱姆和塔玛斯彼此倚靠,头碰头地商量着什么。那把气步枪又成了塔玛斯的手杖。他们一同望向埃达迈。"奥莱姆说你拖住了查理蒙德,他才能及时赶到。"塔玛斯缓缓地冲他点头,"感谢你。"

埃达迈舔了舔干燥的嘴唇。他们脸上没有怀疑的表情,言语间也没有指责的意思。为什么?埃达迈向维塔斯大人泄露的消息,导致塔玛斯损失了不少士兵。他们势必会想明白他为何出现。

"长官,"埃达迈说,"我很抱歉。可我的家人……"

塔玛斯返回庄园内部。守护者和教会卫兵横七竖八地躺在地上,没了气息,他惊异于这场完美的屠杀——子弹纷纷命中了心脏或脑袋,在封闭的狭窄空间里可谓弹无虚发。大理石地板上血泊汇聚,导致地面湿滑。他看见门厅角落里有一把象牙阳伞,于是将其作为手杖使用,把气步枪靠在墙边。

尼克劳斯不见了。塔玛斯咬着腮帮子,挫败感汹涌而至。不久前尊权者还在地上痛得打滚。一条血迹通向侧室。塔玛斯的人手在照料伤兵,无暇组织搜寻。他闭上眼睛,一瘸一拐地循着血迹走去。

埃达迈。塔玛斯该怎么处置侦探?他坦承自己向维塔斯大人及其主子克莱蒙特大人出卖了塔玛斯和亚卓。塔玛斯还有多少强敌需要面对?萨伯恩的死,埃达迈最该负责。是这样的吗?据埃达迈所说,查理蒙德收到消息是在埃达迈赶来不久之前,但查理蒙德布置防线绝非一时之功。

伤腿越来越痛,火药迷醉感逐渐减弱,但离彻底消失还要一段时间,他还能倚着手杖支撑几个钟头。之后,痛感将会剧烈到无以复加,能站着就算是万幸了。

彼得里克医生必定大发雷霆。塔玛斯参与了一场恶战,伤腿受到的摧残或许永无挽救的可能。愚蠢至极。

血迹穿过了两个房间，两个世界，奢华的布置在王宫之外极为罕见：乳白色骨椅，材料包括法崔思特的兽角、遥远丛林的动物毛皮和大猫标本拼制而成；以一整块纯黑曜石雕刻而成的矮桌；灭绝已久的、与马一般大小的蜥蜴的骨架；还有其他来自世界各个角落的艺术品，以及克雷西米尔时代之前的雕塑。

血迹延伸至仆人使用的侧门，通向某处小型中庭。塔玛斯仔细地观察四周，他不清楚是否已经解决了所有的守护者。他注意到草丛后有动静，马厩的门突然打开，两匹马冲了出来，蹦跳着绕过棚子，飞速离开宅邸。火药迷醉感仍在发挥作用，塔玛斯看见尼克劳斯的双手做了临时包扎，驾马的守护者肌肉发达。尼克劳斯紧张不安地回望。塔玛斯目送他们消失在视线之外。

如果朱利恩成功召唤克雷西米尔，一切都失去了意义。

"我找不到尼克劳斯。"奥莱姆说。

塔玛斯闻言扭头。士兵来不及处理身上的伤口，却尽力挺胸抬头，迎上塔玛斯的目光。他掩饰不了痛苦的神色，说明伤得很重，他在衣服里摸索卷烟的纸和烟草，血迹斑斑的手指差点拿不稳。塔玛斯把东西接了过来，替奥莱姆卷了一根烟，然后用对方装在前胸口袋里的火柴点燃。奥莱姆吸了一口，感激地笑笑。

"快去处理伤口，"塔玛斯吩咐，"不用管尼克劳斯了。先照顾好自己。你做得很好，我的朋友。"

"可是尼克劳斯……"奥莱姆说。

"他活着我才能复仇，"塔玛斯说着面露微笑，他知道其中带有残酷的意味，"那就够了。"

第 40 章

塔涅尔感觉爬了好几个钟头的台阶,最终才得见克雷西米尔宫殿整体的模样。正如德尔所说,这是一个空壳——巨型空壳,成千上万的房间、厅堂和廊道曾经充塞其间,如今唯有外层的火山岩保存了下来,以及沿内墙盘旋而上的宽大楼梯。他们越往上走,积灰越少,脚步有了回响,不久,塔涅尔发现上头细小的光斑来自窗户。他拼命地爬上去,速度加快,也不管德尔是否跟得上。

周围几乎寂静无声,塔涅尔失去了时间概念。他仿佛看见苍白的影子在阴暗处闪现,如同消亡已久的魔法灵光,而团团灰尘时不时腾起,好似幽灵。等他们接近顶部,他看见了那些窗户,可惜它们太高了,远在楼梯之上,不能作为射击点,也找不到攀爬的路径。他接着前进,墙壁逐渐围拢,楼梯越来越窄,终于抵达了一处平台。这里光线充沛,四处焦黑,宽敞如舞厅。塔涅尔看到了拱形屋顶,以及位于高处的狭长窗户。

塔涅尔背靠着墙坐了下去,等候德尔。

"在哪里?"等修士气喘吁吁地赶到,塔涅尔猛地揪住德尔的长袍。"在哪里?你说我可以从上面开枪。给我指一扇该死的窗户啊!"他狠狠地摇晃修士。

"那里!"德尔哭喊道。他闭上双眼,伸手越过塔涅尔的肩头。

塔涅尔放开德尔,转身望去——他重新观察房间时,一股寒意油然而生,仿佛有一只冰冷的手攫住他的心脏。

这是克雷西米尔的王座厅，大厅尽头有一座高台，十三级台阶之上摆着一把烧焦的椅子。他看见椅子背后有光。

塔涅尔匆匆登上高台，经过空空如也的王座，发现了一条无门拱道。他鼓起勇气，钻了进去。

前方的房间令他突然刹住脚步。他喘着粗气，一时间反应不过来。这里窗明几净，家具齐全，墙上挂有织锦，窗户上装着玻璃，房间中央有一张四柱大床，还有铺了天鹅绒软垫的椅子以及黄金镶边的桌子。这里没有灰烬，白净的地毯铺在脚下，塔涅尔仿佛从山洞里一步踏进了天际宫。他头晕目眩。

"你把波留在后面了吧？"一个女人的声音说。

塔涅尔脑袋发蒙。朱利恩从阳台进到室内。

"是的，夫人。"德尔出现在塔涅尔身边。

"女孩呢？"朱利恩的嘴角浮现冷笑。

"守着波。"德尔挺起胸膛，高昂着头，人也不发抖了。他完全不像德尔。年轻的面孔不见了，变得皱纹丛生，塔涅尔看着假修士从兜里掏出一副尊权者手套，戴在手上。

朱利恩大步迎向塔涅尔，用一根手指钩着他的下巴，抬起他的头。两人四目相对。他感到恶心。死亡潜伏其中。

"我早有感觉，你可能追到这里来。"她说，"好在我把杰科尔留了下来。他的计划是什么？"她问尊权者。

"尽可能多地射杀我们的人手，阻止您召唤克雷西米尔。"杰科尔说。

"这也许可行，"朱利恩承认，"需要大量巫力才能把克雷西米尔拽过隔离世界间的幽冥。"

塔涅尔感到天旋地转。他想拔枪——至少有可能干掉假修士——手指却不听使唤。他彻底失败了，于此他心知肚明。

"为什么？"塔涅尔问，他吸了好几口气才得以发声。

火药魔法师

"召唤克雷西米尔吗？"朱利恩翻了个白眼。

"不。为什么放这条狗出来？为什么用这种诡计？他可以寻找机会，轻而易举地灭了我们。为什么现在还不杀我？"

朱利恩耸耸肩。"如果你父亲能熬过即将到来的地狱之火，你对我多少能当点筹码用。他的脑子虽说不上机灵，但固执有余。"

塔涅尔强忍怒火。"快杀了我吧。"他说。

朱利恩的长指甲在他脖子上刮过。"如有必要。"她举起手来。塔涅尔闭上眼睛。过了一会儿，他睁开眼睛，却结结实实地挨了一耳光。指甲在皮肤上挠得生疼。

"这一下是为了报复你把我扔下悬崖。"她说完转身走开。

塔涅尔动了动手指。正常了。很好。他能做什么？"你要召唤克雷西米尔了吗？"他问。

朱利恩扑哧一笑。"已经召唤了，"她说，"我准备迎接他的降临。要不要一起来？上次他落地时，压垮了半座山。你也许愿意寻求我的保护。"

朱利恩对杰科尔使个眼色，后者跟了过去。塔涅尔眨了眨眼，摸着手枪，也跟上了他们。

阳台上人满为患，有二三十个尊权者，可能还不止。他们全都抬头望天，这里是巨大建筑的顶端——至少在最接近顶端的位置。塔涅尔挤过那群尊权者，探头张望，看到湖边确实曾有座竞技场，差点笑出声来。他从这个角度可以直接看到那里。

"欣赏表演吧。"一个声音在他耳边低语。

是杰科尔。假修士冲着塔涅尔微微一笑。

"你们令我作呕，"杰科尔说，"你和你的同类。克雷西米尔将彻底摧毁火药魔法师，一个不剩。该死的缚印者。"

塔涅尔揪住杰科尔的长袍前襟。杰科尔冷笑一声，举起戴手套的双手，但塔涅尔猛地把他扔下了阳台。

尖叫声持续了很久,那个奸细在宫殿外壁巨大而光滑的火山岩墙上一路蹦弹、滑行。

"怎么回事?"有人问。

"这人是谁?"另一个尊权者说。

塔涅尔拔出手枪,然后对掏枪做什么产生了怀疑。他能造成多大伤害呢?他的眼角瞥见了一道闪光,远在云层之上。他面无人色,握紧了手枪。至少能拉几个垫背的。

一个尊权者冲着塔涅尔举起双手,十指舞动。塔涅尔扬起手枪,却发现那尊权者突然——带着兴高采烈的笑容——从阳台上跳了下去。

又一个尊权者紧随其后。第三个则倒地惨叫,乱抓自己的眼睛。塔涅尔扭头望去。

卡-珀儿站在阳台入口处,叉开双腿,张开双臂,鹿皮背心松松垮垮地挂在颈项上,帆布包则搁在脚边。人偶散落一地。她火红的头发乱蓬蓬的,举起了一只手。

数十个人偶升到半空中,在她面前散开,好似占卜师面前的纸牌,而许多无形的手将它们拿了起来。朱利恩回头看见卡-珀儿,尖叫起来。

说时迟那时快,尊权者们慌忙戴上手套,做手势施展守护术。朱利恩呆立当场,惊慌失措,与此同时,卡-珀儿发起了攻击。

火焰从她指尖喷射而出,击中了一些人偶,尊权者身上随之着火。一根针出现在她手中,她既快又狠地戳向不同的人偶,痛苦的喊叫在阳台上此起彼伏。

一个尊权者发起攻击,一道闪光劈向卡-珀儿。但她稳如泰山,闪光拐了个弯,劈中了一个人偶。塔涅尔右侧的一个尊权者应声化为齑粉,被风吹散。

猫鼬摸进了毒蛇的巢穴,而塔涅尔处在屠杀的中心。他抬枪击杀

火药魔法师

了一个卡－珀儿没注意到的尊权者，然后扔掉手枪，又拔出一把来开枪，之后他从肩上取下步枪。

随着卡－珀儿大肆消灭尊权者，朱利恩终于回过神来。她紧握拳头，逼近卡－珀儿，愤怒得五官扭曲。塔涅尔心生恐惧，但并非担忧自己：卡－珀儿能以异域魔法对付凯兹的尊权者，却不一定能对付朱利恩。

塔涅尔举着刺刀，杀向朱利恩，然而对方只一挥手，他便感到自己飞了起来，撞上阳台栏杆，发出清脆的碎裂声。他慌忙寻找抓手，差点坠落阳台，步枪则滑到了另一头。那些尊权者要么死了，要么命不久矣，但朱利恩迎着卡－珀儿走去。

尊权者一死，卡－珀儿的人偶也慢慢溶解。有的摇摇晃晃地坠地，有的逐渐飘远。但她双手一动，其余的人偶又飘了起来，塔涅尔认出了其中朱利恩的人偶。

卡－珀儿操弄人偶的时候，朱利恩疯狂地大笑。卡－珀儿令后者张开了嘴：

"塔涅尔，快跑！"

话是朱利恩说出来的，却不是她本人的声音。那是一个女孩的声音，充满绝望。

"快出去！"

朱利恩似乎没有意识到自己在说话。她一低头，冲向卡－珀儿，火焰从指尖喷射而出，触之者无不燃烧——无论石头还是皮肉。卡－珀儿的人偶也着了火，又有两个尊权者发出痛苦的哀号。

塔涅尔在对面的角落里找到了步枪。幸存的尊权者无暇顾及他，纷纷远离卡－珀儿，四散开去，歇斯底里地抵御她的魔法。

不，他不能跑，不能留下卡－珀儿独自战斗。

塔涅尔抓起步枪，看了看枪管。刚才摔倒时，子弹已从里面滑落，他清理了枪管，重新填装了两颗子弹，都是红纹弹。他用棉花压进子弹。一个尊权者举着双手，踉跄着经过，他挥起刺刀，刺透了尊权者的眼睛。

他在栏杆边找到位置，准备射击。他不久前瞥见的光芒从天而降，好像一团云彩，下降的速度越来越快。

云团朝着竞技场的中央飞降。塔涅尔舔着嘴唇，清了清嗓子，稳住双手。少许火药帮他集中精神，提升目力。

竞技场太远了，至少有六里。他不可能从这么远的地方开枪。他深吸一口气。云团落地了。

一只脚从云团中出现，然后是一个人的身体。塔涅尔抵抗着晕眩感所带来的昏暗视角。

云中之人比塔涅尔见过的任何人都美。他拥有无瑕的肌肤，光泽亮丽的金色长发，身着束腰外衣，形似描述克雷西米尔时期的戏剧服装。他离开云团，驻足观望，精致的五官却因为眉头紧皱而显得美中不足。

塔涅尔眨掉眼皮上的汗水，扣动扳机。枪声在耳际回荡，他随之放低枪管，与其说看见，不如说他感觉到两颗子弹正快速飞向克雷西米尔。在子弹早该落地的时候，他的意志使之持续飞行，脑袋因为用力而疼痛，双手开始颤抖。不断引燃火药驱动子弹令他头痛欲裂，但他仍在坚持。

一颗子弹钻进克雷西米尔的右眼，另一颗击中他的胸膛，穿心而过。塔涅尔看着神的躯体软绵绵地倒了下来。

塔涅尔情不自禁地呜咽了一声。他杀了一位神。

他瘫在阳台地板上。

朱利恩的咆哮声在脑子里炸响，他却无力关心。他听见剧烈的重击声，然后世界摇晃起来。他抱着步枪，尽力缩成一团。宫殿在垮塌。我杀了一位神。

卡-珀儿。她还活着吗？他挣扎着爬起来，丢开步枪，但哪里都

火药魔法师

找不到卡－珀儿的影子。朱利恩也不见了。他脚下的建筑吱嘎作响，剧烈摇动。又一次地震？外面，派克湖中央，一股巨大的水柱喷向天空，塔涅尔感到了水柱的热度，勉强退回到房间里面。

卡－珀儿躺在王座厅的拱门边，鲜血正渗出她的口鼻和一侧眼角。她盯着塔涅尔，手里依然抓着一只人偶。毫无疑问，那正是朱利恩的形象，面孔怒不可遏。

塔涅尔在卡－珀儿身边跪了下来。

"我不能带你去安全的地方了，"他说，"没有什么地方是安全的。我杀了一位神。"

卡－珀儿眨了眨眼。塔涅尔的喉咙哽咽了。

"棍儿？"

她笑了，伸手钩着他的后颈，拉了过来，力气之大，远超塔涅尔的想象。

然后他感到整座宫殿开始垮塌。

尾声

真见鬼,奥莱姆心想,他看见几个人被抬进来放到塔玛斯面前。

疾风骤雨拍打着他们头上的帆布帐篷。外面的声音——犹如女妖非人的喉咙发出的尖叫——还有硫磺的气味,令他窒息,每隔一会儿他就想吐口水。

透过摇晃的树林,他偶尔能瞥见南派克山。整座山,不,东南方向的整片天空都光芒闪耀,山坡烈火熊熊。无论陆军元帅怎么说,距离如此之近依然令他极为不安。大山发生了变化,司空见惯的环形山顶从南面坍塌,冲着凯兹平原喷吐炙热的岩浆。

奥莱姆希望该死的凯兹大军全都被吞噬干净。

足以覆盖亚卓的灰云和浓烟悬在他们头顶上,映衬着大山震天撼地的律动。灰烬洒落如雨,必须以布遮面。一股火流自大山南边喷射而出,消失在视野里,势必直奔凯兹而去。奥莱姆打了个寒战,那股火流可以吞没一座城市。

休德克朗消失了,它在大山坍塌时随之毁灭,而最后一批疏散人员刚刚进了塔玛斯的营地。看样子他们及时撤出了全部守山人。他们还带来了在山顶战斗的幸存者,以及惊心动魄的流言。

"他们都死了吗?"奥莱姆问。他夹着香烟,凑近火盆,然后把烟塞进嘴里,吸食甜美的烟气。彼得里克医生不满地瞪了他一眼。奥莱姆扮了个鬼脸。他应当管好嘴巴,他说的可是陆军元帅的儿子。

一共三个人,从头到脚缠着布,以抵挡落灰。其中一个确定没

火药魔法师

死。此人中等身材,虚弱憔悴,面无人色,是被担架抬进来的,手脚也被捆得结结实实。他的双臂高高悬起,以树杈支撑,好让双手始终裸露在外。这是尊权者波巴多,奥莱姆推测,先王的王党中仅存的尊权者。波四下张望。虽然嘴没被堵死,但他一言不发。

还有一个年轻男人和一个女人。士兵们拆开了他们身上的裹布,以便彼得里克医生做检查。那个女人——不,从体形判断应该是女孩——是个野蛮人,生着雀斑,发色火红,可惜头发几乎被烧光了,奥莱姆也说不好她是否还有呼吸。年轻男人是塔涅尔,奥莱姆很熟悉他,塔玛斯所有的士兵都熟悉他。

奥莱姆侧身来到尊权者的担架边,拉来一张板凳。

"上头情况很糟糕?"奥莱姆问。胸膛的疼痛依然令他龇牙咧嘴——查理蒙德留给他的伤口整齐利落,所以米哈利用奥莱姆无法理解的巫术进行治疗,虽说治愈了,疼痛依然难免。

波瞟了他一眼。

"抽烟?"奥莱姆卷了一根,塞进波的唇间,又擦了根火柴将之点燃。波吸了一口,咳嗽起来。奥莱姆取出香烟,片刻后才塞回波嘴里。波微微颔首。

"听说你们的人都撤出来了,"奥莱姆说,"在山崩之前。真幸运啊。"

波沉默不语。

"据说有一个强大的巫师在上头,与你和塔涅尔大战一场。她活下来了吗?"

"不知道。"声音几不可闻,波含着香烟,嘴唇微微翕动。

"太遗憾了。"奥莱姆说,"如果她还活着,但愿她在凯兹那边的山坡上。"

波不作声。

这时候,有人进了帐篷。这人可能是大熊转世,块头之大,肩上还披着毛皮。他的背心上戴有守山人司令的徽章,奥莱姆不认识他。

塔玛斯离开儿子身边。"贾寇拉。"塔玛斯问候守山人司令。

"你小子情况怎样?"贾寇拉问。

"半死不活的。"

"奇迹啊,"贾寇拉说,"你要感谢那个女孩。你有多关心塔涅尔,就该有多关心她。如果他能活下来,可以说完全是她给的。见鬼,按他们说的,我们的命都是她救的。"

塔玛斯望着蛮子女孩。"她比塔涅尔还虚弱。我不知道我们能为她做什么。"

"反正多试试吧,"贾寇拉说,"除了这个老笨蛋,你还有不少医师呢。"他走到塔玛斯的床边坐下,从背心口袋里摸出一个酒壶。

奥莱姆皱起眉头。他应该呵斥对方无礼吗?但此人的块头足有奥莱姆的三倍,而在此之前,萨伯恩是唯一一个对陆军元帅说话随便且安然无事的人。

"贾寇拉,"奥莱姆说,"这名字好耳熟。"

波微微摇头。"我只知道他叫加夫里尔。"

奥莱姆从波嘴里取下香烟,掸掉烟灰,又塞了回去。"贾寇拉,"奥莱姆说,"贾寇拉,贾寇拉。噢,等等,潘斯布鲁克的贾寇拉!"他瞪圆了眼睛,"是他吗?"

"别问我。"波说。

奥莱姆坐在凳子上抽烟,拼命回忆军中的流言。据说贾寇拉是塔玛斯最要好的朋友之一,有人说是他亡妻的兄弟。奥莱姆怀疑故事有几分真实。早在奥莱姆参军前,贾寇拉就没了音信。

塔玛斯跛着腿过来,蹲在波所在的担架边。他之前拒绝接受米哈利的治疗,直至救到塔涅尔。他的伤腿情况糟糕,且仍在恶化,但他固执依然。

"我有问题问你。"塔玛斯说。

火药魔法师

奥莱姆取下波嘴里的香烟，以便他回话。

"上头发生了什么？"塔玛斯说。

波神色阴郁地盯着陆军元帅，似乎一时半会不愿开口。

"我不会处决你，"塔玛斯说，"至少不是现在。这个——"他指着绳子说，"只是以防万一。我想，盖斯还控制着你吧？"

波点点头。

"你和塔涅尔没能找到摧毁它的办法？"

"过去几个月忙着抵挡凯兹大军，"波粗声粗气地说，"我们没时间。"

"盖斯什么时候杀死你？"塔玛斯问。

"我不知道。"

塔玛斯若有所思。"暂时就这样，我们会尽量让你舒服些。我知道你有杀我的冲动，这不是你的错。"

波看样子并未松口气。

"上头发生了什么？"塔玛斯又问了一遍，"塔涅尔真的射中了克雷西米尔？"

"是的。"波说。

"你看见了吗？"

"我感觉到了，"波说，"九国的每个尊权者都感觉到了。我的灵魂被撕裂了。你感觉到了吗？"

塔玛斯摇摇头。"奥莱姆，你感觉到什么了吗？"

"没有，长官。"奥莱姆说着抽了一口波的香烟，以免其熄灭。"我也许能感觉到，但自从吃了行军干粮就消化不良。我想念米哈利做的饭菜。"

"你真该感觉到。"波说。

塔玛斯挺直腰身，痛得龇牙咧嘴。"这么说克雷西米尔死了。"他抓着担架边缘，恢复了平衡。

奥莱姆皱着眉头。"您的拐杖呢，长官？"

波开始轻声发笑。笑声低沉，令人不安，但慢慢地越来越响亮。

"有什么好笑的？"奥莱姆问。

波摇摇头。"没什么好笑的。"他说，"你不明白，塔玛斯。不可能杀死神。"

塔玛斯坐在儿子身边。塔涅尔保住了半条命。医生说他陷入了昏迷，但没说什么时间，或者能不能醒来。

塔玛斯应该坚持让米哈利过来的。他吞咽着口水，希望塔涅尔能坚持到返回亚多佩斯特。神当然可以治愈他，等他恢复健康，塔玛斯就让米哈利治好自己的腿。

"你做得很好。"塔玛斯说着，抚摸塔涅尔的额头。很烫。"现在，不要死在我面前。我不能失去你。我失去了你母亲，不能再失去你。"

帐篷帘子被掀开。燃烧的大山投下一道巨大的黑影。

"你儿子可真能打。"

塔玛斯看着虎背熊腰的内兄进来，坐在唯一一张凳子上。"我现在该喊你贾寇拉还是加夫里尔呢？"塔玛斯问。他抹了把脸，指望对方没看见他擦去的泪水。

"加夫里尔就好。"守山人司令说。

加夫里尔。那是他和塔玛斯刺杀凯兹国王伊匹利未遂之后，为了躲避追捕而起的名字。很久以前的事情了，恍若隔世。从那之后，加夫里尔开始酗酒，但他现在似乎清醒了些。

"我们离开南派克山时，看到凯兹军队向西行军，"加夫里尔说，"朝着瓦萨尔门。"

"他们打算进攻，"塔玛斯说，"大规模进攻。不给我们喘息的时间。"

"他们那边有神的协助,如果波没说错的话,克雷西米尔还活着。"

"我们也一样。"

"什么?"

"我们有亚多姆,克雷西米尔的兄弟。"塔玛斯说,"但亚多姆是不崇尚暴力的神,他和克雷西米尔不一样。等双方开战,凯兹的胜算更大。"

加夫里尔伸直了腿,背向后靠去,听到屁股底下的椅子嘎吱作响,他慌忙调整坐姿。"神,"他轻声叹道,"两位神!还有古老的巫师。这个世界天翻地覆了,塔玛斯。"

"我满脑子都是他。"塔玛斯指着儿子。

加夫里尔沉默了片刻。"我曾用十五年之久哀悼我死去的姐姐。"他说,"如果最坏的事情发生,不要重蹈我的覆辙,我请求你。也不要在他尚未离世时就为他哀悼。"

塔玛斯点点头。他还能说什么呢?

"我听说了萨伯恩的事,"加夫里尔说,"我很遗憾。"

"有叛徒混进了我的人当中。"塔玛斯说。

加夫里尔面色一沉。

"我倚仗那个侦探查出了议会里的叛徒。"塔玛斯深吸一口气,"他做到了,可是到头来,他自己也是叛徒,他的家人成了人质。萨伯恩因此送命。"

"你打算如何处置他?"

"让他赎罪。"

"别被仇恨冲昏头脑。"加夫里尔告诫他。

"不是仇恨,"塔玛斯说,"是正义。"

加夫里尔说:"克雷西米尔将以正义之名焚毁整个亚卓。"

塔玛斯强撑着起身，走向旅行箱，每一步都痛苦难耐。他打开盖子，取出塔涅尔送给他的一对赫鲁施手枪。

"我儿子正在鬼门关外徘徊，"塔玛斯说着重新坐下，手枪搁在膝上，"我妻子早就死了，我的很多朋友也遭遇了同样的命运。"他检查枪管，拉开击锤，在帐篷里瞄准。"再没有什么能唤起我的同情心。我将在瓦萨尔门对阵伊匹利的军队。我要击退他们。我要送他们回凯兹，再一路杀到伊匹利的家门口。"塔玛斯扣动扳机，击锤随之弹响，"我要面对克雷西米尔，教他知道正义究竟为何物。"

（第一部完）